新撰遊覚往来

翻字・訓読・索引

◎ 具香　著

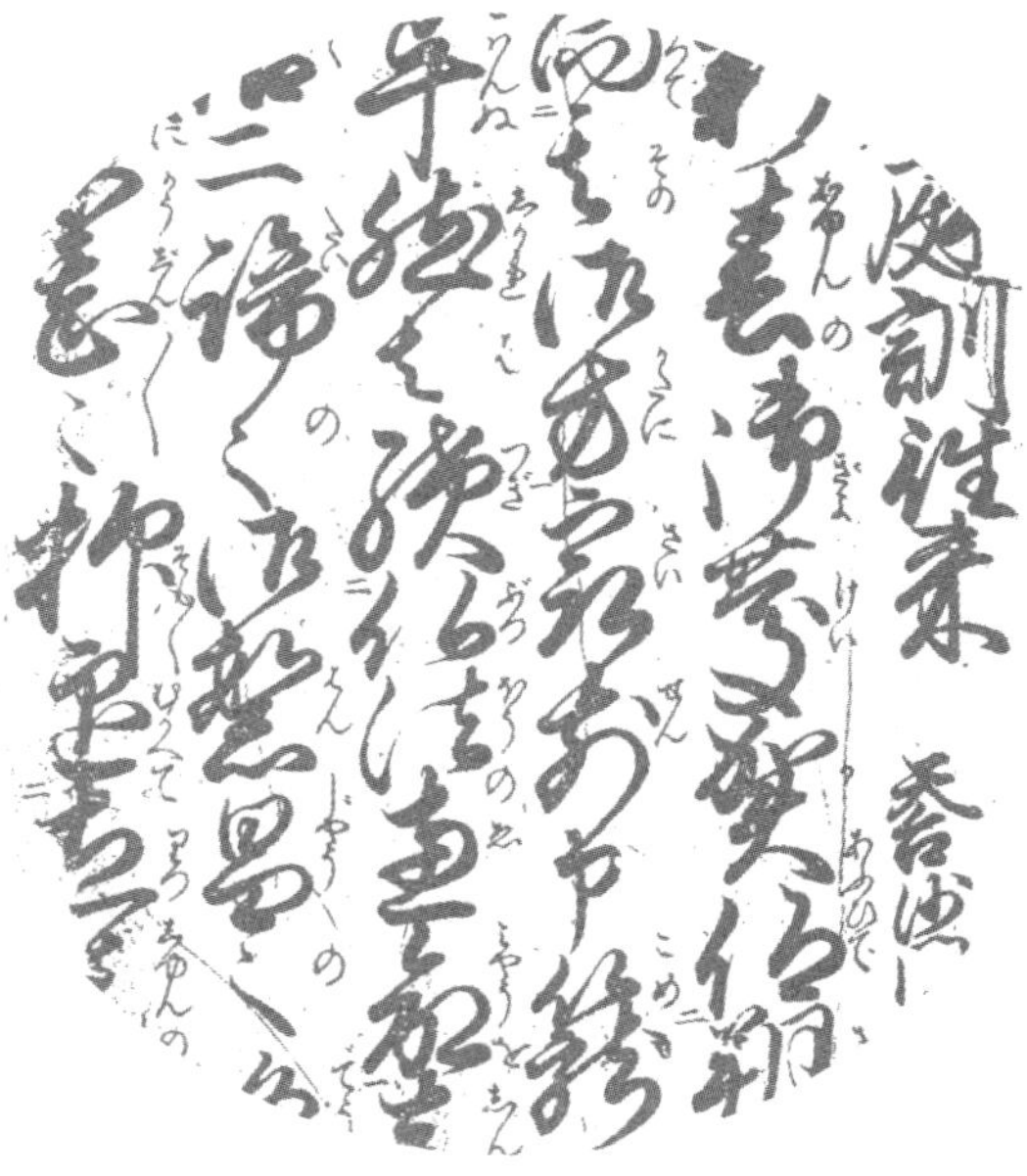

NORTHEAST NORMAL UNIVERSITY PRESS
WWW.NENUP.COM
东北师范大学出版社

图书在版编目（CIP）数据

新撰游觉往来：翻字·训读·索引 / 具香著． -- 长春：东北师范大学出版社，2018.2
ISBN 978-7-5681-4240-3

Ⅰ.①新… Ⅱ.①具… Ⅲ.①书信—文化研究—日本—近代 Ⅳ.①I313.076

中国版本图书馆 CIP 数据核字（2018）第 044550 号

□策划编辑：王春彦
□责任编辑：卢永康　□封面设计：优盛文化
□责任校对：房晓伟　□责任印制：张允豪

东北师范大学出版社出版发行
长春市净月经济开发区金宝街 118 号（邮政编码：130117）
销售热线：0431-84568036
传真：0431-84568036
网址：http://www.nenup.com
电子函件：sdcbs@mail.jl.cn
河北优盛文化传播有限公司装帧排版
三河市华晨印务有限公司
2018 年 5 月第 1 版　2018 年 5 月第 1 次印刷
幅画尺寸：185mm×260mm　印张：19.5　字数：497 千

定价：70.00 元

序一

我国的日本汉学研究历史悠久，但是，打开局面还是晚近的事情。进入 21 世纪后，随着一批又一批训练有素、学养丰富且有留东背景的青年学者的加盟，此学日渐兴隆，最终呈现荦荦大观之势。中国期刊网上检索到的论文逐年增多，专门论著亦越来越多，而且研究的深度与广度在逐渐提升。具香博士的新著《新撰遊覚往来　翻字 · 訓読 · 索引》一书就是这些成果中出类拔萃者。

具香博士自 2006 年春，开始负笈东瀛，先后留学东京学艺大学和二松舍大学，攻读硕士、博士学位，2014 年春学成，获得文学博士学位，之后，在二松舍大学担任为期一年的助教工作，最终于 2015 年 9 月归国任教，就职于惠州学院外国语学院日语系。

多年来，具香博士一直潜心于日本汉学研究，其中，用力最勤者当数“往来物”研究。自 2008 年春开始攻读日本文学专业博士学位之际起，她便励精图治，锐意投身于此项研究。同时，她长期跟踪学术前沿“往来物”研究的动态，转益多师，切磋琢磨；学而弥深，思而弥敏；日积月累，厚积薄发，终达致硕学，用心血浇灌出学术之花，结出科学的果实，通过本书的内容可以读出笔者的部分重要成果。

众所周知，所谓“往来物”，原本是日本教育学领域的一个概念，指自中古至近代初期编撰的初等教育用教科书的总称。有关“往来物”的分类、历史，以及诸种版本的收集、介绍等方面的研究，构成了该领域的基础研究内涵。从宏观上看，它属于日本汉学研究范畴。经冈村金太郎、石川谦、石川松太郎、小泉吉永等先贤的推进，已取得较大进展。具有代表性的“往来物”善本的影印、翻刻及其刊行工作亦次第展开。如今，有关单个“往来物”的文本批评，或就文本中所收录的语汇、表达展开的实证主义性质的调查研究，已经具备了认识论与方法论等方面的条件，研究环境也相当理想。

然而，迄今为止有关“往来物”的研究大多流域文化史、教育史层面的评价与探究，而基于日语语言学见地的研究，即围绕“往来物”本文中文字、表记等维度所开展的日语语言学角度的研究，以及聚焦本文收录语所进行的语义学视角的考察却十分欠缺，甚至没有形成基本气候。

但是，令人欣慰的是，具香博士新著《新撰遊覚往来　翻字 · 訓読 · 索引》一书的问世，可谓下了一场及时雨，为几欲干涸的“往来物”本文语言学研究园地浇注了丰沛的清泉之水。

此书独标一格，专门聚焦于“往来物”中的代表性文本《新撰游觉往来》，钩沉探赜，考镜源流，以版本学为利器，缮制出首例《翻字本文》、《训读》以及《索引》，并给出合乎学理的阐释，填补了此项研究的空白。

著者之所以挑选《新撰游觉往来》为具体研究对象，是因为该文本在日本传统“古往来物”传承史上比较受关注，其内容随着时代的变迁，亦在不断地增加、充实、取舍，是一个变动不居，常变常新的文本，难以静态地全面把握。因此，至今尚无人从学术研究高度予以问津。可见，开展此项研究无先行经验与成果值得借鉴，难度自然是大的。尽管如此，著者不畏艰难，本着求真、求质、求是、求实的态度，踏踏实实地推进着这项颇具学科史意义的研究活动。

此项研究的重点与难点是显而易见的。《新撰游觉往来》在日本向来被视作贵重书，文本难以获取，甚至许多人不知有此书流布，所以，具香氏新作中采用的本文就具有珍贵的文献史料价值。著者采用了世人鲜知的江户时代版本的影印本，从年代来看最为晚近，本文内容亦最为全面且纯熟，是较为理想的研究标的。然而，该版本本文佶屈聱牙，古涩难解，是其弊端。为了让读者能够轻而易举地研读，作者下大气力，就本文收录语词汇作了大量释义、考据作业，以《索引》方式附录书后，读者可以随时查证。尽管开展该项作业需要花费大量时间与精力，但是整个考据过程却无暇在书中一一描述，是一憾也。

如前所述，具香氏此著有志于另辟蹊径，把日本“往来物”研究向前推进一步，故其研究明显不同于既往的同类成果。是一部基于日本语言学见地的著作。具言之，属于立足于语义学的、有关“往来物”本文文字与表记的基础研究。

首先，此书全文照录江户时代版本的影印本，以最直接的方式让我国学界了解日本“往来物”代表性文本《新撰游觉往来》的本来面目。其次，缮制《汉字索引》与《自立语索引》，目的在于方便读者随时查证本文中的词汇与文字表记，为读者进行江户时代语言研究提供便利条件。最后，为了便于读者通读晦涩难懂的全文，理解其意义与价值，作者特意附录了《训读》，此举的目的是帮助读者开展江户时代文化史研究。

有鉴于此，本人相信，此书的刊行能够为我国研究者、教育工作者了解日本“往来物”的内涵与实际状况提供直接的便利，也能够为推动国内的日本汉学研究及日本传统教育研究作出应有的贡献。

是为序。

广东外语外贸大学教授 文学博士
陈多友

丁酉年十二月初八于听云斋

序二

往来物とは、日本の中古から近代初頭にかけて編纂された、初等教育用教科書の総称である。往来物の分類・歴史研究、及び、諸本の蒐集・紹介を初めとする基礎的研究は、岡村金太郎、石川謙、石川松太郎、小泉吉永等の諸氏により、大いなる進展を見た。主要な往来物の善本の影印・翻刻の刊行も相次いで行われてきた。現在、個々の往来物の本文批判、或いは所収語に関する調査を志すならば、その研究環境は、ほぼ整っている状況であると言って良い。しかしながら、日本語学的な見地からの研究、即ち、往来物本文の文字・表記に関する日本語学的研究、及び、所収語の意味論的研究は、いまだ十分な成果があげられているとは言い難い。

具香さんは、東京学芸大学大学院修士課程国語教育専攻日本語学コースの院生として、鋭意、往来物研究に精励し、『新撰遊覚往来』の江戸時代版本の本文について、その所収語・表記に関する、極めて精緻な調査分析を行った。具香さんの修士論文は、審査委員全員から賞讃され、学界に公開するに足る内容であると、高く評価された。具香さんは、帰国後も、多忙な毎日の中で時間を作り、『新撰遊覚往来』の古写本の本文調査を続け、更に研究を進めてきた。

今回、その研究成果の一部を、一書に纏める運びになったことは、修士時代の指導教員であった私にとっても、誠に嬉しい慶事である。この本の刊行により、日本の往来物の内容と実態について、中国の研究者・教育者等、多くの識者の知るところとなれば、望外の喜びである。

高橋久子

東京学芸大学教授

2017年11月28日

前書き

「往来物」というと、『明衡往来』『庭訓往来』などの、往復書簡の形態をとった手紙の模範文例集の総称を指すのである。「往来物」は平安後期から明治初期にかけて初歩教育に用いられた手本であるが、特に、近世に入って飛躍的に発展した。この時期の「往来物」には、新しく作られたものと、中古・中世の「古往来」が刊本化され普及したものとがある。特に、「往来物」は江戸時代に入ると、寺子屋教育で読み書きの教材に採用され、急速に多種刊行されるようになった。

『新撰遊覚往来』は「古往来」の一種で、往復一組の書状を一二ヶ月に配した二四通の手紙からなる往来物である。その二四通の書状は、当時の社会生活に必要な語彙・語句を数多く列記し、内容は遊戯・喫茶・香・学文・習字・和歌・連歌・管絃・仏事など多岐にわたる。また、月々に中心的話題が設定され、その話題を巡っての質問に続いて回答・解説がなされるという形をとる。

『新撰遊覚往来』は中世に作られた往来物であると言われているが、作者は明らかではない。この往来については既に室町時代に知られていて、古写本の状況から、室町末期には高野山・比叡山・法隆寺など、様々な場で読まれたことが分かる。その後、近世になって刊本化され、広く普及した。江戸時代に刊行されたものに、寛文二年の刊行本二種（安田十兵衛版本と袋屋十良兵衛版本）と無刊記本二種（柏原屋佐兵衛版本と菊屋利兵衛版本）が知られているが、いずれも同じ版木を使用している。この事実は、『新撰遊覚往来』がその版木を再利用し、更には再々利用するという出版書肆が現れることによって、少なくとも数百部は刊行され、普及した事を物語っている。また、群書類従本におさめられていることからもある程度に流布し、利用されていたと考えられる。このように、『新撰遊覚往来』は教科書の歴史の中で広く使われた。特に、江戸時代の教科書としてよく使われたのである。

本書では、近世に出版された『新撰遊覚往来』の版本の影印を紹介し、翻字本文、訓読と索引を作成し載せる。謙堂文庫蔵柏原屋佐兵衛版を底本として用いる。この本は、内題は「続庭訓往来」、作者は「玄恵」、刊年は不明となっており、『往来物大系』一一巻に所収されている。形態は一冊、全七四丁、毎半葉六行になっている。本文は漢字全体に平仮名のルビと返り点を付している。

『新撰遊覚往来』は日本の貴重書とも扱われ、本文入手が難しいため、その本自体について知らない人が多い。拙著は、まず影印を載せることで、中国の学界に日本の往来物に属する『新撰遊覚往来』とは、どういうものであるか紹介することができると思う。そして「漢字索引」と「自立語索引」は本書の語彙・文字表記の調査を可能にし、江戸時代の言語研究に便宜を図らんとしたものである。「訓読」はいささか難解な本書の全体的理解と通読を可能にし、江戸時代の文化史研究に資することを目的としたものである。

この本の刊行により、日本の「往来物」の内容と実態について、中国の研究者・教育者等、多くの識者に知って頂きたい。

目次

影印……1
翻字本文……39
訓読……77
漢字索引……115
自立語索引……220
参考文献……302
后记……303

影印

影印凡例

一、『往来物大系』十一巻による。

一、形態は一冊、全七四丁、毎半葉六行になっている。

一、本文は漢字全体に平仮名のルビと返り点を付している。

續庭訓往来

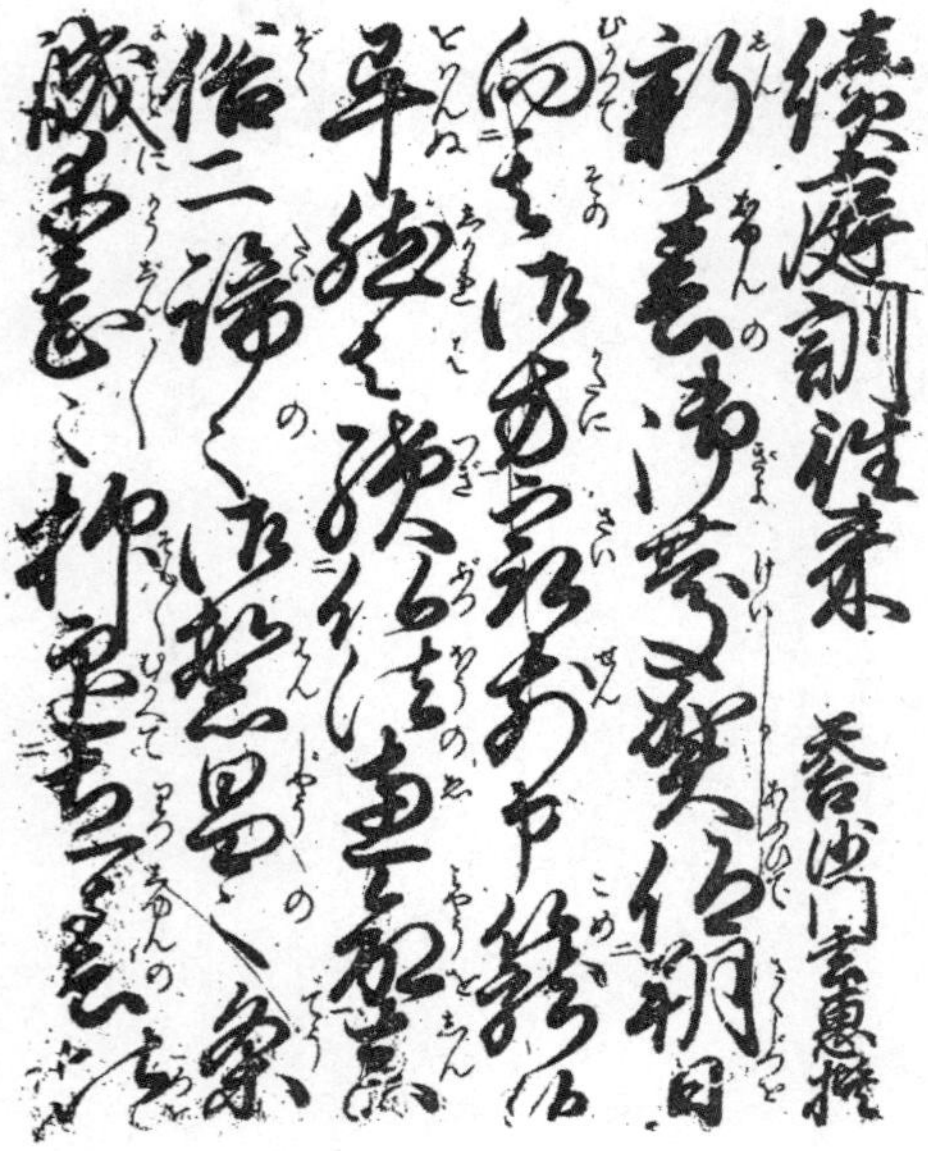
續庭訓往来

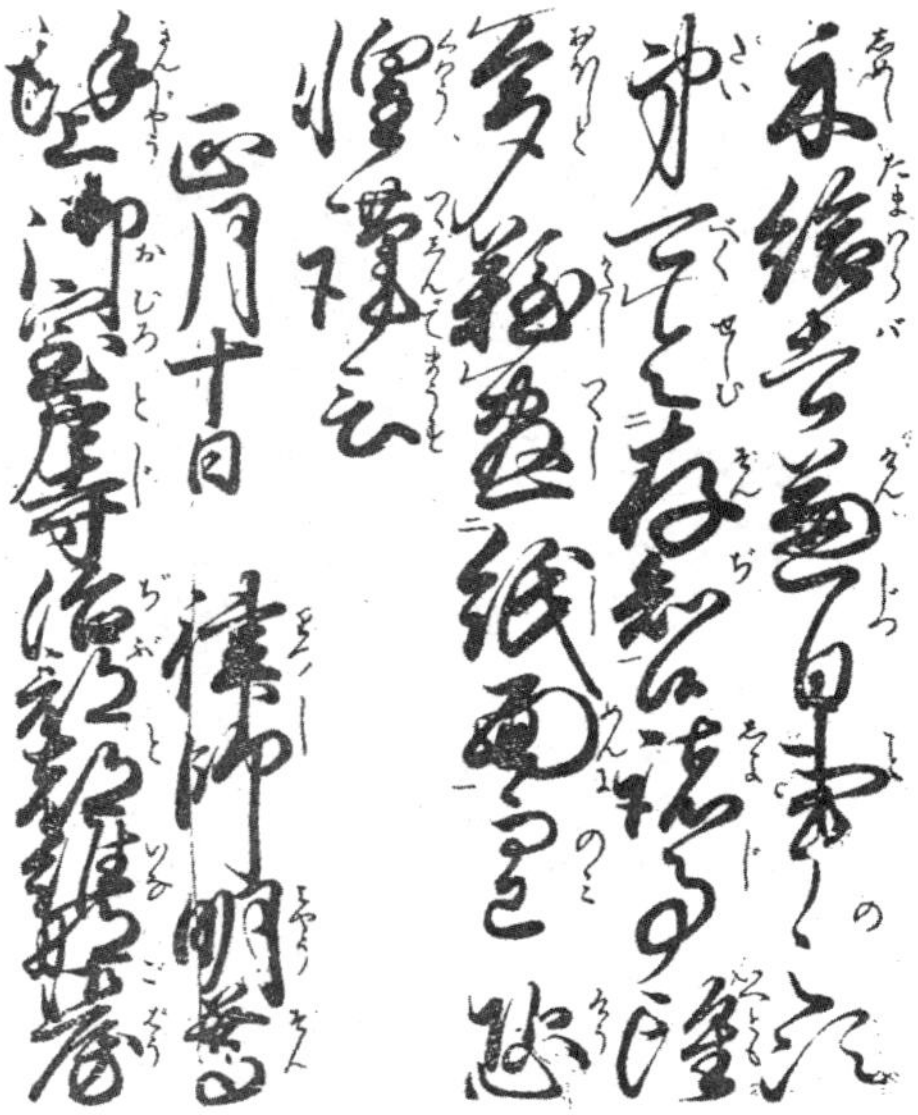

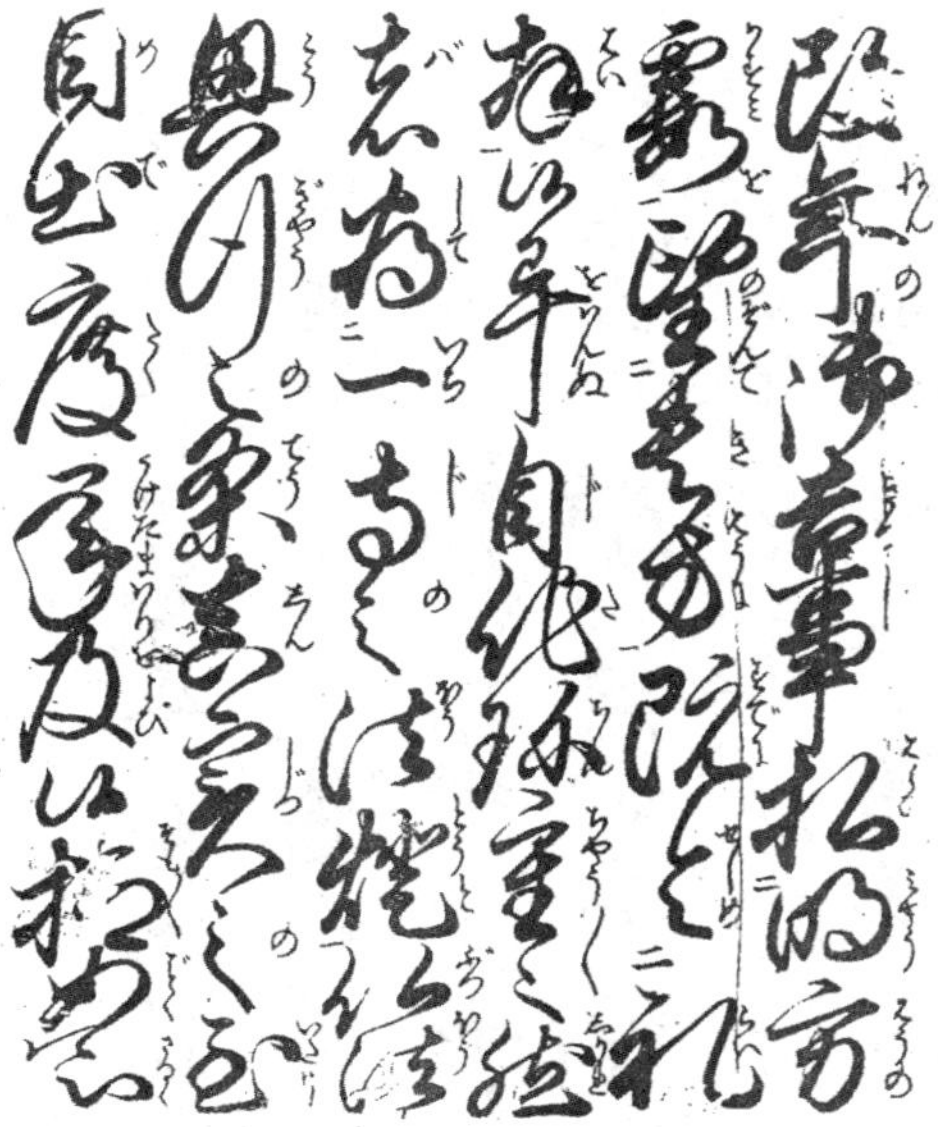

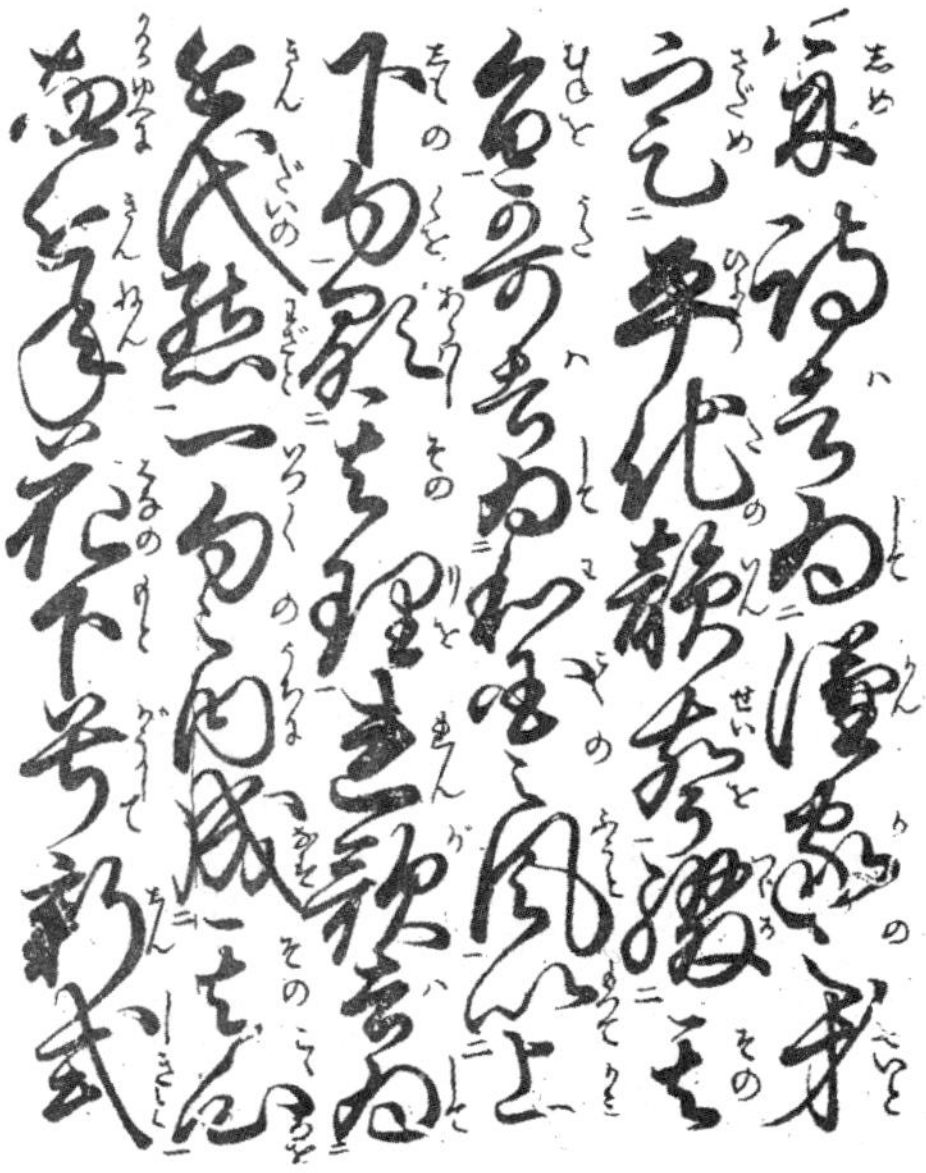

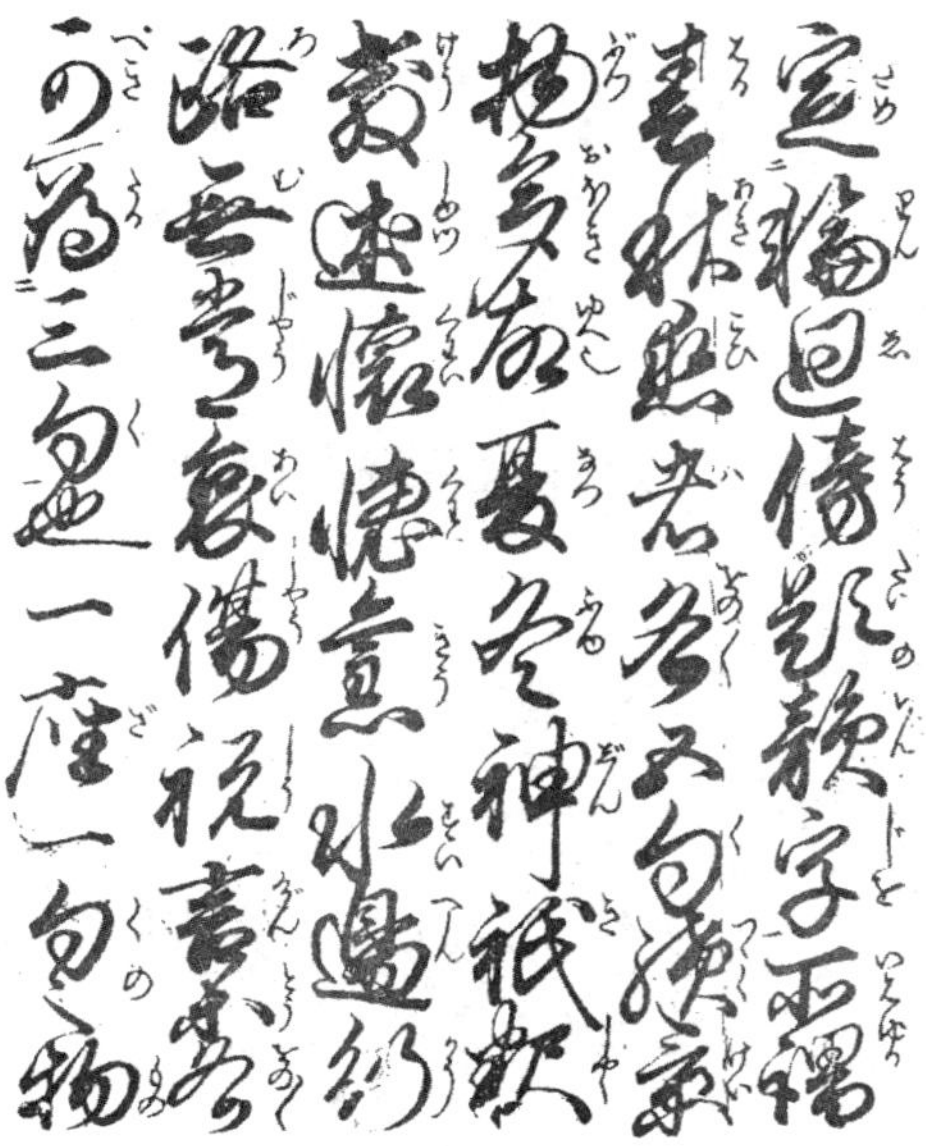

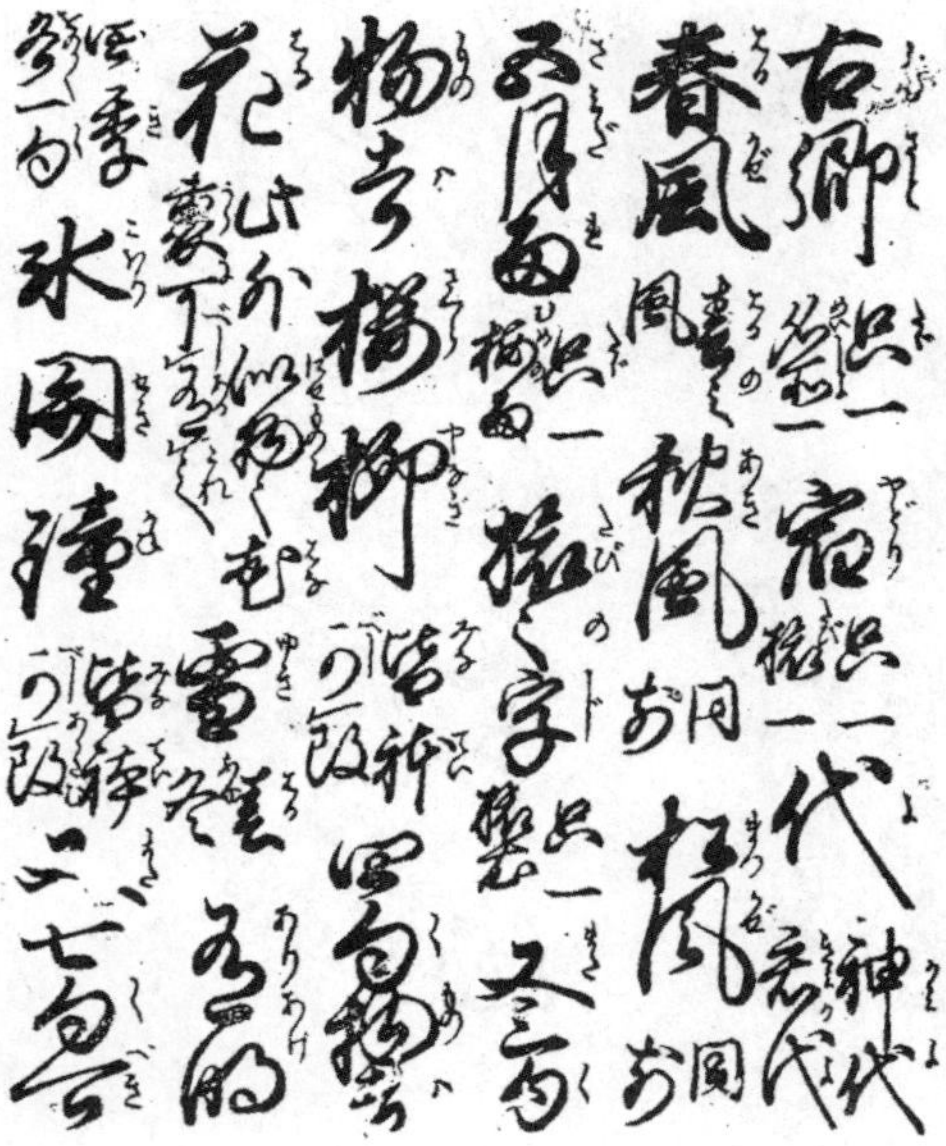

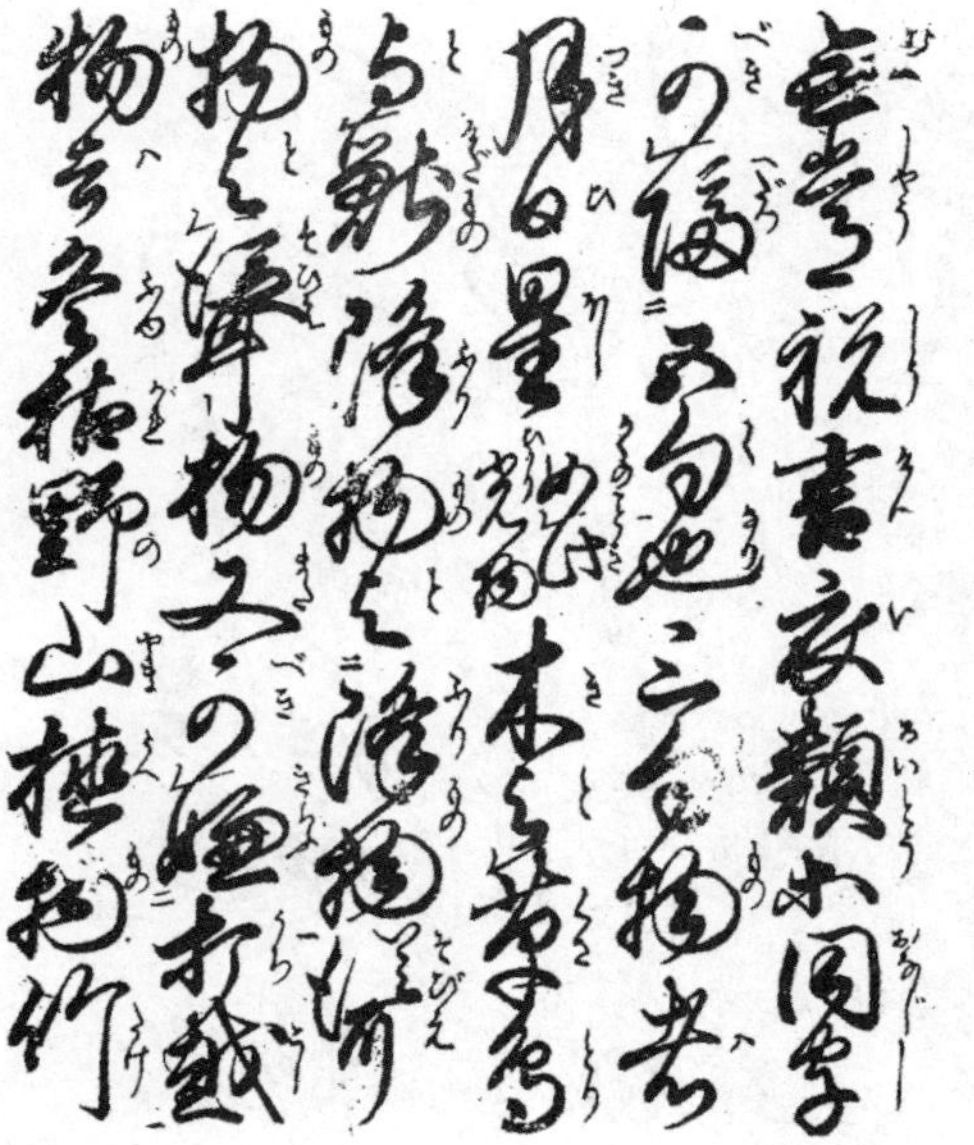

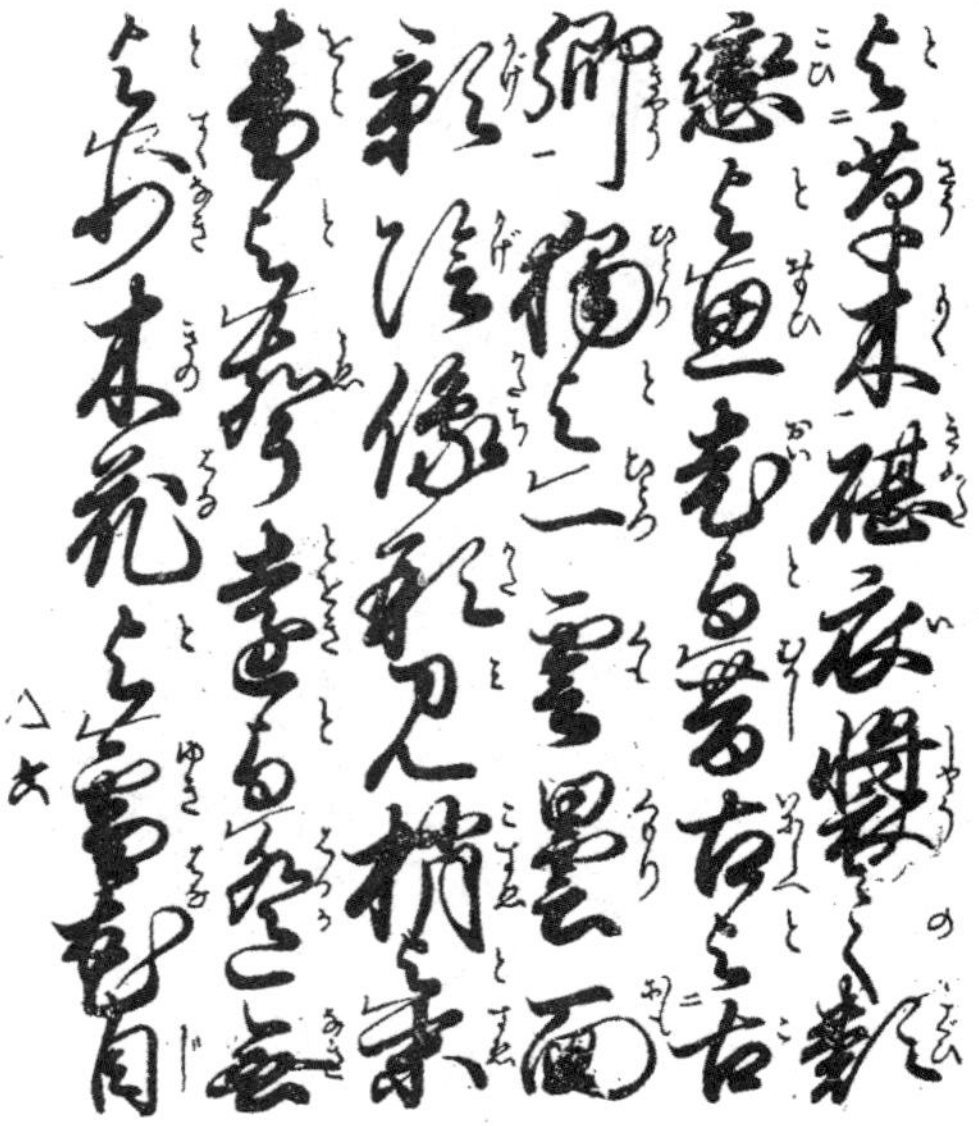

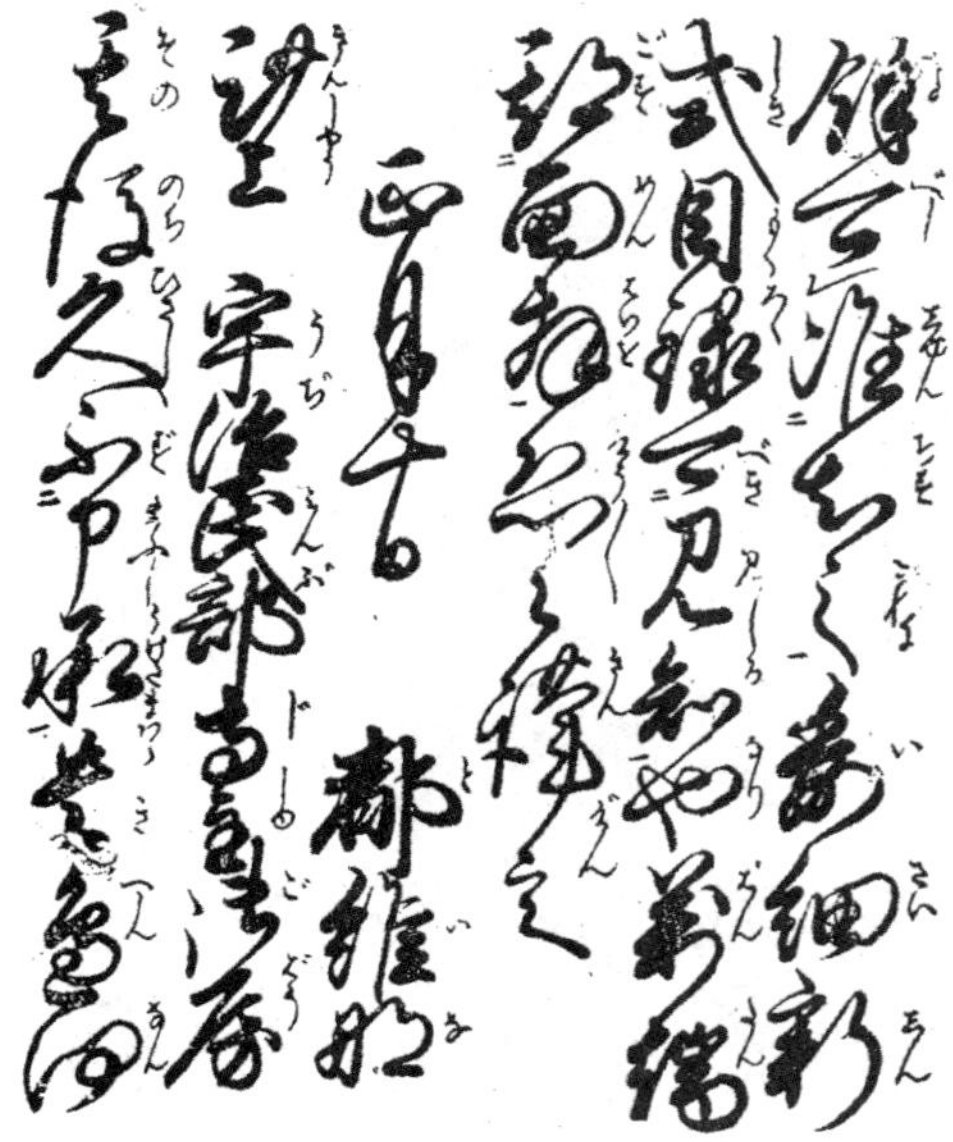

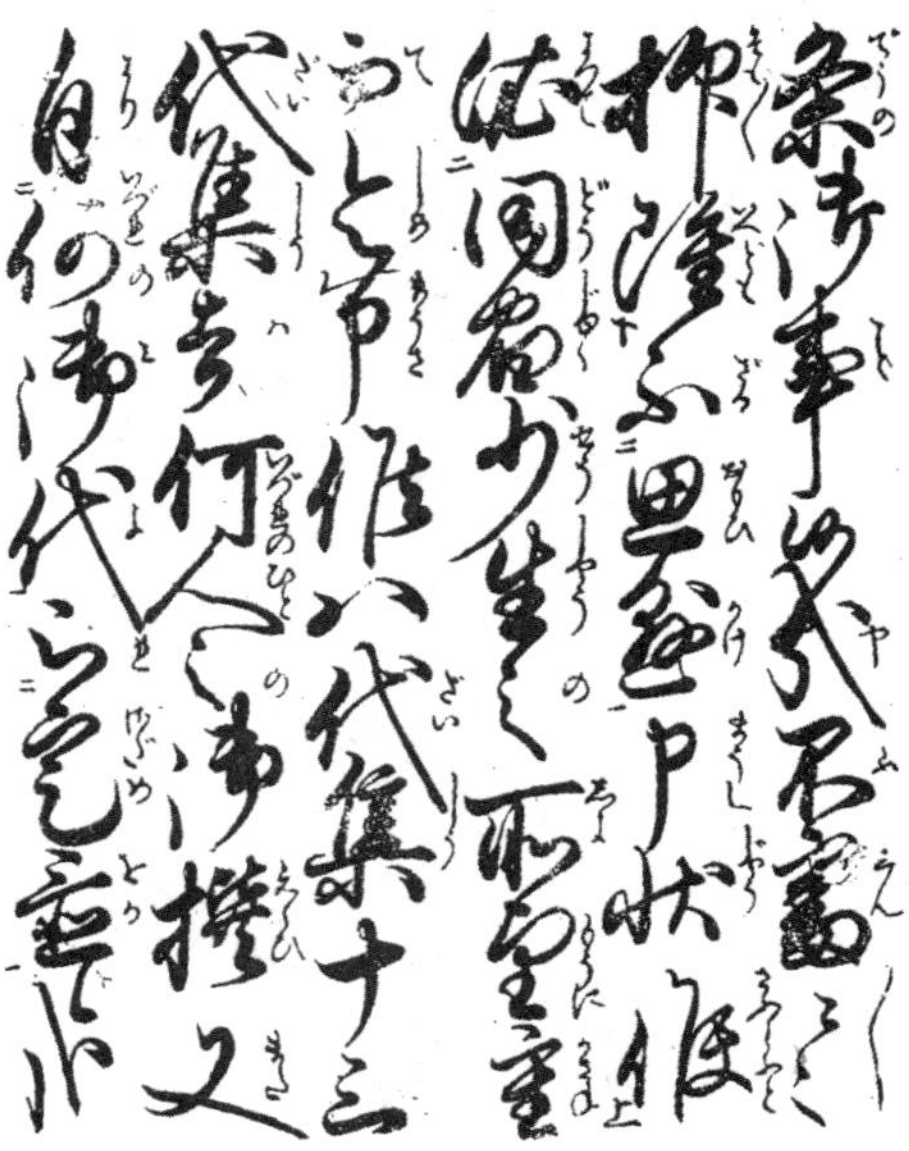

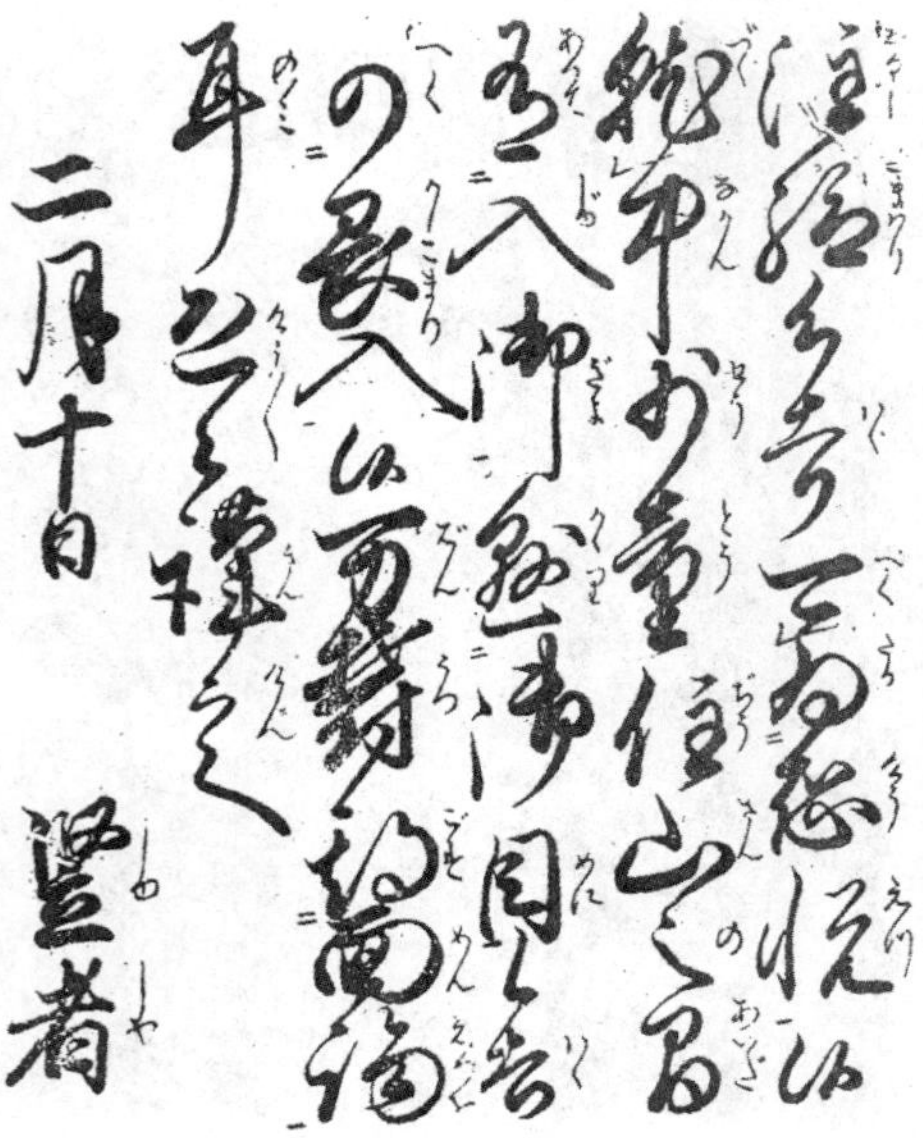

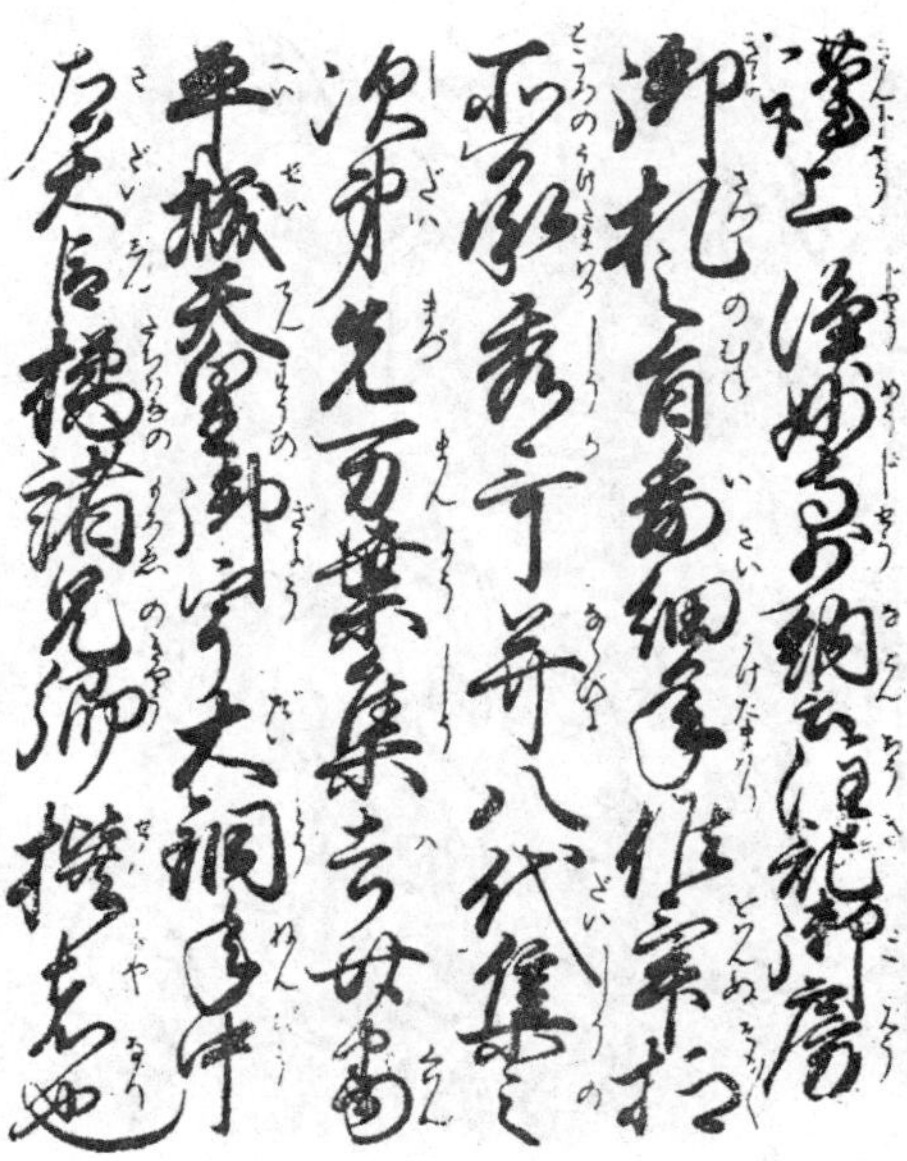

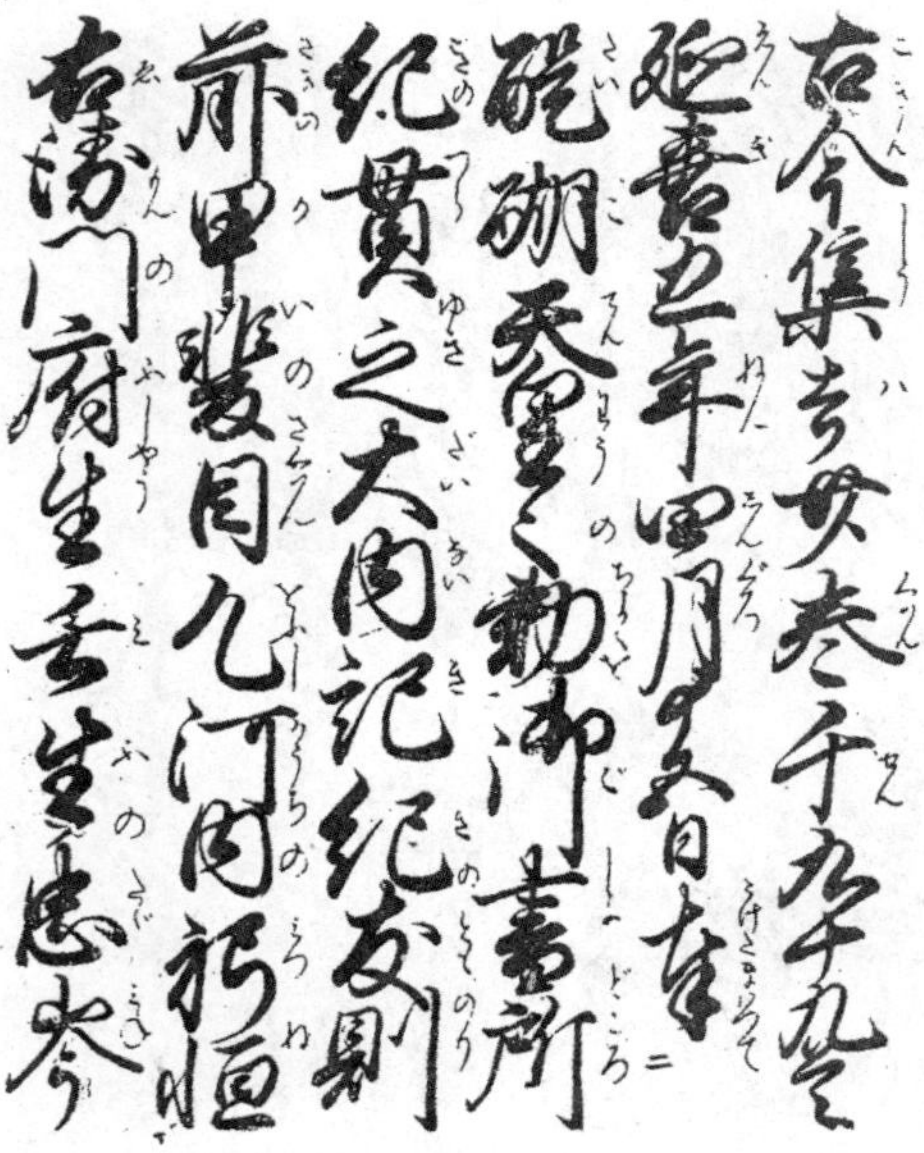

等《ら》撰《えらぶ》之《これを》作序《じよ》假《か》名《な》序《じよ》ハ貫之《つらゆき》真《ま》名ハ紀淑望《きのよしもち》書之《これをかく》無《む》入萬葉《まんえう》集《しう》之哥後《ご》撰集ハ廿巻二百五十六首村上《むらかみ》天皇《てんわう》御代天暦《てんりやく》五年《ねん》十月於《おいて》照陽舎《せうやうしや》別當《たう》蔵人《くらんど》少将《せうしやう》伊尹《これまさ》大中臣《おほなかとみの》能宣《よしのぶ》清原《きよはらの》元輔《もとすけ》源順《みなもとのしたかふ》紀《きの》時文《ときぶん》坂上望城《さかのうへのもちき》撰之拾遺《しうい》集ハ二十巻《くわん》千三百五十一首長徳《ちやうとく》年《ねん》中《ちう》花山院《くわさんのゐん》御自撰《じせん》後《ご》

拾遺《しうい》ハ二十巻《くわん》應徳《とく》二年《ねん》白河院《しらかはのゐん》御時《とき》中納言《ちうなごん》通俊《とし》撰《えらぶ》金葉《きんえう》集ハ十巻《くわん》六百四十首ニ鳥《と》羽院勅天治元《ぐわん》年《ねん》源俊頼《としより》朝臣《あそん》撰《えらぶ》詞花《しくわ》集ハ十巻《くわん》依ニ崇徳院《しゆとくゐん》御仰ニ天養《てんやう》元年《ぐわんねん》顕輔《あきすけの》三位撰《せんぞ》千載《せんざい》集《しう》ハ廿巻文治《ぶんぢ》三年《ねん》依ニ後白河院《ごしらかはのゐんの》御仰ニ入道《にふだう》三位俊成《しゆんぜい》卿《きやう》撰《せん》新古今《しんこきん》者二十巻元久《げんきう》二年《ねん》後鳥羽院《ごとばのゐん》

通具《みちとも》有家《ありいへ》雅経《まさつね》定家《さだいへ》家
隆等撰之是号八代集
其後《そののち》新勅撰《しんちよくせん》者《は》貞永元《ぢやうえいぐわん》
年《ねん》依《よつて》後堀河院《ごほりかはのゐん》之《の》仰《おほせに》
定家卿《ていかきやう》撰之《せんずこれを》続後撰《しよくごせん》者《は》
建長《けんちやう》三年《ねん》依《よつて》後嵯峨院《ごさがのゐん》

仰《おほせに》為家卿撰之續古今者
同御代文永二年[illegible]
九条内大臣基家号鶴殿為
家行家光俊等撰之也續拾遺
者建治二年依亀山院
仰《おほせに》為氏卿撰之新後撰者

嘉元《かげん》年《ねん》中《ちうに》依《よつて》後宇多院《ごうだのゐんの》
仰《おほせに》為世卿《ためよのきやう》撰之《せんずこれを》如此等号
十三代集其後《そののち》玉葉集《ぎよくえふしふ》延《えん》
慶年依伏見院之仰《おほせに》
為兼卿撰之続千載集者
正和五年重而依後宇

多院《だのゐん》仰《おほせに》為世卿《ためよのきやう》撰之續後
拾遺者依後醍醐院《ごだいごのゐん》仰
民部卿為藤朝臣撰之為定
重而《かさねて》奉《うけたまはつて》勅継終功
風雅集者貞和五年
花園院御自撰新千

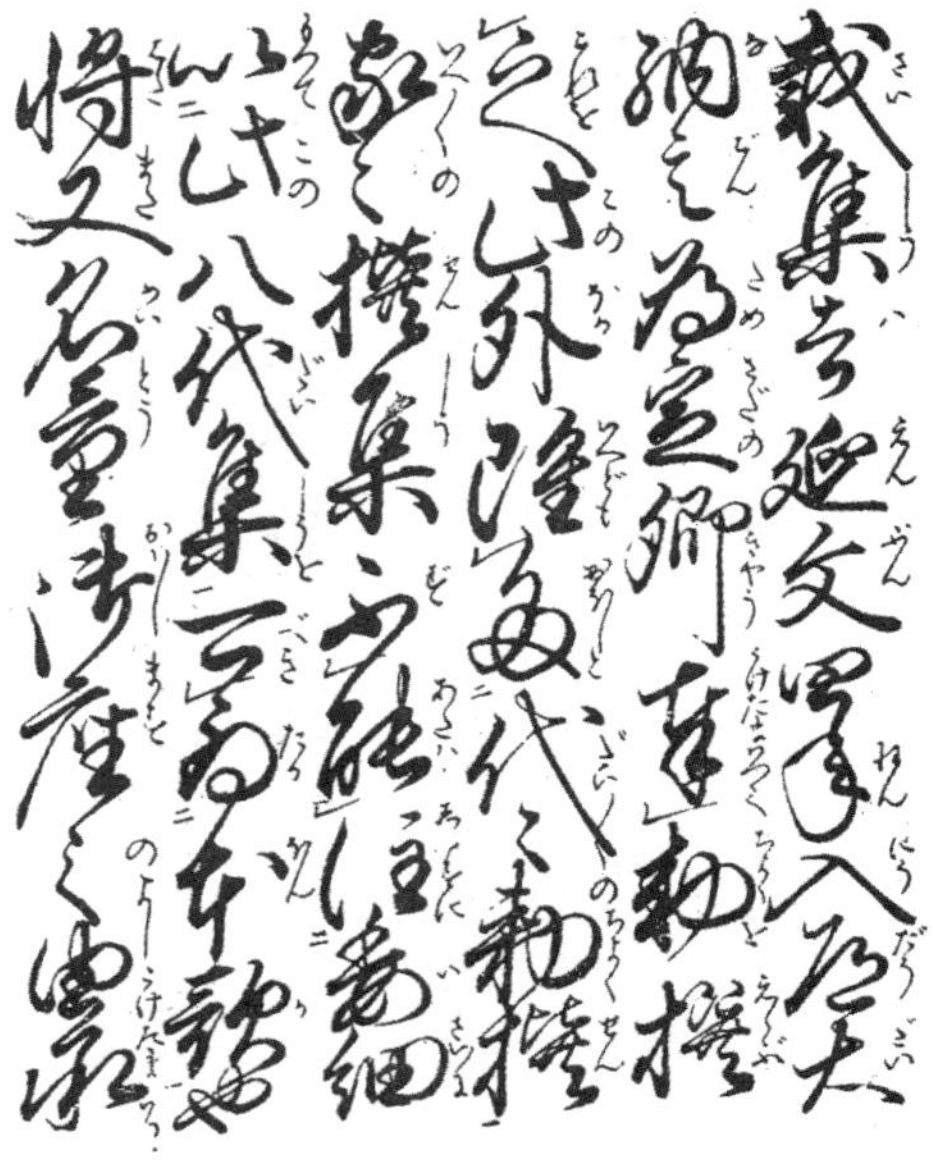

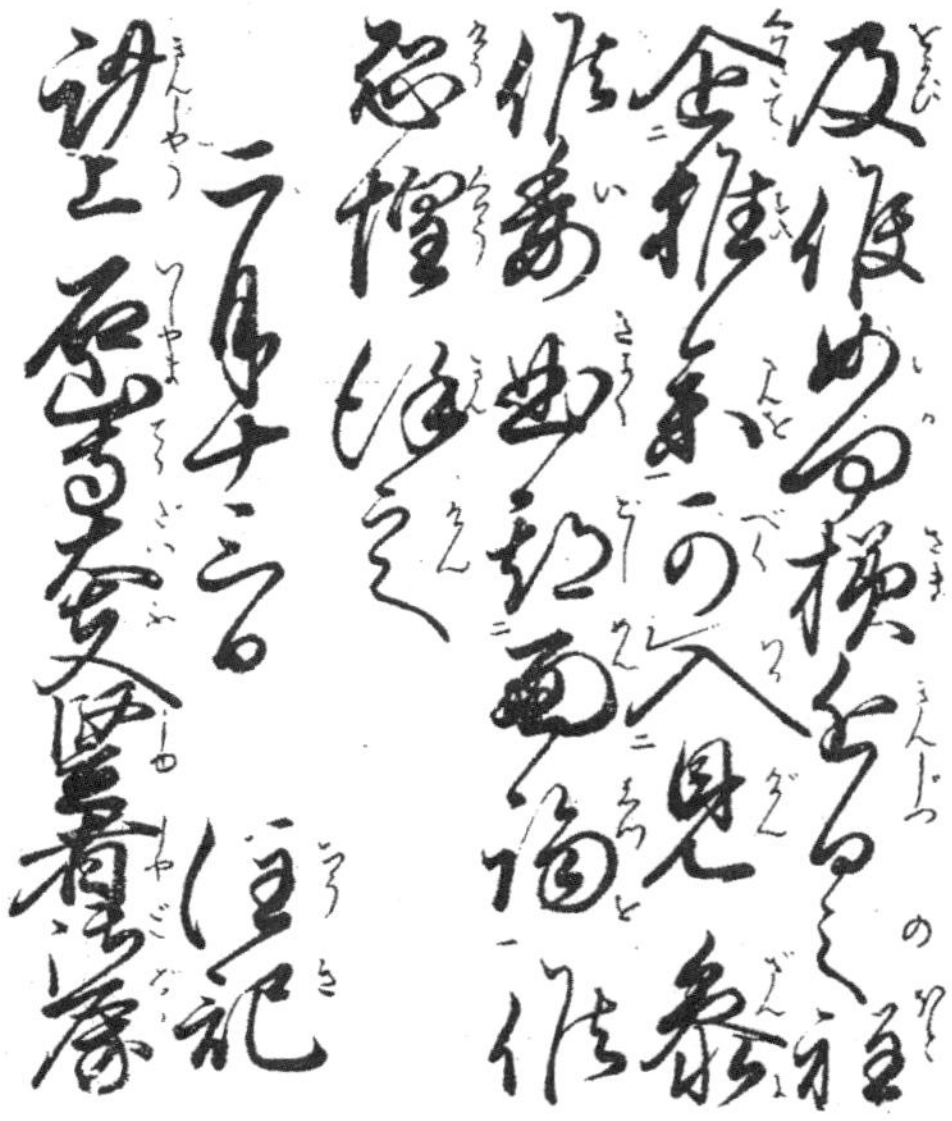

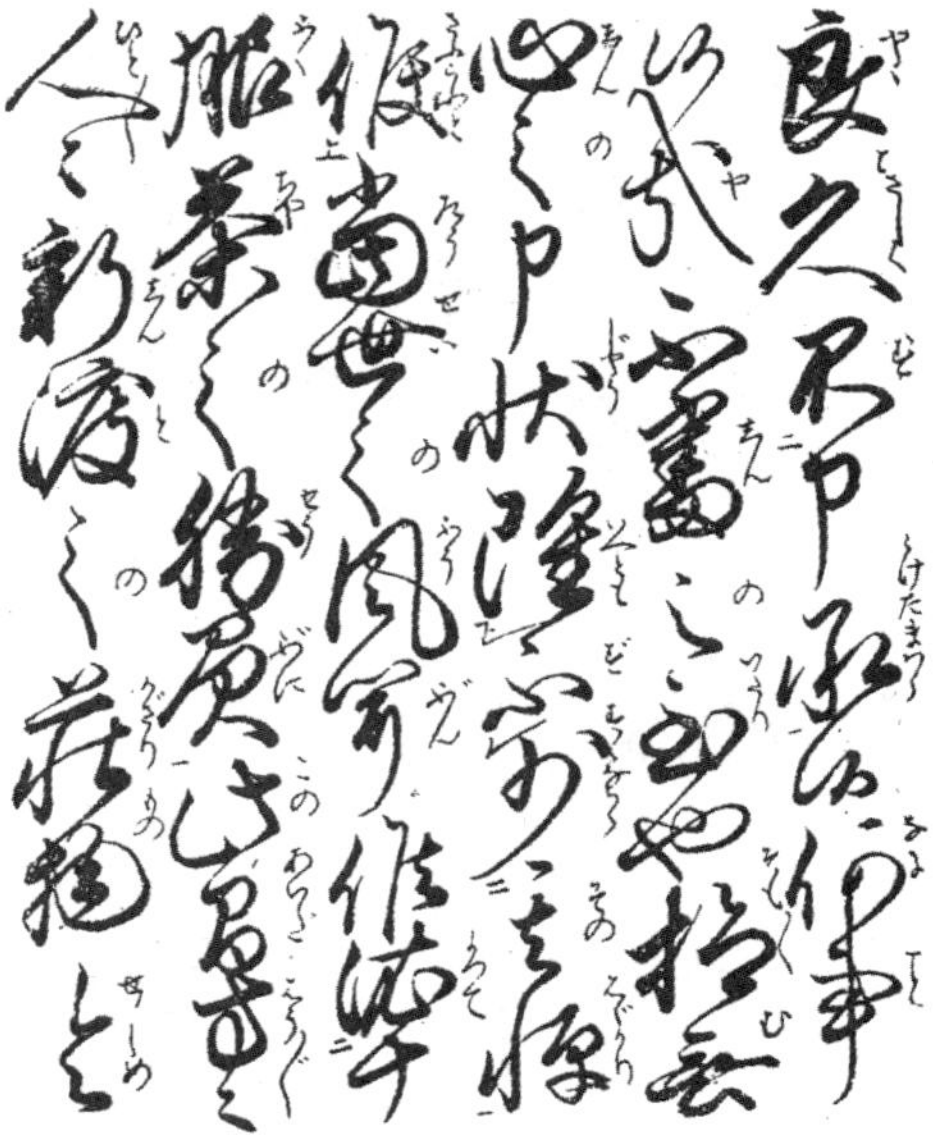

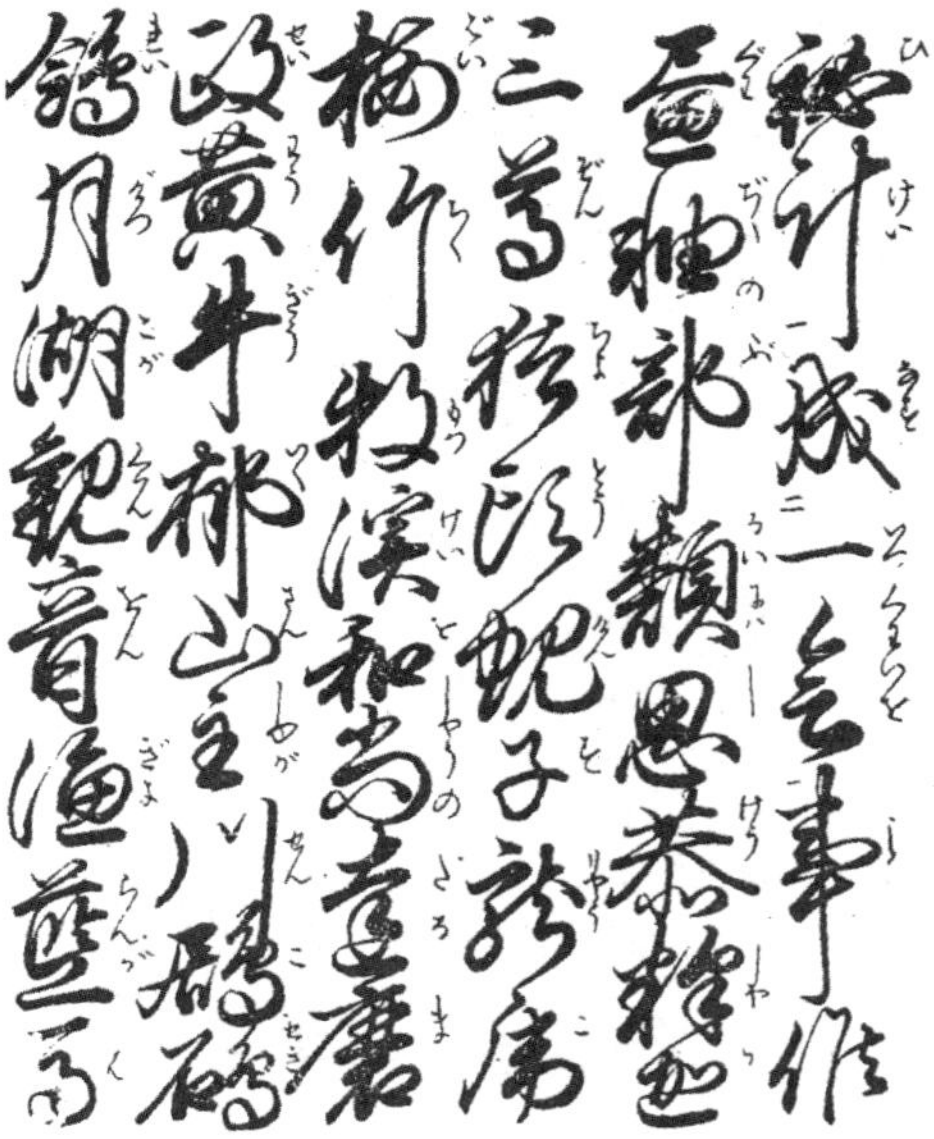

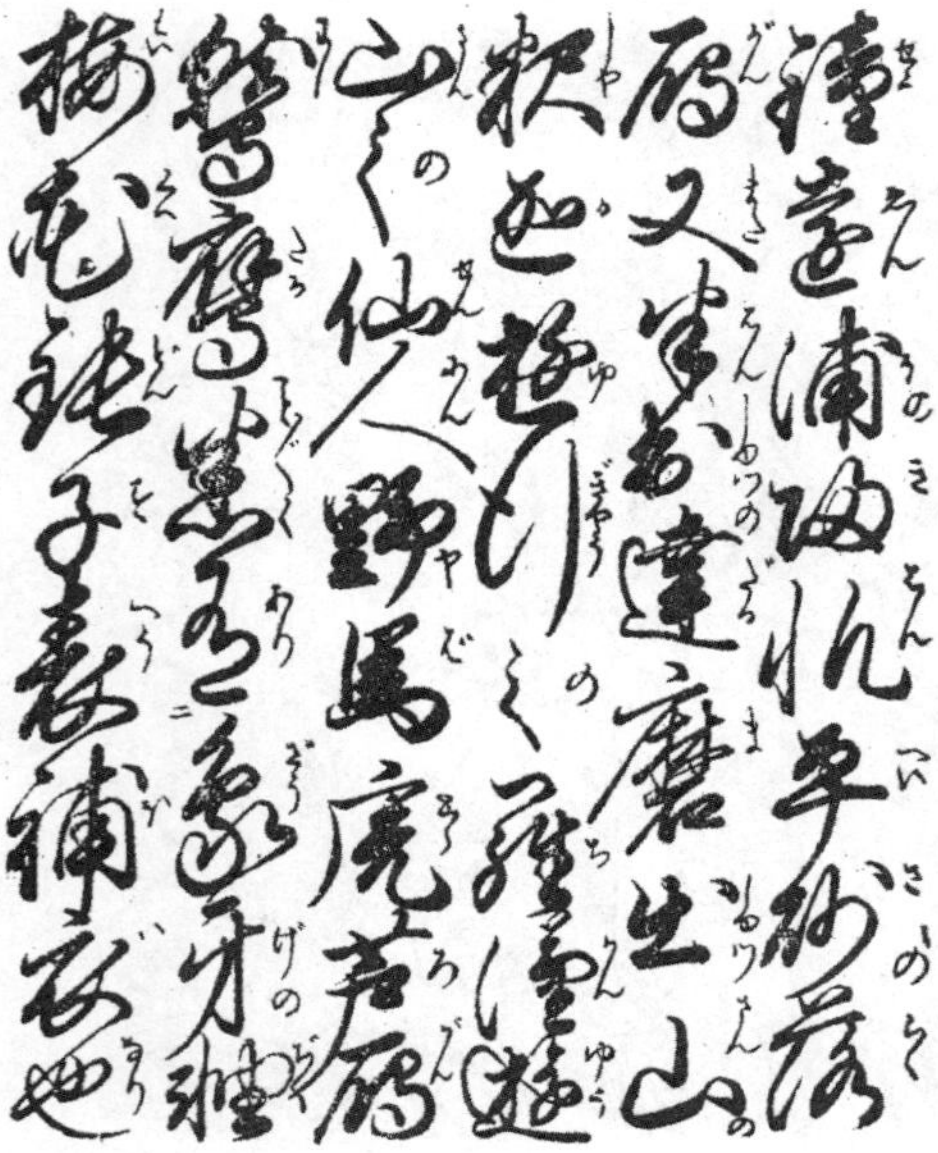

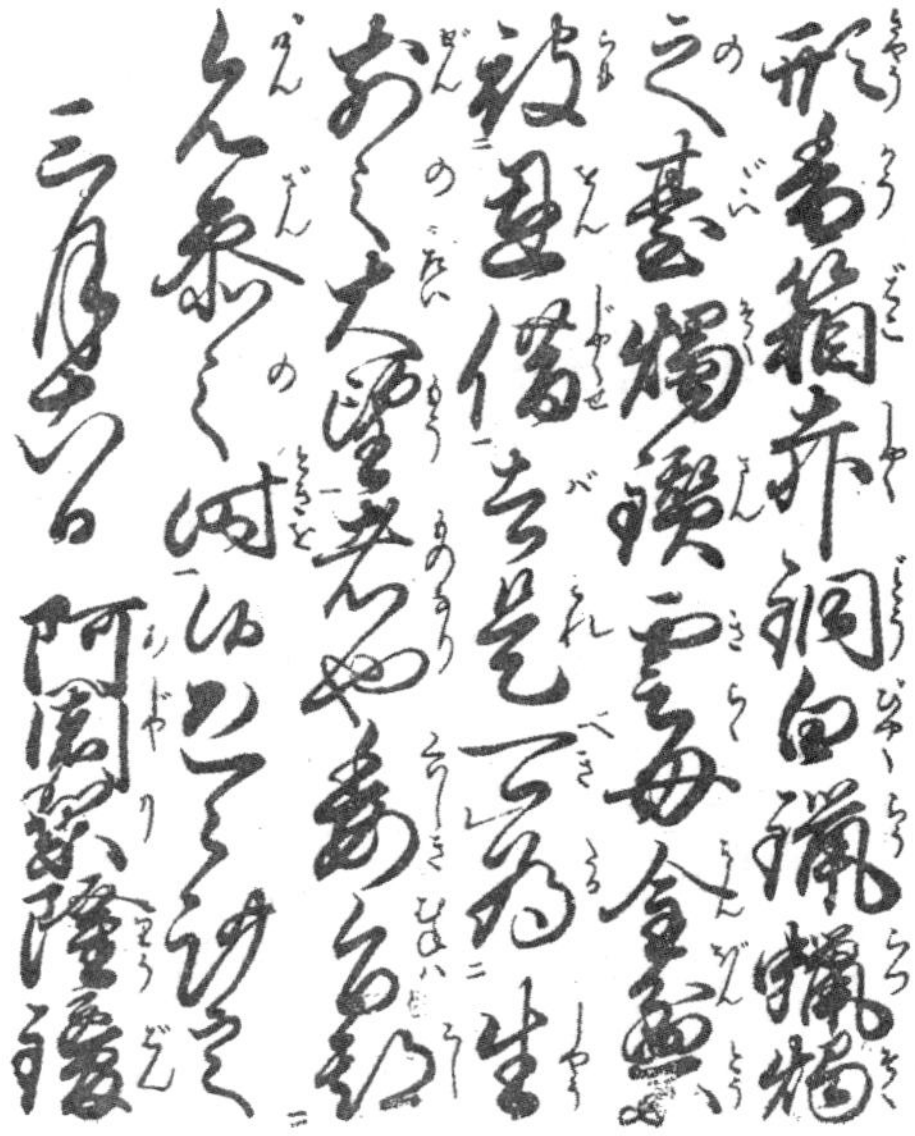

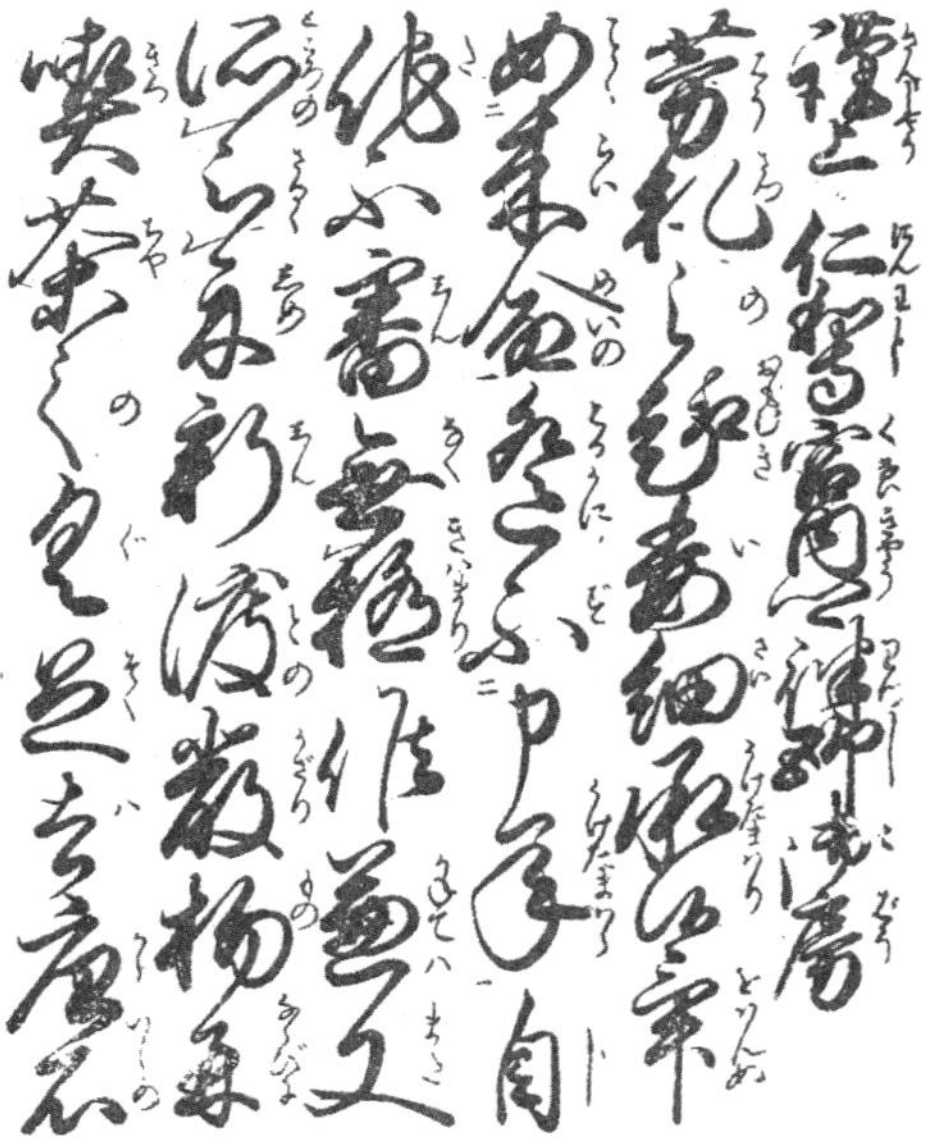

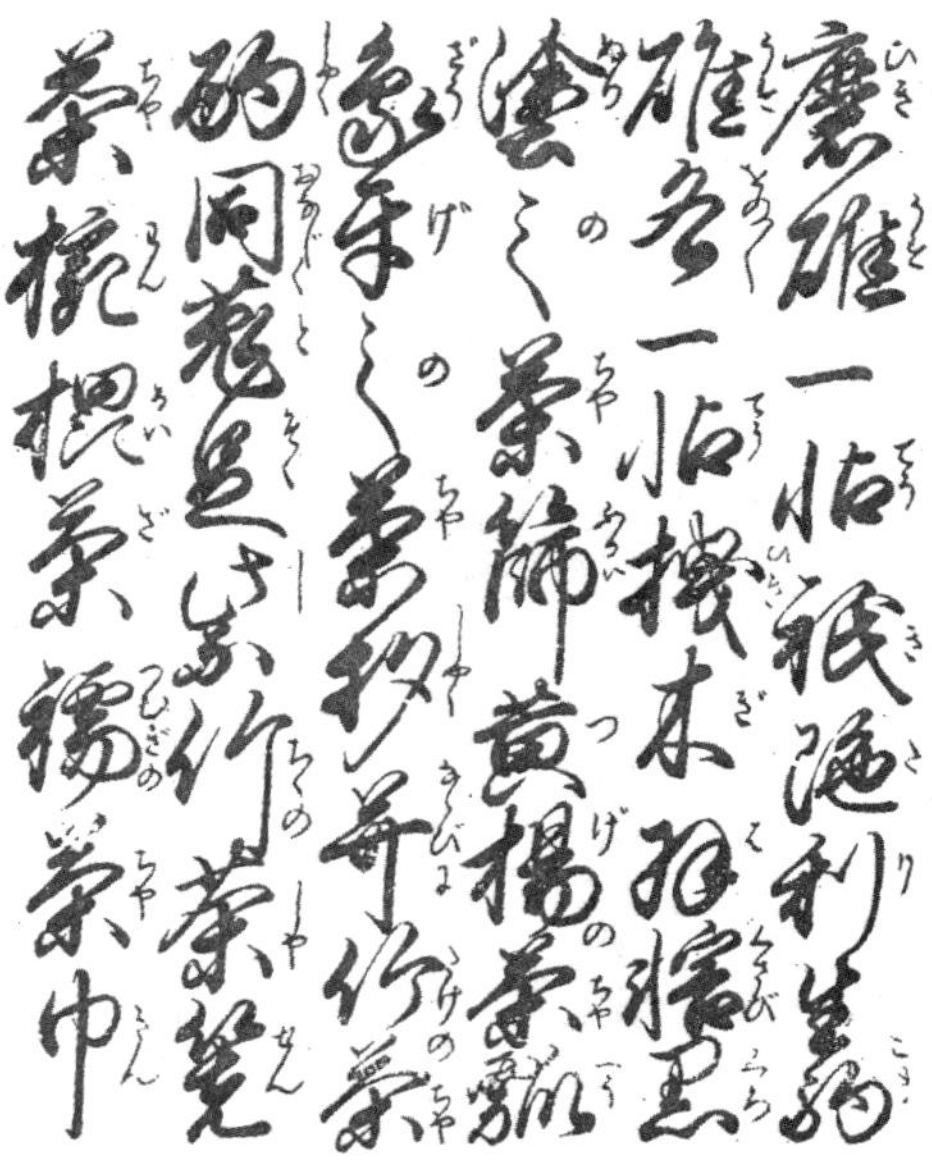

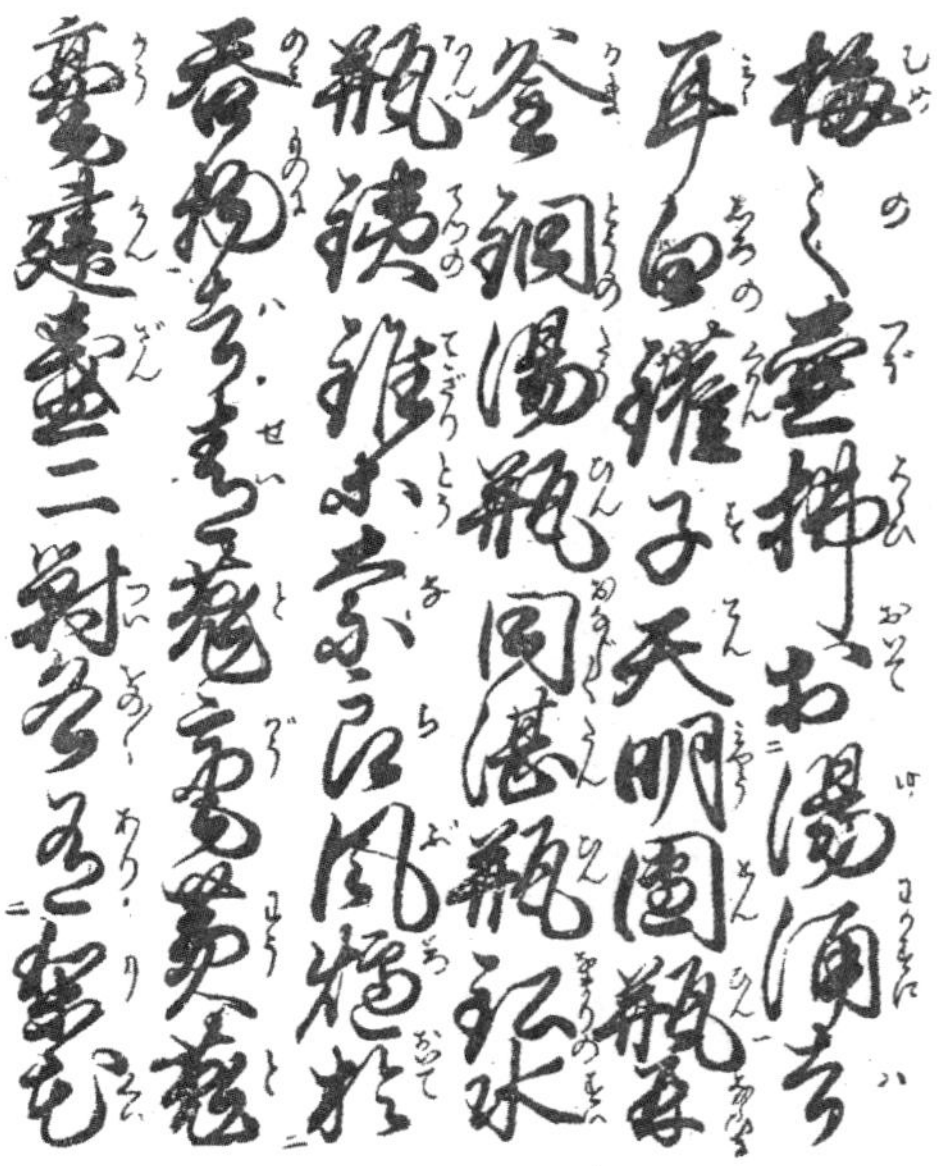

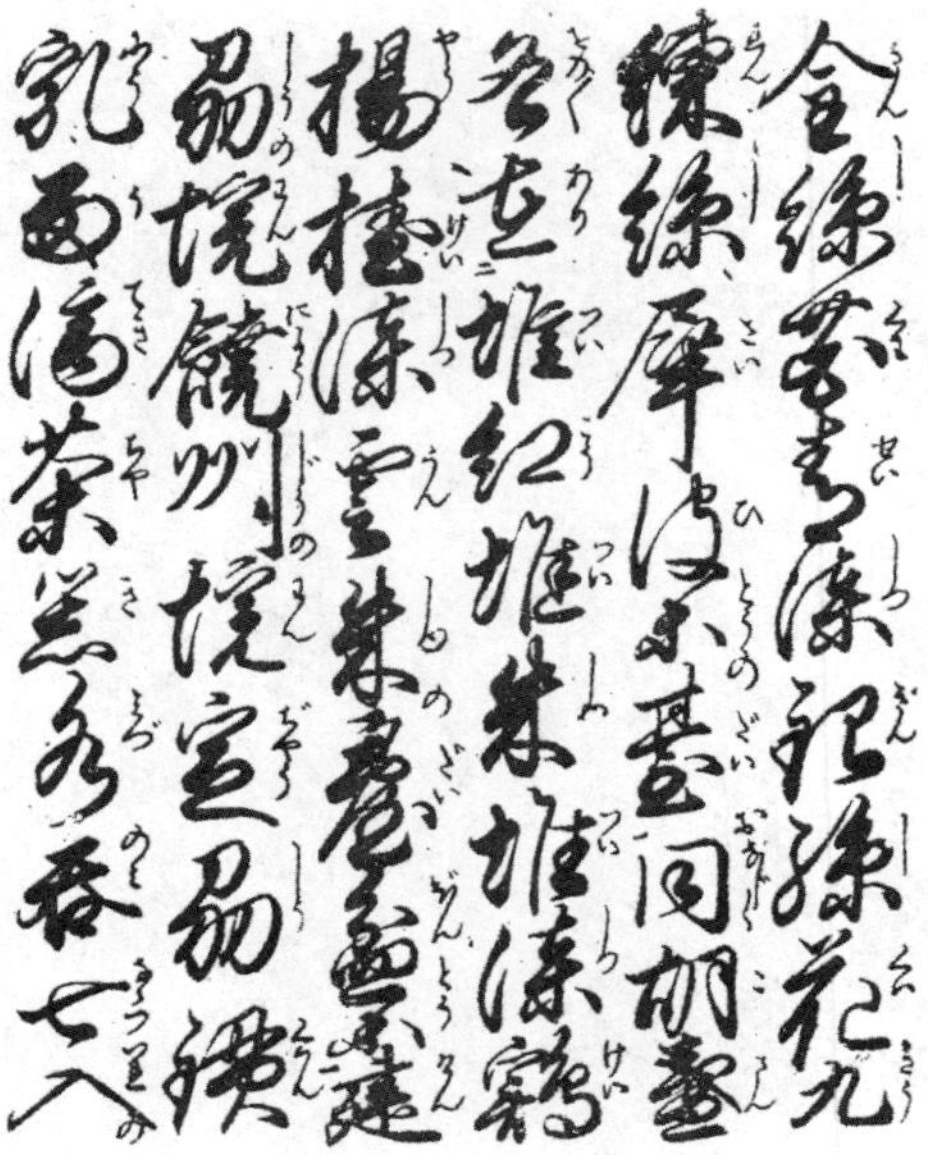

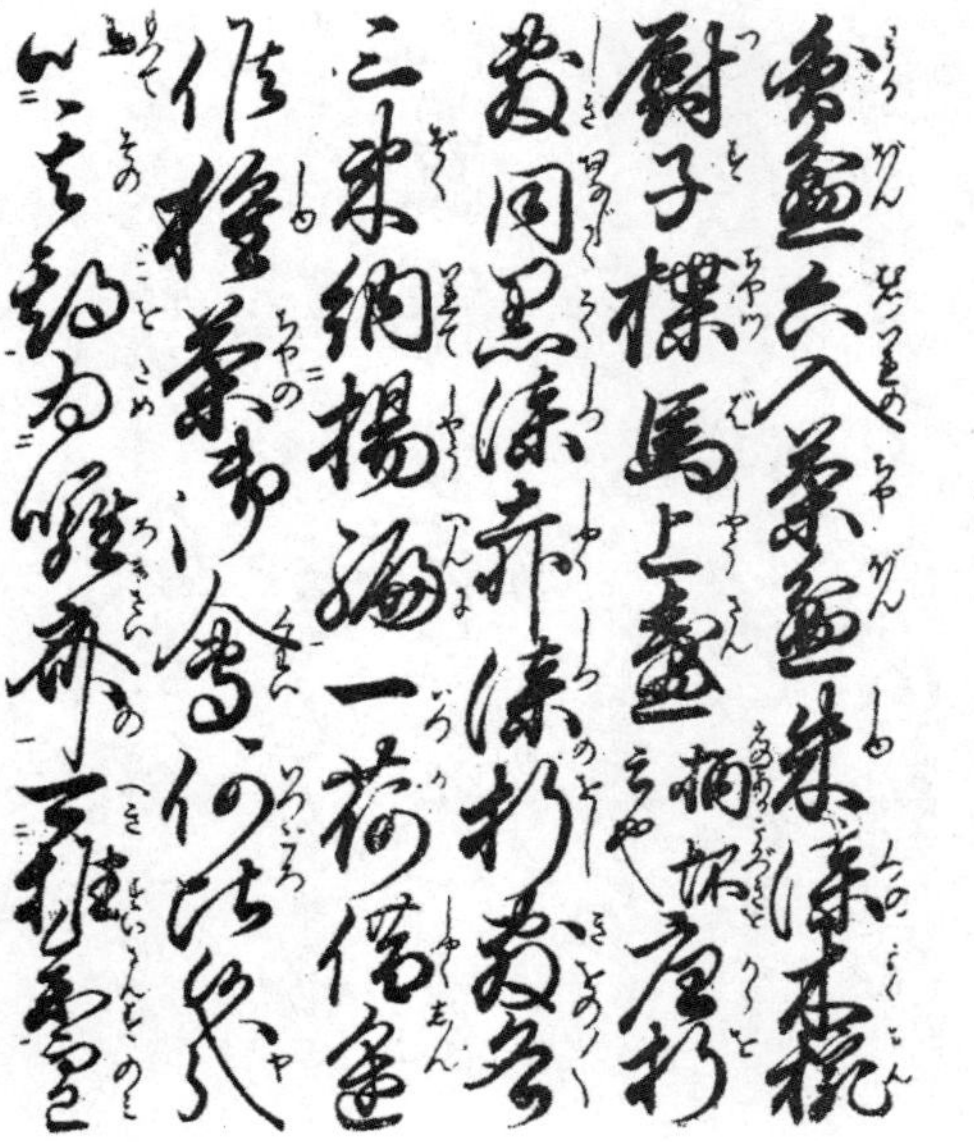

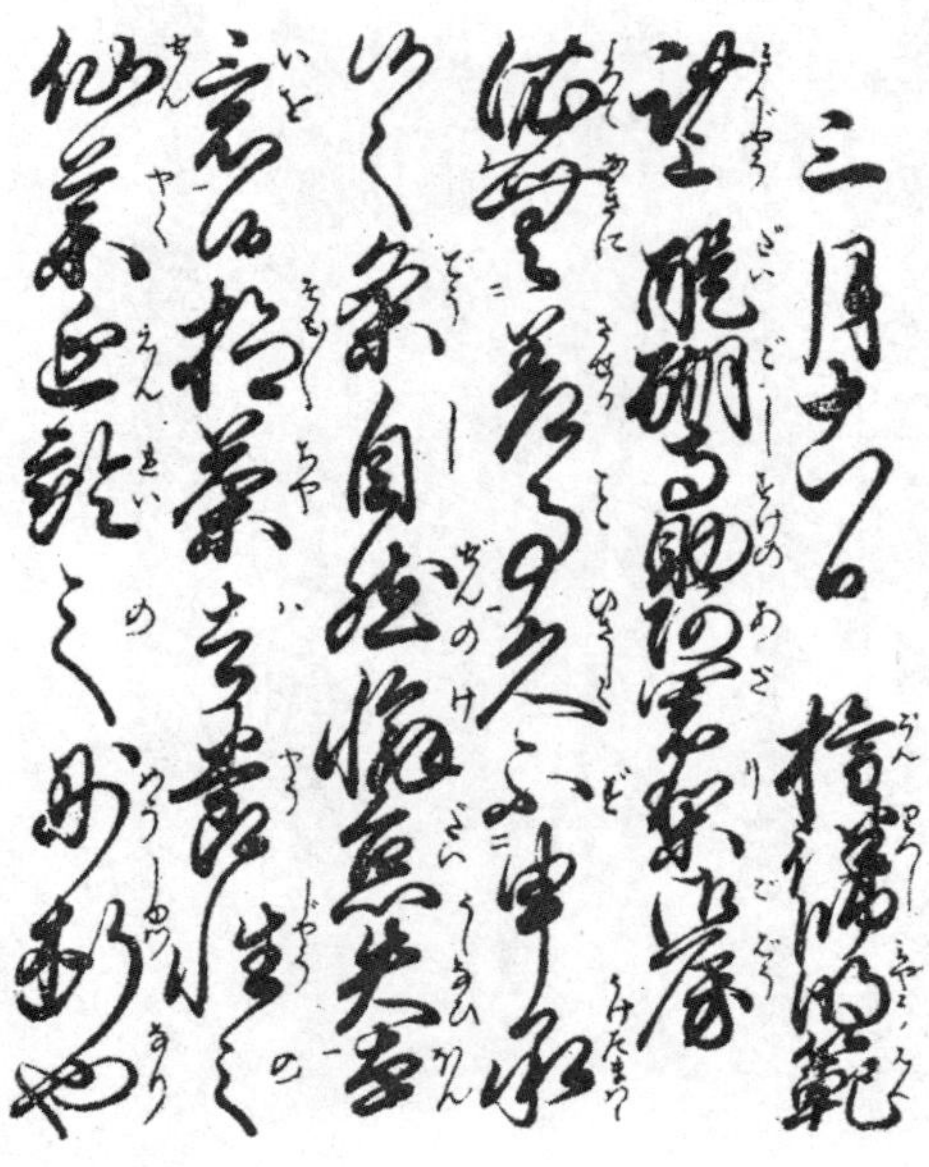

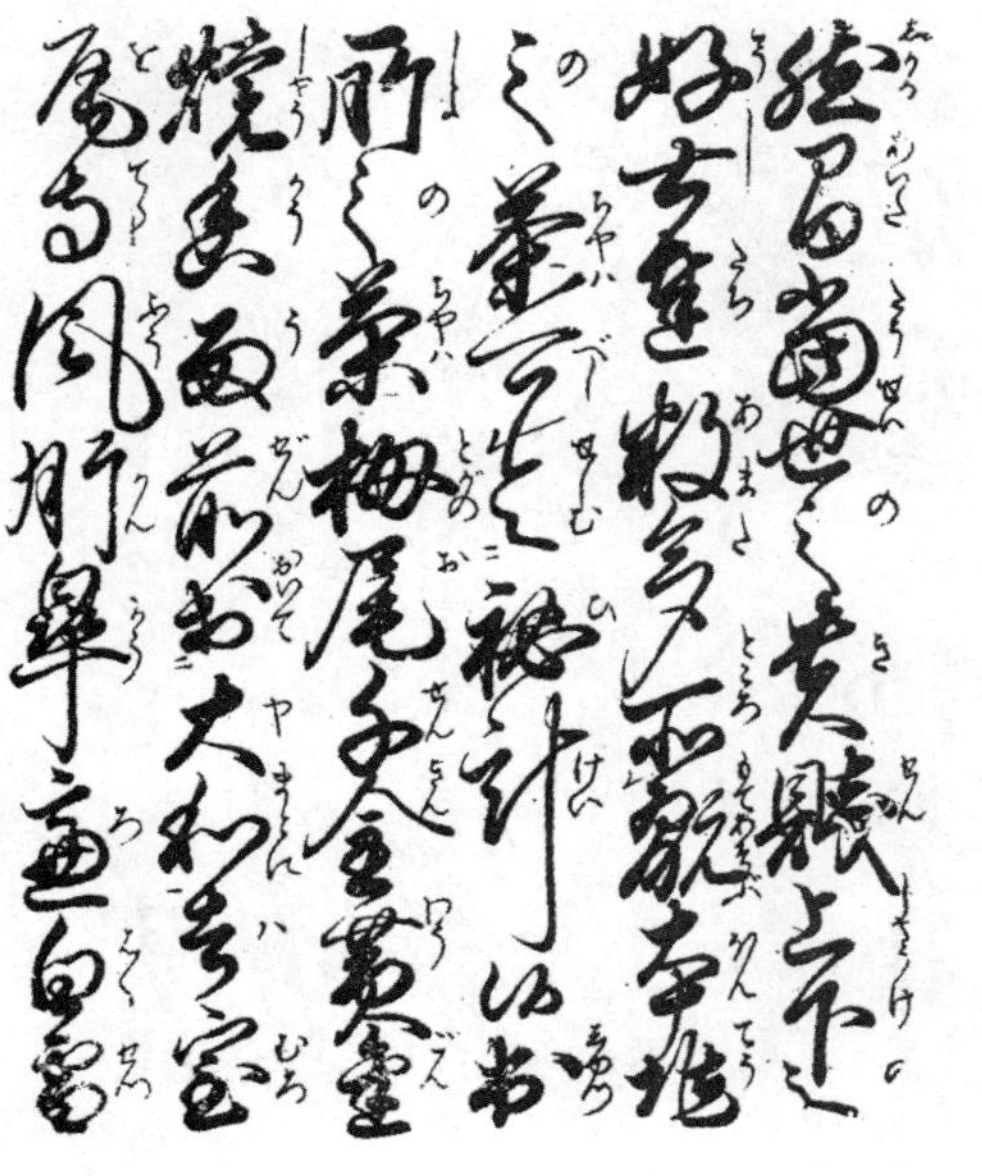

春雪《しゆんせつ》於《おゐてハ》鎮《ちん》宮《みや》所《しよ》者《ハ》仙山《せんさん》
栂尾於《おいて》ニ伊勢《いせ》者《ハ》小山《こやま》之《の》
雲《うん》映《えい》聚香廣風於《おいて》丹波
者《ハ》神尾寺之《の》槇尾之《の》小葉
此外宇治《うぢ》朝日山《あさひやま》葉室立
摘仁和寺《にんなじの》初園上醍醐

之《の》織前石山《いしやま》寺之《の》茶《ちや》又《また》
一武蔵《むさし》之《の》河越後之《の》
関《せき》茶《ちや》伊賀《いが》浪部伊勢《いせ》
之井江法般若之《の》茶《ちや》又《また》
彭宋朝《そうてう》之《の》茶《ちや》羅
漢洞之《の》物葛天台茶《ちや》又《また》

一遠渓之《の》枯前浮深之《の》小
葉甘山為漢朝之《の》西蜀
東府徳昌乱君十條茶《ちや》
園将千遊三精田彼民
茶《ちや》對合去六石茶《ちや》集書
茶《ちや》園季《き》三種之《の》物茶《ちや》山《やま》

隠按排云投斷古打揆
合宮合山里大地儀郡
茶《ちや》摂壺之《の》葉之《の》大壺
若然寺火搗一向之為
宗批判之《の》治定仕家
又孫貴御茶《ちや》出来《しゆつらい》仕号

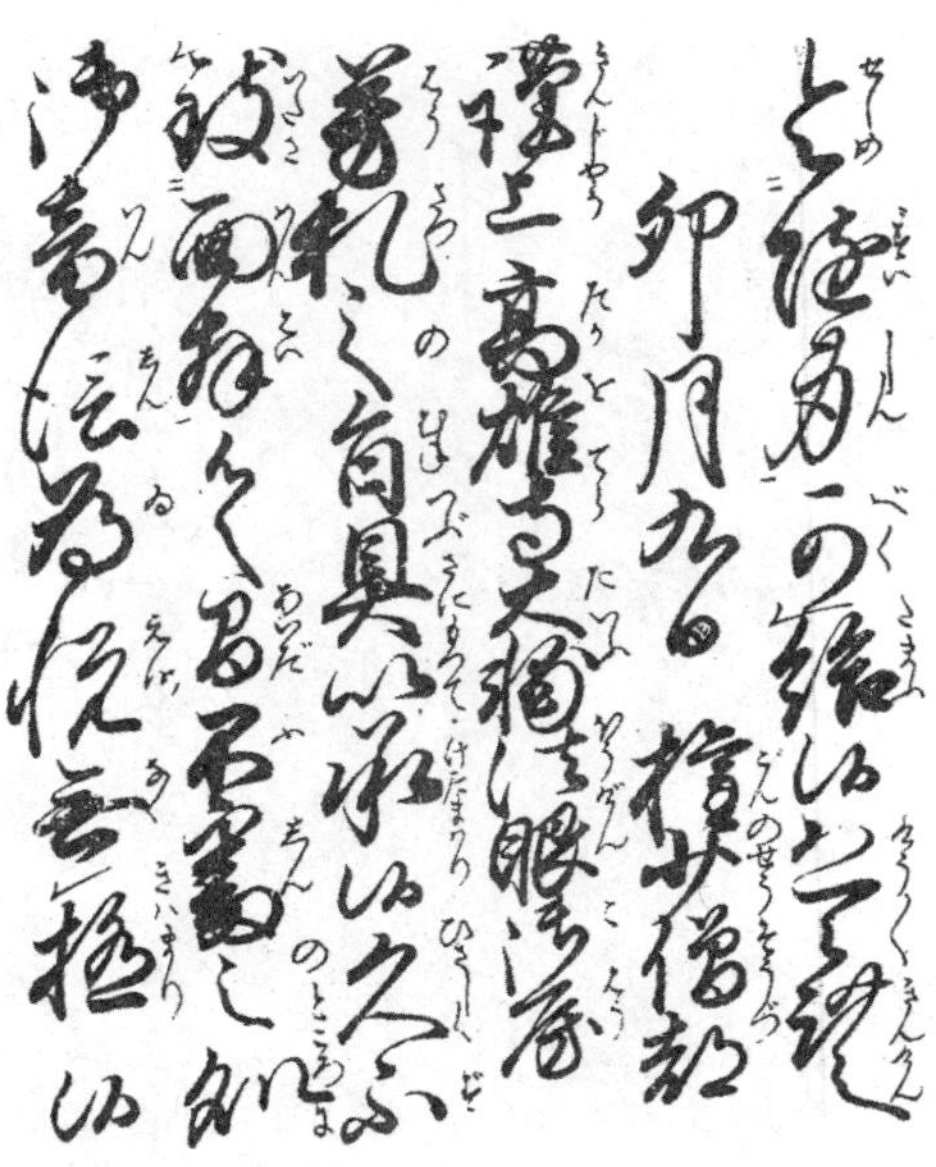

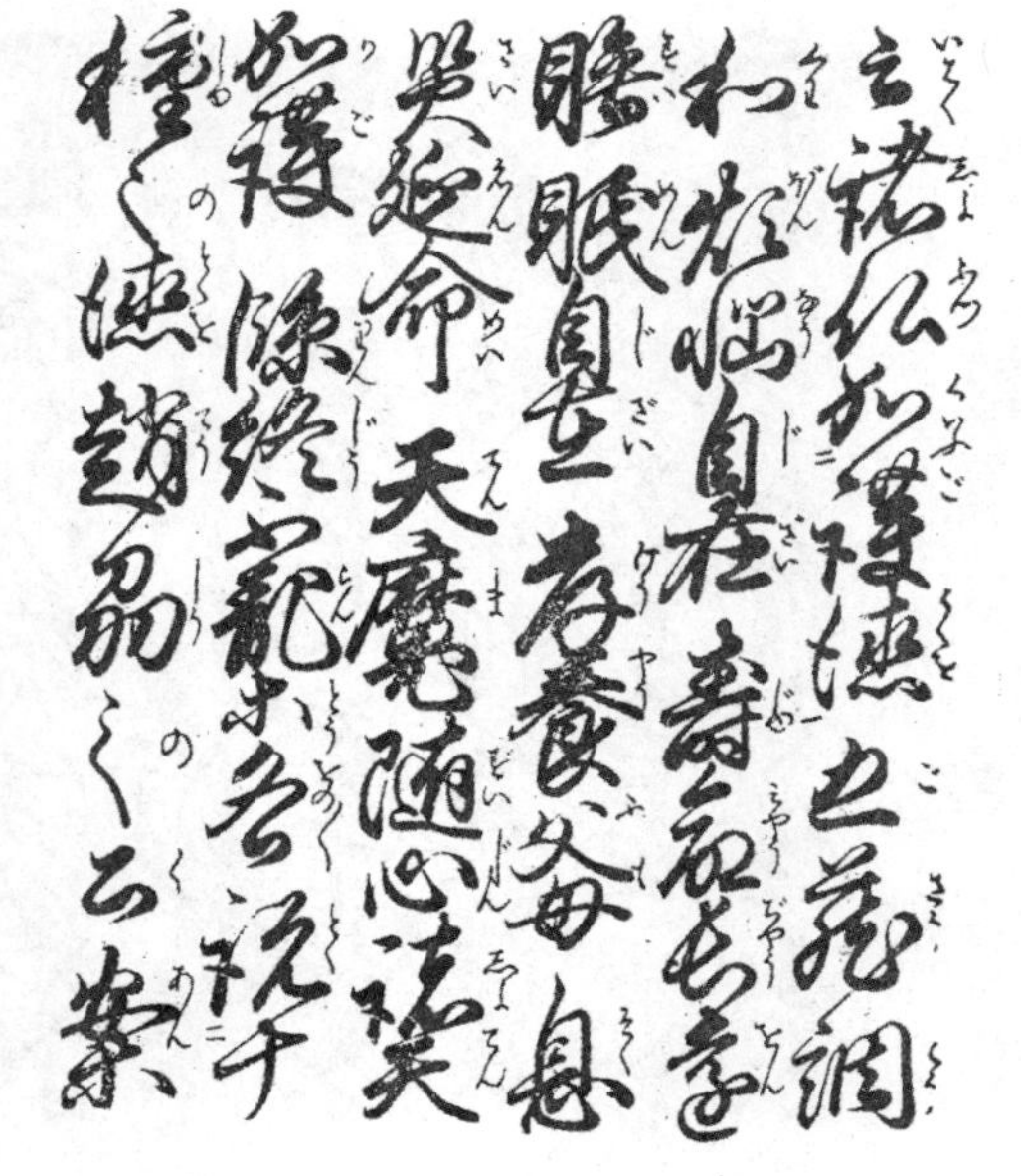

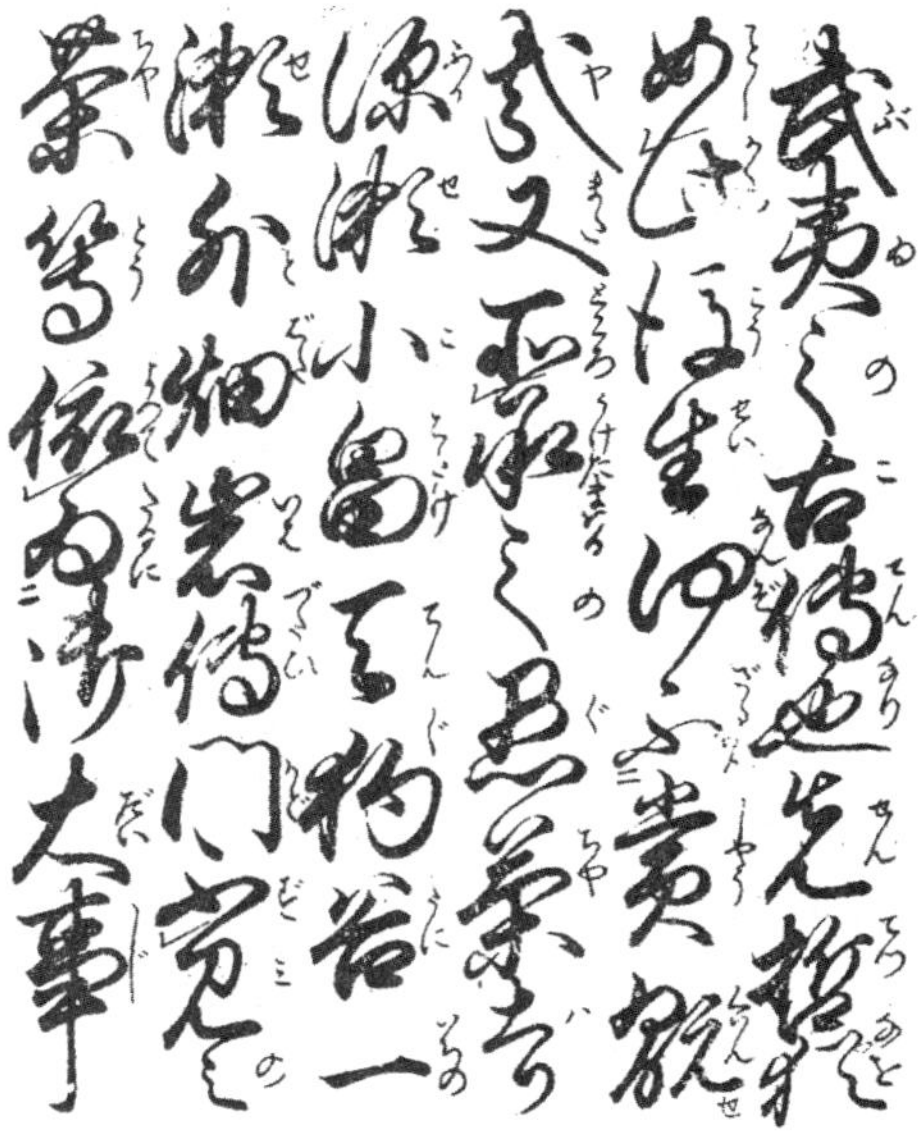

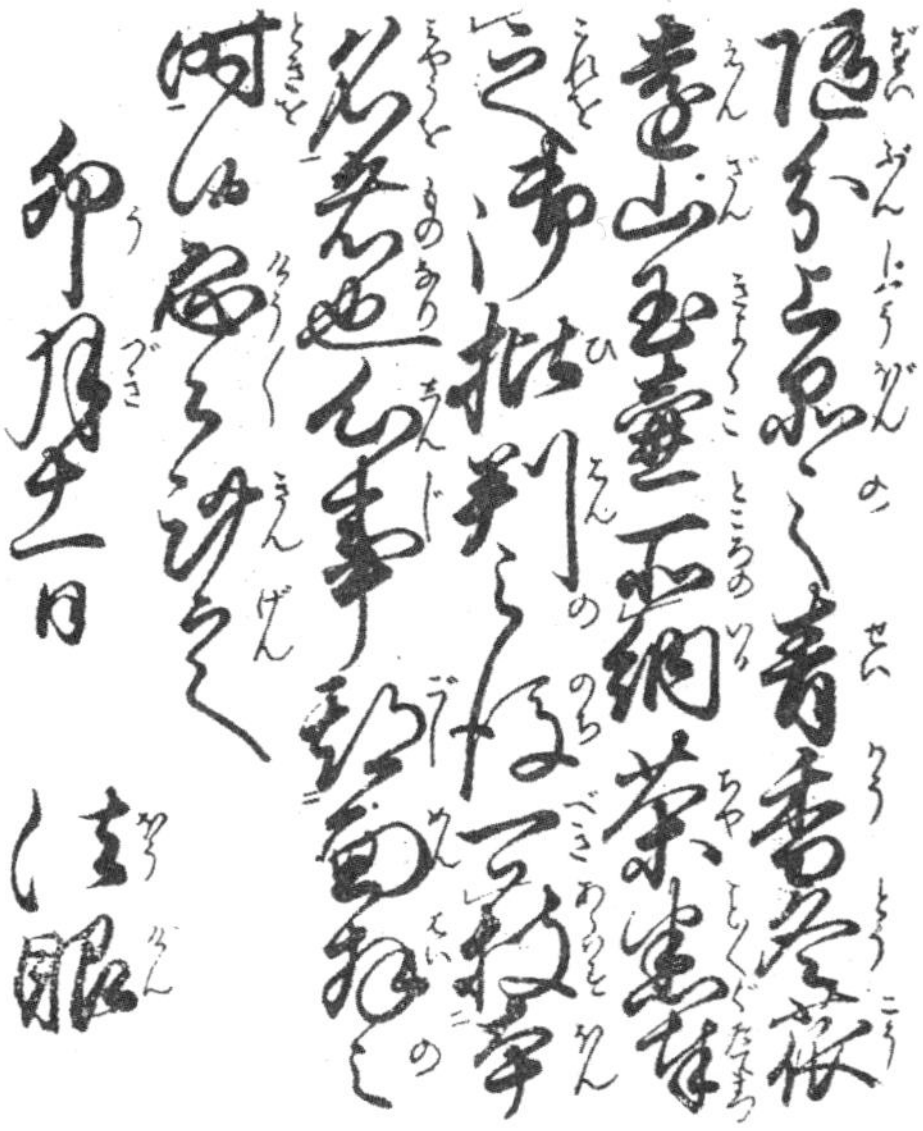

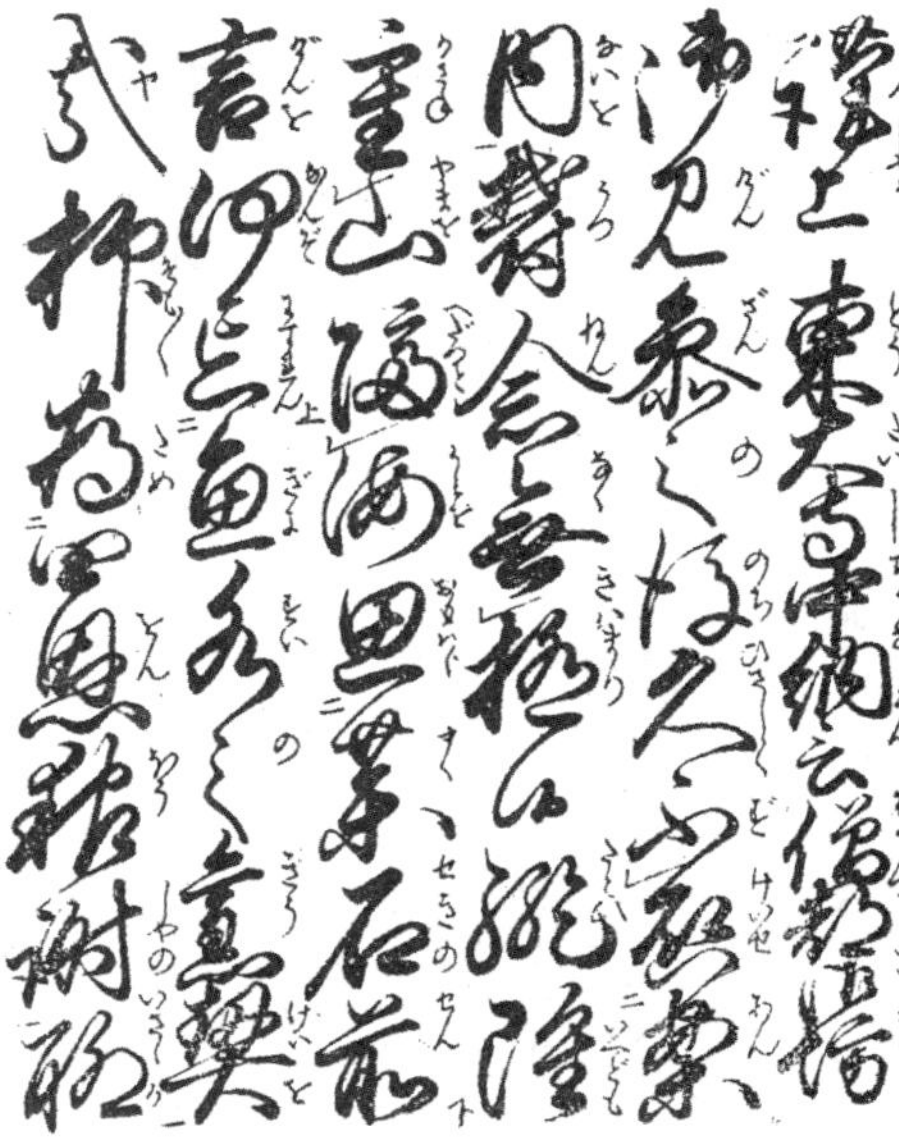

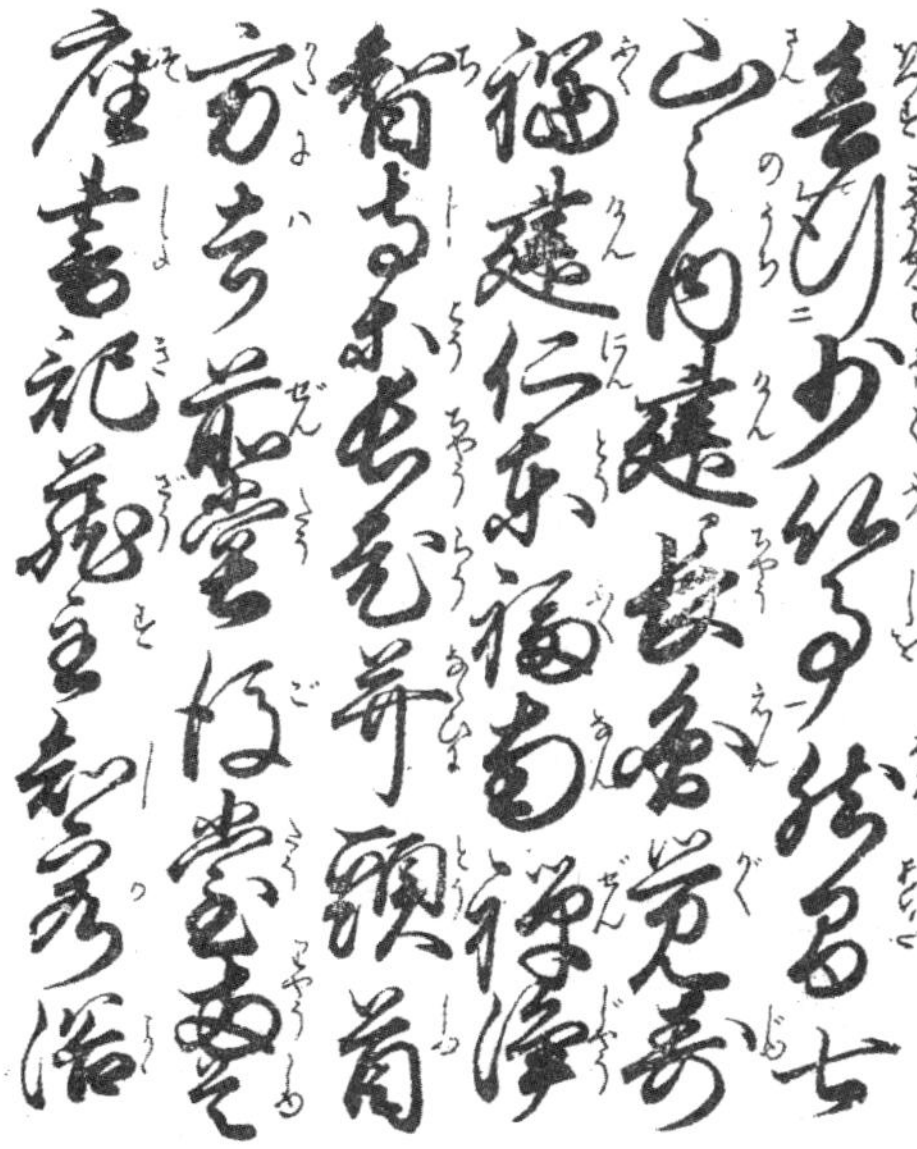

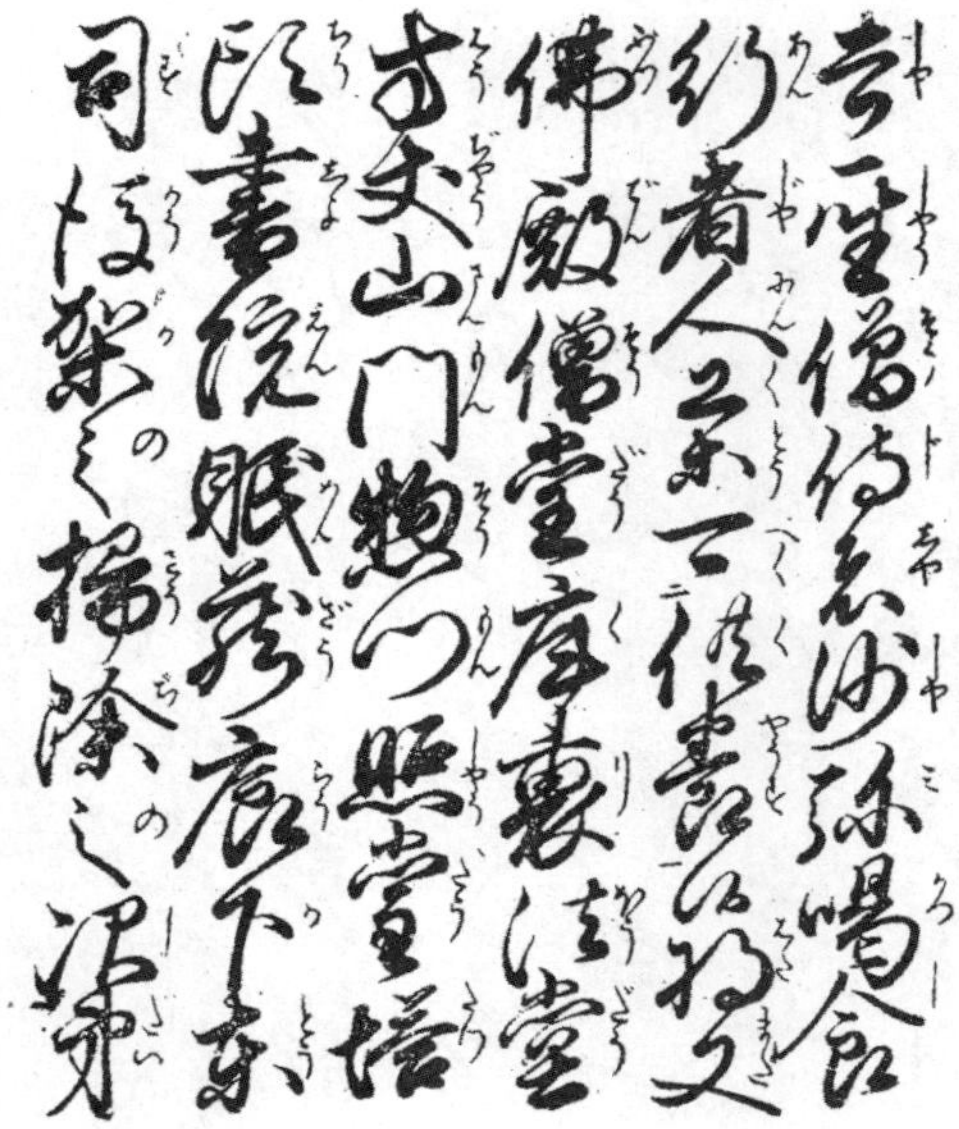

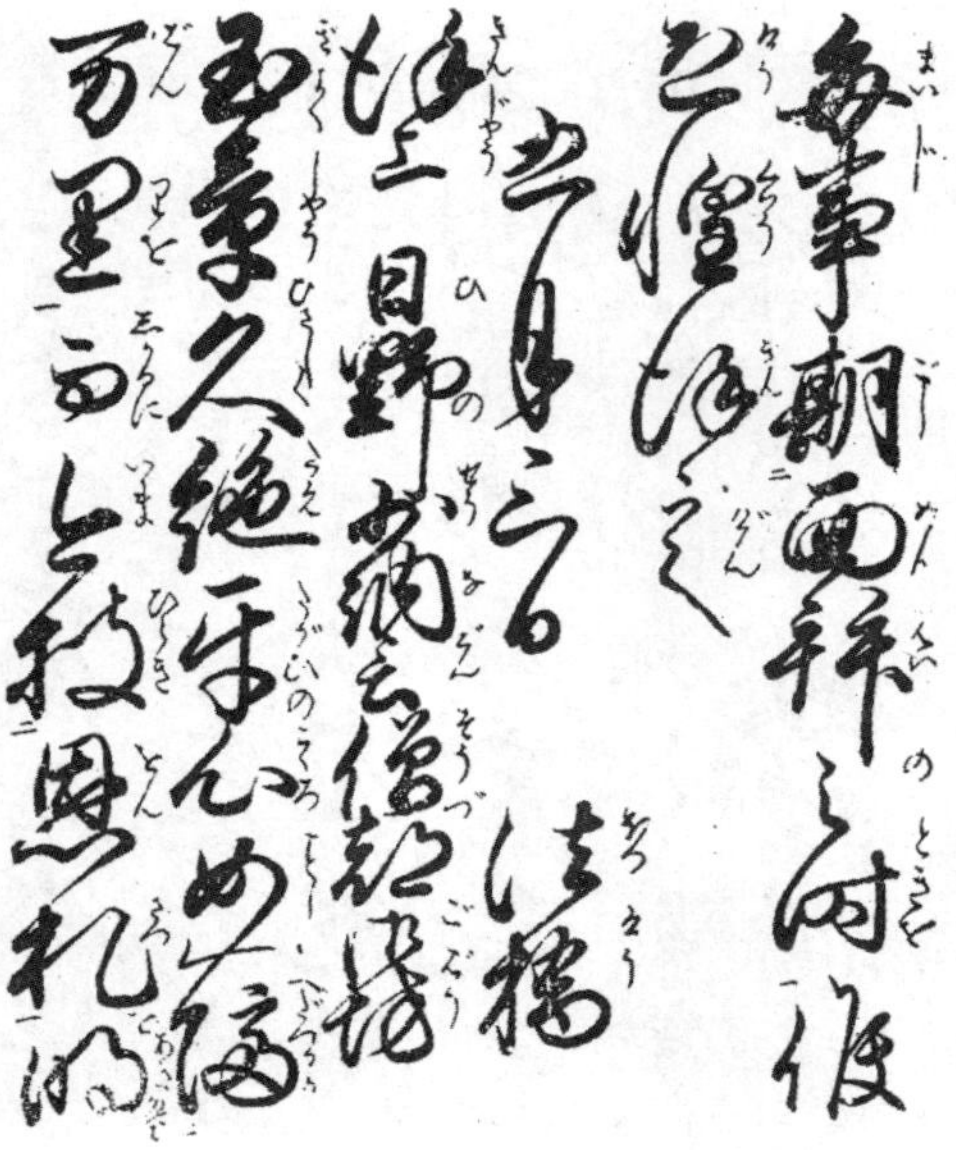

前藉抑《そもそも》は仏事《ぶつじ》之《の》経《けい》
営《えい》者物《ぶつ》前《そう》奉家以僧《そう》
侶招《ちょう》請《せい》之《の》時《とき》ニ一應茶《ちや》湯《とう》
之《の》香菓湯《ゆ》次《つぎ》菓喫羹
點心之《の》後《のち》喫湯點心之
お蒸之文點心云夏者

水繊《せん》羹云温《うん》糟し鶏
白魚羹糟鶏羹驢腸
鼈《べつ》羹羊羹猪羹驢
羹饍羊羹寸餅水
團立味粥素麺饂飩饅
頭苑耳羹小鳥羹納

組麺《めん》之過菓子云麩指
物云饂子牛指筆干
生栗干柿茸豆腐
上物油実和布青苔
出雲苔茸昆布さ鼻
苔海雲甘苔蒲也地苔

大豆牛房振物菓子
云柑子橘椎柘榴枇杷
桃杏梅栗柿楊梅梨
柚柑胡桃榲榧柘實
干棗等也陰然ニの外
美飯也練等有紙面絵

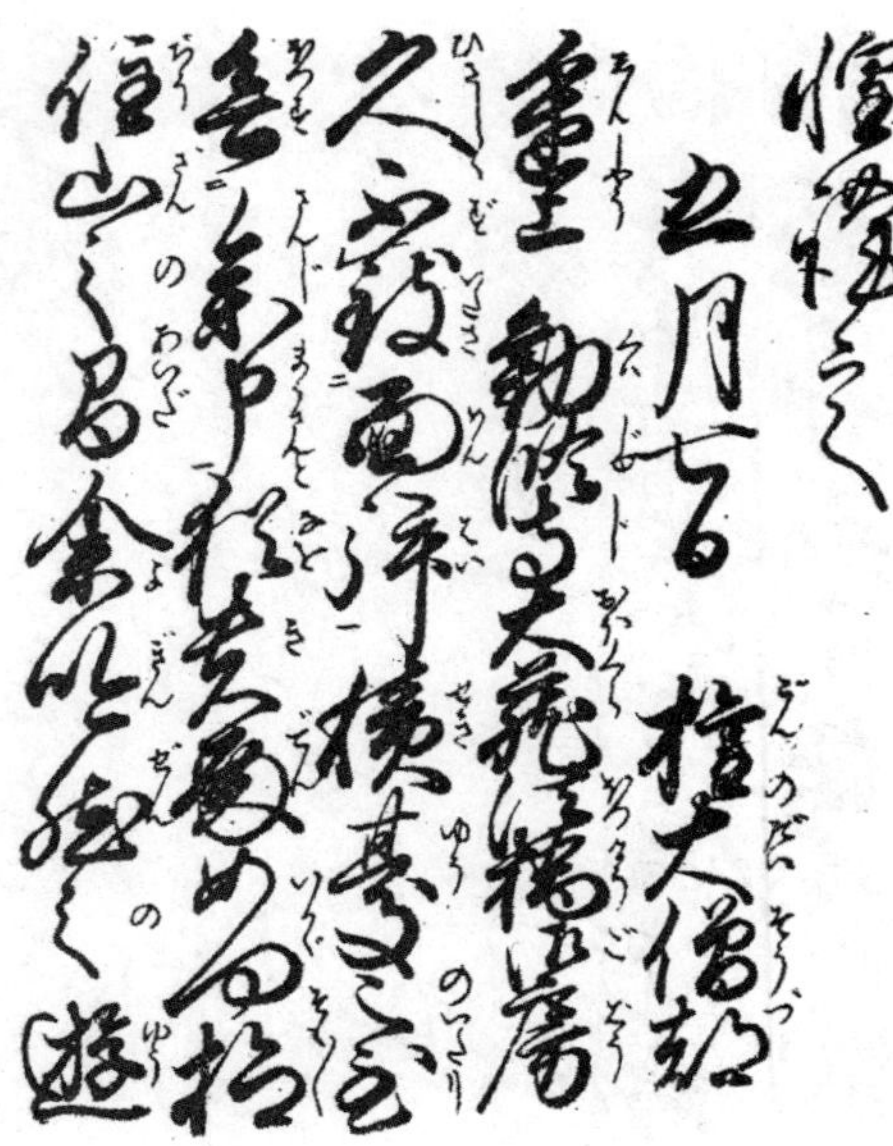

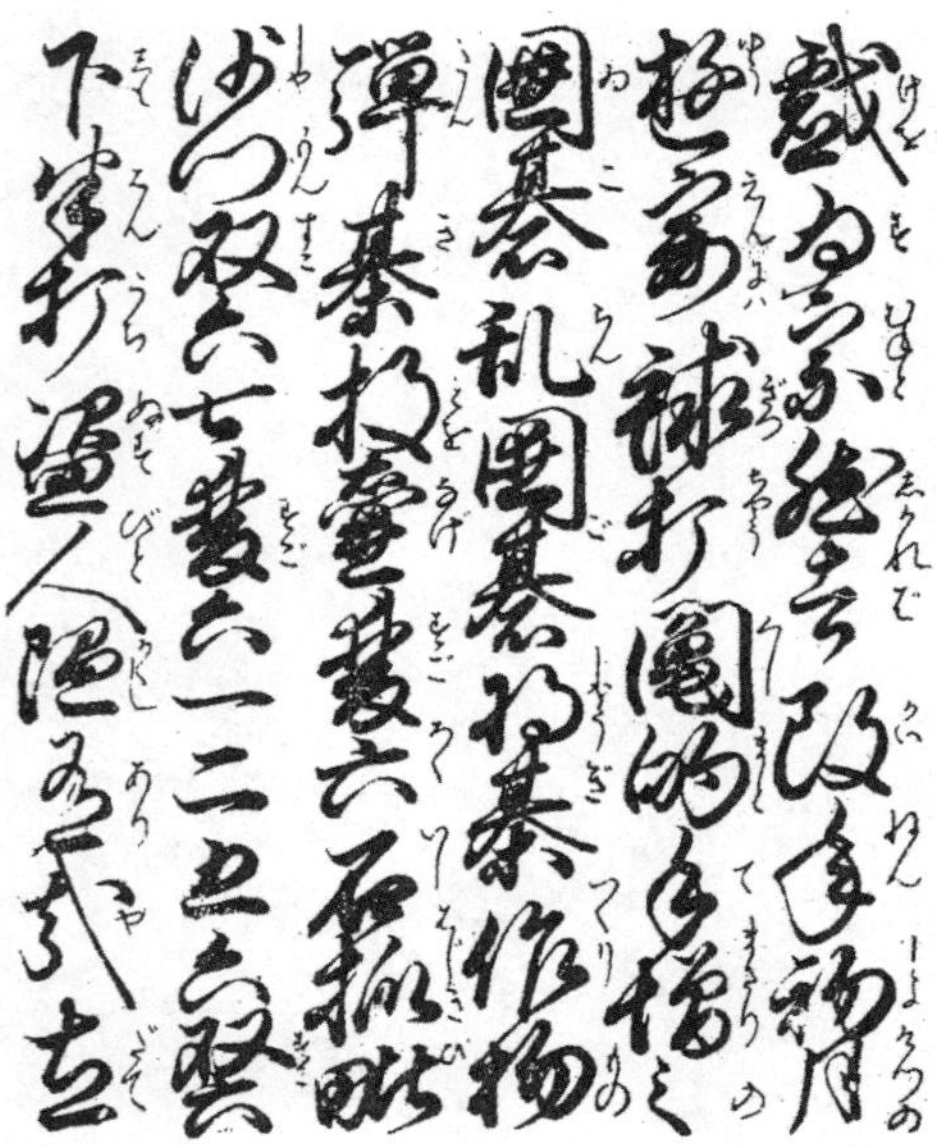

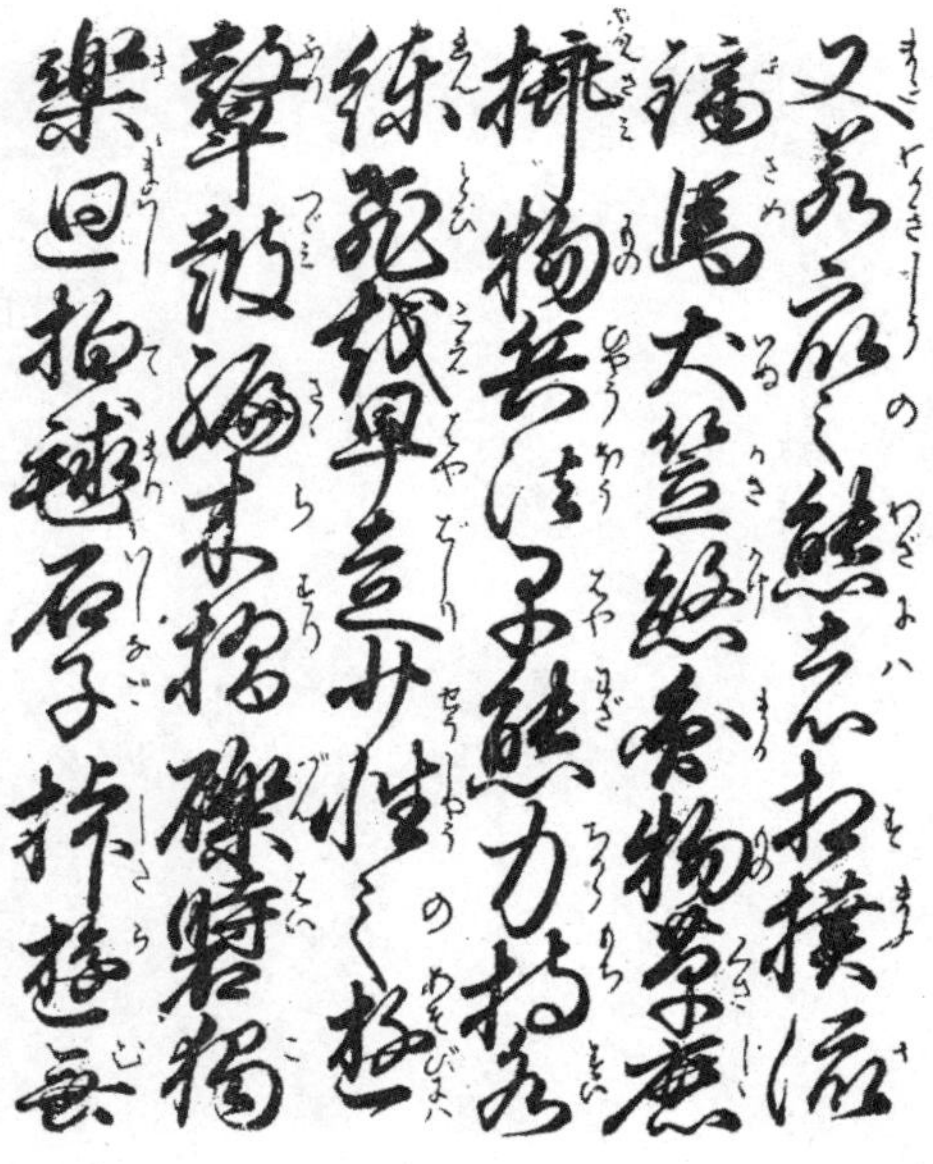

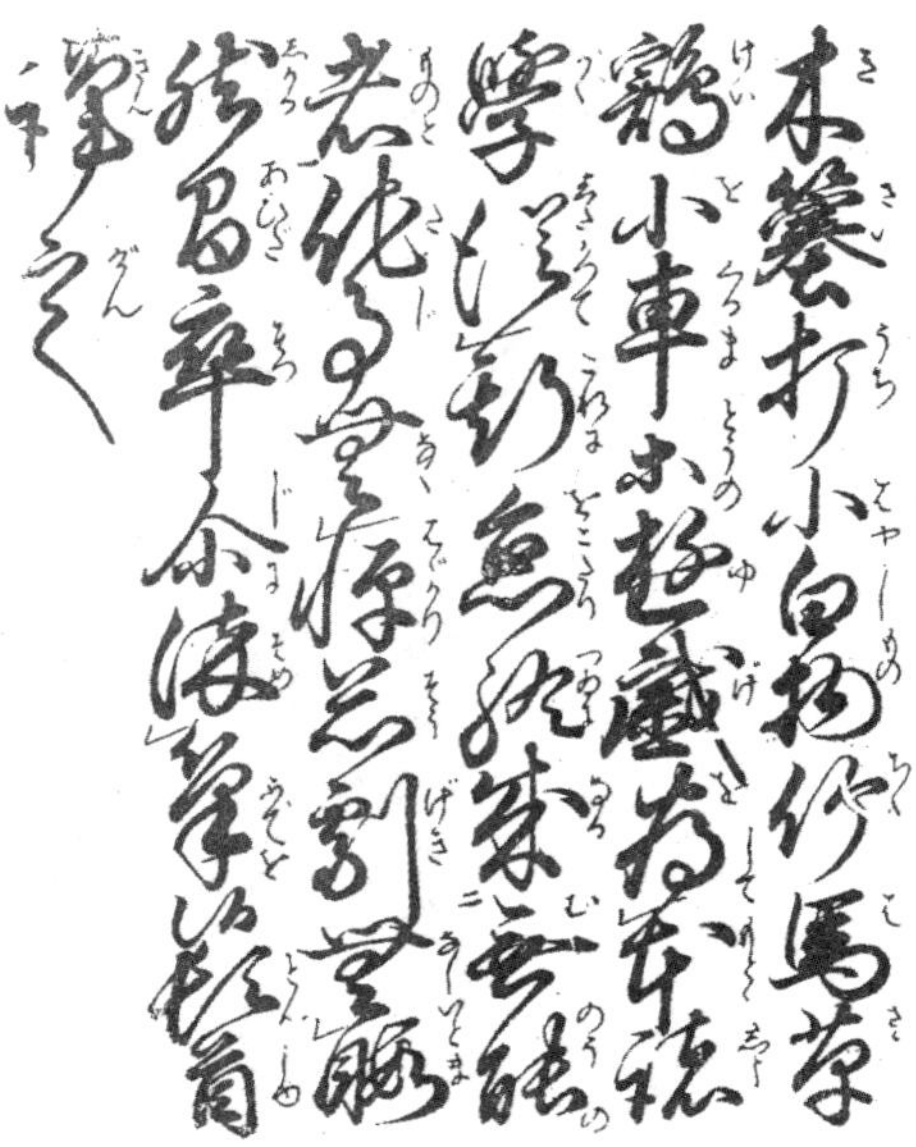

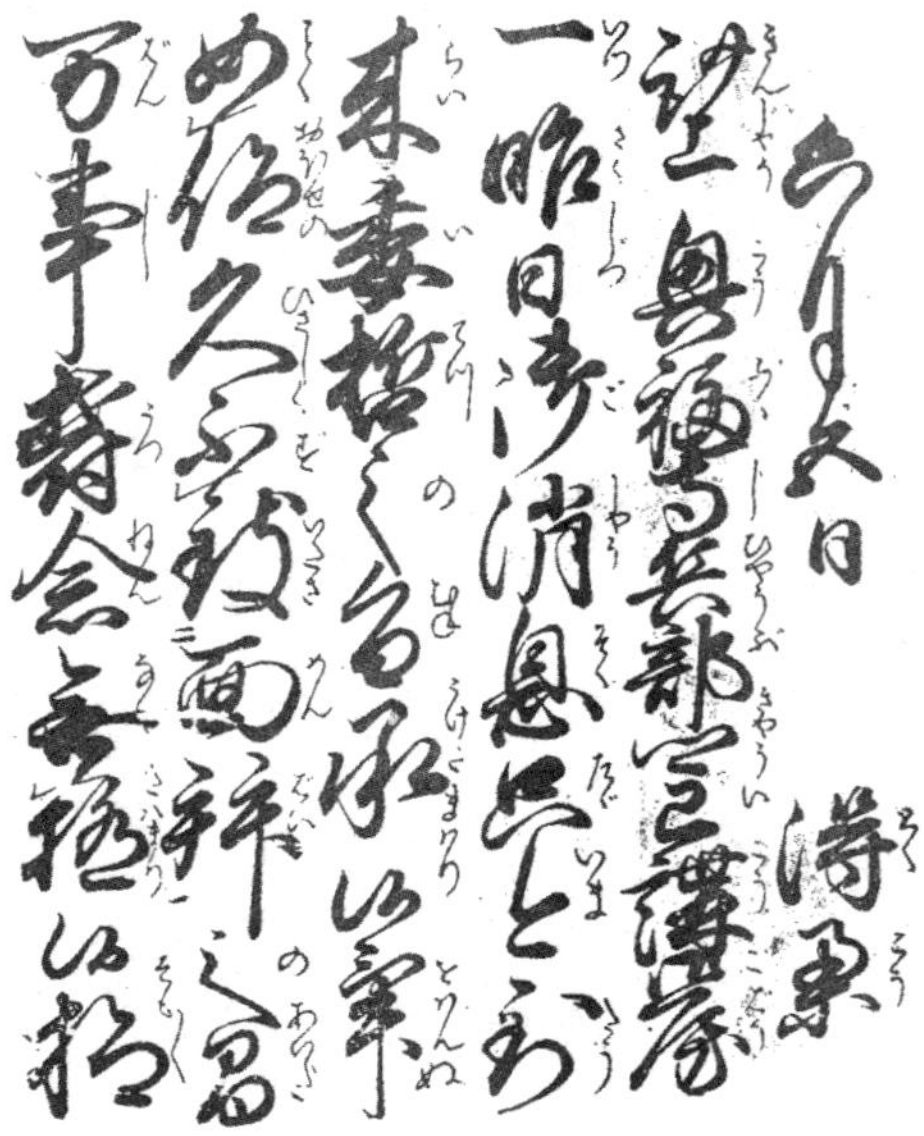

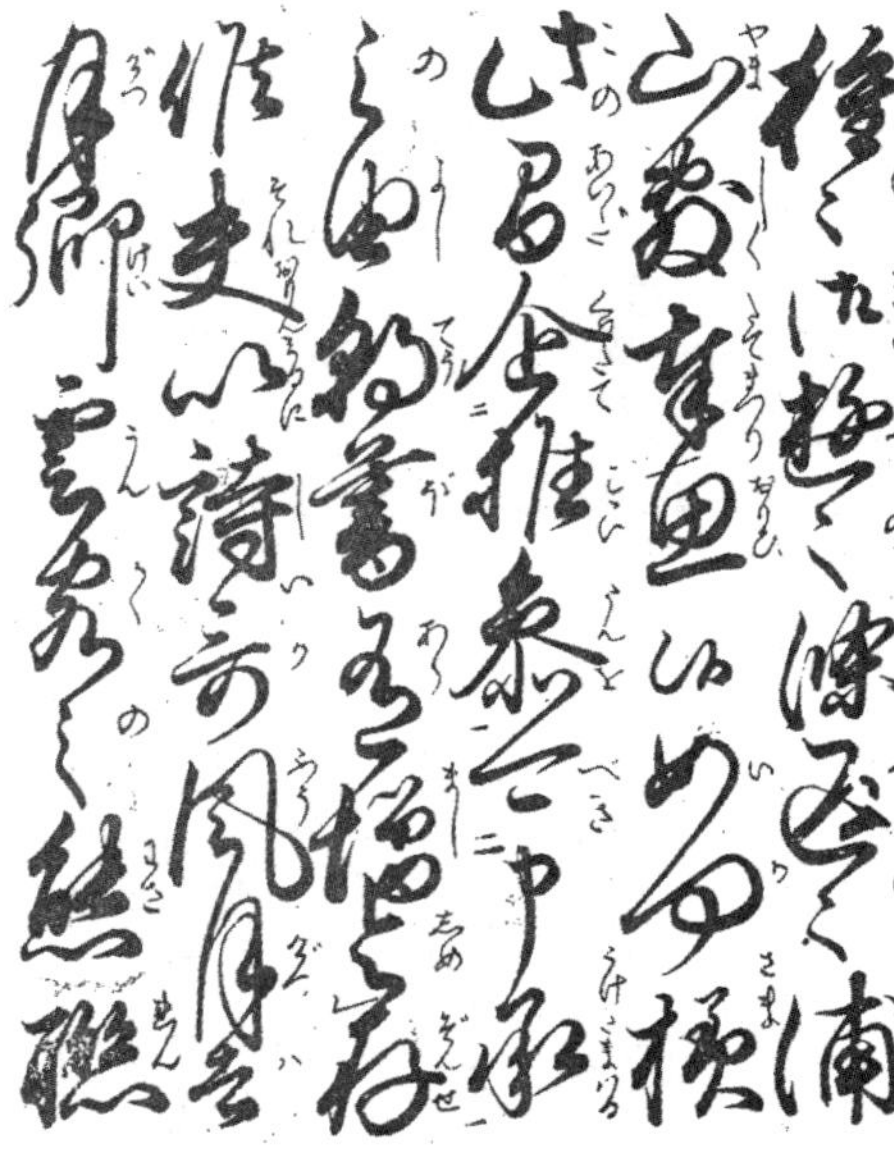

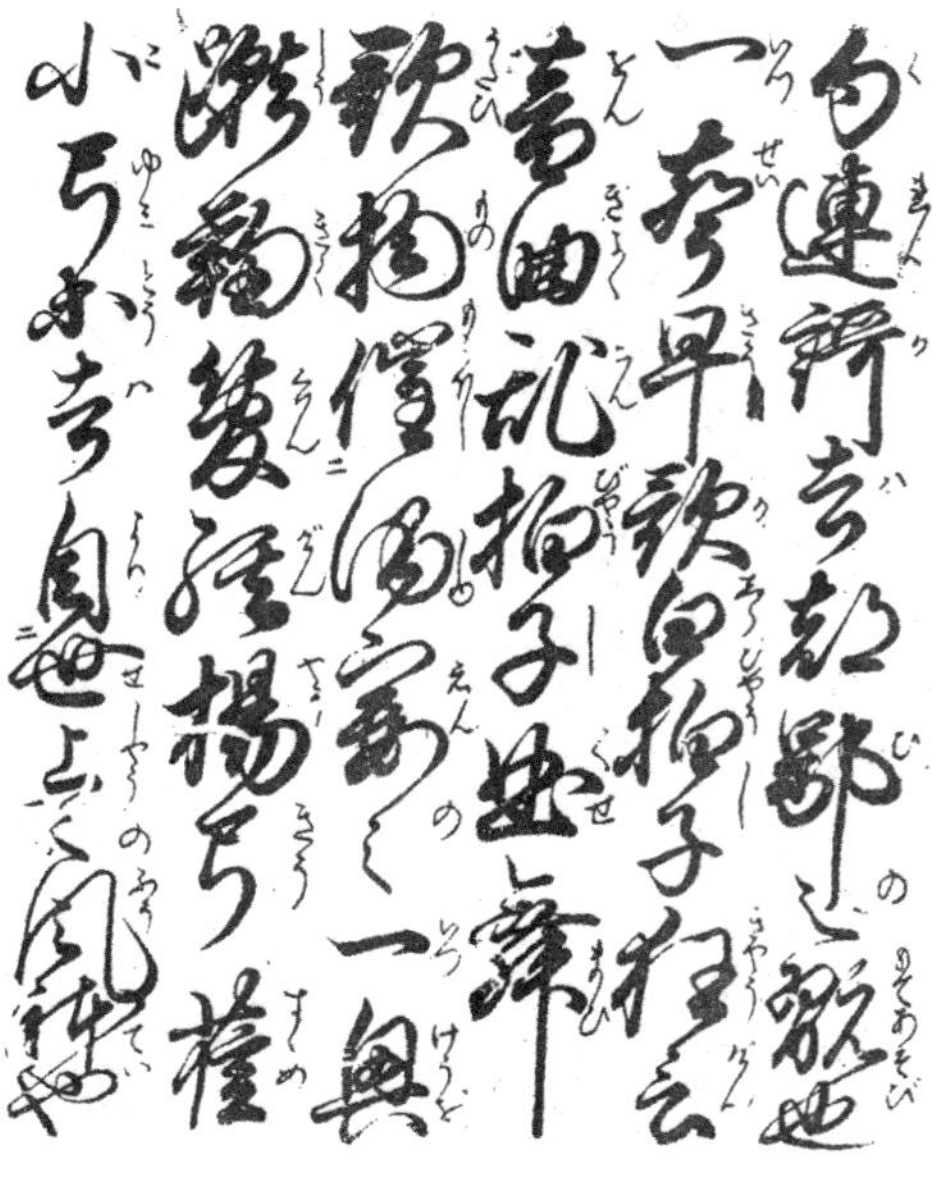

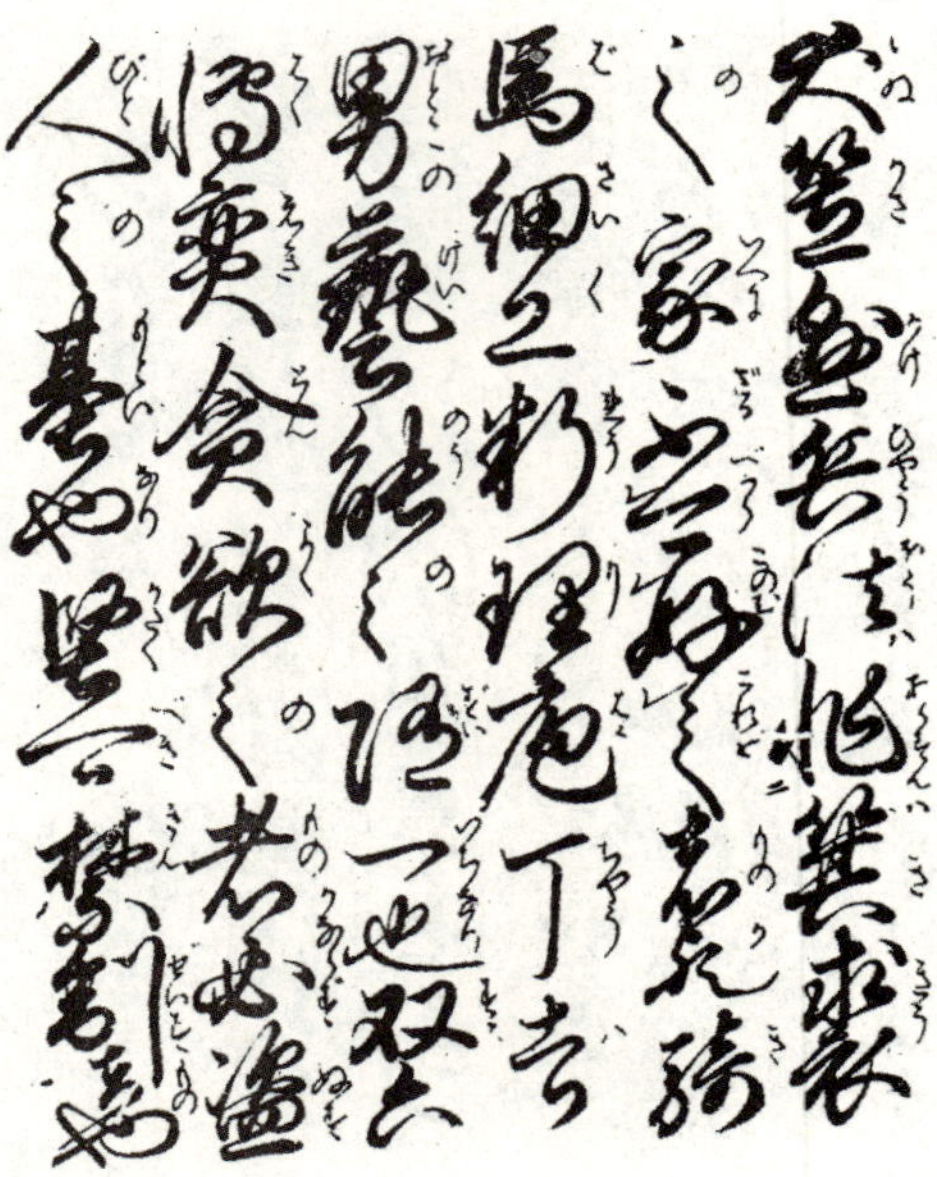

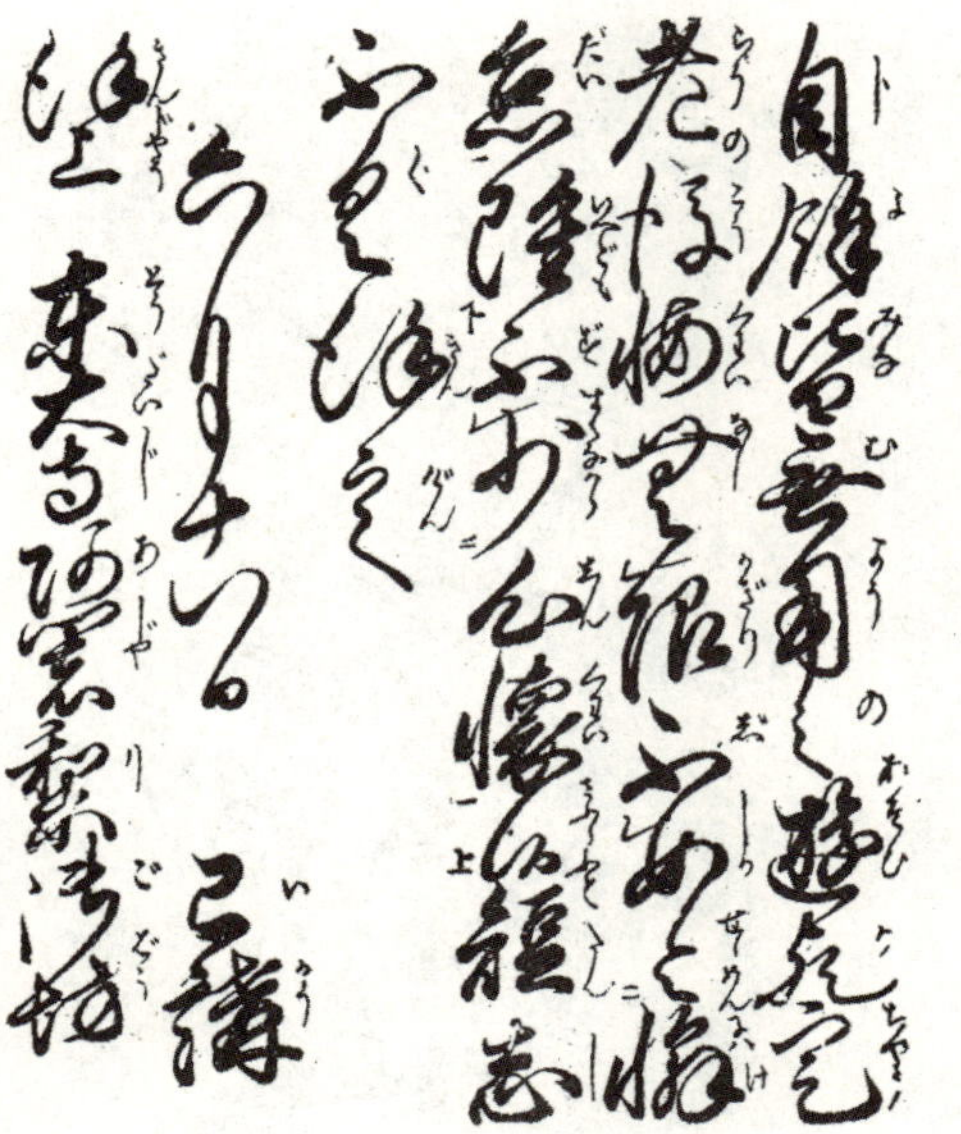

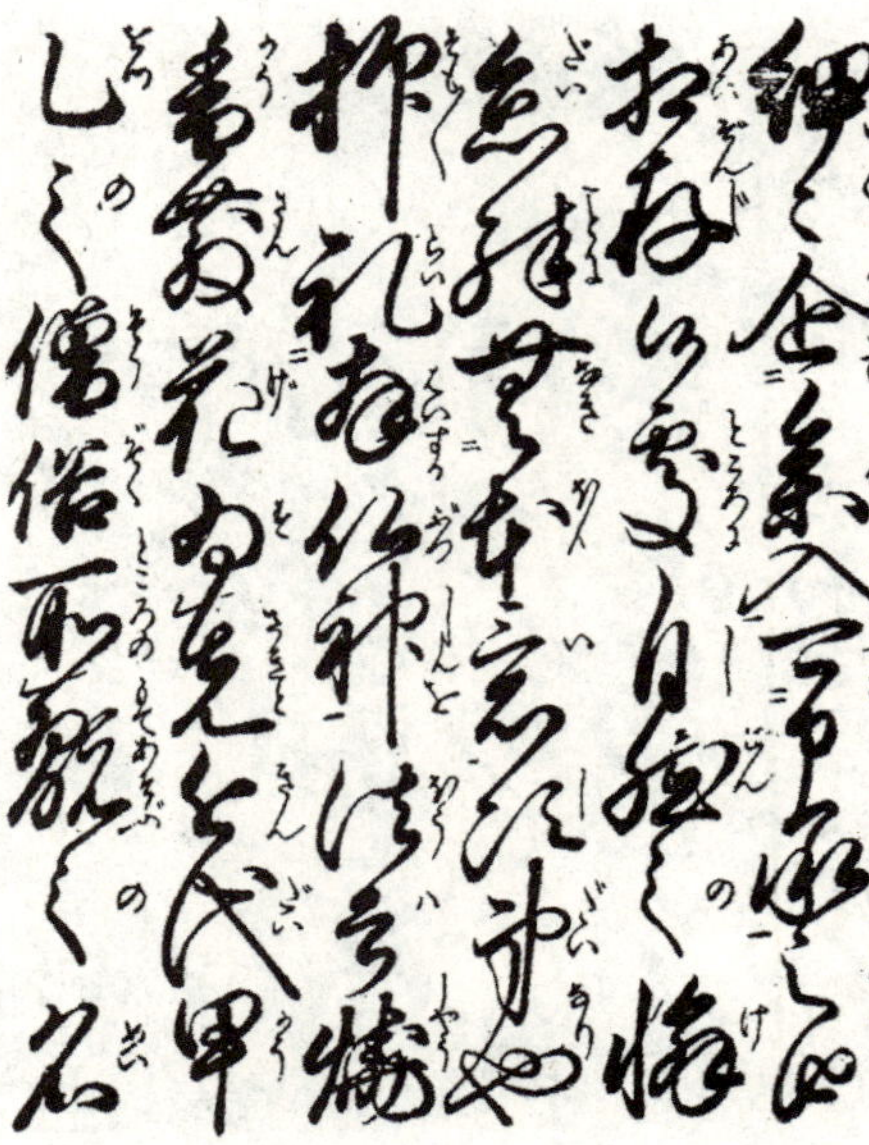

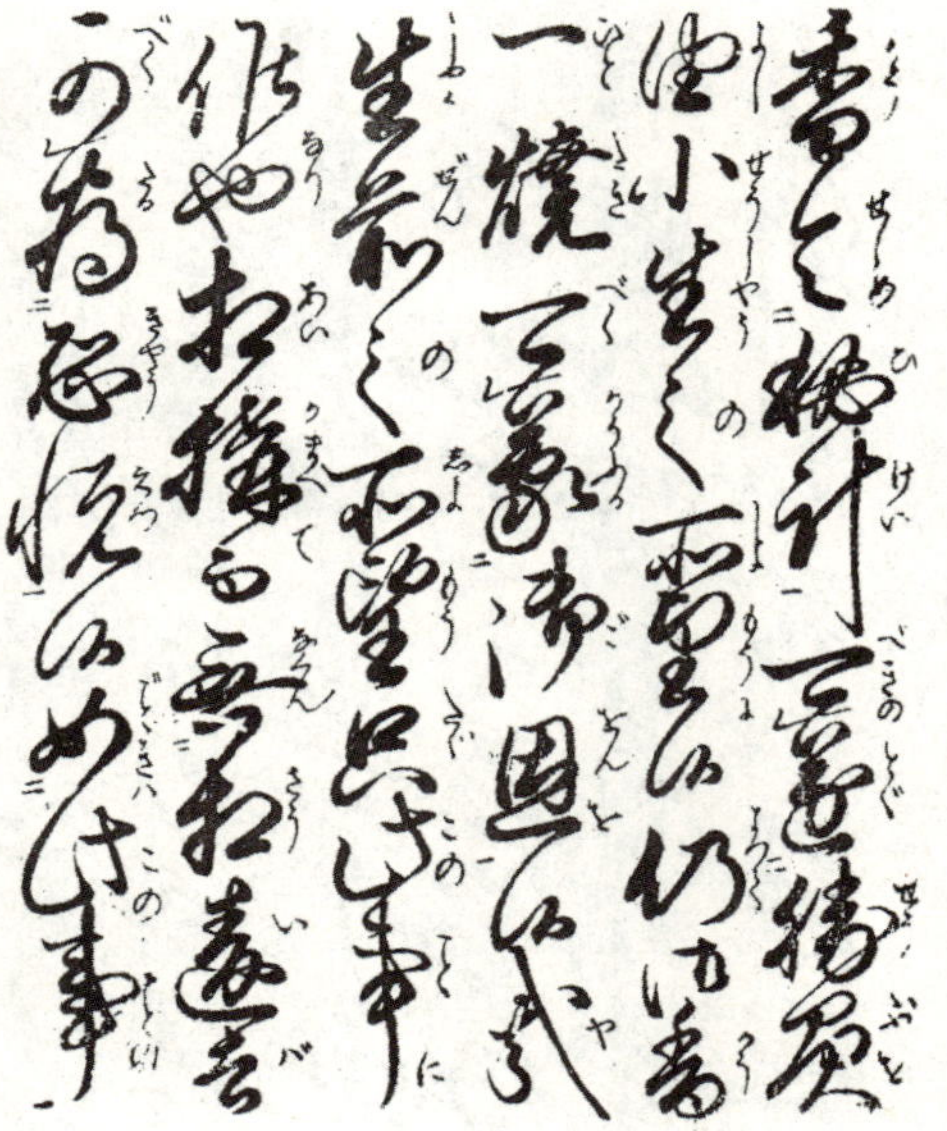

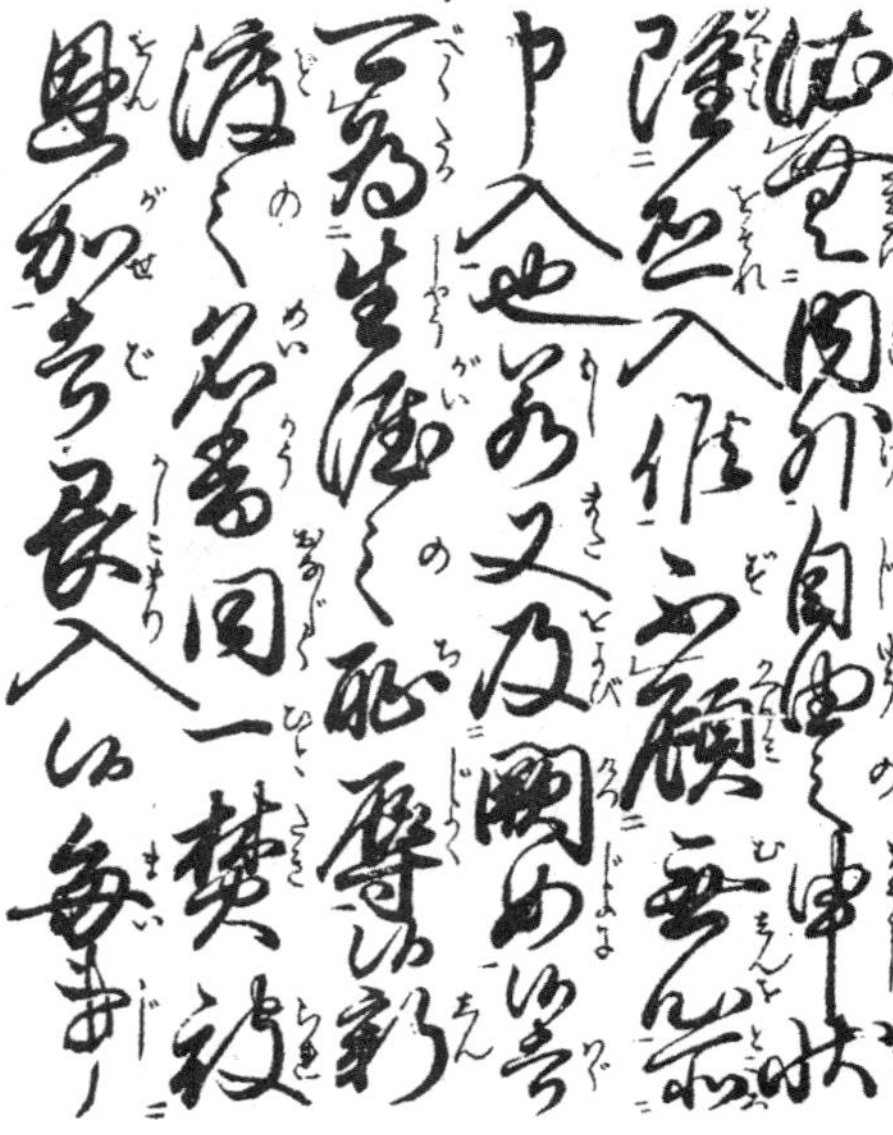

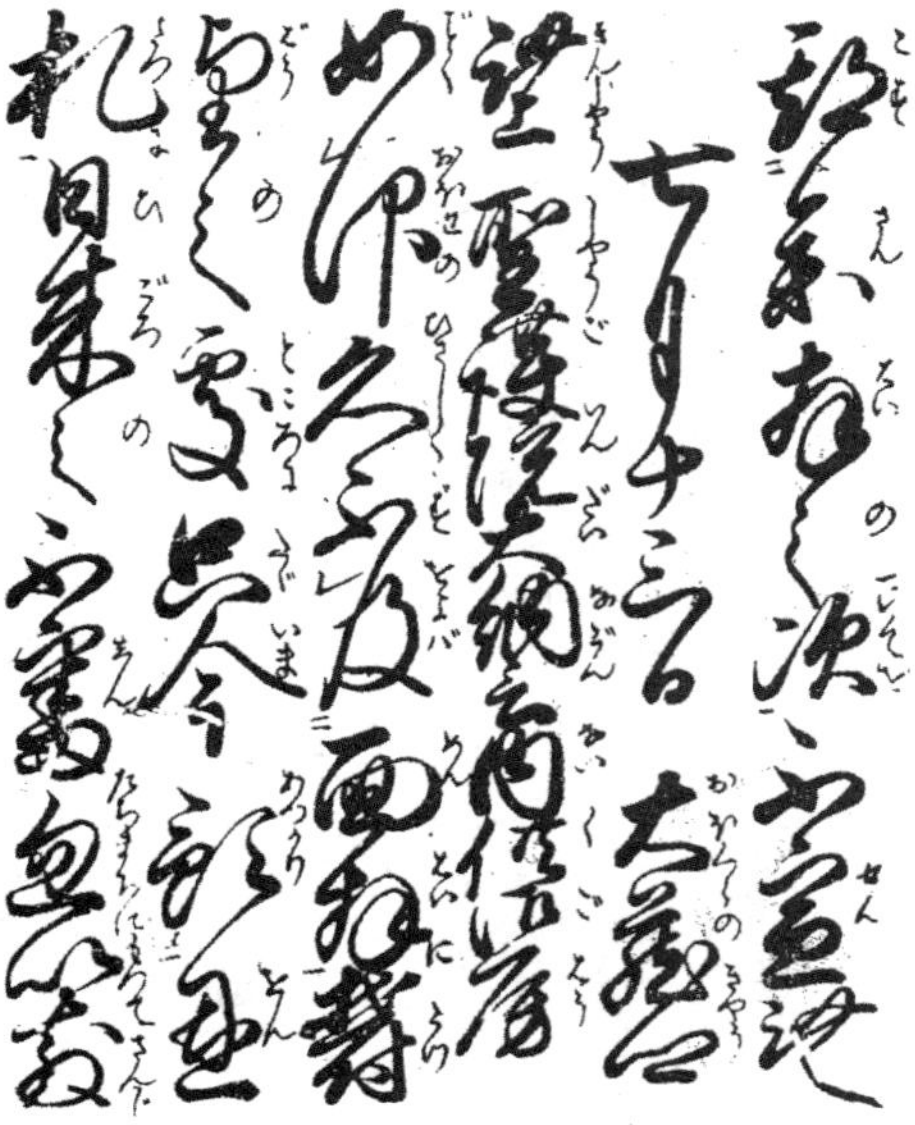

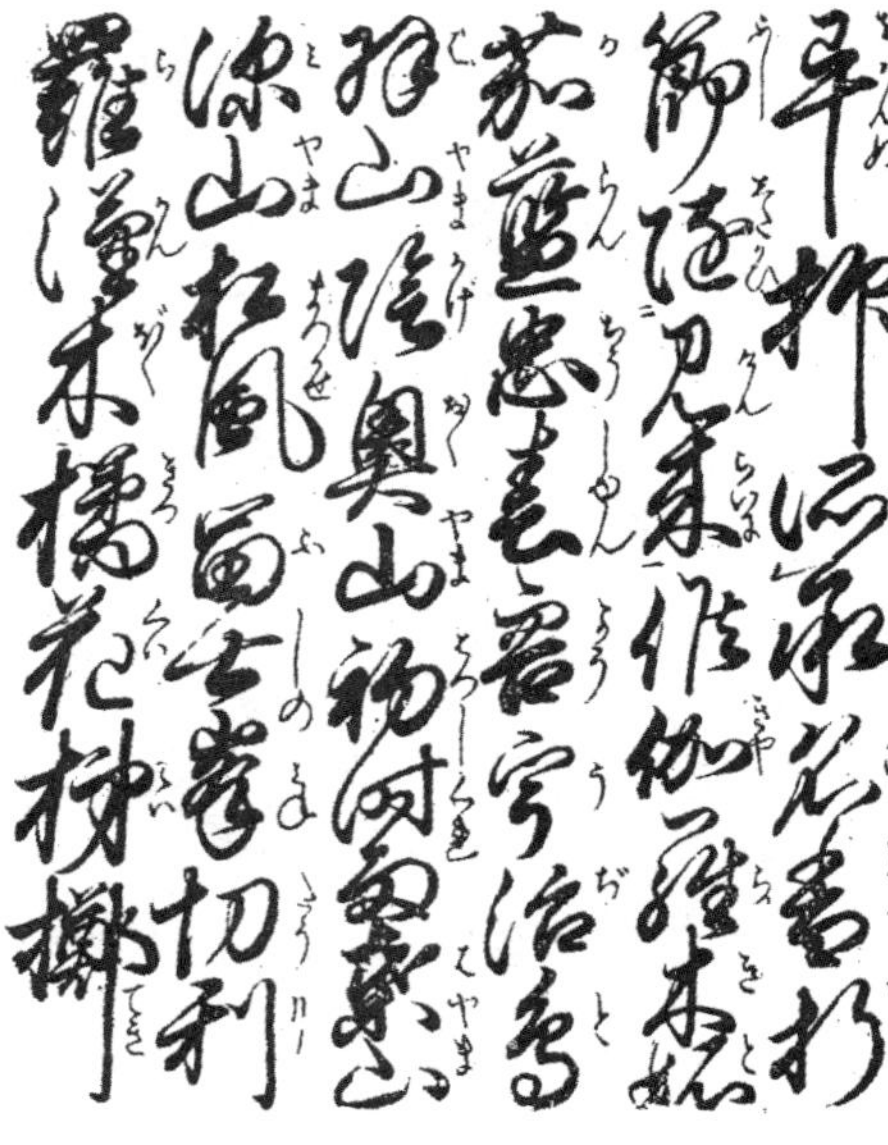

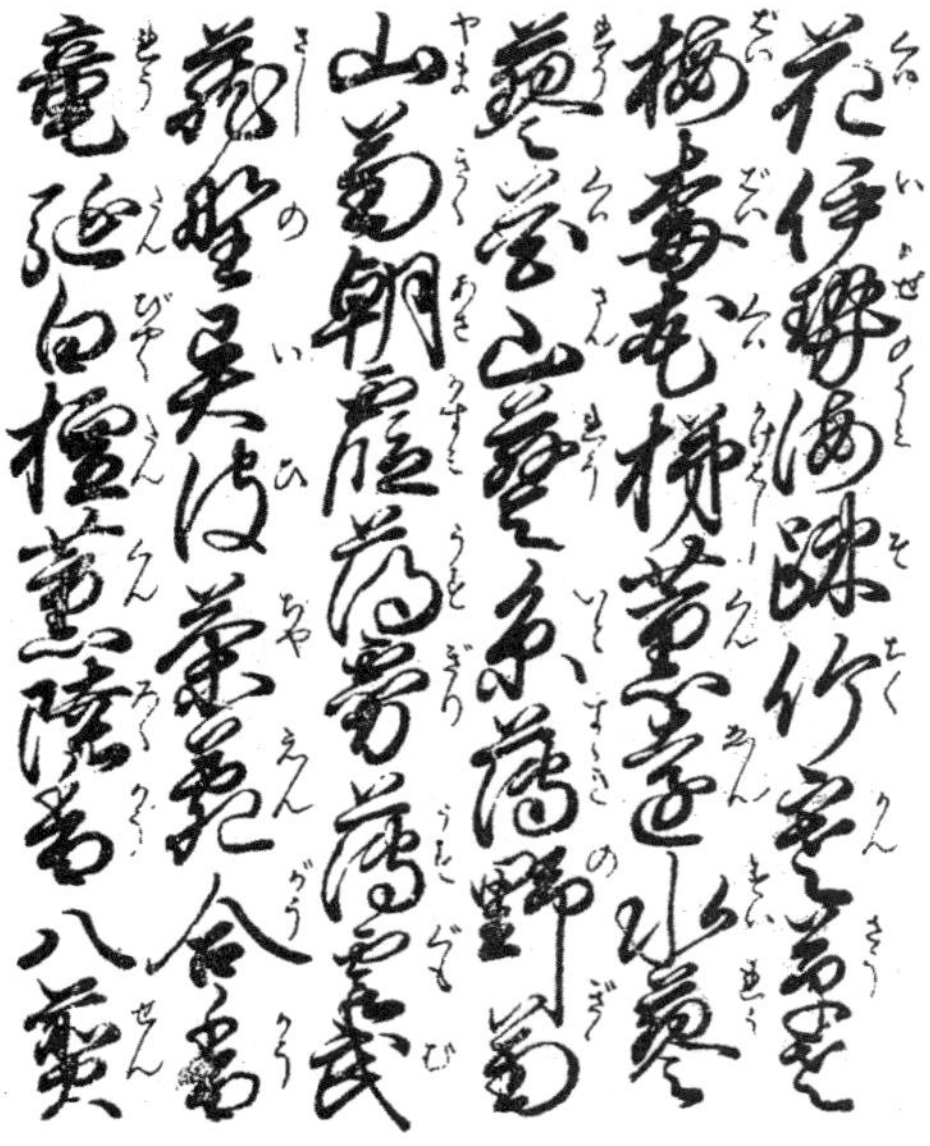

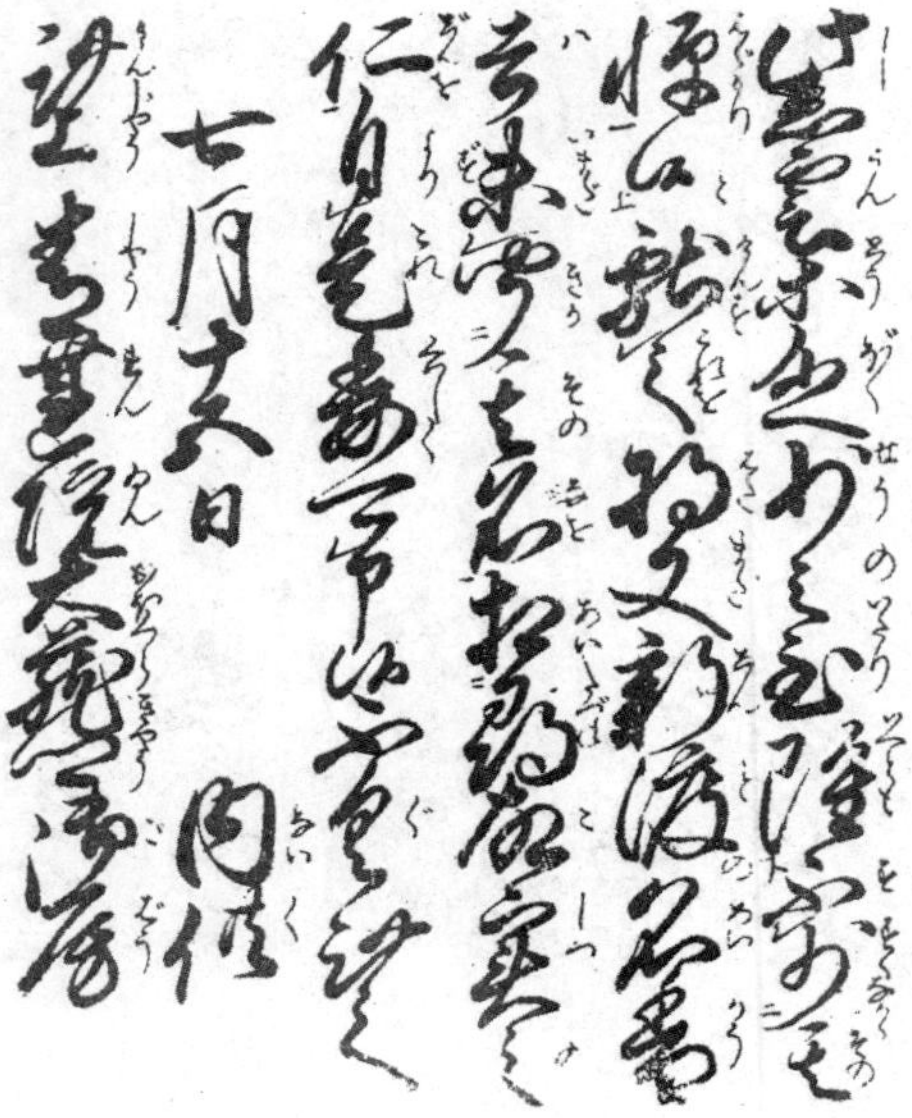

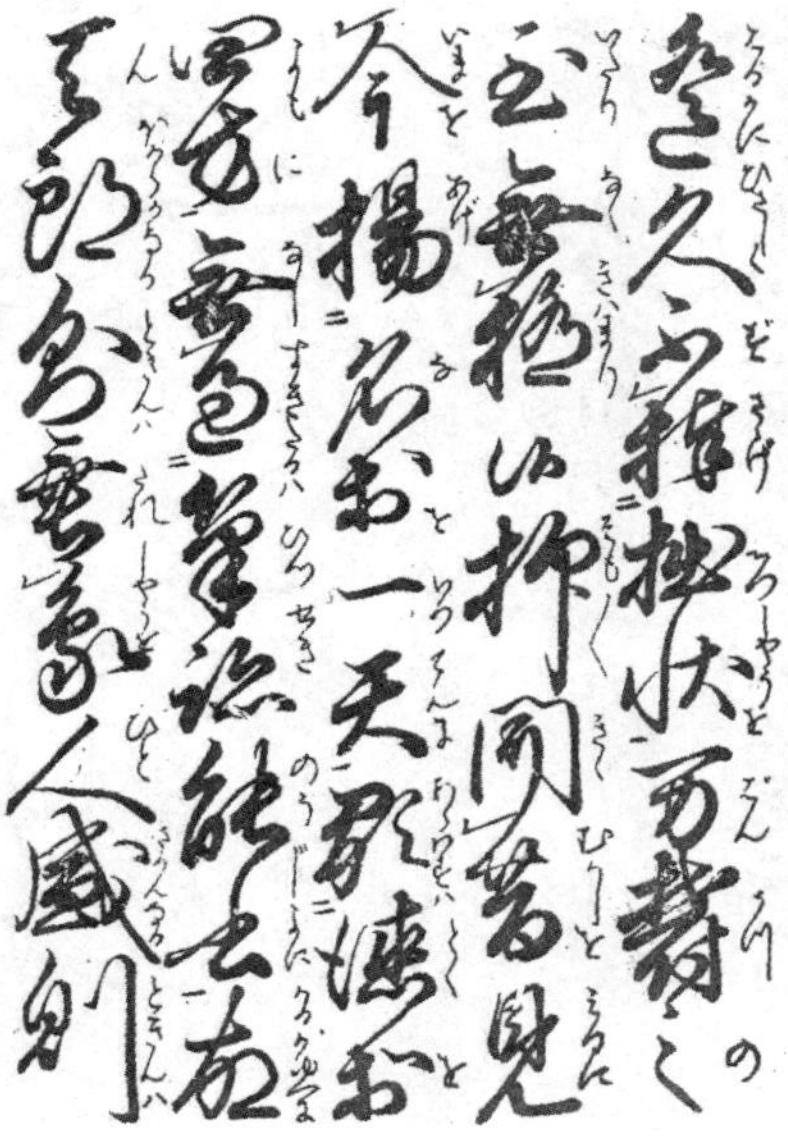

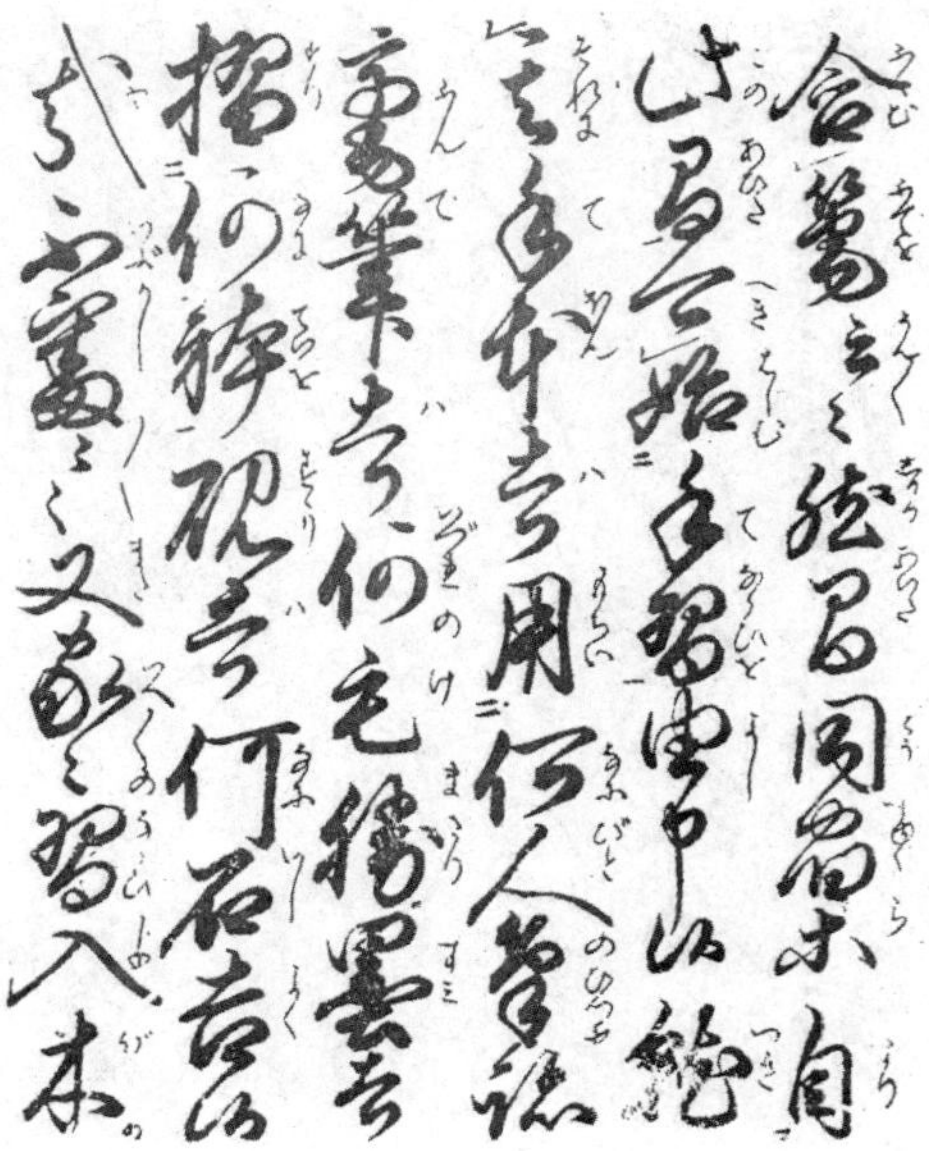

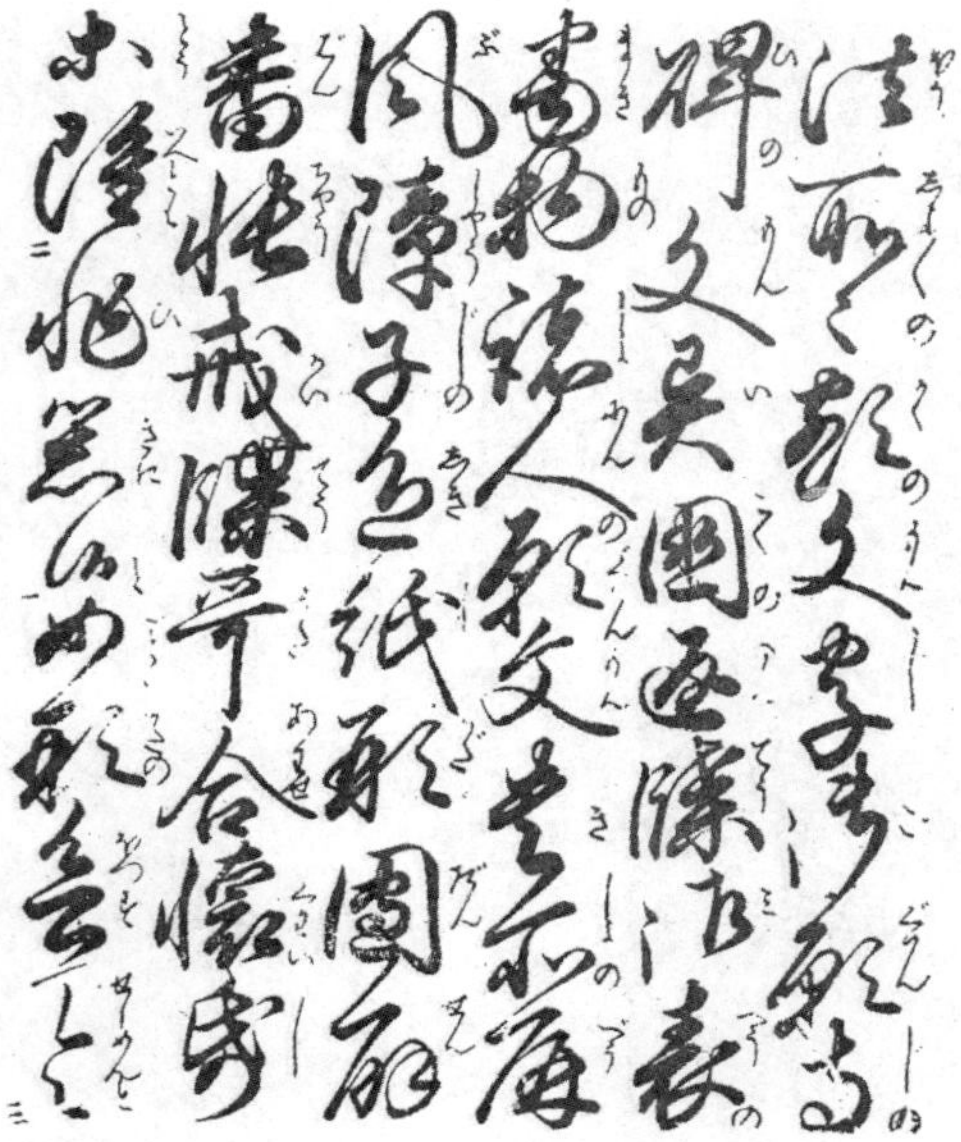

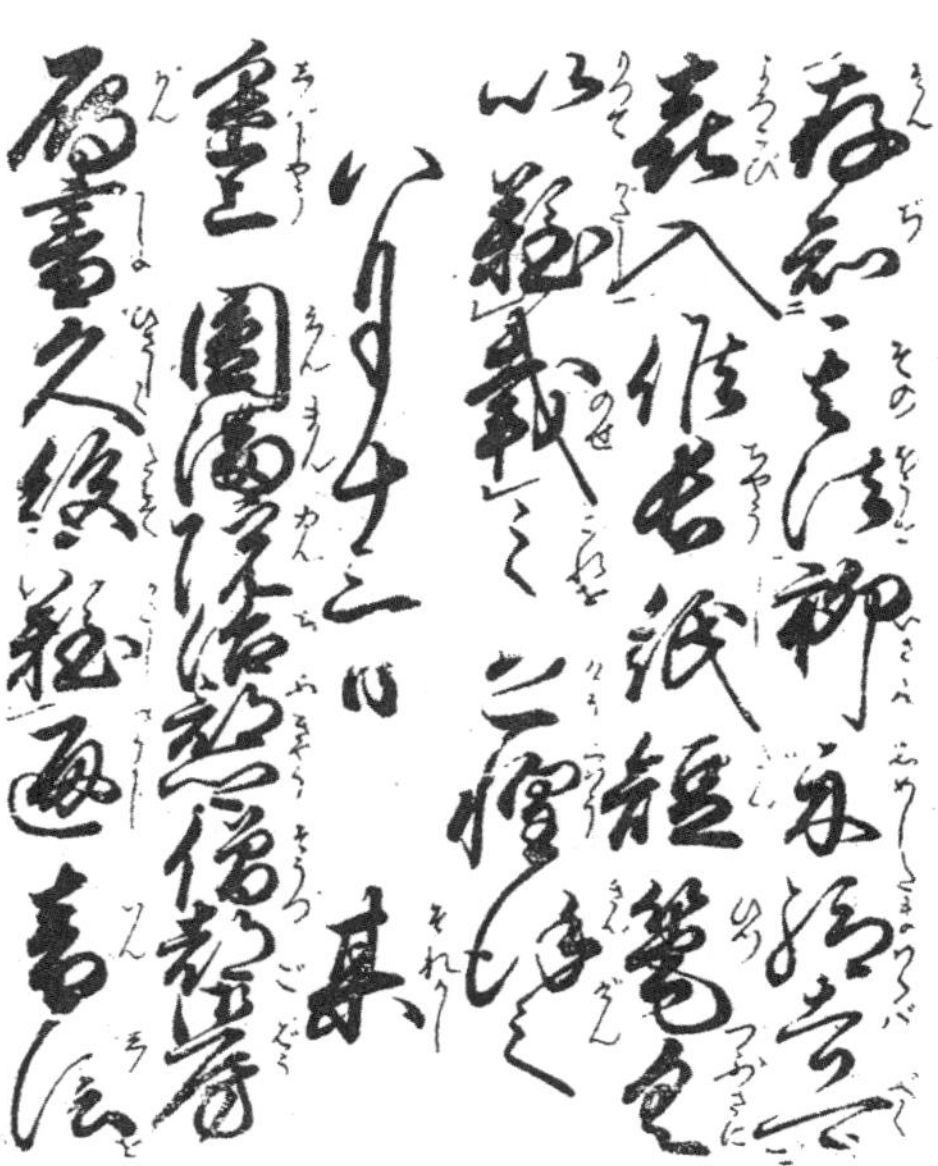

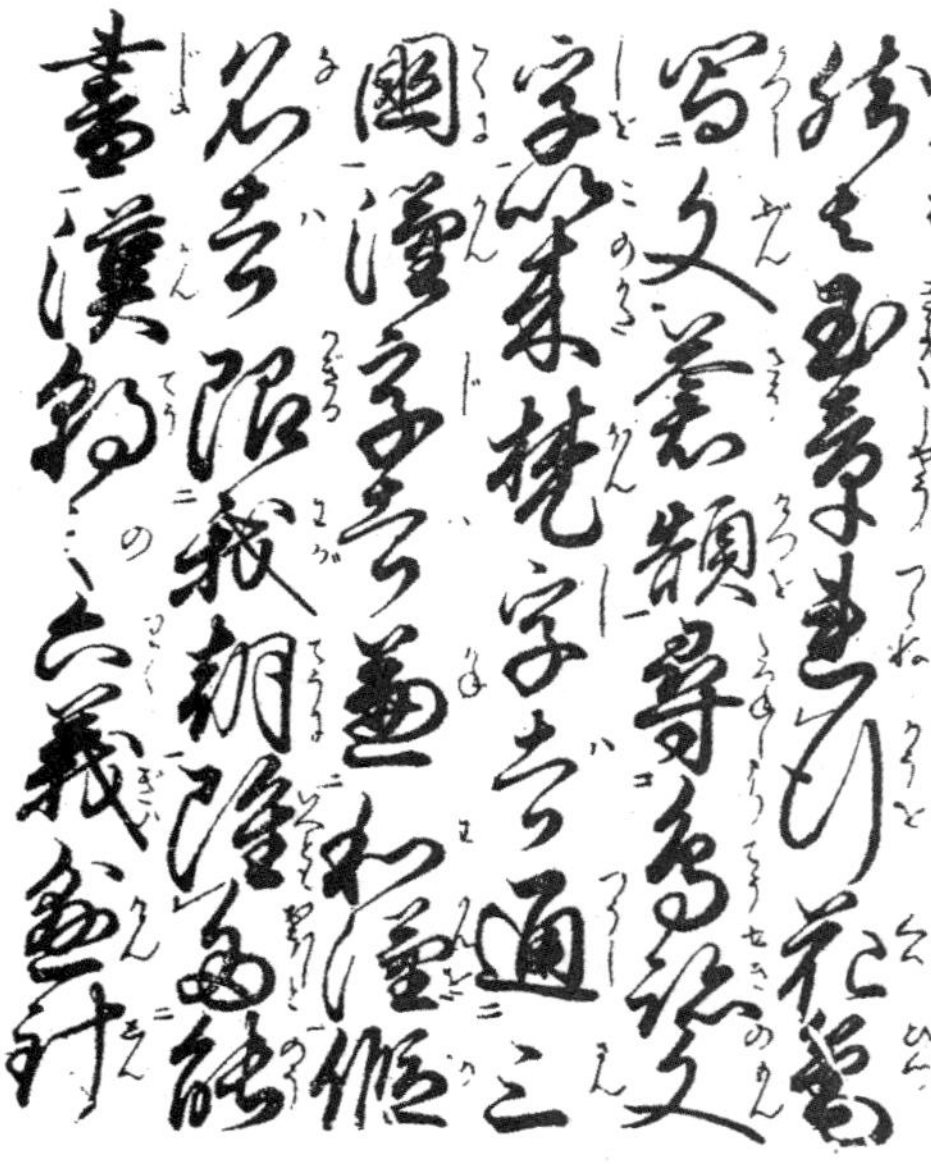

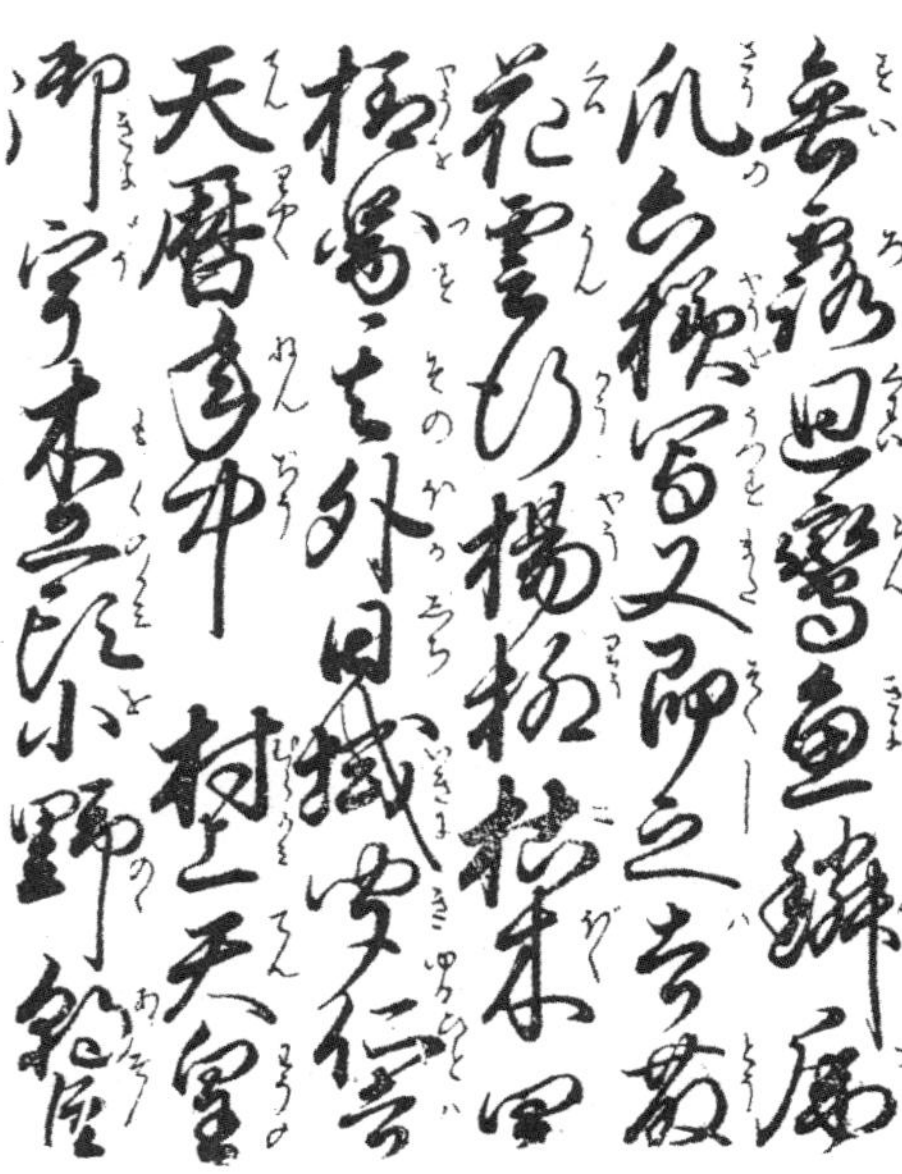

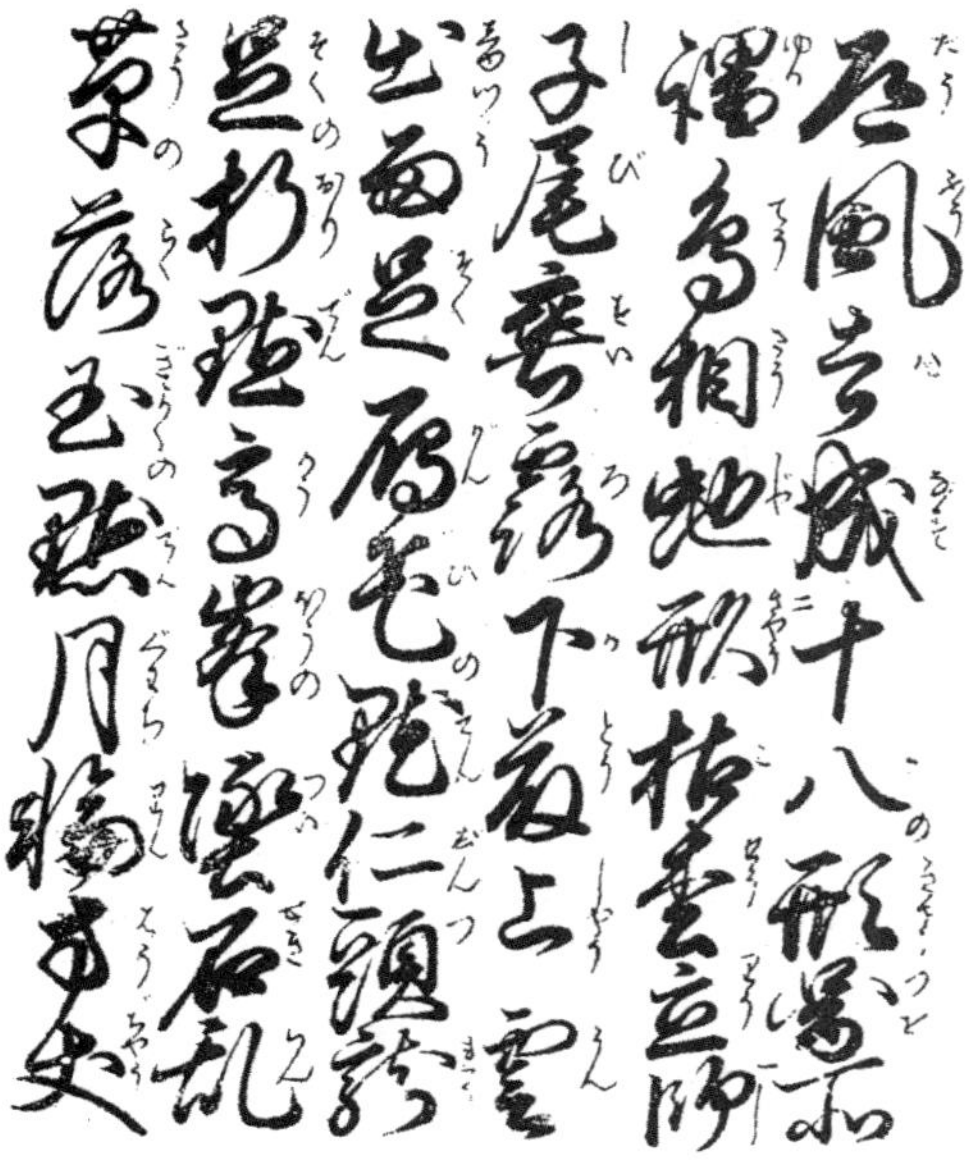

人《かん》頭大路也。長和《ちやうわ》冷泉院《れいぜいゐん》
之御代正三位藤大納言
藤原佐理卿者一字成
之形象両禮雲中
落巻路牛行角折路
野口長立之路雲

路之路遠山雲も之路
也寛仁之朝一条院
之大納言藤原行成
卿者十之形象両禮
主是梅枝徳切尾
茶落石池入口牛尾茶

生水海老之草龍亀
下也上岩岸海岸石草
岩之路遠山之形二師
為益若憲之也付作
身者語之弁朝名右
通潤也寸外隆之代

能書之族口伝奥旨
至万事侍面謁
之儀候
以上謹言
遠江守信実
菅

差ろケ作之写物之家
其実共聊作絵其已
又其隆〻絶〻之志
依高邑何以為之
寵藤孫思〻抑愚
促毎見入本〻之家

形像之法曰依甚深
不審雖為真紛〻
三拝其筆墨之所持
書写〻所実之君其
人〻為古本書消息
添之紙数并指并

小湯殿ハ曲〻沐浴ハ
細々給之の悦入候
以之事而御其敷其演
中之顧無之〻之
以家自余〻之事
之作絵於偏〻絶

慈恩妙意趣之〻守
達露〻屑其一向
為賢思其趣可支度
御一の大全〻之以下
九月十六日　恒儀
謹上　法勝寺別当御房

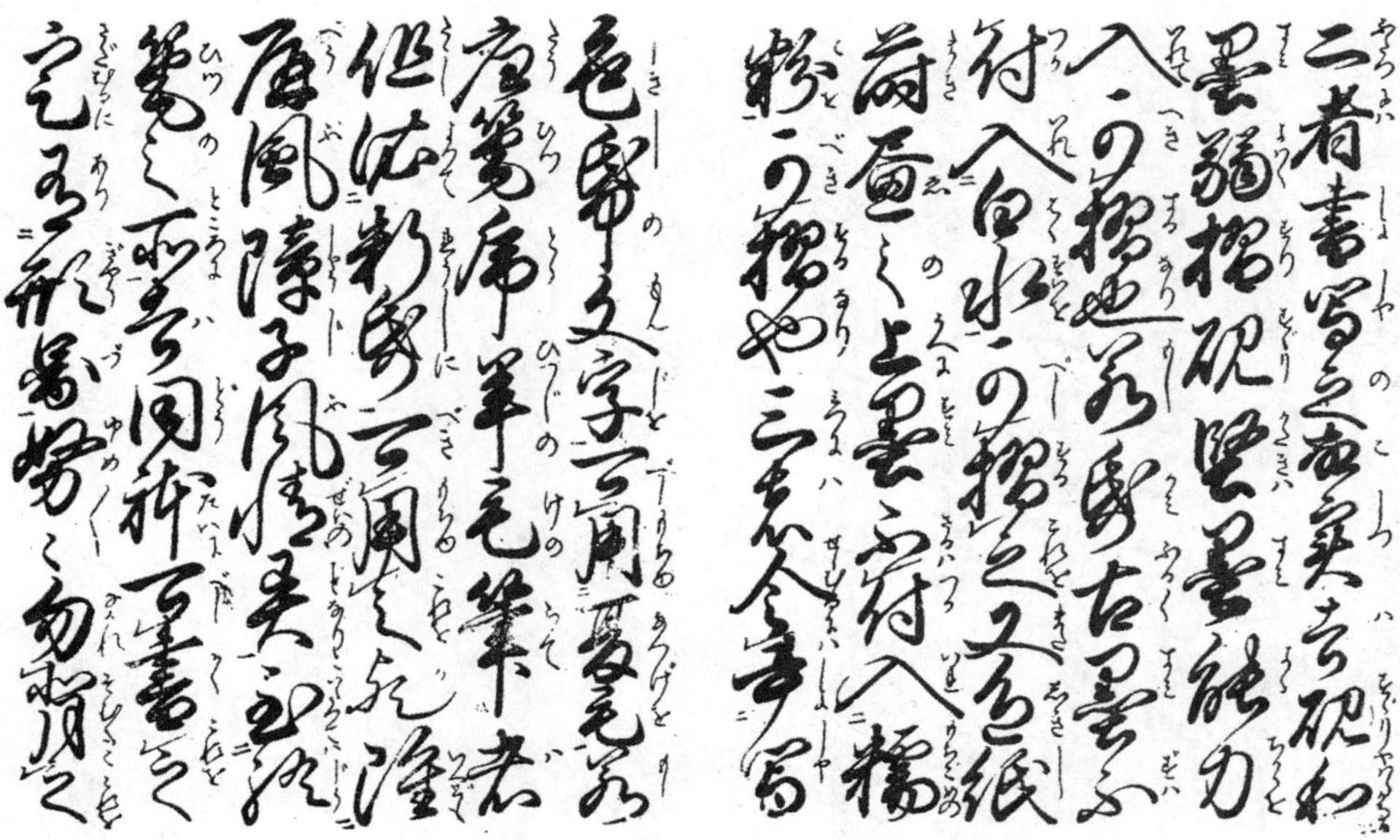

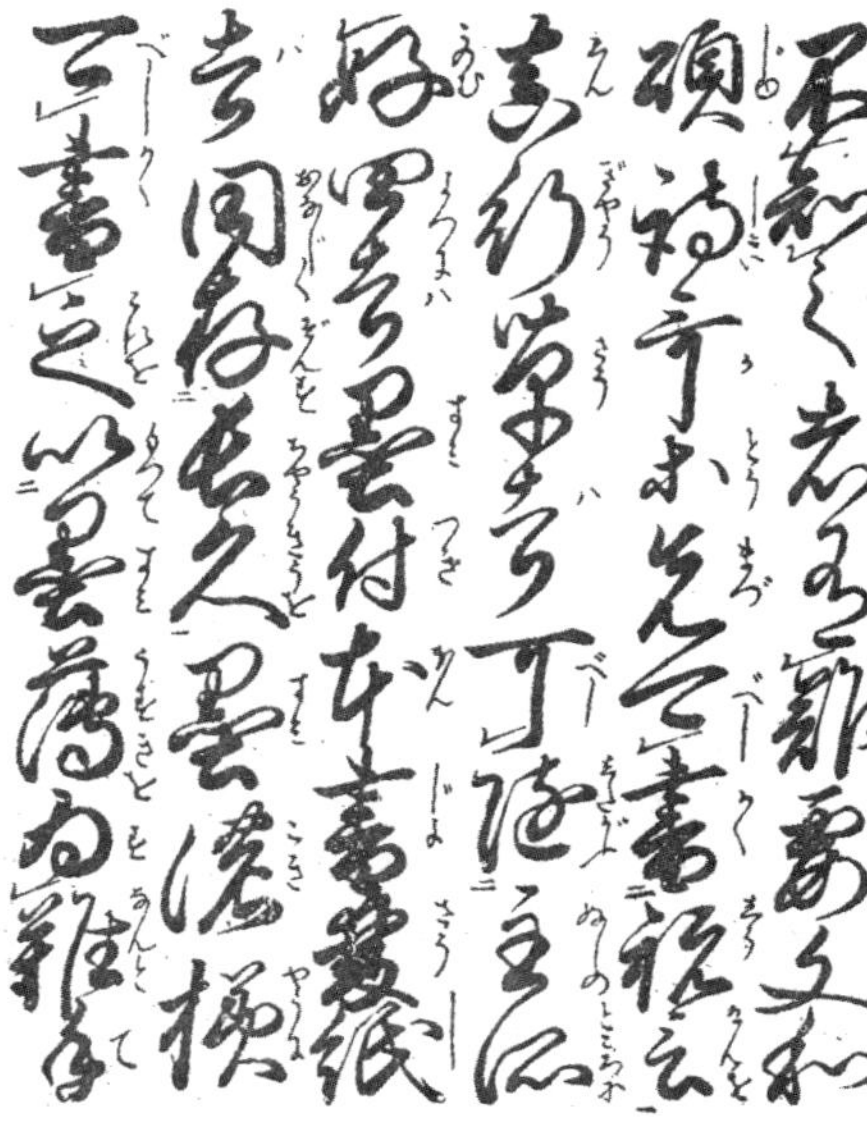

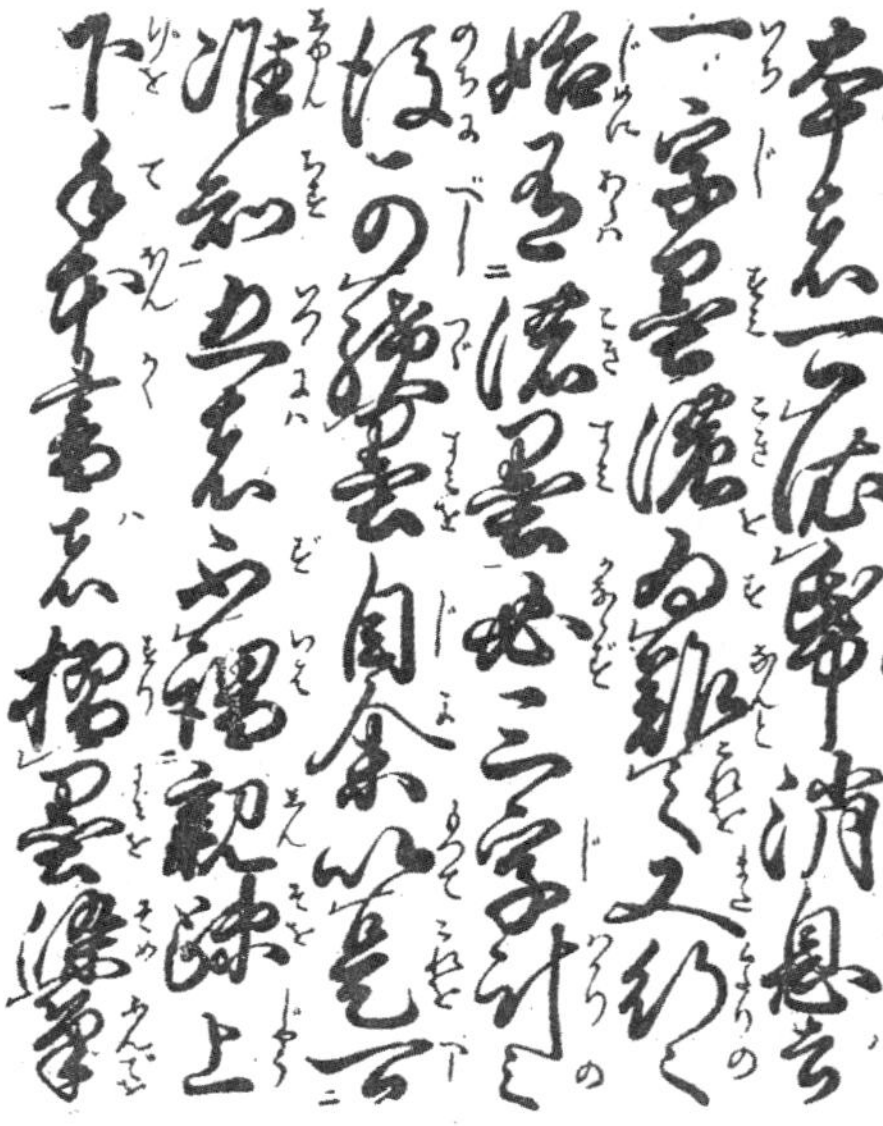

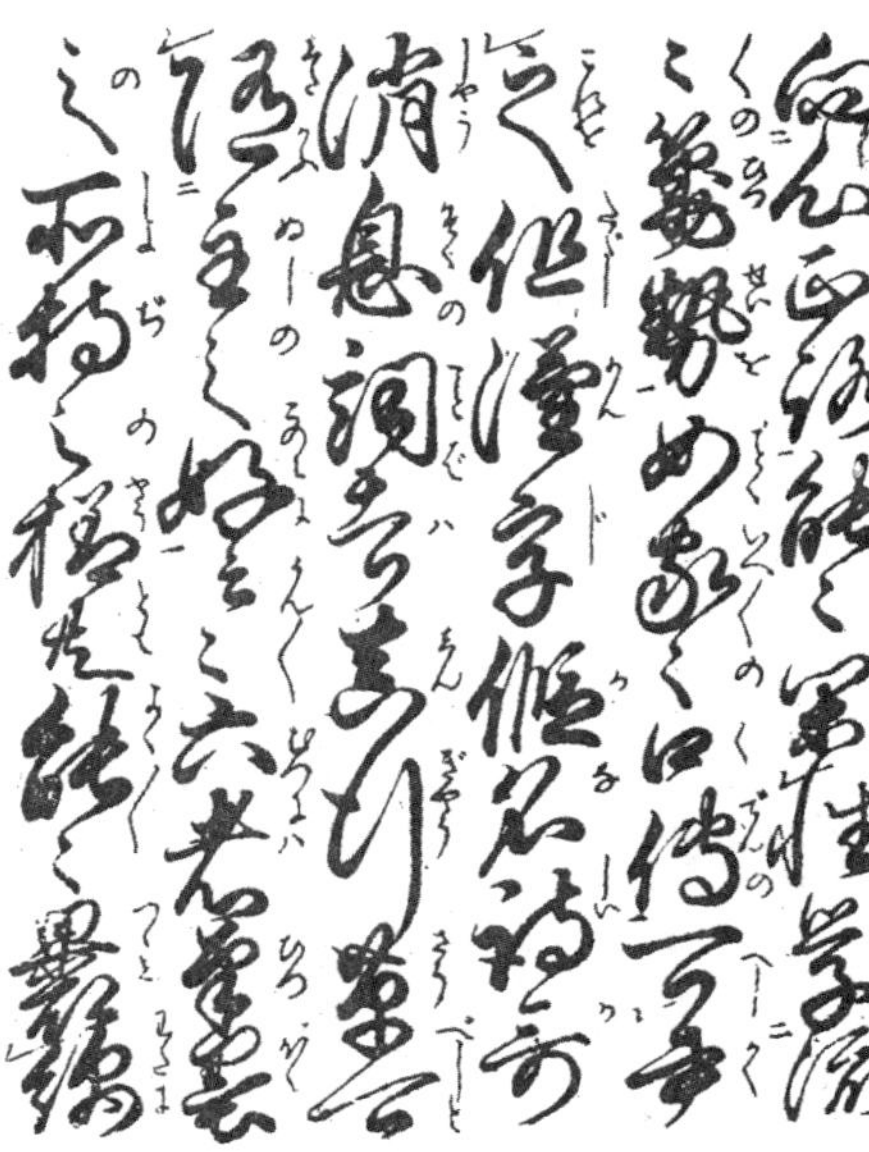

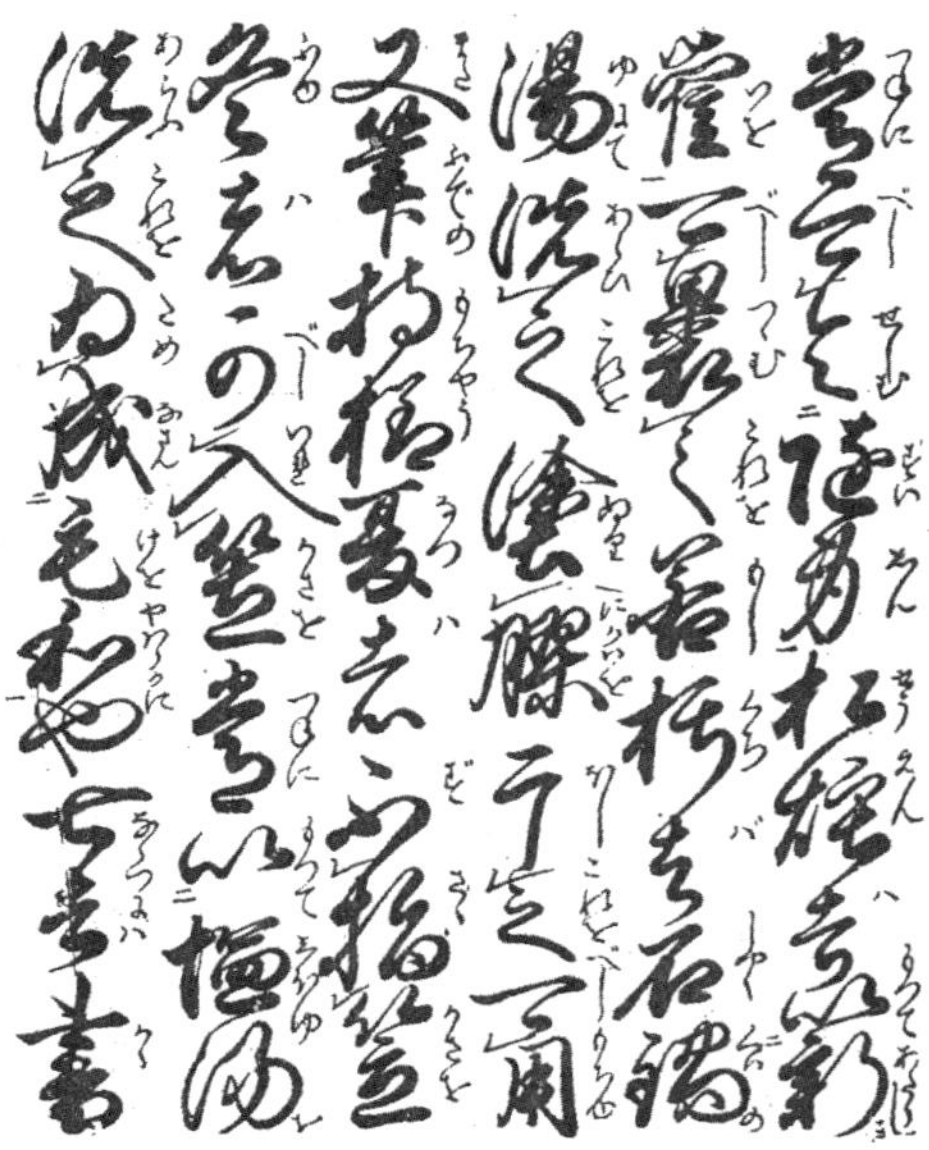

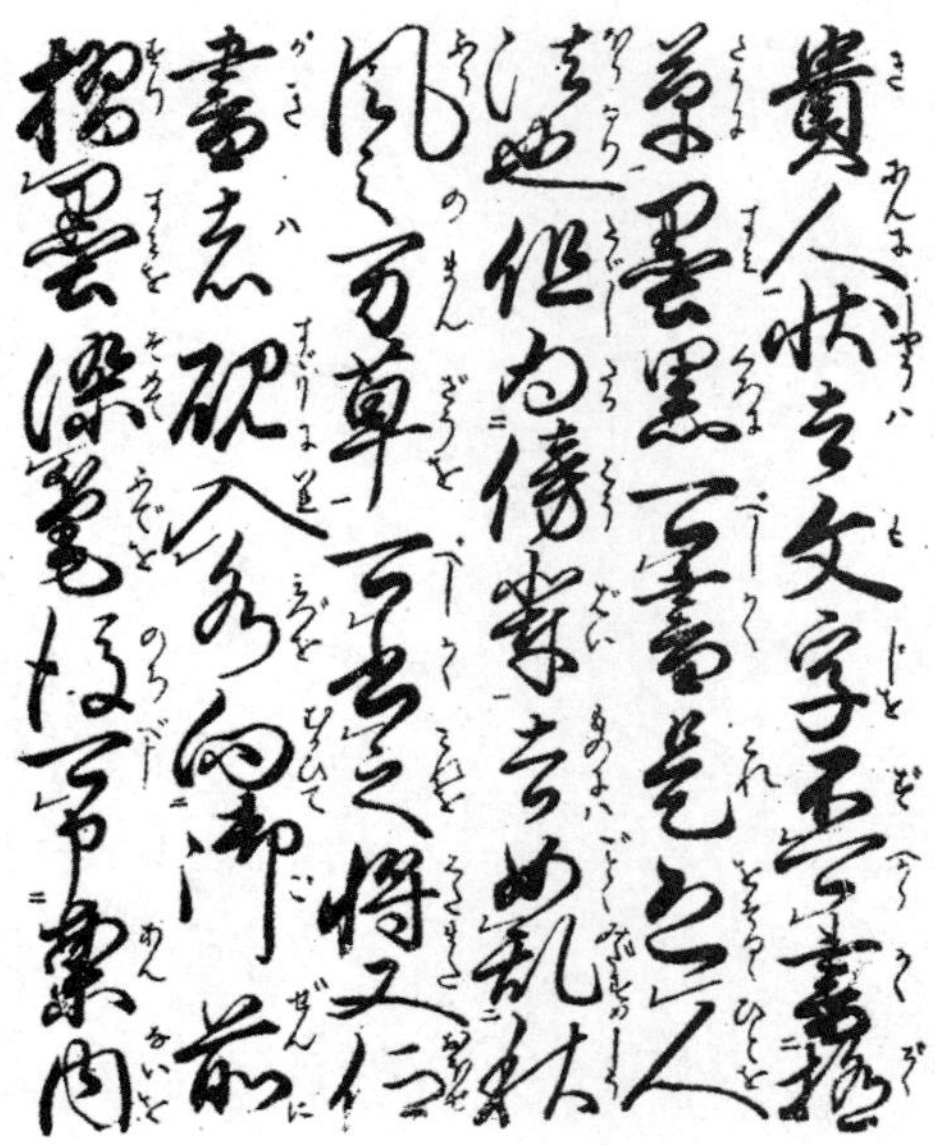

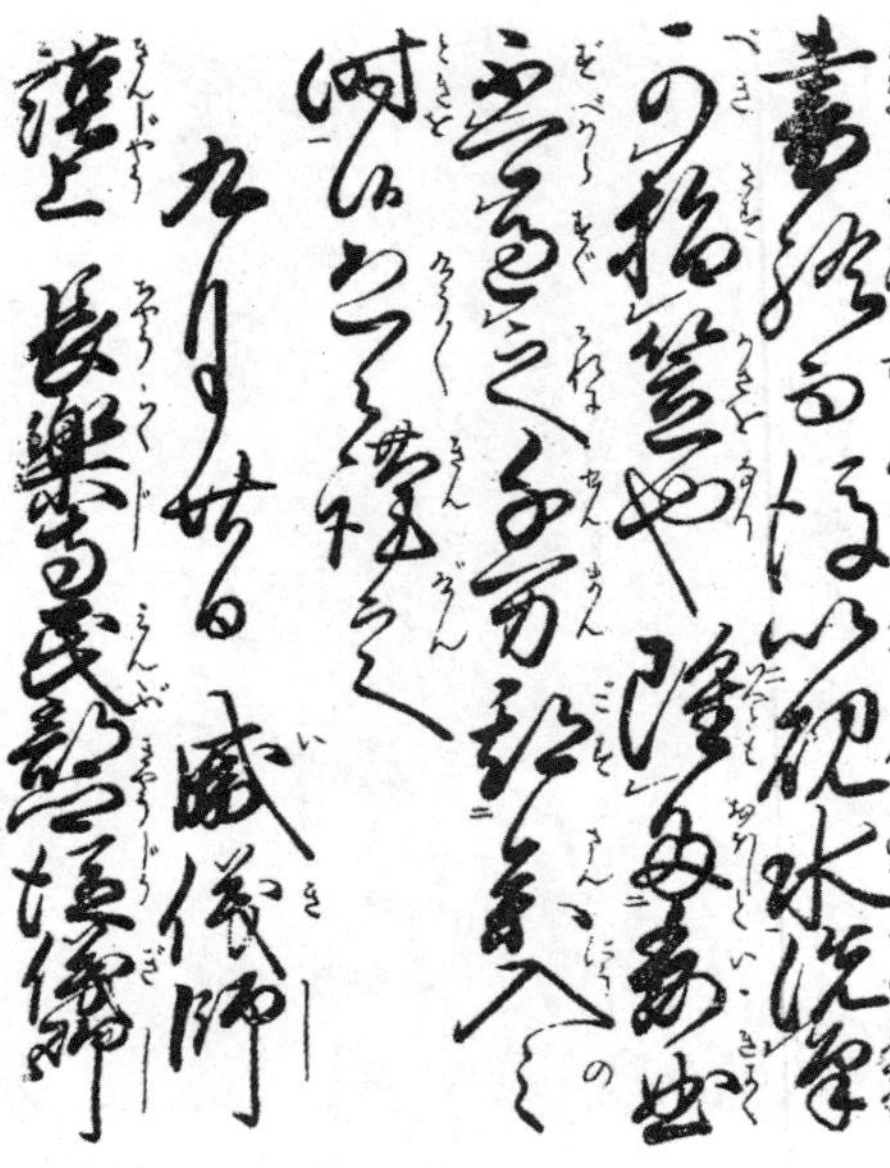

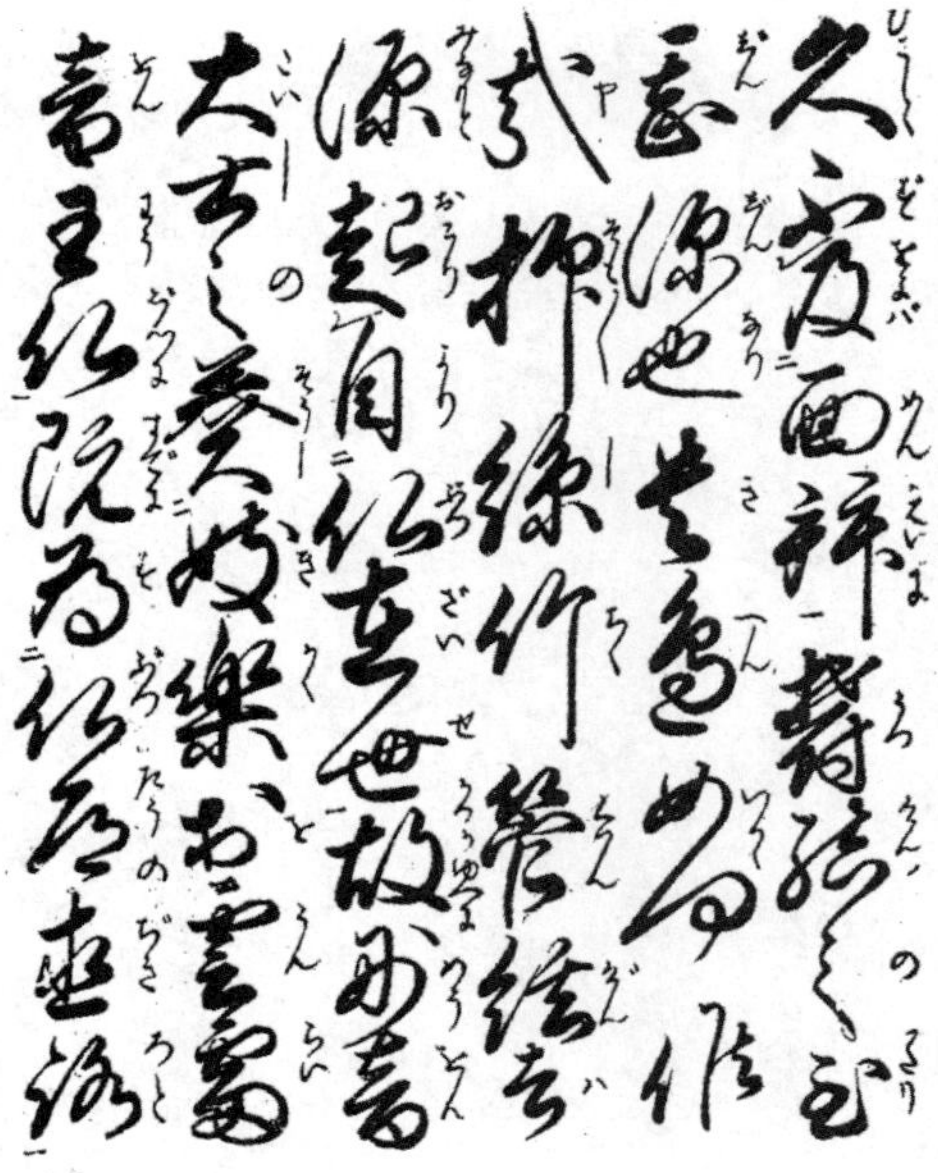

絵合可為家琴絃楽器
之具者先撃装束壇
竹横笛并竹高麗笛
金形之錦草袋入之
和装束胡竹紫為之候
檀家第口自大和竹笙

笛入荷葉之袋尤可為簫
之紫竹尺八唐竹龍笛
并陽笛獨檀筆入纐
纈之袋尤檀槽琵琶貴
楊牛之撥子弄地紛
之袋檜桐槽和琴納唐

綾之袋以寒二十五絃琴
并五絃琵琶蒔絵之箱
楽筒羯鼓羨草二鉦鼓
鞨鼓唐金鉦鼓并銅拍子
也随意一向御心当律也
壱六調子並日信之家附之

光儀之風流以可進候
之候以毎事期後信候
訖之

十月廿三日　別当

謹上　楽所御房

恩借之絃管以令返進候

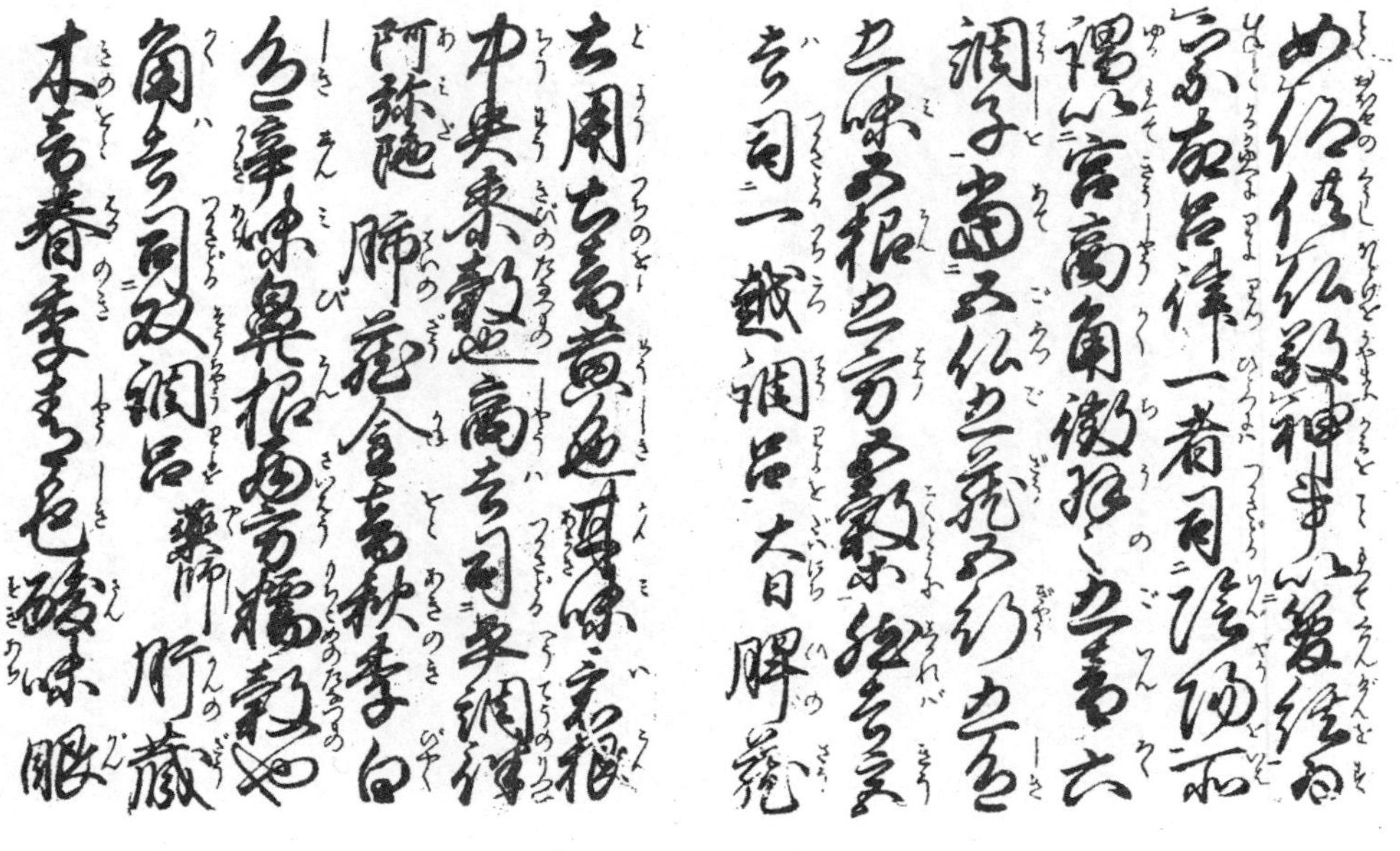

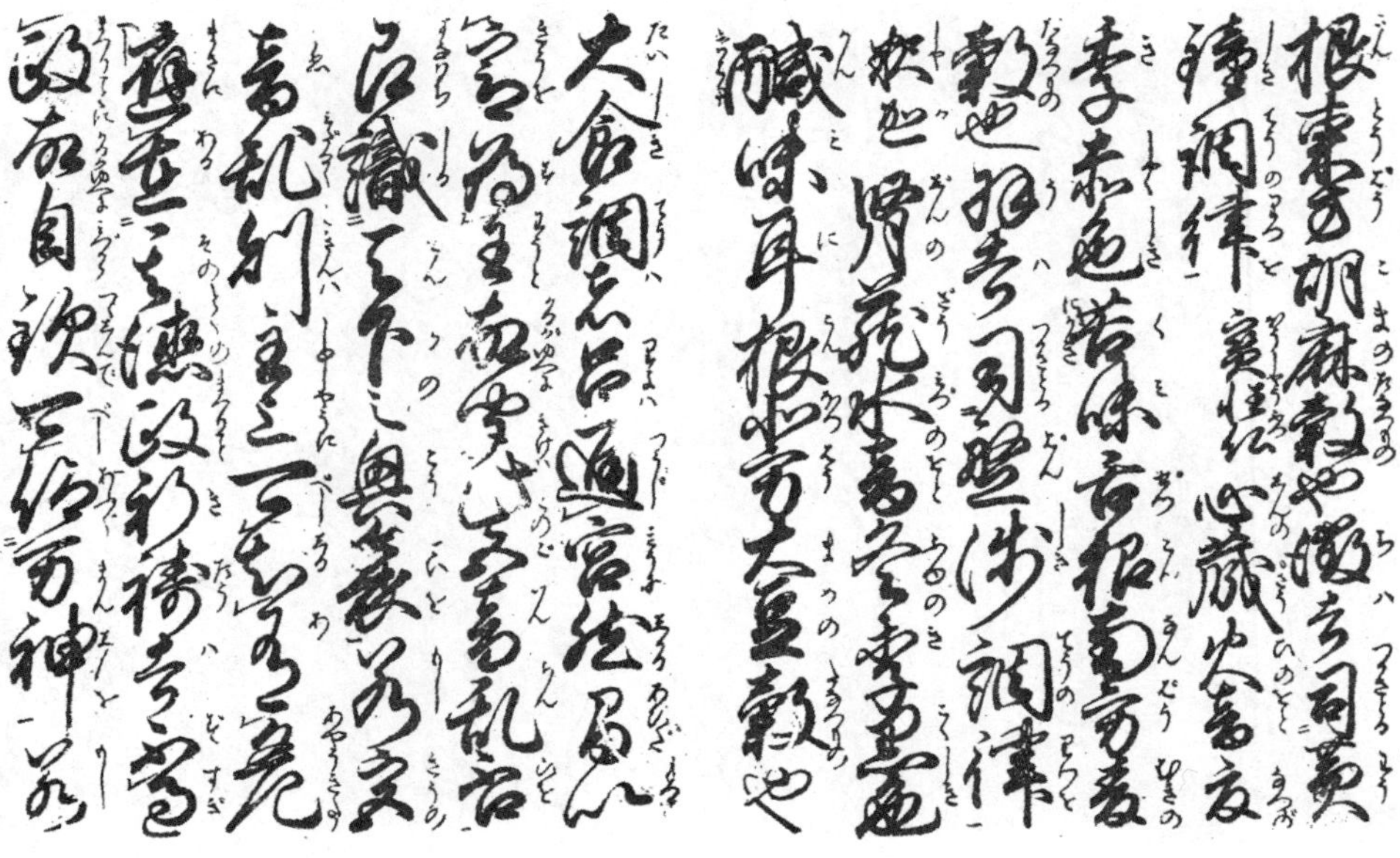

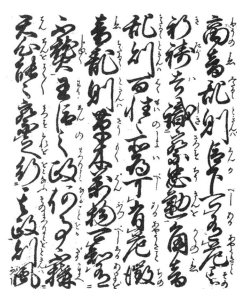

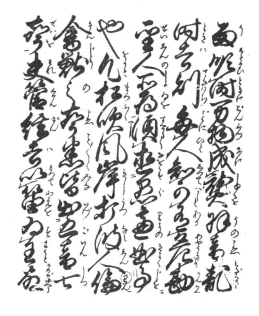

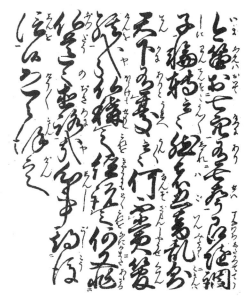

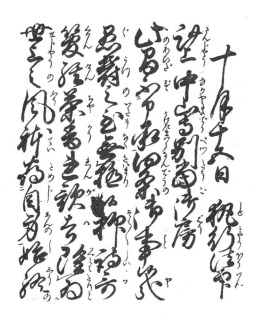

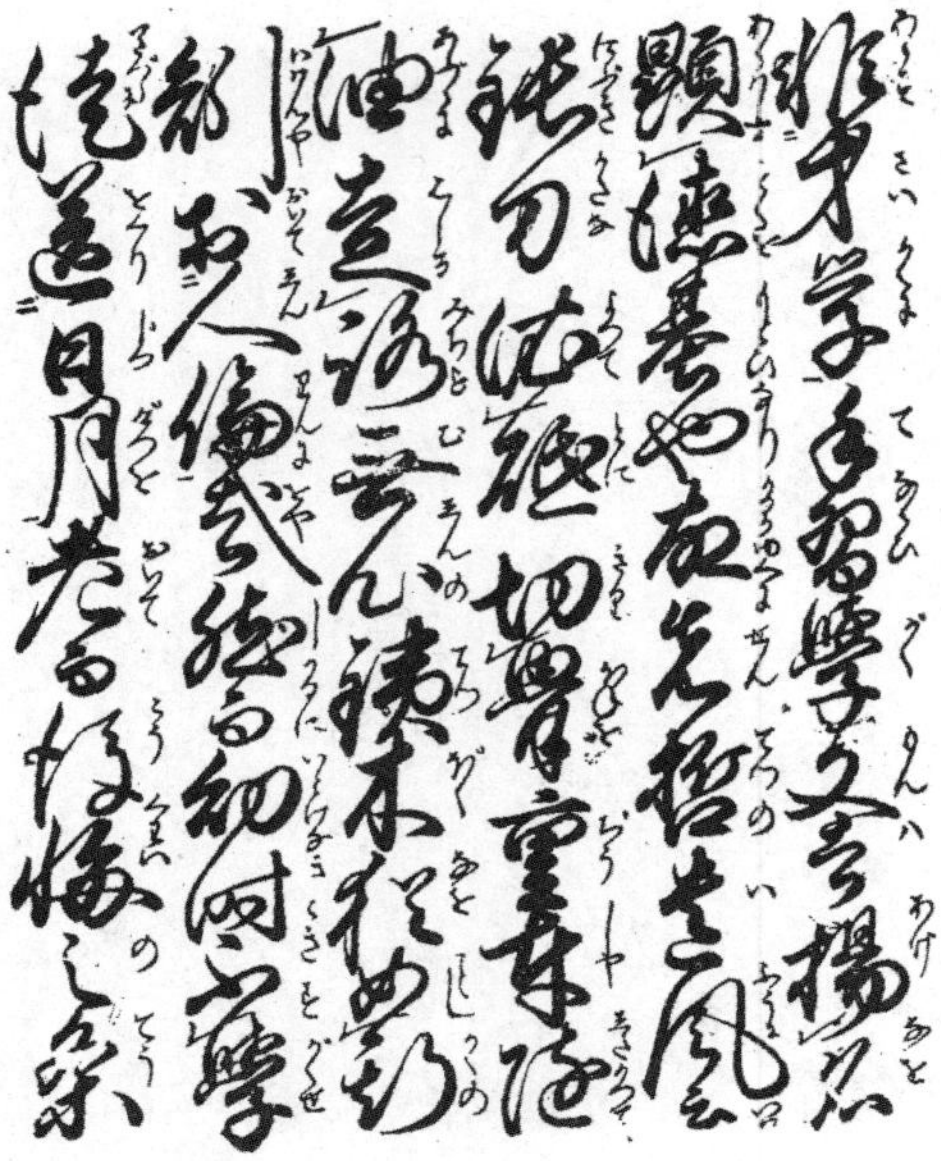

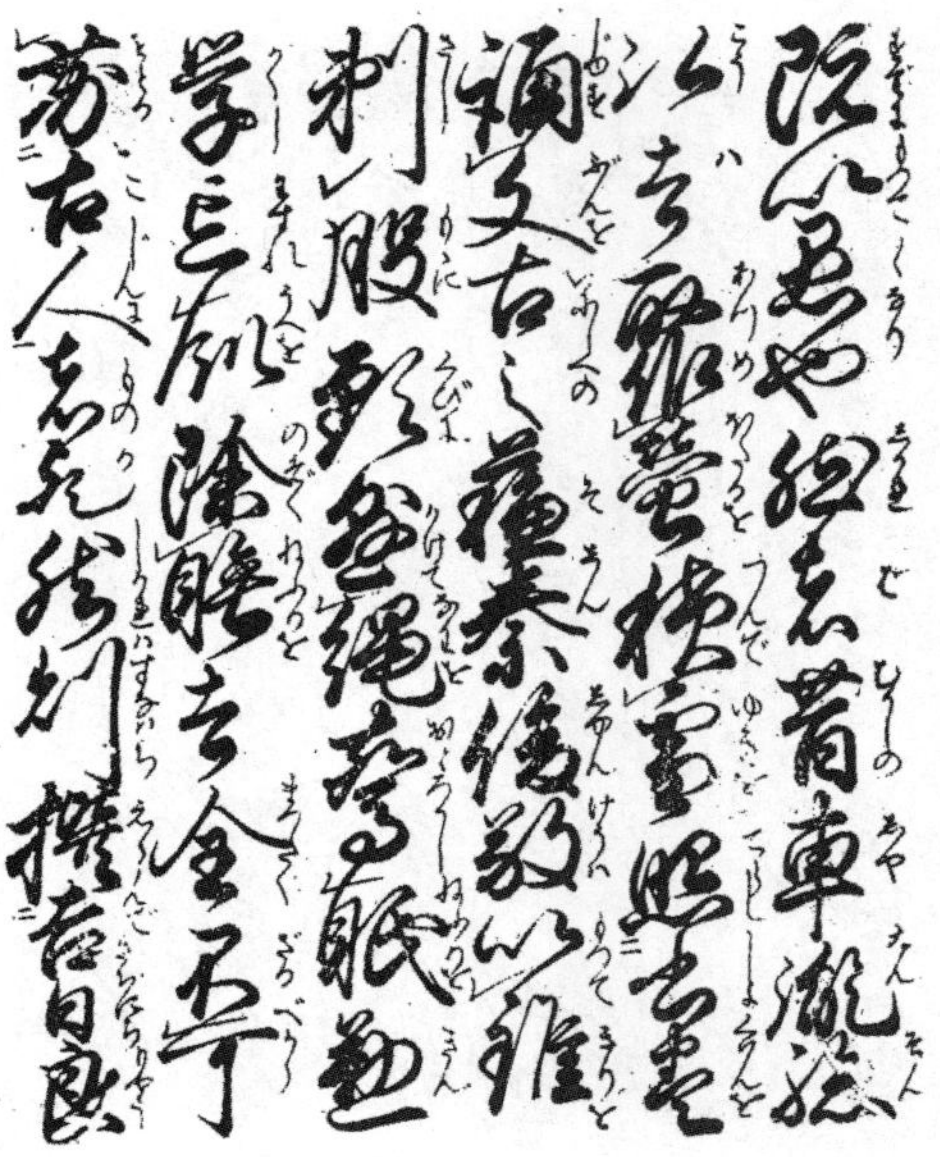

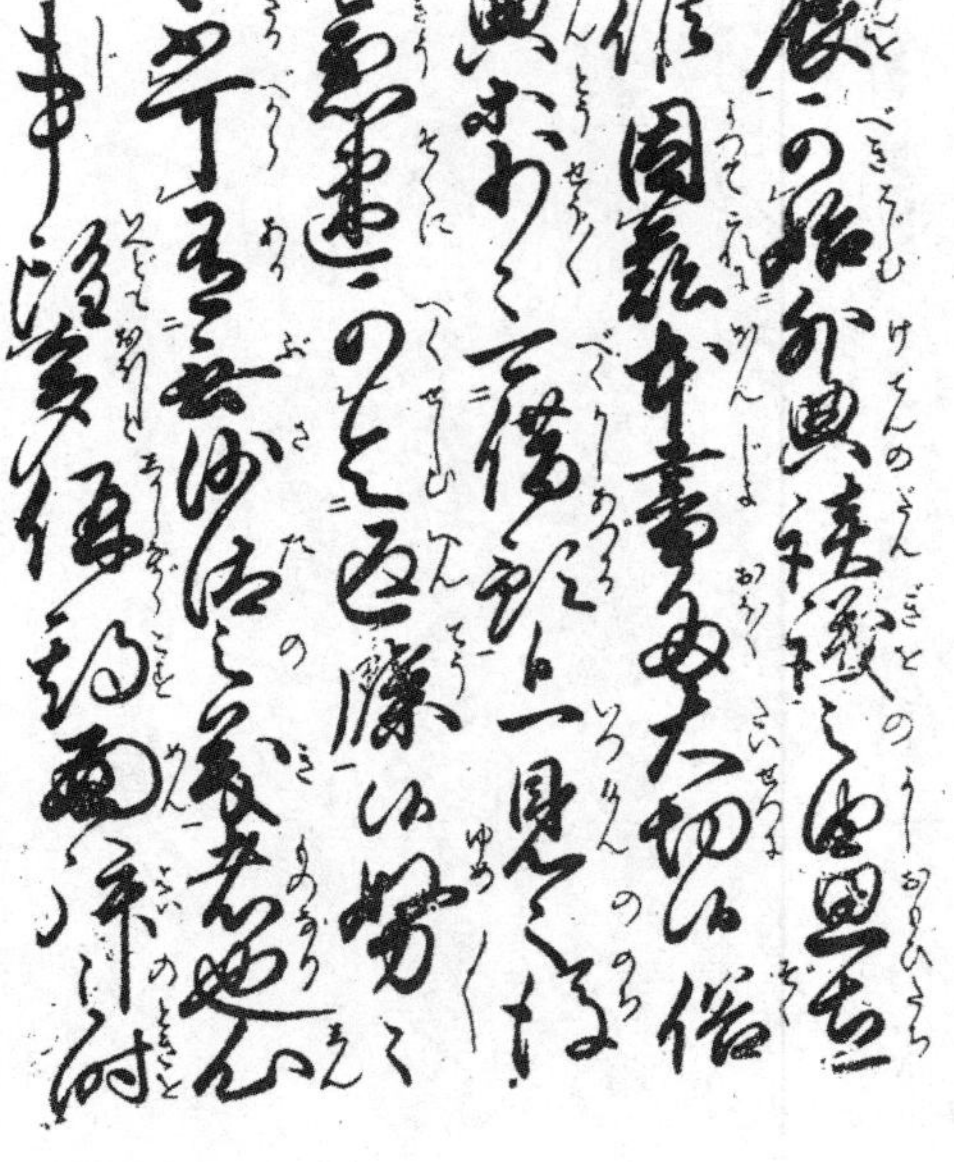

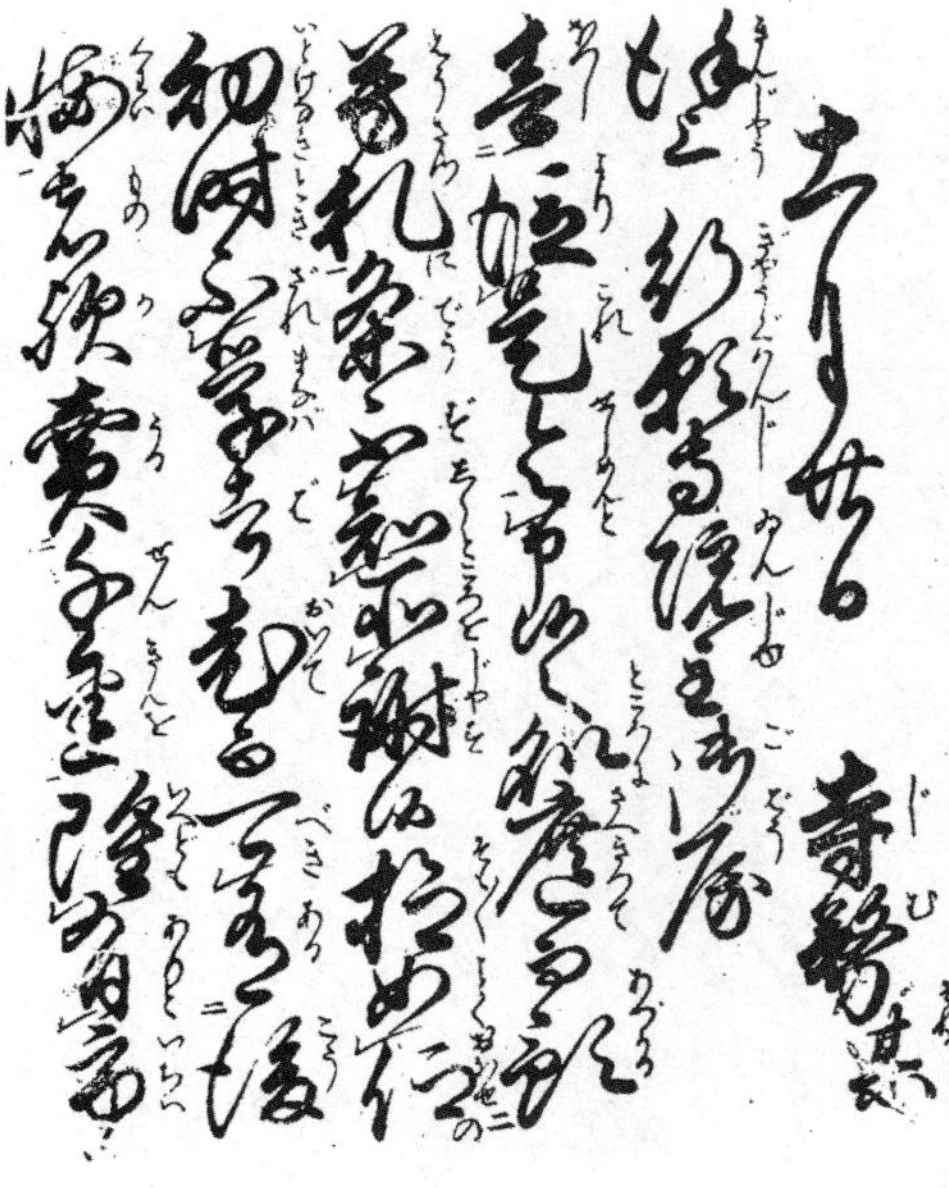

[illegible]一字[illegible]
[illegible]其一而[illegible]俗典[illegible]注[illegible]
[illegible]中書[illegible]儒進[illegible]
毛詩《もうし》廿巻 尚書《しやうしよ》十三巻 礼記《らいき》廿巻
周易《しうえき》十巻 左傳《さでん》卅巻 周礼《しうらい》十
儀礼《ぎらい》十七巻 公羊傳《くようでん》十二巻 穀梁《こくりやう》

傳《でん》十二巻 論語《ろんご》十巻 孝經《かうきやう》一巻
老子經《らうしきやう》二巻 荘子《さうじ》卅三篇 孟子《まうじ》七篇
是《これ》号《かうして》十三經[illegible]班固[illegible]
史記《しき》一部 梁昭明太子文選《りやうのせうめいたいしのもんぜん》
一部 白氏文集《はくしもんじふ》一部 [illegible]
[illegible]文[illegible]書[illegible]東[illegible]

貞観政要《ぢやうぐわんせいえう》臣軌《しんき》帝範《ていはん》[illegible]
[illegible]百錬[illegible]朗詠[illegible]文粋[illegible]小
文[illegible]
詩[illegible]
十月廿三日　院主
謹上　[illegible]御房

職原[illegible]日[illegible]
[illegible]
[illegible]二[illegible]年[illegible]
[illegible]
[illegible]
[illegible]

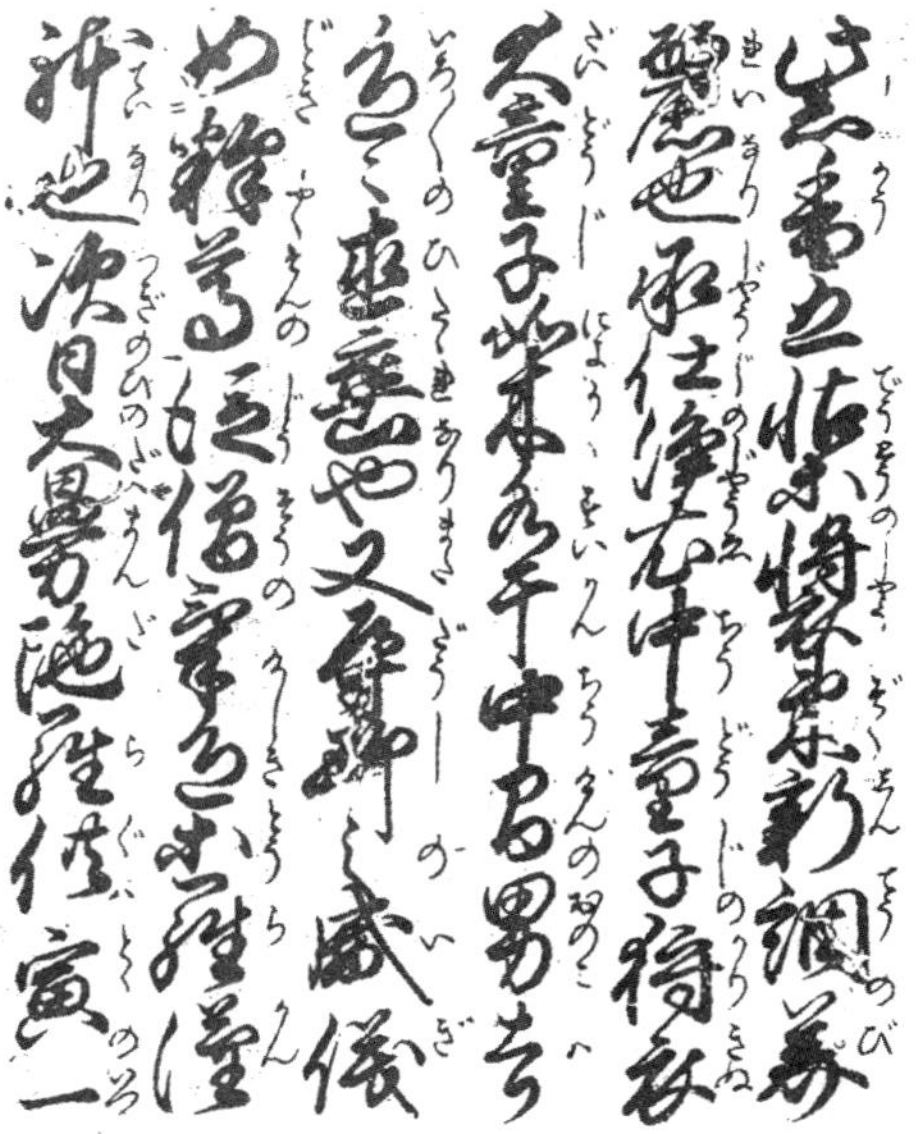

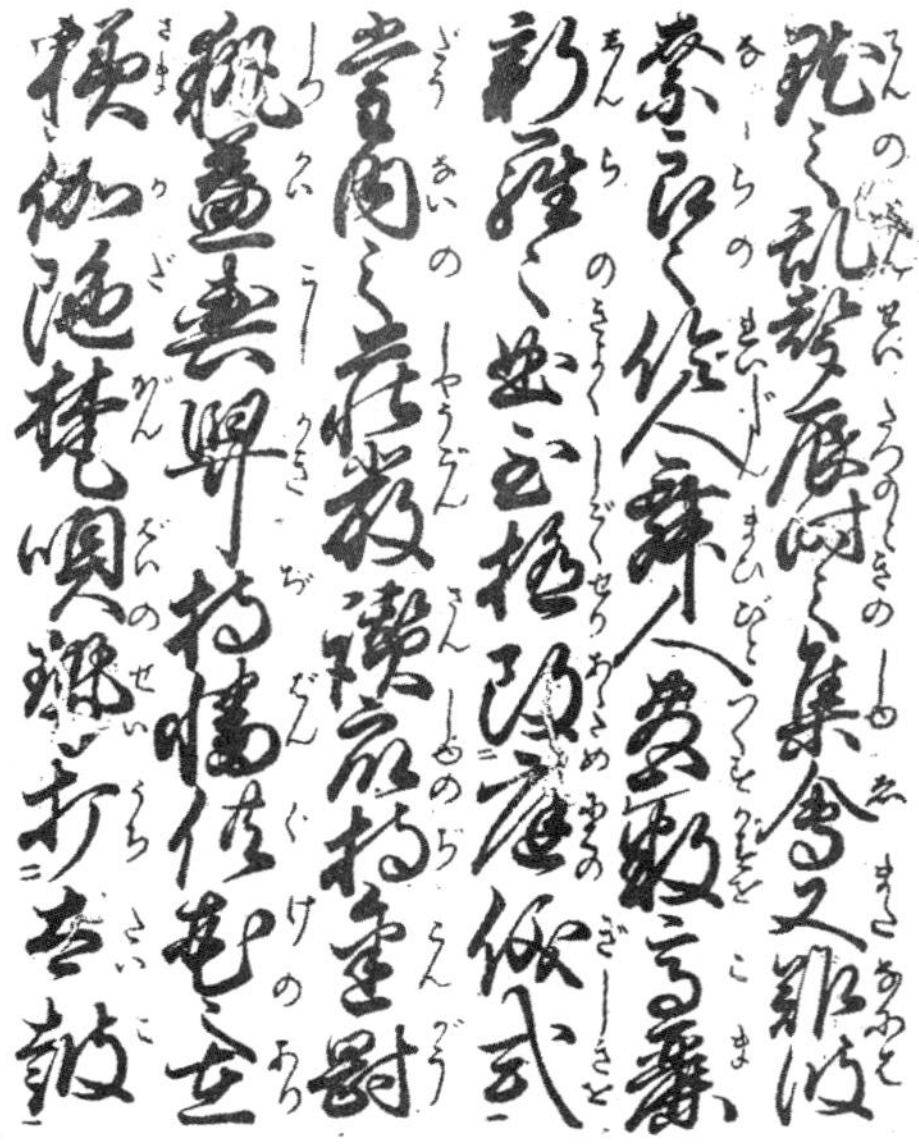

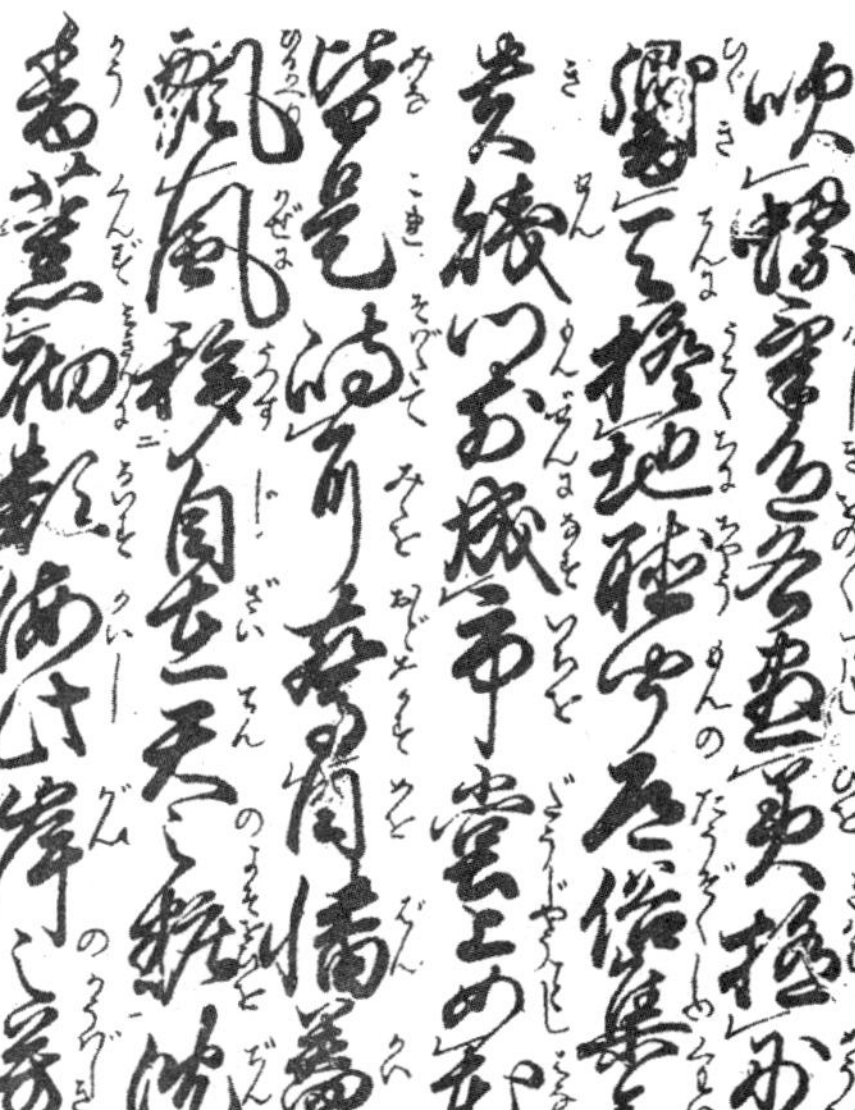

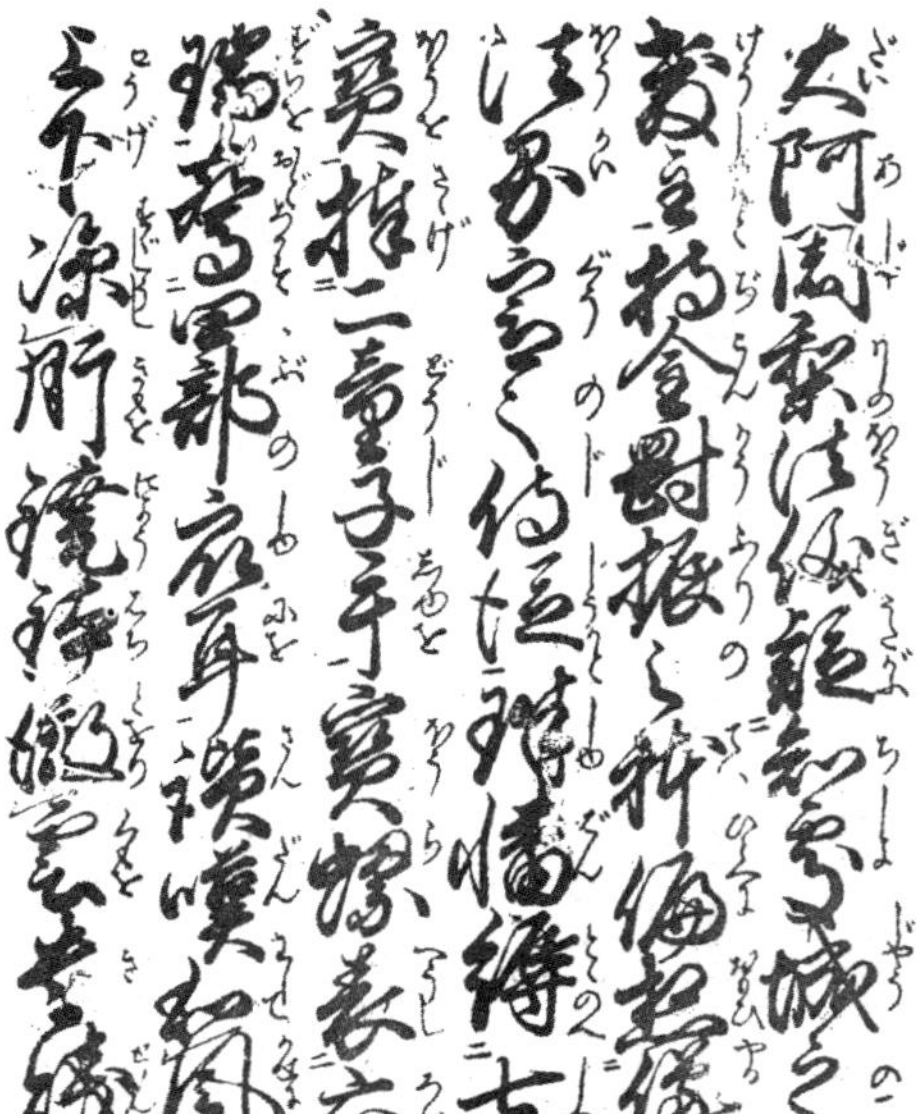

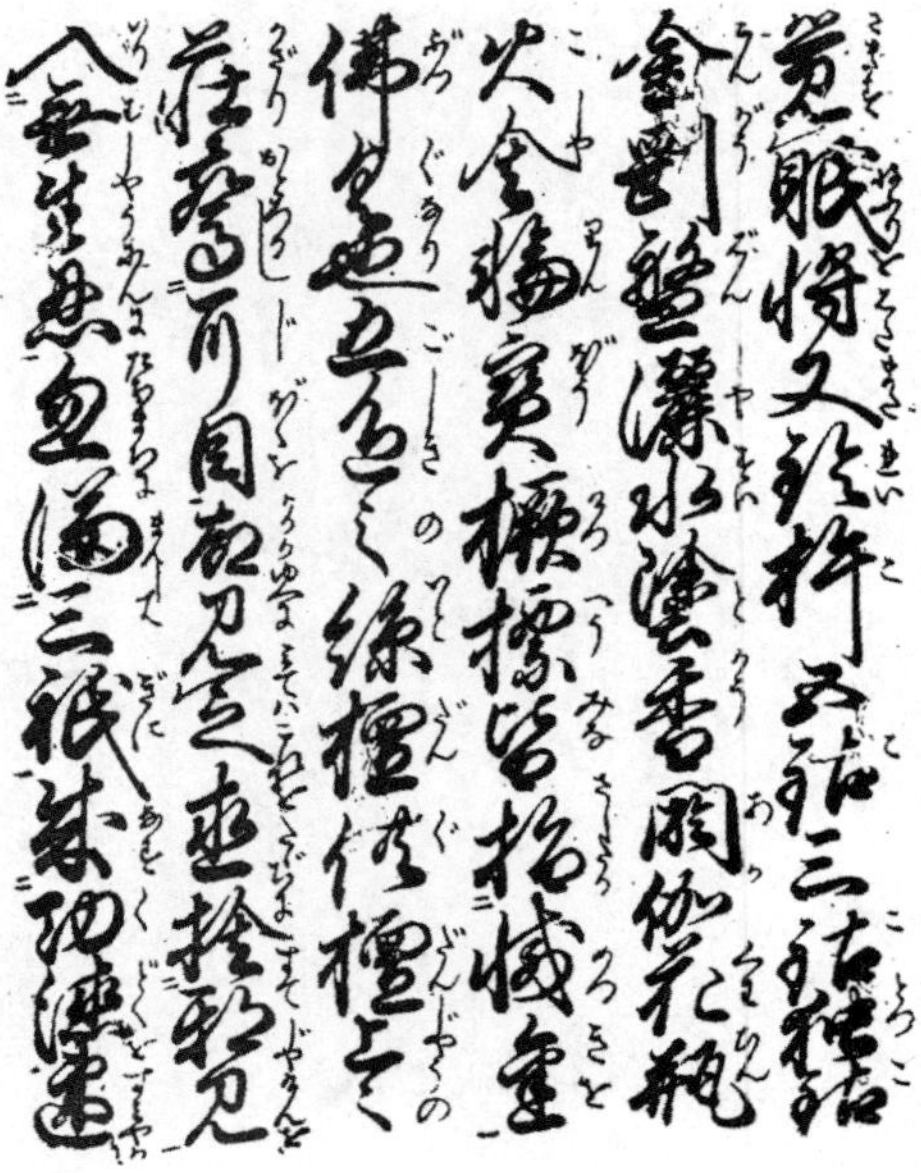

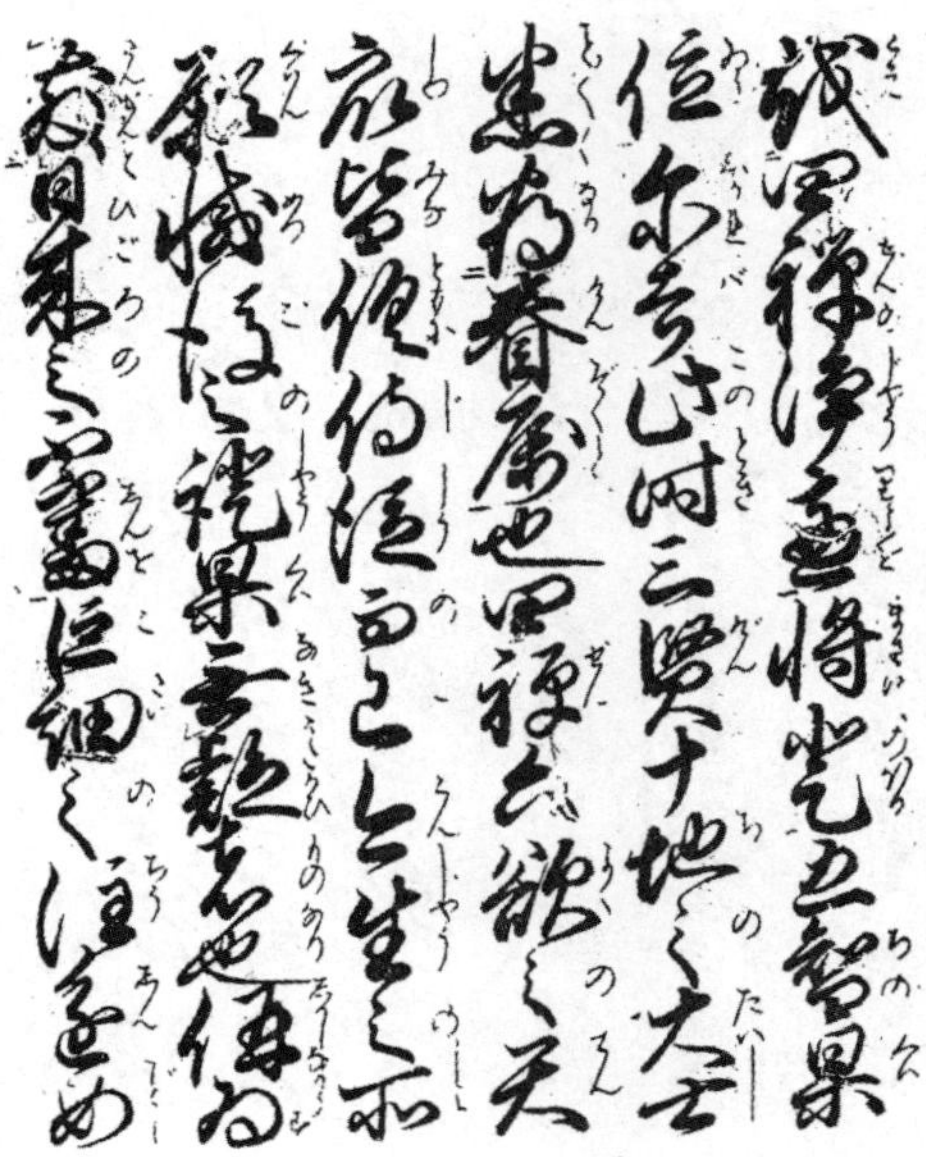

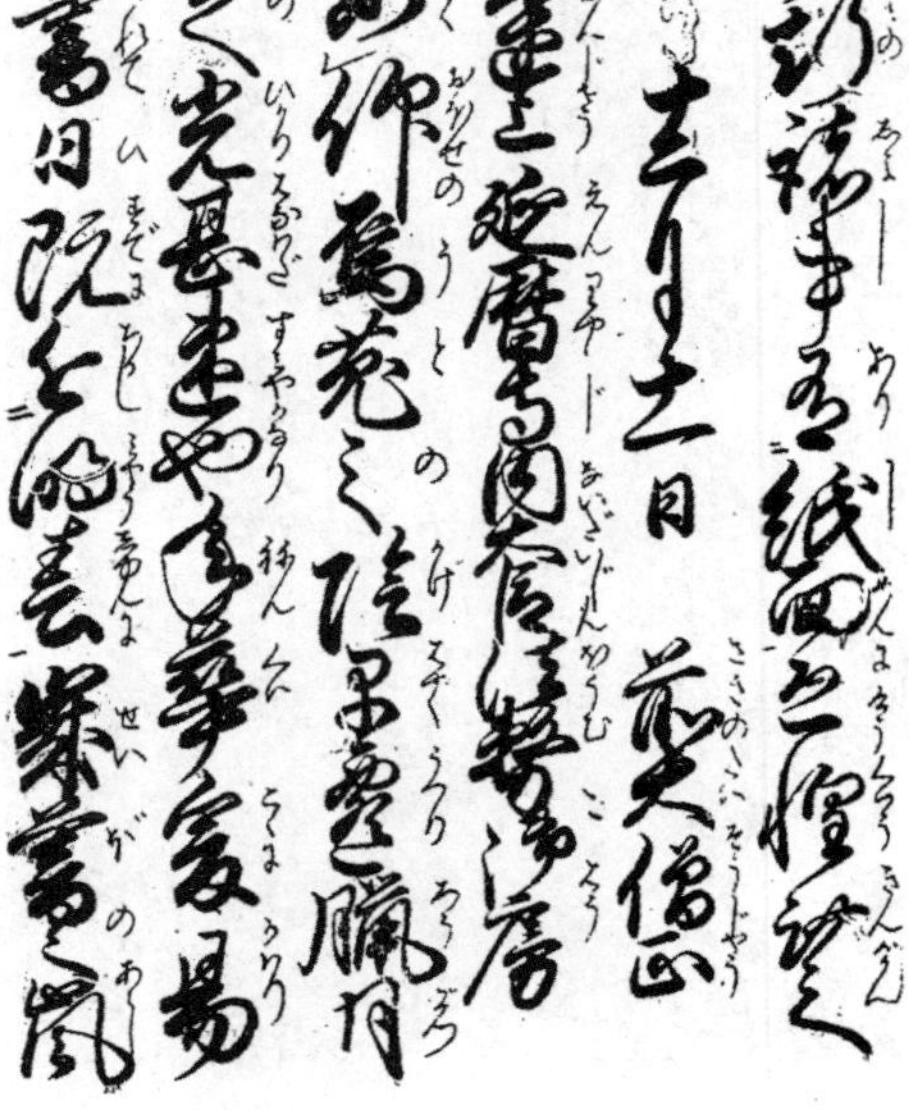

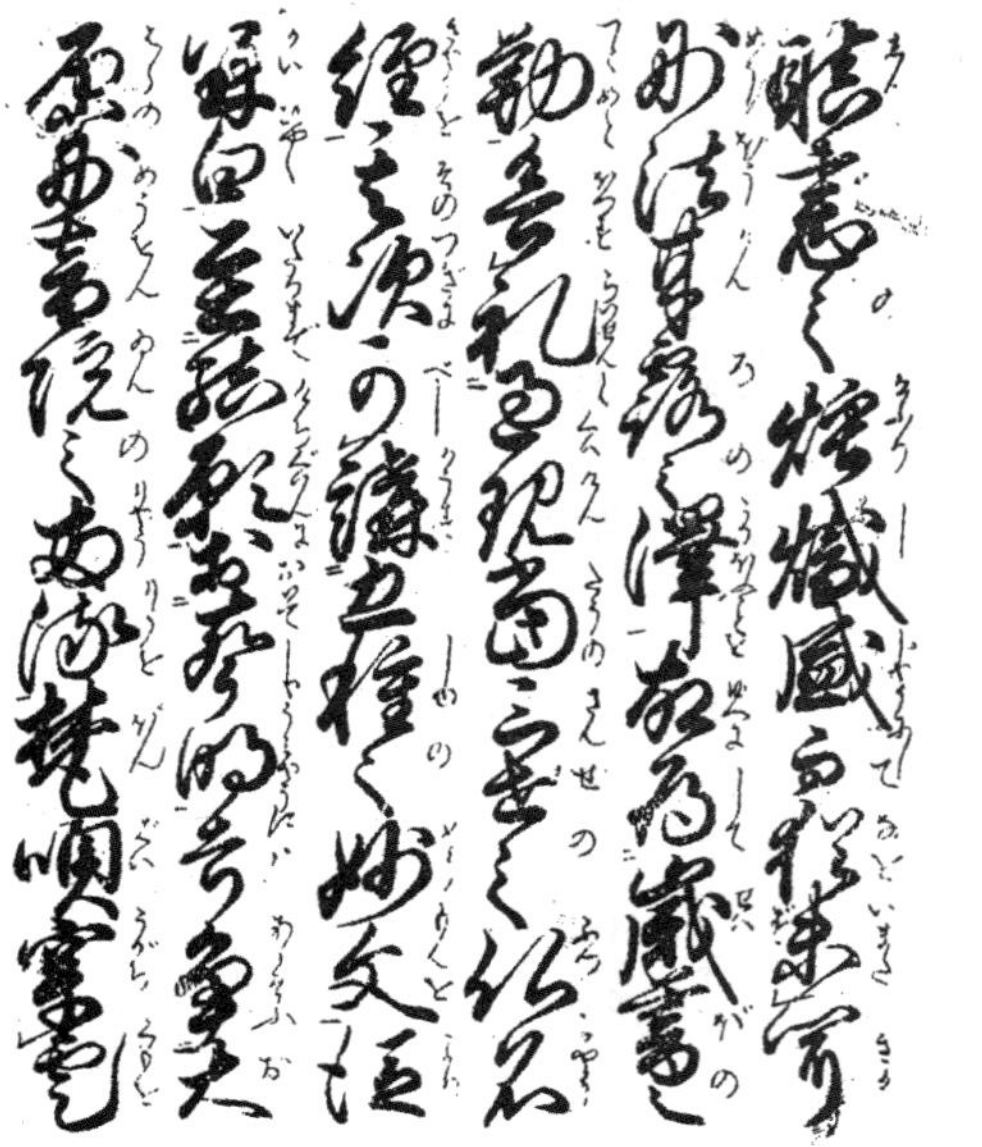

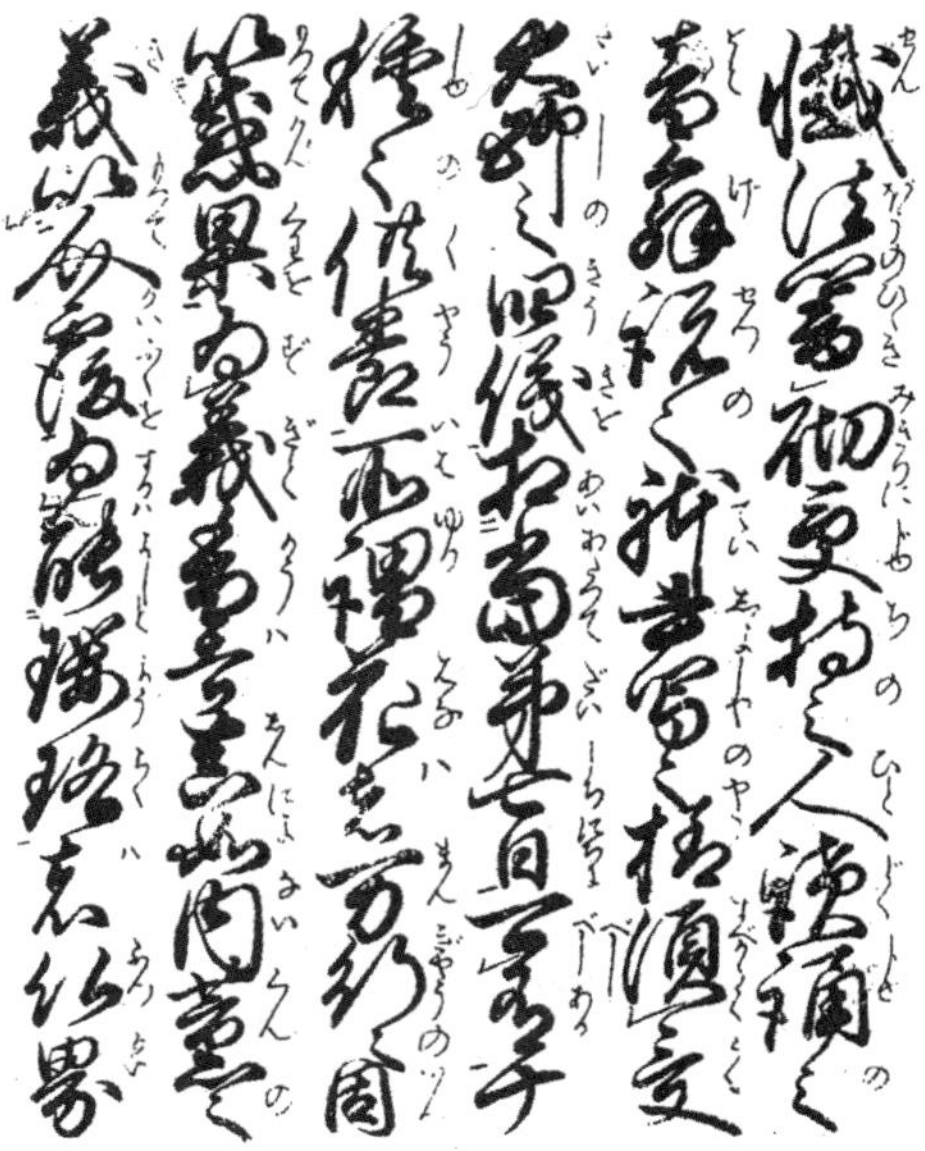

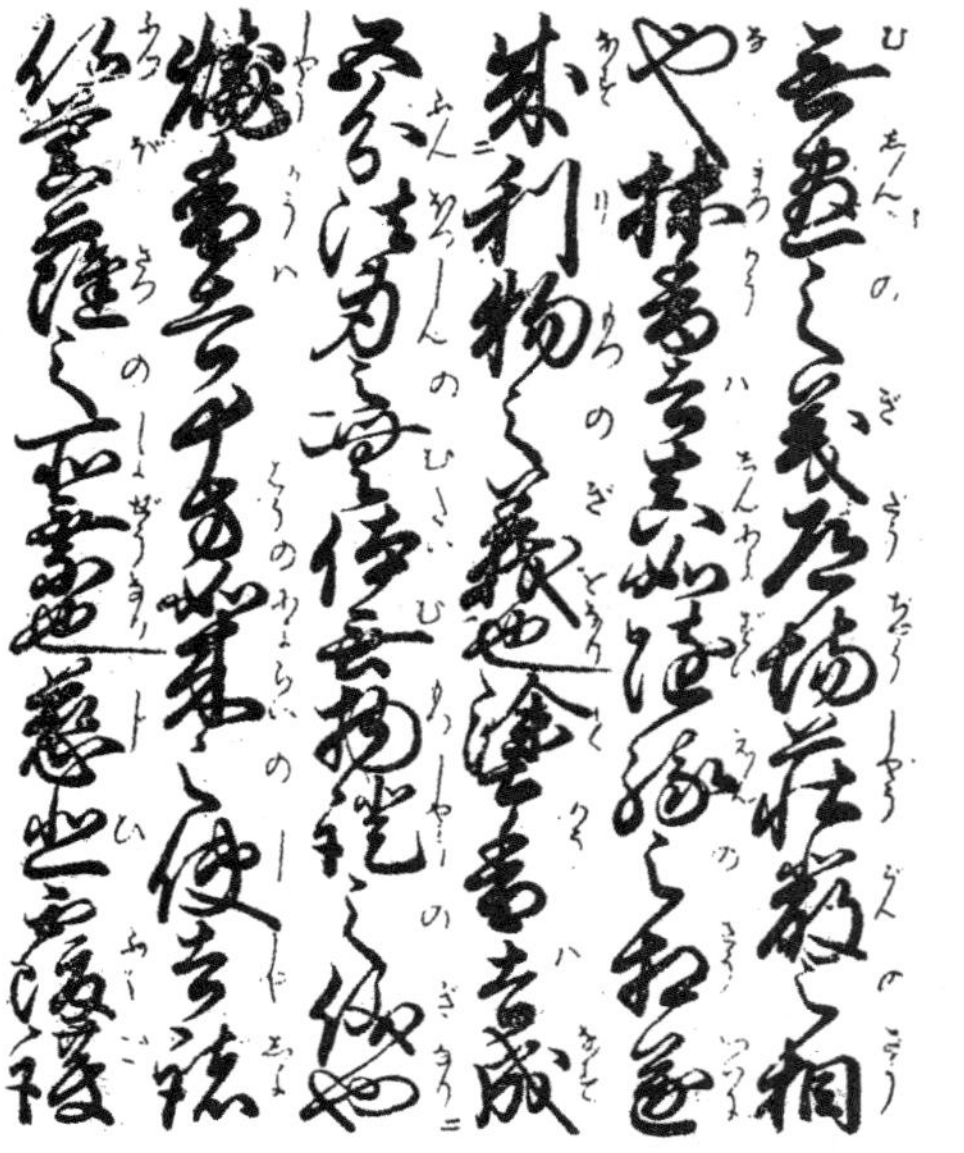

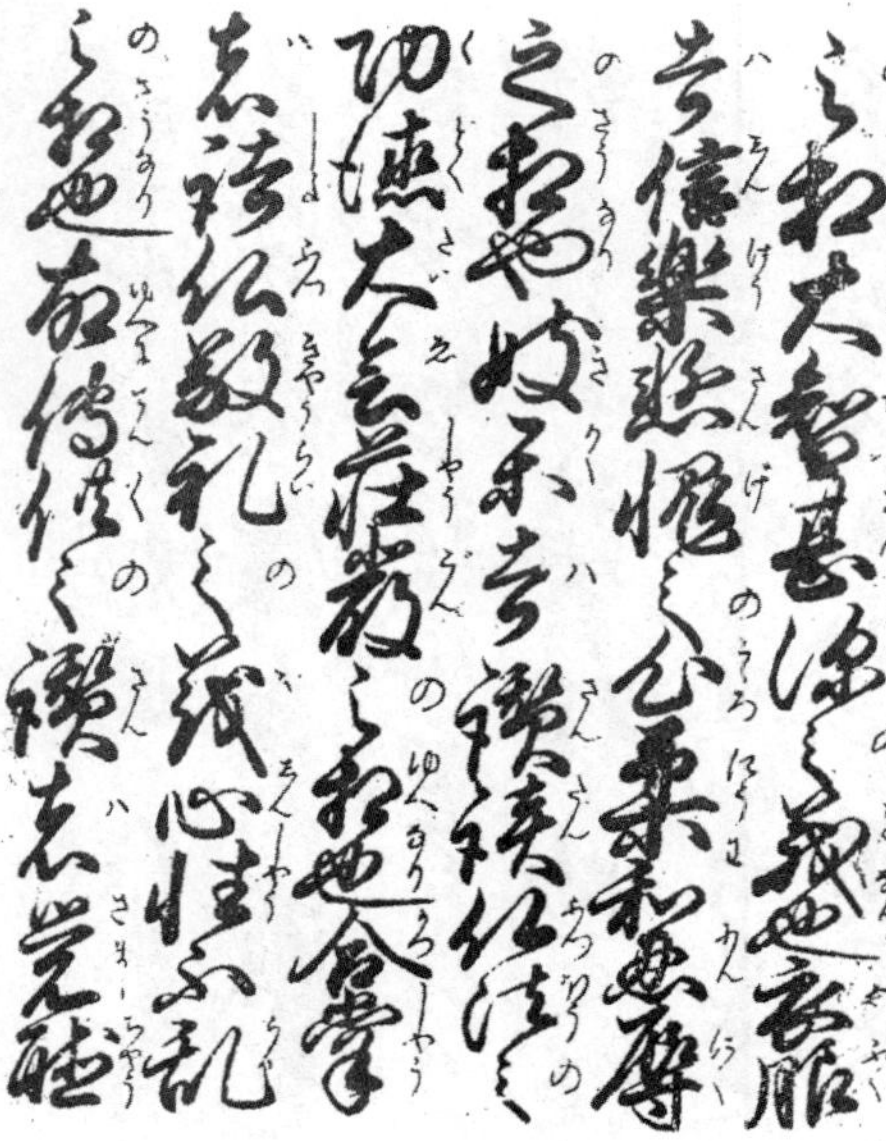

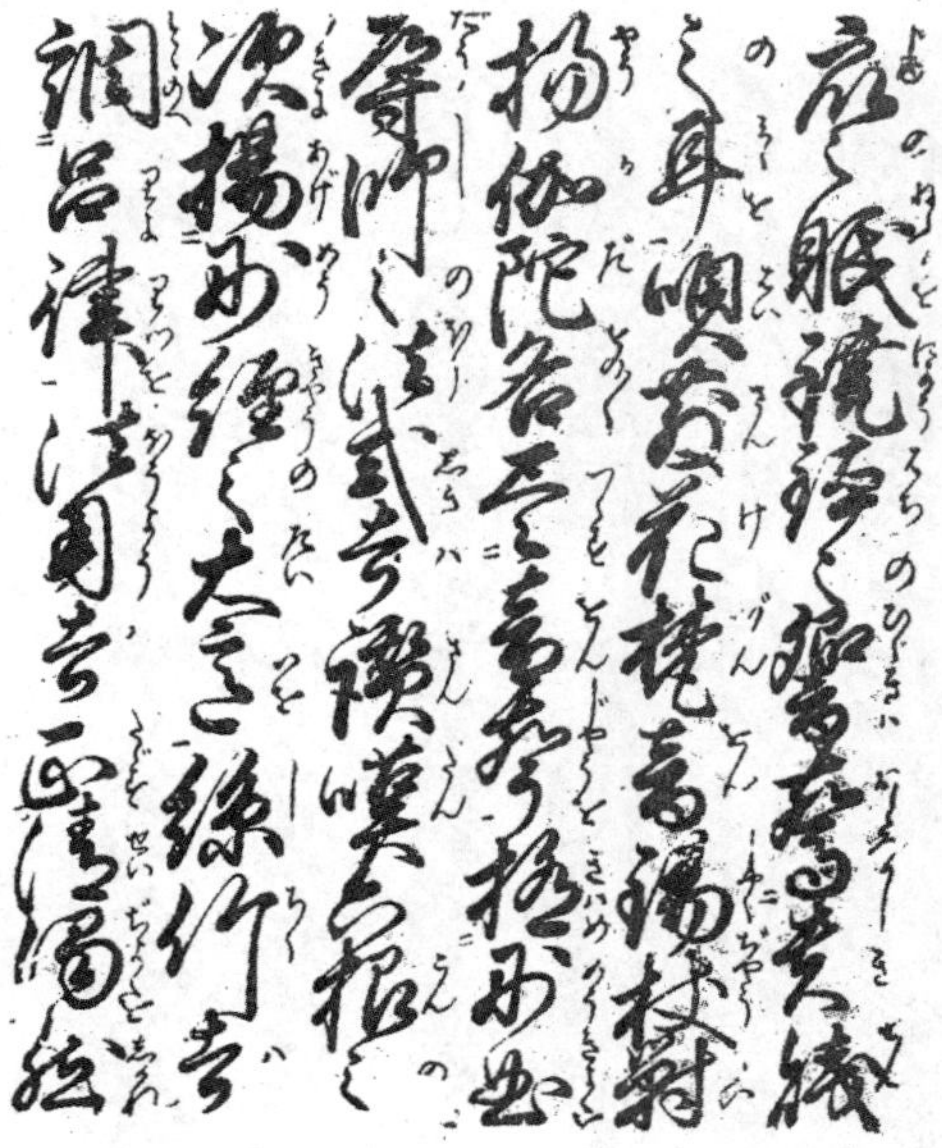

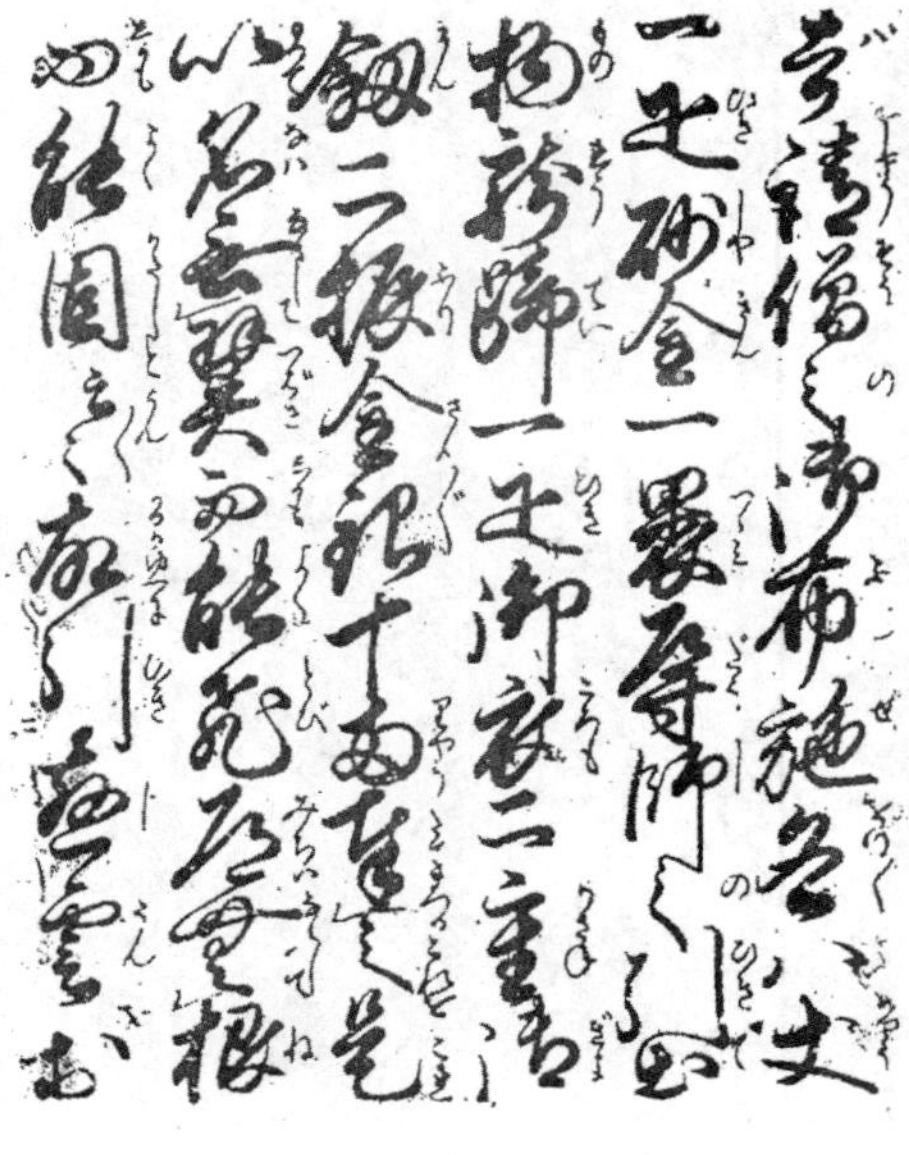

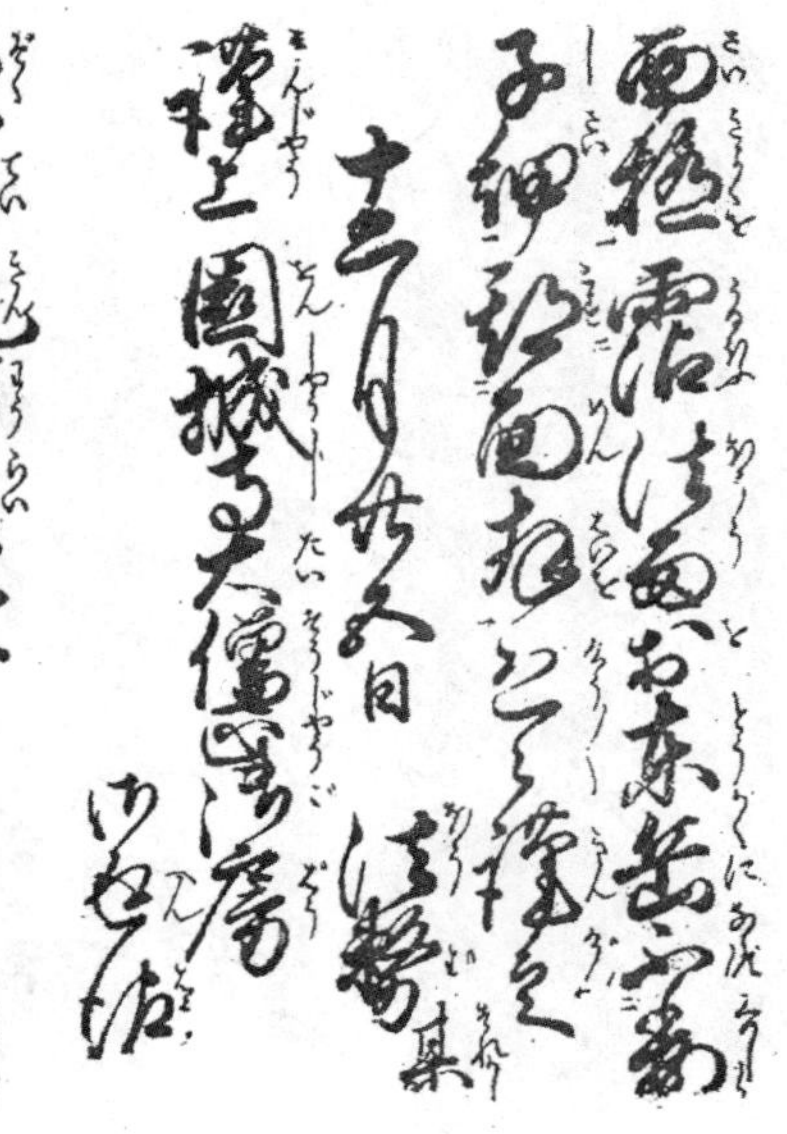

浪華　柏原屋佐兵衛

翻字本文

翻字本文凡例

一、底本は、謙堂文庫蔵柏原屋佐兵衛版（内題は「続庭訓往来」）である。以下、「訓読」「漢字索引」「自立語索引」の底本も同じである。

一、行款は、底本通りとした。

一、漢字の字体は、原則として、康熙字典体にあらためた。

一、異体の片仮名は、今日通行の字体にあらためた。

一、底本の誤字・脱字等は、原則としてその儘としたが、返り点の脱落のみ、（）を付して補った。

一、底本の虫損部分で判読不能の文字は、□で示した。

【一オ】

續庭訓往來　　天台沙門玄恵撰

新春《しんしゆんの》御慶賀《ぎよけいか》、仰《あふひで》㆓朔日《さくじつを》㆒、向《むかつて》㆓其《その》御方《かたに》㆒、最前《さいせん》申籠《こめ》候畢《をはんぬ》。然者《しかれば》、續《つぎ》㆓佛法《ぶつほうの》恵命《ゑみやうを》㆒、眞《しん》俗《ぞく》二諦《たい》之《の》御繁昌《はんじやう》之《の》條《でう》、誠《まことに》幸甚々々《かうじんかうじん》。抑《そもそも》迎《むかへて》㆓立春比《りつしゆんのころを》㆒、

【一ウ】

爲《ために》㆓諸神法樂《しよじんほうらくの》㆒、一萬句《まんぐ》之《の》連哥《れんが》可《べき》㆓興行《かうぎやうす》㆒之由《のよし》、當寺《たうじの》兒童若輩等《じどうじやくはいとう》、令《せしめ》㆓評議《ひやうぎ》㆒候畢《をはんぬ》。以《もつて》㆓必定日《ひつぢやうのひを》㆒可㆑申㆓案内《あんないを》㆒候。相構《あひかまへて》、閣《さしをき》㆓諸事《しよじを》㆒、可《べき》㆑有《ある》㆓御催《もよほし》㆒者也《ものなり》。夫《それ》、詩者《しは》漢家態《かんかのわざ》、

【二オ】

哥者《うたは》本朝之才《ほんてうのさい》、連歌者《れんかは》雖《いへども》㆓近代藝《きんだいのけいと》㆒、而《しかも》洛陽《らくやう》夷《ゐ》狄《てき》之《の》貴賤《きせん》、多《おほく》翫《もてあそぶ》㆑之《これを》。故以《ゆへにもつて》（二）此態《このわざを》㆒、令《せしめて》㆑値《ち》㆓遇《ぐ》於佛神《ぶつじんに》㆒、而雖《いへども》㆑欲《ほつすと》㆑祈《いのらんと》㆓當來《たうらい》之《の》證果《しやうくわを》㆒、未《いまだ》す㆑知《しら》㆓當世《たうせい》之《の》法《ほうを》㆒。願《ねかはくは》、新式目録《しんしきもくろくを》

【二ウ】

示給者《しめしたまはらば》、兼日《けんじつ》事《こと》之《の》次《し》第《だい》可《べく》㆑令《せしむ》㆓存知《ぞんち》㆒候。諸事《しよじ》雖《いへども》㆑多《おほしと》、難《かたし》㆑盡《つくし》㆓紙面《しめんに》㆒而已《のみ》。恐《けう》惶謹言《くわうつゝしんでまうす》。

正月十日　　律師明尊《りつしみやうそん》

謹上《きんじやう》御室戸寺《おむろとじ》治部都維那御房《ぢぶといなごばう》

【三オ】

改年《□いねんの》御吉事《きつじ》、拂《はらひ》二明方《みやうはうの》霞《かすみを》一、望《のぞんて》二貴方《きはうに》一、既令《すでにせしめ》二禮《らい》拜《はい》一候畢《をはんぬ》。自他珍重々々《じたちんちやうちんちやう》。然《しかれ》者《ば》、爲《して》二一寺之法燈《いちじのほうとうと》一、佛法《ぶつほう》興行之條《こうぎやうのてう》、眞實之至《しんじつのいたり》、目出度《めでたく》承及候《うけたまはりをよび》。抑《そもそも》、如《ごとく》レ被《さるゝ》

【三ウ】

レ示《しめ》、詩者《しは》、爲《して》二漢家之才《かんかのさいと》一、定《さだめ》二平他韻聲《ひやうたのいんせいを》一、綴《つゞる》二其《その》旨《むねを》一。哥者《うたは》、爲《して》二和國之風《わこくのふうと》一、以《もつて》二上《かみ》下句《しものくを》一、顯《あらはし》二其理《そのりを》一、連歌者《れんがは》、爲《して》二近代態《きんだいのわざと》一、一句之內《いつくのうちに》、成《なす》二其心《そのこゝろを》一。故《かるかゆへに》、近年花下號《きんねんはなのもとがうして》(二)新式《しんしきと》一、

【四オ】

定《□ため》二輪廻傍題韻字《りんゑはうたいのいんじを》一、所謂《いはゆる》春《はる》、秋《あき》、戀者《こひは》、各《をのをの》五句續《くつゝく》。景《けい》物多故《ぶつおほきゆへ也》。夏《なつ》、冬《ふゆ》、神祇《じんき》、釋《しやく》敎《けう》、述懷《しゆつくわい》、懷舊《くわいきう》、水邊《すいへん》、行《かう》路《ろ》、無常《むじやう》、哀傷《あいしやう》、祝言等《しうげんとう》、各《をのをの》可《べき》レ爲《たる》二三句《く》一也。一座《ざ》一句之物《くのもの》

【四ウ】

者《は》、名草《めいさう》、名木《めいぼく》、名鳥《めいてう》、名獸《めいじう》、蟲《むし》、昔《むかし》、古《いにしへ》、夕《ゆふべ》、暮《くれ》、昨日《きのふ》、平《ひら》雨《さめ》、夕立《ゆふたち》、村雨《むらさめ》、嵐《あらし》、木枯《こがらし》、隱家《かくれが》、朝月《あしたのつき》、夕月《ゆふづき》。又《また》二句之物者《くのものは》、春月《はるのつき》只一有明(ありあけ)、夏冬《なつふゆの》月《つき》同(どう)前(ぜん)、梅《むめ》春(はる)冬(ふゆ)、鴈《かり》春(はる)秋(あき)、今日《けふ》

【五オ】

古郷《ふるさと》只（ただ）一名所（めいしよ）一、宿《やどり》只一旅（たび）一、代《よ》神代（かみよ）君代（きみがよ）、
春風《はるかぜ》春之（はるの）風、秋《あき》風同前、松風《まつかぜ》同前、
五月雨《さみだれ》只（ただ）一梅（むめの）雨、旅《たび》之《の》字《じ》只一旅衣。又《また》三句《く》
物《もの》者《は》、櫻《さくら》、柳《やなぎ》皆躰（みなてい）可（べし）レ改。四句《く》物《もの》者《は》、
花《はな》此他似物之花（にせもののはな）裏可レ有レ之（うらにべしあるこれ）、雪《ゆき》春（はる）冬（ふゆ）、有明《ありあけ》
四季（しき）各（をのをの）一句（く）、冰《こほり》、關《せき》、鐘《かね》皆躰（みなてい）可レ改（べしあらたむ）。又《また》七句《く》可《べき》

【五ウ】

レ去物《さるもの》者《は》、松《まつ》、竹《たけ》、夢《ゆめ》、船《ふね》、月《つき》。
與《と》レ月涙《つきなみだ》、田《た》與《と》レ田《た》、衣《ころも》與《と》レ衣《ころも》。五《ご》
句《く》可《へき》レ去物《さるもの》者《は》、日《ひ》與《と》レ日《ひ》、風《かせ》與《と》
レ風《かせ》、雲《くも》與《と》レ雲《くも》、山《やま》與《と》レ山《やま》、水《すい》
邊《へん》與《と》二水邊《すいへん》一、居所《きよしよ》與《と》二居所《きよしよ》一、
夜《や》分詞《ぶんのことば》字《じ》、神祇《しんぎ》、釋敎《しやくけう》、戀《こひ》、

【六オ】

無常《むしやう》、祝言《しうけん》、衣類等《いるいとう》、同字《おなじし》
可《べき》レ隔《へだつ》二五句《く》一也《なり》。三句《く》物《もの》者《は》、
月《つき》、日《ひ》、星《ほし》如（かくの）レ此（ごとき）光（ひかり）物。木《き》與《と》レ草《くさ》、鳥《とり》
與《と》レ獸《けだもの》、降物《ふりもの》與《と》二降物《ふりもの》一、聳《そびえ》
物《もの》與《と》レ聳物《そひえもの》。又可《またべき》レ嫌《きらふ》二打越《うちこし》一
物《もの》者《は》、冬枯《ふゆがれ》、野山《のやま》、植物《うへもの》。竹《たけ》

【六ウ】

與《と》二草木《さうもく》一、碪《きぬた》衣《い》裝《しやう》之《の》類《たぐひ》、
戀《こひ》與《と》レ思《おもひ》、老《おい》與《と》レ昔《むかし》、古《いにしへ》與《と》二古《こ》
郷《きやう》一、獨《ひとり》與《と》レ一《ひとつ》、雲《くも》、曇《くもり》、面《おも》
影《かげ》、陰像《かげかたち》、形見《かたみ》、梢《こすゑ》與《と》レ末《すゑ》、
音《をと》與《と》レ聲《こゑ》、遠《とをき》與《と》レ遙《はるか》、無《なき》
與《と》レ少《すくなき》、木花《きのはな》與《と》レ雪花《ゆきはな》。自《じ》

【七オ】

餘《よ》可《べし》レ準《しゆん》二知之《ちすこれに》一。委細新《いさいしん》
式目錄可《しきもくろくべき》二見知《みしる》一也《なり》。萬端《ばんたん》
期《ごす》二面拜《めんはいを》一。恐々謹言《けうけうきんげん》。
正月十日　都維那《といな》
謹上《きんしやう》　宇治民部寺主御房《うぢみんぶじしゆごばう》
其後久不《そののちひさしくず》二申　承《まふしうけたまはら》一。貴邊何《きへんなん》

【七ウ】

條《でうの》御事《こと》候哉《や》。不審々々《ふしんふしん》。
抑《そもそも》雖《いへども》下不《ざる》二思懸《おもひかけ》一申狀候《まうしじやうさふらふと》上、
依《よつて》二同宿少生之所望《どうじゆくせうしやうのしよもうに》(二)、重《かさね》
而令《てしめ》レ申《まうさ》候。八代集《だいしう》、十三
代集者《だいしうは》、何人之《いづれのひとの》御撰《えらひ》、又《また》
自《より》二何御代《いづれのみよ》一被《れ》二定置《さだめをか》一候哉。

【八オ】

承　度《うけたまはりたく》候。如《ごとき》レ此事《かくのこと》、一向　奉《ひたすらたてまつる》
レ憑《たのみ》二貴殿《きでんを》一候也《なり》。然《しかるに》、彼少童《かのせうとう》、
心操調和如《こゝろばせてうわごとく》下水隨《みづのしたがふ》上レ器《うつはものに》、於《おいては》二
剛柔進退《かうにうにしんだいに》一、似《にたり》二雲聳《くものそびくに》一レ風《かせに》。
爲《たる》二嬋娟《せんけん》一之粧《のよそをひ》、翡翠之《ひすいの》
鈿《かんざし》、芙蓉之眸《ふようのまなしり》、靑黛之《せいたいの》

【八ウ】

眉《まゆ》、丹果之唇《たんくはのくちびる》、白雪之膚《はくせつのはだへ》、
蘭麝之衣《らんじやのころも》、總姿尋常《そうしじんじやうにして》、
超《てう》二過諸人《くはせりしよにんに》一。刷《かいつくろひ》二衣裳《いしやうを》一、無《なし》レ所《ところ》二
見苦《みぐるしき》一。將又《はたまた》、容顏美麗也《ようがんびれいなり》。
然間《しかるあひだ》、寵愛依《てうあひよつて》レ無《なきに》レ他《た》、不《ず》レ顧《かへりみ》二
無心《むしんを》一、所《ところ》レ令《せしむる》二言上《ごんじやう》一候也《なり》。委細《いさい》

【九オ】
注給《しるしたまはり》候者《はゞ》、可《べく》レ爲《たる》二恐悦《けうえつ》一候。
就《づく》レ中《なかん》、少童住山《せうとうぢうさん》之《の》間《あいだ》、
有《あつて》二入御《じゆぎよ》一、懸《かゝり》二御目《めに》一候者《はゝ》、
可《へく》二畏入《かしこまり》一候。萬鬱期《ばんうつごす》二面謁《めんえつを》一
耳《のみ》。恐々謹言《けうけうきんげん》。
二月十日　　竪者《しゆしや》

【九ウ】
謹上淨妙寺《きんじやうじやうめうじ》少納言《せうなごん》注記《ちうき》御房《ごばう》
御札《ぎよさつ》之《の》旨《むね》、委細《いさい》承《うけたまはり》候畢《をはんぬ》。抑《そもそも》
所《ところの》レ承《うけたまはる》秀哥《しうか》、幷《ならびに》八代集《だいしう》之《の》
次第《しだい》、先《まづ》萬葉集《まんようしう》者《は》、廿巻《くはん》、
平城天皇《へいせいてんわう》御宇《のぎよう》、大銅年中《だいとうねんぢう》、
左大臣《さだいじん》橘《たちはなの》諸兄卿《もろゑのきやう》撰者也《せんじやなり》。

【一〇オ】
古今集《こきんしう》者《は》、廿巻《くはん》、千《せん》九十九首《しゆ》、
延喜《えんぎ》五年四月《ねんしんぐはつ》十五日、奉《うけたまはつて》二
醍醐天皇《たいごてんわう》之《の》勅《ちよくを》一、御書所《ごしよどころ》
紀貫之《きのつらゆき》、大内記《だいないき》紀友則《きのとものり》、
前甲斐目《さきのかいのさくはん》凡《をふし》河内《かうちの》躬恒《みつね》、
右衞門府生《ゐもんのふしやう》壬生忠岑《みふのたゞみね》

【一〇ウ】
等《ら》、撰《えらふ》レ之《これを》。有《あり》レ序《じよ》、假名序《かなじよは》
貫之《つらゆき》、眞名《まなは》紀淑望《きのよしもち》書《かく》レ之《これを》。
不《ず》レ入《いれ》二萬葉集哥《まんようしうのうたを》一。後撰《ごせん》
集者《しうは》、廿巻《くはん》、千《せん》三百五十六
首《しゆ》、村上天皇《むらかみてんわうの》御代《みよ》、天暦《てんりやく》
五年《ねん》十月、於《おいて》二照陽舎《せうやうしやに》一、別《へつ》

【一一オ】

當藏人少將伊尹《たうくらんどのせうしやうこれたゞ》、大中臣《おほなかとみの》
能宣《よしのぶ》、清原元輔《きよはらのもとすけ》、源順《みなもとのしたかふ》、
紀時文《きのときふん》、坂上望城《さかのうへのもちき》等《ら》撰也《□んずるなり》。
拾遺集《しういしう》者《は》、二十卷《くはん》、千《せん》
三百五十一首《しゆ》、長德年《ちやうとくねん》
中《ちう》、花山院《くはさんのゐん》御自撰《じせん》。後《ご》

【十一ウ】

拾遺《しうい》者《は》、二十卷《くはん》、應德《をうとく》三
年《ねん》、白河院御《しらかはのゐんの》時《とき》、中納言《ちうなごん》
通俊撰《みちとしせんす》。金葉集《きんようしう》者《は》、十
卷《くはん》、六百四十四首《しゆ》、奉《うけたまはつて》二鳥《と》
羽院勅《ばのゐんのちよくを》一、天治元年《てんちくはんねん》、俊頼《としよりの》
朝臣《あそん》撰《せんす》レ之《これを》。詞花集《しくはしう》者《は》、十

【一二オ】

卷《くはん》、依《よつて》二崇德院仰《しゆとくゐんのおほせに》一、天養《てんやう》
元年《ぐはんねん》、昭輔三位《あきすけのさんみ》撰《せんず》レ之《これを》。千載《せんざい》
集《しう》者《は》、廿卷《くはん》、文治三年《ぶんちねん》、依《よつて》二
後白河院仰《ごしらかはのゐんのおほせに》一、入道三位俊成《にうだうさんみとしなりの》
卿撰《きやうせんず》レ之《これを》。新古今《しんこきん》者《は》、二十卷《くはん》、
元久三年《げんきうねん》、依《よつて》二後鳥羽院仰《ごとはのゐんのおほせに》一、

【一二ウ】

通具《みちとも》、有家《ありいへ》、雅經《まさつね》、定家《さだいへ》、々《いへ》
隆等《たから》、撰《せんず》レ之《これを》。是《これを》號《がうす》二八代集《たいしうと》一。
其後《そののち》、新敕撰《しんちよくせん》者《は》、貞永元《ていえいぐはん》
年《ねん》、依《よつて》二後堀河院之仰《ごほりかはのゐんのおほせに》一、
定家卿撰《ていかのきやうせんず》レ之《これを》。續後撰《しよくごせん》者《は》、
建長二年《けんちやうねん》、依《よつて》二後嵯峨院《ごさがのゐんの》

【十三オ】

仰《おほせに》一、爲家卿撰《ためいへのきやうせんず》レ之《これを》。續古今者《しよくこきんは》、
同御代《おなじみよ》、文永《ぶんえい》二年《ねん》、重而《かさねて》
九條《でう》内大臣《ないだいじん》基家《もといへ》號《がうす》二鶴殿《つるどのと》一、爲《ため》
家《いへ》、行家《ゆきいへ》、光俊等《みつとしら》撰《せんする》也。續拾遺《しよくしうい》
者《は》、建治年中《けんぢねんぢう》、依《よつて》二龜山院《かめやまのゐんの》
仰《おほせに》一、爲氏卿撰《ためうぢのきやうせんず》レ之《これを》。新後撰者《しんごせんは》、

【一三ウ】

嘉元年中《かげんねんぢうに》、依《よつて》二後宇多院《ごうだのゐんの》
仰《おほせに》一、爲世卿撰《ためよのきやうせんず》レ之《これを》。加《くはへて》二彼等《かれらを》一號《がうす》二
十三代《だい》集《しうと》一。其後《そのゝち》、玉葉集《ぎよくようしう》、延《えん》
慶《きやう》四年《ねん》、依《よつて》二伏見院之《ふしみのゐんの》仰《おほせに》一、
爲兼卿撰《ためかぬのきやうせんす》レ之《これを》。續千載集者《しよくせんざいしうは》、
正和《しやうわ》五年《ねん》、重而依《かさねてよつて》(二)後宇《こう》

【十四オ】

多院《だのゐんの》仰《おほせに》一、爲世卿撰《ためよのきやうせんず》レ之《これを》。續後《しよくご》
拾遺者《しういは》、依《よつて》二後醍醐院仰《ごだいごのゐんのおほせに》一、
民部卿爲藤《みんぶのきやうためふぢ》、初撰《はじめてせんす》レ之《これを》。爲定《ためさだ》
重而《かさねて》奉《うけたまはつて》レ勅《ちよくを》、相繼終《あひつぐをはり》レ功訖《こうをはんぬ》。
風雅集者《ふうがしうは》、貞和五年《ていわねん》、
花園院御自撰《はなぞのゝゐんごじせん》。新千《しんせん》

【一四ウ】

載集者《ざいしうは》、延文四年《えんぶんねん》、入道大《にうだうだい》
納言爲定卿《なごんためさだのきやう》、奉《うけたまはつて》レ勅撰《ちよくをえらぶ》
レ之《これを》。此外《このほか》、雖《いへども》レ多《おほしと》二代々勅撰《だいだいのちよくせん》一、
家々撰集《いへいへのせんしう》、不《ず》レ能《あたは》レ注《しるすに》二委細《いさいに》一。
以《もつて》二此《この》八代集《だいしうを》一、可《べき》レ爲《たる》二本歌《ほんか》一也。
將又《はたまた》、名童御座之由《めいとうおはしますのよし》、承《うけたまはり》

【一五オ】
及《をよび》候。如何様《いかさま》、近日之程《きんじつのほど》、
企《くはたて》二推參《すいさんを》一、可《べく》レ入《いる》二見參《げんざんに》一
候。委曲《いきよく》期《ごし》二面謁《めんえつを》一候。
恐惶謹言《けうくはうきんけん》。
二月十三日　注記《ちうき》
謹上石山寺大夫竪者御房《きんじやういしやまてらだいふしゆしやごばう》

【一五ウ】
良久《やゝひさしく》不《ず》二申承《うけたまはら》一候。何事《なにごと》
候哉《や》。不審之至《しんのいたり》也。抑《そもそも》、無《む》
心之《しんの》申狀《じやう》、雖《いへとも》下レ不《ず》レ少《すくなから》二其憚《そのはゞかり》一
候《さふらふと》上、當世之風聞《たうせいのふうぶん》候。依《よつて》二十
服茶之勝負《ふくちやのせうぶに》一、此間《このあいだ》、方々《はうばう》
人々《ひとひと》、新渡之莊物《しんとのかざりもの》令《せしめ》二

【一六オ】
祕計《ひけい》一、成《なす》二一會《いつくわいを》一事《こと》候。
畫軸部類《ぐわぢくのぶるいには》、思恭釋迦《しけうしやか》
三尊《ぞん》、猪頭蜆子龍虎《ちよとうけんすりやうこ》、
梅竹《ばいちく》、牧溪和尙《もつけいをしやうの》達磨《だるま》、
政黃牛郁山主川鷗䳭《せいわうぎういくさんしゆがせんこせき》
鴒《れい》、月湖觀音《げつこがくはんをん》、漁藍馬《ぎよらんがは》

【一六ウ】
良婦《りやうふ》、李堯栗鼠《りぎやうがりつす》、花鳥《くはてう》、
堪殿主布袋《かんてんすがほてい》、寒山十德《かんざんじつとく》、
朝陽對月《てうやうかたいげつ》。此外《このほか》、八鋪《ふ》一
對《つい》、瀟湘夜雨《せうしやうのよるのあめ》、洞庭秋《とうていのあきの》
月《つき》、山市靑嵐《さんしのせいらん》、漁村夕《ぎよそんのせき》
照《しやう》、江天暮雪《かうてんのぼせつ》、遠寺晩《ゑんじのばん》

【一七オ】

鐘《せう》、遠浦歸帆《ゑんほのきはん》、平砂落《へいさのらく》
鴈《がん》、又《また》、半出達磨《はんしゆつのだるま》、出山《しゆつさんの》
釋迦《しやか》、遊行之羅漢《ゆぎやうのらかん》、遊《ゆう》
山之仙人《さんのせんにん》、野馬虎《やばとら》、蘆鴈《ろがん》、
鷲《わし》、鷹《たか》、悉《ことごとく》有《あり》二象牙軸《ざうげのぢく》(二)、
梅花鈍子《はいくはどんす》表補衣《へうほい》也《なり》。

【一七ウ】

將又《はたまた》、紫檀卓《したんのしよく》、紫藤机《しとうのつくえ》、
花梨木倚子《くわりぼくのいす》、孤牀《こしやう》、曲《きよく》
彔《ろく》、幷木緜《ならびにもめん》、豹虎敷《ひようこのしき》
皮《がわ》、氈《せん》、白氎《びやくてう》、金襴《きんらん》、魚綾《ぎよれうの》
打敷《うちしき》、又壷瓶瓢部《またこひんひようぶには》、瓦《くわ》、
眞壷《まつぼ》、石壷《いしつぼ》、年々壷《ねんねんこ》、東陽《とうやう》

【一八オ】

瓶《ひん》、西陽瓶《せいやうひん》、青香《せいかう》、白瓜《はくかう》、冬《とう》
瓜《かう》、大海《だいかい》、圓壷《まるつぼ》、鶴頸《つるくび》、肩《かた》
築《つき》、平壷《ひらつぼ》、瓶子形《ひんすぎやう》、茄子形《なすびがた》、
茶桶《ちやおけ》一對《つい》、燒香具足《しやうかうぐそく》、
茶碗《ちやわん》、香爐《かうろ》、胡銅花瓶《ことうのくはひん》、
鍮石香匙《ちうじやくのきやうじ》、火箸《こじ》、藥器《やつき》

【一八ウ】

形《きやう》、香箱《かうばこ》、赤銅《しやくどう》、白鑞《びやくらう》、蠟燭《らつそく》
之臺《のだい》、燭鑽《そくさん》、雲母《きらゝ》、金盆等《きんぼんとう》、
被《られ》二恩借《をんじやくせ》一者《ば》、是《これ》可《べき》レ爲《たる》二生《しやう》
前之大望《ぜんのたいもう》一者也《ものなり》。委旨《くはしきむねは》、期《ごし》二
見參之時《げんざんのときを》一候。恐々謹言。
三月十八日　阿闍梨隆鑁《あじやりりうばん》

【一九オ】

謹上《きんじやう》仁和寺《にんわじ》宮内卿《くないきやう》律師《りつし》御房《こばう》
芳札《はうさつ》之《の》趣《おもむき》、委細《いさい》承《うけたまはり》候畢《をはんぬ》。
如《ことく》㆓來命《らいめいの》㆒、遙《はるかに》不《ず》㆓申承《うけたまはら》㆒。自《じ》
他《た》不審無《しんなく》㆑極《きはまり》候。兼又《かねてはまた》、
所《ところの》㆑被《さるゝ》㆑示新渡嚴物《しめしんとのかざりもの》、幷《ならびに》
喫茶《きつちや》之《の》具足《ぐそく》者《は》、唐石《からいしの》

【一九ウ】

磨碓《ひきうす》一帖《てう》、祇陀利《きたり》、生駒《□こま》
碓各《うすをのをの》一帖《てう》、挽木《ひきぎ》、羽《は》轄《くさび》、黑《くろ》
塗《ぬり》之《の》茶篩《ちやふるい》、黄楊《つげの》茶瓢《ちやへう》、
象牙《ざうげ》之《の》茶杓《ちやしやく》、幷《ならびに》、竹《たけの》茶《ちや》
酌《しやく》、同《おなじく》、兔足《とそく》、紫竹《しちくの》茶筅《ちやせん》、
茶椀《ちやわん》、櫑茶《るいざ》、繻茶巾《つむぎのちやきん》、

【二〇オ】

梅《むめ》之《の》壺拂《つぼはらひ》。於《おいて》㆓湯《ゆ》涌《わかすに》㆒者《は》、
耳白《みゝしろの》鑵子《くはんす》、天明《てんみやう》團瓶《とんひん》、幷《ならひに》、
釜銅湯瓶《かまとうのたうひん》、同《おなじく》、湛瓶《たんひん》、鉛水《なまりのすい》
瓶《ひん》、鐵錐《てつのてぎり》等《とう》、奈良《なら》風爐《ぶろ》。於《おいて》㆓
呑物《のみものに》㆒者《は》、青兔毫《せいとがう》、黄兔《わうと》
毫《かう》、建盞《けんざん》㆓一對《つい》、各《をのをの》、有《あり》㆓梨花《りくは》、

【二〇ウ】

金絲花《きんしくわ》、青漆《せいしつ》、銀絲花《ぎんしくは》、九《きう》
練絲《れんし》、犀皮《さいひ》等臺《とうのだい》㆒。同《おなじく》、胡盞《こさん》、
各《をのをの》、在《あり》㆓堆紅《ついこう》、堆朱《ついしゆ》、堆漆《ついしつ》、雞《けい》
楊《やう》、桂漆《けいしつ》、雲朱臺盆《うんしゆのだいぼん》等《とう》㆒。建《けん》
州埦《しうのわん》、饒州埦《にようじうのわん》、定州鑽《ぢやうしうくはん》
乳《にう》、雨滴《うてき》、茶器《ちやき》、水呑《みづのみ》、七入《なゝついれの》

【二一オ】

圓盆《まるぼん》、六入茶盆《むついれのちやぼん》、朱漆木椀《しゆしつのもくわん》、
厨子《つす》、楪《ちやつ》、馬上盞《ばしやうさん》柄（えのある）坏（さかづきを）云也、唐折《からを》
敷《しき》、同《おなじく》、黒漆《こくしつ》、赤漆折敷《しやくしつのをしき》、各《をのをの》
三束《ぞく》、納《いれて》二楊編《しやうへんに》一、一荷借進《いつかしやくしん》
候。種茶《しゆちやの》御會《くわい》、何比《いつごろ》候哉《や》。
以《もつて》二其期《そのごを》一、爲《ため》二囉齋《ろさいの》一、可《へき》二推參《すいさんす》一而已《のみ》。

【二一ウ】

三月十八日　權律師《ごんりつし》名範《みやうはん》
謹上《きんじやう》醍醐寺《だいごし》助《すけの》阿闍梨《あざり》御房《ごばう》
依《よつて》レ無《なきに》二差事《させること》一、久《ひさしく》不《ず》二申承《うけたまはら》（一）
候之條《でう》、自然《しぜんの》懈怠《けだい》、失《うしなひ》二本《ほん》
意《いを》一候。抑《そもそも》、茶者《ちやは》、養性之《やうじやうの》
仙藥《せんやく》、延齡之妙術也《えんれいのめうじゆつなり》。

【二二オ】

然閒《しかるあいた》、當世之貴賤上下之《たうせいのきせんしやうけの》
好士達《かうしたち》、數多所《あまたところ》レ翫《もてあそぶ》本兆《ほんてう》
之茶《のちやは》、可《べし》レ令《せしむ》二祕計《ひけい》（一）候。出《しゆつ》
所之茶《しよのちやは》、栂尾《とがのお》、千金《せんきん》、黄金《わうごん》、
燒香《しやうかう》、雨前《うぜん》、於《おいて》二大和《やまとに》一者《は》、室《むろ》
尾寺《をてら》、風肝《ふうかん》、皐盧《かうろ》、白雪《はくせつ》、

【二二ウ】

春雪《しゆんせつ》、於《おいては》二般若寺《はんにやじに》一者《は》、鍌山《せんさん》、
水厄《すいゐき》、於《おいて》二伊勢《いせに》一者《は》、小山寺之《こやまてらの》
雲映《うんえい》、雀舌《じやくぜつ》、鷹爪《たかのつめ》、於《おいて》二丹波《たんばに》（一）
者《は》、神尾寺之鎗錤之小葉《かみをてらのさうきのこば》。
此外《このほか》、宇治朝日山《うぢのあさひやま》、葉室《はむろの》走《はしり》
摘《づみ》、仁和寺初番上葉《にんわじのしよはんのじやうは》、醍醐《だいご》

【二三オ】
之《の》脇萌《わきばへ》、石山寺《いしやまてら》之《の》茶《ちや》、又《また》
一《ひとつ》、武藏《むさし》之《の》河越《かはこえ》、駿河《するが》之《の》
關茶《せきちや》、伊賀《いが》、服部《はつとり》、伊勢《いせ》、
河井《かはゐ》、近江《あふみ》、比叡《ひえい》之《の》茶《ちや》、又《また》、
新渡《しんと》、宋朝《そうてう》之《の》茶《ちや》、羅《ら》
漢洞《かんとう》之《の》初番《しよはん》、天台茶《てんだいちや》、又《また》

【二三ウ】
一《ひとつ》、建溪《けんけい》之《の》秋萌《あきばへ》、浮梁《ふりやう》之《の》小《こ》
葉《ば》、此等《これら》者《は》、爲《して》二漢朝《かんてうの》四箇《か》之《の》
本所《ほんじよと》一、然《しかる》閒《あいだ》、亂容《らんよう》十種茶《しゆちや》、
四種《しゆ》十返《へん》、三種《しゆ》四服《ふく》、源氏《げんじ》
茶《ぢや》、對合客六色茶《たいかうかくろくしきちや》、系圖《けいづ》
茶《ちや》、四季《き》三種《しゆ》之《の》釣茶《つりちや》、山《やま》

【二四オ】
墮按排《をちのあんはい》、無《む》據《こ》新古《しんこ》、打擯《うちこき》
合《がう》不合《かう》、山里《さんり》本兆《ほんてうの》儀勢《ぎせい》、
茶擂《ちやすりの》遠近《ゐんきん》、葉《は》之《の》大小《だいしやう》、壷《つぼの》
善惡《よしあし》、青火《せいくわの》拵《こしらへ》、一向《ひたすら》可《べき》レ爲《す》
レ宗《むねと》二批判《ひはんを》一之《の》由《よし》、治定《ぢぢやう》候。若《もし》
又《また》、珍敷《めつらしき》御茶出來《ちやしゆつらい》候者《はゞ》、

【二四ウ】
令《せしめ》二隨身《ずいしん》一可《べく》レ給《たまふ》候。恐々謹言《けうけうきんけん》。
卯月九日　　權少僧都《ごんのせうそうづ》
謹上《きんじやう》高雄寺《たかをてら》大輔《たいふ》法眼《ほうげん》御房《ごはう》
芳札《はうさつ》之《の》旨《むね》、具《つぶさに》以《もつて》承《うけたまはり》候。久《ひさしく》不《ず》
レ致《いたさ》二面拜《めんはい》一候之閒《あいだ》、不審《ふしん》之《の》處《ところに》、
御音信《いんしん》爲《ゐ》悦《えつ》無《なく》レ極《きはまり》候。

【二五オ】

抑《そもそも》、茶之御會《ちやのごくわい》、浦山敷《やましく》奉《たてまつり》レ思《おもひ》候。然者《しかれば》、山谷生《さんこくにしやうずる》者《ものは》、其地神靈也《そのちしんのれいなり》。人倫《じんりん》摘《つんで》レ之服者《これをぶくするものは》、其命長云々《そのいのちながしとうんうん》。夫茶者《それちやは》、源起《みなもとおこり》レ自《より》二仙《せん》家《か》一、漸流出《やうやくながれていづ》二我朝《わがてうに》一。萬飲《ばんいん》

【二五ウ】

之祖《のそ》、百藥之宗也《ひやくやくのそうなり》。喫《のめは》レ之則破孤悶《これをすなはちやぶりこもんを》一、啜《すゝれば》レ之更《これをさらに》添《そふ》二聰敏《そうひん》(二)。玉川七院《ぎよくせんがゐん》、已《すでに》作《なし》二清風之氣《せいふうのきを》一、坳山之《こさんの》三盃《さんはい》、又驚《またおどろかす》二殘更之眠《ざんかうのねふりを》一。爰以《こゝをもつて》、蘇摩子童子經《そましどうじきやうに》

【二六オ】

云《いはく》、諸佛加《しよふつくはふ》二護德《ごとくを》一。五藏調《ござうてう》和《くわ》、煩惱自在《ぼんなうじざい》、壽命長遠《じゆみやうぢやうをん》、睡眠自在《すいめんじざい》、孝養父母《けうやうふも》、息《そく》災延命《さいえんめい》、天魔隨心《てんまずいじん》、諸天《しよてん》加護《かご》、臨終不亂等《りんじうらんとう》、各說《をのをのとく》二十種之德《しゆのとくを》一。趙州之公案《てうしうのくあん》、

【二六ウ】

武夷之古傳也《ぶゐのこてんなり》。先哲猶《せんてつなを》如《ことし》レ此《かくの》、後生何不《こうせいなんぞざらん》二賞翫《しやうくはんせ》一哉《や》。又《また》、所《ところ》レ承《うけたまはる》之愚茶者《のぐちやは》、深瀨《ふかせ》、小畠《こはたけ》、天狗谷《てんぐたに》、一《いちの》瀨《せ》、外畑《とばた》、岩傳《いはづたひ》、門不《かどず》レ見之《みの》茶等《ちやとう》、依《よつて》レ爲《たるに》二御大事《だいじ》一、

【二七オ】

隨分《ずいぶん》上品《じやうぼん》之《の》青香《せいかう》、冬瓜《とうこう》、
遠山《えんざん》、玉壷《きよくこ》、所《ところの》レ納茶《いるちや》、悉《ことごとぐ》奉《たてまつ》
レ之《これを》。御批判《ひはん》之《の》後《のち》、可《べき》レ披《あらはす》二本《ほん》
名《みやうを》一者也《ものなり》。心事《しんじ》期《ごし》二面拝《めんはい》之《の》
時《ときを》一候。恐々謹言《けうけうきんげん》。
卯月《うづき》十一日　法眼《ほうげん》

【二七ウ】

謹上《きんじやう》東大寺《とうだいじ》中納言《ちうなごん》僧都《そうづ》御坊《ごぼう》
御見參《げんざん》之《の》後《のち》、久《ひさしく》不《ず》レ啓《けいせ》二案《あん》
內《ないを》一、鬱念《うつねん》無《なく》レ極《きはまり》候。縦《たとひ》雖《いへども》下
重《かさね》レ山《やまを》隔《へだつと》上レ海《うみを》、思《おもはゞ》二藥石《やくせきの》前《せん》
言《げんを》一、何《なんぞ》忘《わすれん》二魚水《ぎよすい》之《の》舊契《きうけいを》一
哉《や》。抑《そもそも》、爲《ため》二四恩《をん》報謝《ほうしやの》一、聊《いさゝか》

【二八オ】

欲《ほつす》レ行《ぎやうせんと》二少《しばらく》佛事《ぶつしを》一。然《しかる》間《あいた》、七
山《さん》之《の》內《うち》、建長《けんちやう》、圓覺《えんがく》、壽《じゆ》
福《ふく》、建仁《けんにん》、東福《とうふく》、南禪《なんぜん》、淨《じやう》
智寺《ちじ》等《とう》、長老《ちやうらう》、幷《ならひに》頭首《とうしゆ》
方者《かたには》、前堂《ぜんたう》、後堂《ごたう》、兩首《りやうしゆ》
座《そ》、書記《しよき》、藏主《ざうす》、知客《しか》、浴《よく》

【二八ウ】

主《す》、殿主《てんす》、淨頭《じやうづ》、知事《ちし》方《がたに□》、
都官《つうくはん》、都聞《つうぶん》、都寺《つうす》、監寺《かんす》、
副寺《ふす》、維那《いな》、直歳《じつすい》、典座《てんそ》、
是等《これら》兩班《りやうはん》也《なり》。此外《このほか》、塔主《たつす》、
堂主《たうす》、又《また》、侍者分者《じしやふんしや》、焼香《しやうかう》、
書狀《しよじやう》、請客《しんか》、湯藥《たうやく》、衣鉢侍《いふじ》

【二九オ】

者《しや》、聖僧侍者《しやうそうじしや》、沙彌《しやみ》、喝食《かつしき》、
行者《あんじや》、人工《にんく》等《とう》、可《べく》二供養《くやうす》一候。將又《はたまた》、
佛殿《ぶつでん》、僧堂《そうだう》、庫裏《くり》、法堂《ほうだう》、
方丈《はうぢやう》、山門《さんもん》、總門《そうもん》、照堂《しやうだう》、塔《たつ》
頭《ちう》、書院《しよえん》、眠藏《めんざう》、廊下《らうか》、東《とう》
司《す》、後架《かうか》之《の》掃除《さうぢ》之《の》次第《しだい》、

【二九ウ】

一向無《いつかうなき》二叢林《さうりん》一之《の》間《あいだ》、無《なく》二沙《さ》
汰《た》一候。猶又《なをまた》、囉齋《ろさい》、行脚《あんぎやの》
僧《そう》、陪堂《ほいたう》、法眷《はつけん》、相伴《しやうばん》、相《しやう》
看《かん》之《の》僧《そう》、旦過來集《たんくはらいしゅ》候。
兼又《かねてはまた》、點心《てんじん》之《の》様《やう》、委細《いさいに》示《しめし》
給《たまはり》候者《はゞ》、喜悦《きえつ》之《の》至《いたりに》候。

【三〇オ】

毎事期《まいじごし》二面拜《めんはい》之《の》時《ときを》一候。
恐惶謹言《けうくはうきんげん》。
五月三日　　法橋《ほつけう》
謹上《きんじやう》　日野少納言僧都御坊《ひのせうなごんそうづごばう》
玉章《ぎよくしやう》久《ひさしく》絶《たえ》、互《たがひの》心《こゝろ》如《ことし》レ隔《へだつるか》二
萬里《ばんりを》一。而《しかるに》今《いま》披《ひらき》二恩札《をんさつを》一、明《あき□かにす》（二）

【三〇ウ】

萬鬱《ばんうつを》一。抑《そもそも》御佛事《ぶつじ》之《の》經《けい》
營《えい》、御物悤《ぶつそう》、奉《たてまつり》レ察《さつし》候。僧《そう》
侶《りよ》招請《てうせう》之《の》時《とき》、可《べし》レ有《ある》二茶湯《ちやたう》
之《の》法《ほう》一。先《まづ》湯《ゆ》、次《つきに》茶《ちや》、喫茶《きつちやは》
點心《てんじん》之《の》後《のち》、喫湯《きつたうは》點心《てんしん》已《い》
前《ぜん》。兼又《かねてはまた》、點心者《てんじんは》、夏者《なつは》

【三一オ】

水纖《すいせん》、冬《ふゆ》者《は》溫糟《うんさう》。此外《このほか》、白魚羹《はくぎよかん》、糟鷄羹《さうけいかん》、驢腸《ろちやう》、鼈羹《べつかん》、羊羹《ようかん》、猪羹《ちよかん》、蟾《せん》羹《かん》、蟾羊羹《せんようかん》、卷餅《けんびん》、水《すい》團《とん》、五味粥《ごみじく》、索麪《さうめん》、饂飩《うんどん》、饅《まん》頭《ぢう》、兎耳羹《とにかん》、小鳥羹《せうてうかん》、納《き》

【三一ウ】

短麪等也《しめんとうなり》。茶子者《ちやのこは》、麩指《ふさし》物《もの》、零餘子串指《ぬかごのくしざし》、筍干《しゆんかん》、生栗《なまくり》、干松茸《ほしまつだけ》、豆腐《とうふ》上物《あげもの》、油煎《あぶらいり》、和布《わかめ》、靑苔《あをのり》、出雲苔《いつものり》、煎昆布《いりこぶ》、紫《むらさき》苔《のり》、海雲《もづく》、甘苔《あまのり》、菊地苔《きくちのり》、

【三二オ】

大豆《まめ》、牛房《ごばう》、梳物《けつりもの》、菓子《くわし》者《は》、柑子《かうじ》、橘《たちはな》、椎《しゐ》、柘榴《ざくろ》、枇杷《び□》、桃《もゝ》、杏《あんす》、梅《むめ》、串柿《くしがき》、楊梅《やまもゝ》、梨《なし》、柚柑《ゆうかう》、胡桃《くるみ》、橃椵《はしはみ》、栢實《かやのみ》、干棗等《ほしなつめとう》也。雖《いへとも》レ然《しかりと》、可《へき》レ爲《す》レ本《ほんと》二美飯《びはんを》一也《なり》。諸事《しよじ》有《あり》二紙面《しめんに》一。恐《けう》

【三二ウ】

惶謹言《くはうきんげん》。

五月七日　權大僧都《ごんのだいそうづ》

進上《しんしやう》　勸修寺大藏法橋御房《くはじゆじおほくらほつけうごばう》

久《ひさしく》不《ず》レ致《いたさ》二面拝《めんはい》一、積憂之至《せきゆうのいたり》、欲《ほつす》二參申《さんじまうさんと》一。猶《なを》貴殿《きでん》如何《いかゞ》。抑《そもそも》、住山之間《ぢうざんのあいだ》、余吟然之遊《よぎんぜんのゆう》

【三三オ】

戲《けを》爲《す》レ宗《むねと》。然者《しかれば》、改年初月《かいねんしよけつの》
遊宴《ゆうえんには》、毬打《ぎつちやう》、鬮的《くじまと》、手《て》增《まさり》之《の》
圍《ゐ》碁《こ》、亂《らん》圍碁《ご》、將棊《しやうぎ》、作物《つくりもの》、
彈棊《たんき》、投壷《つをなげ》、雙六《すごろく》、石抓《いしはじき》、毗《び》
沙門《しやもん》雙《すこ》六、七雙《すご》六、一二五六雙《すこ》六、
下《しも》半打《はんうち》、盗人隱《ぬすびとがくし》、有哉立《ありやだて》、

【三三ウ】

島立《しまだて》、左々立《さゝだて》、十六目石《むさし》、百
五減《けん》、十不足《とをにたらず》、郎等打《らうどううち》、三
十二十之《の》繼子《まゝこ》立《だて》、大將棊《だいしやうぎ》、
中將棊《ちうしやうぎ》、勝負之數《せうぶのかず》、鞠《まり》、
管絃《くはんけん》、聯句《れんぐ》、詩韻作文《しいんのさくぶん》
等《とう》、皆是有《みなこれあり》二巨多之賭《こたのかけもの》一。

【三四オ】

又《また》、若衆之態者《わかきしうのわざには》、相撲《すまふ》、流《や》
鏑馬《ふさめ》、犬笠懸《いぬかさかけ》、圓物《まるもの》、草鹿《くさじゝ》、
插物《はさみもの》、兵法《ひやうほう》、早態《はやわざ》、力持《ちからもち》、水《すい》
練《れん》、飛越《とびこえ》、早走《はやばしり》。少性之遊《せうしやうのあそびには》、
鼗鼓《ふりつゞみ》、編木摺《さゝらすり》、礫《づん》暏《はい》、獨《こ》
樂《ま》廻《まはし》、拍毬《てまり》、石子《いしなご》、挊遊《したら》、無《む》

【三四ウ】

木簺《きさい》、打小白物《うちはやしもの》、竹馬《ちくば》、草《さう》
鷄《けい》、小《を》車《くるま》等《とうの》遊《ゆ》戲《げをして》爲レ本《もとゝ》、諸《しよ》
學《がく》從《したかつて》レ斯《これに》怠《をこたり》、終成《つゐになる》二無能《むのうの》
者《ものと》一。他事無《たじなし》レ憚《はゞかり》。悤劇無《そうげきなし》レ暇《いとま》。
然間《しかるあひだ》、卒爾染《そつじにそめ》レ筆《ふでを》候。頓首《とんしゆ》
謹言《きんげん》。

【三五オ】

謹上《きんじやう》興福寺《こうぶくじ》兵部卿《ひやうぶきやう》已講《いこう》御房《ごばう》

六月五日　得業《とくこう》

一昨日《いつさくじつ》御消息《ごしやうそく》、只今《たゞいま》到《たう》來《らい》、委哲《いてつ》之《の》旨《むね》承《うけたまはり》候畢《をはんぬ》。如《ことく》レ仰《おほせの》久《ひさしく》不《ず》レ致《いたさ》二面拜《めんばい》一之《の》間《あいだ》、萬事《ばんじ》鬱念《うつねん》無《なく》レ極《きはまり》候。抑《そもそも》

【三五ウ】

種々《しゆじゆ》御遊《ぎよゆふ》之《の》條《でう》、返々《かへすかへす》浦《うら》山敷《やましく》奉《たてまつり》レ思《おもひ》候。如何様《いかさま》此間《このあいだ》企《くはたて》二推參《すいさんを》一、可《べき》二申承《うけたまはる》一之《の》由《よし》、朝暮《てうぼ》有増《あらまし》令《しめ》レ存《ぞんぜ》候。夫以《それおもんみるに》、詩哥風月《しいかふうげつ》者《は》、月卿雲客《げつけいうんかく》之《の》態《わさ》、聯《れん》

【三六オ】

句《く》連謌《れんか》者《は》、都鄙《ひ》之《の》翫《もてあそび》也。一聲《いつせい》早歌《さうか》、白拍子《しらびやうし》、狂言《きやうげん》、音曲《をんぎよく》、亂拍子《らんびやうし》、曲舞《くせまひ》、歌物《うたひもの》、催《もよほし》二酒宴《しゆえん》之《の》一興《いつけうを》（一）、蹴鞠《しうきく》、管絃《くはんげん》、楊弓《やうきう》、雀《すゝめ》小弓《こゆみ》等《とう》者《は》、自《より》二世上《せしやう》一之《の》風體《ふうてい》也。

【三六ウ】

犬笠懸《いぬかさかけ》、兵法《ひやうほうは》、非《あらすんは》二箕裘《ききう》之《の》家《いへに》一、不《ざる》レ可《べから》レ好《このむ》レ之《これを》者《もの》歟《か》。騎《き》馬《ば》、細工《さいく》、料理《れうり》、庖丁《はうちやう》者《は》、男《おとこの》藝能《けいのう》之《の》隨一也《ずいいちなり》。雙六《すこ》、博奕《はくえき》、貪欲《とんよく》之《の》者《もの》、必盗《かならずぬす》人《びと》之《の》基也《もといなり》。堅《かたく》可《べき》二禁制《きんぜいす》一者《もの》也。

【三七オ】

自《じ》餘《よ》皆《みな》無《む》用《よう》之《の》遊《あそひ》歟《か》。定《ちやう》老後悔《らうのこうくわい》無《なし》レ限《かぎり》。不《じ》レ如令《しかせしめんには》二懈《け》怠《だい》一。雖《いへども》下不《ず》レ少《すくなから》二心懷《しんくわい》一候《さふらふと》上、短志《たんし》不具《ぐ》謹言《きんげん》。

六月十八日　已講《いかう》

謹上東大寺阿闍梨御坊《きんじやうとうだいじあじやりごばう》

【三七ウ】

細々《さいさい》企《くはたて》二參入《さんにうを》一、可《べき》二申承《うけたまはる》一之由《のよし》、相存《あひぞんじ》候處《ところに》、自然之懈《しぜんのけ》怠《だい》、殊無《ことになき》二本意《ほんい》一次第也《しだいなり》。抑《そもそも》、禮《らい》二拜佛神《はいするぶつしんを》一法者《ほうは》、燒《しやう》香《かう》、散花《さんげ》、爲《す》レ先《さきと》。近代甲《きんだいかう》乙之《をつの》僧俗《そうぞく》、所《ところの》レ翫《もてあそぶ》之名《のめい》

【三八オ】

香《かう》、令《せしめ》二祕計《ひけい》一、可《べきの》レ遂《とぐ》二勝負《せうぶを》（一）由《よし》、小生之所望《せうしやうのしよもうに》候。仍《よつて》、御香《かう》一燒《ひとたき》、可《べく》レ蒙《かうふる》二御恩《ごをんを》一候哉《や》。生前之所望《しやうぜんのしよもう》、只此事《たゞこのことに》候也《なり》。相構而《あいかまへて》、無《なくん》二相違《さうい》一者《ば》、可《べく》レ爲《たる》二恐悅《きやうえつ》一候。如《ごときは》二此事《このことの》一

【三八ウ】

依《□つて》レ無《なきに》二内外《ないげ》一、自由之《じゆうの》申狀《まうしじやう》、雖《いへとも》二恐《をそれ》入候一、不《ず》レ顧《かへりみ》二無心《むしんを》一、所《ところ》二申入一也。若又《もしまた》、及《をよび》二闕如《けつじよに》一候者《はゞ》、可《べく》レ爲《たる》二生涯之《しやうがいの》恥辱《ちじよく》一候。新《しん》渡《と》之《の》名香《めいかう》、同《おなじく》一焚被《ひとたきられ》二恩加《をんがせ》一者《ば》、畏《かしこまり》入候。每事《まいじ》

【三九オ】

期《ごす》二參拜《さんはい》之《の》次《ついてを》一。不宣《せん》謹言。

七月十三日　大藏卿《おほくらのきやう》

謹上《きんじやう》聖《しやう》護《ご》院《いん》大《だい》納《な》言《ごん》内《ない》供《く》御《ご》房《はう》

如《ごとく》レ仰《おほせの》久《ひさしく》不《ず》レ及《をよば》二面拜《めんはいに》一、鬱《うつ》望《ばう》之《の》處《ところに》、只今《たゞいま》預《あつかり》二恩《をん》札《さつに》一、日來《ひごろ》之《の》不審《しん》、忽《たちまちに》以《もつて》散《さんじ》

【三九ウ】

畢《をはんぬ》。抑《そもそも》、所《ところの》レ承《うけたまはる》名香《めいかう》、折《をり》節《ふし》隨《したかひ》二見來《けんらいに》一候。伽羅《きやら》木《き》、姤《と》茄藍《からん》、忠春容《ちうしゆんよう》、宇治《うぢ》、鳥《と》羽《ば》、山陰《やまかげ》、奥山《おくやま》、初時雨《はつしくれ》、葉山《はやま》、深山《みやま》、松風《まつかせ》、富士峯《ふしのみね》、忉利《たうり》、羅漢木《らかんぼく》、橘花《きつくは》、梯擲《ていてき》

【四〇オ】

花《くは》、伊勢海《いせのうみ》、疎竹《そちく》、寒草《かんさう》、老梅《ばい》、梅花《ばいくは》、梯《かけはし》、薫遠《くんゑん》、水蓼《すいれう》、蓼花《れうくは》、山蓼《さんれう》、絲薄《いとすゝき》、野菊《のぎく》、山菊《やまきく》、朝霞《あさかすみ》、薄霧《うすぎり》、薄雲《うすぐも》、武《む》藏野《さしの》、異皮《いひ》、茶苑《ちやえん》、合香《がうかう》、龍涎《れうたん》、白檀《びやくたん》、薫陸香《くんろくかう》、八煎《せん》、

【四〇ウ】

紫雲等《しうんとう》、乏少《ぼくせう》之《の》至《いたり》、雖《いへとも》下不《す》レ少《すくなから》二其《その》憚《はゞかり》一候《と》上、獻《けんす》レ之《これを》。將又《はたまた》、新渡名香《しんとのめいかう》者《は》、未《いまだ》《す》レ聞《きか》二其名《そのなを》一。相《あい》二尋《たづね》故實《こしつ》之《の》仁《じんを》一、自《より》レ是《これ》委《くはしく》可レ申候。不具《ぐ》謹言。

七月十五日　内供《ないく》

謹上《きんじやう》青蓮院《しやうれんゐん》大藏卿《おほくらきやう》御房《ごばう》

【四一オ】

遙久《はるかにひさしく》不《ず》レ捧《さゝげ》二拙状《せつじやうを》一、萬鬱《ばんうつ》之《の》
至無《いたりなく》レ極《きはまり》候。抑《そもそも》、聞《きゝ》レ昔見《むかしをみるに》
レ今《いまを》、揚《あげ》二名《な》於《を》一天《いつてんに》一、顯《あらはすは》二徳《とくを》於
四方《よもに》一、無《なし》レ過《すきたるは》二筆跡能書《ひつせきのうじよに》一。故《かるがゆへに》、
天朗《□んほからかなるときんは》則垂《たれ》レ象《しやうを》、人盛《ひとさかんなるときんは》則

【四一ウ】

含《ふくむ》レ筆《ふでを》云々《うんうん》。然間《しかるあいだ》、同宿《とうじゆくら》等、自《より》二
此間《このあひた》一可《へき》レ始《はじむ》二手習《てならひを》一由《よし》申候。就《つき》
レ其《それに》、手本《てほんは》者、用《もちい》二何人筆跡《なにびとのひつせきを》一、
毫筆《ふんでは》者、何毛《いづれのけ》勝《まさり》、墨《すみは》者
摺《すり》二何體《なにていを》一、硯《すゝりは》者、何石《なにいし》吉《よく》候
哉《や》。不審《いぶかし》々々《いぶかし》。又《また》、家々《いへいへの》習《ならひ》、入木《じゆぼくの》

【四二オ】

法《ほう》、所々額文字《しよしよのかくのもんじ》、御願寺《ごぐはんじの》
碑文《ひのもん》、異國返牒《いこくのへんてう》、御表《みへうの》
巻物《まきもの》、諸人願文《しよにんのぐはんもん》、貴所屛《きしよのべう》
風《ぶ》、障子色紙形《しやうじのしきしがた》、團扇《だんせん》、
番帳《ばんちやう》、戒牒《かいてう》、哥合《うたあわせ》、懐紙《くわいし》
等《とう》、雖《いへとも》二非器《ひきに》候《と》一、如《ごとく》レ形欲《かたのほつす》レ令《せしめんと》三

【四二ウ】

レ存知《そんぢ》二其法《そのほうを》一。聊《いさゝか》示給者《しめしたまはらば》、可《べく》二
喜《よろこび》入一候。長紙短筆《ちやうしたんひつ》、具《つぶさに》
以《もつて》難《がたし》レ載《のせ》レ之《これを》。恐惶謹言《けうくはうきんげん》。
八月十三日　某《それかし》
進上《しんじやう》圓滿院《えんまんゐん》治部卿《ちふきやう》僧都《そうづ》御房《ごばう》
鴈書《がんしよ》久絶《ひさしくたえて》、難《かたし》レ通《つうじ》(二)音信《いんしんを》(一)。

【四三オ】

然者《しかれば》、玉章《ぎよくしやう》連《つらね》レ行《かうを》、花筆《くはひつ》寫《うつし》二文《ぶん》、蒼頡《さうけつを》一尋《たつねしより》二鳥跡文《てうせきのもん》字《じを》一以來《このかた》、梵字者《ぼんしは》通《つうし》二三《さん》國《こくに》一、漢字者《かんじは》兼《かね》二和漢《わかんを》一、假《か》名者《なは》限《かぎる》二我朝《わがてうに》一。雖《いへとも》レ多《おほしと》二能《のう》書《じよ》一、漢朝之六義《かんてうのりくぎは》、懸針《けんしん》、

【四三ウ】

垂露《すいろ》、廻鸞《くわいらん》、魚鱗《ぎよりん》、虎《こ》爪《さうの》六様寫《やうをうつす》。又《また》、卽之者《そくしは》、藤《とう》花《くは》、雲行《うんかう》、楊柳《やうりう》、枯木《こぼく》、四様圖《やうをづす》。其外《そのほか》、日域《しちいきに》聞《きこゆる》仁者《ひとは》、天曆年中《てんりやくねんぢう》、村上天皇《むらかみてんわうの》御宇《きよう》、木工頭《もくのかみ》、小野朝臣《をのゝあそん》

【四四オ】

道風者《たうふうは》、成《なす》二十八形圖《のきやうづを》一。所《□□》謂《ゆる》、鳥相《てうさう》、蛇形《じやきやう》、枯松立《こせうりう》、師《し》子尾《しび》、垂露《すいろ》、下藤上《かとうしやう》、雲《うん》出《しゆつ》、雨足《うそく》、鴈飛點《がんひのてん》、仁頭《じんつ》、龍《れう》足折點《そくのおりでん》、高峰墜石《かうほうのついせき》、亂《らん》草落玉點《さうのらくぎよくのてん》、月輪《ぐわちりん》、方丈《はうぢやう》、

【四四ウ】

人頭《にんづ》等點也《とうのてんなり》。長和冷泉院《ちやうわれいぜんゐん》之御代《のみよには》、正三位《じやうざんみ》兼左兵衛《けんさひやうゑ》、藤原佐理卿者《ふぢはらのさりのきやうは》、於《おいて》二一字《いちじに》一、成《なす》二五之形圖《いつゝのげうづを》一。所謂《いはゆる》、雪中《せつちうの》落巖點《らくがんのてん》、牛片角折點《ぎうへんかくせつのてん》、野口長立之點《やこうちやうりうのてん》、半月雲《はんげつうん》

【四五オ】
出之點《じゆつのてん》、遠山雲行之點《えんざんうんぎやうのてん》
等也《とうなり》。寛仁之朝《くはんじんのちやう》、一條院《いちでうのゐんの》
御宇《ぎよう》、大納言藤原行成《だいなごんふぢはらのかうせい》
卿者《きやうは》、成《なす》二十六形圖《のげうづを》一。所謂《いはゆる》、
往還《わうくはん》、梅《ばい》枝、鐵切《てつせつ》、飛鳥《ひてう》、枯《こ》
草《さう》、落石《らくせき》、池入江《ちにうかう》、牛尾草《ぎうびさう》、

【四五ウ】
生水流出《しやうすいりうじゆつ》、青草亂絲《せいさうのらんし》、
下《か》登上《とうのしやう》、石散《せきさん》、海岸石平《かいがんのせきへい》、
巖立點也《がんりつのてんなり》。以《もつて》レ斯《こゝを》、爲《して》二三師《さんし》
圖《つと》一、號《かうして》二筆法《ひつほうと》一、得《う》レ傳《つたへを》。彼等《かれらか》
身者《みは》、雖《いへども》レ有《ありと》二本朝《ほんてうに》一、名者《なは》
通《つうず》二漢土《かんどに》一。此外《このほか》、雖《いへとも》レ有《ありと》二代《たい》々

【四六オ】
能書《のうしよ》、家々口傳《いへいへのくでん》一、委《くはしく》不《ず》レ能《あたは》
レ注《しるすに》。萬事《ばんじ》併《しかしながら》期《ごし》二面謁《めんえつを》一候。
恐惶謹言《けうくはうきんげん》。
八月十四日　權僧正《ごんそうじやう》
謹上常住院式部法印御房《きんじやうじやうぢういんしきぶのほういんごばう》
常欲《つねにほつし》二申入《まうしいれんと》一候之處《ところに》、依《よつて》下無《なく》二

【四六ウ】
差事《させること》一候《さふらふに》上、久闊《ひさしくさしをき》レ筆《ふでを》候之條《てう》、
眞實《しんじつ》失《うしなひ》二本意《ほんいを》一候。然者《しかれは》、其《その》
身者《みは》、雖《いへとも》レ住《ぢうすと》二他處《たしよに》一、心者《こゝろは》
侍《はんべつて》二君邊《くんへんに》一、片時無《へんしもなし》レ奉《たてまつること》レ忘《わすれ》。
寤寐《ごみ》彌《いよいよ》思《おもふ》レ之《これを》。抑《そもそも》、愚《く》
僧《そう》、毎見《つねにみるに》二入木之法《じゆぼくのほう》、諸家《しよけの》

【四七オ】

形圖《ぎやうづを》一、筆法口傳《ひつほうくでん》、甚《はなはだ》深《ふかう》而《して》、
不審惟多《ふしんこれおほし》。眞行草之《しんぎやうさうの》
三體者《さんていは》、筆墨之所持《ひつぼくのしよぢ》、
書寫之故實《しよしやのこしつ》、主君《しゆくん》、貴《き》
人之仰書《にんのおほせがき》、本書消息《ほんじよせうそく》
體《てい》、色紙《しきし》、雙紙書樣《さうしのかきやう》、幷《ならびに》

【四七ウ】

小湯殿八曲之次第等《こゆどのはつきよくのしだいとう》、委《い》
細示給《さいしめしたまはり》候者《はゞ》、可《べく》二悅入《よろこびいる》一候。
如《ごとき》レ此事等《かくのこととう》、依《よつて》二貴殿於憑《きでんをたのみ》
申《に》一、不《ず》レ顧《かへりみ》二無心《むしんを》一、令《せしめ》二言上《ごんじやう》一
候條《てう》、自由之至《じゆうのいたり》、不《ず》レ少《すくなから》二其《その》
恐《おそれ》一候。然者《しかれは》、偏令《ひとへにしめ》レ施《ほとこさ》二

【四八オ】

慈恩《じおんを》一、助《たすけ》二愚慮《ぐりよを》一、令《しめ》レ開《ひらかさ》二
迷闇之眉《めいあんのまゆ》一者、一向可《いつかうべき》
レ爲《たる》二芳恩《はうをん》一者也《ものなり》。萬事《ばんじ》随《したがつて》
レ仰《おほせに》、可《べく》レ令《せしむ》二言上《ごんじやう》一候。恐々謹言《けうけうきんげん》。
九月十五日　從儀師《じうぎし》
謹上法勝寺刑部卿威儀師御坊《きんじやうほつせうじぎやうぶのきやういぎしごばう》

【四八ウ】

芳問之趣《はうもんのおもむき》、委細《いさい》承《うけたまはり》候訖《をはんぬ》。
如《ごとく》二貴命《きめいの》一、久《ひさしく》閣《さしをき》レ筆《ふでを》、不《ず》二申
承《うけたまはら》一候條《でう》、只今《たゞいま》御音信《いんしん》、
宛如《あたかもことく》レ開《ひらくか》二蒙霧《もうむを》一、抑《そもそも》、筆《ひつ》
法《ほう》幷《ならびに》小湯殿之八曲者《こゆとののはつきよくは》、
一者《ひとつには》、得《うるに》二手習能書《てならひののうじよを》(一)、有《あり》(二)三

【四九オ】

種《しゅ》之《の》品《しな》一。上根《じやうこん》者《は》、習《ならひ》二千字《せんじを》一、中根《ちうこん》者《は》、學《まなふ》二七百字《じを》一。以下《いかは》、爲《まなふ》二五百字《しを》一。古詞云《ふるきことばにいはく》、能自《よくよりは》レ習《ならふ》二一字《じを》一、愚可《おろかにべしと》レ習《ならふ》二千字《せんじを》一云々《うんうん》。眞《しん》行草《ぎやうさうの》三體《たい》者《は》、以《もつて》レ眞《しんを》爲《し》レ骨《ほねと》、以《もつて》レ行《ぎやうを》爲《し》レ肉《にくと》、以《もつて》レ草爲《さうをすと》レ皮《かわと》云々《うんうん》。

【四九ウ】

二者《ふたつには》、書寫之故實者《しよしやのこしつは》、硯《すゞりやはらかなるは》和、墨弱《すみよはくすり》摺、硯堅《すゞりかたきは》、墨能力《すみよくちからを》入《いれて》可《べき》レ摺也《するなり》。若《もし》、紙古《かみふるく》、墨不《すみずは》レ付《つか》、入《いれ》二白水《はくすいを》一可《べし》レ摺《する》レ之《これを》。又《また》、色紙《しきし》、蒔畫《まきゑ》之《の》上墨不《うへにすみさるは》レ付《つか》、入《いれ》二糯《もちごめの》粉《こを》一可《べき》レ摺也《するなり》。三者《みつには》、令《せしむるには》レ書《しよ》二寫《しや》

【五〇オ】

色紙文字《しきしのもんじを》一、可《べし》レ用《もちゆ》二夏毛《なつげを》一。若《もし》、唐筆《たうひつ》、虎《とら》、羊毛筆者《ひつじのけのふては》、但《たゝし》、依《よつて》二料紙《れうしに》一、可《べき》レ用《もちゆ》レ之歟《これをか》。雖《いへども》二屛風《べうぶ》、障子《しやうじ》、風情異《ふぜいのことなりと》一、至《いたつては》二終《じう》筆之所《ひつのところに》一者《は》、同體可《どうたいにべし》レ書《かく》レ之《これを》。定有《さだむるにあり》二形圖《ぎやうづ》一。努々《ゆめゆめなかれ》勿レ背《そむくこと》レ之《これを》。

【五〇ウ】

不《さる》レ知《しら》レ之《の》者有《ものあり》レ難《なん》。要文《ようもん》、和《わ》頌《じゅ》、詩哥等《しいかとう》、先可《まづべし》レ書《かく》二祝言《しうけんを》一。眞行草者《しんぎやうさうは》、可《べし》レ隨《したがふ》二主所《ぬしのところに》レ好《このむ》(一)。四者《よつには》、墨付《すみつき》、本書《ほんじよ》、雙紙《さうし》者《は》、同《おなじく》存《ぞんす》二長久《ちやうきうを》一。墨濃樣《すみこきやうに》可《べし》レ書《かく》レ之《これを》。以《もつて》二墨薄《すみうすきを》一爲《す》レ難《なんと》。手《て》

【五一オ】
本《ほん》者《は》、可《へし》レ依《よる》レ紙《かみに》。消息《しやうそく》者《は》、
一字《いちじ》墨《すみ》濃《こきを》爲《す》レ難《なんと》レ之《これを》。又《また》、行《くたり》之《の》
始《□じめに》、有《あらは》二濃墨《こきすみ》一、必《かならず》三字《じ》計《はかり》之《の》
後《のちに》可《べし》レ續《つぐ》レ墨《すみを》。自餘《じよ》以《もつて》レ是《これを》可《べし》二
準知《じゆんちす》一。五者《いつゝには》、不《ず》レ謂《いは》二親疎上《しんそをじやう》
下《げを》一、手本《てほん》書《かく》者《は》、摺《すり》レ墨《すみを》、染《そめ》レ筆《ふんでを》、

【五一ウ】
向《むけ》二心《こゝろを》正路《しやうろに》一、能々《よくよく》閑《しづめて》レ性《せいを》、學《まなび》二流《りう》
流筆勢《りうのひつせいを》一、如《ごとく》(二)家々口傳《いへいへのくでんの》一、可《へし》レ書《かく》
レ之《これを》。但《たゞし》、漢字《かんじ》、假名《かな》、詩哥《しいか》、
消息詞《しやうそくのことば》者《は》、眞行草《しんぎやうさう》、可《べしと》
レ隨《したかふ》二主《ぬし》之《の》好《このみに》一云々《うんうん》。六者《むつには》、筆墨《ひつぼく》
之《の》所持《しよぢ》之《の》様共《やうども》、能々《よくよく》裹《つゝみ》レ緜《わたに》、

【五二オ】
常《つねに》可《べし》レ令《せしむ》二隨身《ずいしん》一。松煙《せうえん》者《は》、以《もつて》二新《あたらしき》
藺《いを》一可《べし》レ裹《つゝむ》レ之《これを》。若《もし》朽《くち》者《ば》、石鍋《しやくくはの》
湯《ゆにて》洗《あらひ》レ之《これを》、塗《ぬり》レ膠《にかはを》、干《ほし》レ之《これを》、可《べし》レ用《もちゆ》。
又《また》、筆持様《ふでのもちやう》、夏《なつ》者《は》、不《ず》レ指《さゝ》レ笠《かさを》、
冬《ふゆ》者《は》、可《べし》レ入《いれ》レ笠《かさを》。常以《つねにもつて》二鹽湯《しほゆを》(一)
洗《あらふ》レ之《これを》。爲《ため》レ成《なさん》二毛和《けをやはらかに》一也。七者《なゝつには》、書《かく》二

【五二ウ】
雙紙《さうし》之歌《のうた》一者《は》、如《ことく》レ聳《そびくか》二晴天《せいてんに》
村雲《むらくもの》一、筆仙《ひつせん》多用《おほくもちゆ》レ之《これを》。以《もつて》二假《か》
名文字《なのもじを》一、墨續《すみつぎ》有《あり》二別習《べちのならひ》一。
努々《ゆめゆめ》不《ず》レ可《べから》レ書《かく》二異様《いやうを》一。必後《かならずこう》
見《けん》之《の》可《べし》レ有《ある》二僻讀《ひかよみ》一。甚《はなはたべき》可二斟《しん》
酌《しやくす》一事《ことなり》也。八者《やつには》、消息《しやうそく》之《の》法《ほうは》、可《べき》レ奉《たてまつる》二

【五三オ】

貴《き》人《にんに》一狀《しやう》者《は》、文《も》字《じを》不《ず》レ可《へから》レ書《かく》二極《ごく》
草《さうに》一。墨黑《すみくろに》可《べし》レ書《かく》。是恐《これをそるゝ》レ人《ひとを》
法《ほうなり》也。但《たゞし》、爲《たる》二傍輩《はうばい》一者《ものには》、如《ごとく》レ亂《みだすが》二秋《しう》
風《ふう》之《の》萬草《まんざうを》一、可《べし》レ書《かく》レ之《これを》。將又《はたまた》、仰《おほせ》
書者《がきは》、硯《すゞりに》入《いれ》レ水《みづを》、向《むかひて》二御前《ごぜんに》(一)
摺《すり》レ墨《すみを》、染《そめて》レ筆後《ふでをのち》、可《べし》レ申二案內《あんないを》(一)。

【五三ウ】

書終而後《かきをはってのち》、以《もつて》二硯水《けんすいを》一洗《あらひ》レ筆《ふでを》、
可《べき》レ指《さす》レ笠《かさをなり》也。雖《いへとも》レ多《おほしと》二委曲《いきよく》一、
不《ず》レ可《べから》レ過《すぐ》レ之《これに》。千萬《せんまん》期《ごす》二參入《さんにう》之《の》
時《ときを》一候。恐々謹言《けうけうきんげん》。

九月廿日　威儀師《いきし》

謹上《きんじやう》長樂寺《ちやうらくじ》民部《みんぶ》卿從儀師《きやうじうぎし》

【五四オ】

久《ひさしく》不《ず》レ及《をよば》二面拜《めんはいに》一、鬱結《うつけつ》之《の》至《いたり》、
甚深《じんじんなり》也。貴邊《きへん》如何《いかゞ》候
哉《や》。抑《そもそも》、絲竹管絃《しちくくわんげん》者《は》、
源《みなもと》起《おこり》レ自《より》二佛在世《ぶつざいせ》一、故《かるかゆへに》、妙音《めうをん》
大士《たいし》之《の》奏《そうし》二妓樂《きかくを》於雲雷《うんらい》
音王佛《をんわうぶつに》一、既《すでに》爲《す》二佛道直路《ぶつたうのぢきろと》一。

【五四ウ】

然間《しかるあひだ》、可《べし》レ爲《す》レ宗《むねと》二管絃《くはんげんを》一。樂器《がくき》
之《の》具《ぐ》者《は》、先《まづ》、樺裝束《かばしやうぞく》、漢《かん》
竹橫笛《ちくのよこふえ》、奇竹《きちくの》高麗笛《こまぶえ》、
金形《きんけい》之《の》錦革袋《きんかくふくろにいる》入レ之《これを》。
袙裝束《あこめしやうぞく》、胡竹《こちくの》簫《しやう》、有《あり》二紫《し》
檀家《たんのいへに》一。帶口白《たいこうじろ》大和《やまと》竹《たけの》笙《しやうの》

【五五オ】

笛《ふえ》、入《いれ》㆓蒔畫《まきゑ》之《の》箱《はこに》㆒、常《つねにいへと□》雖《》㆑不《すと》㆑用《もちひ》㆑之《これを》、紫竹尺八《しちくのしやくはち》、唐竹龍笛《からたけのりやうてき》、幷陽笛《ならびにやうてき》、獨槽箏《くさぎのこうのこと》、入《いる》㆓纐《かう》纈之袋《けつのふくろに》㆒。紫檀槽琵琶《したんのこうびわ》、黃《つ》楊《げ》水牛之撥《すいぎうのばち》、有《あり》㆓赤地錦《あかぢのにしき》之袋《のふくろに》㆒。梧桐槽和琴《ごとうのこうわごん》、納《いれ》㆓唐《から》

【五五ウ】

綾之袋《あやのふくろに》㆒候畢《をはんぬ》。此外《このほか》、二十五絃琴《けんのこと》、幷《ならびに》五絃瑟《けんのしつ》、亦《また》、龍頭鷁首太鼓《れうどうげきしゆのたいこ》、梨筒羯鼓《りとうのかつこ》、羊革三鼓《ようかくのみつのつゞみ》、鷄婁《けいろう》腰鼓《こしつゞみ》、唐金鉦鼓《からかねのしやうご》、赤銅方磬等《しやくどうのはうけいとう》也。雖《いへとも》㆑然《しかりと》、一向初心之間《いつかうしよしんのあいだ》、呂律《りよりつ》、五音《いん》、六調子無沙汰之條《てうしぶさたのでう》、時々令《ときときせしめ》（二）

【五六オ】

光儀《くはうぎを》㆒、預《あづかり》㆓御諷諫《ふ□かんに》㆒候者《はゞ》、最可《もつともべく》㆑爲《たる》㆓恐悦《けうえつ》㆒候。毎事期《まいじごず》㆓後信《こうしんを》㆒。恐々《けうけう》謹言《きんげん》。

十月廿三日　別當《べつたう》

清水寺執行御房《せいすいじしゆぎやうごばう》

恩問之趣《おんもんのおもむき》、委以承《くはしくもつてうけたまはり》候畢《をはんぬ》。抑《そもそも》、

【五六ウ】

如《ごとく》㆑仰《おほせの》供《くうし》㆑佛《ほとけを》敬《うやまふ》㆑神事《かみをこと》、以《もつて》㆓管絃《くはんげんを》㆒爲《す》㆑宗《むねと》。故《かるかゆへに》、呂律《りよりつ》、一者《ひとつには》、司《つかさどる》㆓陰陽《いんやうを》㆒。所《いは》謂《ゆる》、以《もつて》㆓宮商角徵羽之五音《きうしやうかくちうのごいん》、六《ろく》調子《てうしを》㆒、當《あて》㆓五佛《ごふつ》、五藏《ござう》、五行《ぎやう》、五色《しき》、五味《み》、五根《こん》、五方《はう》、五穀等《こくとうに》㆒。然者《しかれば》、宮《きう》者《は》、司《つかさとる》㆓一越調呂《いちこつてうりよを》㆒。大日《だいにち》、脾藏《ひのさう》、

【五七オ】
土用《どよう》、土音《つちのをと》、黄色《わうしき》、甘味《かんみ》《あまかき》、意根《いこん》、
中央《ちうわう》、黍《きびのたなつもの》穀也。商者《しやうは》、司《つかさどる》二平調律《へうてうのりつを》(一)。
阿彌陀《あみだ》、肺藏《はいのざう》、金音《かねをと》、秋季《あきのき》、白《びやく》
色《しき》、辛味《しんみ》《からきあち》、鼻根《びこん》、西方《さいはう》、糯《もちこめのたなつもの》穀也。
角者《かくは》、司《つかさどる》二雙調呂《さうちやうりよを》一。藥師《やくし》、肝藏《かんのざう》、
木音《きのをと》、春季《はるのき》、青色《しやうしき》、酸味《さんみ》《すきあち》、眼《がん》

【五七ウ】
根《こん》、東方《とうばう》、胡麻《こまのたなつもの》穀也。徴者《ちは》、司《つかさとる》二黄《わう》
鐘調律《しきてうのりつを》一。寳性佛《ほうしやうぶつ》、心藏《しんのざう》、火音《ひのをと》、夏《なつの》
季《き》、赤色《しやくしき》、苦味《くみ》《にがき》、舌根《ぜつこん》、南方《なんばう》、麥《むきの》
穀《たなつもの》也。羽者《うは》、司《つかさとる》二盤渉調律《ばんしきてうのりつを》一。
釋迦《しやか》、腎藏《じんのざう》、水音《みづのをと》、冬季《ふゆのき》、黒色《こくしき》、
鹹味《かんみ》《しははゆし》、耳根《にこん》、北方《ほつはう》、大豆《まめのたなつもの》穀也。

【五八オ】
大食調者《たいしきてうは》、呂通《りよはつうじ》レ宮《きうに》、然間《しかるあひだ》、以《もつて》
レ宮《きうを》爲《す》レ王《わうと》。故《かるがゆへに》、聞《きけは》二此五音亂否《このごいんらんひを》一、
即《すなはち》、識《しる》二天下之興衰《てんかのこうすいを》一。若《もし》、宮《きうの》
音亂《こゑみだるゝときんは》則、主上《しゆしやうに》可《べし》レ知《しる》レ有《あ□□》レ危《あやうき事》。
應《まさに》《へし》レ在《ある》二其德政《そのとくのまつりこと》一。祈禱者《きたうは》、不《ず》レ過《すぎ》
レ政《まつりことに》。故《かるかゆへに》、自《みづから》欽《つゝしんで》可《べし》レ仰《あふぐ》二萬神《まんしんを》一。若《もし》

【五八ウ】
商音亂《しやうのこゑみたるゝときんば》則、臣下《しんか》可《べし》レ有《ある》レ危《あやうきこと》。其《その》
祈禱者《きたうは》、識《しき》二察忠懃《さつすちうきんを》一。角音《かくのこゑ》
亂《みたるゝときんは》則、百性之所爲《はくせいのしよい》可《べし》レ有《ある》レ危《あやうきこと》。徴《ちの》
音亂《こゑみだるゝときんは》則、草木萬物《さうもくばんぶつ》、可《べし》レ知《しる》レ有《ある事を》二
不熟《じゆく》一。王臣之政《わうしんのまつりこと》、何事《なにことをかざる》不レ構《かまへ》二
天心《てんしんを》(一)。能々察《よくよくさつす》レ之《これを》。行《をこなふ》二其政《そのまつりことを》一則《ときんは》、風《ふう》

【五九オ】

雨《う》順《したかひ》レ時《ときに》、萬物《ばんぶつ》成《なす》レ熟《じゆくを》。羽音《うのこゑ》亂《みだるゝ》
時《とき》者《は》則《すなはち》、毎《ごとに》レ人《ひと》知《しつて》レ可《べしと》レ有《ある》レ危《あやうき事》。勘《かんかへ》二
聖人《せいしんの》所爲《しよゐを》一、須《すへからく》《へし》レ直《なをくす》二愚慮《ぐりよの》曲事《きよくじを》一
也。凡《をよそ》、松吹《まつふく》風、岸打波《きしうつなみ》、人倫《しんりん》、
禽獸《きんじう》之《の》聲《こゑ》、悉《ことことく》皆《みな》出《いづ》二五音《ごいん》、七《しつ》
聲《せいを》一。夫《それ》、管絃《くはんげん》者《は》、以《もつて》レ笛《ふえを》爲《す》レ王《わうと》。故《かるがゆへに》、

【五九ウ】

今笛《いまふえは》於《おいて》二七穴《けつに》一有《あり》二七聲《せい》一。卽《すなはち》、隨《したかつて》二調《てう》
子《しに》一輪轉《りんてんす》云々《とうんうん》。然《しかれ》者《は》、五音《ごいん》亂《みたるる》則《ときんは》、
天下《てんかに》有《ありと》レ憂《うれへ》云々《うんうん》。何《なんぞ》不《ざらん》レ賞《しやうせ》二管《くはん》
絃《けんを》一哉《や》。佛《ほとけ》稱《もせうし》レ之《これを》、經《きやうにも》說《とく》レ之《これを》。何《なにか》又《また》非《あらさる》二
佛道《ぶつだう》之《の》直路《ぢきろに》一哉《や》。心事《しんし》期《ごし》二後《こう》
信《しんを》一候。恐々謹言《けうけうきんげん》。

【六〇オ】

十月十五日　執行法印《しゆきやうほういん》
謹上《きんじやう》中山寺《なかやまでら》別當《べつたう》御房《ごばう》
此閒《このあひだ》不《ず》二申承《うけたまはら》一、何條《なんでうの》御事《こと》候哉《や》。
愚鬱《ぐうつ》之《の》至《いたり》無《なく》レ極《きはまり》候。抑《そもそも》、詩哥《しいか》、
管絃《くはんけん》、茶《ちや》、香《かう》、連歌《れんが》者《は》、雖《いへとも》レ爲《たりと》二
世上《せじやう》之《の》風體《ふうてい》(二)、爲《ため》二自身《じしんの》一、始終《ししうの》

【六〇ウ】

非《あらす》二才學《さいかくに》一。手習《てならひ》、學文《がくもん》者《は》、揚《あげ》レ名《なを》、
顯《あらはす》レ德《とくを》基也《もとひなり》。故《かるかゆへに》、先哲《せんてつの》遺《い》風《ふうにいは□》云、
鈍刀《にぶきかたな》依《よつて》レ砥切《とにきり》レ骨《ほねを》、重車《ぢうしや》隨《したかつて》
レ油《あぶらに》走《はしる》レ路《みちを》。無心《むしんの》鐵木《てつぼく》、猶《なを》如《ことし》レ斯《かくの》。
矧《いはんや》於《おいて》二人倫《しんりんに》一哉《をや》。然而《しかるに》、幼《いとけなき》時《とき》不《す》レ學《がくせ》、
徒《いたづらに》送《をくり》二日月《じつげつを》一、老《おい》而《て》後悔《こうくわい》之《の》條《てう》、

【六一オ】

既以《すでにもつて》愚《く》也《なり》。然者《しかれば》、昔車胤《むかしのしやゐん》、孫《そん》弘《こう》者《は》、聚《あつめ》レ螢《ほたるを》、積《つんで》レ雪《ゆきを》、照《てらし》二書巻《しよくはんを》（一）、誦《じゆす》レ文《ぶんを》。古之《いにしへの》蘇秦《そしん》、俊敬《しゆんけうは》、以《もつて》レ錐《きりを》刺《さし》レ股《もゝに》、頸懸《くびにかけて》レ縄驚《なわをおどろかし》レ眠《ねふりを》、懃《きん》學《かくし》、忘《わすれ》レ飢《うへを》、除《のぞく》レ睡《ねふりを》者、全不《まつたくざる》レ可《べから》レ劣《をとる》二古人《こじんに》一者歟《ものか》。然則《しかれはすなはち》、撰《えらんで》二吉日良《きちにちりやう》

【六一ウ】

辰《しんを》一、可《べき》レ始《はじむ》二外《け》典談議《てんのだんぎを》一之由《のよし》、思立《おもひたち》候。因《よつて》レ茲《これに》、本書《ほんじよ》多大切《おほくたいせつに》候。俗《ぞく》典等《でんとう》、少々可《せうせうべく》二借預《かしあづかる》一候。一見之後《いつけんののち》、急速可《きうそくにへく》レ令《せしむ》二返牒《へんてう》一候。努々《ゆめゆめ》不《ざる》レ可《べから》レ有《ある》二無沙汰之義《ぶさたのき》一者也《ものなり》。心《しん》事《じ》雖《いへども》レ多《おほしと》、併期《しかしながらこす》二面拝之時《めんはいのときを》一。

【六二オ】

十一月廿日　　寺務《じむ》某《それかし》

謹上《きんじやう》行願寺院主御房《ぎやうぐはんじゐんじゆごばう》

欲《ほつし》二従《より》レ是令《これせしめんと》一レ申候之處《ところに》、遮而《さへきつて》預《あづかる》二芳札《はうさつに》一條《でう》、不《ず》レ知《しら》レ所《ところを》レ謝《じやす》候。抑《そもそも》、如《ことく》レ仰《おほせの》、幼時不《いとけなきときざれ》レ學者《まなばば》、老而《おいて》可《べき》レ有《ある》二後《こう》悔《くわい》一者歟《ものか》。賣《うる》二千金《せんきんを》一雖《いへども》レ有《ありと》レ市《いちは》、

【六二ウ】

買《かふ》二一字《いちじを》一無《なしと》レ棚云々《たなうんうん》。先言有《せんげんあり》レ耳《みみに》。就《つき》レ其所《それにところの》二仰蒙《おほせかふむる》一俗典《ぞくでん》、雖《いへとも》二左《さ》道之本書《だうのほんじよと》一、随《したかつて》二貴命《きめいに》（一）借進《ししんじ》候。毛詩《もうし》廿巻《くわん》、尚書《じやうじよ》十三巻、禮記《らいき》廿巻、周易《しうえき》十巻、左傳《さでん》卅巻、周禮《しうらい》十七、義禮《ぎらい》十七巻、公羊傳《くようてん》十二巻、穀梁《こくりやう》

【六三オ】

傳《てん》卷十三、論語《ろんご》卷十、孝經《かうきやう》卷一、
老子經《らうしきやう》卷上下、莊子《さうじ》篇卅三、孟子《まうじ》篇七、
是《これを》號《かうす》二十三經《きやうと》一。此外《このほか》、班固《はんこ》之《か》
史記《しき》一部《ぶ》、梁照明太子文選《りやうのせうめいたいしのもんせん》
一部《ぶ》、白氏文集《はくしぶんじう》一部等《とう》、令《せしめ》二進覽《しんらん》一、
若又《もしまた》、漢書《かんじよ》、後漢書《ごかんじよ》、東觀漢記《とうくはんかんき》、

【六三ウ】

貞觀政要《ぢやうぐはんせいよう》、臣軌《しんき》、帝範《ていき》、蒙《もう》
求《ぎう》、百詠《ひやくえい》、朗詠《らうえい》、文粋《ぶんすい》等《とう》之《の》小《しやう》
文者《ぶんは》、隨《したかつて》二御用《ごように》一可《べく》レ承《うけたまはる》候。萬端《ばんたん》
期《こし》二參入《さんにうを》一候。恐々謹言《けうけうきんげん》。
十一月廿三日　院主《ゐんしゆ》
進上鞍馬寺寺務御房《しんじやうくらまでらじむごばう》

【六四オ】

臘月良暮《らうけつやゝくれて》、日來《ひごろの》不審雪《しんゆきと》
與積《ともにつむ》。尊下如何《そんかいかん》。抑《そもそも》、愚僧《ぐそう》隔《へだてて》二
滅後《めつご》二千餘年《せんよねんを》一、生《しやうず》二東土《とうど》
之境《のさかひに》一。適假《たまたまかつて》二釋氏之名《しやくしのなを》一、遙《はるかに》
雖《いへども》レ離《はなるゝと》二俗塵闇苦《ぞくぢんのあんくに》一、恆沙劫《ごうじやこう》
之間《のあひだ》、難《がたく》レ値《あひ》二七覺三明之尊《しつかくさんみやうのそんに》一、

【六四ウ】

塵刹之中《ぢんせつのうちに》、難《がたし》レ聞《きゝ》二五時八教《ごしはつけう》
之說《のせつを》一。然者《しかれば》、水塵道凝《すいぢんだうげう》、遵《めくつて》
レ之莫《これをなし》レ知《しること》二其際《そのきはを》一。法流湛寂《ほうりうたんじやくにして》、
挹《くむに》レ之莫《これをなし》レ測《はかること》二其源《そのみなもとを》一。雖《いへとも》レ然依《しかりとよつて》
レ有《あるに》二年來宿願《ねんらいのしゆくぐはん》一、勸《すゝめ》二貴賤《きせんを》一、
構《かまふ》二廣太之法事《くはうだいのほうじを》一。故《かるがゆへに》、寶樹《ほうじゆ》、

【六五オ】

寶幢《ほうどう》盡《つくし》二數《す》建庭前《けんをていぜんに》一、綵幡《さいばん》
嚴《かざり》二室内《しつないに》一、佛壇《ぶつだんの》花机《くはき》、螺鈿《らでんの》金《かな》
物《もの》、錦之天蓋《にしきのてんがい》、唐綾之寶繖《からあやのほうさん》、
緗綺幡《さうきのはた》、玉珠花縵《ぎよくしゆのけまん》、金玉羅《きんぎよくのら》
網《もう》、高座禮盤《かうざらいばん》、前机《ぜんきには》、磨《すり》レ貝《かいを》
有《あり》二蒔畫《まきゑ》一。繧繝縁半疊《うんけんべりのはんでう》、高麗《かうらい》

【六五ウ】

縁疊《べりのたゝみ》、於《おいて》二佛具《ぶつぐに》一者《は》、六輪《りんの》錫杖《しやくぢやう》、水《すい》
牛如意《ぎうのによい》、鍮石香爐《ちうじやくのかうろ》、唐様之《からやうの》
鷲尾《しうび》、金羅三衣袋《きんらのさんゑぶくろ》、紫檀香《したんのかう》
爐箱《ろはこ》、羅絲草座《らしさうざ》、水精念珠《すいしやうのねんじゆ》、
花箱《はなばこ》、散花籠《さんげかご》、皆尋常具《みなじんじやうのぐ》
足也《そくなり》。請僧《しやうそう》三十口《こう》、出仕體者《しゆつしのていは》、

【六六オ】

唐綾法服《からあやのほうふく》、錦之袈裟《にしきのけさ》、同横《おなじくわう》
皮《び》、精好帷《せいがうのかたひら》、鈍衣縠《しふめん》、鈍色織《とんじきをり》
物《もの》、白裳《はくしやう》、縑奴袴《かとりのさしぬき》、⿺毛夸《せん》、下袴《したのはかま》、浮《ふ》
氈綾表袴《せんれうへのはかま》、練貫襪《ねりぬきしたうづ》、黑漆《こくしつの》
鼻廣《びくはう》、錦草鞋《にしきのさうあい》、楊之斑袈《やなぎのまだらけ》
裟《さ》、緑衫衣《ろうさうのころも》、紫柳《しりう》、青柳《しやうりう》、紫赤《しじやく》、

【六六ウ】

紫香《しかう》、五帖等《でうとうの》裝束《しやうぞく》、新調美《しんてうのび》
麗也《れいなり》。承仕淨衣《じやうじのじやうゑ》、中童子狩衣《ちうどうじのかりきぬ》、
大童子《だいどうじ》如木水干《によもくすいかん》、中間男者《ちうげんのおのこは》、
色々直垂也《いろいろのひたゝれなり》。又《また》、導師之威儀《だうしのいぎ》
如《ごとき》二釋尊《しやくそんの》一、從僧氣色等《じうそうのけしきとう》、羅漢《らかん》
體也《ていなり》。次日大曼陀羅供《つぎのひのだいまんだらぐは》、寅一《とらのいつ》

【六七オ】

點《てん》之《の》亂聲《らんせい》、辰時《たつのとき》之《の》集會《しゆゑ》、又《また》、難波《なには》、奈良《なら》之《の》伶人《れいじん》、舞人《まひびと》、盡《つくす》レ數《かずを》。高麗《こま》、新羅《しんら》之《の》曲《きよく》、至極《しごくせり》。改《あらため》二庭《にはの》儀《ぎ》式《しきを》一、堂內《だうない》之《の》莊嚴《しやうごん》、讚衆《さんしゆの》持金剛《ぢこんがう》、執蓋《しつかい》、輿舁《こしかき》、持幡《ぢばん》、供花《ぐけ》之《の》在《あり》樣《さま》、伽陀《かだ》、梵唄《ぼんばいの》勢《せい》、打《うち》二太鼓《たいこ》一、

【六七ウ】

吹《ふく》レ螺《ほらを》氣色《けしき》、各《をのをの》盡《つくし》レ美《びを》、極《きはむ》レ妙《めうを》。響《ひゞき》レ天《てんに》、搖《うごく》レ地《ちに》、聽聞《ちやうもんの》道俗《たうぞく》、集會《しゆくわいせる》貴賤《きせん》、門前《もんぜんに》成《なす》レ市《いちを》。堂上《だうじやう》如《ことし》レ花《はなの》。皆是《みなこれ》、峙《そばたて》レ耳《みゝを》、驚《おどろかす》レ目《めを》。幡蓋《ばんかい》飄《ひるかへり》レ風《かぜに》、移《うつす》二自在天《じざいてん》之《の》粧《よそをひを》一。沈《ぢん》香薫《かうくんず》レ砌《みきりに》。類《るいす》二海此岸《かいしがん》之《の》芳《かうばしきに》一。

【六八オ】

大阿闍梨法儀《だいあじやりのほうぎ》、疑《うたがふ》二知處城《ちしよじやう》之《の》教主《けうしゆかと》一。持金剛《ぢこんかう》振《ふり》之《の》體《てい》、偏《ひとへに》想《おもひ》二像《やる》法界宮《ほうかいぐう》之《の》侍從《じじうかと》一。珠幡《しゆばん》縟《ととのへ》二七《しつ》寶《ほうを》一、捧《さゝげ》二二童子手《どうじしゆを》一、寶螺《ほうら》表《へうし》二六《ろく》瑞《ずいを》一、驚《おどろかす》二四部衆耳《ぶのしゆにを》一。讚嘆和《さんだんわして》レ風《かせに》、上下《せうげ》涼《すゞしうし》レ肝《きもを》。鐃鉢《にようはち》徹《とをり》レ雲《くもを》、貴賤《きせん》

【六八ウ】

覺《さます》レ眠《ねふりを》。將又《はたまた》、鈴杵《れいこ》、五鈷《こ》、三鈷《こ》、獨鈷《とつこ》、金剛盤《こんがうばん》、灑水《しやすい》、塗香《とかう》、閼伽《あか》、花瓶《くわひん》、火舍《こしや》、輪寶《りんぼう》、橛標《けつへう》、皆《みな》指《さしたる》二滅金《めつきを》一佛具也《ぶつぐなり》。五色《ごしき》之《の》絲《いと》檀供《だんぐ》、檀上《だんじやう》之《の》莊《かざり》驚《おどろかし》二耳目《じぼくを》一、故《かるかゆへに》見《みては》レ之《これを》、直《たゞちに》捨《すて》二邪見《じやけんを》一、入《いり》二無生忍《むしやうにんに》一、忽《たちまちに》滿《まんして》二三祇《ぎに》一成《なす》二功德《くどくを》一。速《すみやかに》

【六九オ】

越《こえ》二四禪淨慮《せんのじやうりよを》一、將登《まさにのぼる》二五智果《ちのくは》
位《ゐに》一。爾者《しかれば》、此時《このとき》、三賢《げん》十地《ち》之《の》大士《たいし》、
悉《ことごとくなる》爲二眷屬《けんぞくと》一也。四禪《ぜん》六欲《よく》之《の》天《てん》
衆《しゆ》、皆倶《みなともに》侍從《じしう》而已《のみ》。今生《こんじやう》之《の》所《しよ》
願《ぐはん》、滅後《めつご》之《の》證果《しやうくは》、無《なき》レ疑者也《うたかひものなり》。併《しかしながら》爲《す》
レ散《さんせんと》二日來《ひごろ》之《の》不審《しんを》一。巨細《こさい》之《の》注進《ちうしん》如《ごとし》

【六九ウ】

レ斯《かくの》。諸事《しよじ》有《あり》二紙面《しめんに》一。恐惶謹言《けうくはうきんげん》。
十二月十一日　前大僧正《さきのたいそうじやう》
進上《しんじやう》延暦寺《えんりやくじ》內大臣法務《ないだいじんほうむ》御房《ごはう》
如《ことく》レ仰《おほせの》烏兎《うと》之《の》陰《かげ》早遷《はやくうつり》、臘月《ろうげつ》
之《の》光《ひかり》甚速也《はなはだすみやかなり》。年華《ねんくは》爰《こゝに》易《かはり》
暮《くれて》、日《ひ》既近《すでにちかし》二明春《みやうしゆんに》一。歲暮《せいぼ》之《の》嵐《あらし》

【七〇オ】

鬱々《うつうつとして》、深雪軒積之處《しんせつのきにつむのところに》、賜《たまふ》二貴《き》
札《さつを》一、令《しめ》レ散《さんせ》二不審《しんを》一畢《をはんぬ》。抑《そもそも》、拂《はらふ》レ災《さいを》
箒《はゝき》、功德《くどく》盡《つくせり》レ念《ねんを》。招祥袖者《せうしやうのそでは》、佛《ふつ》
僧《そう》之《の》衣裤也《いくわなり》。而《しかも》伽耶城《かやじやう》之《の》月影《つきのかけは》、
隱《かくれ》二栴檀煙中《せんだんのけふりのうちに》一。鷲峯山日光《わしのみねのやまのひのひかりは》、
入《いる》二雙林《さうりん》之《の》枝條《しでうに》(二)。悲哉《かなしいかな》、我等《われら》稟《うけて》二生《しやうを》

【七〇ウ】

末世《まつせに》一、雖《いへとも》レ慕《したふと》二在世《ざいせ》之《の》昔《むかしを》一、更有《さらにあつて》レ勞《らう》
無《なし》レ誠《まこと》。未《いまだ》《す》レ知《しら》二舍濤《しやたう》之《の》金言《きんげんを》一。如《ことく》二盲《もう》
目《もく》之《の》蒙《かふむるが》レ瓮《ほとぎを》、更有《さらにあつて》レ勞無《らうなし》レ益《えき》。
哀哉《あはれなるかな》、愚昧《ぐまい》之《の》窗內《まどのうちに》彌暗《いよいよくらし》。重《ぢう》
昏夜《こんよ》深《ふかうして》、未《いまだ》《す》レ見《み》二淸明《せいめう》炬燭《こしよく》之《の》光《ひかりを》一。
痛哉《いたましいかな》、火宅《くわたく》者《は》恆棲《つねのすみか》、增《まし》二貪欲《とんよく》(二)

【七一オ】

瞋恚《しん□》之《の》煙《けふり》熾盛《しじやうに》而《して》、猶《なを》未《いまだ》《す》レ聞《きか》(二)
妙法甘露《めうほうかんろ》之《の》澤《うるほふこと》一。故《ゆへに》、爲《して》二歳暮《せいぼ》之《の》
勤《つとめと》一、欲《ほつす》レ禮《らいせんと》二過現當三世《くはけんたうのさんぜ》之《の》佛名《ふつみやう》
經《きやうを》一。其次《そのつぎに》、可《べし》レ講《かうす》二五種《しゆ》之《の》妙文《めうもんを》一。從《より》二
開白《かいひやく》一至《いたるまで》二結願《けちぐはんに》一、於《おいて》二聲明《しやうみやうに》一者《は》、爭《あらそふ》二大《お□》
原《はらの》妙音院《めうをんゐん》之《の》兩流《りやうりうを》一。梵唄《ぼんばい》穿《うがち》レ雲《くもを》、

【七一ウ】

懺法《せんほうの》響《ひゝき》レ砌《みぎりに》、受持《じゆち》之《の》人《ひと》、讀誦《どくじゆ》之《の》
音《をと》、解說《げせつ》之《の》體《てい》、書寫《しよしや》之《の》樣《やう》、須《すへからく》《へし》レ受《うく》二
大師《たいし》之《の》舊儀《きうきを》一。相《あい》二當《あたつて》第七日《だいしちにちに》一、可《べし》レ有《ある》二十
種《しゆ》之《の》供養《くやう》一。所謂《いはゆる》、花《はな》者《は》、萬行《まんぎやう》之《の》因《いん》、
以《もつて》二感果《かんくわを》一爲《ず》レ義《ぎと》。香《かう》者《は》、眞如內薰《しんによないくん》之《の》
義《き》、以《もつて》二介覆《かいふくを》一爲《するは》レ能《よしと》二。瓔珞《ようらく》一者《は》、佛界《ふつかい》

【七二オ】

無盡《むしん》之《の》義《ぎ》、道場莊嚴《だうぢやうしやうごん》之《の》相《さう》
也《なり》。抹香《まつかう》者《は》、眞如隨緣《しんによずいえん》之《の》相《さう》、遂《ついに》
成《なす》二利物《りもつ》之《の》義《ぎを》一也《なり》。塗香《とかう》者《は》、成《なす》二
五分法身《ふんほつしん》之《の》一無體無物證《むたいむもつしやう》之《の》儀《ぎ》也《なり》。
燒香《しやうかう》者《は》、十方《はうの》如來《によらい》之《の》使者《ししや》、諸《しよ》
佛菩薩《ふつぼさつ》之《の》所乘《しよぜう》也《なり》。慈悲覆護《じひふくご》

【七二ウ】

之《の》相《さう》、大智甚深《だいちじんじん》之《の》義《ぎ》也《なり》。衣服《ゑふく》
者《は》、信樂慙愧《しんけうさんげ》之《の》心《こゝろ》、柔和忍辱《にうわにんにく》
之《の》相《さう》也《なり》。妓樂《きかく》者《は》、讚談佛法《さんたんふつほう》之《の》
功德《くどく》、大會莊嚴《たいゑしやうごん》之《の》相《ゆへ》也《なり》。合掌《かつしやう》
者《は》、諸佛敬禮《しよふつきやうらい》之《の》義《ぎ》、心性《しんしやう》不亂《らん》
之《の》相《さう》也《なり》。故《ゆへに》、傳供《てんく》之《の》讚《さん》者《は》、覺《さまし》二聽《ちやう》

【七三オ】

衆《じゆ》之《の》眠《ねぶりを》(二)、鐃鉢《にようはち》之《の》響《ひゞき》者《は》、驚《おとろかし》二貴賤《きせん》之《の》耳《みゝを》一、唄《はい》、散花《さんけ》、梵音《ぼんをん》、錫杖《しやくぢやう》、對《たい》揚《やう》、伽陀《かだ》、各《をのをの》盡《つくす》二音聲《をんじやうを》一。極《きはめ》二妙曲《めうきよくを》一、導師《だうし》之《の》法式《ほうしき》者《は》、讚嘆《さんだん》六根《こん》之《の》次《つきに》、揚《あげ》二妙經《めうきやう》之《の》大意《たいいを》一、絲竹《しちく》者《は》、調《とゝのへ》二呂律《りよりつを》一、法用《ほうよう》者《は》、正《ただす》二清濁《せいぢよくを》一。然《しかれ》

【七三ウ】

者《ば》、請僧《しやうそう》之《の》御布施《ふせ》、各《をのをの》八丈《ちやう》一疋《ひき》、砂金《しやきん》一裹《つゝみ》、導師《だうし》之《の》引出《ひきて》物《もの》、龍蹄《れうてい》一疋《ひき》、御衣《ころも》二重《かさね》、御《ぎよ》劍《けん》二振《ふり》、金銀《きんぎん》十兩《りやう》、奉《たてまつる》レ之《これを》。是《これ》以《もつて》、名《なは》無《なくして》レ翼《つばさ》、而能《しかもよく》飛《とび》、道《みちは》無《なくして》レ根《ね》、而能《しかもよく》固《かたしと》云々《うんうん》。故《かるかゆへに》、引《ひき》二慈雲《じうんを》於

【七四オ】

西極《さいきよくを》一、霑《うるほふ》二法雨《ほううを》於東岳《とうがくに》一。不《ならず》二委《くはしく》子細《しさい》一。期《こす》二面拜《めんはいを》一。恐々謹言《けうけうきんげん》。

十二月廿五日　　法務《ほうむ》某《それかし》

謹上《きんじやう》園城寺《をんじやうじ》大僧正《たいそうじやう》御房《ごばう》

御返報《へんはう》

續庭訓往來《ぞくていきんわうらい》終

浪華柏原屋佐兵衞

訓読

訓読凡例

一、原本の本文を、できる限り充実に訓み下すことに努めたが、必要最小限の校訂を施した。
一、校訂箇所については、本書所載の漢字索引を参照されたい。
一、仮名遣いは、歴史的仮名遣いとした。

【一オ】

續庭訓往來　　天台沙門玄惠撰

新春《しんしゆん》の御慶賀《ぎよけいが》、朔日《さくじつ》を仰《あふ》いで、其御方《そのおんかた》に向《むかつ》て、最前《さいぜん》申《まう》し籠《こ》め候《さうら》ひ畢《をは》んぬ。然《しか》れば、佛法《ぶつぽふ》の惠命《ゑみやう》を續《つ》ぎ、眞俗二諦《しんぞくにたい》の御繁昌《ごはんじやう》の條《でう》、誠《まこと》に幸甚々々《かうじんかうじん》。抑《そもそ》も立春《りつしゆん》の比《ころ》を迎《むか》へて、

【一ウ】

諸神法樂《しよじんほふらく》の爲《ため》に、一萬句《いちまんぐ》の連哥興行《れんがこうぎやう》すべきの由《よし》、當寺《たうじ》の兒童若輩等《じどうじやくはいとう》、評議《ひやうぎ》せしめ候《さうら》ひ畢《をは》んぬ。必定《ひつぢやう》の日《ひ》を以《もつ》て案内《あんない》を申《まう》すべく候《さうら》ふ。相構《あひかま》へて、諸事《しよじ》を閣《さしお》き、御催《おんもよほ》し有《あ》るべき者《もの》なり。夫《そ》れ、詩《し》は漢家《かんか》の態《わざ》、

【二オ】

哥《うた》は本朝《ほんてう》の才《さい》、連歌《れんが》は近代《きんだい》の藝《げい》と雖《いへど》も、而《しか》も洛陽夷狄《らくやういてき》の貴賤《きせん》、多《おほ》く之《これ》を翫《もてあそ》ぶ。故《ゆゑ》に此態《このわざ》を以《もつ》て、佛神《ぶつしん》に値遇《ちぐ》せしめて、當來《たうらい》の證果《しようくわ》を祈《いの》らむと欲《ほつ》すと雖《いへど》も、未《いま》だ當世《たうせい》の法《ほふ》を知《し》り。願《ねが》はくは、新式目録《しんしきもくろく》を

【二ウ】

示《しめ》し給《たま》はらば、兼日《けんじつ》、事《こと》の次第《しだい》存知《ぞんぢ》せしむべく候《さうら》ふ。諸事《しよじ》多《おほ》しと雖《いへど》も、紙面《しめん》に盡《つ》くし難《がた》きのみ。恐《きよう》惶《くわう》謹《つつし》んで言《まう》す。

正月十日《しやうぐわつとをか》　　律師明尊《りつしみやうそん》

謹上《きんじやう》　御室戸寺治部都維那御房《おむろとじぢぶつゐなごばう》

【三オ】

改年《かいねん》の御吉事《ごきつじ》、明方《みやうはう》の霞《かすみ》を拂《はら》ひ、貴方《きはう》に望《のぞ》んで、既《すで》に禮拜《らいはい》せしめ候《さうら》ひ畢《をは》んぬ。自《じ》他《た》珍重《ちんちよう》々々《ちんちよう》。然《しか》れば、一寺《いちじ》の法燈《ほふとう》として、佛法《ぶつぽふ》興行《こうぎやう》の條《でう》、眞實《しんじつ》の至《いた》り、目出度《めでたく》承《うけたまは》り及《およ》び候《さうら》ふ。抑《そもそ》も、

【三ウ】

示《しめ》さるる如《ごと》く、詩《し》は、漢家《かんか》の才《さい》として、平他《ひやうた》の韻聲《ゐんせい》を定《さだ》め、其《そ》の旨《むね》を綴《つづ》る。哥《うた》は、和國《わこく》の風《ふう》として、上下《かみしも》の句《く》を以《もつ》て、其《そ》の理《り》を顯《あらは》し、連歌《れんが》は、近代《きんだい》の態《わざ》として、一句《いつく》の内《うち》に、其《そ》の心《こころ》を成《な》す。故《かるがゆゑ》に、近年花《きんねんはな》の下《もと》新式《しんしき》と號《がう》して、

【四オ】

輪廻傍題《りんゐばうだい》の韻字《ゐんじ》を定《さだ》め、所謂《いはゆる》春《はる》、秋《あき》、戀《こひ》は、各《おのおの》五句《ごく》續《つづ》く。景《けい》物《ぶつ》多《おほ》き故《ゆゑ》なり。夏《なつ》、冬《ふゆ》、神祇《じんぎ》、釋《しやく》教《けう》、述懷《しゆつくわい》、懷舊《くわいきう》、水邊《すいへん》、行《かう》路《ろ》、無常《むじやう》、哀傷《あいしやう》、祝言等《しうげんとう》、各《おのおの》三句《さんく》たるべきなり。一座一句《いちざいつく》の物《もの》

【四ウ】

は、名草《めいさう》、名木《めいぼく》、名鳥《めいてう》、名獸《めいじう》、蟲《むし》、昔《むかし》、古《いにしへ》、夕《ゆふべ》、暮《くれ》、昨日《きのふ》、平《ひら》雨《さめ》、夕立《ゆふだち》、村雨《むらさめ》、嵐《あらし》、木枯《こがらし》、隱家《かくれが》、朝《あした》の月《つき》、夕月《ゆふづき》。又《また》、二《に》句《く》の物《もの》は、春《はる》の月《つき》只一有明（ありあけ）、夏冬《なつふゆ》の月《つき》同前（どうぜん）、梅《うめ》春冬（はるふゆ）、鴈《かり》春秋（はるあき）、今日《けふ》

【五オ】
古郷《ふるさと》只（ただ）一名所（めいしよ）一、宿《やどり》只一旅（たび）一、代《よ》神代（かみよ）君代（きみがよ）、
春風《はるかぜ》春之（はるの）風、秋《あき》風同前、松風《まつかぜ》同前、
五月雨《さみだれ》只（ただ）一梅（うめの）雨、旅《たび》の字《じ》只一旅衣。又《また》、三句《さんく》
物《もの》は、櫻《さくら》、柳《やなぎ》皆體（みなてい）可（べし）レ改。四句物《しくもの》は、
花《はな》此他似物之花（にせもののはな）裏可レ有レ之（うらにこれあるべし）、雪《ゆき》春（はる）冬（ふゆ）、有明《ありあけ》
四季（しき）各（おのおの）一句（く）、冰《こほり》、關《せき》、鐘《かね》皆體（みなてい）可レ改（あらたむべし）。又《また》、七句《しちく》

【五ウ】
去《さ》るべき物《もの》は、松《まつ》、竹《たけ》、夢《ゆめ》、船《ふね》、月《つき》と
月《つき》、涙《なみだ》、田《た》と田《た》、衣《ころも》と衣《ころも》。五《ご》
句《く》去《さ》るべき物《もの》は、日《ひ》と日《ひ》、風《かぜ》と
風《かぜ》、雲《くも》と雲《くも》、山《やま》と山《やま》、水《すい》
邊《へん》と水邊《すいへん》、居所《きよしよ》と居所《きよしよ》、
夜分《やぶん》の詞字《ことばじ》、神祇《じんぎ》、釋教《しやくけう》、戀《こひ》、

【六オ】
無常《むじやう》、祝言《しうげん》、衣類等《いるいとう》、同《おな》じ字《じ》
五句隔《ごくへだ》つべきなり。三句物《さんくもの》は、
月《つき》、日《ひ》、星《ほし》如レ此（かくのごとき）光（ひかり）物。木《き》と草《くさ》、
鳥《とり》と獸《けだもの》、降物《ふりもの》と降物《ふりもの》、聳《そびき》
物《もの》と聳物《そびきもの》。又《また》、打越嫌《うちこしきら》ふべき
物《もの》は、冬枯《ふゆがれ》、野山《のやま》、植物《うゑもの》、竹《たけ》

【六ウ】
と草木《さうもく》、礁《きぬた》、衣装《いしやう》の類《たぐひ》、
戀《こひ》と思《おもひ》、老《おい》と昔《むかし》、古《いにしへ》と
古郷《こきやう》、獨《ひとり》と一《ひとつ》、雲《くも》、曇《くもり》、面《おも》
影《かげ》、陰《かげ》、像《かたち》、形見《かたみ》、梢《こずゑ》と末《すゑ》、
音《おと》と聲《こゑ》、遠《とほき》と遙《はるか》、
無《なき》と少《すくなき》、木花《きのはな》と雪花《ゆきばな》。自《じ》

【七オ】

餘之《よこれ》に準知《じゆんち》すべし。委細新《ゐさいしん》式目録見知《しきもくろくみし》るべきなり。萬端《ばんたん》面拝《めんぱい》を期《ご》す。恐々謹言《きようきようきんげん》。

正月十日《しやうぐわつとをか》　都維那《つゐな》

謹上《きんじやう》　宇治民部寺主御房《うぢみんぶじしゆごばう》

其《そ》の後久《のちひさ》しく申　承《まうしうけたまは》らず。貴邊何《きへんなん》

【七ウ】

條《でふ》の御事候《おんことさうら》ふや。不審々々《ふしんふしん》。抑《そもそ》も、思《おも》ひ懸《かけ》ざる申《まう》し狀候《じやうさうら》ふと雖《いへど》も、同宿少生《どうじゆくせうしやう》の所望《しよまう》に依《よつ》て、重《かさね》て申《まう》さしめ候《さうら》ふ。八代集《はちだいしふ》、十三《じふさん》代集《だいしふ》は、何《いづれ》の人《ひと》の御撰《おんえら》び、又《また》、何《いづれ》の御代《みよ》より定《さだ》め置《お》かれ候《さうら》ふや。

【八オ】

承《うけたまは》りたく候《さうら》ふ。此《かく》の如《ごと》き事《こと》、一向《ひたすら》貴殿《きでん》を憑《たの》み奉《たてまつ》り候《さうら》ふなり。然《しか》るに、彼《か》の少童《せうどう》、心操調和水《こころばせてうわみづ》の器《うつはもの》に隨《したが》ふ如《ごと》く、剛柔《がうにう》進退《しんだい》に於《おい》ては、雲《くも》の風《かぜ》に聳《そび》くに似《に》たり。嬋娟《せんけん》たるの粧《よそほひ》、翡翠《ひすい》の鈿《かんざし》、芙蓉《ふよう》の眸《まなじり》、青黛《せいたい》の

【八ウ】

眉《まゆ》、丹果《たんくわ》の脣《くちびる》、白雪《はくせつ》の膚《はだへ》、蘭麝《らんじや》の衣《ころも》、總姿尋常《そうしじんじやう》にして、諸人《しよにん》に超過《てうくわ》せり。衣裳《いしやう》を刷《かいつくろ》ひ、見苦《みぐる》しき所無《ところな》し。將又《はたまた》、容顔美麗《ようがんびれい》なり。然《しか》る間《あひだ》、寵愛他無《ちようあいたな》きに依《よつ》て、無心《むしん》を顧《かへり》みず、言上《ごんじやう》せしむる所《ところ》に候《さうら》ふなり。委細《ゐさい》

【九オ】

注《しる》し給《たま》はり候《さうら》はば、恐悦《きようえつ》たるべく候《さうら》ふ。就中《なかんづく》、少童住山《せうどうぢゆうさん》の間《あひだ》、入御《じゆぎよ》有《あつ》て、御目《おんめ》に懸《か》かり候《さうら》はば、畏《かしこま》り入《い》るべく候《さうら》ふ。萬鬱面謁《ばんうつめんえつ》を期《ご》すのみ。恐々謹言《きようきようきんげん》。

二月十日《にぐわつとをか》　竪者《じゆしや》

【九ウ】

謹上《きんじやう》　淨妙寺少納言注記御房《じやうめうじせうなごんちゆうきごばう》

御札《ぎよさつ》の旨《むね》、委細《ゐさい》承《うけたまは》り候《さうら》ひ畢《をは》んぬ。抑《そもそ》も、承《うけたまは》る所《ところ》の秀哥《しうか》、幷《なら》びに八代集《はちだいしふ》の次第《しだい》、先《ま》づ萬葉集《まんえふしふ》は、廿巻《にじつくわん》、平城天皇《へいぜいてんわう》の御宇《ぎよう》、大同年中《だいどうねんぢゆう》、左大臣《さだいじん》、橘諸兄卿《たちばなのもろえのきやう》、撰者《せんじや》なり。

【一〇オ】

古今集《こきんしふ》は、廿巻《にじつくわん》、千九十九首《せんくじふくしゆ》、延喜五年四月十五日《えんぎごねんしんぐわつじふごにち》、醍醐天皇《だいごてんわう》の敕《ちよく》を奉《うけたまはつ》て、御書所《ごしよどころ》、紀貫之《きのつらゆき》、大内記《だいないき》、紀友則《きのとものり》、前《さき》の甲斐《かひ》の目《さくわん》、凡河内躬恒《おほしかふちのみつね》、右衞門《うゑもん》の府生《ふしやう》、壬生忠岑《みぶのただみね》

【一〇ウ】

等《ら》、之《これ》を撰《えら》ぶ。序有《じよあ》り、假名序《かなじよ》は貫之《つらゆき》、眞名《まな》は紀淑望《きのよしもち》、之《これ》を書《か》く。萬葉集《まんえふしふ》の哥《うた》を入《い》れず。後撰《ごせん》集《しふ》は、廿巻《にじつくわん》、千三百五十六《せんさんびやくごじふろく》首《しゆ》、村上天皇《むらかみてんわう》の御代《みよ》、天暦《てんりやく》五年十月《ごねんじふぐわつ》、昭陽舎《せうやうしや》に於《おい》て、別《べつ》

【一一オ】

當藏人《たうくらんど》の少將《せうしやう》伊尹《これただ》、大中臣《おほなかとみの》能宣《よしのぶ》、清原元輔《きよはらのもとすけ》、源《みなもとの》順《したがふ》、紀時文《きのときぶん》、坂上望城《さかのうへのもちき》等《ら》、撰《せん》ずるなり。拾遺集《しふゐしふ》は、二十卷《にじつくわん》、千《せん》三百五十一首《さんびやくごじふいつしゅ》、長德年《ちやうとくねん》中《ぢゆう》、花山院《くわさんのゐん》御自撰《ごじせん》。後《ご》

【一一ウ】

拾遺《しふゐ》は、二十卷《にじつくわん》、應德三《おうとくさん》年《ねん》、白河院《しらかはのゐん》の御時《おんとき》、中納言《ちゆうなごん》通俊《みちとし》撰《せん》ず。金葉集《きんえふしふ》は、十《じつ》卷《くわん》、六百四十四首《ろつぴやくしじふししゆ》、鳥羽院《とばのゐん》の勅《ちよく》を奉《うけたまはつ》て、天治元年《てんぢぐわんねん》、俊頼《としよりの》朝臣《あそん》、之《これ》を撰《せん》ず。詞花集《しくわしふ》は、十《じつ》

【一二オ】

卷《くわん》、崇德院《しゆとくゐん》の仰《おほせ》に依《よつ》て、天養《てんやう》元年《ぐわんねん》、昭輔三位《あきすけのさんゐ》、之《これ》を撰《せん》ず。千載《せんざい》集《しふ》は、廿卷《にじつくわん》、文治三年《ぶんぢさんねん》、後白河《ごしらかはの》院《ゐん》の仰《おほせ》に依《よつ》て、入道三位俊成《にふだうさんゐとしなりの》卿《きやう》、之《これ》を撰《せん》ず。新古今《しんこきん》は、二十卷《にじつくわん》、元久三年《げんきうさんねん》、後鳥羽院《ごとばのゐん》の仰《おほせ》に依《よつ》て、

【一二ウ】

通具《みちとも》、有家《ありいへ》、雅經《まさつね》、定家《さだいへ》、々《いへ》隆等《たから》、之《これ》を撰《せん》ず。是《これ》を八代集《はちだいしふ》と號《がう》す。其《そ》の後《のち》、新敕撰《しんちよくせん》は、貞永元《ていえいぐわん》年《ねん》、後堀河院《ごほりかはのゐん》の仰《おほせ》に依《よつ》て、定家卿《ていかのきやう》、之《これ》を撰《せん》ず。續後撰《しよくごせん》は、建長二年《けんちやうにねん》、後嵯峨院《ごさがのゐん》の仰《おほせ》に

【一三オ】

依《よっ》て、爲家卿《ためいへのきやう》、之《これ》を撰《せん》ず。續古今《しよくこきん》は、同《おな》じ御代《みよ》、文永二年《ぶんえいにねん》、重《かさ》ねて九條内大臣基家《くでうないだいじんもといへ》鶴殿《つるどの》と號《がう》す、爲《ため》家《いへ》、行家《ゆきいへ》、光俊等《みつとしら》、撰《せん》ずるなり。續拾遺《しよくしふゐ》は、建治年中《けんぢねんぢゆう》、龜山院《かめやまのゐん》の仰《おほせ》に依《よっ》て、爲氏卿《ためうぢのきやう》、之《これ》を撰《せん》ず。新後撰《しんごせん》は、

【一三ウ】

嘉元年中《かげんねんぢゆう》に、後宇多院《ごうだのゐん》の仰《おほせ》に依《よっ》て、爲世卿《ためよのきやう》、之《これ》を撰《せん》ず。彼等《かれら》を加《くは》へて十三代集《じふさんだいしふ》と號《がう》す。其《そ》の後《のち》、玉葉集《ぎよくえふしふ》、延《えん》慶《ぎやう》四年《しねん》、伏見院《ふしみのゐん》の仰《おほせ》に依《よっ》て、爲兼卿《ためかぬのきやう》、之《これ》を撰《せん》ず。續千載集《しよくせんざいしふ》は、正和五年《しやうわごねん》、重《かさ》ねて後宇多院《ごうだのゐん》の

【十四オ】

仰《おほせ》に依《よっ》て、爲世卿《ためよのきやう》、之《これ》を撰《せん》ず。續後拾遺《しよくごしふゐ》は、後醍醐院《ごだいごのゐん》の仰《おほせ》に依《よっ》て、民部卿爲藤《みんぶのきやうためふぢ》、初《はじ》めて之《これ》を撰《せん》ず。爲定《ためさだ》重《かさ》ねて敕《ちよく》を奉《うけたまはっ》て、相繼功《あひつぐこうを》終《は》り訖《をは》んぬ。風雅集《ふうがしふ》は、貞和五年《ていわごねん》、花園院御自撰《はなぞののゐんごじせん》。新千《しんせん》

【一四ウ】

載集《ざいしふ》は、延文四年《えんぶんしねん》、入道大《にふだうだい》納言爲定卿《なごんためさだのきやう》、敕《ちよく》を奉《うけたまはっ》て之《これ》を撰《えら》ぶ。此《こ》の外《ほか》、代々《だいだい》の敕撰《ちよくせん》多《おほ》しと雖《いへど》も、家々《いへいへ》の撰集《せんしふ》、委細《ゐさい》に注《しる》す能《あた》はず。此《こ》の八代集《はちだいしふ》を以《もっ》て、本歌《ほんか》たるべきなり。将又《はたまた》、名童御座《めいどうおはしま》すの由《よし》、承《うけたまは》り

【一五オ】

及《およ》び候《さうら》ふ。如何様《いかさま》、近日《きんじつ》の程《ほど》、推参《すいさん》を企《くはだ》て、見参《げんざん》に入《い》るべく候《さうら》ふ。委曲面謁《ゐきよくめんえつ》を期《ご》し候《さうら》ふ。恐惶謹言《きようくわうきんげん》。

二月十三日《にぐわつじふさんにち》　注記《ちゆうき》

謹上《きんじやう》　石山寺大夫竪者御房《いしやまでらたいふじゆしやごばう》

【一五ウ】

良久《ややひさ》しく申《まう》し承《うけたまは》らず候《さうら》ふ。何事《なにごと》候《さうら》ふや。不審《ふしん》の至《いた》りなり。抑《そもそ》も、無《む》心《しん》の申《まう》し状《じやう》、其《そ》の憚《はばか》り少《すく》からず候《さうら》ふと雖《いへど》も、當世《たうせい》の風聞《ふうぶん》候《さうら》ふ。十《じつ》服茶《ぶくちや》の勝負《しようぶ》に依《よつ》て、此《こ》の間《あひだ》、方々《はうばう》人々《ひとびと》、新渡《しんど》の莊物《かざりもの》秘計《ひけい》せしめ、

【一六オ】

一會《いつくわい》を成《な》す事候《ことさうら》ふ。畫軸《ぐわぢく》の部類《ぶるい》は、思恭《しきよう》の釋迦《しやか》三尊《さんぞん》、猪頭蜆子《ちよとうけんす》、龍虎《りようこ》、梅竹《ばいちく》、牧溪和尚《もつけいをしやう》の達磨《だるま》、政黄牛《せいわうぎう》、郁山主《いくさんじゆ》が川鷗《せんこ》、鶺《せき》鴒《れい》、月湖《げつこ》が觀音《くわんおん》、漁藍《ぎよらん》、馬《ば》

【一六ウ】

良婦《りやうふ》、李堯《りげう》が栗鼠《りつす》、花鳥《くわてう》、堪殿主《かんでんす》が布袋《ほてい》、寒山拾得《かんざんじつとく》、朝陽對月《てうやうたいげつ》。此《こ》の外《ほか》、八鋪一《はつぷいつ》對《つい》、瀟湘《せうしやう》の夜《よる》の雨《あめ》、洞庭《どうてい》の秋《あき》の月《つき》、山市《さんし》の晴嵐《せいらん》、漁村《ぎよそん》の夕《せき》照《せう》、江天《かうてん》の暮雪《ぼせつ》、遠寺《ゑんじ》の晩《ばん》

【一七オ】

鐘《しよう》、遠浦《ゑんぽ》の歸帆《きはん》、平沙《へいさ》の落《らく》鴈《がん》、又《また》、半出《はんしゆつ》の達磨《だるま》、出山《しゆつさん》の釋迦《しやか》、遊行《ゆぎやう》の羅漢《らかん》、遊《いう》山《さん》の仙人《せんにん》、野馬《やば》、虎《とら》、蘆鴈《ろがん》、鷲《わし》、鷹《たか》、悉《ことごと》く象牙《ざうげ》の軸《ぢく》有《あ》り、梅花鈍子《ばいくわどんす》表補衣《へうほい》なり。

【一七ウ】

將又《はたまた》、紫檀《したん》の卓《しよく》、紫藤《しとう》の机《つくえ》、花梨木《くわりぼく》の倚子《いす》、孤牀《こしやう》、曲《きよく》彔《ろく》、幷《なら》びに、木緜《もめん》、豹虎《へうこ》の敷《しき》皮《がは》、氈《せん》、白氎《びやくてふ》、金襴《きんらん》、魚綾《ぎよりよう》の打敷《うちしき》、又《また》、壷瓶瓢部《こびんへうぶ》には、瓦《ぐわ》眞壷《まつぼ》、石壷《いしつぼ》、年々壷《ねんねんこ》、東陽《とうやう》

【一八オ】

瓶《びん》、西陽瓶《せいやうびん》、靑香《せいかう》、白瓜《はくかう》、冬《とう》瓜《かう》、大海《だいかい》、圓壷《まるつぼ》、鶴頸《つるくび》、肩《かた》築《つき》、平壷《ひらつぼ》、瓶子形《ひんすぎやう》、茄子形《なすびがた》、茶桶《ちやをけ》一對《つい》、燒香具足《せうかうぐそく》、茶碗《ちやわん》、香爐《かうろ》、胡銅《ことう》の花瓶《くわひん》、鍮石《ちうじやく》の香匙《きやうじ》、火箸《こじ》、藥器《やつき》

【一八ウ】

形《ぎやう》、香箱《かうばこ》、赤銅《しやくどう》、白鑞《びやくらふ》、蠟燭《らつそく》の臺《だい》、燭鑽《そくせん》、雲母《きらら》、金盆等《きんぼんとう》、恩借《おんじやく》せられれば、是生前《これしやうぜん》の大望《だいまう》たるべき者《もの》なり。委《くは》しき旨《むね》は、見參《げんざん》の時《とき》を期《ご》し候《さうら》ふ。恐々謹言《きようきようきんげん》。

三月十八日《さんぐわつじふはちにち》　阿闍梨《あじやり》隆鑁《りゆうばん》

【一九オ】

謹上《きんじやう》 仁和寺《にんわじ》宮内卿《くないきやう》律師《りつし》御房《ごばう》
芳札《はうさつ》の趣《おもむき》、委細《ゐさい》承《うけたまは》り候《さうら》ひ畢《をは》んぬ。
來命《らいめい》の如《ごと》く、遙《はるか》に申《まう》し承《うけたまは》らず。自《じ》
他不審極《たふしんきは》まり無《な》く候《さうら》ふ。兼《かね》ては又《また》、
示《しめ》さるる所《ところ》の新渡《しんと》の嚴物《かざりもの》、幷《なら》びに
喫茶《きつちや》の具足《ぐそく》は、唐石《からいし》の

【一九ウ】

磨碓一帖《ひきうすいつてふ》、祇陁利《ぎだり》、生駒《いこま》
碓《うす》、各一帖《おのおのいつてふ》、挽木《ひきぎ》、羽轄《はくさび》、黑《くろ》
塗《ぬり》の茶篩《ちやぶるひ》、黄楊《つげ》の茶瓢《ちやへう》、
象牙《ざうげ》の茶杓《ちやしやく》、幷《なら》びに、竹《たけ》の茶《ちや》
酌《しやく》、同《おな》じく、兔足《とそく》、紫竹《しちく》の茶筅《ちやせん》、
茶椀《ちやわん》、櫑茶《るいざ》、襦《つむぎ》の茶巾《ちやきん》、

【二〇オ】

梅《うめ》の壺拂《つぼはらひ》。湯涌《ゆわかし》に於《おい》ては、
耳白《みみじろ》の鑵子《くわんす》、天明團瓶《てんみやうとんびん》、幷《なら》びに、
釜《かま》、銅《どう》の湯瓶《たうびん》、同《おな》じく、湛瓶《たんびん》、鉛《なまり》の水《すい》
瓶《びん》、鐵《てつ》の錐等《てぎりとう》、奈良風爐《ならぶろ》。
呑物《のみもの》に於《おい》ては、青兔毫《せいとがう》、黄兔《わうと》
毫《がう》、建盞二對《けんざんについ》、各《おのおの》、梨花《りくわ》、

【二〇ウ】

金絲花《きんしくわ》、青漆《せいしつ》、銀絲花《ぎんしくわ》、九《きう》
練絲《れんし》、犀皮等《さいひとう》の臺有《だいあ》り。同《おな》じく、胡盞《うさん》、
各《おのおの》、堆紅《ついこう》、堆朱《ついしゆ》、堆漆《ついしつ》、雞《けい》
楊《やう》、桂漆《けいしつ》、雲朱《うんしゆ》の臺盆等在《だいぼんとうあ》り。建《けん》
州《しう》の垸《わん》、饒州《ねうじう》の垸《わん》、定州鑽《ぢやうしうくわん》
乳《にゆう》、雨滴《うてき》、茶器《ちやき》、水呑《みづのみ》、七入《ななついれ》の

【二一オ】

圓盆《まるぼん》、六入《むついれ》の茶盆《ちやぼん》、朱漆《しゆしつ》の木椀《もくわん》、廚子《づす》、楪《ちやつ》、馬上盞《ばじやうさん》柄(えのある)坏(さかづきを)云也、唐折《からを》敷《しき》、同《おな》じく、黒漆《こくしつ》、赤漆《しやくしつ》の折敷《をしき》、各《おのおの》三束《さんぞく》、楊編《しやうべん》に納《い》れて、一荷《いつか》借《か》し進《しん》じ候《さうら》ふ。種茶《しゆちや》の御會《ごくわい》、何比《いつごろ》候《さうら》ふや。其《そ》の期《ご》を以《もつ》て、囉齋《ろさい》の爲《ため》、推參《すいさん》すべきのみ。

【二一ウ】

三月十八日《さんぐわつじふはちにち》　權律師《ごんのりつし》名範《みやうはん》

謹上《きんじやう》　醍醐寺《だいごじ》助《すけの》阿闍梨《あざり》御房《ごばう》

差《させ》る事《こと》無《な》きに依《よつ》て、久《ひさ》しく申《まう》し承《うけたまは》らず候《さうら》ふの條《でう》、自然《しぜん》の懈怠《けだい》、本《ほん》意《い》を失《うしな》ひ候《さうら》ふ。抑《そもそ》も、茶《ちや》は、養性《やうじやう》の仙藥《せんやく》、延齡《えんれい》の妙術《めうじゆつ》なり。

【二二オ】

然《しか》る間《あひだ》、當世《たうせい》の貴賤《きせん》上下《じやうげ》の好士達《かうしたち》、數多《あまた》翫《もてあそ》ぶ所《ところ》、本兆《ほんてう》の茶《ちや》は、祕計《ひけい》せしむべく候《さうら》ふ。出《しゆつ》所《しよ》の茶《ちや》は、栂尾《とがのを》、千金《せんきん》、黄金《わうごん》、焦坑《せうかう》、雨前《うぜん》、大和《やまと》に於《おい》ては、室《むろ》生寺《ふじ》、鳳肝《ほうかん》、皐盧《かうろ》、白雪《はくせつ》、

【二二ウ】

春雪《しゆんせつ》、般若寺《はんにやじ》に於《おい》ては、綠山《りよくさん》、水厄《すいやく》、伊勢《いせ》に於《おい》ては、小山寺《こやまでら》の雲映《うんえい》、雀舌《じやくぜつ》、鷹爪《ようさう》、丹波《たんば》に於《おい》ては、神尾寺《かみをでら》の鎗旗《さうき》の小葉《こば》。此《こ》の外《ほか》、宇治《うぢ》の朝日山《あさひやま》、葉室《はむろ》の走《はしり》摘《つみ》、仁和寺《にんわじ》の初番《しよばん》の上葉《じやうは》、醍醐《だいご》

【二三オ】
の脇萌《わきばえ》、石山寺《いしやまでら》の茶《ちや》、又《また》
一《ひとつ》、武蔵《むさし》の河越《かはごえ》、駿河《するが》の
關茶《せきちや》、伊賀《いが》、服部《はつとり》、伊勢《いせ》、
河井《かはゐ》、近江《あふみ》、比叡《ひえい》の茶《ちや》、又《また》、
新渡《しんと》、宋朝《そうてう》の茶《ちや》、羅《ら》
漢洞《かんどう》の初番《しよばん》、天台茶《てんだいちや》、又《また》

【二三ウ】
一《ひとつ》、建溪《けんけい》の秋萌《あきばえ》、浮梁《ふりやう》の小《こ》
葉《ば》、此等《これら》は、漢朝《かんてう》の四箇《しか》の
本所《ほんじよ》として、然《しか》る間《あひだ》、亂容《らんよう》の十種茶《じつしゆちや》、
四種十返《ししゆじつぺん》、三種四服《さんしゆしふく》、源氏《げんじ》
茶《ちや》、對合客六色茶《たいがふかくろくしきちや》、系圖《けいづ》
茶《ちや》、四季三種《しきさんしゆ》の釣茶《つりちや》、山《やま》

【二四オ】
墮《おち》の按排《あんばい》、無據《むこ》新古《しんこ》、打擯《うちこき》、
合不合《がふふがふ》、山里本兆《さんりほんてう》の儀勢《ぎせい》、
茶擂《ちやすり》の遠近《ゑんきん》、葉《は》の大小《だいせう》、壺《つぼ》の
善惡《よしあし》、靑火《せいくわ》の拵《こしら》へ、一向《ひたすら》批判《ひはん》を
宗《むね》とすべきの由《よし》、治定《ぢぢやう》候《さうら》ふ。若《もし》
又《また》、珍敷《めづらしき》御茶《おちや》出來《しゆつらい》候《さうら》はば、

【二四ウ】
隨身《ずいしん》せしめ給《たま》ふべく候《さうら》ふ。恐々謹言《きようきようきんげん》。
卯月九日《うづきここのか》　權少僧都《ごんのせうそうづ》
謹上《きんじやう》　高雄寺《たかをでら》大輔《たいふ》法眼《ほふげん》御房《ごばう》
芳札《はうさつ》の旨《むね》、具《つぶさ》に以《もつ》て承《うけたまは》り候《さうら》ふ。久《ひさ》しく
面拜致《めんぱいいた》さず候《さうら》ふの間《あひだ》、不審《ふしん》の處《ところ》に、
御音信《ごいんしん》爲《ゐ》悦《えつ》極《きは》まり無《な》く候《さうら》ふ。

【二五オ】

抑《そもそ》も、茶《ちや》の御會《ごくわい》、浦山敷《うらやましく》思《おも》ひ奉《たてまつ》り候《さうら》ふ。然《しか》れば、山谷《さんこく》に生《しやう》ずる者《もの》は、其《そ》の地神《ぢじん》の靈《れい》なり。人倫《じんりん》之《これ》を摘《つん》で服《ぶく》する者《もの》は、其《そ》の命《いのち》長《なが》しと云々《うんうん》。夫《それ》、茶《ちや》は、源《みなもと》仙家《せんか》より起《おこ》り、漸《やうや》く我朝《わがてう》に流《なが》れて出《い》づ。萬飲《ばんいん》

【二五ウ】

の祖《そ》、百藥《ひやくやく》の宗《そう》なり。之《これ》を喫《のめ》ば則《すなは》ち孤悶《こもん》を破《やぶ》り、之《これ》を啜《すす》れば更《さら》に聰敏《そうびん》を添《そ》ふ。玉川《ぎよくせん》が七垸《しちわん》、已《すで》に清風《せいふう》の氣《き》を作《な》し、坡仙《はせん》の三盃《さんばい》、又《また》殘更《ざんかう》の眠《ねぶり》を驚《おどろ》かす。爰《ここ》を以《もつ》て、蘇摩子童子經《そまこどうじきやう》に

【二六オ】

云《いは》く、諸佛護徳《しよぶつごとく》を加《くは》ふ。五藏調《ござうてう》和《わ》、煩惱自在《ぼんなうじざい》、壽命長遠《じゆみやうぢやうをん》、睡眠自在《すいめんじざい》、孝養父母《けうやうぶも》、息《そく》災延命《さいえんめい》、天魔隨心《てんまずいしん》、諸天《しよてん》加護《かご》、臨終不亂等《りんじゆうふらんとう》、各《おのおの》十《じつ》種《しゆ》の徳《とく》を説《と》く。趙州《でうしう》の公案《こうあん》、

【二六ウ】

武夷《ぶゐ》の古傳《こでん》なり。先哲《せんてつ》猶《なほ》此《かく》の如《ごと》し、後生《こうせい》何《なん》ぞ賞翫《しやうくわん》せざるや。又《また》、承《うけたまは》る所《ところ》の愚茶《ぐちや》は、深瀬《ふかせ》、小畠《こばたけ》、天狗谷《てんぐだに》、一《いち》の瀬《せ》、外畑《とばた》、岩傳《いはづたひ》、門不見《かどみず》の茶等《ちやとう》、御大事《おんだいじ》たるに依《よつ》て、

【二七オ】

隨分上品《ずいぶんじやうぼん》の青香《せいかう》、冬瓜《とうかう》、遠山《ゐんざん》、玉壷《ぎよくこ》、納《い》る所《ところ》の茶《ちや》、悉《ことごと》く之《これ》を奉《たてまつ》る。御批判《ごひはん》の後《のち》、本《ほん》名《みやう》を披《あらは》すべき者《もの》なり。心事面拝《しんじめんぱい》の時《とき》を期《ご》し候《さうら》ふ。恐々謹言《きようきようきんげん》。

卯月十一日《うづきじふいちにち》　法眼《ほふげん》

【二七ウ】

謹上《きんじやう》　東大寺《とうだいじ》中納言《ちゆうなごん》僧都《そうづ》御坊《ごばう》

御見参《ごげんざん》の後《のち》、久《ひさ》しく案内《あんない》を啓《けい》せず、鬱念《うつねん》極《きは》まり無《な》く候《さうら》ふ。縱《たと》ひ山《やま》を重《かさ》ね海《うみ》を隔《へだ》つと雖《いへど》も、藥石《やくせき》の前《ぜん》言《げん》を思《おも》はば、何《なん》ぞ魚水《ぎよすい》の舊契《きうけい》を忘《わす》れんや。抑《そもそ》も、四恩報謝《しおんほうしや》の爲《ため》、聊《いささ》か

【二八オ】

少《しばら》く佛事《ぶつじ》を行《ぎやう》ぜんと欲《ほつ》す。然《しか》る間《あひだ》、七山《しちさん》の内《うち》、建長《けんちやう》、圓覺《ゑんがく》、壽《じゆ》福《ふく》、建仁《けんにん》、東福《とうふく》、南禪《なんぜん》、淨《じやう》智《ち》寺《じ》等《とう》、長老《ちやうらう》、幷《なら》びに、頭首《てうしゆ》方《がた》には、前堂《ぜんだう》、後堂《ごだう》、兩首《りやうしゆ》座《そ》、書記《しよき》、藏主《ざうす》、知客《しか》、浴《よく》

【二八ウ】

主《す》、殿主《でんす》、淨頭《じやうづ》、知事方《ちじがた》には、都官《つうくわん》、都聞《つうぶん》、都寺《つうす》、監寺《かんす》、副寺《ふす》、維那《ゐな》、直歳《しつすい》、典座《てんぞ》、是等《これら》兩班《りやうばん》なり。此《こ》の外《ほか》、塔主《たつす》、堂司《だうす》、又《また》、侍者分《じしやぶん》は、燒香《せうかう》、書狀《しよじやう》、請客《しんか》、湯藥《たうやく》、衣鉢侍《いふじ》

【二九オ】

者《しや》、聖僧侍者《しやうそうじしや》、沙彌《しやみ》、喝食《かつしき》、
行者《あんじや》、人工等《にんぐとう》、供養《くやう》すべく候《さうら》ふ。將又《はたまた》、
佛殿《ぶつでん》、僧堂《そうだう》、庫裏《くり》、法堂《ほふだう》、
方丈《はうぢやう》、山門《さんもん》、總門《そうもん》、昭堂《せうだう》、塔《たつ》
頭《ちゆう》、書院《しよゐん》、眠藏《めんざう》、廊下《らうか》、東《とう》
司《す》、後架《こうか》の掃除《さうぢ》の次第《しだい》、

【二九ウ】

一向叢林無《いつかうそうりんな》きの間《あひだ》、沙《さ》
汰無《たな》く候《さうら》ふ。猶又《なほまた》、囉齋《ろさい》、行脚《あんぎや》の
僧《そう》、陪堂《ほいたう》、法眷《はつけん》、相伴《しやうばん》、相《しやう》
看《かん》の僧《そう》、旦過來集候《たんぐわらいしゆさうら》ふ。
兼《かね》ては又《また》、點心《てんじん》の樣《やう》、委細《ゐさい》に示《しめ》し
給《たま》はり候《さうら》はば、喜悅《きえつ》の至《いた》りに候《さうら》ふ。

【三〇オ】

每事面拜《まいじめんぱい》の時《とき》を期《ご》し候《さうら》ふ。
恐惶謹言《きようくわうきんげん》。
五月三日《ごぐわつみつか》　法橋《ほつけう》
謹上《きんじやう》　日野少納言僧都御坊《ひのせうなごんそうづごばう》
玉章久《ぎよくしやうひさ》しく絕《た》え、互《たが》ひの心《こころ》萬里《ばんり》を
隔《へだ》つるが如《ごと》し。而《しか》るに今恩札《いまおんさつ》を披《ひら》き、

【三〇ウ】

萬鬱《ばんうつ》を明《あきら》かにす。抑《そもそ》も、御佛事《おんぶつじ》の經《けい》
營《えい》、御物恖《ごぶつそう》、察《さつ》し奉《たてまつ》り候《さうら》ふ。僧《そう》
侶招請《りよてうしやう》の時《とき》、茶湯《ちやたう》の法有《ほふあ》るべし。
先《ま》づ湯《ゆ》、次《つぎ》に茶《ちや》、喫茶《きつちや》は
點心《てんじん》の後《のち》、喫湯《きつたう》は點心已《てんじんい》
前《ぜん》。兼《かね》ては又《また》、點心《てんじん》は、夏《なつ》は

【三一オ】

水纖《すいせん》、冬《ふゆ》は温糟《うんざう》。此《こ》の外《ほか》、白魚羹《はくぎよかん》、糟雞羹《さうけいかん》、驢腸羹《ろちやうかん》、鼈羹《べつかん》、羊羹《やうかん》、猪羹《ちよかん》、蟾《せん》羹《かん》、蟾羊羹《せんやうかん》、巻餅《けんびん》、水《すい》團《とん》、五味粥《ごみじゆく》、索麪《さうめん》、饂飩《うんどん》、饅《まん》頭《ぢゆう》、兎耳羹《とにかん》、小鳥羹《せうてうかん》、細《き》

【三一ウ】

短麪等《しめんとう》なり。茶子《ちやのこ》は、麩《ふ》の指《さし》物《もの》、零餘子《ぬかご》の串指《くしざし》、筍干《しゆんかん》、生栗《なまぐり》、干松茸《ほしまつだけ》、豆腐《とうふ》の上物《あげもの》、油煎《あぶらいり》、和布《わかめ》、青苔《あをのり》、出雲苔《いづものり》、煎昆布《いりこぶ》、紫《むらさき》苔《のり》、海雲《もづく》、甘苔《あまのり》、菊地苔《きくちのり》、

【三二オ】

大豆《まめ》、牛房《ごばう》、梳物《けづりもの》、菓子《くわし》は、柑子《かうじ》、橘《たちばな》、椎《しひ》、柘榴《ざくろ》、枇杷《びは》、桃《もも》、杏《あんず》、梅《うめ》、串柿《くしがき》、楊梅《やまもも》、梨《なし》、柚柑《ゆかう》、胡桃《くるみ》、橃椵《ゆかう》、榛《はしばみ》、栢實《かやのみ》、干棗等《ほしなつめとう》なり。然《しか》りと雖《いへど》も、美飯《びはん》を本《ほん》とすべきなり。諸事紙面《しよじしめん》に有《あ》り。恐《きよう》

【三二ウ】

惶謹言《くわうきんげん》。

五月七日《ごぐわつなぬか》　　權大僧都《ごんのだいそうづ》

進上《しんじやう》　勸修寺大藏法橋御房《くわじうじおほくらほつけうごばう》

久《ひさ》しく面拜致《めんぱいいた》さず、積憂《せきいう》の至《いた》り、參《さん》じ申《まう》さんと欲《ほつ》す。猶貴殿如何《なほきでんいかが》。抑《そもそ》も、住山《ぢゆうさん》の間《あひだ》、余《よ》、冷然《れいぜん》の遊《いう》

【三三オ】

戯《げ》を宗《むね》とす。然《しか》れば、改年初月《かいねんしよげつ》の遊宴《いうえん》には、毬打《ぎつちやう》、鬮的《くじまと》、手增《てまさり》の圍碁《ゐご》、亂圍碁《らんゐご》、將棊《しやうぎ》、作物《つくりもの》、彈棊《だんぎ》、投壷《つぼなげ》、雙六《すごろく》、石抓《いしはじき》、毗《び》沙門雙六《しやもんすごろく》、七雙六《しちすごろく》、一二五六雙六《いちにごろくすごろく》、下牛打《しもはんうち》、盗人隱《ぬすびとかくし》、有哉立《ありやだて》、

【三三ウ】

島立《しまだて》、左々立《ささだて》、十六目石《じふろくむさし》、百《ひやく》五減《ごげん》、十不足《とをにたらず》、郎等打《らうどううち》、三《さん》十二十之繼子立《じふにじふのままこだて》、大將棊《だいしやうぎ》、中將棊《ちゆうしやうぎ》、勝負《しようぶ》の數《かず》、鞠《まり》、管絃《くわんげん》、聯句《れんぐ》、詩韻《しゐん》の作文《さくぶん》等《とう》、皆是巨多《みなこれこた》の賭《かけもの》有《あ》り。

【三四オ】

又《また》、若《わか》き衆《しゆう》の態《わざ》には、相撲《すまふ》、流《や》鏑馬《ぶさめ》、犬笠懸《いぬかさがけ》、圓物《まるもの》、草鹿《くさじし》、插物《はさみもの》、兵法《ひやうはふ》、早態《はやわざ》、力持《ちからもち》、水《すい》練《れん》、飛越《とびこえ》、早走《はやばしり》。少性《せうしやう》の遊《あそび》には、鞁鼓《ふりつづみ》、編木摺《ささらすり》、飛礫《つぶて》、時石《づんばい》、獨《こ》樂《ま》廻《まはし》、拍毬《てまり》、石子《いしなご》、持遊《したら》、無《む》

【三四ウ】

木簺《きさい》、打小白物《うちはやしもの》、竹馬《ちくば》、草《さう》雞《けい》、小車《をぐるま》等《とう》の遊戯《ゆげ》を本《もと》として、諸《しよ》學斯《がくこれ》に從《したがつ》て怠《おこた》り、終《つひ》に無能《むのう》の者《もの》と成《な》る。他事《たじ》憚《はばか》り無《な》し。悤劇《そうげき》暇《いとま》無《な》し。然《しか》る間《あひだ》、卒爾《そつじ》に筆《ふで》を染《そ》め候《さうら》ふ。頓首《とんしゆ》謹言《きんげん》。

【三五オ】

六月五日《ろくぐわついつか》　得業《とくごふ》
謹上《きんじやう》　興福寺《こうぶくじ》兵部卿《ひやうぶきやう》已講《いこう》御房《ごばう》
一昨日《いつさくじつ》御消息《ごせうそく》、只今到來《ただいまたうらい》、
委哲《ゐてつ》の旨《むね》承《うけたまは》り候《さうら》ひ畢《をは》んぬ。
仰《おほせ》の如《ごと》く久《ひさ》しく面拝致《めんぱいいた》さずの間《あひだ》、
萬事鬱念極《ばんじうつねんきは》まり無《な》く候《さうら》ふ。抑《そもそ》も、

【三五ウ】

種々御遊《しゆじゆぎよいう》の條《でう》、返《かへ》す返《かへ》す浦《うら》
山敷思《やましくおも》ひ奉《たてまつ》り候《さうら》ふ。如何様《いかさま》
此《こ》の間推參《あひだすいさん》を企《くはだ》て、申《まう》し承《うけたまは》るべき
の由《よし》、朝暮有増存《てうぼあらましぞん》ぜしめ
候《さうら》ふ。夫以《それおもんみ》るに、詩哥風月《しいかふうげつ》は、
月卿雲客《げつけいうんかく》の態《わざ》、聯《れん》

【三六オ】

句連謌《ぐれんが》は、都鄙《とひ》の翫《もてあそ》びなり。
一聲早歌《いつせいさうか》、白拍子《しらびやうし》、狂言《きやうげん》、
音曲《おんぎよく》、亂拍子《らんびやうし》、曲舞《くせまひ》、
歌物《うたひもの》、酒宴《しゆえん》の一興《いつきよう》を催《もよほ》し、
蹴鞠《しうきく》、管絃《くわんげん》、楊弓《やうきゆう》、雀《すずめ》
小弓等《こゆみとう》は、世上《せじやう》よりの風體《ふうてい》なり。

【三六ウ】

犬笠懸《いぬかさがけ》、兵法《ひやうはふ》は、箕裘《ききう》の家《いへ》に
非《あら》ずんば、之《これ》を好《この》むべからざる者《もの》か。
騎馬《きば》、細工《さいく》、料理《れうり》、庖丁《はうちやう》は、
男《をとこ》の藝能《げいのう》の隨一《ずいいち》なり。雙六《すごろく》、
博奕《ばくえき》、貪欲《とんよく》の者《もの》、必《かなら》ず盜《ぬす》
人《びと》の基《もとゐ》なり。堅《かた》く禁制《きんぜい》すべき者《もの》なり。

【三七オ】
自餘《じよ》皆《みな》無用《むよう》の遊《あそび》か。定老《ぢやうらう》の後悔《こうくわい》
限《かぎ》り無《な》し。如《し》かじ懈怠《けだい》せしめんには。
心懷《しんくわい》少《すくな》からず候《さふら》ふと雖《いへど》も、短志《たんし》
不具《ふぐ》謹言《きんげん》。
六月十八日《ろくぐわつじふはちにち》　已講《いこう》
謹上《きんじやう》　東大寺《とうだいじ》阿闍梨《あじやり》御坊《ごばう》

【三七ウ】
細々《さいさい》參入《さんにふ》を企《くはた》て、申《まう》し承《うけたまは》るべきの由《よし》、
相存《あひぞん》じ候《さうら》ふ處《ところ》に、自然《しぜん》の懈《け》
怠《だい》、殊《こと》に本意《ほんい》無《な》き次第《しだい》なり。
抑《そもそ》も、佛神《ぶつしん》を禮拜《らいはい》する法《はふ》は、焼《せう》
香《かう》、散花《さんげ》、先《さき》とす。近代《きんだい》甲《かふ》
乙《おつ》の僧俗《そうぞく》、翫《もてあそ》ぶ所《ところ》の名《めい》

【三八オ】
香《かう》、祕計《ひけい》せしめ、勝負《しようぶ》を遂《と》ぐべきの
由《よし》、小生《せうせい》の所望《しよまう》に候《さうら》ふ。仍《よつ》て、御香《ごかう》
一焼《ひとたき》、御恩《ごおん》を蒙《かうぶ》るべく候《さうら》ふや。
生前《しやうぜん》の所望《しよまう》、只《ただ》此《こ》の事《こと》に
候《さうら》ふなり。相構《あひかま》へて、相違《さうゐ》無《な》くんば、
恐悦《きようえつ》たるべく候《さうら》ふ。此《こ》の事《こと》の如《ごと》きは

【三八ウ】
内外《ないげ》無《な》きに依《よつ》て、自由《じいう》の申《まう》し狀《じやう》、
恐《おそ》れ入《い》り候《さうら》ふと雖《いへど》も、無心《むしん》を顧《かへり》みず、
申《まう》し入《い》る所《ところ》なり。若又《もしまた》、闕如《けつじよ》に及《およ》び候《さうら》はば、
生涯《しやうがい》の恥辱《ちじよく》たるべく候《さうら》ふ。新《しん》
渡《と》の名香《めいかう》、同《おな》じく一焚《ひとたき》恩《おん》加《が》せられば、
畏《かしこま》り入《い》り候《さうら》ふ。毎事《まいじ》

【三九オ】

參拝《さんぱい》の次《ついで》を期《ご》す。不宣謹言《ふせんきんげん》。
七月十三日《しちぐわつじふさんにち》　大藏卿《おほくらのきやう》
謹上《きんじやう》　聖護院大納言内供御房《しやうごゐんだいなごんないぐごばう》
仰《おほせ》の如《ごと》く久《ひさ》しく面拝《めんぱい》に及《およ》ばず、鬱《うつ》
望《ばう》の處《ところ》に、只今恩札《ただいまおんさつ》に預《あづか》り、
日來《ひごろ》の不審《ふしん》、忽《たちま》ちに以《もつ》て散《さん》じ

【三九ウ】

畢《をは》んぬ。抑《そもそ》も、承《うけたまは》る所《ところ》の名香《めいかう》、折《をり》
節見來《ふしげんらい》に隨《したが》ひ候《さうら》ふ。伽羅木《きやらき》、妬《と》
茄藍《からん》、忠春容《ちゆうしゆんよう》、宇治《うぢ》、鳥《と》
羽《ば》、山陰《やまかげ》、奥山《おくやま》、初時雨《はつしぐれ》、葉山《はやま》、
深山《みやま》、松風《まつかぜ》、富士峯《ふじのみね》、忉利《たうり》、
羅漢木《らかんぼく》、橘花《きつくわ》、梯擲《ていてき》

【四〇オ】

花《くわ》、伊勢海《いせのうみ》、疎竹《そちく》、寒草《かんさう》、老《らう》
梅《ばい》、梅花《ばいくわ》、梯《かけはし》、薫遠《くんゑん》、水蓼《すいれう》、
蓼花《れうくわ》、山蓼《さんれう》、絲薄《いとすすき》、野菊《のぎく》、
山菊《やまぎく》、朝霞《あさがすみ》、薄霧《うすぎり》、薄雲《うすぐも》、武《む》
藏野《さしの》、異皮《いひ》、茶苑《ちやゑん》、合香《がふかう》、
龍涎《りゆうぜん》、白檀《びやくだん》、薫陸香《くんろくかう》、八煎《はつせん》、

【四〇ウ】

紫雲等《しうんとう》、乏少《ぼくせう》の至《いた》り、其《そ》の憚《はばか》り少《すくな》からず
候《さうら》ふと雖《いへど》も、之《これ》を獻《けん》ず。將又《はたまた》、新渡《しんと》の名香《めいかう》
は、未《いま》だ其《そ》の名《な》を聞《きか》ず。故實《こしつ》の仁《じん》を相尋《あひたづ》ね、
是《これ》より委《くはし》く申すべく候《さうら》ふ。不具謹言《ふぐきんげん》。
七月十五日《しちぐわつじふごにち》　内供《ないぐ》
謹上《きんじやう》　青蓮院大藏卿御房《しやうれんゐんおほくらきやうごばう》

【四一オ】

遙《はるか》に久《ひさ》しく拙狀《せつじやう》を捧《ささ》げず、萬鬱《ばんうつ》の
至《いた》り極《きは》まり無《な》く候《さうら》ふ。抑《そもそ》も、昔《むかし》を聞《き》き今《いま》を
見《み》るに、名《な》を一天《いつてん》に揚《あ》げ、徳《とく》を四方《よも》に
顯《あらは》すは、筆跡能書《ひつせきのうじよ》に過《すぎ》たるは無《な》し。故《かるがゆゑ》に、
天朗《てんほがらか》なる則《ときん》ば象《しやう》を垂《た》れ、人盛《ひとさかん》なる則《ときんば》ば

【四一ウ】

筆《ふで》を含《ふく》む云々《うんうん》。然《しか》る間《あひだ》、同宿等《どうじゆくら》、
此《こ》の間《あひだ》より手習《てならひ》を始《はじ》むべき由申《よしまう》し候《さうら》ふ。
其《それ》に就《つ》き、手本《てほん》は、何人《なにびと》の筆跡《ひつせき》を用《もち》ゐ、
毫筆《ふんで》は、何《いづれ》の毛勝《けまさ》り、墨《すみ》は
何體《なにてい》を摺《す》り、硯《すずり》は、何石吉候《なにいしよくさうら》ふ
や。不審々々《いぶかしいぶかし》。又《また》、家々《いへいへ》の習《なら》ひ、入木《じゆぼく》の

【四二オ】

法《はふ》、所々《しよしよ》の額《がく》の文字《もんじ》、御願寺《ごぐわんじ》の
碑《ひ》の文《もん》、異國《いこく》の返牒《へんてふ》、御表《みへう》の
卷物《まきもの》、諸人《しよにん》の願文《ぐわんもん》、貴所《きしよ》の屏《びやう》
風《ぶ》、障子《しやうじ》の色紙形《しきしがた》、團扇《だんせん》、
番帳《ばんちやう》、戒牒《かいてふ》、哥合《うたあはせ》、懷紙《くわいし》
等《とう》、非器《ひき》に候《さうら》ふと雖《いへど》も、形《かた》の如《ごと》く其《そ》の法《はふ》を

【四二ウ】

存知《ぞんぢ》せしめんと欲《ほつ》す。聊《いささ》か示《しめ》し給《たま》はらば、
喜《よろこ》び入《い》るべく候《さうら》ふ。長紙短筆《ちやうしたんぴつ》、具《つぶさ》に
以《もつ》て之《これ》を載《の》せ難《がた》し。恐惶謹言《きようくわうきんげん》。
八月十三日《はちぐわつじふさんにち》　某《それがし》
進上《しんじやう》　圓滿院《ゑんまんゐん》治部卿《ぢぶきやう》僧都《そうづ》御房《ごばう》
鴈書《がんしよ》久《ひさ》しく絶《た》えて、音信《いんしん》を通《つう》じ難《がた》し。

【四三オ】

然《しか》れば、玉章行《ぎよくしやうかう》を連《つら》ね、花筆《くわひつ》文《ぶん》を寫《うつ》す。蒼頡《さうけつ》、鳥跡《てうせき》の文《もん》字《じ》を尋《たづね》しより以來《このかた》、梵字《ぼんじ》は三國《さんごく》に通《つう》じ、漢字《かんじ》は和漢《わかん》を兼《か》ね、假《か》名《な》は我朝《わがてう》に限《かぎ》る。能書《のうじよ》多《おほ》しと雖《いへど》も、漢朝《かんてう》の六義《りくぎ》は、懸針《けんしん》、

【四三ウ】

垂露《すいろ》、廻鸞《くわいらん》、魚鱗《ぎよりん》、虎《こ》爪《さう》の六様《ろくやう》を寫《うつ》す。又《また》、卽之《そくし》は、藤《とう》花《くわ》、雲行《うんかう》、楊柳《やうりう》、枯木《こぼく》、四《し》様《やう》を圖《づ》す。其《そ》の外《ほか》、日域《じちゐき》に聞《きこ》ゆる仁《ひと》は、天暦年中《てんりやくねんぢゆう》、村上天皇《むらかみてんわう》の御宇《ぎよう》、木工頭《もくのかみ》、小野朝臣《をののあそん》

【四四オ】

道風《たうふう》は、十八《じふはち》の形圖《ぎやうづ》を成《な》す。所《いは》謂《ゆる》、鳥相《てうさう》、蛇形《じやぎやう》、枯松立《こしようりふ》、師《し》子尾《しび》、垂露《すいろ》、下藤上《かとうじやう》、雲《うん》出《じゆつ》、雨足《うそく》、鴈飛點《がんぴのてん》、仁頭《じんづ》、龍《りよう》走《そう》、木折點《ぼくせつのてん》、高峰墜石《かうほうのついせき》、亂《らん》草落玉點《さうらくぎよくのてん》、月輪《ぐわちりん》、方丈《はうぢやう》、

【四四ウ】

人頭等《にんづとう》の點《てん》なり。長和冷泉院《ちやうわれいぜんゐん》の御代《みよ》には、正三位兼左兵衞《じやうさんゐけんさひやうゑ》、藤原佐理卿《ふぢはらのさりのきやう》は、一字《いちじ》に於《おい》て、五《いつつ》の形圖《ぎやうづ》を成《な》す。所謂《いはゆる》、雪中《せつちゆう》の落鴈《らくがん》の點《てん》、牛片角折《ぎうへんかくせつ》の點《てん》、野口長立《やこうちやうりふ》の點《てん》、半月雲《はんげつうん》

【四五オ】

出《じゆつ》の點《てん》、遠山雲井《ゐんざんうんせい》の點《てん》等《とう》なり。寛仁《くわんにん》の朝《てう》、一條院《いちでうのゐん》の御宇《ぎよう》、大納言藤原行成《だいなごんふぢはらのかうぜい》卿《きやう》は、十六《じふろく》の形圖《ぎやうづ》を成《な》す。所謂《いはゆる》、往還《わうくわん》、梅枝《ばいし》、鐵切《てつせつ》、飛鳥《ひてう》、枯《こ》草《さう》、落石《らくせき》、池入江《ちにふかう》、牛尾《ぎうび》、草《さう》

【四五ウ】

生《しやう》、水流出《すいりうじゆつ》、青草《せいさう》、亂絲《らんし》、下登上《かとうのじやう》、石散《せきさん》、海岸石平《かいがんのせきへい》、巖立點《がんりつのてん》なり。斯《これ》を以《もつ》て、三師圖《さんしづ》として、筆法《ひつぱふ》と號《かう》して、傳《つた》へを得《う》。彼等《かれら》が身《み》は、本朝《ほんてう》に有《あ》りと雖《いへど》も、名《な》は漢土《かんど》に通《つう》ず。此《こ》の外《ほか》、代々能書《だいだいのうじよ》、

【四六オ】

家々《いへいへ》の口傳《くでん》有《あ》りと雖《いへど》も、委《くは》しく注《しる》すに能《あたは》ず。萬事《ばんじ》併《しかしなが》ら面謁《めんえつ》を期《ご》し候《さうら》ふ。

恐惶謹言《きようくわうきんげん》。

八月十四日《はちぐわつじふしにち》　權僧正《ごんのそうじやう》

謹上《きんじやう》　常住院式部法印御房《じやうぢゆうゐんしきぶのほふいんごばう》

常《つね》に申《まう》し入《い》れんと欲《ほつ》し候《さうら》ふの處《ところ》に、差《させ》る事《こと》

【四六ウ】

無《な》く候《さうら》ふに依《よつ》て、久《ひさ》しく筆《ふで》を閣《さしお》き候《さうら》ふの條《でう》、眞實本意《しんじつほんい》を失《うしな》ひ候《さうら》ふ。然《しか》れば、其《そ》の身《み》は、他處《たしよ》に住《ぢゆう》すと雖《いへど》も、心《こころ》は君邊《くんぺん》に侍《はべつ》て、片時《へんし》も忘《わす》れ奉《たてまつ》ること無《な》く、寤寐《ごみ》彌《いよいよ》之《これ》を思《おも》ふ。抑《そもそ》も、愚《ぐ》僧《そう》、毎《つね》に入木《じゆぼく》の法《はふ》、諸家《しよけ》の形圖《ぎやうづ》を見《み》るに、

【四七オ】

筆法口傳《ひつぱふくでん》、甚《はなは》だ深《ふか》うして、
不審惟多《ふしんこれおほ》し。眞行草《しんぎやうさう》の
三體《さんたい》は、筆墨《ひつぼく》の所持《しよぢ》、
書寫《しよしや》の故實《こしつ》、主君《しゆくん》、貴《き》
人《にん》の仰《おほ》せ書《が》き、本書消息《ほんじよせうそく》の
體《てい》、色紙《しきし》、雙紙《さうし》の書樣《かきやう》、幷《なら》びに

【四七ウ】

小湯殿八曲《こゆどのはつきよく》の次第等《しだいとう》、委細《ゐさい》
示《しめ》し給《たまは》り候《さうら》はば、悦《よろこ》び入《い》るべく候《さうら》ふ。
此《かく》の如《ごと》き事等《こととう》、貴殿《きでん》を憑《たの》み申《まう》すに依《よつ》て、
無心《むしん》を顧《かへり》みず、言上《ごんじやう》せしめ
候《さうら》ふ條《でう》、自由《じいう》の至《いた》り、其《そ》の恐《おそれ》
少《すくな》からず候《さうら》ふ。然《しか》れば、偏《ひとへ》に

【四八オ】

慈恩《じおん》を施《ほどこ》さしめ、愚慮《ぐりよ》を助《たす》け、迷闇《めいあん》の
眉開《まゆひら》かさしめば、一向芳恩《いつかうはうおん》たる
べき者《もの》なり。萬事《ばんじ》仰《おほせ》に隨《したがつ》て、
言上《ごんじやう》せしむべく候《さうら》ふ。恐々謹言《きようきようきんげん》。
九月十五日《くぐわつじふごにち》　從儀師《じゆうぎし》
謹上《きんじやう》　法勝寺刑部卿威儀師御坊《ほつしようじぎやうぶのきやうゐぎしごばう》

【四八ウ】

芳問《はうもん》の趣《おもむき》、委細《ゐさい》承《うけたまは》り候《さうら》ひ訖《をは》んぬ。
貴命《きめい》の如《ごと》く、久《ひさ》しく筆《ふで》を閣《さしお》き、申《まう》し
承《うけたまは》らず候《さうら》ふ條《でう》、只今御音信《ただいまごいんしん》、
宛《あたか》も蒙霧《もうむ》を開《ひら》くが如《ごと》し。抑《そもそ》も、筆《ひつ》
法幷《ぱふなら》びに小湯殿《こゆどの》の八曲《はつきよく》は、
一《ひとつ》には、手習《てならひ》の能書《のうじよ》を得《う》るに、三《さん》

【四九オ】

種《じゆ》の品《しな》有《あ》り。上根《じやうこん》は、千字《せんじ》を習《なら》ひ、中根《ちゆうこん》は、七百字《しちひやくじ》を學《まな》ぶ。以下《いか》は、五百字《ごひやくじ》を爲《まな》ぶ。古《ふる》き詞《ことば》に云《いは》く、能《よ》く一字《いちじ》を習《なら》ふよりは、愚《おろ》かに千字《せんじ》を習《なら》ふべしと云々《うんうん》。眞《しん》行草《ぎやうさう》の三體《さんたい》は、眞《しん》を以《もつ》て骨《ほね》とし、行《ぎやう》を以《もつ》て肉《にく》とし、草《さう》を以《もつ》て皮《かは》とすと云々《うんうん》。


【四九ウ】

二《ふたつ》には、書寫《しよしや》の故實《こしつ》は、硯《すずり》和《やはら》かなるは、墨《すみ》弱《よわ》く摺《す》り、硯《すずり》堅《かた》きは、墨《すみ》能《よ》く力《ちから》を入《いれ》て摺《す》るべきなり。若《もし》、紙《かみ》古《ふる》く墨付《すみつ》かずは、白水《はくすい》を入《い》れ之《これ》を摺《す》るべし。又《また》、色紙《しきし》、蒔畫《まきゑ》の上《うへ》に墨付《すみつ》かざるは、糯《もちごめ》の粉《こ》を入《い》れ摺《す》るべきなり。三《みつ》には、色紙《しきし》の

【五〇オ】

文字《もんじ》を書寫《しよしや》せしむるには、夏毛《なつげ》を用《もち》ゆべし。若《もし》、唐筆《たうひつ》、虎《とら》、羊《ひつじ》の毛《け》の筆《ふで》は、但《ただ》し、料紙《れうし》に依《よつ》て、之《これ》を用《もち》ゆべきか。屛風《びやうぶ》、障子《しやうじ》、風情《ふぜい》の異《こと》なりと雖《いへど》も、終《しゆう》筆《ひつ》の所《ところ》に至《いたつ》ては、同體《どうたい》に之《これ》を書《か》くべし。定《さだ》むるに形圖《ぎやうづ》有《あ》り。努々《ゆめゆめ》之《これ》を背《そむ》くこと勿《なか》れ。


【五〇ウ】

知《し》らざるの者《もの》難《なん》有《あ》り。要文《えうもん》、和《わ》頌《じゆ》、詩哥《しいか》等《とう》、先《ま》づ祝言《しうげん》を書《か》くべし。眞行草《しんぎやうさう》は、主《ぬし》の好《この》む所《ところ》に随《したが》ふべし。四《よつ》には、墨付《すみつき》、本書《ほんじよ》、雙紙《さうし》は、同《おな》じく長久《ちやうきう》を存《ぞん》す。墨《すみ》濃《こ》き様《やう》に之《これ》を書《か》くべし。墨《すみ》薄《うす》きを以《もつ》て難《なん》とす。手《て》

【五一オ】

本《ほん》は、紙《かみ》に依《よ》るべし。消息《せうそく》は、一字《いちじ》墨《すみ》濃《こ》きを、之《これ》を難《なん》とす。又《また》、行《くだり》の始《はじめ》に、濃《こ》き墨《すみ》有《あ》らば、必《かなら》ず三字《さんじ》計《ばかり》の後《のち》に、墨《すみ》を續《つ》ぐべし。自餘《じよ》是《これ》を以《もつ》て準知《じゅんち》すべし。五《いつつ》には、親疎《しんそ》上下《じやうげ》を謂《い》はず、手本《てほん》書《か》くは、墨《すみ》を摺《す》り、筆《ふんで》を染《そ》め、

【五一ウ】

心《こころ》を正路《しやうろ》に向《む》け、能々《よくよく》性《せい》を閑《しづめ》て、流《りう》流《りう》の筆勢《ひつせい》を學《まな》び、家々《いへいへ》の口傳《くでん》の如《ごと》く、之《これ》を書《か》くべし。但《ただ》し、漢字《かんじ》、假名《かな》、詩哥《しいか》、消息《せうそく》の詞《ことば》は、眞行草《しんぎやうさう》、主《ぬし》の好《このみ》に随《したが》ふべしと云々《うんうん》。六《むつ》には、筆墨《ひつぼく》の所持《しよぢ》の様共《やうども》、能々《よくよく》緜《わた》に裹《つつ》み、

【五二オ】

常《つね》に随身《ずいしん》せしむべし。松煙《しようえん》は、新《あたら》しき藺《ゐ》を以《もつ》て之《これ》を裹《つつ》むべし。若《もし》朽《く》ちば、石鍋《しやくくわ》の湯《ゆ》にて之《これ》を洗《あら》ひ、膠《にかは》を塗《ぬ》り、之《これ》を干《ほ》し、用《もち》ゆべし。又《また》、筆《ふで》の持様《もちやう》、夏《なつ》は、笠《かさ》を指《さ》さず、冬《ふゆ》は、笠《かさ》を入《い》れべし。常《つね》に鹽湯《しほゆ》を以《もつ》て之《これ》を洗《あら》ふ。毛《け》を和《やはら》かに成《な》さん爲《ため》なり。七《ななつ》には、

【五二ウ】

雙紙《さうし》の歌《うた》書《か》くは、晴天《せいてん》に村雲《むらくも》の聳《そび》くか如《ごと》く、筆仙《ひつせん》多《おほ》く之《これ》を用《もち》ゆ。假《か》名《な》の文字《もじ》を以《もつ》て、墨續《すみつぎ》別《べち》の習《なら》ひ有《あ》り。努々《ゆめゆめ》異様《いやう》を書《か》くべからず。必《かなら》ず後《こう》見《けん》の僻讀《ひがよみ》有《あ》るべし。甚《はなは》だ斟酌《しんしやく》すべき事《こと》なり。八《やつ》には、消息《せうそく》の法《はふ》は、貴人《きにん》に

【五三オ】

奉《たてまつ》るべき状《じやう》は、文字《もじ》を極草《ごくさう》に書《か》くべからず。墨黒《すみぐろ》に書《か》くべし。是人《これひと》を恐《おそ》るる法《はふ》なり。但《ただ》し、傍輩《はうばい》たる者《もの》には、秋風《しうふう》の萬草《まんざう》を亂《みだ》すが如《ごと》く、之《これ》を書《か》くべし。將又《はたまた》、仰書《おほせがき》は、硯《すずり》に水《みづ》を入《い》れ、御前《ごぜん》に向《むかひ》て墨《すみ》を摺《す》り、筆《ふで》を染《そ》めて後《のち》、案内《あんない》を申《まう》すべし。

【五三ウ】

書終《かきをはつ》て後《のち》、硯水《けんすい》を以《もつ》て筆《ふで》を洗《あら》ひ、笠《かさ》を指《さ》すべきなり。委曲《ゐきよく》多《おほ》しと雖《いへど》も、之《これ》に過《す》ぐべからず。千萬參入《せんまんさんにふ》の時《とき》を期《ご》し候《さうら》ふ。恐々謹言《きようきようきんげん》。

九月廿日《くぐわつはつか》　威儀師《ゐぎし》

謹上《きんじやう》　長樂寺《ちやうらくじ》民部卿《みんぶきやう》從儀師《じゆうぎし》

【五四オ】

久《ひさ》しく面拝《めんぱい》に及《およ》ばず、鬱結《うつけつ》の至《いた》り、甚深《じんじん》なり。貴邊如何《きへんいかが》候《さうら》ふや。抑《そもそ》も、絲竹管絃《しちくくわんげん》は、源《みなもと》佛在世《ぶつざいせ》より起《おこ》り、故《かるがゆゑ》に、妙音《めうおん》大士《だいし》の妓樂《ぎがく》を雲雷音王佛《うんらいおんわうぶつ》に奏《そう》し、既《すで》に佛道《ぶつだう》の直路《ぢきろ》とす。

【五四ウ】

然《しか》る間《あひだ》、管絃《くわんげん》を宗《むね》とすべし。樂器《がくき》の具《ぐ》は、先《ま》づ、樺裝束《かばしやうぞく》、漢竹《かんちく》の横笛《よこぶえ》、寄竹《よりたけ》の高麗笛《こまぶえ》、金地《かなぢ》の錦《にしき》の革袋《かはぶくろ》に之《これ》を入《い》る。衵裝束《あこめしやうぞく》、胡竹《こちく》の簫《せう》、紫檀《したん》の家《いへ》に有《あ》り。帯口白《たいこうじろ》、大和竹《やまとだけ》の笙《しやう》の

【五五オ】

笛《ふえ》、蒔畫《まきゑ》の箱《はこ》に入《い》れ、常《つね》に之《これ》を用《もちい》ずと雖《いへど》も、紫竹《しちく》の尺八《しやくはち》、唐竹《からたけ》の龍笛《りようてき》、幷《なら》びに陽笛《やうでう》、欘《くさぎ》の槽《こふ》の箏《こと》、纐《かう》纐《けつ》の袋《ふくろ》に入《い》る。紫檀《したん》の槽《こふ》、琵琶《びは》、黄《つ》楊《げ》、水牛《すいぎう》の撥《ばち》、赤地《あかぢ》の錦《にしき》の袋《ふくろ》に有《あ》り。梧桐《ごとう》の槽《こふ》の和琴《わごん》、唐綾《からあや》の袋《ふくろ》に納《い》れ候《さうら》ひ畢《をは》んぬ。此《こ》の外《ほか》、二十五絃《にじふごげん》の琴《こと》、幷《なら》びに五絃《ごげん》の瑟《しつ》、亦《また》、龍頭鷁首《りようどうげきしゆ》の太鼓《たいこ》、梨子《なし》の筒《どう》の羯鼓《かつこ》、羊《ひつじ》の皮《かは》の三鼓《みつのつづみ》、雞婁《けいろう》、腰鼓《こしつづみ》、唐金《からかね》の鉦鼓《しやうご》、赤銅《しやくどう》の方磬等《はうけいとう》なり。然《しか》りと雖《いへど》も、一向初心《いつかうしよしん》の間《あひだ》、呂律《りよりつ》、五《ご》音《いん》、六調子《ろくてうし》、無沙汰《ぶさた》の條《でう》、時々光儀《ときどきくわうぎ》

【五五ウ】

【五六オ】

せしめ、御諷諫《ごふうかん》に預《あづか》り候《さうら》はば、最《もつと》も恐悦《きようえつ》たるべく候《さうら》ふ。毎事後信《まいじこうしん》を期《ご》す。恐々謹言《きようきようきんげん》。

十月廿三日《じふぐわつにじふさんにち》　別當《べつたう》

清水寺《せいすいじ》執行《しゆぎやう》御房《ごばう》

恩問《おんもん》の趣《おもむき》委《くはし》く以《もつ》て承《うけたまは》り候《さうら》ひ畢《をはん》ぬ。

【五六ウ】

抑《そもそ》も、仰《おほせ》の如《ごと》く佛《ほとけ》を供《くう》じ神《かみ》を敬《うやま》ふ事《こと》、管絃《くわんげん》を以《もつ》て宗《むね》とす。故《かるがゆゑ》に、呂律一《りよりつひとつ》には陰陽《いんやう》を司《つかさど》る。所謂《いはゆる》、宮商角徵羽《きゆうしやうかくちう》の五音《ごいん》六調子《ろくてうし》を以《もつ》て、五佛《ごぶつ》、五藏《ござう》、五行《ごぎやう》、五色《ごしき》、五味《ごみ》、五根《ごこん》、五方《ごはう》、五穀等《ごこくとう》に當《あ》つ。然《しか》れば、宮《きゆう》は、一越調呂《いちこつてうりよ》を司《つかさど》る。大日《だいにち》、脾藏《ひのざう》、

【五七オ】

土用《どよう》、土音《つちのおと》、黄色《わうしき》、甘味《かんみ》、意根《いこん》、
中央《ちゆうあう》、黍《きび》の穀《たなつもの》なり。商《しやう》は、平調《へいてう》の律《りつ》を
司《つかさど》る。阿彌陀《あみだ》、肺藏《はいのざう》、金音《かねのおと》、秋季《あきのき》、白《びやく》
色《しき》、新味《しんみ》、鼻根《びこん》、西方《さいはう》、糯《もちごめ》の穀《たなつもの》なり。
角《かく》は、雙調呂《さうでうりよ》を司《つかさど》る。藥師《やくし》、肝藏《かんのざう》、
木音《きのおと》、春季《はるのき》、青色《しやうしき》、酸味《さんみ》、眼《げん》

【五七ウ】

根《こん》、東方《とうばう》、胡麻《ごま》の穀《たなつもの》なり。徴《ち》は、黄《わう》
鐘調《しきてう》の律《りつ》を司《つかさど》る。寶生佛《ほうしやうぶつ》、心藏《しんのざう》、火音《ひのおと》、
夏季《なつのき》、赤色《しやくしき》、苦味《くみ》、舌根《ぜつこん》、南方《なんばう》、麥《むぎ》の
穀《たなつもの》なり。羽《う》は、盤渉調《ばんしきてう》の律《りつ》を司《つかさど》る。
釋迦《しやか》、腎藏《じんのざう》、水音《みづのおと》、冬季《ふゆのき》、黑色《こくしき》、
鹹味《かんみ》、耳根《にこん》、北方《ほくはう》、大豆《まめ》の穀《たなつもの》なり。

【五八オ】

大食調《たいじきてう》は、呂《りよ》は宮《きゆう》に通《つう》じ、然《しか》る間《あひだ》宮《きゆう》を以《もつ》て
王《わう》とす。故《かるがゆゑ》に、此《こ》の五音亂否《ごいんらんぴ》を聞《きけ》ば、卽《すなは》
ち天下《てんか》の興衰《こうすい》を識《し》る。若《もし》、宮《きゆう》の音亂《こゑみだ》るる則《ときん》
ば、主上《しゆしやう》に危《あやふ》きこと有《あ》るを知《し》るべし。應《まさ》に
其《そ》の德《とく》の政《まつりごと》在《あ》るべし。祈禱《きたう》は政《まつりごと》に過《すぎ》ず。
故《かるがゆゑ》に、自《みづか》ら欽《つつし》んで萬神《まんしん》を仰《あふ》ぐべし。若《も》し

【五八ウ】

商《しやう》の音亂《こゑみだ》るる則《ときん》ば、臣下《しんか》危《あやふ》きこと有《あ》るべし。
其《そ》の祈禱《きたう》は、忠勤《ちゆうきん》を識察《しきさつ》す。角《かく》の音亂《こゑみだ》るる
則《ときん》ば、百姓《はくせい》の所爲《しよゐ》危《あやふ》きこと有《あ》るべし。徴《ち》の
音亂《こゑみだ》るる則《ときん》ば、草木萬物不熟《さうもくばんぶつふじゆく》有《あ》ること知《し》る
べし。王臣《わうしん》の政《まつりごと》、何事《なにごと》をか天心《てんしん》を構《かま》へざる。
能々之《よくよくこれ》を察《さつ》す。其《そ》の政《まつりごと》を行《おこな》ふ則《ときん》ば、風《ふう》

【五九オ】

雨時《うとき》に順《したが》ひ、萬物成熟《ばんぶつせいじゆく》す。羽《う》の音亂《こゑみだ》るる時《とき》は則《すなは》ち、人毎《ひとごと》に危《あやふ》きこと有《あ》るべしと知《しつ》て、聖人《せいじん》の所爲《しよゐ》を勘《かんが》へ、須《すべか》らく愚慮《ぐりよ》の曲事《きよくじ》を直《なほく》すべきなり。凡《およ》そ、松吹風《まつふくかぜ》、岸打波《きしうつなみ》、人倫《じんりん》、禽獸《きんじう》の聲《こゑ》、悉《ことごと》く皆《みな》、五音《ごいん》、七聲《しつせい》を出《い》づ。夫《それ》、管絃《くわんげん》は、笛《ふえ》を以《もつ》て王《わう》とす。故《かるがゆゑ》に、

【五九ウ】

今笛《いまふえ》は七穴《しちけつ》に於《おい》て七聲有《しつせいあ》り。卽《すなは》ち、調子《てうし》に隨《したがつ》て輪轉《りんてん》すと云々《うんうん》。然《しか》れば、五音亂《ごいんみだ》るる則《ときん》ば、天下《てんか》に憂有《うれへあ》りと云々《うんうん》。何《なん》ぞ管絃《くわんげん》を賞《しやう》せざらんや。佛《ほとけ》も之《これ》を稱《しよう》し、經《きやう》にも之《これ》を説《と》く。何《なに》か又佛道《またぶつだう》の直路《ぢきろ》に非《あら》ざるや。心事後《しんじこう》信《しん》を期《ご》し候《さうら》ふ。恐々謹言《きようきようきんげん》。

【六〇オ】

十月十五日《じふぐわつじふごにち》　執行法印《しゆぎやうほふいん》

謹上《きんじやう》　中山寺別當御房《なかやまでらべつたうごばう》

此《こ》の間《あひだ》申《まう》し承《うけたまは》らず、何條《なんでふ》の御事候《おんことさうら》ふや。愚鬱《ぐうつ》の至《いた》り極《きはま》り無《な》く候《さうら》ふ。抑《そもそ》も、詩哥《しいか》、管絃《くわんげん》、茶《ちや》、香《かう》、連歌《れんが》は、世上《せじやう》の風體《ふうてい》たりと雖《いへど》も、自身《じしん》の爲《ため》、始終《しじゆう》の

【六〇ウ】

才學《さいがく》に非《あら》ず。手習《てならひ》、學文《がくもん》は、名《な》を揚《あ》げ、德《とく》を顯《あらは》す基《もとゐ》なり。故《かるがゆゑ》に、先哲《せんてつ》の遺風《ゐふう》に云《いは》く、鈍《にぶ》き刀砥《かたなと》に依《よつ》て骨《ほね》を切《き》り、重車油《ぢゆうしやあぶら》に隨《したがつ》て路《みち》を走《はし》る。無心《むしん》の鐵木《てつぼく》、猶斯《なほかく》の如《ごと》し。矧《いはん》や人倫《じんりん》に於《おい》てをや。然《しか》るに、幼《いとけな》き時《とき》學《がく》せず、徒《いたづら》に日月《じつげつ》を送《おく》り、老《おい》て後悔《こうくわい》の條《でう》、

【六一オ】

既《すで》に以《もつ》て愚《ぐ》なり。然《しか》れば、昔《むかし》の車胤《しやいん》、孫《そん》康《かう》は螢《ほたる》を聚《あつ》め、雪《ゆき》を積《つん》で、書巻《しよくわん》を照《てら》し、文《ぶん》を誦《じゆ》す。古《いにしへ》の蘇秦《そしん》、俊敬《しゆんけい》は、錐《きり》を以《もつ》て懃《きん》股《もも》に刺《さ》し、頸《くび》に縄《なは》を懸《かけ》て眠《ねぶり》を驚《おどろ》かし、懃《きん》學《がく》し、飢《うゑ》を忘《わす》れ、睡《ねぶり》を除《のぞく》は、全《まつた》く古人《こじん》に劣《おと》るべからざる者《もの》か。然《しかれ》ば則《すなは》ち、吉日良辰《きちにちりやうしん》

【六一ウ】

を撰《えらん》で、外典《げでん》の談議《だんぎ》を始《はじ》むべきの由《よし》、思《おもひ》立《た》ち候《さうら》ふ。茲《これ》に因《よつ》て、本書《ほんじよ》多《おほ》く大切《たいせつ》に候《さうら》ふ。俗典等《ぞくでんとう》、少々《せうせう》借《か》し預《あづか》るべく候《さうら》ふ。一見《いつけん》の後《のち》、急速《きふそく》に返牒《へんてふ》せしむべく候《さうら》ふ。努々《ゆめゆめ》無沙汰《ぶさた》の儀《ぎ》有《あ》るべからざる者《もの》なり。心《しん》事《じ》多《おほ》しと雖《いへど》も、併《しかしなが》ら面拝《めんぱい》の時《とき》を期《ご》す。

【六二オ】

十一月廿日《じふいちぐわつはつか》　寺務《じむ》　某《それがし》

謹上《きんじやう》　行願寺院主御房《ぎやうぐわんじゐんじゆごばう》

是《これ》より申《まうさ》しめんと欲《ほつ》し候《さうら》ふの處《ところ》に、遮《さへぎつ》て芳札《はうさつ》に預《あづか》る條謝《でうじや》する所《ところ》を知《しら》ず候《さうら》ふ。抑《そもそ》も、仰《おほせ》の如《ごと》く幼《いとけな》き時《とき》學《まな》ばざれば、老《おい》て後悔《こうくわい》有《あ》るべき者《もの》か。千金《せんきん》を賣《う》る市《いち》は有《あ》りと雖《いへど》も、

【六二ウ】

一字《いちじ》を買《か》ふ棚《たな》無《な》しと云々《うんうん》。先言《せんげん》耳《みみ》に有《あ》り。其《それ》に就《つ》き仰《おほせ》蒙《かうむ》る所《ところ》の俗典《ぞくでん》、左《さ》道《たう》の本書《ほんじよ》と雖《いへど》も、貴命《きめい》に隨《したがつ》て借進《かししん》じ候《さうら》ふ。毛詩《もうし》　廿《にじつ》巻《くわん》、尚書《じやうじよ》　十三巻《じふさんぐわん》、禮記《らいき》　廿巻、周易《しうえき》　十巻《じふくわん》、左傳《さでん》　卅巻《さんじつくわん》、周禮《しうらい》　十七巻、儀禮《ぎらい》　十七巻、公羊傳《くやうでん》　十二巻、穀梁《こくりやう》

【六三オ】

傳《でん》 十三卷、論語《ろんご》 十卷、孝經《かうきやう》 一卷、老子經《らうしきやう》 上下卷、莊子《さうじ》 卅三篇、孟子《まうじ》 七篇、是《これ》を十三經《じふさんぎやう》と號《かう》す。此《こ》の外《ほか》、班固《はんこ》の史記《しき》一部《いちぶ》、梁《りやう》の昭明太子《せうめいたいし》の文選《もんぜん》一部《いちぶ》、白氏《はくし》文集《もんじふ》一部《いちぶ》等《とう》、進覧《しんらん》せしめ、若又《もしまた》、漢書《かんじよ》、後漢書《ごかんじよ》、東觀《とうくわん》漢紀《かんき》、

【六三ウ】

貞觀政要《ぢやうぐわんせいえう》、臣軌《しんき》、帝範《ていはん》、蒙《もう》求《ぎう》、百詠《ひやくえい》、朗詠《らうえい》、文粋《もんずい》等《とう》の小文《せうぶん》は、御用《ごよう》に随《したがつ》て承《うけたまは》るべく候《さうら》ふ。萬端《ばんたん》參入《さんにふ》を期《ご》し候《さうら》ふ。恐々謹言《きようきようきんげん》。

十一月廿三日《じふいちぐわつにじふさんにち》　　院主《ゐんじゆ》

進上《しんじやう》 鞍馬寺《くらまでら》寺務《じむ》御房《ごばう》

【六四オ】

臘月《らふげつ》良《やや》暮《くれ》て、日來《ひごろ》の不審《ふしん》雪《ゆき》と與《とも》に積《つ》む。尊下如何《そんかいかん》。抑《そもそ》も、愚僧《ぐそう》滅後《めつご》二千餘年《にせんよねん》を隔《へだ》てて、東土《とうど》の境《さかひ》に生《しやう》ず。適《たまた》ま釋氏《しやくし》の名《な》を假《かつ》て、遥《はるか》に俗塵《ぞくぢん》の闇苦《あんく》に離《はな》ると雖《いへど》も、恆沙劫《ごうじやこふ》の間《あひだ》、七覺三明《しつかくさんみやう》の尊《そん》に値《あ》ひ難《がた》く、

【六四ウ】

塵刹《ぢんせつ》の中《うち》に、五時八教《ごじはつけう》の説《せつ》を聞難《ききがた》し。然《しか》れば、佛道《ぶつだう》凝玄《ぎようげん》にして、之《これ》を遵《めぐつ》て其《そ》の際《きは》を知《し》ること莫《な》し。法流湛寂《ほふりうたんじやく》にして、之《これ》を掬《く》むに其《そ》の源《みなもと》を測《はか》ること莫《な》し。然《しか》りと雖《いへど》も、年來《ねんらい》の宿願《しゆくぐわん》有《あ》るに依《よつ》て、貴賤《きせん》を勸《すす》め、廣大《くわうだい》の法事《ほふじ》を構《かま》ふ。故《かるがゆゑ》に、寶樹《ほうじゆ》、

【六五オ】

寶幢功《ほうどうこう》を盡《つく》し、庭前《ていぜん》に建《た》て、綵幡《さいばん》室内《しつない》に嚴《かざ》る。佛壇《ぶつだん》の花机《はなづくえ》、螺鈿《らでん》の金《かな》物《もの》、錦《にしき》の天蓋《てんがい》、唐綾《からあや》の寶繖《ほうさん》、緗綺《しやうき》の幡《はた》、玉珠《ぎよくしゆ》の花縵《けまん》、金玉《きんぎよく》の羅《ら》網《まう》、高座禮盤《かうざらいばん》、前机《まへづくえ》には、貝《かひ》を磨《す》り蒔畫《まきゑ》有《あ》り。繧繝縁《うんげんべり》の半疊《はんでふ》、高麗《かうらい》

【六五ウ】

縁《べり》の疊《たたみ》、佛具《ぶつぐ》に於《おい》ては、六輪《ろくりん》の錫杖《しやくぢやう》、水《すい》牛《ぎう》の如意《によい》、鍮石《ちうじやく》の香爐《かうろ》、唐様《からやう》の鷲尾《しうび》、金羅《きんら》の三衣袋《さんえぶくろ》、紫檀《したん》の香《かう》爐箱《ろばこ》、羅絲草座《らしさうざ》、水精《すいしやう》の念珠《ねんじゆ》、花箱《はなばこ》、散花籠《さんげかご》、皆尋常《みなじんじやう》の具《ぐ》足《そく》なり。請僧三十口《しやうそうさんじつこう》、出仕《しゆつし》の體《てい》は、

【六六オ】

唐綾《からあや》の法服《ほふぶく》、錦《にしき》の袈裟《けさ》、同《おな》じく横《わう》皮《び》、精好《せいがう》の帷《かたびら》、鈍《にぶ》の衣《ころも》、穀《こめ》、鈍色《どんじき》の織《おり》物《もの》、白裳《はくしやう》、縑《かとり》の奴袴《さしぬき》、毶《せん》の下袴《したのはかま》、浮《ふ》氈綾《せんりよう》の表袴《うへのはかま》、練貫《ねりぬき》の襪《したうづ》、黒漆《こくしつ》の鼻廣《びくわう》、錦《にしき》の草鞋《さうあい》、楊《やなぎ》の斑袈《まだらげ》裟《さ》、緑衫《ろうさう》の衣《ころも》、紫柳《しりう》、青柳《しやうりう》、紫赤《しじやく》、

【六六ウ】

紫香《しかう》、五帖等《ごでふとう》の裝束《しやうぞく》、新調《しんてう》の美《び》麗《れい》なり。承仕《じようじ》の淨衣《じやうえ》、中童子《ちゆうどうじ》は狩衣《かりぎぬ》、大童子《だいどうじ》は如木水干《じよぼくすいかん》、中間《ちゆうげん》の男《をのこ》は、色々《いろいろ》の直垂《ひたたれ》なり。又《また》、導師《だうし》の威儀《ゐぎ》は釋尊《しやくそん》の如《ごと》し。從僧《じゆうそう》の氣色等《けしきとう》、羅漢《らかん》體《てい》なり。次《つぎ》の日《ひ》の大曼陀羅供《だいまんだらぐ》は、寅《とら》の一《いつ》

【六七オ】

點《てん》の亂聲《らんじやう》、辰《たつ》の時《とき》の集會《しゆゑ》、又《また》、難波《なには》、奈良《なら》の伶人《れいじん》、舞人《まひびと》、數《かず》を盡《つく》す。高麗《こま》、新羅《しんら》の曲《きよく》、至極《しごく》せり。庭《には》の儀式《ぎしき》を改《あらた》め、堂内《だうない》の莊嚴《しやうごん》、讃衆《さんしゆ》の持金剛《ぢこんがう》、執蓋《しつかい》、輿舁《こしかき》、持幡《ぢばん》、供花《くげ》の在《あり》様《さま》、伽陀《かだ》、梵唄《ぼんばい》の勢《せい》、太鼓《たいこ》を打《う》ち、

【六七ウ】

螺《ほら》を吹《ふ》く氣色《けしき》、各《おのおの》美《び》を盡《つく》し、妙《めう》を極《きは》む。天《てん》を響《ひびか》し地《ち》を搖《うご》かす。聽聞《ちやうもん》の道俗《だうぞく》、集會《しゆくわい》の貴賤《きせん》、門前《もんぜん》に市《いち》を成《な》す。堂上花《だうじやうはな》の如《ごと》し。皆是《みなこれ》、耳《みみ》を峙《そばた》て、目《め》を驚《おどろ》かす。幡蓋《ばんがい》風《かぜ》に飄《ひるがへ》る。自在天《じざいてん》の粧《よそほひ》を移《うつ》す。沈《ちん》香砌《かうみぎり》に薫《くん》ず。海此岸《かいしがん》の芳《かうばし》きに類《るい》す。

【六八オ】

大阿闍梨《だいあじやり》の法儀《ほふぎ》、智證城《ちしようじやう》の教主《けうしゆ》かと疑《うたが》ふ。持金剛振舞《ぢこんがうふるまひ》の體《てい》、偏《ひとへ》に法界宮《ほふかいぐう》の侍從《じじゆう》かと想像《おもひや》る。珠幡七寶《しゆばんしつぽう》を縟《ととの》へ、童子二手《どうじにしゆ》に捧《ささ》げ、寶螺六瑞《ほうらろくずい》を表《へう》し、四部《しぶ》の衆耳《しゆに》を驚《おどろ》かす。讃嘆風《さんだんかぜ》に和《わ》して、上下肝《じやうげきも》を涼《すず》しうす。鐃鉢雲《ねうばちくも》を徹《とほ》り、貴賤《きせん》

【六八ウ】

眠《ねぶり》を覺《さま》す。將又《はたまた》、鈴杵《れいしよ》、五鈷《ごこ》、三鈷《さんこ》、獨鈷《とくこ》、金剛盤《こんがうばん》、灑水《しやすい》、塗香《づかう》、閼伽《あか》、花瓶《くわひん》、火舍《くわしや》、輪寶《りんぼう》、橛標《けつへう》、皆滅金《みなめつき》を指《さし》たる佛具《ぶつぐ》なり。五色《ごしき》の絲壇《いとだん》供《ぐ》、壇上《だんじやう》の莊《かざり》耳目《じぼく》を驚《おどろ》かす。故《かるがゆゑ》に之《これ》を見《み》ては、直《ただち》に邪見《じやけん》を捨《す》て、無生忍《むしやうにん》に入《い》り、忽《たちまち》に三祇《さんぎ》に滿《まん》じて功徳《くどく》を成《な》す。速《すみやか》に

【六九オ】

四禪《しぜん》の淨慮《じやうりよ》を越《こ》え、將《まさ》に五智《ごち》の果位《くわゐ》に登《のぼ》る。爾《しかれ》ば、此《こ》の時《とき》、三賢十地《さんげんじふぢ》の大士《だいし》、悉《ことごと》く眷屬《けんぞく》となる。四禪六欲《しぜんろくよく》の天衆《てんしゆ》、皆倶《みなとも》に侍衞《じゐ》のみ。今生《こんじやう》の所願《しよぐわん》、滅後《めつご》の證果《しようくわ》は、疑《うたがひ》無《な》き者《もの》なり。併《しかしなが》ら日來《ひごろ》の不審《ふしん》を散《さん》ぜんとす。巨細《こさい》の注進《ちゆうしん》

【六九ウ】

斯《かく》の如《ごと》く、諸事《しよじ》紙面《しめん》に有《あ》り。恐惶謹言《きようくわうきんげん》。

十二月十一日《じふにぐわつじふいちにち》　前大僧正《さきのだいそうじやう》

進上《しんじやう》　延暦寺内大臣法務御房《えんりやくじないだいじんほふむごばう》

仰《おほせ》の如《ごと》く烏兎《うと》の陰《かげ》早《はや》く遷《うつ》り、臘月《らふげつ》の光《ひかり》甚《はなは》だ速《すみやか》なり。年華《ねんくわ》爰《ここ》に易《かは》り暮《くれ》て、日《ひ》既《すで》に明春《みやうしゆん》に近《ちか》し。歳暮《せいぼ》の嵐《あらし》

【七〇オ】

鬱々《うつうつ》として、深雪軒《しんせつのき》に積《つ》むの處《ところ》に、貴札《きさつ》を賜《たまは》り不審《ふしん》を散《さん》ぜしめ畢《をは》んぬ。抑《そもそ》も災《さい》を拂《はら》ふ箒《ははき》、功徳念《くどくねん》を盡《つく》せる、招祥《せうしやう》の袖《そで》は、佛僧《ぶつそう》の衣襟《えきん》なり。而《しか》も伽耶城《かやじやう》の月《つき》の影《かげ》は、栴檀《せんだん》の煙《けぶり》の中《うち》に陰《かく》れ、鷲峯山《わしのみねのやま》の日《ひ》の光《ひかり》は、雙林《さうりん》の枝條《しでう》に入《い》る。悲《かな》しいかな、我等生《われらしやう》を

【七〇ウ】

末世《まつせ》に稟《うけ》て、在世《ざいせ》の昔《むかし》を慕《した》ふと雖《いへど》も、更《さら》に勞有《らうあつ》て誠《まこと》無《な》し。未《いま》だ舍衞《しやゐ》の金言《きんげん》を知《しら》ず。盲《まう》目《もく》の瓫《ほとぎ》を蒙《かうむ》るが如《ごと》く、更《さら》に勞有《らうあつ》て益無《えきな》し。哀《あはれ》なるかな、愚昧《ぐまい》の窗《まど》の内《うち》に彌《いよいよ》暗《くら》し。重《ぢゆう》昏夜《こんよ》深《ふかう》して、未《いま》だ清明《せいめい》炬燭《こしよく》の光《ひかり》を見《み》ず。痛《いたま》しいかな、火宅《くわたく》は恆《つね》の棲《すみか》、貪欲《とんよく》

【七一オ】

瞋恚《しんい》の煙《けぶり》熾盛《しじやう》なることを増《ま》して、猶未《なほいま》だ妙法甘露《めうほふかんろ》の澤《うるほひ》を聞《きか》ず。故《ゆゑ》に、歳暮《せいぼ》の勤《つとめ》として、過現當《くわげんたう》の三世《さんぜ》の佛名經《ぶつみやうきやう》を禮《らい》せんと欲《ほつ》す。其《そ》の次《つぎ》に、五種《ごしゆ》の妙文《めうもん》を講《こう》ずべし。開白《かいびやく》より結願《けちぐわん》に至《いた》るまで、聲明《しやうみやう》に於《おい》ては、大原《おほはら》の妙音院《めうおんゐん》の兩流《りやうりう》を争《あらそ》ふ。梵唄雲《ぼんばいくも》を穿《うが》ち、

【七一ウ】

懺法《せんぼふ》の砌《みぎり》に響《ひび》き、受持《じゆぢ》の人《ひと》、讀誦《どくじゆ》の音《おと》、解説《げせつ》の體《てい》、書寫《しよしや》の様《やう》、須《すべから》く大師《だいし》の舊儀《きうぎ》を受《う》くべし。第七日《だいしちにち》に相當《あひあたつ》て、十種《じつしゆ》の供養《くやう》有《あ》るべし。所謂《いはゆる》、花《はな》は、萬行《まんぎやう》の因《いん》、感果《かんくわ》を以《もつ》て義《ぎ》とす。香《かう》は、眞如内薫《しんによないくん》の義《ぎ》、芬馥《ふんぷく》を以《もつ》て能《よ》しとするは、瓔珞《やうらく》は、佛界《ぶつかい》

【七二オ】

無盡《むじん》の義《ぎ》、道場莊嚴《だうぢやうしやうごん》の相《さう》なり。抹香《まつかう》は、眞如隨縁《しんによずいえん》の相《さう》、遂《つひ》に利物《りもつ》の義《ぎ》を成《な》すなり。塗香《づかう》は、五分《ごぶん》法身《ほつしん》を成《な》すの、無體無物證《むたいむもつしやう》の義《ぎ》なり。燒香《せうかう》は、十方《じつぱう》の如來《によらい》の使者《ししや》、諸《しよ》佛菩薩《ぶつぼさつ》の所乘《しよじよう》なり。慈悲覆護《じひふくご》

【七二ウ】

の相《さう》、大智甚深《だいちじんじん》の義《ぎ》なり。衣服《えぶく》は、信樂慙愧《しんげうさんげ》の心《こころ》、柔和忍辱《にうわにんにく》の相《さう》なり。妓樂《ぎがく》は、讃嘆佛法《さんだんぶつぽふ》の功德《くどく》、大會莊嚴《だいゑしやうごん》の相《さう》なり。合掌《がつしやう》は、諸佛敬禮《しよぶつきやうらい》の義《ぎ》、心性不亂《しんしやうふらん》の相《さう》なり。故《ゆゑ》に、傳供《てんぐ》の讃《さん》は、聽《ちやう》

【七三オ】
衆《じゆ》の眠《ねぶり》を覺《さま》し、鐃鉢《ねうばち》の響《ひびき》は、貴賤《きせん》の耳《みみ》を
驚《おどろ》かし、唄《ばい》、散花《さんげ》、梵音《ぼんおん》、錫杖《しやくぢやう》、
對揚《たいやう》、伽陀《かだ》、各音聲《おのおのおんじやう》を盡《つく》す。妙曲《めうぎよく》を
極《きは》め、導師《だうし》の法式《ほふしき》は、讃嘆六根《さんだんろくこん》の次《つぎ》に、
妙經《めうぎやう》の大意《たいい》を揚《あ》げ、絲竹《しちく》は、呂律《りよりつ》を
調《ととの》へ、法用《ほふよう》は、清濁《しやうぢよく》を正《ただ》す。然《しか》れば、
【七三ウ】
請僧《しやうそう》の御布施《おんふせ》、各八丈一疋《おのおのはちぢやういつぴき》、
砂金一裹《しやきんひとつつみ》、導師《だうし》の引出物《ひきでもの》、
龍蹄一疋《りようていいつぴき》、御衣二重《おんころもふたかさね》、御劍二振《ぎよけんふたふり》、
金銀十兩《きんぎんじふりやう》、之《これ》を奉《たてまつ》る。是《ここ》を以《もつ》て、名《な》は
翼無《つばさなく》して、しかも能《よ》く飛《と》び、道《みち》は
根無《ねなく》して、しかも能《よ》く固《かた》しと云々《うんうん》。故《かるがゆゑ》に、

【七四オ】
慈雲《じうん》を西極《さいごく》に引《ひ》き、法雨《ほふう》を東岳《とうがく》に霑《うるほ》ふ。
委《くは》しく子細《しさい》ならず。面拜《めんぱい》を期《ご》す。恐々謹言《きようきようきんげん》。
十二月廿五日《じふにぐわつにじふごにち》　法務某《ほふむそれがし》
謹上《きんじやう》　園城寺大僧正御房《をんじやうじだいそうじやうごばう》
御返報《ごへんぽう》
續庭訓往來終《ぞくていきんわうらいをはり》　浪華柏原屋佐兵衞

漢字索引

漢字索引凡例

〔採録の範囲〕

一、新撰遊覚往来本文に使用されている漢字のすべてを採録の対象とする。但し、内題、注文、尾題は除外した。

〔字体及び排列〕

一、康熙字典に準拠し、異体は正体に改めた。

一、康熙字典に収録していない漢字（国字）や康熙字典の補遺・備考に収められている漢字は、部首と画数により次第した。その際当該部首の同画数の末尾においた。

〔索引の形態〕

一、索引見出しの次に、新撰遊覚往来における漢字文字列を挙げ、次いで複製本の所在（月数　丁数　表裏　行数）を示した。

一、一つの見出しの内部における漢字文字列を排列する順番は、一字のものを初めに置き、字数の少ないものから多いものへ分類して並べた。二字以上の場合、見出し字が語順に近いものを前に置いた。それぞれの内部は、見出し字以外で先頭に来る文字の、康熙字典における前後に従って排列した。

一、新撰遊覚往来における漢字文字列が明らかに誤っている場合、その下にあるべき表記を〈〉に入れて示し、両方を立項した。

一、新撰遊覚往来における漢字文字列が誤りではなく、当時の文献に見られる通用現象・省画・増画である場合は、その下に一般的な表記を〔〕に入れて示し、両方を立項した。

一、一項目に二字以上の誤字・通用字が存する場合や、合字・分字・脱字の場合は、文字列全体に対して注記を施した。

漢字索引

【一画】
一 118　丨 121　丶 121　丿 121　乙 126　亅 127

【二画】
二 127　亠 128　人 128　儿 134　入 134　八 135　冫 136　几 136　凵 136　刀 137　力 137　勹 138　匕 138　十 138　卩 139　厂 140　厶 140　又 140

【三画】
口 141　囗 145　土 145　士 147　夂 147　夕 147　大 147　女 149　子 150　宀 151　寸 152　小 153　尢 153　尸 153　山 154　巛 154　工 154　己 155　巾 155　干 155　幺 156　广 156　廴 156　弋 156　弓 157　彐 157　彡 157　彳 157

【四画】
心 159　戈 161　戸 161　手 162　支 164　文 165　斗 165　斤 165　方 166　无 166　日 166　曰 168　月 169　木 171　欠 174　止 174　歹 175　殳 175　毋 175　比 175　毛 175　氏 175　气 176　水 176　火 178　爪 180　父 181　爻 181　爿 181　片 181　牙 181　牛 181　犬 181

【五画】
玄 182　玉 182　瓜 182　瓦 182　甘 182　生 183　用 183　田 183　疋 184　疒 184　癶 184　白 184　皮 185　皿 185　目 185　矢 186　石 186　示 187　内 187　禾 187　穴 188　立 188

【六画】
竹 188　米 190　糸 190　网 192　羊 192　羽 192　老 193　而 195　耳 195　肉 196　臣 196　自 196　至 197　臼 197　舌 197　舛 197　舟 197　艮 198　色 198　艸 198　虍 201　虫 201　血 201　行 201　衣 202　襾 202

【七画】
見 202　角 203　言 203　谷 205　豆 205　豕 205　豸 205　貝 205　赤 206　走 206　足 206　身 206　車 207　辛 207　辰 207　辵 207　邑 208　酉 209　釆 209　里 209

【八画】
金 209　長 210　門 210　阜 211　隹 212　雨 213　青 214　非 214

【九画】
面 214　革 214　音 214　頁 215　風 215　飛 215　食 215　首 216　香 216

【十画】
馬 216　骨 216　高 217　鬥 217　鬯 217　鬼 217

【十一画】
魚 217　鳥 217　鹵 218　鹿 218　麥 218　麻 218

【十二画】
黄 218　黍 218　黒 218

【十三画】
黽 218　鼓 218　鼠 219

【十四画】
鼻 219　齊 219

【十五画】
齒 219

【十六画】
龍 219　龜 219

一部

【一】
一　正返6ウ3
一　四往23オ2
一　四往23ウ1
一　九返48ウ6
一　十返56ウ2
一巻　十一返63オ1
一句　正返3ウ5
一句　正返4オ6
一向　二往8オ1
一向　四往24オ4
一向　五往29ウ1
一向　九往48オ2
一向　十往55ウ5
一天　八往41オ3
一字　八返44ウ3
一字　九返49オ3
一字　九返51オ2
一字　十一返62ウ1
一寺　正返3オ4

一對　三往18オ4
一帖　三返19ウ1
一帖　三返19ウ2
一座　正返4オ6
一會　三往16オ1
一瀬　四返26ウ4
一焚　七往38ウ5
一燒　七往38オ3
一疋　十二返73ウ2
一疋　十二返73ウ3
一聲　六返36オ2
一興　六返36オ4
一荷　三返21オ4
一裏　十二返73ウ2
一見　十一往61ウ3
一部　十一返63オ4
一部　十一返63オ5
隨一　六返36ウ4
一昨日　六返35オ3
一條院　八返45オ2
一萬句　正往1ウ1
一越調　十返56ウ6

一部等　十一返63オ5
寅一點　十二往66ウ6
八鋪一對　三往16ウ3
十一月廿日　十一往62オ1
卯月十一日　四返27オ6
一二五六雙六　六往33オ5
十一月廿三日　十一返63ウ5
十二月十一日　十二往69ウ2
千三百五十一首　二返11オ5

【丁】
庖丁　六返36ウ3

【七】
七　九返52オ6
七入　三返20ウ6
七句　正返5オ6
七穴　十返59ウ1
七寶　十二往68オ3
七山　五往28オ1

七篇　十一返63オ2
七聲　十返59オ5
七聲　十返59ウ1
七院〈垸〉　四返25ウ3
十七〈十七巻〉　十一返62ウ5
七百字　九返49オ2
七雙六　六往33オ5
十七巻　十一返62ウ6
第七日　十二返71ウ3
七覺三明　十二往64オ6
五月七日　五返32ウ2
七月十三日　七往39オ2
七月十五日　七返40ウ5

【丈】
八丈　十二返73ウ1
方丈　五往29オ4
方丈　八返44オ6

【三】
三　九返49ウ6
三世　十二返71オ3
三位　二返12オ2

三位　二返12オ4
三句　正返4オ6
三句　正返5オ3
三句　正返6オ2
三國　八返43オ3
三字　九返51オ3
三束　三返21オ4
三盃　四返25ウ5
三祇　十二往68ウ6
三種　九返48ウ6
三鈷　十二往68ウ1
三體　九往47オ3
三體　九返49オ5
三鼓　十往55ウ3
三十卷　十一返62ウ5
三十口　十二往65ウ6
三師圖　八返45ウ3
三衣袋　十二往65ウ3
十三卷　十一返62ウ4
十三卷　十一返63オ1
十三經　十一返63オ3
卅三篇　十一返63オ2

正三位　八返44ウ2
三種四服　四往23ウ4
三賢十地　十二往69ウ2
十三代集　二往7ウ4
十三代集　二返13ウ3
七覺三明　十二往64オ6
五月三日　五往30オ3
元久三年　二返12オ6
應德三年　二返11ウ1
文治三年　二返12オ3
釋迦三尊　三往16オ3
三月十八日　三往18ウ6
三月十八日　三返21ウ1
七月十三日　七往39オ2
二月十三日　二返15オ5
八月十三日　八往42ウ4
十月廿三日　十往56オ4
十一月廿三日　十一返63ウ5
千三百五十一首　二返11オ5
千三百五十六首　二返10ウ4
四季三種之釣茶　四往23ウ6
三十二之繼子立　六往33ウ2

【上】

上　九返49ウ5
上下　正返3ウ3
上下　九返51オ5
上下　十二往68オ6
上品　四返27オ1
上根　九返49オ1
上葉　四往22ウ6
世上　六返36オ6
世上　十一往60オ6
主上　十返58オ4
堂上　十二往67ウ3

檀[壇]上　十二往68ウ4
言上　二往8ウ6
言上　九往47ウ4
言上　九往48オ4
謹上　正往2ウ6
謹上　正返7オ5
謹上　二往9ウ1
謹上　二返15オ6
謹上　三往19オ1
謹上　三返21ウ2
謹上　四往24ウ3
謹上　四返27ウ1
謹上　五往30オ4
謹上　六往35オ2
謹上　六返37オ6
謹上　七往39オ3
謹上　七返40ウ6
謹上　八返46オ5
謹上　九往48オ6
謹上　九返53ウ6
謹上　十返60オ2
謹上　十一往62オ2

謹上　十二返74オ4
進上　五返32ウ3
進上　八往42ウ5
進上　十一返63ウ6
進上　十二往69ウ3
上下巻　十一返63オ2
馬上盞　三返21オ2
下登上　八返45ウ2
下藤上　八返44オ3
村上天皇　二返10ウ5
村上天皇　八返43ウ5
豆腐上物　五返31ウ4
貴賤上下　四往22オ1
坂上望城等　二返11オ3

【下】

下袴　十二往66オ3
上下　正返3ウ4
上下　九返51オ6
上下　十二往68オ6
以下　九返49オ2
天下　十返58オ3
天下　十返59ウ3

……………………………………………………………………

尊下　十二往64オ2
廊下　五往29オ5
臣下　十返58ウ1
花下　正返3ウ6
下牛打　六往33オ6
下登上　八返45ウ2
下藤上　八返44オ3
上下巻　十一返63オ2
貴賤上下　四往22オ1

【不】

不　二往7オ6
不　二往7ウ2
不　二往8ウ5
不　二返10ウ3
不　二返14ウ4
不　三往15ウ1
不　三往15ウ3
不　三返19オ3
不　四往21ウ3
不　四返24ウ4
不　四返26ウ2
不　五往27ウ2
不　六往32ウ4

……………………………………………………………………

不　六返35オ5
不　六返36ウ2
不　六返37オ2
不　六返37オ3
不　七往38ウ2
不　七返39オ4
不　七返40ウ1
不　八往41オ1
不　八返46オ1
不　九往47ウ4
不　九往47ウ5
不　九返48ウ2
不　九返49ウ3
不　九返49ウ5
不　九返50ウ1
不　九返51オ5
不　九返52オ4
不　九返52ウ4
不　九返53オ1
不　九返53ウ3
不　十往54オ1
不　十往55オ1

……………………………………………………………………

不　十返58オ5
不　十返58ウ5
不　十返59ウ3
不　十一往60オ3
不　十一往60ウ5
不　十一往61オ5
不　十一往61ウ5
不　十一返62オ4
不　十一返62オ5
不　十二返74オ1
不亂　十二返72ウ5
不審　二往7ウ1
不審　二往7ウ1
不審　三往15ウ2
不審　三返19オ4
不審　四返24ウ5
不審　七返39オ6
不審　八往41ウ6
不審　八往41ウ6
不審　九往47オ2
不審　十二往64オ1
不審　十二往69オ6

不審 十二返70オ2
不熟 十返58ウ5
十不足 六往33ウ2
合不合 四往24オ2
門不見 四返26ウ5
不具謹言 七返40ウ4
不宣謹言 七往39オ1
短志不具 六返37オ4
臨終不亂等 四返26オ5

【世】
世上 六返36オ6
世上 十一往60オ6
三世 十二返71オ3
在世 十二返70ウ1
末世 十二返70ウ1
當世 正往2オ6
當世 三往15ウ4
當世 四往22オ1
爲世卿 二返13ウ2
爲世卿 二返14オ1
佛在世 十往54オ4

丨部

【中】
中 十二往64ウ1
中 十二返70オ5
中央 十返57オ2
中根 九返49オ2
中間 十二往66ウ3
就中 二往9オ2
中將基 六往33ウ4
中山寺 十返60オ2
中童子 十二往66ウ2
中納言 二返11ウ2
中納言 四返27ウ1
嘉元年中 二返13ウ1
大銅〈同〉年中 二返9ウ5
天曆年中 八返43ウ5
建治年中 二返13オ5
長德年中 二返11オ6
大中臣能宣 二返11オ1
雪中落巖〈鴈〉點

八返44ウ4

【串】
串柿 五返32オ3
零餘子串指 五返31ウ2

丶部

【丹】
丹果 二往8ウ1
丹波 四往22ウ3

【主】
主 九返50ウ3
主 九返51ウ5
主上 十返58オ4
主君 九往47オ4
堂〈司〉主 五往28ウ5
塔主 五往28ウ4
寺主 正返7オ5
教主 十二往68オ2
殿主 五往28ウ1
浴主 五往28ウ1
藏主 五往28オ6
院主 十一往62オ2
院主 十一返63ウ5
堪殿主 三往16ウ2
郁山主 三往16オ5

ノ部

【久】
久 二往7オ6
久 四往21ウ3
久 四返24ウ4
久 五往27ウ2
久 五返30オ5
久 六往32ウ4
久 六返35オ5
久 七返39オ4
久 八往41オ1
久 八返42ウ6
久 九往46ウ1
久 九返48ウ2
久 十往54オ1
良久 三往15ウ1
長久 九返50ウ5
元久三年 二返12オ6

【之】

之　正往1オ4
之　正往1オ4
之　正往1オ5
之　正往1ウ1
之　正往1ウ2
之　正往1ウ4
之　正往1ウ6
之　正往2オ1
之　正往2オ3
之　正往2オ3
之　正往2オ5
之　正往2オ6
之　正往2ウ1
之　正返3オ4
之　正返3オ5
之　正返3オ5
之　正返3ウ1
之　正返3ウ3
之　正返3ウ5
之　正返4オ6
之　正返4ウ5
之　正返6ウ1

之　正返7オ1
之　二往7ウ3
之　二往7ウ5
之　二往8オ5
之　二往8オ5
之　二往8オ6
之　二往8オ6
之　二往8ウ1
之　二往8ウ1
之　二往8ウ2
之　二往9オ2
之　二返9ウ2
之　二返9ウ3
之　二返10オ3
之　二返10ウ1
之　二返10ウ2
之　二返11ウ6
之　二返12オ2
之　二返12オ5
之　二返12ウ2
之　二返12ウ4
之　二返12ウ5

之　二返13オ1
之　二返13オ6
之　二返13ウ2
之　二返13ウ4
之　二返13ウ5
之　二返14オ1
之　二返14オ3
之　二返14ウ3
之　二返14ウ6
之　二返15オ1
之　三往15ウ2
之　三往15ウ3
之　三往15ウ4
之　三往15ウ5
之　三往15ウ6
之　三往18ウ4
之　三往18ウ5
之　三返19オ2
之　三返19オ6
之　三返19ウ3
之　三返19ウ4
之　三返20オ1

之　四往21ウ4
之　四往21ウ5
之　四往21ウ6
之　四往22オ1
之　四往22オ1
之　四往22オ3
之　四往22オ4
之　四往22ウ2
之　四往22ウ4
之　四往22ウ4
之　四往23オ1
之　四往23オ1
之　四往23オ2
之　四往23オ2
之　四往23オ4
之　四往23オ5
之　四往23オ6
之　四往23ウ1
之　四往23ウ1
之　四往23ウ2
之　四往24オ3
之　四往24オ5

之 四返24ウ4
之 四返24ウ5
之 四返24ウ5
之 四返25オ1
之 四返25オ4
之 四返25ウ1
之 四返25ウ1
之 四返25ウ2
之 四返25ウ2
之 四返25ウ4
之 四返25ウ4
之 四返25ウ5
之 四返26オ6
之 四返26オ6
之 四返26ウ1
之 四返26ウ3
之 四返26ウ5
之 四返27オ1
之 四返27オ3
之 四返27オ3
之 四返27オ4
之 五往27ウ2

之 五往27ウ5
之 五往28オ2
之 五往29オ6
之 五往29オ6
之 五往29ウ1
之 五往29ウ4
之 五往29ウ5
之 五往29ウ6
之 五往30オ1
之 五返30ウ1
之 五返30ウ3
之 五返30ウ4
之 五返30ウ5
之 六往32ウ4
之 六往32ウ6
之 六往32ウ6
之 六往33オ2
之 六往33ウ4
之 六往33ウ6
之 六往34オ1
之 六往34オ4
之 六返35オ4

之 六返35オ5
之 六返35ウ1
之 六返35ウ4
之 六返35ウ6
之 六返36オ1
之 六返36オ4
之 六返36オ6
之 六返36ウ2
之 六返36ウ2
之 六返36ウ4
之 六返36ウ5
之 六返36ウ6
之 六返37オ1
之 七往37ウ1
之 七往37ウ2
之 七往37ウ6
之 七往37ウ6
之 七往38オ2
之 七往38オ4
之 七往38ウ1
之 七往38ウ4
之 七往38ウ5

之 七往39オ1
之 七返39オ5
之 七返39オ6
之 七返40ウ1
之 七返40ウ2
之 七返40ウ3
之 八往41オ1
之 八往42ウ3
之 八返43オ6
之 八返44ウ2
之 八返45オ2
之 九往46オ6
之 九往46ウ1
之 九往46ウ5
之 九往46ウ6
之 九往47オ2
之 九往47オ3
之 九往47オ4
之 九往47オ5
之 九往47ウ1
之 九往47ウ5
之 九往48オ2

之　九返48ウ1
之　九返48ウ5
之　九返49オ1
之　九返49ウ1
之　九返49ウ4
之　九返49ウ5
之　九返50オ3
之　九返50オ5
之　九返50オ5
之　九返50オ6
之　九返50ウ1
之　九返50ウ6
之　九返51オ2
之　九返51オ2
之　九返51オ3
之　九返51ウ3
之　九返51ウ5
之　九返51ウ6
之　九返51ウ6
之　九返52オ2
之　九返52オ3
之　九返52オ3

……

之　九返52オ6
之　九返52ウ1
之　九返52ウ2
之　九返52ウ5
之　九返52ウ6
之　九返53オ4
之　九返53オ4
之　九返53ウ3
之　九返53ウ3
之　十往54オ1
之　十往54オ5
之　十往54ウ2
之　十往54ウ4
之　十往54ウ4
之　十往55オ1
之　十往55オ2
之　十往55オ4
之　十往55オ5
之　十往55オ6
之　十往55ウ1
之　十往55ウ5
之　十往55ウ6

……

之　十返56オ6
之　十返56ウ3
之　十返58オ3
之　十返58ウ3
之　十返58ウ5
之　十返58ウ6
之　十返59オ5
之　十返59ウ4
之　十返59ウ4
之　十返59ウ5
之　十一往60オ4
之　十一往60オ6
之　十一往60ウ6
之　十一往61オ3
之　十一往61ウ1
之　十一往61ウ3
之　十一往61ウ5
之　十一往61ウ6
之　十一返62オ3
之　十一返62ウ3
之　十一返63オ3
之　十一返63ウ2

……

之　十二往64オ4
之　十二往64オ4
之　十二往64オ6
之　十二往64オ6
之　十二往64ウ1
之　十二往64ウ2
之　十二往64ウ3
之　十二往64ウ4
之　十二往64ウ6
之　十二往65オ3
之　十二往65オ3
之　十二往65ウ2
之　十二往66オ1
之　十二往66オ5
之　十二往66ウ4
之　十二往67オ1
之　十二往67オ1
之　十二往67オ2
之　十二往67オ3
之　十二往67オ4
之　十二往67オ5
之　十二往67ウ5

之　十二往67ウ6
之　十二往68オ1
之　十二往68オ2
之　十二往68オ3
之　十二往68ウ4
之　十二往68ウ5
之　十二往69オ2
之　十二往69オ3
之　十二往69オ4
之　十二往69オ5
之　十二往69オ6
之　十二往69オ6
之　十二往69ウ4
之　十二往69ウ5
之　十二往69ウ6
之　十二返70オ1
之　十二返70オ4
之　十二返70オ4
之　十二返70オ6
之　十二返70ウ1
之　十二返70ウ2
之　十二返70ウ3
之　十二返70ウ4
之　十二返70ウ5
之　十二返71オ1
之　十二返71オ2
之　十二返71オ2
之　十二返71オ3
之　十二返71オ4
之　十二返71オ6
之　十二返71ウ1
之　十二返71ウ1
之　十二返71ウ2
之　十二返71ウ2
之　十二返71ウ3
之　十二返71ウ4
之　十二返71ウ4
之　十二返71ウ5
之　十二返72オ1
之　十二返72オ1
之　十二返72オ2
之　十二返72オ3
之　十二返72オ4
之　十二返72オ4
之　十二返72オ5
之　十二返72オ6
之　十二返72ウ1
之　十二返72ウ1
之　十二返72ウ2
之　十二返72ウ3
之　十二返72ウ3
之　十二返72ウ4
之　十二返72ウ5
之　十二返72ウ6
之　十二返72ウ6
之　十二返73オ1
之　十二返73オ1
之　十二返73オ2
之　十二返73オ4
之　十二返73オ4
之　十二返73オ5
之　十二返73ウ1
之　十二返73ウ2
之　十二返73ウ4
即之　八返43ウ2
貫之　二返10ウ2

五之形〈五形〉　八返44ウ4
旅之字　正返5オ3
紀貫之　二返10オ4
五色之絲　十二往68ウ4
蠟燭之臺　三往18ウ2
遊山之仙人　三往17オ4
遊行之羅漢　三往17オ3
半月雲出之點　八返45オ1
野口長立之點　八返44ウ6
四季三種之釣茶　四往23ウ6
遠山雲行〈井〉之點等　八返45オ1
三十二十之繼子立　六往33ウ2

【乏】
乏少　七返40ウ1

【乘】
所乘　十二返72オ6

乙部

【乙】
甲乙　七往37ウ6
【九】
九條　二返13オ3
九練絲　三返20ウ1
九月廿日　九返53ウ5
卯月九日　四往24ウ2
九月十五日　九往48オ5
千九十九首　二返10オ1
千九十九首　二返10オ1
【也】
也　正往1ウ6
也　正返4オ6
也　正返6オ2
也　正返7オ2
也　二往8オ2
也　二往8ウ6
也　二返9ウ6
也　二返11オ3
也　二返13オ4
也　二返14ウ5
也　三往15ウ2
也　三往17オ6
也　三往18ウ4
也　四往21ウ6
也　四返25オ3
也　四返25ウ1
也　四返26ウ1
也　四返27オ4
也　五往28ウ4
也　五返31ウ1
也　五返32オ5
也　五返32オ6
也　六返36オ1
也　六返36オ6
也　六返36ウ4
也　六返36ウ6
也　六返36ウ6
也　七往37ウ3
也　七往38オ5
也　七往38ウ3
也　八返44ウ1
也　八返45オ2
也　八返45ウ3
也　九往48オ3
也　九返49ウ3
也　九返49ウ6
也　九返52オ6
也　九返52ウ6
也　九返53オ3
也　九返53ウ2
也　十往55ウ5
也　十返57オ2
也　十返57オ4
也　十返57ウ1
也　十返57ウ4
也　十返57ウ6
也　十返59オ4
也　十一往60ウ2
也　十一往61ウ5
也　十二往65ウ6
也　十二往66ウ4
也　十二往66ウ6
也　十二往68ウ4
也　十二往69オ3
也　十二往69オ5
也　十二返70オ4
也　十二返72オ2
也　十二返72オ3
也　十二返72オ4
也　十二返72オ6
也　十二返72ウ1
也　十二返72ウ3
也　十二返72ウ4
也　十二返72ウ6
愚也　十一往61オ1
速也　十二返69ウ5
甚深也　十往54オ2
美麗也　二往8ウ4
美麗也　十二往66ウ2
【乳】
鑽乳　三返20ウ6
【亂】
亂　九返53オ3
亂　十返58オ4
亂　十返58ウ1
亂　十返58ウ3

亂　十返58ウ4
亂　十返59オ1
亂　十返59ウ2
亂否　十返58オ2
亂絲　八返45ウ1
亂聲　十一往67オ1
亂草　八返44オ5
不亂　十二返72ウ5
亂圍碁　六往33オ3
亂拍子　六返36オ3
亂容十種茶　四往23ウ3
臨終不亂等　四返26オ5

亅部

【事】
事　正往2ウ1
事　二往8オ1
事　三往16オ1
事　四往21ウ3
事　七往38オ4
事　七往38オ6
事　九往46ウ1
事　九返52ウ6
事　十返56ウ1
事等　九往47ウ3
他事　六往34ウ4
何事　三往15ウ1
何事　十返58ウ5
佛事　五往28オ1
御事　二往7ウ1
御事　十一往60オ3
心事　四返27オ4
心事　十返59ウ5
心事　十一往61ウ6
曲事　十返59オ3
毎事　五往30オ1
毎事　七往38ウ6
毎事　十往56オ2
法事　十二往64ウ6
萬事　六返35オ6
萬事　八返46オ2
萬事　九往48オ3
諸事　正往1ウ5
諸事　正往2ウ2
諸事　五返32オ6
諸事　十一往69ウ1
知事方　五往28ウ1
御佛事　五返30ウ1
御吉事　正返3オ1
御大事　四返26ウ6

二部

【二】
二　九返49ウ1
二　十一往68オ4
二句　正返4ウ4
二對　三返20オ6
手〈二手〉　十一往68オ4
二振　十二返73ウ4
二重　十二返73ウ3
二十卷　二返11オ4
二十卷　二返11ウ1
二十卷　二返12オ5
十二卷　十一返62ウ6
二十五絃　十往55ウ1
二千餘年　十二往64オ3
二月十日　二往9オ6
建長二年　二返12ウ6
文永二年　二返13オ2
眞俗二諦　正往1オ4
二月十三日　二返15オ5
一二五六雙六　六往33オ5
十二月十一日　十二往69ウ2
十二月廿五日　十二返74オ3
三十二十之繼子立　六往33ウ3

【云】
云　四返26オ1
云　九返49オ3
云　十一往60ウ2
云々　四返25オ4
云々　四返25オ4
云々　八往41ウ1

云々　八往41ウ1
云々　九返49オ4
云々　九返49オ4
云々　九返49オ6
云々　九返49オ6
云々　九返51ウ5
云々　九返51ウ5
云々　十返59ウ2
云々　十返59ウ2
云々　十返59ウ3
云々　十返59ウ3
云々　十一返62ウ1
云々　十一返62ウ1
云々　十二返73ウ6
云々　十二返73ウ6
【互】
互　五返30オ5
【五】
五　九返51オ5
五佛　十返56ウ4
五句　正返4オ2
五句　正返5ウ2
五句　正返6オ2
五味　十返56ウ5

五方　十返56ウ5
五智　十二往69オ1
五根　十返56ウ5
五種　十二返71オ4
五絃　十往55ウ2
五色　十返56ウ4
五藏　十返56ウ4
五行　十返56ウ4
五鈷　十二往68ウ1
五音　十往55ウ5
五音　十返56ウ3
五音　十返58オ2
五音　十返59オ5
五音　十返59ウ2
五之形〈五形〉　八返44ウ4
五味粥　五返31オ5
五帖等　十二往66ウ1
五月雨　正返5オ3
五百字　九返49オ3
五穀等　十返56ウ5
百五減　六往33ウ2

五分法身　十二返72オ4
五時八教　十二往64ウ1
五月七日　五返32ウ2
五月三日　五往30オ3
五色之絲　十二往68ウ4
五藏調和　四返26オ1
二十五絃　十往55ウ1
六月五日　六往35オ1
天暦五年　二返10ウ6
延喜五年　二返10オ2
正和五年　二返13ウ6
貞和五年　二返14オ5
七月十五日　七返40ウ5
九月十五日　九往48オ5
十月十五日　十返60オ1
四月十五日　二返10オ2
一二五六雙六　六往33オ5

十二月廿五日　十二返74オ3
千三百五十一首　二返11オ5
千三百五十六首　二返10ウ4

亠部

【井】
河井　四往23オ4
遠山雲行〈井〉之點等　八返45オ1

【亦】
亦　十往55ウ2

人部

【人】
人　二往7ウ5
人　八往41オ5
人　九返53オ2
人　十二返71ウ1
人々　三往15ウ6
人々　三往15ウ6

人倫　四返25オ3
人倫　十返59オ4
人倫　十一往60ウ5
伶人　十二往67オ2
何人　八往41ウ3
古人　十一往61オ6
毎人　十返59オ2
盗人　六返36ウ6
聖人　十返59オ3
舞人　十二往67オ2
藏人　二返11オ1
諸人　二往8ウ3
諸人　八往42オ3
貴人　九往47オ5
貴人　九返53オ1
人工等　五往29オ2
人頭等　八返44ウ1
盗人隱　六往33オ6
遊山之仙人　三往17オ4

【仁】
仁　七返40ウ4
仁　八返43ウ4
仁頭　八返44オ4
寛仁　八返45オ2
建仁　五往28オ3
仁和寺　三往19オ1
仁和寺　四往22ウ6

【今】
今　五返30オ6
今　八往41オ3
今　十返59ウ1
今日　正返4ウ6
今生　十二返69オ4
只今　六返35オ3
只今　七返39オ5
只今　九返48ウ3
古今集　二返10オ1
新古今　二返12オ5
續古今　二返13オ1

【介】
介覆〈芬馥〉　十二返71ウ6

【仍】
仍　七往38オ2

【仕】
出仕　十二往65ウ6
承仕　十二往66ウ2

【他】
他　二往8ウ5
他事　六往34ウ4
他處　九往46ウ3
平他　正返3ウ2
自他　正返3オ3
自他　三返19オ4

【付】
付　九返49ウ4
付　九返49ウ5
墨付　九返50ウ4

【仙】
仙家　四返25オ5
仙藥　四往21ウ6
墩山〈坡仙〉　四返25ウ4
筆仙　九返52ウ2
遊山之仙人　三往17オ4

【代】
代　正返5オ1
代々　二返14ウ3
代々　二返14ウ3
代々　八返45ウ6
代々　八返45ウ6
御代　二往7ウ6
御代　二返10ウ5
御代　二返13オ2
御代　八返44ウ2
近代　正往2オ2
近代　正返3ウ5
近代　七往37ウ5
八代集　二往7ウ4
八代集　二返9ウ3
八代集　二返12ウ2
八代集　二返14ウ5
十三代集　二往7ウ5
十三代集　二返13ウ3

【令】
令　正往1ウ3
令　正往2オ4
令　正往2ウ2
令　正返3オ2
令　二往7ウ4
令　二往8ウ6
令　三往15ウ6
令　四往22オ3
令　四往24ウ1
令　六返35ウ4
令　六返37オ2

令　七往38オ1
令　八往42オ6
令　九往47ウ4
令　九往47ウ6
令　九往48オ1
令　九往48オ4
令　九返49ウ6
令　九返52オ1
令　十往55ウ6
令　十一往61ウ4
令　十一返62オ3
令　十一返63オ5
令　十二返70オ2

【以】
以　正往1ウ4
以　正往2オ3
以　正返3ウ3
以　二返14ウ5
以　三返21オ6
以　四返24ウ4
以　六返35ウ5
以　七返39オ6
以　八往42ウ3
以　八返45ウ3
以　九返49オ5
以　九返49オ6
以　九返49オ6
以　九返50ウ6
以　九返51オ4
以　九返52オ1
以　九返52オ5
以　九返52ウ2
以　九返53ウ1
以　十返56オ6
以　十返56ウ1
以　十返56ウ3
以　十返58オ1
以　十返59オ6
以　十一往61オ1
以　十一往61オ3
以　十二返71ウ5
以　十二返71ウ6
以下　九返49オ2
以來　八返43オ3
是以　十二返73ウ5
爰以　四返25ウ6

【仰】
仰　正往1オ1
仰　二返12オ1
仰　二返12オ4
仰　二返12オ6
仰　二返12ウ4
仰　二返13オ1
仰　二返13オ6
仰　二返13ウ2
仰　二返13ウ4
仰　二返14オ1
仰　二返14オ2
仰　六返35オ5
仰　七返39オ4
仰　九往48オ4
仰　十返56ウ1
仰　十返58オ6
仰　十一返62オ4
仰　十一返62ウ2
仰　十二返69ウ4
仰書　九往47オ5
仰書　九返53オ4

【企】
企　二返15オ2
企　六返35ウ3
企　七往37ウ1

【伊】
伊勢　四往22ウ2
伊勢　四往23オ3
伊尹　二返11オ1
伊賀　四往23オ3
伊勢海　七返40オ1

【伏】
伏見院　二返13ウ4

【伴】
相伴　五往29ウ3

【伶】
伶人　十二往67オ2

【似】
似　二往8オ4

【伽】
伽陀　十二往67オ6
伽陀　十二返73オ3
閼伽　十二往68ウ2
伽羅木　七返39ウ2
伽耶城　十二返70オ4

【但】
但　九返50オ3
但　九返51ウ3
但　九返53オ3

【位】
三位　二返12オ2
三位　二返12オ4

果位　十二往69オ2
正三位　八返44ウ2

【住】
住　九往46ウ3
住山　二往9オ2
住山　六往32ウ6
常住院　八返46オ5

【佐】
藤原佐理卿　八返44ウ3

【何】
何　二往7ウ5
何　二往7ウ6
何　四返26ウ2
何　五往27ウ5
何　八往41ウ4
何　十返59ウ3
何　十返59ウ4
何事　三往15ウ1
何事　十返58ウ5
何人　八往41ウ3
何條　二往7オ6
何條　十一往60オ3
何比　三返21オ5
何石　八往41ウ5
何體　八往41ウ5
如何　六往32ウ5
如何　十往54オ2
如何　十二往64オ2
如何樣　二返15オ1
如何樣　六返35ウ2

【余】
余　六往32ウ6

【佛】
佛　十返56ウ1
佛　十返59ウ4
佛事　五往28オ1
佛僧　十二返70オ3
佛具　十二往65ウ1
佛具　十二往68ウ4
佛壇　十二往65オ2
佛殿　五往29オ3
佛法　正往1オ3
佛法　正返3オ4
佛法　十二返72ウ3
佛界　十二返71ウ6
佛神　正往2オ4
佛神　七往37ウ4
佛道　十往54オ6
佛道　十返59ウ5
水塵道〈佛道〉　十二往64ウ2
五佛　十返56ウ4
諸佛　四返26オ1
諸佛　十二返72ウ5
佛名經　十二返71オ3
佛在世　十往54オ4
御佛事　五返30ウ1
寶性〈生〉佛　十返57ウ2
諸佛菩薩　十二返72オ6
雲雷音王佛　十往54オ6

【作】
作　四返25ウ4
作物　六往33オ3
作文等　六往33ウ5

【使】
使者　十二返72オ5

【來】
來命　三返19オ3
來集　五往29ウ4
以來　八返43オ3
出來　四往24オ6
到來　六返35オ4
如來　十二返72オ5
年來　十二往64ウ5
日來　七返39オ6
日來　十二往64オ1
日來　十二往69オ6
當來　正往2オ5
見來　七返39ウ2

【侍】
侍　九往46ウ4
侍從　十二往68オ3
侍從〈衞〉　十二往69オ4
侍者分　五往28ウ5
聖僧侍者　五往29オ1
衣鉢侍者　五往28ウ6

【供】
供　十返56ウ1
供花　十二往67オ5
供養　五往29オ2
供養　十二返71ウ4
傳供　十二返72ウ6
内供　七往39オ3
内供　七返40ウ5
檀[壇]供　十二往68ウ4

大曼陀羅供　十二往66ウ6

【依】
依　二往7ウ3
依　二往8ウ5
依　二返12オ1
依　二返12オ3
依　二返12オ6
依　二返12ウ4
依　二返12ウ6
依　二返13オ5
依　二返13ウ1
依　二返13ウ4
依　二返13ウ6
依　二返14オ2
依　三往15ウ4
依　四往21ウ3
依　四返26ウ6
依　七往38ウ1
依　九往46オ6
依　九往47ウ3
依　九返50オ3
依　九返51オ1
依　十一往60ウ3
依　十二往64ウ4

【侶】
僧侶　五返30ウ3

【俊】
俊敬　十一往61オ3
俊頼　二返11ウ5
俊成卿　二返12オ4
通俊　二返11ウ3
光俊等　二返13オ4

【俗】
俗典　十一返62ウ2
俗塵　十二往64オ5
僧俗　七往37ウ6
道俗　十二往67ウ2
俗典等　十一往61ウ2
眞俗二諦　正往1オ4

【信】
信樂　十二返72ウ2
後信　十往56オ2
後信　十返59ウ6
音信　八返42ウ6
御音信　四返24ウ6
御音信　九返48ウ3

【修】
勸修寺　五返32ウ3

【倶】
倶　十二往69オ4

【倂】
倂　八返46オ2
倂　十一往61ウ6
倂　十二往69オ5

【候】
候　正往1オ2
候　正往1ウ3
候　正往1ウ4
候　正往2ウ2
候　正返3オ3
候　正返3オ6
候　二往7ウ1
候　二往7ウ2
候　二往7ウ4
候　二往7ウ6
候　二往8オ1
候　二往8オ2
候　二往8ウ6
候　二往9オ1
候　二往9オ1
候　二往9オ3
候　二往9オ4
候　二返9ウ2
候　二返15オ1
候　二返15オ3
候　二返15オ3
候　三往15ウ1
候　三往15ウ2
候　三往15ウ4
候　三往15ウ4
候　三往16オ1
候　三往18ウ5
候　三返19オ2
候　三返19オ4
候　三返21オ5
候　三返21オ5
候　四往21ウ4
候　四往21ウ5
候　四往22オ3
候　四往24オ5
候　四往24オ6
候　四往24ウ1
候　四返24ウ4
候　四返24ウ5
候　四返24ウ6
候　四返25オ2

候　四返27オ5
候　五往27ウ3
候　五往29オ2
候　五往29ウ2
候　五往29ウ4
候　五往29ウ6
候　五往29ウ6
候　五往30オ1
候　五返30ウ2
候　六往34ウ5
候　六返35オ4
候　六返35オ6
候　六返35ウ2
候　六返35ウ5
候　六返37オ3
候　七往37ウ2
候　七往38オ2
候　七往38オ3
候　七往38オ5
候　七往38オ6
候　七往38ウ2
候　七往38ウ3
候　七往38ウ4
候　七往38ウ6
候　七返39ウ2
候　七返40ウ2
候　七返40ウ4
候　八往41オ2
候　八往41ウ2
候　八往41ウ5
候　八往42オ6
候　八往42ウ2
候　八返46オ2
候　九往46オ6
候　九往46ウ1
候　九往46ウ1
候　九往46ウ2
候　九往47ウ2
候　九往47ウ5
候　九往47ウ6
候　九往48オ4
候　九返48ウ1
候　九返48ウ3
候　九返53ウ4
候　十往54オ2
候　十往55ウ1
候　十往56オ1
候　十往56オ2
候　十往56オ6
候　十返59ウ6
候　十一往60オ3
候　十一往60オ4
候　十一往61ウ2
候　十一往61ウ2
候　十一往61ウ3
候　十一往61ウ4
候　十一返62オ3
候　十一返62オ4
候　十一返62ウ3
候　十一返63ウ3
候　十一返63ウ4
【倚】
倚子　三往17ウ2
【借】
借　三返21オ4
借　十一往61ウ3
借　十一返62ウ3
恩借　三往18ウ3
【値】
値遇　正往2オ4
難値　十二往64オ6
【倫】
人倫　四返25オ3
人倫　十返59オ4
人倫　十一往60ウ5
【假】
假　十二往64オ4
假名　八返43オ4
假名　九返51ウ3
假名　九返52ウ2
假名序　二返10ウ1
【偏】
偏　九往47ウ6
偏　十二往68オ2
【傍】
傍輩　九返53オ3
傍題　正返4オ1
【催】
催　六返36オ4
御催　正往1ウ6
【傳】
傳　八返45ウ4
傳供　十二返72ウ6
口傳　八返46オ1
口傳　九往47オ1
口傳　九返51ウ2
古傳　四返26ウ1

岩傳　四返26ウ5
左傳　十一返62ウ5
公羊傳　十一返62ウ6
穀梁傳　十一返63オ1
【傷】哀傷　正返4オ5
【像】像　正返6ウ4
想像　十二往68オ2
【僧】僧　五往29ウ3
僧　五往29ウ4
僧侶　五返30ウ2
僧俗　七往37ウ6
僧堂　五往29オ3
僧都　四返27ウ1
僧都　五往30オ4
僧都　八往42ウ5
佛僧　十二返70オ4
從僧　十二往66ウ5
愚僧　九往46ウ6
愚僧　十二往64オ2
請僧　十二往65ウ6
請僧　十二返73ウ1
大僧正　十二返74オ4

權僧正　八返46オ4
聖僧侍者　五往29オ1
前大僧正　十二往69ウ2
權大僧都　五返32ウ2
權少僧都　四往24ウ2
【僻】僻讀　九返52ウ5
【儀】義〈儀〉　十一往61ウ5
儀　十二返72オ4
儀勢　四往24オ2
儀式　十二往67オ3
光儀　十往56オ1
威儀　十二往66ウ4
法儀　十二往68オ1
舊儀　十二返71ウ3
威儀師　九往48オ6
威儀師　九返53ウ5
從儀師　九往48オ5
從儀師　九返53ウ6

ル部

【元】元久三年　二返12オ6

嘉元年中　二返13ウ1
天治元年　二返11ウ5
天養元年　二返12オ2
清原元輔　二返11オ2
貞永元年　二返12ウ3
【兄】橘諸兄卿　二返9ウ6
【兆】本兆　四往22オ2
本兆　四往24オ2
【先】先　二返9ウ4
先　五返30ウ4
先　七往37ウ5
先　九返50ウ2
先　十往54ウ2
先哲　四返26ウ1
先哲　十一往60ウ2
先言　十一返62ウ1
【光】光　十二返69ウ5
光　十二返70ウ5
光儀　十往56オ1
日光　十二返70オ5
光俊等　二返13オ4
【皃】皃童　正往1ウ3

【兎】兎足　三返19ウ5
烏兎　十二返69ウ4
兎耳羹　五返31オ6
青兎毫　三返20オ5
黄兎毫　三返20オ5

入部

【入】入　二返10ウ3
入　二返15オ2
入　九返49ウ3
入　九返49ウ4
入　九返49ウ5
入　九返52オ5
入　九返53オ5
入　十往54ウ4
入　十往55オ1
入　十往55オ3
入　十二往68ウ6
入　十二返70オ6
入御　二往9オ3
入木　八往41ウ6

入木　九往46ウ6
入江　八返45オ6
池〈入池〉　八返45オ6
入道　二返12オ4
入道　二返14ウ1
七入　三返20ウ6
六入　三返21オ1
參入　七往37ウ1
參入　九返53ウ3
參入　十一返63ウ4
喜入　八往42ウ2
恐入　七往38ウ2
悅入　九往47ウ2
申入　七往38ウ3
申入　九往46オ6
畏入　二往9オ4
畏入　七往38ウ6

【內】
內　正返3ウ5
內　五往28オ2
內　十二返70ウ4
內供　七往39オ3
內供　七返40ウ5
內外　七往38ウ1
內薰　十二返71ウ5
內大臣　二返13オ3
內大臣　十二往69ウ3
堂內　十二往67オ4
室內　十二往65オ2
案內　正往1ウ4
案內　五往27ウ3
案內　九返53オ6
大內記　二返10オ4
宮內卿　三往19オ1
凡河內躬恆　二返10オ5

【全】
全　十一往61オ5

【兩】
兩流　十二返71オ6
兩班　五往28ウ4
十兩　十二返73ウ4
兩首座　五往28オ5

八部

【八】
八　九返52ウ6
八丈　十二返73ウ1
八曲　九往47ウ1
八曲　九返48ウ5
八煎　七返40オ6
尺八　十往55オ2
八代集　二往7ウ4
八代集　二返9ウ3
八代集　二返12ウ2
八代集　二返14ウ5
十八形　八返44オ1
八鋪一對　三往16ウ3
五時八教　十二往64ウ1
八月十三日　八往42ウ4
八月十四日　八返46オ4
三月十八日　三往18ウ6
三月十八日　三返21ウ1
六月十八日　六返37オ5

【公】
公案　四返26オ6
公羊傳　十一返62ウ6

【六】
六　九返51ウ5
六入　三返21オ1
六根　十二返73オ4
六樣　八返43ウ2
六瑞　十二往68オ4
六義　八返43オ6
六輪　十二往65ウ1
雙六　六往33オ4
雙六　六返36ウ4
六調子　十往55ウ6
六調子　十返56ウ3
十六形　八返45オ4
七雙六　六往33オ5
六月五日　六往35オ1
四禪六欲　十二往69オ3
十六目石　六往33ウ1
六月十八日　六返37オ5
毗沙門雙六　六往33オ5
六百四十四首　二返11ウ4

一二五六雙六　六往33オ5
對合客六色茶　四往23ウ5
一二五六雙六　六往33オ5
千三百五十六首　二返10ウ4

【共】様共　九返51ウ6

【兵】兵法　六往34オ3
兵法　六返36ウ1
兵部卿　六往35オ2
左兵衛　八返44ウ2

【其】其　正往1オ2
其　正返3ウ2
其　正返3ウ4
其　正返3ウ5
其　二往7オ6
其　二返12ウ3
其　二返13ウ3
其　二返15ウ3
其　三返21オ6
其　四返25オ3
其　四返25オ4
其　七返40ウ1
其　七返40ウ3
其　八往41ウ3
其　八往42ウ1
其　八返43ウ4
其　九往46ウ2
其　九往47ウ5
其　十返58オ5
其　十返58ウ1
其　十返58ウ6
其　十一返62ウ2
其　十二往64ウ3
其　十二往64ウ4
其　十二返71オ4

【具】具　四返24ウ4
具　八往42ウ2
具　十往54ウ2
具足　三往18オ4
具足　三返19オ6
具足　十二往65ウ5
佛具　十二往65ウ1
佛具　十二往68ウ4
通具　二返12ウ1
不具謹言　七返40ウ4
短志不具　六返37オ4

【典】典座　五往28ウ3
俗典　十一返62ウ2
外典　十一往61ウ1
俗典等　十一往61ウ3

【兼】兼　八返43オ4
兼　八返44ウ2
兼又　三返19オ4
兼又　五往29ウ5
兼又　五返30ウ6
兼日　正往2ウ1
爲兼卿　二返13ウ5

冫部

【冬】冬　正返4オ3
冬　五返31オ1
冬　九返52オ5
冬季　十返57ウ5
冬枯　正返6オ6
冬瓜　三往18オ1
冬瓜　四返27オ1
夏冬月　正返4ウ5

【冰】冰　正返5オ6

【冷】吟〈冷〉〔洽〕然　六往32ウ6
冷泉院　八返44ウ1

【凝】凝〈凝玄〉　十二往64ウ2

几部

【凡】凡　十返59オ4
凡河内躬恒　二返10オ5

凵部

【出】出　四返25オ6
出　十返59オ5
出仕　十二往65ウ6

出來 四往24オ6
出所 四往22オ3
雲出 八返44オ4
出雲苔 五返31ウ5
引出物 十二返73ウ2
目出度 正返3オ6
水流出 八返45ウ1
出山釋迦 三往17オ2
半出達磨 三往17オ2
半月雲出之點 八返45オ1

刀部

【刀】
刀 十一往60ウ3
【分】
夜分 正返5ウ6
隨分 四返27オ1
侍者分 五往28ウ5
五分法身 十二返72オ4
【切】
切 十一往60ウ3
大切 十一往61ウ2
鐵切 八返45オ5

【刑】
刑部卿 九往48オ6
【初】
初 二返14オ3
初心 十往55ウ5
初月 六往33オ1
初番 四往22ウ6
初番 四往23オ6
初時雨 七返39ウ4
【判】
批判 四往24オ5
御批判 四返27オ3
【別】
別 九返52ウ3
別當 二返10ウ6
別當 十往56オ4
別當 十返60オ2
【利】
利物 十二返72オ3
忉利 七返39ウ5
祇陁利 三返19ウ1
【到】
到來 六返35オ3
【制】
禁制 六返36ウ6
【刷】
刷 二往8ウ3
【刹】
塵刹 十二往64ウ1
【刺】
刺 十一往61オ4
【則】
則 四返25ウ2
則 八往41オ5
則 八往41オ5
則 十返58オ4
則 十返58ウ1
則 十返58ウ3
則 十返58ウ4
則 十返58ウ6
則 十返59オ2
則 十返59ウ2
則 十一往61オ6
紀友則 二返10オ4
【前】
前 二返10オ5
前堂 五往28オ5
前机 十二往65オ5
前言 五往27ウ4
已前 五返30ウ6
庭前 十二往65オ1
御前 九返53オ5
最前 正往1オ2
生前 三往18ウ4
生前 七往38オ4
門前 十二往67ウ3
雨前 四往22オ5
前大僧正 十二往69ウ2
【剛】
剛柔 二往8オ4
金剛盤 十二往68ウ2
持金剛 十二往67オ4
持金剛 十二往68オ2
【副】
副寺 五往28ウ3
【劇】
恩劇 六往34ウ4
【劍】
御劍 十二返73ウ4

力部

【力】
力 九返49ウ2
力持 六往34オ3
【功】
功 二返14オ4
數〈功〉 十二往65オ1
功德 十二往68ウ6
功德 十二返70オ3
功德 十二返72ウ4
【加】
加 二返13ウ2
加 四返26オ1
恩加 七往38ウ6

諸天加護　四返26オ5
【劣】劣　十一往61オ6
【助】助　九往48オ1
助阿闍梨　三返21ウ2
【努】努々　九返50オ6
努々　九返50オ6
努々　九返52ウ4
努々　九返52ウ4
努々　十一往61ウ4
努々　十一往61ウ4
【劫】恆沙劫　十二往64オ5
【勘】勘　十返59オ2
【務】寺務　十一往62オ1
寺務　十一返63ウ6
法務　十二往69ウ3
法務　十二返74オ3
【勝】勝　八往41ウ4
勝負　三往15ウ5
勝負　六往33ウ4
勝負　七往38オ1
法勝寺　九往48オ6
【労】労　十二返70ウ1

有労無益　十二返70ウ3
【勢】勢　十二往67オ6
伊勢　四往22ウ2
伊勢　四往23オ3
儀勢　四往24オ2
筆勢　九返51ウ2
伊勢海　七返40オ1
【勤】勤　十二返71オ3
忠懃［勤］　十返58ウ2
【勸】勸　十二往64ウ5
勸修寺　五返32ウ3

勹部

【勿】勿　九返50オ6

匕部

【北】北方　十返57ウ6
【匙】香匙　三往18オ6

十部

【十】十七〈十七巻〉　十一返62ウ5
十兩　十二返73ウ4
十巻　二返11ウ3
十巻　二返11ウ6
十巻　十一返62ウ5
十巻　十一返63オ1
十方　十二返72オ5
十月　二返10ウ6
十種　四返26オ5
十種　十二返71ウ3
十七巻　十一返62ウ6
十不足　六往33ウ2
十二巻　十一返62ウ6
十八形　八返44オ1
十六形　八返45オ4
十三巻　十一返62ウ4
十三巻　十一返63オ1
十服茶　三往15ウ4
十三經　十一返63オ3
三十巻　十一返62ウ5

三十口　十二往65ウ6
二十巻　二返11オ4
二十巻　二返11ウ1
二十巻　二返12オ5
十三代集　二往7ウ4
十三代集　二返13ウ3
十六目石　六往33ウ1
二十五絃　十往55ウ1
三賢十地　十二往69オ2
二月十日　二往9オ6
四種十返　四往23ウ4
寒山十德　三往16ウ2
正月十日　正往2ウ5
正月十日　正返7オ4
十一月廿日　十一往62オ1
十月十五日　十返60オ1
十月廿三日　十往56オ4
七月十三日　七往39オ2

七月十五日　七返40ウ5
三月十八日　三往18ウ6
三月十八日　三返21ウ1
九月十五日　九往48オ5
亂容十種茶　四往23ウ3
二月十三日　二返15オ5
八月十三日　八往42ウ4
八月十四日　八返46オ4
六月十八日　六返37オ5
十月十五日　十返60オ1
千九十九首　二返10オ1

卯月十一日　四返27オ6
四月十五日　二返10オ2
十一月廿三日　十一返63ウ5
十二月十一日　十二往69ウ2
十二月廿五日　十二返74オ3
六百四十四首　二返11ウ4
十二月十一日　十二往69ウ2
千三百五十一首　二返11オ5
千三百五十六首　二返10ウ4
三十二十之繼子立　六往33ウ3
三十二十之繼子立　六往33ウ3

【千】千字　九返49オ1
千字　九返49オ4
千萬　九返53ウ3
千金　四往22オ4
千金　十一返62オ6
千載集　二返12オ2
二千餘年　十二往64オ3
新千載集　二返14オ6
續千載集　二返13ウ5
千九十九首　二返10オ1
千三百五十一首　二返11オ4
千三百五十六首　二返10ウ4
【卅】卅三篇　十一返63オ2
【廿】廿卷　二返9ウ4
廿卷　二返10オ1
廿卷　二返10ウ4
廿卷　二返12オ3
廿卷　十一返62ウ4
廿卷　十一返62ウ4

九月廿日　九返53ウ5
十月廿三日　十往56オ4
十一月廿日　十一往62オ1
十一月廿三日　十一返63ウ5
十二月廿五日　十二返74オ3
【半】半疊　十二往65オ6
下半打　六往33オ6
半出達磨　三往17オ2
半月雲出之點　八返44ウ6
【卒】卒爾　六往34ウ5
【卓】卓　三往17ウ1
【南】南方　十返57ウ3
南禪　五往28オ3
【博】博奕　六返36ウ5

卩部

【卯】卯月九日　四往24ウ2
卯月十一日　四返27オ6
【印】法印　八返46オ5
法印　十返60オ1
【危】危　十返58オ4
危　十返58ウ1
危　十返58ウ3
危　十返59オ2
【巻】巻物　八往42オ3
巻餅　五返31オ4
一巻　十二返63オ1
十巻　二返11ウ4
十巻　二返12オ1
十巻　十二返62ウ5
十巻　十二返63オ1
廿巻　二返9ウ4
廿巻　二返10オ1
廿巻　二返10ウ4
廿巻　二返12オ3
廿巻　十二返62ウ4
廿巻　十二返62ウ4

書巻　十二往61オ2
三十巻　十二返62ウ5
上下巻　十二返63オ2
二十巻　二返11オ4
二十巻　二返11ウ1
二十巻　二返12オ5
十七〈十七巻〉　十二返62ウ5
十七巻　十二返62ウ6
十三巻　十二返62ウ4
十三巻　十二返63オ1
十二巻　十二返62ウ6
【卽】卽　十返58オ3
卽　十返59ウ1
卽之　八返43ウ2
【卿】卿　二返14オ3
俊成卿　二返12オ5
兵部卿　六往35オ2
刑部卿　九往48オ6
大藏卿　七往39オ2
大藏卿　七返40ウ6
定家卿　二返12ウ5

宮内卿　三往19オ1
民部卿　九返53ウ6
治部卿　八往42ウ5
爲世卿　二返13ウ2
爲世卿　二返14オ1
爲兼卿　二返13ウ5
爲定卿　二返14ウ2
爲家卿　二返13オ1
爲氏卿　二返13オ6
月卿雲客　六返35ウ6
橘諸兄卿　二返9ウ6
藤原佐理卿　八返44ウ3
藤原行成卿　八返45オ4

厂部

【厄】水厄　四往22ウ2
【原】大原　十三返71オ6
清原元輔　二返11オ2
藤原佐理卿　八返44ウ3
藤原行成卿　八返45オ4

ム部

【去】去　正返5ウ1
去　正返5ウ3
【參】參　六往32ウ5
參入　七往37ウ1
參入　九返53ウ3
參入　十二返63ウ4
參拜　七往39オ1
推參　二返15オ2
推參　三返21オ6
推參　六返35ウ3
見參　二返15オ2
見參　三往18ウ5
御見參　五往27ウ2

又部

【又】
又　正返4ウ4
又　正返5オ3
又　正返5オ6
又　正返6オ5
又　二往7ウ5
又　三往17オ2
又　三往17ウ5
又　四往23オ1
又　四往23オ4
又　四往23オ6
又　四返25ウ5
又　四返26ウ3
又　五往28ウ5
又　六往34オ1
又　八往41ウ6
又　八返43ウ2
又　九返49ウ4
又　九返51オ2
又　九返52オ4
又　十返59ウ4
又　十二往66ウ4
又　十二往67オ1
兼又　三返19オ4
兼又　五往29ウ5
兼又　五返30ウ6
將又　二往8ウ4
將又　二返14ウ6
將又　三往17ウ1
將又　五往29オ2
將又　七返40ウ2
將又　九返53オ4
將又　十二往68ウ1
猶又　五往29ウ2
若又　四往24オ6
若又　七往38ウ3
若又　十一返63オ6

【及】
及　正返3オ6
及　七往38ウ3
及　七返39オ4
及　十往54オ1
承及　二返15オ1

【友】
紀友則　二返10オ4

【受】
受　十三返71ウ2
受持　十三返71ウ1

【叡】
比叡　四往23オ4

【叢】
叢林　五往29ウ1

口部

【口】
口傳　八返46オ1
口傳　九往47オ1
口傳　九返51ウ2
帶口白　十往54ウ6
三十口　十二往65ウ6
野口長立之點　八返44ウ6

【古】
古　正返4ウ2
古　正返6ウ2
古　九返49オ3
古　九返49ウ3
古　十一往61オ3
古人　十一往61オ6
古傳　四返26ウ1
古鄉　正返5オ1
古鄉　正返6ウ2
新古　四往24オ1
古今集　二返10オ1
新古今　二返12オ5
續古今　二返13オ1

【句】
句　正返3ウ4
一句　正返3ウ5
一句　正返4オ6
七句　正返5オ6
三句　正返4オ6
三句　正返5オ3
三句　正返6オ2
二句　正返4ウ5
五句　正返4オ2
五句　正返5ウ3
五句　正返6オ2
四句　正返5オ4
聯句　六往33ウ5
聯句　六返36オ1
一萬句　正往1ウ1

【只】
只　七往38オ4
只今　六返35オ3
只今　七返39オ5
只今　九返48ウ3

【可】

可　正往1ウ2
可　正往1ウ4
可　正往1ウ5
可　正往2ウ2
可　正返4オ6
可　正返5オ6
可　正返5ウ3
可　正返6オ2
可　正返6オ5
可　正返7オ1
可　正返7オ2
可　二往9オ1
可　二往9オ4
可　二返14ウ5
可　二返15オ2
可　三往18ウ3
可　三返21オ6
可　四往22オ3
可　四往24オ4
可　四往24ウ1
可　四返27オ3
可　五往29オ2

可　五返30ウ3
可　五返32オ5
可　六返35ウ3
可　六返36ウ2
可　六返36ウ6
可　七往37ウ1
可　七往38オ1
可　七往38オ3
可　七往38オ6
可　七往38ウ4
可　七返40ウ4
可　八往41ウ2
可　八往42ウ1
可　九往47ウ2
可　九往48オ2
可　九往48オ4
可　九返49オ4
可　九返49ウ3
可　九返49ウ4
可　九返49ウ6
可　九返50オ1
可　九返50オ3

可　九返50オ5
可　九返50ウ2
可　九返50ウ3
可　九返50ウ6
可　九返51オ1
可　九返51オ4
可　九返51オ4
可　九返51ウ2
可　九返51ウ4
可　九返52オ1
可　九返52オ2
可　九返52オ3
可　九返52オ5
可　九返52ウ4
可　九返52ウ5
可　九返52ウ5
可　九返52ウ6
可　九返53オ1
可　九返53オ2
可　九返53オ4
可　九返53オ6
可　九返53ウ2

可　九返53ウ3
可　十往54ウ1
可　十往56オ1
可　十返58オ4
可　十返58オ6
可　十返58ウ1
可　十返58ウ3
可　十返58ウ4
可　十返59オ2
可　十一往61オ5
可　十一往61ウ1
可　十一往61ウ3
可　十一往61ウ4
可　十一往61ウ5
可　十一返62オ5
可　十一返63ウ3
可　十二返71オ4
可　十二返71ウ3

【台】

天台茶　四往23オ6

【史】

史記　十一返63オ4

【右】

右衛門　二返10オ6

【司】

司　十返56ウ2

司 十返56ウ6
司 十返57オ2
司 十返57オ5
司 十返57ウ1
司 十返57ウ4
堂〈司〉主 五往28ウ5
東司 五往29オ6
【各】各 正返4オ2
各 正返4オ5
各 三返19ウ2
各 三返20オ6
各 三返20ウ3
各 三返21オ3
各 四返26オ5
各 十二往67ウ1
各 十二返73オ3
各 十二返73ウ1
【合】合掌 十二返72ウ4
合香 七返40オ5
哥合 八往42オ5
合不合 四往24オ2

合不合 四往24オ2
對合客六色茶 四往23ウ5
【吉】吉 八往41ウ5
御吉事 正返3オ1
吉日良辰 十一往61オ6
【同】同 正返6オ1
同 二返13オ2
同 三返19ウ5
同 三返20オ3
同 三返20ウ2
同 三返21オ3
同 七往38ウ5
同 九返50ウ5
同 十二往66オ1
同宿 二往7ウ3
同體 九返50オ5
同宿等 八往41ウ1
大銅〈同〉年中 二返9ウ5
【名】名 七返40ウ3
名 八往41オ3

名 八返45ウ5
名 十一往60ウ1
名 十二往64オ4
名 十二返73ウ5
名木 正返4ウ1
名獸 正返4ウ1
名童 二返14ウ6
名草 正返4ウ1
名香 七往37ウ6
名香 七往38ウ5
名香 七返39ウ1
名香 七返40ウ2
名鳥 正返4ウ1
假名 八返43オ5
假名 九返51ウ3
假名 九返52ウ3
本名 四返27オ4
眞名 二返10ウ2
佛名經 十二返71オ3
假名序 二返10ウ1
【向】向 正往1オ2
向 九返51ウ1

向 九返53オ5
一向 二往8オ1
一向 四往24オ4
一向 五往29ウ1
一向 九往48オ2
一向 十往55ウ5
【君】君邊 九往46ウ4
主君 九往47オ4
【呑】呑物 三返20オ5
水呑 三返20ウ6
【吟】吟〈冷〉[泠]然 六往32ウ6
【否】亂否 十返58オ2
【含】含 八往41ウ1
【吹】吹螺 十二往67ウ1
松吹風 十返59オ4
【呂】呂 十返56ウ6
呂 十返57オ5
呂 十返58オ1
呂律 十往55ウ5
呂律 十返56ウ2
呂律 十二返73オ6

【周】周易　十一返62ウ5
周禮　十一返62ウ5
【味】五味　十返56ウ5
甘味　十返57オ1
苦味　十返57ウ3
辛味　十返57オ4
酸味　十返57オ6
鹹味　十返57ウ6
五味粥　五返31オ5
【命】命　四返25オ4
來命　三返19オ3
悳命　正往1オ3
貴命　九返48ウ2
貴命　十一返62ウ3
壽命長遠　四返26オ2
息災延命　四返26オ4
【和】和　九返49ウ1
和　九返52オ6
和　十二往68オ5
和國　正返3ウ3
和布　五返31ウ4
和漢　八返43オ4

和琴　十往55オ6
和頌　九返50ウ1
大和　四往22オ5
柔和　十二返72ウ2
調和　二往8オ3
長和　八返44ウ1
仁和寺　三往19オ1
仁和寺　四往22ウ6
大和竹　十往54ウ6
正和五年　二返13ウ6
貞和五年　二返14オ5
牧溪和尚　三往16オ4
五藏調和　四返26オ2
【哀】哀傷　正返4オ5
哀哉　十二返70ウ4
【品】品　九返49オ1
上品　四返27オ1
【哉】哉　二往7ウ1
哉　二往7ウ6
哉　三往15ウ2
哉　三返21オ5
哉　四返26ウ3

哉　五往27ウ6
哉　七往38オ3
哉　八往41ウ6
哉　十往54オ3
哉　十返59ウ4
哉　十返59ウ5
哉　十一往60オ3
哉　十一往60ウ5
哀哉　十二返70ウ4
悲哉　十二返70オ6
痛哉　十二返70ウ6
有哉立　六往33オ6
【哥】哥　正往2オ1
哥　正返3ウ3
哥　二返10ウ3
哥合　八往42オ5
秀哥　二返9ウ3
詩哥　六返35ウ5
詩哥　九返51ウ3
詩哥　十一往60オ4
連哥　正往1ウ2
詩哥等　九返50ウ2

【哲】先哲　四返26ウ1
先哲　十一往60ウ2
委哲　六返35オ4
【唄】唄　十二返73オ2
梵唄　十二往67オ6
梵唄　十二返71オ6
【唇】唇　二往8ウ1
【唐】唐様　十二往65ウ2
唐石　三返19オ6
唐竹　十往55オ2
唐筆　九返50オ2
唐綾　十往55オ6
唐綾　十二往65オ3
唐綾　十二往66オ1
唐金　十往55ウ4
唐折敷　三返21オ2
【商】商　十返56ウ3
商　十返57オ2
商　十返58ウ1
【問】恩問　十返56オ6
芳問　九返48ウ1
【啓】啓　五往27ウ2

【啜】啜　四返25ウ2
【善】善惡　四往24オ4
【喜】喜入　八往42ウ2
喜悦　五往29ウ6
延喜五年　二返10オ2
【喝】喝食　五往29オ1
【喫】喫　四返25ウ1
喫湯　五返30ウ5
喫茶　三返19オ6
喫茶　五返30ウ4
【嘆】讚嘆　十二往68オ5
讚談〈嘆〉　十二返72ウ3
讚嘆　十二返73オ4
【嘉】嘉元年中　二返13ウ1
【器】器　二往8オ3
樂器　十往54ウ1
茶器　三返20ウ6
非器　八往42オ6
藥器形　三往18オ6
【嚴】嚴　十二往65オ2
嚴物　三返19オ5
莊嚴　十二往67オ4
莊嚴　十二返72オ1
莊嚴　十二返72ウ4
【囉】囉齋　三返21オ6
囉齋　五往29ウ2

口部

【四】四　九返50ウ4
四句　正返5オ4
四恩　五往27ウ6
四方　八往41オ4
四様　八返43ウ3
四禪　十二往69オ1
四箇　四往23ウ2
四部　十二往68オ5
四禪六欲　十二往69オ3
四種十返　四往23ウ4
三種四服　四往23ウ4
延慶四年　二返13ウ4
延文四年　二返14ウ1
四月十五日　二返10オ2
八月十四日　八返46オ4
六百四十四首　二返11ウ4
六百四十四首　二返11ウ4
四季三種之釣茶　四往23ウ6
【因】因　十二返71ウ4
因茲　十一往61ウ2
【固】固　十二返73ウ6
班固　十一返63オ3
【國】三國　八返43オ4
和國　正返3ウ3
異國　八往42オ2
【圍】圍碁　六往33オ3
亂圍碁　六往33オ3
【團】團扇　八往42オ4
團瓶　三返20オ2
水團　五返31オ5
【園】園城寺　十二返74オ4
花園院　二返14オ6
【圓】圓壷　三往18オ2
圓物　六往34オ2
圓盆　三返21オ1
圓覺　五往28オ2
圓滿院　八往42ウ5
【圖】圖　八返43ウ4
圖　八返44オ1
圖　八返44ウ4
圖　八返45オ4
形圖　九往47オ1
形圖　九返50オ6
系圖茶　四往23ウ5
三師圖　八返45ウ4

士部

【士】士用　十返57オ1
士音　十返57オ1
東士　十二往64オ3
漢士　八返45ウ6
【在】在　三返20ウ3
在　十返58オ5

在世　十三返70ウ1
在様　十三往67オ5
佛在世　十往54オ4
自在天　十三往67ウ5
煩悩自在　四返26オ2
睡眠自在　四返26オ3
【地】地神　四返25オ3
揺地　十三往67ウ2
赤地　十往55オ5
金形〈地〉　十往54ウ4
菊地苔　五返31ウ6
三賢十地　十三往69オ2
【坂】坂上望城等　二返11オ3
【坊】御坊　四返27ウ1
御坊　五往30オ4
御坊　六返37オ6
【坑】焼香〈焦坑〉　四往22オ5
【坡】墩山〈坡仙〉　四返25ウ4
【垂】垂象　八往41オ5
垂露　八返43ウ1
垂露　八返44オ3
直垂　十三往66ウ4
【垸】垸　三返20ウ5
垸　三返20ウ5
七院〈垸〉　四返25ウ3
【城】園城寺　十三返74オ4
伽耶城　十三返70オ4
知〈智〉處〈證〉城　十三往68オ1
平城天皇　二返9ウ5
坂上望城等　二返11オ3
【域】日域　八返43ウ4
【執】執蓋　十三往67オ5
執行　十往56オ5
執行　十返60オ1
【基】基　六返36ウ6
基　十一往60ウ2
基家　二返13オ3
【堀】後堀河院　二返12ウ4
【堂】堂上　十三往67ウ3
堂〈司〉主　五往28ウ5
堂内　十三往67オ4
僧堂　五往29オ3
前堂　五往28オ5
後堂　五往28オ5
法堂　五往29オ3
照堂　五往29オ4
陪堂　五往29ウ3
【堅】堅　六返36ウ6
堅　九返49ウ2
【堆】堆朱　三返20ウ3
堆漆　三返20ウ3
堆紅　三返20ウ3
【堪】堪殿主　三往16ウ2
【堯】李堯　三往16ウ1
【報】報謝　五往27ウ6
御返報　十三返74オ5
【場】道場　十三返72オ1
【墩】墩山〈坡仙〉　四返25ウ4
【塔】塔主　五往28ウ4
塔頭　五往29オ4
【塗】塗　九返52オ3
塗香　十三往68ウ2
塗香　十三返72オ3
黒塗　三返19ウ3
【塵】塵刹　十三往64ウ1
俗塵　十三往64オ5
水塵道〈佛道〉　十三往64ウ2
【境】境　十三往64オ4
【墜】高峰墜石　八返44オ5
【増】増　十三返70ウ6
手増　六往33オ2
有増　六返35ウ4
【墨】墨　八往41ウ4
墨　九返49ウ2
墨　九返49ウ2
墨　九返49ウ3
墨　九返49ウ5
墨　九返50ウ5
墨　九返50ウ6
墨　九返51オ2

墨　九返51オ3
墨　九返51オ4
墨　九返51オ6
墨　九返53オ6
墨付　九返50ウ4
墨續　九返52ウ3
墨黑　九返53オ2
筆墨　九往47オ3
筆墨　九返51ウ5
【墮】山墮　四往24オ1
【壇】壇[壇]上　十二往68ウ4
壇[壇]供　十二往68ウ4
佛壇　十二往65オ2

士部

【士】大士　十二往69オ2
好士達　四往22オ2
富士峯　七返39ウ5
妙音大士　十往54オ5
【壬】壬生忠岑等　二返10オ6

【壷】壷　三往17ウ5
壷　四往24オ3
壷拂　三返20オ1
圓壷　三往18オ2
平壷　三往18オ3
投壷　六往33オ4
玉壷　四返27オ2
眞壷　三往17ウ6
石壷　三往17ウ6
年々壷　三往17ウ6
【壽】壽福　五往28オ2
壽命長遠　四返26オ2

夂部

【夏】夏　正返4オ3
夏　五返30ウ6
夏　九返52オ4
夏季　十返57ウ2
夏毛　九返50オ1
夏冬月　正返4ウ5

夕部

【夕】夕　正返4ウ2
夕月　正返4ウ4
夕立　正返4ウ3
漁村夕照　三往16ウ5
【外】外　二返14ウ3
外　三往16ウ3
外　四往22ウ5
外　五往28ウ4
外　五返31オ1
外　八返43ウ4
外　八返45ウ6
外　十往55ウ1
外　十一返63オ3
外典　十一往61ウ1
外畑　四返26ウ5
内外　七往38ウ1
【多】多　正往2オ3
多　正往2ウ3
多　正返4オ3
多　二返14ウ3
多　八返43オ5
多　九往47オ2
多　九返52ウ2
多　九返53ウ2
多　十一往61ウ2
多　十一往61ウ6
巨多　六往33ウ6
數多　四往22オ2
後宇多院　二返13ウ1
後宇多院　二返14オ1
【夜】夜　十二返70ウ5
夜分　正返5ウ6
瀟湘夜雨　三往16ウ4
【夢】夢　正返5ウ1

大部

【大】大切　十一往61ウ2
大原　十二返71オ5
大和　四往22オ5
大士　十二往69オ2
大夫　二返15オ6

大小　四往24オ3
大師　十二返71ウ3
大意　十二返73オ5
大日　十返56ウ6
大智　十二返72ウ1
大會　十二返72ウ4
大望　三往18ウ4
大海　三往18オ2
大藏　五返32ウ3
大豆　五返32オ1
大豆　十返57ウ6
大輔　四往24ウ3
廣太[大]　十二往64ウ6
大僧正　十二返74オ4
大内記　二返10オ4
大和竹　十往54ウ6
大將棊　六往33ウ3
大童子　十二往66ウ3
大納言　二返14ウ1
大納言　七往39オ3
大納言　八返45オ3
大藏卿　七往39オ2
大藏卿　七返40ウ6
大食調　十返58オ1
内大臣　二返13オ3
内大臣　十二往69ウ3
左大臣　二返9ウ6
御大事　四返26ウ6
東大寺　四返27ウ1
東大寺　六返37オ6
大銅〈同〉年中　二返9ウ5
大阿闍梨　十二往68オ1
前大僧正　十二往69ウ2
權大僧都　五返32ウ2
妙音大士　十往54オ5
大中臣能宣　二返11オ1
大曼陀羅供　十二往66ウ6
【天】
天　八往41オ5
天下　十返58オ3
天下　十返59ウ3
天心　十返58ウ6
天明　三返20オ2
天蓋　十二往65オ3
天衆　十二往69オ3
一天　八往41オ3
晴天　九返52ウ1
響天　十二往67ウ2
天台茶　四往23オ6
天狗谷　四返26ウ4
自在天　十二往67ウ5
天暦五年　二返10ウ5
天暦年中　八返43ウ5
天治元年　二返11ウ5
天養元年　二返12オ1
天魔隨心　四返26オ4
江天暮雪　三往16ウ6
諸天加護　四返26オ4
平城天皇　二返9ウ5
村上天皇　二返10ウ5
村上天皇　八返43ウ5
醍醐天皇　二返10オ3
【太】
太鼓　十往55ウ2
太鼓　十二往67オ6
廣太[大]　十二往64ウ6
照〈昭〉明太子　十一返63オ4
【夫】
夫　正往1ウ6
夫　四返25オ5
夫　六返35ウ5
夫　十返59オ6
大夫　二返15オ6
【央】
中央　十返57オ2
【失】
失　四往21ウ4
失　九往46ウ2
【夷】
夷狄　正往2オ2
武夷　四返26ウ1
【奇】
奇〈寄〉竹　十往54ウ3
【奉】
奉　二往8オ1
奉　二返10オ2
奉　二返11ウ4
奉　二返14オ4
奉　二返14ウ2
奉　四返25オ2
奉　四返27オ2

奉 五返30ウ2
奉 六返35ウ2
奉 九往46ウ4
奉 九返52ウ6
奉 十二返73ウ4
【奏】
奏 十往54オ5
【契】
舊契 五往27ウ5
【奕】
博奕 六返36ウ5
【奥】
奥山 七返39ウ4

女部

【奴】
奴袴 十二往66オ3
【好】
好 六返36ウ2
好 九返50ウ4
好 九返51ウ5
精好 十二往66オ2
好士達 四往22オ2
【如】
如 正返3オ6
如 二往8オ3
如 三返19オ3
如 五返30オ5
如 六返35オ5
如 六返37オ2
如 七往38オ6
如 七返39オ4
如 九返48ウ2
如 九返48ウ4
如 九返51ウ2
如 九返52ウ1
如 九返53オ3
如 十返56ウ1
如 十一返62オ4
如 十二往66ウ5
如 十二返69ウ4
如 十二返70ウ2
如何 六往32ウ5
如何 十往54オ2
如何 十二往64オ2
如來 十二返72オ5
如形 八往42オ6
如意 十二往65ウ2
如斯 十一往60ウ4
如斯 十二往69オ6
如木 十二往66ウ3
如此 二往8オ1
如此 四返26ウ2
如此 九往47ウ3
如花 十二往67ウ3
眞如 十二返71ウ5
眞如 十二返72オ2
闕如 七往38ウ3
如何様 二返15オ1
如何様 六返35ウ2
【妓】
妓樂 十往54オ5
妓樂 十二返72ウ3
【妙】
妙文 十二返71オ4
妙曲 十二返73オ3
妙法 十二返71オ2
妙經 十二返73オ5
妙術 四往21ウ6
極妙 十二往67ウ1
妙音院 十二返71オ6
淨妙寺 二往9ウ1
妙音大士 十往54オ4
【姤】
姤茄藍 七返39ウ2
【始】
始 八往41ウ2
始 九返51オ3
始 十一往61ウ1
始終 十一往60オ6
【姓】
百性[姓] 十返58ウ3
【委】
委 三往18ウ4
委 七返40ウ4
委 八返46オ1
委 十返56オ6
委 十二返74オ1
委哲 六返35オ4
委曲 二返15オ3
委曲 九返53ウ2
委細 正返7オ1
委細 二往8ウ6
委細 二返9ウ2
委細 二返14ウ4
委細 三返19オ2
委細 五往29ウ5
委細 九往47ウ1
委細 九返48ウ1
【姿】
總姿 二往8ウ2

【威】
威儀　十二往66ウ4
威儀師　九往48オ6
威儀師　九返53ウ5
【娟】
爲嬋娟　二往8オ5
【婁】
鷄鏤〈婁〉　十往55ウ3
【婦】
馬良婦　三往16ウ1
【嫌】
嫌　正返6オ5
【嬋】
爲嬋娟　二往8オ5

子部

【子】
子細　十二返74オ2
倚子　三往17ウ2
孟子　十一返63オ2
廚子　三返21オ2
柑子　五返32オ2
梨筒〈梨子〉　十往55ウ3
石子　六往34オ6
童子　十二往68オ4
莊子　十一返63オ2
菓子　五返32オ1
調子　十返59ウ2
鈍子　三往17オ6
鑵子　三返20オ2
障子　八往42オ4
障子　九返50オ4
瓶子形　三往18オ3
老子經　十一返63オ2
茄子形　三往18オ3
茶子者　五返31ウ1
中童子　十二往66ウ2
亂拍子　六返36オ3
六調子　十往55ウ6
六調子　十返56ウ4
大童子　十二往66ウ3
白拍子　六返36オ2
立師子尾　八返44オ3
照〈昭〉明太子　十一返63オ4
猪頭蜆子　三往16オ3
零餘子串指　五返31ウ2
蘇摩子童子經　四返25ウ6
蘇摩子童子經　四返25ウ6
三十二十之繼子立　六往33ウ3
【字】
字　正返6オ1
一字　八返44ウ3
一字　九返49オ4
一字　九返51オ2
一字　十一返62ウ1
三字　九返51オ3
千字　九返49オ1
千字　九返49オ4
文字　八往42オ1
文字　八返43オ3
文字　九返50オ1
文字　九返52ウ3
文字　九返53オ1
梵字　八返43オ3
漢字　八返43オ4
漢字　九返51ウ3
詞字　正返5ウ6
韻字　正返4オ1
七百字　九返49オ2
五百字　九返49オ3
旅之字　正返5オ3
【存】
存　六返35ウ4
存　九返50ウ5
存知　正往2ウ2
存知　八往42ウ1
相存　七往37ウ2
【孝】
孝經　十一返63オ1
孝養父母　四返26オ3
【孟】
孟子　十一返63オ2
【季】
冬季　十返57ウ5
夏季　十返57ウ3
春季　十返57オ6
秋季　十返57オ3
四季三種之釣茶　四往23ウ6
【孤】
孤悶　四返25ウ2
孤牀　三往17ウ2
【孫】
孫弘〈康〉　十一往61オ1
【學】
學　九返49オ2

學　九返51ウ1
學　十一往60ウ5
學　十一返62オ5
學文　十一往60ウ1
懃學　十一往61オ5
才學　十一往60ウ1
諸學　六往34ウ3

宀部

【穴】七穴　十返59ウ1
【宅】火宅　十三返70ウ6
【宇】宇治　正返7オ5
宇治　四往22ウ5
宇治　七返39ウ3
御宇　二返9ウ5
御宇　八返43ウ6
御宇　八返45オ3
御宇多院　二返13ウ1
御宇多院　二返13ウ6
【宋】宋朝　四往23オ5
【宗】宗　四往24オ5
宗　四返25ウ1
宗　六往33オ1
宗　十往54ウ1
宗　十返56ウ2
【官】都官　五往28ウ2
【定】定　正返3ウ2
定　正返4オ1
定　九返50オ6
定家　二返12ウ1
定州　三返20ウ5
定置　二往7ウ6
定老　六返37オ1
必定　正往1ウ4
治定　四往24オ5
爲定　二返14オ3
定家卿　二返12ウ5
爲定卿　二返14ウ2
【宛】宛　九返48ウ4
【客】知客　五往28オ6
請客　五往28ウ6
月卿雲客　六返35ウ6
對合客六色茶
四往23ウ5
【宣】不宣謹言　七往39オ1
大中臣能宣　二返11オ2
【室】室内　十三往65オ2
葉室　四往22ウ5
室尾〈生〉寺　四往22オ5
御室戸寺　正往2ウ6
【宮】宮　十返56ウ3
宮　十返56ウ5
宮　十返58オ1
宮　十返58オ2
宮　十返58オ3
宮内卿　三往19オ1
法界宮　十三往68オ3
【宴】遊宴　六往33オ2
酒宴　六返36オ4
【家】家　六返36ウ2
家　十往54ウ6
家々　二返14ウ4
家々　八往41ウ6
家々　八返46オ1
家々　九返51ウ2
仙家　四返25オ6
基家　二返13オ3
定家　二返12ウ1
家々　二返14ウ4
家々　八往41ウ6
家々　八返46オ1
家々　九返51ウ2
有家　二返12ウ1
漢家　正往1ウ6
漢家　正返3ウ1
爲家　二返13オ4
行家　二返13オ4
諸家　九往46ウ6
隱家　正返4ウ4
家隆等　二返12ウ1
定家卿　二返12ウ5
爲家卿　二返13オ1
【容】容顔　二往8ウ4
忠春容　七返39ウ3
亂容十種茶

四往23ウ3
【宿】宿　正返5オ1
宿願　十二往64ウ5
同宿　二往7ウ3
同宿等　八往41ウ1
【寂】湛寂　十二往64ウ3
【寄】奇〈寄〉竹　十往54ウ3
【寅】寅一點　十二往66ウ6
【富】富士峯　七返39ウ5
【寐】寤寐　九往46ウ5
【寒】寒草　七返40オ1
寒山十德　三往16ウ2
【察】察　五返30ウ2
察　十返58ウ6
識察　十返58ウ2
【寤】寤寐　九往46ウ5
【實】故實　七返40ウ3
故實　九往47オ4
故實　九返49ウ1
栢實　五返32オ4
眞實　正返3オ5

眞實　九往46ウ2
【審】不審　二往7ウ1
不審　二往7ウ1
不審　三往15ウ2
不審　三返19オ4
不審　四返24ウ5
不審　七返39オ6
不審　八往41ウ6
不審　八往41ウ6
不審　九往47オ2
不審　十二往64オ1
不審　十二往69オ6
不審　十二返70オ2
【寫】寫　八返43オ2
寫　八返43ウ2
書寫　九往47オ4
書寫　九返49ウ1
書寫　九返49ウ6
書寫　十二返71ウ2
【寬】寬仁　八返45オ2
【寵】寵愛　二往8ウ5
【寶】寶幢　十二往65オ1

寶樹　十二往64ウ6
寶纖　十二往65オ3
寶螺　十二往68オ4
七寶　十二往68オ4
輪寶　十二往68ウ3
寶性〈生〉佛　十返57ウ2

寸部

【寺】寺主　正返7オ5
寺務　十一往62オ1
寺務　十一返63ウ6
一寺　正返3オ4
副寺　五往28ウ3
當寺　正往1ウ2
監寺　五往28ウ2
都寺　五往28ウ2
中山寺　十返60オ2
仁和寺　三往19オ1
仁和寺　四往22ウ6
勸修寺　五返32ウ3

園城寺　十二返74オ4
室尾〈生〉寺　四往22オ6
小山寺　四往22ウ2
延曆寺　十二往69ウ3
御願寺　八往42オ1
東大寺　四返27ウ1
東大寺　六返37オ6
法勝寺　九往48オ6
淨妙寺　二往9ウ1
清水寺　十往56オ5
石山寺　二返15オ6
石山寺　四往23オ1
神尾寺　四往22ウ4
興福寺　六往35オ2
般若寺　四往22ウ1
行願寺　十一往62オ2
醍醐寺　三返21ウ2
長樂寺　九返53ウ6
鞍馬寺　十一返63ウ6
高雄寺　四往24ウ3
遠寺晚鐘　三往16ウ6

浄智寺等　五往28オ4
御室戸寺　正往2ウ6

【將】
將　十二往69オ1
將又　二往8ウ4
將又　二返14ウ6
將又　三往17ウ1
將又　五往29オ2
將又　七返40ウ2
將又　九返53オ4
將又　十二往68ウ1
將棊　六往33オ3
少將　二返11オ1
中將棊　六往33ウ4
大將棊　六往33ウ3

【尊】
尊　十二往64オ6
尊下　十二往64オ2
明尊　正往2ウ5
釋尊　十二往66ウ5
釋迦三尊　三往16オ3

【尋】
尋　八返43オ2
尋常　二往8ウ2
尋常　十二往65ウ5

相尋　七返40ウ3

【對】
對揚　十二返73オ2
對月　三往16ウ3
一對　三往18オ4
二對　三返20オ6
八鋪一對　三往16ウ4
對合客六色茶　四往23ウ5

【導】
導師　十二往66ウ4
導師　十二返73オ4
導師　十二返73ウ2

小部

【小】
小文　十二返63ウ2
小生　七往38オ2
小畠　四返26ウ4
小葉　四往22ウ4
小葉　四往23ウ1
大小　四往24オ3
小山寺　四往22ウ2
小湯殿　九往47ウ1
小湯殿　九返48ウ5
小車等　六往34ウ2
小鳥糞　五返31オ6
打小白物　六往34ウ1
雀小弓等　六返36オ6
小野朝臣道風　八返43ウ6

【少】
少　正返6ウ6
少　三往15ウ3
少　五往28オ1
少　六返37オ3
少　七返40ウ1
少　九往47ウ5
少々　十二往61ウ3
少將　二返11オ1
少々　十二往61ウ3
少性　六往34オ4
少生　二往7ウ3
少童　二往8オ2
少童　二往9オ2
乏少　七返40ウ1
少納言　二往9ウ1
少納言　五返30オ4
權少僧都　四往24ウ2

【尙】
尙書　十二返62ウ4
牧溪和尙　三往16オ4

尢部

【就】
就　八往41ウ2
就　十二返62ウ2
就中　二往9オ2

尸部

【尹】
伊尹　二返11オ1

【尺】
尺八　十往55オ2

【尾】
栂尾　四往22オ4
牛尾　八返45オ6
鷲尾　十二往65ウ3
室尾〈生〉寺　四往22オ6
神尾寺　四往22ウ4
立師子尾　八返44オ3

【居】居所　正返5ウ5
居所　正返5ウ5
【屛】屛風　八往42オ3
屛風　九返50オ4
【屬】眷屬　十二往69オ3

山部

【山】山　正返5ウ4
山　正返5ウ4
山　五往27ウ4
山墮　四往23ウ6
山菊　七返40オ4
山蓼　七返40オ3
山谷　四返25オ2
山里　四往24オ2
山門　五往29オ4
山陰　七返39ウ4
七山　五往28オ2
住山　二往9オ2
住山　六往32ウ6
墩山〈坡仙〉　四返25ウ4
奥山　七返39ウ4
深山　七返39ウ5
葉山　七返39ウ4
遠山　四返27オ2
野山　正返6オ6
鍄〈綠〉山　四往22ウ1
中山寺　十返60オ2
小山寺　四往22ウ2
浦山敷　四返25オ1
浦山敷　六返35ウ2
石山寺　二返15オ6
石山寺　四往23オ1
花山院　二返11オ6
郁山主　三往16オ5
龜山院　二返13オ5
朝日山　四往22ウ5
鷲峯山　十二返70オ5
山市青〈晴〉嵐　三往16ウ5
出山釋迦　三往17オ2
寒山十德　三往16ウ2
遊山之仙人　三往17オ4
遠山雲行〈井〉之點等　八返45オ1
【岑】壬生忠岑等　二返10オ6
【岩】岩傳　四返26ウ5
【岳】東岳　十二返74オ1
【岸】海岸　八返45ウ2
岸打波　十返59オ4
海此岸　十二往67ウ6
【峙】峙耳　十二往67ウ4
【峨】後嵯峨院　二返12ウ6
【峯】鷲峯山　十二返70オ5
富士峯　七返39ウ5
高峯墜石　八返44オ5
【島】島立　六往33ウ1
【崇】崇德院　二返12オ1
【嵐】嵐　正返4ウ3
嵐　十二返69ウ6
山市青〈晴〉嵐　三往16ウ5
【嵯】後嵯峨院　二返12ウ6
【巖】巖立點　八返45ウ3
雪中落巖〈鴈〉點　八返44ウ5

巛部

【川】川鷗　三往16オ5
玉川　四返25ウ3
【州】定州　三返20ウ5
建州　三返20ウ5
趙州　四返26オ6
饒州　三返20ウ5

工部

【工】細工　六返36ウ3
人工等　五往29オ2
木工頭　八返43ウ6
【左】左傳　十一返62ウ5
左道　十一返62ウ2

左々立 六往33ウ1
左兵衛 八返44ウ2
左大臣 二返9ウ6
左々立 六往33ウ1
【巨】巨多 六往33ウ6
巨細 十二往69オ6
【差】差 四往21ウ3
差 九往46ウ1

己部

【已】已 四返25ウ3
已前 五返30ウ5
已講 六往35オ2
已講 六返37オ5
而已 正往2ウ3
而已 三返21オ6
而已 十二往69オ4

巾部

【巾】茶巾 三往19ウ6
【市】市 十一返62オ6
成市 十二往67ウ3
山市青〈晴〉嵐 三往16ウ5
【布】布袋 三往16ウ2
和布 五返31ウ4
御布施 十二返73ウ1
煎昆布 五返31ウ5
【帆】遠浦歸帆 三往17オ1
【帖】一帖 三返19ウ1
一帖 三返19ウ2
五帖等 十二往66ウ1
【帝】帝範 十一返63ウ1
【師】大師 十二返71ウ3
道師 十二往66ウ4
道師 十二返73オ4
道師 十二返73ウ2
律師 正往2ウ5
律師 三往19オ1
藥師 十返57オ5
三師圖 八返45ウ3
威儀師 九往48オ6
威儀師 九返53ウ5
從儀師 九往48オ5
從儀師 九返53ウ6
權律師 三返21ウ1
立師子尾 八返44オ2
【帳】番帳 八往42オ5
【帶】帶口白 十往54ウ6
【帷】帷 十二往66オ2
【常】常 九往46オ6
常 九返52オ1
常 九返52オ5
常 十往55オ1
尋常 二往8ウ2
尋常 十二往65ウ5
無常 正返4オ5
無常 正返6オ1
常住院 八返46オ5
【幡】幡 十二往65オ4
幡蓋 十二往67ウ4
持幡 十二往67オ5
珠幡 十二往68オ3
綵幡 十二往65オ1
【幢】寶幢 十二往65オ1

干部

【干】干 九返52オ3
水干 十二往66ウ3
筍干 五返31ウ2
干松茸 五返31ウ3
干棗等 五返32オ5
【平】平他 正返3ウ2
平壷 三往18オ3
平調 十返57オ2
平雨 正返4ウ2
石平 八返45ウ2
平城天皇 二返9ウ5
平砂[沙]落鴈 三往17オ1
【年】年來 十二往64ウ5
年華 十二返69ウ5
改年 正返3オ1
改年 六往33オ1
近年 正返3ウ6

年々壷　三往17ウ6
年々壷　三往17ウ6
嘉元年中　二返13ウ1
大銅〈同〉年中　二返9ウ5
天暦年中　八返43ウ5
建治年中　二返13オ5
長徳年中　二返11オ5
二千餘年　十二往64オ3
元久三年　二返12オ6
天暦五年　二返10ウ6
天治元年　二返11ウ5
天養元年　二返12オ2
延喜五年　二返10オ2
延慶四年　二返13ウ4
延文四年　二返14ウ1
建長二年　二返12ウ6
應徳三年　二返11ウ2
文永二年　二返13オ2
文治三年　二返12オ3
正和五年　二返13ウ6
貞永元年　二返12ウ4

貞和五年　二返14オ5
【幵】幵　二返9ウ3
幵　三往17ウ3
幵　三返19オ5
幵　三返19ウ4
幵　三返20オ2
幵　五往28オ4
幵　九往47オ6
幵　九返48ウ5
幵　十往55オ3
幵　十往55ウ2
【幸】幸甚　正往1オ5
幸甚　正往1オ5

幺部

【幼】幼　十一往60ウ5
幼　十一返62オ5

广部

【序】序　二返10ウ1

假名序　二返10ウ1
【庖】庖丁　六返36ウ3
【府】府生　二返10オ6
【度】度　二往8オ1
目出度　正返3オ6
【座】一座　正返4オ6
典座　五往28ウ3
御座　二返14ウ6
草座　十二往65ウ4
高座　十二往65オ5
兩首座　五往28オ6
【庫】庫裏　五往29オ3
【庭】庭　十二往67オ3
庭前　十二往65オ1
洞庭秋月　三往16ウ4
【康】孫弘〈康〉　十一往61オ2
【廊】廊下　五往29オ5
【廚】廚子　三返21オ2
【廣】廣太［大］　十二往64ウ6
鼻廣　十二往66オ5

廴部

【延】延齢　四往21ウ6
延暦寺　十二往69ウ3
延喜五年　二返10オ2
延慶四年　二返13ウ3
延文四年　二返14ウ1
息災延命　四返26オ4
【建】建　十二往65オ1
建仁　五往28オ3
建州　三返20ウ4
建溪　四往23ウ1
建盞　三返20オ6
建長　五往28オ2
建治年中　二返13オ5
建長二年　二返12ウ6
【廻】廻鸞　八返43ウ1
輪廻　正返4オ1
獨樂廻　六往34オ6

弋部

【式】式部　八返46オ5

儀式 十二往67オ3
新式 正往2オ6
新式 正返3ウ6
新式 正返7オ2
法式 十二返73オ4

弓部

【弓】楊弓 六返36オ5
雀小弓等 六返36オ6
【引】引 十二返73ウ6
引出物 十二返73ウ2
【弘】孫弘〈康〉 十一往61オ2
【弱】弱 九返49ウ2
【彈】彈棊 六往33オ4
【彌】彌 九往46ウ5
彌 十二返70ウ4
沙彌 五往29オ1
阿彌陀 十返57オ3

ヨ部

【彖】曲彖 三往17ウ3

彡部

【形】形圖 九往47オ1
形圖 九返50オ6
形見 正返6ウ4
如形 八往42オ6
蛇形 八返44オ2
金形〈地〉 十往54ウ4
五之形〈五形〉 八返44ウ4
十八形 八返44オ1
十六形 八返45オ4
瓶子形 三往18オ3
色紙形 八往42オ4
茄子形 三往18オ3
藥器形 三往18ウ1
【影】影 十二返70オ4
面影 正返6ウ4

彳部

【彼】彼 二往8オ2
彼等 二返13ウ2
彼等 八返45ウ4
【往】往還 八返45オ5
【律】律 十返57オ2
律 十返57ウ2
律 十返57ウ4
律師 正往2ウ5
律師 三往19オ1
呂律 十往55ウ5
呂律 十返56ウ2
呂律 十二返73オ6
權律師 三返21ウ1
【後】後 二往7オ6
後 二返12ウ3
後 二返13ウ3
後 四返27オ3
後 五往27ウ2
後 五返30ウ5
後 九返51オ4
後 九返53オ6
後 九返53ウ1
後 十一往61ウ3
後信 十往56オ2
後信 十返59ウ5
後堂 五往28オ5
後悔 六返37オ2
後悔 十一往60ウ6
後悔 十一返62オ5
後架 五往29オ6
後生 四返26ウ2
後見 九返52ウ4
滅後 十二往64オ3
滅後 十二往69オ5
後拾遺 二返11オ6
後撰集 二返10ウ3
後漢書 十一返63オ6
新後撰 二返13オ6
續後撰 二返12ウ5
後堀河院 二返12ウ4
後宇多院 二返13ウ1
後宇多院 二返13ウ6
後嵯峨院 二返12ウ6

後白河院 二返12オ4
後醍醐院 二返14オ2
後鳥羽院 二返12オ6
續後拾遺 二返14オ1
【徒】
徒 十一往60ウ6
【得】
得 八返45ウ4
得 九返48ウ6
得業 六往35オ1
【從】
從 六往34ウ3
從 十一返62オ3
從 十二返71オ4
從僧 十二往66ウ5
侍從 十二往68オ3
侍從〈衞〉 十二往69オ4
從儀師 九往48オ5
從儀師 九返53ウ6
【御】
御事 二往7ウ1
御事 十一往60オ3
御代 二往7ウ6
御代 二返10ウ5
御代 二返13オ2
御代 八返44ウ2
御催 正往1ウ5
御前 九返53オ5
御劍 十二返73ウ3
御坊 四返27ウ1
御坊 五往30オ4
御坊 六返37オ6
御宇 二返9ウ5
御宇 八返43ウ6
御宇 八返45オ3
御座 二返14ウ6
御恩 七往38オ3
御房 正往2ウ6
御房 正返7オ5
御房 二往9ウ1
御房 二返15オ6
御房 三往19オ1
御房 三返21ウ2
御房 四往24ウ3
御房 五返32ウ3
御房 六往35オ2
御房 七往39オ3
御房 七返40ウ6
御房 八往42ウ5
御房 八返46オ5
御房 九往48オ6
御房 十往56オ5
御房 十返60オ2
御房 十一往62オ2
御房 十一返63ウ6
御房 十二往69ウ3
御房 十二返74オ4
御撰 二往7ウ5
御方 正往1オ2
御時 二返11ウ2
御會 三返21オ5
御會 四返25オ1
御札 二返9ウ2
御用 十一返63ウ3
御目 二往9オ3
御茶 四往24オ6
御衣 十二返73ウ3
御表 八往42オ2
御遊 六返35ウ1
御香 七往38オ2
入御 二往9オ3
御佛事 五返30ウ1
御吉事 正返3オ1
御大事 四返26ウ6
御布施 十二返73ウ1
御慶賀 正往1オ1
御批判 四返27オ3
御書所 二返10オ3
御消息 六返35オ3
御物恖 五返30ウ2
御繁昌 正往1オ4
御自撰 二返11オ6
御自撰 二返14オ6
御見參 五往27ウ2
御諷諫 十往56オ1
御返報 十二返74オ5
御音信 四返24ウ6
御音信 九返48ウ3
御願寺 八往42オ1
御室戸寺 正往2ウ6
【徵】
徵 十返56ウ3
徵 十返57ウ1

徵　十返58ウ3
【德】德　四返26オ6
德　八往41オ3
德　十返58オ5
德　十一往60ウ2
功德　十二往68ウ6
功德　十二返70オ3
功德　十二返72ウ4
護德　四返26オ1
崇德院　二返12オ1
應德三年　二返11ウ1
長德年中　二返11オ5
寒山十德　三往16ウ2
【徹】徹　十二往68オ6

心部

【心】心　正返3ウ5
心　五返30オ5
心　九往46ウ3
心　九返51ウ1
心　十二返72ウ2
心事　四返27オ4
心事　十返59ウ5
心事　十一往61ウ5
心性　十二返72ウ5
心懷　六返37オ3
心操　二往8オ3
心藏　十返57ウ2
初心　十往55ウ5
天心　十返58ウ6
無心　二往8ウ6
無心　三往15ウ3
無心　七往38ウ2
無心　九往47ウ4
無心　十一往60ウ4
點心　五往29ウ5
點心　五返30ウ5
點心　五返30ウ5
點心　五返30ウ6
天魔隨心　四返26オ4
【必】必　六返36ウ5
必　九返51オ3
必　九返52ウ4
必定　正往1ウ4
【切】切利　七返39ウ5
【忍】忍辱　十二返72ウ2
無生忍　十二往68ウ6
【志】短志不具　六返37オ3
【忘】忘　五往27ウ5
忘　九往46ウ4
忘　十一往61オ5
【忠】忠懃[勤]　十返58ウ2
忠春容　七返39ウ3
壬生忠岑等　二返10オ6
【念】念珠　十二往65ウ4
盡〈繫〉念　十二返70オ3
鬱念　五往27ウ3
鬱念　六返35オ6
【忽】忽　七返39オ6
忽　十二往68ウ6
【思】思　正返6ウ2
思　四返25オ2
思　五往27ウ4
思　六返35ウ2
思　九往46ウ5
思恭　三往16オ2
思懸　二往7ウ2
思立　十一往61ウ1
【怠】怠　六往34ウ3
懈怠　四往21ウ4
懈怠　六返37オ3
懈怠　七往37ウ3
【急】急速　十一往61ウ4
【性】性　九返51ウ1
少性　六往34オ4
心性　十二返72ウ5
百性[姓]　十返58ウ3
養性　四往21ウ5
寶性〈生〉佛　十返57ウ2
【恆】恆　十二返70ウ6
恆沙劫　十二往64オ5
凡河内躬恆　二返10オ5
【恐】恐　九往47ウ6

無本意　七往37ウ3
【愚】愚　九返49オ4
愚也　十一往61オ1
愚僧　九往46ウ5
愚僧　十二往64オ2
愚慮　九往48オ1
愚慮　十返59オ3
愚昧　十二返70ウ4
愚茶　四返26ウ3
愚鬱　十一往60オ4
【愛】寵愛　二往8ウ5
【感】感果　十二返71ウ5
【愧】慙愧　十二返72ウ2
【慈】慈恩　九往48オ1
慈悲　十二返72オ6
慈雲　十二返73ウ6
【態】態　正往1ウ6
態　正往2オ4
態　正返3ウ5
態　六往34オ1
態　六返35ウ6
早態　六往34オ3

【慕】慕　十二返70ウ1
【慙】慙愧　十二返72ウ2
【慮】愚慮　九往48オ1
愚慮　十返59オ3
淨慮　十二往69オ1
【慶】御慶賀　正往1オ1
延慶四年　二返13ウ4
【憂】憂　十返59ウ3
積憂　六往32ウ4
【憑】憑　二往8オ2
憑　九往47ウ3
【憚】憚　三往15ウ3
憚　六往34ウ4
憚　七返40ウ2
【懃】懃學　十一往61オ4
忠懃[勤]　十返58ウ2
【懈】懈怠　四往21ウ4
懈怠　六返37オ2
懈怠　七往37ウ2
【應】應　十返58オ5
應德三年　二返11ウ1
【懷】懷舊　正返4オ4

心懷　六返37オ3
述懷　正返4オ4
懷紙等　八往42オ5
【懸】懸　二往9オ3
懸　十一往61オ4
懸針　八返43オ6
思懸　二往7ウ2
犬笠懸　六往34オ2
犬笠懸　六返36ウ1
【懺】懺法　十二返71ウ1
【戀】戀　正返4オ2
戀　正返5ウ6
戀　正返6ウ2

戈部

【成】成　正返3ウ5
成　三往16オ1
成　六往34ウ3
成　八返44オ1
成　八返44ウ3
成　八返45オ4

成　九返52オ6
成　十二往68ウ6
成　十二返72オ3
成　十二返72オ3
成市　十二往67ウ3
成熟　十返59オ1
俊成卿　二返12オ4
藤原行成卿　八返45オ3
【我】我朝　四返25オ6
我朝　八返43オ5
我等　十二返70オ6
【戒】戒牒　八往42オ5
【戲】遊戲　六往33オ1
遊戲　六往34ウ2

戸部

【戸】御室戸寺　正往2ウ6
【房】御房　正往2ウ6
御房　正返7オ5
御房　二往9ウ1

御房 二返15オ6
御房 三往19オ1
御房 三返21ウ2
御房 四往24ウ3
御房 五返32ウ3
御房 六往35オ2
御房 七往39オ3
御房 七返40ウ6
御房 八往42ウ5
御房 八返46オ5
御房 九往48オ6
御房 十往56オ5
御房 十返60オ2
御房 十一往62オ2
御房 十一返63ウ6
御房 十二往69ウ3
御房 十二返74オ4
牛房 五返32オ1

【所】
所 二往8ウ3
所 二往8ウ6
所 二返9ウ3
所 三返19オ5
所 四往22オ2
所 四返26ウ3
所 四返27オ2
所 七往37ウ6
所 七往38ウ2
所 七返39ウ1
所 九返50オ5
所 九返50ウ3
所 十一返62オ4
所 十一返62ウ2
所乗 十二返72オ6
所々 八往42オ1
所持 九往47オ3
所持 九返51ウ6
所望 二往7ウ3
所望 七往38オ2
所望 七往38オ4
所爲 十返58ウ3
所爲 十返59オ3
所謂 正返4オ1
所謂 八返44オ1
所謂 八返44ウ4
所謂 八返45オ4
所謂 十返56ウ2
所謂 十二返71ウ4
所願 十二往69オ4
出所 四往22オ4
居所 正返5ウ5
居所 正返5ウ5
所々 八往42オ1
本所 四往23ウ3
貴所 八往42オ3
御書所 二返10オ3

【扇】
團扇 八往42オ4

手部

【手】
手〈二手〉 十二往68オ4
手増 六往33オ2
手本 八往41ウ3
手本 九返50ウ6
手本 九返51オ6
手習 八往41ウ2
手習 九返48ウ6
手習 十一往60ウ1

【才】
才 正往2オ1
才 正返3ウ1
才學 十一往60ウ1

【打】
打 十二往67オ6
打擲 四往24オ1
打敷 三往17ウ5
打越 正返6オ5
毬打 六往33オ2
岸打波 十返59オ4
下牛打 六往33オ6
郎等打 六往33ウ2
打小白物 六往34ウ1

【批】
批判 四往24オ5
御批判 四返27オ3

【承】
承 正返3オ6
承 二往8オ1
承 二返9ウ2
承 二返9ウ3
承 三返19オ2
承 四返24ウ4
承 四返26ウ3

承 六返35オ4
承 七返39ウ1
承 九返48ウ1
承 十返56オ6
承 十一返63ウ3
承仕 十二往66ウ2
承及 二返14ウ6
申承 二往7オ6
申承 三往15ウ1
申承 三返19オ3
申承 四往21ウ3
申承 六返35ウ3
申承 七往37ウ1
申承 九返48ウ3
申承 十一往60オ3
【抑】抑 正往1オ5
抑 正返3オ6
抑 二往7ウ2
抑 二返9ウ2
抑 三往15ウ2
抑 四往21ウ5
抑 四返25オ1
抑 五往27ウ6
抑 五返30ウ1
抑 六往32ウ5
抑 六返35オ6
抑 七往37ウ4
抑 七返39ウ1
抑 八往41オ2
抑 九往46ウ5
抑 九返48ウ4
抑 十往54オ3
抑 十返56オ6
抑 十一往60オ4
抑 十一返62オ4
抑 十二往64オ2
抑 十二返70オ2
【抓】石抓 六往33オ4
【投】投壷 六往33オ4
【折】折敷 四往21オ3
折節 七返39ウ1
折〈木折〉點 八返44オ5
唐折敷 三返21オ2
牛片角折點 八返44ウ5
【披】披 四返27オ3
披 五返30オ6
【抹】抹香 十二返72オ2
【拂】拂 正返3オ1
壷拂 三返20オ1
拂災箒 十二返70オ2
【拍】拍毬 六往34オ6
亂拍子 六返36オ3
白拍子 六返36オ2
【拙】拙狀 八往41オ1
【招】招祥 十二返70オ3
招請 五返30ウ3
【拜】參拜 七往39オ1
禮拜 正返3オ3
禮拜 七往37ウ4
面拜 正返7オ3
面拜 四返24ウ5
面拜 四返27オ4
面拜 五往30オ1
面拜 六往32ウ4
面拜 六返35オ5
面拜 七返39オ4
面拜 十往54オ1
面拜 十一往61ウ6
面拜 十二返74オ2
【拵】拵 四往24オ4
【拽】拽木 三返19ウ2
【拾】拾遺集 二返11オ4
後拾遺 二返11ウ1
續拾遺 二返13オ4
續後拾遺 二返14オ2
【持】持幡 十二往67オ5
持樣 九返52オ4
力持 六往34オ3
受持 十二返71ウ1
所持 九往47オ3
所持 九返51ウ6
持金剛 十二往67オ4
持金剛 十二往68オ2
【指】指 九返52オ4
指 九返53ウ2
指 十二往68ウ3

麩指物　五返31ウ1
零餘子串指　五返31ウ2
【按】按排　四往24オ1
【拵】拵遊　六往34オ6
【振】振〈振舞〉　十二往68オ2
二振　十二返73ウ4
【挹】挹　十二往64ウ4
【挿】挿物　六往34オ3
【捧】捧　八往41オ1
捧　十二往68オ4
【捨】捨　十二往68ウ5
【掃】掃除　五往29オ6
【掌】合掌　十二返72ウ4
【排】按排　四往24オ1
【推】推參　二返15オ2
推參　三返21オ6
推參　六返35ウ3
【揚】揚　八往41オ3
揚　十一往60ウ1
揚　十二返73オ5
對揚　十二返73オ3

【搖】搖地　十二往67ウ2
【摘】摘　四返25オ4
走摘　四往22ウ6
【摩】蘇摩子童子經　四返25ウ6
【摺】摺　八往41ウ5
摺　九返49ウ2
摺　九返49ウ3
摺　九返49ウ4
摺　九返49ウ6
摺　九返51オ6
摺　九返53オ6
編木摺　六往34オ5
【撥】撥　十往55オ5
【撰】撰　二返10ウ1
撰　二返11オ3
撰　二返11ウ3
撰　二返11ウ6
撰　二返12オ2
撰　二返12オ5
撰　二返12ウ2
撰　二返12ウ5

撰　二返13オ1
撰　二返13オ4
撰　二返13オ6
撰　二返13ウ2
撰　二返13ウ5
撰　二返14オ1
撰　二返14オ3
撰　二返14ウ2
撰　十一往61オ6
撰者　二返9ウ6
撰集　二返14ウ4
御撰　二往7ウ5
敕撰　二返14ウ3
後撰集　二返10ウ3
御自撰　二返11オ6
御自撰　二返14オ6
新後撰　二返13オ6
新敕撰　二返12ウ3
續後撰　二返12ウ5
【撲】相撲　六往34オ1
【操】心操　二往8オ3
【據】無據　四往24オ1

【擯】打擯　四往24オ1
【擲】擲花　七返39ウ6
【攂】茶攂　四往24オ3

支部

【改】改　十二往67オ3
改年　正返3オ1
改年　六往33オ1
【政】政　十返58オ5
政　十返58オ6
政　十返58ウ5
政　十返58ウ6
政黄牛　三往16オ5
貞觀政要　十一返63ウ1
【故】故　正往2オ3
故　正返3ウ6
故　正返4オ3
故　八往41オ4
故　十往54オ4
故　十返56ウ2
故　十返58オ2

故 十返58オ6
故 十返59オ6
故 十一往60ウ2
故 十二往64ウ6
故 十二往68ウ5
故 十二返71オ2
故 十二返72ウ6
故 十二返73ウ6
故實 七返40ウ3
故實 九往47オ4
故實 九返49ウ1
【敎】敎主 十二往68オ2
釋敎 正返4オ4
釋敎 正返5ウ6
五時八敎 十二往64ウ1
【敏】聰敏 四返25ウ3
【敕】敕 二返10オ3
敕 二返11ウ5
敕 二返14オ4
敕 二返14ウ2
敕撰 二返14ウ3
新敕撰 二返12ウ3

【散】散 七返39オ6
散 十二往69オ6
散 十二返70オ2
散花 七往37ウ5
散花 十二返73オ2
石散 八返45ウ2
散花籠 十二往65ウ5
【敬】敬 十返56ウ1
敬禮 十二返72ウ5
俊敬 十一往61オ3
【敷】敷皮 三往17ウ3
打敷 三往17ウ5
折敷 三返21オ3
珍敷 四往24オ6
唐折敷 三返21オ3
浦山敷 四返25オ1
浦山敷 六返35ウ2
【數】數 六往33ウ4
數〈功〉 十二往65オ1
數多 四往22オ2
盡數 十二往67オ2

文部

【文】文 八返43オ2
文 十一往61オ3
文字 八往42オ1
文字 八返43オ2
文字 九返50オ1
文字 九返52ウ3
文字 九返53オ1
文選 十一返63オ4
妙文 十二返71オ4
學文 十一往60ウ1
小文 十一返63ウ3
碑文 八往42オ2
要文 九返50ウ1
願文 八往42オ3
文粹等 十一返63ウ2
作文等 六往33ウ5
紀時文 二返11オ3
文永二年 二返13オ2
文治三年 二返12オ3
延文四年 二返14ウ1

白氏文集 十一返63オ5
【斐】甲斐 二返10オ5
【斑】斑 十二往66オ5

斗部

【料】料理 六返36ウ3
料紙 九返50オ3
【斟】斟酌 九返52ウ5

斤部

【斯】斯 六往34ウ3
斯 八返45ウ3
如斯 十一往60ウ4
如斯 十二往69ウ1
【新】新 九返52オ1
新古 四往24オ1
新式 正往2オ6
新式 正返3ウ6
新式 正返7オ1
新春 正往1オ1

新渡　三往15ウ6
新渡　三返19オ5
新渡　四往23オ5
新渡　七往38ウ4
新渡　七返40ウ2
新羅　十二往67オ3
新調　十二往66ウ1
新古今　二返12オ5
新後撰　二返13オ6
新敕撰　二返12ウ3
新千載集　二返14オ6

方部

【方】
方丈　八返44オ6
方丈　五往29オ4
方々　三往15ウ5
五方　十返56ウ5
北方　十返57ウ6
十方　十二返72オ5
南方　十返57ウ3
四方　八往41オ4

御方　正往1オ2
方々　三往15ウ5
明方　正返3オ1
東方　十返57ウ1
西方　十返57オ4
貴方　正返3オ2
方磬等　十往55ウ4
知事方　五往28ウ1
頭首方　五往28オ5

【於】
於　正往2オ4
於　二往8オ3
於　二返10ウ6
於　二返20オ1
於　三返20オ4
於　四往22オ5
於　四往22ウ1
於　四往22ウ2
於　四往22ウ3
於　八往41オ3
於　八往41オ3
於　八返44ウ3
於　九往47ウ3

於　十往54オ5
於　十返59ウ1
於　十一往60ウ5
於　十二往65ウ1
於　十二返71オ5
於　十二返73ウ6
於　十二返74オ1

【施】
施　九往47ウ6
御布施　十二返73ウ1

【旅】
旅之字　正返5オ3

无部

【既】
既　正返3オ2
既　十往54オ6
既　十一往61オ1
既　十二返69ウ6

日部

【日】
日　正往1ウ4
日　正返5ウ3

日　正返5ウ3
日　正返6オ3
日　十二往66ウ6
日　十二返69ウ6
日來　七返39オ6
日來　十二往64オ1
日來　十二往69オ6
日光　十二返70オ5
日域　八返43ウ4
日月　十一往60ウ6
日野　五往30オ4
今日　正返4ウ6
兼日　正往2ウ1
大日　十返56ウ6
昨日　正返4ウ2
朔日　正往1オ1
近日　二返15オ1
朝日山　四往22ウ5
一昨日　六返35オ3
第七日　十二返71ウ3
吉日良辰　十一往61オ6
九月廿日　九返53ウ5

二月十日 二往9オ6
五月七日 五返32ウ2
五月三日 五往30オ3
六月五日 六往35オ1
卯月九日 四往24ウ2
正月十日 正往2ウ5
正月十日 正返7オ4
七月十三日 七往39オ2
七月十五日 七返40ウ5
三月十八日 三往18ウ6
三月十八日 三返21ウ1
九月十五日 九往48オ5
二月十三日 二返15オ5
八月十三日 八往42ウ4
八月十四日 八返46オ4
六月十八日 六返37オ5
十一月廿日 十一往62オ1
十月十五日 十返60オ1
十月廿三日 十往56オ4
卯月十一日 四返27オ6
四月十五日 二返10オ2
十一月廿三日 十一返63ウ5
十二月十一日 十二往69ウ2
十二月廿五日 十二返74オ3

【旦】旦過 五往29ウ4

【旨】旨 正返3ウ3
旨 二返9ウ2
旨 三往18ウ4
旨 四返24ウ4
旨 六返35オ4

【早】早 十二返69ウ4
早態 六往34オ3
早歌 六返36オ2
早走 六往34オ4

【昆】煎昆布 五返31ウ5

【昌】御繁昌 正往1オ4

【明】明 五返30オ6
明尊 正往2ウ5
明方 正返3オ1
明春 十二返69ウ6
明範 三返21ウ1
天明 三返20オ2
有明 正返5オ5
清明 十二返70ウ5
聲明 十二返71オ5
照〈昭〉明太子 十一返63オ4
七覺三明 十二往64オ6

【昏】重昏 十二返70ウ5

【易】易 十二返69ウ5
周易 十一返62ウ5

【昔】昔 正返4ウ2
昔 正返6ウ2
昔 八往41オ2
昔 十一往61オ1
昔 十二返70ウ1

【星】星 正返6オ3

【映】雲映 四往22ウ3

【春】春 正返4オ2
春季 十返57オ6
春月 正返4ウ5
春雪 四往22ウ1
春風 正返5オ2
新春 正往1オ1
明春 十二返69ウ6
立春 正往1オ5
忠春容 七返39ウ3

【昧】愚昧 十二返70ウ4

【昨】昨日 正返4ウ2
一昨日 六返35オ3

【昭】昭輔 二返12オ2

照〈昭〉陽舎 二返10ウ6
照〈昭〉明太子 十一返63オ4
【是】是 二返12ウ2
是 三往18ウ3
是 六往33ウ6
是 七返40ウ4
是 九返51オ4
是 九返53オ2
是 十一返62オ3
是 十一返63オ3
是 十二往67ウ4
是以 十二返73ウ4
是等 五往28ウ4
【時】時 三往18ウ5
時 四返27オ5
時 五往30オ1
時 五返30ウ3
時 九返53ウ4
時 十返59オ1
時 十返59オ2

時 十一往60ウ5
時 十一往61ウ6
時 十一返62オ5
時 十二往69オ2
時々 十往55ウ6
御時 二返11ウ2
時々 十往55ウ6
片時 九往46ウ4
辰時 十二往67オ1
初時雨 七返39ウ4
紀時文 二返11オ3
五時八教 十一往64ウ1
【晩】遠寺晩鐘 三往16ウ6
【景】景物 正返4オ2
【晴】晴天 九返52ウ1
山市青〈晴〉嵐 三往16ウ5
【智】五智 十二往69オ1
大智 十二返72ウ1
知〈智〉處〈證〉城 十二往68オ1
浄智寺等 五往28オ4

【暇】無暇 六往34ウ4
【暗】暗 十二返70ウ4
【暮】暮 正返4ウ2
暮 十二往64オ1
暮 十二返69ウ6
朝暮 六返35ウ4
歳暮 十二返69ウ6
歳暮 十二返71オ2
江天暮雪 三往16ウ6
【暦】延暦寺 十二往69ウ3
天暦五年 二返10ウ5
天暦年中 八返43ウ5
【曇】曇 正返6ウ3

曰部

【曲】曲 十二往67オ3
曲事 十返59オ3
曲彔 三往17ウ2
曲舞 六返36オ3
八曲 九往47ウ1
八曲 九返48ウ5

妙曲 十二返73オ3
委曲 二返15オ3
委曲 九返53ウ2
音曲 六返36オ3
【更】更 四返25ウ2
更 十二返70ウ1
更 十二返70ウ3
殘更 四返25ウ5
【書】書 二返10ウ2
書 九返50オ5
書 九返50ウ2
書 九返50ウ6
書 九返51オ6
書 九返51ウ2
書 九返52オ6
書 九返52ウ4
書 九返53オ1
書 九返53オ2
書 九返53オ4
書 九返53ウ1
書巻 十一往61オ2
書寫 九往47オ4

書寫　九返49ウ1
書寫　九返49ウ6
書寫　十二返71ウ2
書様　九往47オ6
書狀　五往28ウ6
書記　五往28オ6
書院　五往29オ5
仰書　九往47オ5
仰書　九返53オ5
尙書　十一返62ウ4
本書　九往47オ5
本書　九返50ウ4
本書　十一往61ウ2
本書　十一返62ウ3
漢書　十一返63オ6
能書　八往41オ4
能書　八返43オ6
能書　八返46オ1
能書　九返48ウ6
鴈書　八返42ウ6
御書所　二返10オ3
後漢書　十一返63オ6

【曼】
大曼陀羅供　十二往66ウ6

【最】
最　十往56オ1
最前　正往1オ2

【會】
一會　三往16オ1
大會　十二返72ウ4
御會　三返21オ5
御會　四返25オ1
集會　十二往67オ1
集會　十二往67ウ2

月部

【月】
月　正返5ウ1
月　正返5ウ2
月　正返6オ3
月　十二返70オ4
月湖　三往16オ6
月輪　八返44オ6
初月　六往33オ1
十月　二返10ウ6
夕月　正返4ウ4

對月　三往16ウ3
日月　十一往60ウ6
春月　正返4ウ5
朝月　正返4ウ4
朧月　十二往64オ1
朧月　十二返69ウ4
風月　六返35ウ5
五月雨　正返5オ3
夏冬月　正返4ウ6
月卿雲客　六返35ウ6
九月廿日　九返53ウ5
二月十日　二往9オ6
五月七日　五返32ウ2
五月三日　五往30オ3
六月五日　六往35オ1
卯月九日　四往24ウ2
正月十日　正往2ウ5
正月十日　正返7オ4
洞庭秋月　三往16ウ5
七月十三日　七往39オ2
七月十五日　七返40ウ5

三月十八日　三往18ウ6
三月十八日　三返21ウ1
九月十五日　九往48オ5
二月十三日　二返15オ5
八月十三日　八往42ウ4
八月十四日　八返46オ4
六月十八日　六返37オ5
十月十五日　十返60オ1
十月廿三日　十往56オ4
卯月十一日　四返27オ6
四月十五日

二返10オ2
十一月廿日　十一往62オ1
牛月雲出之點　八返44ウ6
十一月廿三日　十一返63ウ5
十二月十一日　十二往69ウ2
十二月廿五日　十二返74オ3

【有】
有　正往1ウ5
有　二往9オ3
有　二返10ウ1
有　三往17オ5
有　三返20オ6
有　五返30ウ3
有　五返32オ6
有　六往33ウ6
有　八返45ウ5
有　八返45ウ6
有　九返48ウ6
有　九返50オ6
有　九返50ウ1
有　九返51オ3
有　九返52ウ3
有　九返52ウ5
有　十往54ウ5
有　十往55オ5
有　十返58オ4
有　十返58ウ1
有　十返58ウ3
有　十返58ウ4
有　十返59オ2
有　十返59ウ1
有　十返59ウ3
有　十一往61ウ5
有　十一返62オ5
有　十一返62オ6
有　十一返62ウ1
有　十二往64ウ5
有　十二往65オ6
有　十二往69ウ1
有　十二返70ウ1
有　十二返71ウ3
有增　六返35ウ4
有家　二返12ウ1
有明　正返5オ5
有哉立　六往33オ6
有勞無益　十二返70ウ3

【服】
服　四返25オ4
服部　四往23オ3
法服　十二往66オ1
衣服　十二返72ウ1
十服茶　三往15ウ5
三種四服　四往23ウ4

【朔】
朔日　正往1オ1

【郎】
郎　八往41オ5
郎詠　十一返63ウ2

【望】
望　正返3オ2
大望　三往18ウ4
所望　二往7ウ3
所望　七往38オ2
所望　七往38オ4
鬱望　七返39オ5
紀淑望　二返10ウ2
坂上望城等　二返11オ3

【朝】
朝　八返45オ2
朝月　正返4ウ4
朝暮　六返35ウ4
朝臣　二返11ウ6
朝陽　三往16ウ3
朝霞　七返40オ4
宋朝　四往23オ5
我朝　四返25オ6
我朝　八返43オ5
本朝　正往2オ1
本朝　八返45ウ5
漢朝　四往23ウ2
漢朝　八返43オ6
朝日山　四往22ウ5
小野朝臣道風　八返43ウ6

【期】
期　正返7オ3
期　三往9オ4
期　二返15オ3
期　三往18ウ4

期　三返21オ6
期　四返27オ4
期　五往30オ1
期　七往39オ1
期　八返46オ2
期　九返53ウ3
期　十往56オ2
期　十返59ウ5
期　十一往61ウ6
期　十一返63ウ4
期　十二返74オ2

木部

【木】
木　正返6オ3
木枯　正返4ウ3
木椀　三返21オ1
木緜　三往17ウ3
木花　正返6ウ6
木音　十返57オ6
入木　八往41ウ6
入木　九往46ウ6
名木　正返4ウ1
如木　十二往66ウ3
拽木　三返19ウ2
枯木　八返43ウ3
草木　正返6ウ1
草木　十返58ウ4
鐵木　十一往60ウ4
木工頭　八返43ウ6
折〈木折〉點　八返44オ5
無木簺　六往34ウ1
編木摺　六往34オ5
伽羅木　七返39ウ2
羅漢木　七返39ウ6
花梨木　三往17ウ2
【未】
未　正往2オ5
未　七返40ウ3
未　十二返70ウ2
未　十二返70ウ5
未　十二返71オ1
【末】
末　正返6ウ4
末世　十二返70ウ1
【本】
本　五返32オ5
本　六往34ウ2
本兆　四往22オ2
本兆　四往24オ2
本名　四返27オ3
本意　四往21ウ4
本意　九往46ウ2
本所　四往23ウ3
本書　九往47オ5
本書　九返50ウ4
本書　十一往61ウ2
本書　十一返62ウ3
本朝　正往2オ1
本朝　八返45ウ5
本歌　二返14ウ5
手本　八往41ウ3
手本　九返51オ1
手本　九返51オ6
無本意　七往37ウ3
【札】
御札　二返9ウ2
恩札　五返30オ6
恩札　七返39オ6
芳札　三返19オ2
芳札　四往24ウ4
芳札　十一返62オ4
貴札　十二返70オ2
【朱】
朱漆　三返21オ1
堆朱　三返20ウ3
雲朱　三返20ウ4
【机】
机　三往17ウ1
前机　十二往65オ5
花机　十二往65オ2
【朽】
朽　九返52オ2
【李】
李堯　三往16ウ1
【杏】
杏　五返32オ3
【村】
村雨　正返4ウ3
村雲　九返52ウ2
村上天皇　二返10ウ5
村上天皇　八返43ウ5
漁村夕照　三往16ウ5
【杓】
茶杓　三返19ウ4
【杖】
錫杖　十二往65ウ1
錫杖　十二返73オ2
【束】
三束　三返21オ4

装束　十往54ウ5
装束　十二往66ウ1
樺装束　十往54ウ2
【柿】串柿　五返32オ3
【東】東司　五往29オ5
東土　十二往64オ3
東岳　十二返74オ1
東方　十返57ウ1
東福　五往28オ3
東大寺　四返27ウ1
東大寺　六返37オ6
東陽瓶　三往17ウ6
東觀漢記〈紀〉　十一返63オ6
【杷】枇杷　五返32オ2
【松】松　正返5ウ1
松煙　九返52オ1
松風　正返5オ2
松風　七返39ウ5
枯松　八返44オ2
松吹風　十返59オ4
干松茸　五返31ウ3

【枇】枇杷　五返32オ2
【林】林　五往29ウ1
雙林　十二返70オ6
【果】果位　十二往69オ1
丹果　二往8ウ1
感果　十二返71ウ5
證果　正往2オ5
證果　十二往69オ5
【枝】枝條　十二返70オ6
梅枝　八返45オ5
【杵】鈴杵　十二往68ウ1
【枯】枯木　八返43ウ3
枯松　八返44オ2
枯草　八返45オ5
冬枯　正返6オ6
木枯　正返4ウ3
【架】後架　五往29オ6
【某】某　八往42ウ4
某　十一返62オ1
某　十二返74オ3
【柑】柑子　五返32オ2
柚柑　五返32オ4

【染】染　六往34ウ5
染　九返51オ6
染　九返53オ6
【柔】柔和　十二返72ウ2
剛柔　二往8オ4
【柘】柘榴　五返32オ2
【柚】柚柑　五返32オ4
【柰】柰良　十二往67オ2
柰良風爐　三返20オ4
【柳】柳　正返5オ4
楊柳　八返43ウ3
紫柳　十一往66オ6
青柳　十一往66オ6
【栂】栂尾　四往22オ4
【栗】栗鼠　三往16ウ1
生栗　五返31ウ3
【栢】栢實　五返32オ4
【栴】栴檀　十二返70オ5
【根】根　十二返73ウ5
上根　九返49オ1
中根　九返49オ2
五根　十返56ウ5

六根　十二返73オ4
意根　十返57オ1
眼根　十返57ウ1
耳根　十返57ウ6
舌根　十返57ウ3
鼻根　十返57オ4
【桂】桂漆　三返20ウ4
【桃】桃　五返32オ3
胡桃　五返32オ4
【案】案内　正往1ウ4
案内　五往27ウ2
案内　九返53オ6
公案　四返26オ6
【桐】梧桐　十往55オ6
【桶】茶桶　三往18オ4
【梁】梁　十一返63オ4
浮梁　四往23ウ1
穀梁傳　十一返62ウ6
【梅】梅　正返4ウ6
梅　三返20オ1
梅　五返32オ3
梅枝　八返45オ5

梅竹 三往16オ4
梅花 三往17オ6
梅花 七返40オ2
楊梅 五返32オ3
老梅 七返40オ2
【條】
條 正往1オ4
條 正返3オ5
條 四往21ウ4
條 六返35ウ1
條 九往46ウ1
條 九往47ウ5
條 九返48ウ3
條 十往55ウ6
條 十一往60ウ6
條 十一返62オ4
九條 二返13オ3
何條 二往7ウ1
何條 十一往60オ3
枝條 十二返70オ6
一條院 八返45オ2
【梢】
梢 正返6ウ4
【梧】
梧桐 十往55オ6

【梯】
梯 七返39ウ6
梯 七返40オ2
【梳】
梳物 五返32オ1
【梵】
梵唄 十二往67オ6
梵唄 十二返71オ6
梵字 八返43オ3
梵音 十二返73オ2
【梨】
梨 五返32オ3
梨筒〈梨子〉 十往55ウ3
梨花 三返20オ6
花梨木 三往17ウ2
阿闍梨 三往18ウ6
阿闍梨 六返37オ6
助阿闍梨 三返21ウ2
大阿闍梨 十二往68オ1
【棊】
將棊 六往33オ3
彈棊 六往33オ4
中將棊 六往33ウ4
大將棊 六往33ウ3
【棗】
干棗等 五返32オ5
【棚】
棚 十一返62ウ1

【棲】
棲 十二返70ウ6
【椀】
木椀 三返21オ1
茶椀 三往19ウ6
【植】
植物 正返6オ6
【椎】
椎 五返32オ2
【椵】
檖椵 五返32オ4
【楊】
楊 十二往66オ5
楊弓 六返36オ5
楊柳 八返43ウ3
楊梅 五返32オ3
楊編 三返21オ4
鷄楊 三返20ウ4
黄楊 三返19ウ3
黄楊 十往55オ5
【楪】
楪 三返21オ2
【業】
得業 六往35オ1
【榛】
榛 五返32オ4
【極】
極 十二返73オ3
極妙 十二往67ウ1
極草 九返53オ1
無極 三返19オ4
無極 四返24ウ6

無極 四返27ウ3
無極 六返35オ6
無極 八往41オ2
無極 十一往60オ4
西極 十二返74オ1
至極 十二往67オ3
【榴】
柘榴 五返32オ2
【構】
構 十返58ウ5
構 十二往64ウ6
相構 正往1ウ5
相構而 七往38オ5
【槽】
槽 十往55オ3
槽 十往55オ4
槽 十往55オ6
【樂】
樂器 十往54ウ1
信樂 十二返72ウ2
妓樂 十往54オ5
妓樂 十二返72ウ3
法樂 正往1ウ1
獨樂廻 六往34オ6
長樂寺 九返53ウ6
【標】
標 十二往68ウ3

【様】様　五往29ウ5
様　九返50ウ5
様　十二返71ウ2
様共　九返51ウ6
六様　八返43ウ2
唐様　十二往65ウ2
四様　八返43ウ4
在様　十二往67オ6
持様　九返52オ4
書様　九往47オ6
異様　九返52ウ4
如何様　二返15オ1
如何様　六返35ウ2
【樹】寶樹　十二往64ウ6
【樺】樺装束　十往54ウ2
【橋】法橋　五往30オ3
法橋　五返32ウ3
【橘】橘　五返32オ2
橘花　七返39ウ6
橘諸兄卿　二返9ウ6
【橛】橛　十二往68ウ3
【横】横皮　十二往66オ1
横笛　十往54ウ3
【檀】檀[壇]上　十二往68ウ4
檀[壇]供　十二往68ウ4
梅檀　十二返70オ5
白檀　七返40オ6
紫檀　三往17ウ1
紫檀　十往54ウ6
紫檀　十往55オ4
紫檀　十二往65ウ3
【楅】楅茶　三往19ウ6
【橃】橃椵　五返32オ4
【櫻】櫻　正返5オ4
【權】權僧正　八返46オ4
權律師　三返21ウ1
權大僧都　五返32ウ2
權少僧都　四往24ウ2

欠部

【次】次　五返30ウ4
次　七往39オ1
次　十二往66ウ6
次　十二返71オ4
次　十二返73オ5
次第　正往2ウ1
次第　二返9ウ4
次第　五往29オ6
次第　七往37ウ3
次第等　九往47ウ1
【欲】欲　正往2オ5
欲　五往28オ1
欲　六往32ウ5
欲　八往42オ6
欲　九往46オ6
欲　十一返62オ3
欲　十二返71オ3
貪欲　六返36ウ5
貪欲　十二返70ウ6
四禪六欲　十二往69オ3
【欽】欽　十返58オ6
【歌】歌　九返52ウ1
歌物　六返36オ4
早歌　六返36オ2
本歌　二返14ウ5
連歌　正往2オ1
連歌　正返3ウ4
連歌　十一往60オ5
【歟】歟　六返36ウ2
歟　六返37オ1
歟　九返50オ3
歟　十一往61オ6
歟　十一返62オ6

止部

【正】正　十二返73オ6
正路　九返51ウ1
正三位　八返44ウ2
大僧正　十二返74オ4
權僧正　八返46オ4
正和五年　二返13ウ6
正月十日　正往2ウ5
正月十日　正返7オ4
前大僧正　十二往69ウ2
【此】此　正往2オ4
此　二返14ウ3

此 二返14ウ5
此 三往16ウ3
此 四往22ウ5
此 五往28ウ4
此 五返31オ1
此 七往38オ4
此 七往38オ6
此 八往41ウ2
此 八返45ウ6
此 十往55ウ1
此 十返58オ2
此 十一返63オ3
此 十二往69オ2
此等 四往23ウ2
此間 三往15ウ5
此間 六返35ウ3
此間 十一往60オ3
如此 二往8オ1
如此 四返26ウ2
如此 九往47ウ3
海此岸 十二往67ウ6
【武】
武夷 四返26ウ1
武藏 四往23オ2
武藏野 七返40オ4
【歳】
歳暮 十二返69ウ6
歳暮 十二返71オ2
直歳 五往28ウ3
【歸】
遠浦歸帆 三往17オ1

歹部

【殊】
殊 七往37ウ3
【殘】
殘更 四返25ウ5

殳部

【殿】
殿主 五往28ウ1
佛殿 五往29オ3
貴殿 二往8オ2
貴殿 六往32ウ5
貴殿 九往47ウ3
鶴殿 二返13オ3
堪殿主 三往16ウ2
小湯殿 九往47ウ1
小湯殿 九返48ウ5

母部

【母】
雲母 三往18ウ2
孝養父母 四返26オ3
【毎】
毎 九往46ウ6
毎事 五往30オ1
毎事 七往38ウ6
毎事 十往56オ2
毎人 十返59オ2

比部

【比】
比 正往1オ5
比叡 四往23オ4
何比 三返21オ5
【毗】
毗沙門雙六 六往33オ4

毛部

【毛】
毛 八往41ウ4
毛 九返50オ2
毛 九返52オ6
毛詩 十一返62ウ4
夏毛 九返50オ1
【⿺毛夸】
⿺毛夸 十二往66オ3
【毫】
毫筆 八往41ウ4
青兔毫 三返20オ5
黄兔毫 三返20オ6
【毬】
毬打 六往33オ2
拍毬 六往34オ6
【氈】
氈 三往17ウ4
浮氈綾 十二往66オ4
【氎】
白氎 三往17ウ4

氏部

【氏】
釋氏 十二往64オ4
源氏茶 四往23ウ4
爲氏卿 二返13オ6
白氏文集 十一返63オ5
【民】
民部 正返7オ5

民部　二返14オ3
民部卿　九返53ウ6

气部

【氣】氣　四返25ウ4
氣色　十二往67ウ1
氣色等　十二往66ウ5

水部

【水】水　二往8オ3
水　九返53オ5
水厄　四往22ウ2
水呑　三返20ウ6
水團　五返31オ4
水干　十二往66ウ3
水牛　十往55オ5
水牛　十二往65ウ1
水瓶　三返20オ3
水精　十二往65ウ4
水練　六往34オ3
水纖　五返31オ1
水蓼　七返40オ2
水邊　正返4オ4
水邊　正返5ウ5
水邊　正返5ウ5
水音　十返57ウ5
灑水　十二往68ウ2
白水　九返49ウ4
硯水　九返53ウ1
魚水　五往27ウ5
水塵道〈佛道〉　十二往64ウ2
水流出　八返45ウ1
清水寺　十往56オ5
【永】文永二年　二返13オ2
貞永元年　二返12ウ3
【求】蒙求　十一返63ウ2
【江】入江　八返45オ6
近江　四往23オ4
江天暮雪　三往16ウ6
【池】池〈入池〉　八返45オ6
【汰】沙汰　五往29ウ2
無沙汰　十往55ウ6
無沙汰　十一往61ウ5
【沈】沈香　十二往67ウ5
【沙】沙彌　五往29オ1
沙汰　五往29ウ1
恆沙却　十二往64オ5
無沙汰　十往55ウ6
無沙汰　十一往61ウ5
平砂[沙]落鴈　三往17オ1
毗沙門雙六　六往33オ5
【河】河井　四往23オ4
河越　四往23オ2
駿河　四往23オ2
白河院　二返11ウ2
後堀河院　二返12ウ4
後白河院　二返12オ4
凡河内躬恆　二返10オ5
【油】油　十一往60ウ4
油煎　五返31ウ4
【治】治定　四往24オ5
治部　正往2ウ6
宇治　正返7オ5
宇治　四往22ウ5
宇治　七返39ウ3
治部卿　八往42ウ5
天治元年　二返11ウ5
建治年中　二返13オ5
文治三年　二返12オ3
【泉】冷泉院　八返44ウ1
【法】法　正往2オ6
法　五返30ウ4
法　七往37ウ4
法　八往42オ1
法　八往42ウ1
法　九往46ウ6
法　九返52ウ6
法　九返53オ3
法事　十二往64ウ6
法儀　十二往68オ1
法務　十二往69ウ3
法務　十二返74オ3

法印 八返46オ5
法印 十返60オ1
法堂 五往29オ3
法式 十三返73オ4
法服 十三往66オ1
法樂 正往1ウ1
法橋 五往30オ3
法橋 五返32ウ3
法流 十三往64ウ3
法燈 正返3オ4
法用 十三返73オ6
法眷 五往29ウ3
法眼 四往24ウ3
法眼 四返27オ6
法雨 十三返74オ1
佛法 正往1オ3
佛法 正返3オ4
佛法 十三返72ウ3
兵法 六往34オ3
兵法 六返36ウ1
妙法 十三返71オ2
懺法 十三返71ウ1

筆法 八返45ウ4
筆法 九往47オ1
筆法 九返48ウ5
法勝寺 九往48オ6
法界宮 十三往68オ3
五分法身 十三返72オ4
【泠】吟〈泠〉［泠］然 六往32ウ6
【波】丹波 四往22ウ3
難波 十三往67オ1
岸打波 十返59オ4
【注】注 二往9オ1
注 二返14ウ4
注 八返46オ2
注記 二往9ウ1
注記 二返15オ5
注進 十三往69オ6
【洗】洗 九返52オ3
洗 九返52オ6
洗 九返53ウ1
【洛】洛陽 正往2オ2
【洞】羅漢洞 四往23オ6

洞庭秋月 三往16ウ4
【流】流 四返25オ6
流々 九返51ウ1
兩流 十三返71オ6
法流 十三往64ウ3
流々 九返51ウ2
流鏑馬 六往34オ1
水流出 八返45ウ1
【浦】浦山敷 四返25オ1
浦山敷 六返35ウ1
遠浦歸帆 三往17オ1
【浮】浮梁 四往23ウ1
浮氈綾 十三往66オ3
【浴】浴主 五往28オ6
【海】海 五往27ウ4
海岸 八返45ウ2
海雲 五返31ウ6
大海 三往18オ2
海此岸 十三往67ウ6
伊勢海 七返40オ1
【消】消息 九往47オ5
消息 九返51オ1

消息 九返51ウ4
消息 九返52ウ6
御消息 六返35オ3
【涉】盤涉調 十返57ウ4
【涌】湯涌 三返20オ1
【涎】龍涎 七返40オ6
【涯】生涯 七往38ウ4
【涼】涼 十三往68オ6
【淑】紀淑望 二返10ウ2
【涙】涙 正返5ウ2
【淨】淨慮 十三往69オ1
淨衣 十三往66ウ2
淨頭 五往28ウ1
淨妙寺 二往9ウ1
淨智寺等 五往28オ3
【深】深 九往47オ1
深 十三返70ウ5
深山 七返39ウ5
深瀬 四返26ウ4
深雪 十三返70オ1
甚深 十三返72ウ1
甚深也 十往54オ2

【清】清明　十二返70ウ5
清濁　十二返73オ6
清風　四返25ウ4
清水寺　十往56オ5
清原元輔　二返11オ2
【添】添　四返25ウ3
【減】百五減　六往33ウ2
【渡】新渡　三往15ウ6
新渡　三返19オ5
新渡　四往23オ5
新渡　七往38ウ5
新渡　七返40ウ2
【温】温糟　五返31オ1
【測】測　十二往64ウ4
【湖】月湖　三往16オ6
【湘】瀟湘夜雨　三往16ウ4
【湛】湛寂　十二往64ウ3
湛瓶　三返20オ3
【湯】湯　五返30ウ4
湯　九返52オ3
湯涌　三返20オ1
湯瓶　三返20オ3

湯藥　五往28ウ6
喫湯　五返30ウ5
鹽湯　九返52オ5
茶湯　五返30ウ3
小湯殿　九往47ウ1
小湯殿　九返48ウ5
【源】源　四返25オ5
源　十往54オ4
源　十二往64ウ4
源順　二返11オ2
源氏茶　四往23ウ4
【準】準知　正返7オ1
準知　九返51オ5
【溪】建溪　四往23ウ1
牧溪和尚　三往16オ4
【滅】滅後　十二往64オ3
滅後　十二往69オ5
滅金　十二往68ウ3
【滴】雨滴　三返20ウ6
【満】満　十二往68ウ6
圓満院　八往42ウ5
【漁】漁藍　三往16オ6

漁村夕照　三往16ウ5
【漆】堆漆　三返20ウ3
朱漆　三返21オ1
桂漆　三返20ウ4
赤漆　三返21オ3
青漆　三返20ウ1
黒漆　三返21オ3
黒漆　十二往66オ4
【漢】漢土　八返45ウ6
漢字　八返43オ4
漢字　九返51ウ3
漢家　正往1ウ6
漢家　正返3ウ1
漢書　十一返63オ6
漢朝　四往23ウ2
漢朝　八返43オ6
漢竹　十往54ウ2
和漢　八返43オ4
後漢書　十一返63オ6
羅漢木　七返39ウ6
羅漢洞　四往23オ6
羅漢體　十二往66ウ5

東觀漢記〈紀〉　十一返63オ6
遊行之羅漢　三往17オ3
【漸】漸　四返25オ6
【澤】澤　十二返71オ2
【濁】清濁　十二返73オ6
【濃】濃　九返50ウ5
濃　九返51オ2
濃　九返51オ3
【濤】舎濤〈衞〉　十二返70ウ2
【瀟】瀟湘夜雨　三往16ウ4
【瀨】一瀨　四返26ウ5
深瀨　四返26ウ4
【灑】灑水　十二往68ウ2

火部

【火】火宅　十二返70ウ6
火箸　三往18オ6
火舎　十二往68ウ3
火音　十返57ウ2

青火 四往24オ4
【災】拂災箒 十二返70オ2
息災延命 四返26オ4
【炬】炬燭 十二返70ウ5
【烏】烏兎 十二返69ウ4
【焚】一焚 七往38ウ5
【無】無 正返6ウ5
無 二往8ウ3
無 二往8ウ5
無 四往21ウ3
無 五往29ウ1
無 五往29ウ1
無 六往34ウ4
無 七往38オ5
無 七往38ウ1
無 八往41オ4
無 九往46オ6
無 九往46ウ4
無 十一返62ウ1
無 十二返70ウ2
無 十二返73ウ5
無 十二返73ウ5

無常 正返4オ5
無常 正返6オ1
無心 二往8ウ6
無心 三往15ウ2
無心 七往38ウ2
無心 九往47ウ4
無心 十一往60ウ4
無據 四往24オ1
無暇 六往34ウ4
無極 三返19オ4
無極 四返24ウ6
無極 五往27ウ3
無極 六返35オ6
無極 八往41オ2
無極 十一往60オ4
無物 十二返72オ4
無用 六返37オ1
無疑 十二往69オ5
無盡 十二返72オ1
無能 六往34ウ3
無限 六返37オ2
無體 十二返72オ4

無木簍 六往34オ6
無本意 七往37ウ3
無沙汰 十往55ウ6
無沙汰 十一往61ウ5
無生忍 十二往68ウ6
有勞無益 十二返70ウ3
【焦】燒香〈焦坑〉 四往22オ5
【然】然 二往8オ2
然 十一往61オ6
然者 正往1オ3
然者 正返3オ3
然者 四返25オ2
然者 六往33オ1
然者 八返43オ1
然者 九往46ウ2
然者 九往47ウ6
然者 十返56ウ5
然者 十返59ウ2
然者 十一往61オ1
然者 十二往64ウ2
然者 十二返73オ6

然開 二往8ウ5
然開 四往22オ1
然開 四往23ウ3
然開 五往28オ1
然開 六往34ウ5
然開 八往41ウ1
然開 十往54ウ1
然開 十返58オ1
然而 十一往60ウ5
吟〈冷〉[冷]然 六往32ウ6
自然 四往21ウ4
自然 七往37ウ2
雖然 五返32オ5
雖然 十往55ウ5
雖然 十二往64ウ4
【煎】八煎 七返40オ6
油煎 五返31ウ4
煎昆布 五返31ウ5
【煙】煙 十二返70オ5
煙 十二返71オ1
松煙 九返52オ1

【照】照 十一往61オ2
照堂 五往29オ4
照〈昭〉陽舎 二返10ウ6
照〈昭〉明太子 十一返63オ4
漁村夕照 三往16ウ6
【煩】煩惱自在 四返26オ2
【熟】不熟 十返58ウ5
成熟 十返59オ1
【熾】熾盛 十二返71オ1
【燈】法燈 正返3オ4
【燒】燒香 三往18オ4
燒香〈焦坑〉 四往22オ5
燒香 五往28ウ5
燒香 七往37ウ4
燒香 十二返72オ5
一燒 七往38オ3
【營】經營 五返30ウ2
【燭】燭鑽 三往18ウ2
炬燭 十二返70ウ5
蠟燭之臺 三往18ウ2
【爐】香爐 三往18オ5
香爐 十一往65ウ2
香爐箱 十一往65ウ4
柰良風爐 三返20オ4

爪部

【爪】虎爪 八返43ウ2
鷹爪 四往22ウ3
【爭】爭 十二返71オ5
【爰】爰 十二返69ウ5
爰以 四返25ウ6
【爲】爲 正往1ウ1
爲 正返3オ4
爲 正返3ウ1
爲 正返3ウ3
爲 正返3ウ4
爲 正返4オ6
爲 二往9オ1
爲 二返14ウ5
爲 三往18ウ3
爲 三返21オ6
爲 四往23ウ2
爲 四往24オ4
爲 四返26ウ6
爲 五往27ウ6
爲 五返32オ5
爲 六往33オ1
爲 六往34ウ2
爲 七往37ウ5
爲 七往38オ6
爲 七往38ウ4
爲 八返45ウ3
爲 九往48オ3
爲 九返49オ2
爲 九返49オ5
爲 九返49オ6
爲 九返49オ6
爲 九返50ウ6
爲 九返51オ2
爲 九返52オ6
爲 九返53オ3
爲 十往54オ6
爲 十往54ウ1
爲 十往56オ1
爲 十返56ウ1
爲 十返58オ2
爲 十返59オ6
爲 十一往60オ5
爲 十一往60オ6
爲 十二往69オ3
爲 十二往69オ5
爲 十二返71オ2
爲 十二返71ウ5
爲 十二返71ウ6
爲定 二返14オ3
爲家 二返13オ3
爲悦 四返24ウ6
爲藤 二返14オ3
所爲 十返58ウ3
所爲 十返59オ3
爲世卿 二返13ウ2
爲世卿 二返14オ1
爲兼卿 二返13ウ5
爲嬋娟 二往8オ5

爲定卿　二返14ウ2
爲家卿　二返13オ1
爲氏卿　二返13オ6

父部

【父】孝養父母　四返26オ3

爻部

【爾】爾者　十二往69オ2
卒爾　六往34ウ5

爿部

【牀】孤牀　三往17ウ2

片部

【片】片時　九往46ウ4
牛片角折點　八返44ウ5

【牒】戒牒　八往42オ5
返牒　八往42オ2
返牒　十一往61ウ4

牙部

【牙】象牙　三往17オ5
象牙　三返19ウ4

牛部

【牛】牛尾　八返45オ6
牛房　五返32オ1
水牛　十往55オ5
水牛　十二往65ウ2
政黃牛　三往16オ5
牛片角折點　八返44ウ5
【牧】牧溪和尚　三往16オ4
【物】物　正返4オ6
物　正返4ウ5
物　正返5オ4
物　正返5オ4
物　正返5ウ1
物　正返5ウ3
物　正返6オ2
物　正返6オ6
作物　六往33オ3
利物　十二返72オ3
卷物　八往42オ3
呑物　三返20オ5
嚴物　三返19オ5
圓物　六往34オ2
揷物　六往34オ3
景物　正返4オ3
梳物　五返32オ1
植物　正返6オ6
歌物　六返36オ4
無物　十二返72オ4
織物　十二往66オ3
聳物　正返6オ5
聳物　正返6オ5
莊物　三往15ウ6
萬物　十返58ウ4
萬物　十返59オ1
降物　正返6オ4
降物　正返6オ4
金物　十二往65オ3
御物恩　五返30ウ2
引出物　十二返73ウ3
麩指物　五返31ウ2
打小白物　六往34ウ1
豆腐上物　五返31ウ4
【犀】犀皮等　三返20ウ2

犬部

【犬】犬笠懸　六往34オ2
犬笠懸　六返36ウ1
【狀】狀　九返53オ1
拙狀　八往41オ1
書狀　五往28ウ6
申狀　二往7ウ2
申狀　三往15ウ3
申狀　七往38ウ1
【狂】狂言　六返36オ2

【狄】夷狄　正往2オ3
【狗】天狗谷　四返26ウ4
【狩】狩衣　十二往66ウ2
【猪】猪羹　五返31オ3
猪頭蜆子　三往16オ3
【猶】猶　四返26ウ1
猶　六往32ウ5
猶　十一往60ウ4
猶　十二返71オ1
猶又　五往29ウ2
【獨】獨　正返6ウ3
獨　十往55オ3
獨鈷　十二往68ウ1
獨樂廻　六往34オ5
【獸】獸　正返6オ4
名獸　正返4ウ1
禽獸　十返59オ5
【獻】獻　七返40ウ2

玄部

【玄】凝〈凝玄〉　十二往64ウ2
【玆】因玆　十一往61ウ2

玉部

【玉】玉壷　四返27オ2
玉川　四返25ウ3
玉珠　十二往65オ4
玉章　五返30オ5
玉章　八返43オ1
金玉　十二往65オ4
玉葉集　二返13ウ3
落玉點　八返44オ6
【王】王　十返58オ2
王　十返59オ6
王臣　十返58ウ5
雲雷音王佛　十往54オ6
【珍】珍敷　四往24オ6
珍重　正返3オ3
珍重　正返3オ3
【珞】瓔珞　十二返71ウ6
【珠】珠幡　十二往68オ3
念珠　十二往65ウ4
玉珠　十二往65オ4
【班】班固　十一返63オ3
兩班　五往28ウ4
【現】過現當　十二返71オ3
【理】理　正返3ウ4
料理　六返36ウ3
藤原佐理卿　八返44ウ3
【琴】琴　十往55ウ1
和琴　十往55オ6
【琵】琵琶　十往55オ4
【琶】琵琶　十往55オ4
【瑞】六瑞　十二往68オ5
【瑟】瑟　十往55ウ2
【瓔】瓔珞　十二返71ウ6

瓜部

【瓜】冬瓜　三往18オ2
冬瓜　四返27オ1
白瓜　三往18オ1
【瓢】瓢　三往17ウ5
茶瓢　三返19ウ3

瓦部

【瓦】瓦　三往17ウ5
【瓮】蒙瓮　十二返70ウ3
【瓶】瓶　三往17ウ5
團瓶　三返20オ2
水瓶　三返20オ4
湛瓶　三返20オ3
湯瓶　三返20オ3
花瓶　三往18オ5
花瓶　十二往68ウ2
瓶子形　三往18オ3
東陽瓶　三往18オ1
西陽瓶　三往18オ1

甘部

【甘】甘味　十返57オ1
甘苔　五返31ウ6

甘露 十二返71オ2
【甚】甚 九往47オ1
甚 九返52ウ5
甚 十二返69ウ5
甚深 十二返72ウ1
幸甚 正往1オ5
幸甚 正往1オ5
甚深也 十往54オ2

生部

【生】生 四返25オ2
生 十二往64オ3
生 十二返70オ6
生前 三往18ウ3
生前 七往38オ4
生栗 五返31ウ3
生涯 七往38ウ4
今生 十二往69オ4
小生 七往38オ2
少生 二往7ウ3
府生 二返10オ6
後生 四返26ウ2
草生 八返45ウ1
生駒碓 三返19ウ1
室尾〈生〉寺 四往22オ6
寶性〈生〉佛 十返57ウ2
無生忍 十二往68ウ6
壬生忠岑等 二返10オ6

用部

【用】用 八往41ウ3
用 九返50オ1
用 九返50オ3
用 九返52オ3
用 九返52ウ2
用 十往55オ1
土用 十返57オ1
御用 十一返63ウ3
法用 十二返73オ6
無用 六返37オ1

田部

【田】田 正返5ウ2
田 正返5ウ2
【由】由 正往1ウ2
由 二返14ウ6
由 四往24オ5
由 六返35ウ4
由 七往37ウ1
由 七往38オ2
由 八往41ウ2
由 十一往61ウ1
自由 七往38ウ1
自由 九往47ウ5
【甲】甲乙 七往37ウ5
甲斐 二返10オ5
【申】申 正往1ウ4
申 二往7ウ4
申 六往32ウ5
申 七返40ウ4
申 八往41ウ2
申 八返46オ6
申 九往47ウ4
申 九返53オ6
申 十一返62オ3
申承 二往7オ6
申承 三往15ウ1
申承 三返19オ3
申承 四往21ウ3
申承 六返35ウ3
申承 七往37ウ1
申承 九返48ウ2
申承 十一往60オ3
申入 七往38ウ3
申状 二往7ウ2
申状 三往15ウ3
申状 七往38ウ1
申籠 正往1オ2
【男】男 六返36ウ4
男 十二往66ウ3
【界】佛界 十二返71ウ6
法界宮 十二往68オ3

【畏】
畏入　二往9オ4
畏入　七往38ウ6
【畑】
外畑　四返26ウ5
【畠】
小畠　四返26ウ4
【畢】
畢　正往1オ3
畢　正往1ウ4
畢　正返3オ3
畢　二返9ウ2
畢　三返19オ2
畢　六返35オ4
畢　七返39ウ1
畢　十往55ウ1
畢　十返56オ6
畢　十二返70オ2
【番】
番帳　八往42オ5
初番　四往22ウ6
初番　四往23オ6
【畫】
畫軸　三往16オ2
蒔畫　九返49ウ5
蒔畫　十往55オ1
蒔畫　十二往65オ6
【異】
異　九返50オ4
異國　八往42オ2
異様　九返52ウ4
異皮　七返40オ5
【當】
當　十返56ウ4
當世　正往2オ6
當世　三往15ウ4
當世　四往22オ1
當來　正往2オ5
當寺　正往1ウ2
別當　二返11オ1
別當　十往56オ4
別當　十返60オ2
相當　十二返71ウ3
過現當　十二返71オ3
【疊】
疊　十二往65ウ1
半疊　十二往65オ6

疋部

【疋】
一疋　十二返73ウ2
一疋　十二返73ウ3
【疎】
疎竹　七返40オ1
親疎　九返51オ5
【疑】
疑　十二往68オ1
無疑　十二往69オ5

疒部

【痛】
痛哉　十二返70ウ6

癶部

【登】
登　十二往69オ1
下登上　八返45ウ2

白部

【白】
白檀　七返40オ6
白氎　三往17ウ4
白水　九返49ウ4
白瓜　三往18オ1
白色　十返57オ3
白裳　十二往66オ3
白鑞　三往18ウ1
白雪　二往8ウ1
白雪　四往22オ6
耳白　三返20オ2
開白〈闢〉　十二返71オ5
白拍子　六返36オ2
白河院　二返11ウ2
白魚羹　五返31オ2
帯口白　十往54ウ6
白氏文集　十一返63オ5
後白河院　二返12オ4
打小白物　六往34ウ1
【百】
百性[姓]　十返58ウ3
百藥　四返25ウ1
百詠　十一返63ウ2
百五減　六往33ウ1
七百字　九返49オ2
六百四十四首　二返11ウ4
千三百五十一首　二返11オ5
千三百五十六首　二返10ウ4

【的】矚的 六往33オ2
【皆】皆 六往33ウ6
皆 六返37オ1
皆 十返59オ5
皆 十二往65ウ5
皆 十二往67ウ4
皆 十二往68ウ3
皆 十二往69オ4
【皇】平城天皇 二返9ウ5
村上天皇 二返10ウ5
村上天皇 八返43ウ5
醍醐天皇 二返10オ3
【皐】皐慮 四往22オ6

皮部

【皮】皮 九返49オ6
敷皮 三往17ウ4
横皮 十二往66オ2
異皮 七返40オ5
羊革〈皮〉 十往55ウ3
犀皮等 三返20ウ2

皿部

【盃】三盃 四返25ウ5
【盆】圓盆 三返21オ1
茶盆 三返21オ1
臺盆等 三返20ウ4
金盆等 三往18ウ2
【益】有勞無益 十二返70ウ3
【盛】盛 八往41オ5
熾盛 十二返71オ1
【盗】盗人 六返36ウ5
盗人隱 六往33オ6
【盞】建盞 三返20オ6
胡盞 三返20ウ2
馬上盞 三返21オ2
【盡】盡 十二往65オ1
盡 十二返73オ3
盡〈繫〉念 十二返70オ3
盡數 十二往67オ2
盡美 十二往67ウ1
無盡 十二返72オ1
難盡 正往2ウ3
【監】監寺 五往28ウ2
【盤】禮盤 十二往65オ5
盤渉調 十返57ウ4
金剛盤 十二往68ウ2
【盧】皐盧 四往22オ6

目部

【目】目 二返10オ5
目錄 正往2オ6
目錄 正返7オ2
御目 二往9オ3
盲目 十二返70ウ3
驚目 十二往67ウ4
目出度 正返3オ6
驚耳目 十二往68ウ5
十六目石 六往33ウ1
【盲】盲目 十二返70ウ2
【直】直 十返59オ3
直 十二往68ウ5
直垂 十二往66ウ4
直歳 五往28ウ3
直路 十往54オ6
直路 十返59ウ5
【相】相 十二返72オ1
相 十二返72オ2
相 十二返72ウ1
相 十二返72ウ3
相 十二返72ウ4
相 十二返72ウ6
相伴 五往29ウ3
相存 七往37ウ2
相尋 七返40ウ3
相撲 六往34オ1
相構 正往1ウ5
相當 十二返71ウ3
相看 五往29ウ3
相繼 二返14オ4
相違 七往38オ5
鳥相 八返44オ2
相構而 七往38オ5
【眉】眉 二往8ウ1

眉　九往48オ2
【看】相看　五往29ウ4
【眞】眞　九返49オ5
眞名　二返10ウ2
眞壷　三往17ウ6
眞如　十二返71ウ5
眞如　十二返72オ2
眞實　正返3オ5
眞實　九往46ウ2
眞行草　九往47オ2
眞行草　九返49オ4
眞行草　九返50ウ3
眞行草　九返51ウ4
眞俗二諦　正往1オ3
【眠】眠　四返25ウ5
眠　十一往61オ4
眠　十二往68ウ1
眠　十二返73オ1
眠藏　五往29オ5
睡眠自在　四返26オ3
【眷】眷屬　十二往69オ3
法眷　五往29ウ3

【眸】眸　二往8オ6
【眼】眼根　十返57オ6
法眼　四往24ウ3
法眼　四返27オ6
【睡】睡　十一往61オ5
睡眠自在　四返26オ3
【瞋】瞋恚　十二返71オ1

矢部

【知】知　正往2オ6
知　九返50ウ1
知　十返58オ4
知　十返58ウ4
知　十返59オ2
知　十一返62オ4
知　十二往64ウ3
知　十二返70ウ2
知客　五往28オ6
存知　正往2ウ2
存知　八往42ウ1
準知　正返7オ1

準知　九返51オ5
見知　正返7オ2
知事方　五往28ウ1
知〈智〉處〈證〉城　十二往68オ1
【矧】矧　十一往60ウ5
【短】短筆　八往42ウ2
短志不具　六返37オ3
納〈細〉短麪等　五返31ウ1

石部

【石】石壷　三往17ウ6
石子　六往34オ6
石平　八返45ウ2
石抓　六往33オ4
石散　八返45ウ2
石鍋　九返52オ2
何石　八往41ウ5
唐石　三返19オ6
落石　八返45オ6

藥石　五往27ウ4
鍮石　三往18オ6
鍮石　十二往65ウ2
石山寺　二返15オ6
石山寺　四往23オ1
十六目石　六往33ウ1
高峰墜石　八返44オ5
【砂】砂金　十二返73ウ2
平砂[沙]落鴈　三往17オ1
【砌】砌　十二往67ウ6
砌　十二返71ウ1
【砥】砥　十一往60ウ3
【破】破　四返25ウ2
【硯】硯　八往41ウ5
硯　九返49ウ1
硯　九返49ウ2
硯　九返53オ5
硯水　九返53ウ1
【碁】圍碁　六往33オ3
亂圍碁　六往33オ3
【碑】碑文　八往42オ2

【碓】磨碓 三返19ウ1
生駒碓 三返19ウ2
【碗】茶碗 三往18オ5
【碪】碪 正返6ウ1
【磍】磍 六往34オ5
【磨】磨 十二往65オ5
磨碓 三返19ウ1
達磨 三往16オ4
半出達磨 三往17オ2
【磬】方磬等 十往55ウ4
【礫】礫〈飛礫〉 六往34オ5

示部
【示】示 正往2ウ1
示 正返3ウ1
示 三返19オ5
示 五往29ウ5
示 八往42ウ1
示 九往47ウ2
【祇】三祇 十二往68ウ6
神祇 正返4オ3
神祇 正返5ウ6
祇陁利 三返19ウ1
【祈】祈 正往2オ5
祈禱 十返58オ5
祈禱 十返58ウ2
【祕】祕計 三往16オ1
祕計 四往22オ3
祕計 七往38オ1
【祖】祖 四返25ウ1
【祝】祝言 正返6オ1
祝言 九返50ウ2
祝言等 正返4オ5
【神】神 十返56ウ1
神祇 正返4オ3
神祇 正返5ウ6
佛神 正往2オ4
佛神 七往37ウ4
地神 四返25オ3
萬神 十返58オ6
諸神 正往1ウ1
神尾寺 四往22ウ4
【祥】招祥 十二返70オ3
【禁】禁制 六返36ウ6
【福】壽福 五往28オ3
東福 五往28オ3
興福寺 六往35オ2
【禪】南禪 五往28オ3
四禪 十二往69オ1
四禪六欲 十二往69オ3
【禮】禮 十二返71オ3
禮拝 正返3オ2
禮拝 七往37ウ4
禮盤 十二往65オ5
禮記 十一返62ウ4
周禮 十一返62ウ5
敬禮 十二返72ウ5
義禮 十一返62ウ6
【禱】祈禱 十返58オ5
祈禱 十返58ウ2

内部
【禽】禽獸 十返59オ5

禾部
【秀】秀哥 二返9ウ3
【秋】秋 正返4オ2
秋季 十返57オ3
秋萌 四往23ウ1
秋風 正返5オ2
秋風 九返53オ3
洞庭秋月 三往16ウ4
【秦】蘇秦 十一往61オ3
【移】移 十二往67ウ5
【程】程 二返15オ1
【稟】稟 十二返70オ6
【種】種々 六返35ウ1
種茶 三返21オ5
三種 九返49オ1
五種 十二返71オ4
十種 四返26オ6
十種 十二返71ウ4
種々 六返35ウ1
三種四服 四往23ウ4
四種十返 四往23ウ4

亂容十種茶　四往23ウ3
四季三種之釣茶　四往23ウ6
【稱】稱　十返59ウ4
【穀】穀　十返57オ2
穀　十返57オ4
穀　十返57ウ1
穀　十返57ウ4
穀　十返57ウ6
穀梁傳　十一返62ウ6
五穀等　十返56ウ5
【積】積　十一往61オ2
積　十二往64オ2
積　十二返70オ1
積憂　六往32ウ4

穴部

【穿】穿雲　十二返71オ6
【窗】窗　十二返70ウ4

立部

【立】立春　正往1オ5
夕立　正返4ウ3
島立　六往33ウ1
思立　十一往61ウ1
巖立點　八返45ウ3
左々立　六往33ウ1
有哉立　六往33オ6
立師子尾　八返44オ2
野口長立之點　八返44ウ6
三十二十之繼子立　六往33ウ3
【章】玉章　五返30オ5
玉章　八返43オ1
【童】童子　十二往68オ4
兒童　正往1ウ3
名童　二返14ウ6
少童　二往8オ2
少童　二往9オ2
中童子　十二往66ウ2
大童子　十二往66ウ3
蘇摩子童子經　四返25ウ6
【竪】竪者　二往9オ6
竪者　二返15オ6
【端】萬端　正返7オ2
萬端　十一返63ウ3

竹部

【竹】竹　正返5ウ1
竹　正返6オ6
竹　三返19ウ4
竹馬　六往34ウ1
唐竹　十往55オ2
奇〈寄〉竹　十往54ウ3
梅竹　三往16オ4
漢竹　十往54ウ3
疎竹　七返40オ1
紫竹　三返19ウ5
紫竹　十往55オ2
絲竹　十往54オ3
絲竹　十二返73オ5
胡竹　十往54ウ5
大和竹　十往54ウ6
【笙】笙笛　十往54ウ6
【笛】笛　十返59オ6
笛　十返59ウ1
横笛　十往54ウ3
笙笛　十往55オ1
陽笛　十往55オ3
龍笛　十往55オ2
高麗笛　十往54ウ3
【笠】笠　九返52オ5
笠　九返52オ4
笠　九返53ウ2
犬笠懸　六往34オ2
犬笠懸　六返36ウ1
【第】次第　正往2ウ2
次第　二返9ウ4
次第　五往29オ6
次第　七往37ウ3
第七日　十二返71ウ3

次第等　九往47ウ1
【筅】茶筅　三返19ウ5
【筆】筆　六往34ウ5
筆　八往41ウ1
筆　九往46ウ1
筆　九返48ウ2
筆　九返50オ2
筆　九返51オ6
筆　九返52オ4
筆　九返53オ6
筆　九返53ウ1
筆仙　九返52ウ2
筆勢　九返51ウ2
筆墨　九往47オ3
筆墨　九返51ウ5
筆法　八返45ウ4
筆法　九往47オ1
筆法　九返48ウ4
筆跡　八往41オ4
筆跡　八往41ウ3
唐筆　九返50オ2
毫筆　八往41ウ4

短筆　八往42ウ2
終筆　九返50オ5
花筆　八返43オ1
【等】事等　九往47ウ3
彼等　二返13ウ2
彼等　八返45ウ4
我等　十二返70オ6
是等　五往28ウ4
此等　四往23ウ2
茶等　四返26ウ6
錐等　三返20オ4
郎等打　六往33ウ2
一部等　十一返63オ5
五帖等　十二往66ウ1
五穀等　十返56ウ5
人工等　五往29オ2
人頭等　八返44ウ1
作文等　六往33ウ6
俗典等　十一往61ウ3
光俊等　二返13オ4
同宿等　八往41ウ1
家隆等　二返12ウ2

小車等　六往34ウ2
干棗等　五返32オ5
懷紙等　八往42オ6
文粋等　十一返63ウ2
方磬等　十往55ウ4
次第等　九往47ウ1
氣色等　十二往66ウ5
犀皮等　三返20ウ2
祝言等　正返4オ5
紫雲等　七返40ウ1
臺盆等　三返20ウ4
若輩等　正往1ウ3
衣類等　正返6オ1
詩哥等　九返50ウ2
金盆等　三往18ウ2
淨智寺等　五往28オ4
納〈細〉短麪等　五返31ウ1
雀小弓等　六返36オ6
坂上望城等　二返11オ3
壬生忠岑等　二返10ウ1
臨終不亂等　四返26オ5
遠山雲行〈井〉之點等　八返45オ1
【笥】笥干　五返31ウ2
【筒】筒　十往55ウ3
【箇】四箇　四往23ウ2
【箏】箏　十往55オ3
【箒】拂災箒　十二返70オ3
【箕】箕裘　六返36ウ1
【管】管絃　六往33ウ5
管絃　六返36オ5
管絃　十往54オ3
管絃　十往54ウ1
管絃　十返56ウ1
管絃　十返59オ6
管絃　十返59ウ3
管絃　十一往60オ5
【箱】箱　十往55オ1
花箱　十二往65ウ5
香箱　三往18ウ1

香爐箱　十二往65ウ4
【箸】火箸　三往18オ6
【節】折節　七返39ウ1
【範】帝範　十一返63ウ1
明範　三返21ウ1
【篇】七篇　十一返63オ2
卅三篇　十一返63オ2
【篩】茶篩　三返19ウ3
【簗】肩簗　三往18オ3
【簫】簫　十往54ウ5
【簺】無木簺　六往34ウ1
【籠】申籠　正往1オ2
散花籠　十二往65ウ5

米部

【粉】粉　九返49ウ6
【粥】五味粥　五返31オ5
【粧】粧　二往8オ5
粧　十二往67ウ5
【粋】文粋等　十一返63ウ2
【精】精好　十二往66オ2

水精　十二往65ウ4
【糟】温糟　五返31オ1
糟鶏羹　五返31オ2
【糯】糯　九返49ウ5
糯　十返57オ4

糸部

【系】系圖茶　四往23ウ5
【紀】紀友則　二返10オ4
紀時文　二返11オ3
紀淑望　二返10ウ2
紀貫之　二返10オ4
東觀漢記〈紀〉　十一返63オ6
【紅】堆紅　三返20ウ3
【納】納　三返21オ4
納　四返27オ2
納　十往55オ6
中納言　二返11ウ2
中納言　四返27ウ1
大納言　二返14ウ2

大納言　七往39オ3
大納言　八返45オ3
少納言　二往9ウ1
少納言　五往30オ4
納〈細〉短麪等　五返31オ6
【紙】紙　九返49ウ3
紙　九返51オ1
紙面　正往2ウ3
紙面　五返32オ6
紙面　十二往69ウ1
料紙　九返50オ3
色紙　九往47オ6
色紙　九返49ウ4
色紙　九返50オ1
長紙　八往42ウ2
雙紙　九往47オ6
雙紙　九返50ウ4
雙紙　九返52ウ1
懷紙等　八往42オ5
色紙形　八往42オ4
【索】索麪　五返31オ5

【紫】紫柳　十二往66オ6
紫檀　三往17ウ1
紫檀　十往54ウ5
紫檀　十往55オ4
紫檀　十二往65ウ3
紫竹　三返19ウ5
紫竹　十往55オ2
紫苔　五返31ウ5
紫藤　三往17ウ1
紫赤　十二往66オ6
紫香　十二往66ウ1
紫雲等　七返40ウ1
【細】細工　六返36ウ3
細々　七往37ウ1
委細　正返7オ1
委細　二往8ウ6
委細　二返9ウ2
委細　二返14ウ4
委細　三返19オ2
委細　五往29ウ5
委細　九往47ウ2
委細　九返48ウ1

子細　十二返74オ2
巨細　十二往69オ6
細々　七往37ウ1
納〈細〉短麪等　五返31オ6

【終】
終　二返14オ4
終　六往34ウ3
終　九返53ウ1
終筆　九返50オ4
始終　十一往60オ6
臨終不亂等　四返26オ5

【絃】
五絃　十往55ウ2
管絃　六往33ウ5
管絃　六返36オ5
管絃　十往54オ3
管絃　十往54ウ1
管絃　十返56ウ1
管絃　十返59オ6
管絃　十返59ウ4
管絃　十一往60オ5
二十五絃　十往55ウ1

【結】
結願　十二返71オ5
鬱結　十往54オ1

【絕】
絕　五返30オ5
絕　八返42ウ6

【給】
給　正往2ウ1
給　二往9オ1
給　四往24ウ1
給　五往29ウ6
給　八往42ウ1
給　九往47ウ2

【絲】
絲竹　十往54オ3
絲竹　十二返73オ5
絲薄　七返40オ3
亂絲　八返45ウ1
羅絲　十二往65ウ4
銀絲花　三返20ウ1
金絲花　三返20ウ1
九練絲　三返20ウ1
五色之絲　十二往68ウ4

【經】
經　十返59ウ4
經營　五返30ウ1
妙經　十二返73オ5
孝經　十一返63オ1
雅經　二返12ウ1
佛名經　十二返71オ4
十三經　十一返63オ3
老子經　十一返63オ2
蘇摩子童子經　四返25ウ6

【綠】
錄〈綠〉山　四往22ウ1
綠衫衣　十二往66オ6

【維】
維那　五往28ウ3
都維那　正往2ウ6
都維那　正返7オ4

【網】
羅網　十二往65オ5

【綴】
綴　正返3ウ2

【綵】
綵幡　十二往65オ1

【綺】
緗綺　十二往65オ4

【綾】
唐綾　十往55ウ1
唐綾　十二往65オ3
唐綾　十二往66オ1
魚綾　三往17ウ4
浮氈綾　十二往66オ4

【緗】
緗綺　十二往65オ4

【緜】
緜　九返51ウ6
木緜　三往17ウ3

【緣】
隨緣　十二返72オ2
繧繝緣　十二往65オ6
高麗緣　十二往65ウ1

【編】
楊編　三返21オ4
編木摺　六往34オ5

【練】
練貫　十二往66オ4
水練　六往34オ4
九練絲　三返20ウ2

【縑】
縑　十二往66オ3

【縟】
縟　十二往68オ3

【縠】
縠　十二往66オ2

【縦】
縦　五往27ウ3

【縵】
花縵　十二往65オ4

【總】
總姿　二往8ウ2
總門　五往29オ4

【繁】
御繁昌　正往1オ4

【織】
織物　十二往66オ2

【繖】
寶繖　十二往65オ3

【繝】
繧繝緣　十二往65オ6

【纒】纒綢繆　十二往65オ6
【繩】繩　十一往61オ4
【繫】盡〈繫〉念　十二返70オ3
【繼】相繼　二返14オ4
三十二十之繼子立　六往33ウ3
【纐】纐纈　十往55オ4
【續】續　正往1オ3
續　正返4オ2
續　九返51オ4
墨續　九返52ウ3
續古今　二返13オ1
續後撰　二返12ウ5
續拾遺　二返13オ4
續千載集　二返13ウ5
續後拾遺　二返14オ1
【纈】纐纈　十往55オ3
【纖】水纖　五返31オ1

网部

【置】定置　二往7ウ6

【羅】羅絲　十二往65ウ4
羅網　十二往65オ4
新羅　十二往67オ3
金羅　十二往65ウ3
羅漢木　七返39ウ6
羅漢洞　四往23オ5
羅漢體　十二往66ウ5
伽羅木　七返39ウ2
大曼陀羅供　十二往66ウ6
遊行之羅漢　三往17オ3

羊部

【羊】羊　九返50オ2
羊羹　五返31オ3
羊革〈皮〉　十往55ウ3
公羊傳　十一返62ウ6
蟾羊羹　五返31オ4
【美】美飯　五返32オ6
盡美　十二往67ウ1
美麗也　二往8ウ4
美麗也　十二往66ウ1

【義】義〔儀〕　十一往61ウ5
義　十二返71ウ5
義　十二返71ウ6
義　十二返72オ1
義　十二返72オ3
義　十二返72ウ1
義　十二返72ウ5
義禮　十一返62ウ6
六義　八返43オ6
【羯】羯鼓　十往55ウ3
【羹】猪羹　五返31オ3
羊羹　五返31オ3
蟾羹　五返31オ4
鼈羹　五返31オ3
兎耳羹　五返31オ6
小鳥羹　五返31オ6
白魚羹　五返31オ2
糟鷄羹　五返31オ2
蟾羊羹　五返31オ4

羽部

【羽】羽　十返56ウ3
羽　十返57ウ4
羽　十返59オ1
羽轄　三返19ウ2
鳥羽　七返39ウ4
鳥羽院　二返11ウ5
後鳥羽院　二返12オ6
【習】習　八往41ウ6
習　九返49オ1
習　九返49オ3
習　九返49オ4
習　九返52ウ3
手習　八往41ウ2
手習　九返48ウ6
手習　十一往60ウ1
【翠】翡翠　二往8オ5
【翡】翡翠　二往8オ5
【翫】翫　正往2オ3
翫　四往22オ2
翫　六返36オ1
翫　七往37ウ6
賞翫　四返26ウ2

【翼】
翼 十二返73ウ5

老部

【老】
老 正返6ウ2
老 十一往60ウ6
老 十一返62オ5
老梅 七返40オ1
定老 六返37オ2
長老 五往28オ4
老子經 十一返63オ2

【者】
者 正往1ウ6
者。 正往1ウ6
者 正往2オ1
者 正往2オ1
者 正往2ウ1
者 正返3ウ1
者 正返3ウ3
者 正返3ウ4
者 正返4オ2
者 正返4ウ1
者 正返4ウ5
者 正返5オ4
者 正返5オ4
者 正返5ウ1
者 正返5ウ3
者 正返6オ2
者 正返6オ6
者 二往7ウ5
者 二往9オ1
者 二往9オ3
者 二返9ウ4
者 二返10オ1
者 二返10ウ4
者 二返11オ4
者 二返11ウ1
者 二返11ウ3
者 二返11ウ6
者 二返12オ3
者 二返12オ5
者 二返12ウ3
者 二返12ウ5
者 二返13オ1
者 二返13オ5
者 二返13オ6
者 二返13ウ5
者 二返14オ2
者 二返14オ5
者 二返14ウ1
者 三往18ウ3
者 三往18ウ4
者 三返19オ6
者 三返20オ1
者 三返20オ5
者 三返21ウ5
者 四往22オ5
者 四往22ウ1
者 四往22ウ2
者 四往22ウ4
者 四往23ウ2
者 四往24オ6
者 四返25オ3
者 四返25オ4
者 四返25オ5
者 四返26ウ3
者 四返27オ4
者 五往28オ5
者 五往28ウ5
者 五往29ウ6
者 五返30ウ6
者 五返30ウ6
者 五返31オ1
者 五返32オ2
者 六往34オ1
者 六往34ウ4
者 六返35ウ5
者 六返36オ1
者 六返36オ6
者 六返36ウ2
者 六返36ウ3
者 六返36ウ5
者 六返36ウ6
者 七往37ウ4
者 七往38オ5
者 七往38ウ3
者 七往38ウ6
者 七返40ウ3
者 八往41ウ3

者　八往41ウ4
者　八往41ウ4
者　八往41ウ5
者　八往42ウ1
者　八返43オ3
者　八返43オ4
者　八返43オ5
者　八返43ウ2
者　八返43ウ4
者　八返44オ1
者　八返44ウ3
者　八返45オ4
者　八返45ウ5
者　八返45ウ5
者　九往46ウ3
者　九往46ウ3
者　九往47オ3
者　九往47ウ2
者　九往48オ2
者　九往48オ3
者　九返48ウ5
者　九返48ウ6

者　九返49オ1
者　九返49オ2
者　九返49オ5
者　九返49ウ1
者　九返49ウ1
者　九返49ウ6
者　九返50オ2
者　九返50オ5
者　九返50ウ1
者　九返50ウ3
者　九返50ウ4
者　九返50ウ5
者　九返51オ1
者　九返51オ1
者　九返51オ5
者　九返51オ6
者　九返51ウ4
者　九返51ウ5
者　九返52オ1
者　九返52オ2
者　九返52オ4
者　九返52オ5

者　九返52オ6
者　九返52ウ1
者　九返52ウ6
者　九返53オ1
者　九返53オ3
者　九返53オ5
者　十往54オ3
者　十往54ウ2
者　十往56オ1
者　十返56ウ2
者　十返56ウ6
者　十返57オ2
者　十返57オ5
者　十返57ウ1
者　十返57ウ4
者　十返58オ1
者　十返58オ5
者　十返58ウ2
者　十返59オ2
者　十返59オ6
者　十一往60オ5
者　十一往60ウ1

者　十一往61オ2
者　十一往61オ5
者　十一往61オ6
者　十一往61ウ5
者　十一返62オ5
者　十一返62オ6
者　十一返63ウ3
者　十二往65ウ1
者　十二往65ウ6
者　十二往66ウ3
者　十二往69オ5
者　十二返70オ3
者　十二返70ウ6
者　十二返71オ5
者　十二返71ウ4
者　十二返71ウ5
者　十二返71ウ6
者　十二返72オ2
者　十二返72オ3
者　十二返72オ5
者　十二返72ウ2
者　十二返72ウ3

者 十二返72ウ5
者 十二返72ウ6
者 十二返73オ1
者 十二返73オ4
者 十二返73オ5
者 十二返73オ6
使者 十二返72オ5
撰者 二返9ウ6
然者 正往1オ3
然者 正返3オ4
然者 四返25オ2
然者 六往33オ1
然者 八返43オ1
然者 九往46ウ2
然者 九往47ウ6
然者 十返56ウ5
然者 十返59ウ2
然者 十一往61オ1
然者 十二往64ウ2
然者 十二返73ウ1
爾者 十二往69オ2
堅者 二往9オ6
堅者 二返15オ6
行者 五往29オ2
侍者分 五往28ウ5
茶子者 五返31ウ1
聖僧侍者 五往29オ1
衣鉢侍者 五往29オ1

而部

【而】
而 正往2オ2
而 正往2オ4
而 五返30オ6
而 九往47オ1
而 九返53ウ1
而 十一往60ウ6
而 十一返62オ5
而 十二返70オ4
而 十二返71オ1
而 十二返73ウ5
而 十二返73ウ6
而已 正往2ウ3
而已 三返21オ6
而已 十二往69オ4
然而 十一往60ウ5
遮而 十一返62オ3
重而 二往7ウ4
重而 二返13オ2
重而 二返13ウ6
重而 二返14オ4
相構而 七往38オ5

耳部

【耳】
耳 二往9オ5
耳 十一返62ウ2
耳 十二返73オ2
耳根 十返57ウ6
耳白 三返20オ2
峙耳 十二往67ウ4
衆耳 十二往68オ5
兎耳聾 五返31オ6
驚耳目 十二往68ウ5
【耶】
伽耶城 十二返70オ4
【聊】
聊 五往27ウ6
聊 八往42ウ1
【聖】
聖人 十返59オ3
聖護院 七往39オ3
聖僧侍者 五往29オ1
【聚】
聚 十一往61オ2
【聞】
聞 七返40ウ3
聞 八往41オ2
聞 八返43ウ4
聞 十返58オ2
聞 十二返71オ1
聽聞 十二往67ウ2
都聞 五往28ウ2
難聞 十二往64ウ1
風聞 三往15ウ4
【聯】
聯句 六往33ウ5
聯句 六返35ウ6
【聽】
聽敏 四返25ウ3
【聲】
聲 正返6ウ5
聲 十返59オ5
聲明 十二返71オ5
一聲 六返36オ2
七聲 十返59オ6

七聲　十返59ウ1
亂聲　十二往67オ1
音聲　十二返73オ3
韻聲　正返3ウ2
【聳】聳　二往8オ4
聳　九返52ウ1
聳物　正返6オ4
聳物　正返6オ5
【聽】聽聞　十二往67ウ2
聽衆　十二返72ウ6

肉部

【肉】肉　九返49オ6
【肝】肝　十二往68オ6
肝藏　十返57オ5
風[鳳]肝　四往22オ6
【股】股　十一往61オ4
【肩】肩築　三往18オ2
【肺】肺藏　十返57オ3
【背】背　九返50オ6
【胡】胡桃　五返32オ4
胡盞　三返20ウ2
胡竹　十往54ウ5
胡銅　三往18オ5
胡麻　十返57ウ1
【胤】車胤　十一往61オ1
【能】能　二返14ウ4
能　八返46オ1
能　九返49オ3
能　九返49ウ2
能　十二返71ウ6
能　十二返73ウ5
能　十二返73ウ6
能書　八往41オ4
能書　八返43オ5
能書　八返46オ1
能書　九返48ウ6
能々　九返51ウ1
能々　九返51ウ6
能々　十返58ウ6
無能　六往34ウ3
能々　九返51ウ1
能々　九返51ウ6
能々　十返58ウ6
藝能　六返36ウ4
大中臣能宣　二返11オ2
【脇】脇萌　四往23オ1
【脾】脾藏　十返56ウ6
【腎】腎藏　十返57ウ5
【腐】豆腐上物　五返31ウ3
【腰】腰鼓　十往55ウ4
【腳】行腳　五往29ウ2
【腸】驢腸　五返31オ2
【膚】膚　二往8ウ1
【膠】膠　九返52オ3
【臘】臘月　十二往64オ1
臘月　十二返69ウ4

臣部

【臣】臣下　十返58ウ1
臣軌　十一返63ウ1
朝臣　二返11ウ6
王臣　十返58ウ5
内大臣　二返13オ3
内大臣　十二往69ウ3
左大臣　二返9ウ6
大中臣能宣　二返11オ1
小野朝臣道風　八返43ウ6
臨終不亂等　四返26オ5

自部

【自】自　二往7ウ6
自　四返25オ5
自　六返36オ6
自　七返40ウ4
自　八往41ウ1
自　九返49オ3
自　十往54オ4
自　十返58オ6
自他　正返3オ3
自他　三返19オ3

自然　四往21ウ4

自然　七往37ウ2

自由　七往38ウ1

自由　九往47ウ5

自身　十一往60オ6

自餘　正返6ウ6

自餘　六返37オ1

自餘　九返51オ4

自在天　十二往67ウ5

御自撰　二返11オ6

御自撰　二返14オ6

煩惱自在　四返26オ2

睡眠自在　四返26オ3

至部

【至】至　正返3オ5

至　三往15ウ2

至　五往29ウ6

至　六往32ウ4

至　七返40ウ1

至　八往41オ2

至　九往47ウ5

至　九返50オ4

至　十往54オ1

至　十一往60オ4

至　十二返71オ5

至極　十二往67オ3

【致】致　四返24ウ5

致　六往32ウ4

致　六返35オ5

【臺】臺　三返20ウ2

臺盆等　三返20ウ4

蠟燭之臺　三往18ウ2

臼部

【舁】輿舁　十二往67オ5

【與】與　正返5ウ2

與　正返5ウ2

與　正返5ウ2

與　正返5ウ3

與　正返5ウ3

與　正返5ウ4

與　正返5ウ4

與　正返5ウ5

與　正返5ウ5

與　正返6オ3

與　正返6オ4

與　正返6オ4

與　正返6オ5

與　正返6ウ1

與　正返6ウ2

與　正返6ウ2

與　正返6ウ2

與　正返6ウ3

與　正返6ウ4

與　正返6ウ5

與　正返6ウ5

與　正返6ウ6

與　正返6ウ6

與　十二往64オ2

【興】興行　正往1ウ2

興行　正返3オ5

興衰　十返58オ3

一興　六返36オ4

興福寺　六往35オ2

【舊】舊儀　十二返71ウ3

舊契　五往27ウ5

懷舊　正返4オ4

舌部

【舌】舌根　十返57ウ3

雀舌　四往22ウ3

【舍】舍濤〈衞〉　十二返70ウ2

火舍　十二往68ウ3

照〈昭〉陽舍　二返10ウ6

舛部

【舞】舞人　十二往67オ2

振〈振舞〉　十二往68オ2

曲舞　六返36オ3

舟部

【般】般若寺　四往22ウ1
【船】船　正返5ウ1

艮部

【良】良　十二往64オ1
良久　三往15ウ1
柰良　十二往67オ2
馬良婦　三往16ウ1
柰良風爐　三返20オ4
吉日良辰　十一往61オ6

色部

【色】色紙　九往47オ6
色紙　九返49ウ4
色紙　九返50オ1
色々　十二往66ウ4
五色　十返56ウ4
氣色　十二往67ウ1
白色　十返57オ4
色々　十二往66ウ4
赤色　十返57ウ3
鈍色　十二往66オ2
青色　十返57オ6
黄色　十返57オ1
黒色　十返57ウ5
色紙形　八往42オ4
氣色等　十二往66ウ5
五色之絲　十二往68ウ4
對合客六色茶　四往23ウ5

艸部

【芙】芙蓉　二往8オ6
【芬】介覆〈芬馥〉　十二返71ウ6
【花】花　正返5オ5
花　十二返71ウ4
花下　正返3ウ6
花机　十二往65オ2
花瓶　三往18オ5
花瓶　十二往68ウ2
花筆　八返43オ1
花箱　十二往65ウ5
花縵　十二往65オ4
花鳥　三往16ウ1
供花　十二往67オ5
如花　十二往67ウ3
擲花　七返40オ1
散花　七往37ウ5
散花　十二返73オ2
木花　正返6ウ6
梅花　三往17オ6
梅花　七返40オ2
梨花　三返20オ6
橘花　七返39ウ6
蓼花　七返40オ3
藤花　八返43ウ3
雪花　正返6ウ6
花園院　二返14オ6
花山院　二返11オ6
花梨木　三往17ウ2
散花籠　十二往65ウ5
詞花集　二返11ウ6
金絲花　三返20ウ1
銀絲花　三返20ウ1
【芳】芳　十二往67ウ6
芳問　九返48ウ1
芳恩　九往48オ3
芳札　三返19オ2
芳札　四返24ウ4
芳札　十一返62オ4
【苑】茶苑　七返40オ5
【苔】甘苔　五返31ウ6
紫苔　五返31ウ6
青苔　五返31ウ4
出雲苔　五返31ウ5
菊地苔　五返31ウ6
【若】若　六往34オ1
若　九返49ウ3
若　九返50オ1
若　九返52オ2
若　十返58オ3
若　十返58オ6
若又　四往24オ5
若又　七往38ウ3

若又 十一返63オ6
若輩等 正往1ウ3
般若寺 四往22ウ1
【苦】苦味 十返57ウ3
見苦 二往8ウ4
闇苦 十二往64オ5
【茄】茄子形 三往18オ3
妬茄藍 七返39ウ3
【茶】茶 四往21ウ5
茶 四往22オ3
茶 四往22オ4
茶 四往23オ1
茶 四往23オ4
茶 四往23オ5
茶 四返25オ1
茶 四返25オ5
茶 四返27オ2
茶 五返30ウ4
茶 十一往60オ5
茶器 三返20ウ6
茶巾 三返19ウ6
茶攂 四往24オ3

茶杓 三返19ウ4
茶桶 三往18オ4
茶椀 三返19ウ6
茶湯 五返30ウ3
茶瓢 三返19ウ3
茶盆 三返21オ1
茶碗 三往18オ5
茶筅 三返19ウ5
茶等 四返26ウ6
茶篩 三返19ウ3
茶苑 七返40オ5
茶酌 三返19ウ4
喫茶 三返19オ6
喫茶 五返30ウ4
御茶 四往24オ6
愚茶 四返26ウ3
櫑茶 三往19ウ6
種茶 三返21オ5
闘茶 四往23オ3
茶子者 五返31ウ1
十服茶 三往15ウ5
天台茶 四往23オ6

源氏茶 四往23ウ5
系圖茶 四往23ウ6
亂容十種茶 四往23ウ3
對合客六色茶 四往23ウ5
四季三種之釣茶 四往23ウ6
【茸】干松茸 五返31ウ3
【草】草 正返6オ3
草 九返49オ6
草木 正返6ウ1
草鹿 六往34オ2
草鷄 六往34ウ1
草生 八返45オ6
草木 十返58ウ4
草座 十二往65ウ4
草鞋 十二往66オ5
亂草 八返44オ6
名草 正返4ウ1
寒草 七返40オ1
枯草 八返45オ6

極草 九返53オ2
萬草 九返53オ4
青草 八返45ウ1
眞行草 九往47オ2
眞行草 九返49オ5
眞行草 九返50ウ3
眞行草 九返51ウ4
【荷】一荷 三返21オ4
【荘】荘 十二往68ウ5
荘嚴 十二往67オ4
荘嚴 十二返72オ1
荘嚴 十二返72ウ4
荘子 十一返63オ2
荘物 三往15ウ6
【莫】莫 十二往64ウ3
莫 十二往64ウ4
【菊】山菊 七返40オ4
野菊 七返40オ3
菊地苔 五返31ウ6
【菓】菓子 五返32オ1
【菩】諸佛菩薩 十二返72オ6
【華】年華 十二返69ウ5

【萌】秋萌　四往23ウ1
脇萌　四往23オ1
【萬】萬事　六返35オ6
萬事　八返46オ2
萬事　九往48オ3
萬物　十返58ウ4
萬物　十返59オ1
萬神　十返58オ6
萬端　正返7オ2
萬端　十二返63ウ3
萬草　九返53オ4
萬行　十三返71ウ4
萬里　五返30オ6
萬飲　四返25オ6
萬鬱　二往9オ4
萬鬱　五返30ウ1
萬鬱　八往41オ1
千萬　九返53ウ3
萬葉集　二返9ウ4
萬葉集　二返10ウ3
一萬句　正往1ウ1
【落】落石　八返45オ6
落玉點　八返44オ6
平砂[沙]落鴈　三往17オ1
雪中落巖〈鴈〉點　八返44ウ5
【葉】葉　四往24オ3
葉室　四往22ウ5
葉山　七返39ウ4
上葉　四往22ウ6
小葉　四往22ウ4
小葉　四往23ウ2
玉葉集　二返13ウ3
萬葉集　二返9ウ4
萬葉集　二返10ウ3
金葉集　二返11ウ3
【蒔】蒔畫　九返49ウ5
蒔畫　十往55オ1
蒔畫　十三往65オ6
【蒙】蒙　七往38オ3
蒙　十二返62ウ2
蒙求　十二返63ウ1
蒙瓫　十三返70ウ3
蒙霧　九返48ウ4
【蒼】蒼頡　八返43オ2
【蓉】芙蓉　二往8オ6
【蓋】執蓋　十三往67オ5
天蓋　十三往65オ3
幡蓋　十三往67ウ4
【蓮】青蓮院　七返40ウ6
【蓼】蓼花　七返40オ3
山蓼　七返40オ3
水蓼　七返40オ2
【薄】薄　九返50ウ6
薄雲　七返40オ4
薄霧　七返40オ4
絲薄　七返40オ3
【薩】諸佛菩薩　十三返72オ6
【薫】薫　十三往67ウ6
薫遠　七返40オ2
内薫　十三返71ウ5
薫陸香　七返40オ6
【藍】漁藍　三往16オ6
妬茄藍　七返39ウ3
【藏】藏主　五往28オ6
藏人　二返11オ1
五藏　十返56ウ4
大藏　五返32ウ3
心藏　十返57ウ2
武藏　四往23オ2
眠藏　五往29オ5
肝藏　十返57オ5
肺藏　十返57オ3
脾藏　十返56ウ6
腎藏　十返57ウ5
大藏卿　七往39オ2
大藏卿　七返40ウ6
武藏野　七返40オ5
五藏調和　四返26オ1
【藝】藝　正往2オ2
藝能　六返36ウ4
【藤】藤花　八返43ウ2
爲藤　二返14オ3
紫藤　三往17ウ1
下藤上　八返44オ3
藤原佐理卿　八返44ウ3

藤原行成卿　八返45オ3
【藥】藥師　十返57オ5
藥石　五往27ウ4
仙藥　四往21ウ6
湯藥　五往28ウ6
百藥　四返25ウ1
藥器形　三往18オ6
【藺】藺　九返52オ2
【蘆】蘆鴈　三往17オ4
【蘇】蘇秦　十一往61オ3
蘇摩子童子經　四返25ウ6
【蘭】蘭麝　二往8ウ2

虍部

【虎】虎　三往17オ4
虎　九返50オ2
虎爪　八返43ウ1
豹虎　三往17ウ3
龍虎　三往16オ3

【處】處　四返24ウ5
處　七往37ウ2
處　七返39オ5
處　九往46オ6
處　十一返62オ3
處　十二返70オ1
他處　九往46ウ3
知〈智〉處〈證〉城　十二往68オ1
【號】號　正返3ウ6
號　二返12ウ2
號　二返13オ3
號　二返13ウ2
號　八返45ウ4
號　十一返63オ3

虫部

【蛇】蛇形　八返44オ2
【蜆】猪頭蜆子　三往16オ3
【螢】螢　十一往61オ2
【螺】螺鈿　十二往65オ2

吹螺　十二往67ウ1
寶螺　十二往68オ4
【蟲】蟲　正返4ウ2
【蟾】蟾羹　五返31オ3
蟾羊羹　五返31オ4
【蠟】蠟燭之臺　三往18ウ1

血部

【衆】衆　六往34オ1
衆耳　十二往68オ5
天衆　十二往69オ4
聽衆　十二返73オ1
讃衆　十二往67オ4

行部

【行】行　五往28オ1
行　八返43オ1
行　九返49オ6
行　九返51オ2
行　十返58ウ6

行家　二返13オ4
行者　五往29オ2
行脚　五往29ウ2
行路　正返4オ4
五行　十返56ウ4
執行　十往56オ5
執行　十返60オ1
興行　正往1ウ2
興行　正返3オ5
萬行　十二返71ウ4
雲行　八返43ウ3
行願寺　十一往62オ2
眞行草　九往47オ2
眞行草　九返49オ5
眞行草　九返50ウ3
眞行草　九返51ウ4
遊行之羅漢　三往17オ3
藤原行成卿　八返45オ3
遠山雲行〈井〉之點等　八返45オ1

【術】妙術　四往21ウ6
【衞】侍従〈衞〉　十二返70ウ2
舎濤〈衞〉　十二返70ウ2
右衞門　二返10オ6
左兵衞　八返44ウ2

衣部

【衣】衣　正返5ウ2
衣　正返5ウ2
衣　二往8ウ2
衣服　十二返72ウ1
衣袴〈襟〉　十二返70オ4
衣装　正返6ウ1
衣裳　二往8ウ3
御衣　十二返73ウ3
浄衣　十二往66ウ2
狩衣　十二往66ウ2
鈍衣　十二往66オ2
衣類等　正返6オ1
三衣袋　十二往65ウ3
緑衫衣　十二往66オ6

表補衣　三往17オ6
衣鉢侍者　五往28ウ6
【表】表　十二往68オ4
表袴　十二往66オ4
御表　八往42オ2
表補衣　三往17オ6
【衫】緑衫衣　十二往66オ6
【衰】興衰　十返58オ3
【袈】袈裟　十二往66オ1
袈裟　十二往66オ5
【袋】袋　十往55オ4
袋　十往55オ6
袋　十往55ウ1
布袋　三往16ウ2
革袋　十往54ウ4
三衣袋　十二往65ウ3
【袖】袖　十二返70オ3
【袙】袙　十往54ウ5
【被】被　正返3オ6
被　二往7ウ6
被　三往18ウ3
被　三返19オ5

被　七往38ウ5
【袴】下袴　十二往66オ3
奴袴　十二往66オ3
衣袴〈襟〉　十二返70オ4
表袴　十二往66オ4
【裏】庫裏　五往29オ3
【裘】箕裘　六返36ウ1
【補】表補衣　三往17オ6
【装】装束　十往54ウ5
装束　十二往66ウ1
衣装　正返6ウ1
樺装束　十往54ウ2
【裟】袈裟　十二往66オ1
袈裟　十二往66オ6
【裳】白裳　十二往66オ3
衣裳　二往8ウ3
【裹】裹　九返51ウ6
裹　九返52オ2
一裹　十二返73ウ2
【襟】衣袴〈襟〉　十二返70オ4
【襦】襦　三往19ウ6
【襪】襪　十二往66オ4

【襴】金襴　三往17ウ4

襾部

【西】西方　十返57オ4
西極　十二返74オ1
西陽瓶　三往18オ1
【要】要文　九返50ウ1
貞観政要　十一返63ウ1
【覆】覆護　十二返72オ6
介覆〈芬馥〉　十二返71ウ6

見部

【見】見　八往41オ2
見　九往46ウ6
見　十二往68ウ5
見　十二返70ウ5
見來　七返39ウ2
見參　二返15オ2
見參　三往18ウ5

見知　正返7オ2
見苦　二往8ウ4
一見　十一往61ウ3
形見　正返6ウ4
後見　九返52ウ5
邪見　十二往68ウ5
伏見院　二返13ウ4
御見參　五往27ウ2
門不見　四返26ウ5
【親】親疎　九返51オ5
【覺】覺　十二往68ウ1
覺　十二返72ウ6
圓覺　五往28オ2
七覺三明　十二往64オ6
【覽】進覽　十一返63オ5
【觀】觀音　三往16オ6
東觀漢記〈紀〉　十一返63オ6
貞觀政要　十一返63ウ1

角部

【角】角　十返56ウ3
角　十返57オ5
角　十返58ウ2
牛片角折點　八返44ウ5
【解】解說　十二返71ウ2

言部

【言】言上　二往8ウ6
言上　九往47ウ4
言上　九往48オ4
先言　十一返62ウ1
前言　五往27ウ5
狂言　六返36オ2
祝言　正返6オ1
祝言　九返50ウ2
謹言　六返37オ4
金言　十二返70ウ2
祝言等　正返4オ5
中納言　二返11ウ2
中納言　四返27ウ1
大納言　二返14ウ2
大納言　七往39オ3
大納言　八返45オ3
少納言　二往9ウ1
少納言　五往30オ4
不具謹言　七返40ウ4
不宣謹言　七往39オ1
恐々謹言　正返7オ3
恐々謹言　二往9オ5
恐々謹言　二往18ウ5
恐々謹言　四往24ウ1
恐々謹言　四返27オ5
恐々謹言　九往48オ4
恐々謹言　九返53ウ4
恐々謹言　十往56オ3
恐々謹言　十返59ウ6
恐々謹言　十一返63ウ4
恐々謹言　十二返74オ2
恐惶謹言　正往2ウ4
恐惶謹言　二返15オ4
恐惶謹言　五往30オ2
恐惶謹言　五返32ウ1
恐惶謹言　八往42ウ3
恐惶謹言　八返46オ3
恐惶謹言　十二往69ウ1
頓首謹言　六往34ウ6
【計】計　九返51オ3
祕計　三往16オ1
祕計　四往22オ3
祕計　七往38オ1
【訖】訖　二返14オ4
訖　九返48ウ1
【記】史記　十一返63オ4
書記　五往28オ6
注記　二往9ウ1
注記　二返15オ5
禮記　十一返62ウ4
大內記　二返10オ4
東觀漢記〈紀〉　十一返63オ6
【評】評議　正往1ウ3
【詞】詞　九返49オ3
詞　九返51ウ4
詞字　正返5ウ6

詞花集　二返11ウ6
【詠】朗詠　十一返63ウ2
百詠　十一返63ウ2
【詩】詩　正往1ウ6
詩　正返3ウ1
詩哥　六返35ウ5
詩哥　九返51ウ3
詩哥　十一往60オ4
詩韻　六往33ウ5
毛詩　十一返62ウ4
詩哥等　九返50ウ2
【語】論語　十一返63オ1
【誠】誠　正往1オ5
誠　十二返70ウ2
【誦】誦　十一往61オ3
讀誦　十二返71ウ1
【說】說　四返26オ5
說　十返59ウ4
說　十一往64ウ2
解說　十二返71ウ2
【調】調　十二返73オ6
調和　二往8オ3

調子　十返59ウ1
平調　十返57オ2
新調　十二往66ウ1
雙調　十返57オ5
六調子　十往55ウ6
六調子　十返56ウ4
一越調　十返56ウ6
大食調　十返58オ1
盤涉調　十返57ウ4
黃鐘調　十返57ウ2
五藏調和　四返26オ1
【談】談議　十一往61ウ1
讚談〈嘆〉　十二返72ウ3
【請】請僧　十二往65ウ6
請僧　十二返73ウ1
請客　五往28ウ6
招請　五返30ウ3
【論】論語　十一返63オ1
【諦】眞俗二諦　正往1オ4
【諫】御諷諫　十往56オ1
【諷】御諷諫　十往56オ1
【諸】諸事　正往1ウ5

諸事　正往2ウ2
諸事　五返32オ6
諸事　十二往69ウ1
諸人　二往8ウ3
諸人　八往42オ3
諸佛　四返26オ1
諸佛　十二返72ウ5
諸學　六往34ウ2
諸家　九往46ウ6
諸神　正往1ウ1
諸佛菩薩　十二返72オ5
諸天加護　四返26オ4
橘諸兄卿　二返9ウ6
【謁】面謁　二往9オ4
面謁　二返15オ3
面謁　八返46オ2
【謂】謂　九返51オ5
所謂　正返4オ1
所謂　八返44オ2
所謂　八返44ウ4
所謂　八返45オ4
所謂　十返56ウ3

所謂　十二返71ウ4
【謌】連謌　六返36オ1
【講】講　十二返71オ4
已講　六往35オ2
已講　六返37オ5
【謝】謝　十一返62オ4
報謝　五往27ウ6
【謹】謹上　正往2ウ6
謹上　正返7オ5
謹上　二往9ウ1
謹上　二返15オ6
謹上　三往19オ1
謹上　三返21ウ2
謹上　四往24ウ3
謹上　四返27ウ1
謹上　五往30オ4
謹上　六往35オ2
謹上　六返37オ6
謹上　七往39オ3
謹上　七返40ウ6
謹上　八返46オ5
謹上　九往48オ6

謹上　九返53ウ6
謹上　十返60オ2
謹上　十一往62オ2
謹上　十二返74オ4
謹言　六返37オ4
不具謹言　七返40ウ4
不宣謹言　七往39オ1
恐々謹言　正返7オ3
恐々謹言　二往9オ5
恐々謹言　二往18ウ5
恐々謹言　四往24ウ1
恐々謹言　四返27オ5
恐々謹言　九往48オ4
恐々謹言　九返53ウ4
恐々謹言　十往56オ3
恐々謹言　十返59ウ6
恐々謹言　十一返63ウ4
恐々謹言　十二返74オ2
恐惶謹言　正往2ウ4
恐惶謹言　二返15オ4
恐惶謹言　五往30オ2
恐惶謹言　五返32ウ1
恐惶謹言　八往42ウ3
恐惶謹言　八返46オ3
恐惶謹言　十二往69ウ1
頓首謹言　六往34ウ6

【證】證　十二返72オ4
證果　正往2オ5
證果　十二往69オ5
知〈智〉處〈證〉城　十二往68オ1

【識】識　十返58オ3
識察　十返58ウ2

【議】評議　正往1ウ3
談議　十一往61ウ1

【護】護德　四返26オ1
覆護　十二返72オ6
聖護院　七往39オ3
諸天加護　四返26オ5

【讀】讀誦　十二返71ウ1
僻讀　九返52ウ5

【讚】讚　十二返72ウ6
讚嘆　十二往68オ5
讚談〈嘆〉　十二返72ウ3
讚嘆　十二返73オ4
讚衆　十二往67オ4

谷部

【谷】山谷　四返25オ2
天狗谷　四返26ウ4

豆部

【豆】大豆　五返32オ1
大豆　十返57ウ6
豆腐上物　五返31ウ3

豕部

【象】象牙　三往17オ5
象牙　三返19ウ4
垂象　八往41オ5

豸部

【豹】豹虎　三往17ウ3

貝部

【貝】貝　十二往65オ5

【貞】貞和五年　二返14オ5
貞永元年　二返12ウ3
貞観政要　十一返63ウ1

【負】勝負　三往15ウ5
勝負　六往33ウ4
勝負　七往38オ1

【貪】貪欲　六返36ウ5
貪欲　十二返70ウ6

【貫】貫之　二返10ウ2
練貫　十二往66オ4
紀貫之　二返10オ4

【貴】貴人　九往47オ4
貴人　九返53オ1
貴命　九返48ウ2
貴命　十一返62ウ3
貴所　八往42オ3
貴方　正返3オ2

貴札 十二返70オ1
貴殿 二往8オ2
貴殿 六往32ウ5
貴殿 九往47ウ3
貴邊 二往7オ6
貴邊 十往54オ2
貴賤 正往2オ3
貴賤 十二往64ウ5
貴賤 十二往67ウ3
貴賤 十二往68オ6
貴賤 十二返73オ1
貴賤上下 四往22オ1
【買】買 十一返62ウ1
【賀】伊賀 四往23オ3
御慶賀 正往1オ1
【賜】賜 十二返70オ1
【賞】賞 十返59ウ3
賞翫 四返26ウ2
【賢】三賢十地 十二往69オ2
【賣】賣 十一返62オ6
【賤】貴賤 正往2オ3
貴賤 十二往64ウ5
貴賤 十二往67ウ3
貴賤 十二往68オ6
貴賤 十二返73オ1
貴賤上下 四往22オ1
【賭】賭 六往33ウ6
【頼】俊頼 二返11ウ5

赤部

【赤】赤地 十往55オ5
赤漆 三返21オ3
赤色 十返57ウ3
赤銅 三往18ウ1
赤銅 十往55ウ4
紫赤 十二往66オ6

走部

【走】走 十一往60ウ4
走摘 四往22ウ5
早走 六往34オ4
龍足〈走〉 八返44オ5
【起】起 四返25オ5
起 十往54オ4
【超】超過 二往8ウ3
【越】越 十二往69オ1
打越 正返6オ5
河越 四往23オ2
飛越 六往34オ4
一越調 十返56ウ6
【趙】趙州 四返26オ6
【趣】趣 三返19オ2
趣 九返48ウ1
趣 十返56オ6

足部

【足】兎足 三返19ウ5
具足 三往18オ4
具足 三返19オ6
具足 十二往65ウ6
雨足 八返44オ4
龍足〈走〉 八返44オ5
十不足 六往33ウ2
【跡】筆跡 八往41オ4
筆跡 八往41ウ3
鳥跡 八返43オ2
【路】路 十一往60ウ4
正路 九返51ウ1
直路 十往54オ6
直路 十返59ウ5
行路 正返4オ5
【蹄】龍蹄 十二返73ウ3
【蹴】蹴鞠 六返36オ5

身部

【身】身 八返45ウ5
身 九往46ウ3
自身 十一往60オ6
隨身 四往24ウ1
隨身 九返52オ1
五分法身 十二返72オ4
【躬】凡河内躬恆 二返10オ5

車部

【車】車胤　十一往61オ1
重車　十一往60ウ3
小車等　六往34ウ2
【軌】臣軌　十一返63ウ1
【軒】軒　十二返70オ1
【軸】軸　三往17オ5
畫軸　三往16オ2
【載】難載　八往42ウ3
千載集　二返12オ2
新千載集　二返14ウ1
續千載集　二返13ウ5
【輔】大輔　四往24ウ3
昭輔　二返12オ2
清原元輔　二返11オ2
【輩】傍輩　九返53オ3
若輩等　正往1ウ3
【輪】輪寶　十二往68ウ3
輪廻　正返4オ1
輪轉　十返59ウ2
六輪　十二往65ウ1
月輪　八返44オ6
【轉】輪轉　十返59ウ2
【輿】輿舁　十二往67オ5
【轄】羽轄　三返19ウ2

辛部

【辛】辛味　十返57オ4

辰部

【辰】辰時　十二往67オ1
吉日良辰　十一往61ウ1
【辱】忍辱　十二返72ウ2
恥辱　七往38ウ4

辵部

【迎】迎　正往1オ5
【近】近　十二返69ウ6
近代　正往2オ2
近代　正返3ウ5
近代　七往37ウ5
近年　正返3ウ6
近日　二返15オ1
近江　四往23オ4
遠近　四往24オ3
【返】返牒　八往42オ2
返牒　十一往61ウ4
返々　六返35ウ1
返々　六返35ウ1
御返報　十二返74オ5
四種十返　四往23ウ4
【迦】釋迦　十返57ウ5
釋迦三尊　三往16オ2
出山釋迦　三往17オ3
【述】述懐　正返4オ4
【迷】迷闇　九往48オ2
【退】進退　二往8オ4
【送】送　十一往60ウ6
【通】通　八返43オ3
通　八返45ウ6
通　十返58オ1
通俊　二返11ウ3
通具　二返12ウ1
難通　八返42ウ6
【速】速　十二往68ウ6
速也　十二返69ウ5
急速　十一往61ウ4
【連】連　八返43オ1
連哥　正往1ウ2
連歌　正往2オ1
連歌　正返3ウ4
連歌　十一往60オ5
連謌　六返36オ1
【進】進　三返21オ4
進　十一返62ウ3
進上　五返32ウ3
進上　八往42ウ5
進上　十一返63ウ6
進上　十二往69ウ3
進覧　十一返63オ5
進退　二往8オ4
注進　十二往69オ6
【逐】逐　七往38オ1
逐　十二返72オ2

【遇】値遇 正往2オ4
【遊】遊 六往34オ4
遊 六返37オ1
遊宴 六往33オ2
遊戯 六往32ウ6
遊戯 六往34ウ2
御遊 六返35ウ1
拤遊 六往34オ6
遊山之仙人 三往17オ3
遊行之羅漢 三往17オ3
【過】過 八往41オ4
過 九返53ウ3
過 十返58オ5
且過 五往29ウ4
超過 二往8ウ3
過現當 十二返71オ3
【道】道 十二返73ウ5
道俗 十二往67ウ2
道場 十二返72オ1
佛道 十往54オ6

佛道 十返59ウ5
入道 二返12オ4
入道 二返14ウ1
左道 十一返62ウ3
水塵道〈佛道〉 十二往64ウ2
小野朝臣道風 八返44オ1
【達】達磨 三往16オ4
好士達 四往22オ2
牛出達磨 三往17オ2
【違】相違 七往38オ5
【遙】遙 正返6ウ5
遙 三返19オ3
遙 八往41オ1
遙 十二往64オ4
【遠】遠 正返6ウ5
遠山 四返27オ2
遠近 四往24オ3
薫遠 七返40オ2
遠寺晩鐘 三往16ウ6
遠浦歸帆 三往17オ1

壽命長遠 四返26オ2
遠山雲行〈井〉之點等 八返45オ1
【適】適 十二往64オ4
【遮】遮而 十一返62オ3
【遵】遵 十二往64ウ2
【遷】遷 十二返69ウ4
【選】文選 十一返63オ4
【遺】遺風 十一往60ウ2
拾遺集 二返11オ4
後拾遺 二返11ウ1
續拾遺 二返13オ4
續後拾遺 二返14オ2
【還】往還 八返45オ5
【邊】君邊 九往46ウ4
水邊 正返4オ4
水邊 正返5ウ5
水邊 正返5ウ5
貴邊 二往7オ6
貴邊 十往54オ2

邑部

【那】維那 五往28ウ3
都維那 正往2ウ6
都維那 正返7オ4
【邪】邪見 十二往68ウ5
【郁】郁山主 三往16オ5
【郎】郎等打 六往33ウ2
【部】部 三往17ウ5
部類 三往16オ2
一部 十一返63オ5
一部 十一返63オ4
四部 十二往68オ5
式部 八返46オ5
服部 四往23オ3
民部 正返7オ5
民部 二返14オ3
治部 正往2ウ6
一部等 十一返63オ5
兵部卿 六往35オ2
刑部卿 九往48オ6
民部卿 九返53ウ6
治部卿 八往42ウ5

【都】都官　五往28ウ2
都寺　五往28ウ2
都聞　五往28ウ2
都鄙　六返36オ1
僧都　四返27ウ1
僧都　五往30オ4
僧都　八往42ウ5
都維那　正往2ウ6
都維那　正返7オ4
權大僧都　五返32ウ2
權少僧都　四往24ウ2
【鄕】古鄕　正返5オ1
古鄕　正返6ウ3
【鄙】都鄙　六返36オ1

酉部

【酌】斟酌　九返52ウ6
茶酌　三返19ウ5
【酒】酒宴　六返36オ4
【酸】酸味　十返57オ6
【醍】醍醐　四往22ウ6
醍醐寺　三返21ウ2
醍醐天皇　二返10オ3
後醍醐院　二返14オ2
【醎】醎味　十返57ウ6
【醐】醍醐　四往22ウ6
醍醐寺　三返21ウ2
醍醐天皇　二返10オ3
後醍醐院　二返14オ2

采部

【釋】釋尊　十二往66ウ5
釋教　正返4オ3
釋教　正返5ウ6
釋氏　十二往64オ4
釋迦　十返57ウ5
釋迦三尊　三往16オ2
出山釋迦　三往17オ3

里部

【里】山里　四往24オ2
萬里　五返30オ6
【重】重　五往27ウ4
重昏　十二返70ウ4
重而　二往7ウ3
重而　二返13オ2
重而　二返13ウ6
重而　二返14オ4
重車　十一往60ウ3
二重　十二返73ウ3
珍重　正返3オ3
珍重　正返3オ3
【野】野山　正返6オ6
野菊　七返40オ3
野馬　三往17オ4
日野　五往30オ4
武藏野　七返40オ5
野口長立之點　八返44ウ6
小野朝臣道風　八返43ウ6

金部

【金】金形〈地〉　十往54ウ4
金物　十二往65オ2
金玉　十二往65オ4
金羅　十二往65ウ3
金襴　三往17ウ4
金言　十二返70ウ2
金銀　十二返73ウ4
金音　十返57オ3
千金　四往22オ4
千金　十一返62オ6
唐金　十往55ウ4
滅金　十二往68ウ3
砂金　十二返73ウ2
黄金　四往22オ4
金剛盤　十二往68ウ2
金盆等　三往18ウ2
金絲花　三返20ウ1
金葉集　二返11ウ3
持金剛　十二往67オ4
持金剛　十二往68オ2
【釜】釜　三返20オ3

【針】懸針　八返43オ6
【釣】四季三種之釣茶　四往23ウ6
【鈍】鈍　十一往60ウ3
鈍子　三往17オ6
鈍色　十二往66オ2
鈍衣　十二往66オ2
【鈴】鈴杵　十二往68ウ1
【鈷】三鈷　十二往68ウ1
五鈷　十二往68ウ1
獨鈷　十二往68ウ1
【鈿】鈿　二往8オ6
螺鈿　十二往65オ2
【鉛】鉛　三返20オ3
【鉢】鐃鉢　十二往68オ6
鐃鉢　十二返73オ1
衣鉢侍者　五往28ウ6
【鉦】鉦鼓　十往55ウ4
【銀】金銀　十二返73ウ4
銀絲花　三返20ウ1
【銅】銅　三返20オ3
胡銅　三往18オ5
赤銅　三往18ウ1
赤銅　十往55ウ4
大銅〈同〉年中　二返9ウ5
【鋪】八鋪一對　三往16ウ3
【錄】目錄　正往2オ6
目錄　正返7オ2
【錐】錐　十一往61オ3
錐等　三返20オ4
【錦】錦　十往54ウ4
錦　十往55オ5
錦　十二往65オ3
錦　十二往66オ1
錦　十二往66オ5
【錫】錫杖　十二往65ウ1
錫杖　十二返73オ2
石鍋　九返52オ2
【鍮】鍮石　三往18オ6
鍮石　十二往65ウ2
【鍱】鎗鍱　四往22ウ4
【錄】錄〈綠〉山　四往22ウ1
【鎗】鎗鍱　四往22ウ4
【鎖】鎖乳　三返20ウ5
【鏑】流鏑馬　六往34オ2
【鏤】鷄鏤〈婁〉　十往55ウ3
【鐃】鐃鉢　十二往68オ6
鐃鉢　十二返73オ1
【鐘】鐘　正返5オ6
黄鐘調　十返57ウ2
遠寺晩鐘　三往17オ1
【鐵】鐵　三返20オ4
鐵切　八返45オ5
鐵木　十一往60ウ4
【鏤】隆鏤　三往18ウ6
【鑞】白鑞　三往18ウ1
【鑵】鑵子　三返20オ2
【鑽】燭鑽　三往18ウ2

長部

【長】長　四返25オ4
長久　九返50ウ5
長和　八返44ウ1
長紙　八往42ウ2
長老　五往28オ4
建長　五往28オ2
長樂寺　九返53ウ6
長德年中　二返11オ5
建長二年　二返12ウ6
壽命長遠　四返26オ2
野口長立之點　八返44ウ6

門部

【門】門前　十二往67ウ3
山門　五往29オ4
總門　五往29オ4
門不見　四返26ウ5
右衛門　二返10オ6
毗沙門雙六　六往33オ5
【開】開　九往48オ1
開　九返48ウ4
開白〈闢〉　十二返71オ5

【閑】閑 九返51ウ1
【開】開 二往9オ2
開 四返24ウ5
開 五往29ウ1
開 六往32ウ6
開 六返35オ5
開 八往41ウ2
開 十往55ウ5
開 十二往64オ6
中開 十二往66ウ3
此開 三往15ウ5
此開 六返35ウ3
此開 十一往60オ3
然開 二往8ウ5
然開 四往22オ1
然開 四往23ウ3
然開 五往28オ1
然開 六往34ウ5
然開 八往41ウ1
然開 十往54ウ1
然開 十返58オ1
【閣】閣 正往1ウ5
閣 九往46ウ1
閣 九返48ウ2
【閼】閼伽 十二往68ウ2
【闇】闇苦 十二往64オ5
迷闇 九往48オ2
【闍】阿闍梨 三往18ウ6
阿闍梨 六返37オ6
助阿闍梨 三返21ウ2
大阿闍梨 十二往68オ1
【闕】闕如 七往38ウ3
【關】關 正返5オ6
關茶 四往23オ3
【闢】開白〈闢〉 十二返71オ5

阜部

【阿】阿彌陀 十返57オ3
阿闍梨 三往18ウ6
阿闍梨 六返37オ6
助阿闍梨 三返21ウ2
大阿闍梨 十二往68オ1
【陀】伽陀 十二往67オ6
伽陀 十二返73オ3
阿彌陀 十返57オ3
大曼陀羅供 十二往66ウ6
【陁】祇陁利 三返19ウ1
【降】降物 正返6オ4
降物 正返6オ4
【限】限 八返43オ5
無限 六返37オ2
【院】院主 十一往62オ2
院主 十一返63ウ5
七院〈垸〉 四返25ウ3
書院 五往29オ5
一條院 八返45オ2
伏見院 二返13ウ4
冷泉院 八返44ウ1
圓滿院 八往42ウ5
妙音院 十二返71オ6
崇德院 二返12オ1
常住院 八返46オ5
白河院 二返11ウ2
聖護院 七往39オ3
花園院 二返14オ6
花山院 二返11オ6
青蓮院 七返40ウ6
鳥羽院 二返11ウ5
龜山院 二返13オ5
後堀河院 二返12ウ4
後宇多院 二返13ウ1
後宇多院 二返14オ1
後嵯峨院 二返12ウ6
後白河院 二返12オ4
後醍醐院 二返14オ2
後鳥羽院 二返12オ6
【除】除 十一往61オ5
掃除 五往29オ6
【陪】陪堂 五往29ウ3
【陰】陰 正返6ウ4
陰 十二返69ウ4
隱［陰］ 十二返70オ5
陰陽 十返56ウ2
山陰 七返39ウ4
【陸】薫陸香 七返40オ6
【陽】陽笛 十往55オ3

朝陽　三往16ウ3
洛陽　正往2オ2
陰陽　十返56ウ2
東陽瓶　三往17ウ6
照〈昭〉陽舍　二返10ウ6
西陽瓶　三往18オ1
【隆】隆鏤　三往18ウ6
家隆等　二返12ウ2
【隔】隔　正返6オ2
隔　五往27ウ4
隔　五返30オ5
隔　十二往64オ2
【際】際　十二往64ウ3
【障】障子　八往42オ4
障子　九返50オ4
【隨】隨　二往8オ3
隨　七返39ウ2
隨　九往48オ3
隨　九返50ウ3
隨　九返51ウ5
隨　九返53ウ2

隨　十返59ウ1
隨　十一往60ウ3
隨　十一返62ウ3
隨一　六返36ウ4
隨分　四返27オ1
隨縁　十二返72オ2
隨身　四往24ウ1
隨身　九返52オ1
天魔隨心　四返26オ4
【隱】隱［陰］　十二返70オ5
隱家　正返4ウ4
盗人隱　六往33オ6

隹部

【雀】雀舌　四往22ウ3
雀小弓等　六返36オ5
【雄】高雄寺　四往24ウ3
【雅】雅經　二返12ウ1
風雅集　二返14オ5
【集】集會　十二往67オ1
集會　十二往67ウ2

來集　五往29ウ4
撰集　二返14ウ4
八代集　二往7ウ4
八代集　二返9ウ3
八代集　二返12ウ2
八代集　二返14ウ5
千載集　二返12オ3
古今集　二返10オ1
後撰集　二返10ウ4
拾遺集　二返11オ4
玉葉集　二返13ウ3
萬葉集　二返9ウ4
萬葉集　二返10ウ3
詞花集　二返11ウ6
金葉集　二返11ウ3
風雅集　二返14オ5
十三代集　二往7ウ5
十三代集　二返13ウ3
新千載集　二返14ウ1
白氏文集　十一返63オ5
續千載集　二返13ウ5
【雖】雖　正往2オ2

雖　正往2オ5
雖　正往2ウ2
雖　二往7ウ2
雖　二返14ウ3
雖　三往15ウ3
雖　五往27ウ3
雖　六返37オ3
雖　七往38ウ2
雖　七返40ウ1
雖　八往42オ6
雖　八返43オ5
雖　八返45ウ5
雖　八返45ウ6
雖　九往46ウ3
雖　九返50オ3
雖　十往55オ1
雖　十一往60オ5
雖　十一往61ウ6
雖　十一返62オ6
雖　十一返62ウ2
雖　十一返63ウ3
雖　十二往64オ5

雖　十三返70ウ1
雖然　五返32オ5
雖然　十往55ウ5
雖然　十三往64ウ4
【雙】雙六　六往33オ4
雙六　六返36ウ4
雙林　十三返70オ6
雙紙　九往47オ6
雙紙　九返50ウ4
雙紙　九返52ウ1
雙調　十返57オ5
七雙六　六往33オ5
毗沙門雙六　六往33オ5
一二五六雙六　六往33オ5
【離】離　十三往64オ5
【難】難　九返50ウ1
難　九返50ウ6
難　九返51オ2
難値　十三往64オ6
難波　十三往67オ1
難盡　正往2ウ3
難聞　十三往64ウ1
難載　八往42ウ3
難通　八返42ウ6

雨部

【雨】雨前　四往22オ5
雨滴　三返20ウ6
雨足　八返44オ4
平雨　正返4ウ3
村雨　正返4ウ3
法雨　十三返74オ1
風雨　十返59オ1
五月雨　正返5オ3
初時雨　七返39ウ4
瀟湘夜雨　三往16ウ4
【雪】雪　正返5オ5
雪　十一往61オ2
雪　十三往64オ1
雪花　正返6ウ6
春雪　四往22ウ1
深雪　十三返70オ1
白雪　二往8ウ1
白雪　四往22オ6
江天暮雪　三往16ウ6
雪中落巖〈鴈〉點　八返44ウ4
【雲】雲　正返5ウ4
雲　正返5ウ4
雲　正返6ウ3
雲　二往8オ4
雲　十三往68オ6
雲出　八返44オ3
雲映　四往22ウ3
雲朱　三返20ウ4
雲母　三往18ウ2
雲行　八返43ウ3
慈雲　十三返73ウ6
村雲　九返52ウ2
海雲　五返31ウ6
穿雲　十三返71オ6
薄雲　七返40オ4
出雲苔　五返31ウ5
紫雲等　七返40ウ1
月卿雲客　六返35ウ6
雲雷音王佛　十往54オ5
半月雲出之點　八返44ウ6
遠山雲行〈井〉之點等　八返45オ1
【零】零餘子串指　五返31ウ2
【雷】雲雷音王佛　十往54オ5
【霑】霑　十三返74オ1
【霞】霞　正返3オ2
朝霞　七返40オ4
【霧】蒙霧　九返48ウ4
薄霧　七返40オ4
【露】垂露　八返43ウ1
垂露　八返44オ3
甘露　十三返71オ2
【靈】靈　四返25オ3

青部

【青】青柳　十二往66オ6
青漆　三返20ウ1
青火　四往24オ4
青色　十返57オ6
青苔　五返31ウ4
青草　八返45ウ1
青香　三往18オ1
青香　四返27オ1
青黛　二往8オ6
青兎毫　三返20オ5
青蓮院　七返40ウ6
山市青〈晴〉嵐　三往16ウ5

非部

【非】非　六返36ウ1
非　十返59ウ4
非　十一往60ウ1
非器　八往42オ6

面部

【面】面影　正返6ウ3
面拝　正返7オ3
面拝　四返24ウ5
面拝　四返27オ4
面拝　五往30オ1
面拝　六往32ウ4
面拝　六返35オ5
面拝　七返39オ4
面拝　十往54オ1
面拝　十一往61ウ6
面拝　十二返74オ2
面謁　二往9オ4
面謁　二返15オ3
面謁　八返46オ2
紙面　正往2ウ3
紙面　五返32オ6
紙面　十二往69ウ1

革部

【革】革袋　十往54ウ4
羊革〈皮〉　十往55ウ3
【鞋】草鞋　十二往66オ5
【鞍】鞍馬寺　十一返63ウ6
【鞠】鞠　六往33ウ4
蹴鞠　六返36オ5

音部

【音】音　正返6ウ5
音　十返58オ4
音　十返58ウ1
音　十返58ウ2
音　十返58ウ4
音　十返59オ1
音　十二返71ウ2
音信　八返42ウ6
音曲　六返36オ3
音聲　十二返73オ3
五音　十往55ウ6
五音　十返56ウ3
五音　十返58オ2
五音　十返59オ5
五音　十返59ウ2
土音　十返57オ1
木音　十返57オ6
梵音　十二返73オ2
水音　十返57ウ5
火音　十返57ウ2
觀音　三往16オ6
金音　十返57オ3
妙音院　十二返71オ6
御音信　四返24ウ6
御音信　九返48ウ3
妙音大士　十往54オ4
雲雷音王佛　十往54オ6
【韻】韻字　正返4オ1
韻聲　正返3ウ2
詩韻　六往33ウ5
【響】響　十二返71ウ1
響　十二返73オ1
響天　十二往67ウ2

頁部

【順】順　十返59オ1
源順　二返11オ2
【須】須　十返59オ3
須　十二返71ウ2
【頌】和頌　九返50ウ2
【預】預　七返39オ5
預　十往56オ1
預　十一往61ウ3
預　十一返62オ3
【頓】頓首謹言　六往34ウ5
【頡】蒼頡　八返43オ2
【頭】仁頭　八返44オ4
塔頭　五往29オ5
淨頭　五往28ウ1
饅頭　五返31オ6
頭首方　五往28オ4
人頭等　八返44ウ1
木工頭　八返43ウ6
猪頭蜆子　三往16オ3
龍頭鷁首　十往55ウ2
【頸】頸　十一往61オ4
鶴頸　三往18オ2
【題】傍題　正返4オ1
【額】額　八往42オ1
【顔】容顔　二往8ウ4
【願】願　正往2オ6
願文　八往42オ3
宿願　十二往64ウ5
所願　十二往69オ5
結願　十二返71オ5
御願寺　八往42オ1
行願寺　十一往62オ2
【類】類　正返6ウ1
類　十二往67ウ6
部類　三往16オ2
衣類等　正返6オ1
【顧】顧　二往8ウ5
顧　七往38ウ2
顧　九往47ウ4
【顯】顯　正返3ウ4
顯　八往41オ3
顯　十一往60ウ2

風部

【風】風　正返3ウ3
風　正返5ウ3
風　正返5ウ4
風　二往8オ4
風　十二往67ウ5
風　十二往68オ5
風情　九返50オ4
風月　六返35ウ5
風聞　三往15ウ4
風[鳳]肝　四往22オ6
風雨　十返58ウ6
風體　六返36オ6
風體　十一往60オ6
屛風　八往42オ4
屛風　九返50オ4
春風　正返5オ2
松風　正返5オ2
松風　七返39ウ5
清風　四返25ウ4
秋風　正返5オ2
秋風　九返53オ4
遺風　十一往60ウ2
風雅集　二返14オ5
松吹風　十返59オ4
柰良風爐　三返20オ4
小野朝臣道風　八返44オ1
【飄】飄　十二往67ウ5

飛部

【飛】飛　十二返73ウ5
飛越　六往34オ4
飛鳥　八返45オ5
鴈飛點　八返44オ4

食部

【食】喝食　五往29オ1
大食調　十返58オ1

【飢】飢　十一往61オ5
【飩】餛飩　五返31オ5
【飲】萬飲　四返25オ6
【飯】美飯　五返32オ6
【養】養性　四往21ウ5
供養　五往29オ2
供養　十二返71ウ4
天養元年　二返12オ1
孝養父母　四返26オ3
【餘】自餘　正返7オ1
自餘　六返37オ1
自餘　九返51オ4
二千餘年　十二往64オ3
零餘子串指　五返31ウ2
【餛】餛飩　五返31オ5
【餅】巻餅　五返31オ4
【饅】饅頭　五返31オ5
【饒】饒州　三返20ウ5

首部

【首】兩首座　五往28オ5
頭首方　五往28オ4
頓首謹言　六往34ウ5
龍頭鷁首　十往55ウ2
千九十九首　二返10オ1
六百四十四首　二返11ウ4
千三百五十一首　二返11オ5
千三百五十六首　二返10ウ5

香部

【香】香　十一往60オ5
香　十二返71ウ5
香匙　三往18オ6
香爐　三往18オ5
香爐　十二往65ウ2
香箱　三往18ウ1
合香　七返40オ5
名香　七往38オ1
名香　七往38ウ5
名香　七返39ウ1
名香　七返40ウ2
塗香　十二往68ウ2
塗香　十二返72オ3
御香　七往38オ2
抹香　十二返72オ2
沈香　十二往67ウ6
燒香　三往18オ4
燒香〈焦坑〉　四往22オ5
燒香　五往28ウ5
燒香　七往37ウ5
燒香　十二返72オ5
紫香　十二往66ウ1
青香　三往18オ1
青香　四返27オ1
香爐箱　十二往65ウ3
薰陸香　七返40オ6
【馥】介覆〈芬馥〉　十二返71ウ6

馬部

【馬】竹馬　六往34ウ1
野馬　三往17オ4
騎馬　六返36ウ3
馬上盞　三返21オ2
馬良婦　三往16オ6
鞍馬寺　十一返63ウ6
流鏑馬　六往34オ2
【駒】生駒碓　三返19ウ1
【駿】駿河　四往23オ2
【騎】騎馬　六返36ウ2
【驚】驚　四返25ウ5
驚　十一往61オ4
驚　十二往68オ5
驚　十二返73オ1
驚目　十二往67ウ4
驚耳目　十二往68ウ5
【驢】驢腸　五返31オ2

骨部

【骨】骨 九返49オ5
骨 十一往60ウ3
【體】體 九往47オ6
體 十二往65ウ6
體 十二往68オ2
體 十二返71ウ2
三體 九往47オ3
三體 九返49オ5
何體 八往41ウ5
同體 九返50オ5
無體 十二返72オ4
風體 六返36オ6
風體 十一往60オ6
羅漢體 十二往66ウ6

高部

【高】高座 十二往65オ5
高麗 十二往67オ2
高雄寺 四往24ウ3
高麗笛 十往54ウ3
高麗縁 十二往65オ6
高峰墜石 八返44オ5

門部

【鬮】鬮的 六往33オ2

鬯部

【鬱】鬱念 五往27ウ3
鬱念 六返35オ6
鬱望 七返39オ4
鬱結 十往54オ1
鬱々 十二返70オ1
萬鬱 二往9オ4
萬鬱 五返30ウ1
萬鬱 八往41オ1
愚鬱 十一往60オ4
鬱々 十二返70オ1

鬼部

【魔】天魔隨心 四返26オ4

魚部

【魚】魚水 五往27ウ5
魚綾 三往17ウ4
魚鱗 八返43ウ1
白魚羹 五返31オ2
【鱗】魚鱗 八返43ウ1

鳥部

【鳥】鳥 正返6オ3
鳥相 八返44オ2
鳥羽 七返39ウ3
鳥跡 八返43オ2
名鳥 正返4ウ1
花鳥 三往16ウ1
飛鳥 八返45オ5
鳥羽院 二返11ウ4
小鳥羹 五返31オ6
後鳥羽院 二返12オ6
【鳳】風[鳳]肝 四往22オ6
【鴈】鴈 正返4ウ6
鴈書 八返42ウ6
蘆鴈 三往17オ4
鴈飛點 八返44オ4
平砂[沙]落鴈 三往17オ2
雪中落巖〈鴈〉點 八返44ウ5
【鴧】鴧鴿 三往16オ5
【鴿】鴧鴿 三往16オ6
【鷗】川鷗 三往16オ5
【鶴】鶴殿 二返13オ3
鶴經 三往18オ2
【鷄】鷄楊 三返20ウ3
鷄鏤〈婁〉 十往55ウ3
草鷄 六往34ウ2
糟鷄羹 五返31オ2
【鷁】龍頭鷁首 十往55ウ2
【鷲】鷲 三往17オ5
鷲尾 十二往65ウ3
鷲峯山 十二返70オ5

【鷹】鷹　三往17オ5
鷹爪　四往22ウ3
【鸞】廻鸞　八返43ウ1

鹵部

【鹽】鹽湯　九返52オ5

鹿部

【鹿】草鹿　六往34オ2
【麗】高麗　十三往67オ2
美麗也　二往8ウ4
美麗也　十三往66ウ2
高麗笛　十往54ウ3
高麗縁　十三往65オ6
【麝】蘭麝　二往8ウ2

麥部

【麥】麥　十返57ウ3
【麪】索麪　五返31オ5
納〈細〉短麪等　五返31ウ1
【麩】麩指物　五返31ウ1

麻部

【麻】胡麻　十返57ウ1

黄部

【黄】黄楊　三返19ウ3
黄楊　十往55オ4
黄色　十返57オ1
黄金　四往22オ4
政黄牛　三往16オ5
黄兔毫　三返20オ5
黄鐘調　十返57ウ1

黍部

【黍】黍　十返57オ2

黑部

【黑】黑塗　三返19ウ2
黑漆　三返21オ3
黑漆　十三往66オ4
黑色　十返57ウ5
墨黑　九返53オ2
【黛】青黛　二往8オ6
【點】點　八返44ウ1
點心　五往29ウ5
點心　五返30ウ5
點心　五返30ウ5
點心　五返30ウ6
折〈木折〉點　八返44オ5
寅一點　十三往67オ1
巖立點　八返45ウ3
落玉點　八返44オ6
鴈飛點　八返44オ4
牛片角折點　八返44ウ5
雪中落巖〈鴈〉點　八返44ウ5
遠山雲行〈井〉之點等　八返45オ1
半月雲出之點　八返45オ1
野口長立之點　八返44ウ6

黽部

【鼈】鼈羹　五返31オ3

鼓部

【鼓】三鼓　十往55ウ3
太鼓　十往55ウ2
太鼓　十三往67オ6
羯鼓　十往55ウ3
腰鼓　十往55ウ4
鉦鼓　十往55ウ4
【鼙】鼙鼓　六往34オ5
鼙鼓　六往34オ5

鼠部

【鼠】栗鼠 三往16ウ1

鼻部

【鼻】鼻廣 十二往66オ5
鼻根 十返57オ4

齋部

【齋】囉齋 三返21オ6
囉齋 五往29ウ2

齒部

【齡】延齡 四往21ウ6

龍部

【龍】龍涎 七返40オ6
龍笛 十往55オ2
龍虎 三往16オ3
龍足〈走〉 八返44オ4
龍蹄 十二返73ウ3
龍頭鷁首 十往55ウ2

龜部

【龜】龜山院 二返13オ5

自立語索引

自立語索引凡例

〔採録の範囲〕

一、新撰遊覚往来本文に使用されている全ての自立語（助詞・助動詞等の付属語及び接辞を除く）を検索できるよう編集した。但し、内題、注文、尾題は除外した。

〔読みの根拠〕

一、底本の傍訓を尊重した。底本に傍訓がない場合は、諸本を参考にして訓みを決定した。

〔排列〕

一、歴史的仮名遣いに還元した上で、五十音順に排列し、清音を先、濁音を後にした。

一、同じ訓を有するものは、新撰遊覚往来におけるそれぞれの語の出現順に排列した。但し、活用語の場合、未然形、連用形、終止形、連体形、未然形、命令形の順に並べた。

一、語の清濁は室町時代に基準を求めた。

自立語索引

〔参照注記〕

一、新撰遊覚往来のうち、語形に揺れが見られるもの、また、新撰遊覚往来の本文に施された傍訓の他に一般的なものが存するものについては、それぞれから検索できるよう、空見出しを立て、「→」で示した。

〔補正〕

一、新撰遊覚往来の傍訓には、例えば、「くわんじん（寛仁）」など、明確な誤りも希にある。このような場合、索引見出しは、あるべき語形（右の場合は「くわんにん」）に補正した。

〔字体〕

一、康熙字典に準拠し、異体は正体に改めた。

〔索引の形態〕

一、索引見出しの後に品詞を、その次に新撰遊覚往来における文字列と傍訓を挙げ、次いで、複製本での所在（月数　丁数　表裏　行数）を示した。

一、新撰遊覚往来における漢字文字列が誤っている場合、その下に、あるべき表記を〈〉に入れて示した。

一、新撰遊覚往来における漢字文字列が誤りではなく、当時の文献に見られる通用現象・省画・増画である場合は、その下に、普通の表記を〔〕に入れて示した。

一、一語に二字以上の誤字・通用字が存する場合や、合字・分字・脱字の場合は、文字列全体に対して注記を施した。

あ

あいしやう(名)哀傷　正返4オ5
あか(名)閼伽　十二往68ウ2
あかぢ(名)赤地　十往55オ5
あき(名)秋　正返4オ2
あきかぜ(名)秋風　正返5オ2
あきすけ(名)昭輔　二返12オ2
あきのき(名)秋季　十返57オ3
あきばえ(名)秋萌　四往23ウ1
あきらか(形動ナリ)明　五返30オ6
あぐ(動ガ下二)揚　八往41オ3
　揚　十一往60ウ1
　揚　十二返73オ5
あこめ(名)袙　十往54ウ5
あさがすみ(名)朝霞　七返40オ4
あさひやま(名)朝日山　四往22ウ5
あしたのつき(連語)朝月　正返4ウ4
あじやり(名)阿闍梨　三往18ウ6
　阿闍梨　六返37オ6

あそび(名)遊　六往34オ4
　遊　六返37オ1
あたかも(副)宛　九返48ウ4
あたふ(動ハ四)能　二返14ウ4
　能　八返46オ1
あたらし(形シク)新　九返52オ1
あつ(動タ下二)當　十返56ウ4
あづかる(動ラ四)預　七返39オ5
　預　十往56オ1
　預　十一往61ウ3
　預　十一返62オ3
あつむ(動マ下二)聚　十一往61オ2
あはれなるかな(連語)哀哉　十二返70ウ4
あひあたる(動ラ四)相當　十二返71ウ3
あひがたし(形ク)難レ値　十二往64オ6
あひかまへて(副)

　相構　正往1ウ5
　相構而　七往38オ5
あひぞんず(動サ変)相存　七往37ウ2
あひだ(名)間　二往9オ2
　間　四返24ウ5
　間　五往29ウ1
　間　六往32ウ6
　間　六返35オ5
　間　八往41ウ2
　間　十往55ウ5
　間　十二往64オ6
あひたづぬ(動ナ下二)相尋　七返40ウ3
あひつぐ(動ガ四)相繼　二返14オ4
あふぐ(動ガ四)仰　正往1オ2
　仰　十返58オ6
あふみ(名)近江　四往23オ4
あぶら(名)油　十一往60ウ4
あぶらいり(名)油煎　五返31ウ4
あまきあぢはひ(甘味)→かんみ

あまた(副)　數多　四往22オ2
あまのり(名)　甘苔　五返31ウ6
あみだ(名)　阿彌陀　十返57オ3
あやふし(形ク)　危　十返58オ4
危　十返58ウ1
危　十返58ウ3
危　十返59オ2
あらし(名)　嵐　正返4ウ3
嵐　十二返69ウ6
あらず(連語)　非　六返36ウ1
非　十返59ウ4
非　十一往60ウ1
あらそふ(動ハ四)　争　十二返71オ5
あらたむ(動マ下二)　改　十二往67オ3
あらはす(動サ四)　顯　正返3ウ4
顯　八往41オ3
顯　十一往60ウ2
あらはす(動サ四)　披　四返27オ3

あらふ(動ハ四)　洗　九返52オ3
洗　九返52オ6
洗　九返53ウ1
あらまし(名)　有増　六返35ウ4
あり(動ラ変)　在　三返20ウ3
在　十返58オ5
有　正往1ウ5
有　二往9オ3
有　二返10ウ1
有　三往17オ5
有　三返20オ6
有　五返30ウ3
有　五返32オ6
有　六往33ウ6
有　八返45ウ5
有　八返45ウ6
有　九返48ウ6
有　九返50オ6
有　九返50ウ1
有　九返51オ3
有　九返52ウ3
有　九返52ウ5

有　十往54ウ5
有　十往55オ5
有　十返58オ4
有　十返58ウ1
有　十返58ウ3
有　十返58ウ4
有　十返59オ2
有　十返59ウ1
有　十返59ウ3
有　十一往61ウ5
有　十一返62オ5
有　十一返62オ6
有　十一返62ウ1
有　十二往64ウ5
有　十二往65オ6
有　十二往69ウ1
有　十二返70ウ1
有　十二返71ウ3
ありあけ(名)　有明　正返5オ5
ありいへ(名)　有家　二返12ウ1
ありさま(名)　在様　十二往67オ5
ありやだて(名)

有哉立　六往33オ6
あをのり(名)　青苔　五返31ウ4
あんぎや(名)　行脚　五往29ウ2
あんく(名)　闇苦　十二往64オ5
あんじや(名)　行者　五往29オ2
あんず(名)　杏　五返32オ3
あんない(名)　案内　正往1ウ4
　案内　五往27ウ2
　案内　九返53オ6
あんばい(名)　按排　四往24オ1

い

いうえん(名)　遊宴　六往33オ2
いうかう(柚柑)→ゆかう
いうげ(名)　遊戯　六往32ウ6
いうげ(遊戯)→ゆげ
いうさんのせんにん(連語)　遊山之仙人　三往17オ3
いか(名)　以下　九返49オ2
いが(名)　伊賀　四往23オ3
いかが(副)　如何　六往32ウ5
　如何　十往54オ2
いかさま(副)　如何様　二返15オ1
　如何様　六返35ウ2
いかん(副)　如何　十二往64オ2
いきん(衣襟)→えきん
いくさんじゆ(名)　郁山主　三往16オ5
いこ(衣袴)→えきん(衣襟)
いこう(名)　已講　六往35オ2
　已講　六返37オ5
いこく(名)　異國　八往42オ2
いこまうす(名)　生駒硙　三返19ウ1
いこん(名)　意根　十返57オ1
いささか(副)　聊　五往27ウ6
　聊　八往42ウ1
いしつぼ(名)　石壷　三往17ウ6
いしなご(名)　石子　六往34オ6
いしはじき(名)　石抓　六往33オ4
いしやう(名)　衣装　正返6ウ1
　衣裳　二往8ウ3
いしやまでら(名)　石山寺　二返15オ6
　石山寺　四往23オ1
いす(名)　倚子　三往17ウ2
いせ(名)　伊勢　四往22ウ2
　伊勢　四往23オ3
いせのうみ(名)　伊勢海　七返40オ1
いぜん(名)　已前　五返30ウ5
いたす(動サ四)　致　四返24ウ5
　致　六往32ウ4
　致　六返35オ5
いたづらに(副)　徒　十一往60ウ6
いたましいかな(連語)。　痛哉　十三返70ウ6
いたり(名)　至　正返3オ5
　至　三往15ウ2
　至　五往29ウ6
　至　六往32ウ4
　至　七返40ウ1
　至　八往41オ2
　至　九往47ウ5
　至　十往54オ1
　至　十一往60オ4

いたる(動ラ四)至 九返50オ4
至 十二返71オ5
いち(名) 市 十一返62オ6
いちこつてう(名) 一越調 十返56ウ6
いちざ(名) 一座 正返4オ6
いちじ(名) 一寺 正返3オ4
いちじ(名) 一字 八返44ウ3
一字 九返49オ3
一字 九返51オ2
一字 十一返62ウ1
いちでうのゐん(名) 一條院 八返45オ2
いちにごろくすごろく(名) 一二五六雙六 六往33オ5
いちのせ(名) 一瀬 四返26ウ4
いちぶ(名) 一部 十一返63オ4
一部 十一返63オ5
いちぶとう(名) 一部等 十一返63オ5
いちまんぐ(名) 一萬句 正往1ウ1
いちをなす(連語) 成レ市 十二往67ウ3
いづ(動ダ下二)出 四返25オ6
出 十返59オ5
いつか(名) 一荷 三返21オ4
いつかう(副) 一向 五往29ウ1
一向 九往48オ2
一向 十往55ウ5
いつきよう(名) 一興 六返36オ4
いつく(名) 一句 正返3ウ5
一句 正返4オ6
いつくわい(名) 一會 三往16オ1
いつくわん(名) 一巻 十一返63オ1
いつけん(名) 一見 十一往61ウ3
いつごろ(名) 何比 三返21オ5
いつさくじつ(名) 一昨日 六返35オ3
いつせい(名) 一聲 六返36オ2
いつつ (名) 五 八返44ウ4
五 九返51オ5
いつつい(名) 一對 三往18オ4
いつてふ(名) 一帖 三返19ウ1
一帖 三返19ウ2
いつてん(名) 一天 八往41オ3
いつぴき(名) 一疋 十二返73ウ2
一疋 十二返73ウ3
いづものり(名) 出雲苔 五返31ウ5
いづれ(代名) 何 二往7ウ5
何 二往7ウ6
何 八往41ウ4
いてき(名) 夷狄 正往2オ2
いとけなし(形ク) 幼 十一往60ウ5
幼 十一返62オ5
いとすすき(名) 絲薄 七返40オ3
いとまなし(形ク) 無レ暇 六往34ウ4
いにしへ(名) 古 正返4ウ2
古 正返6ウ2
古 十一往61オ3
いぬかさがけ(名) 犬笠懸 六往34オ2
犬笠懸 六返36ウ1
いのち(名) 命 四返25オ4
いのる(動ラ四)祈 正往2オ5

いはく(名)　云　四返26オ1
　云　九返49オ3
　云　十一往60ウ2
いはづたひ(名)　岩傳　四返26ウ5
いはゆる(連体)　所謂　正返4オ1
　所謂　八返44オ1
　所謂　八返44ウ4
　所謂　八返45オ4
　所謂　十返56ウ2
　所謂　十二返71ウ4
いはんや(副)　矧　十一往60ウ5
いひ(名)　異皮　七返40オ5
いふ(動ハ四)　謂　九返51オ5
いぶかし(形シク)　不審　八往41ウ6
　不審　八往41ウ6
いふく(衣服)→えぶく
いふじしや(名)　衣鉢侍者　五往28ウ6
いへ(名)　家　六返36ウ2
　家　十往54ウ6

いへいへ(名)　家々　二返14ウ4
　家々　八往41ウ6
　家々　八返46オ1
　家々　九返51ウ2
いへたから(名)　家隆等　二返12ウ1
いへども(連語)　雖　正往2オ2
　雖　正往2オ5
　雖　正往2ウ2
　雖　二往7ウ2
　雖　二返14ウ3
　雖　三往15ウ3
　雖　五往27ウ3
　雖　六返37オ3
　雖　七往38ウ2
　雖　七返40ウ1
　雖　八往42オ6
　雖　八返43オ5
　雖　八返45ウ5
　雖　八返45ウ6
　雖　九往46ウ3
　雖　九返50オ3
　雖　九返53ウ2

　雖　十往55オ1
　雖　十一往60オ5
　雖　十一往61ウ6
　雖　十一返62オ6
　雖　十一返62ウ2
　雖　十二往64オ5
　雖　十二返70ウ1
いま(名)　今　五返30オ6
　今　八往41オ3
　今　十返59ウ1
いまだ(副)　未　正往2オ5
　未　七返40ウ3
　未　十二返70ウ2
　未　十二返70ウ5
　未　十二返71オ1
いやう(名)　異様　九返52ウ4
いよいよ(副)　彌　九往46ウ5
　彌　十二返70ウ4
いりこぶ(名)　煎昆布　五返31ウ5
いりこんぶ(煎昆布)→いりこぶ
いる(動ラ下二)　入　二返10ウ3
　入　二返15オ2

入 九返49ウ3
入 九返49ウ4
入 九返49ウ5
入 九返52オ5
入 九返53オ5
入 十往54ウ4
入 十往55オ1
入 十往55オ3
入 十二往68ウ6
入 十二返70オ6
納 三返21オ4
納 四返27オ2
納 十往55オ6
いるいとう(名)衣類等 正返6オ1
いろいろ(名)色々 十二往66ウ4
いん(名)因 十二返71ウ4
いんしん(名)音信 八返42ウ6
いんしん(音信)→ごいんしん(御音信)
いんやう(名)陰陽 十返56ウ2

う

う(名) 羽 十返56ウ3
羽 十返57ウ4
羽 十返59オ1
う(動ア下二) 得 八返45ウ4
得 九返48ウ6
うがつ(穿)→くもをうがつ(穿雲)
うく(動カ下二)受 十二返71ウ2
稟 十二返70オ6
うけたまはりおよぶ(動バ四)
承及 正返3オ6
承及 二返14ウ6
うけたまはる(動ラ四)
奉 二返10オ2
奉 二返11ウ4
奉 二返14オ4
奉 二返14ウ2
承 二往8オ1
承 二返9ウ2
承 二返9ウ3
承 三返19オ2
承 四返24ウ4
承 四返26ウ3
承 六返35オ4
承 七返39ウ1
承 九返48ウ1
承 十返56オ6
承 十一返63ウ3
うごかす(搖)→ちをうごかす(搖地)
うごく(搖)→ちをうごかす(搖地)
うさん(名)胡盞 三返20ウ2
うしなふ(動ハ四)
失 四往21ウ4
失 九往46ウ2
うすぎり(名)薄霧 七返40オ4
うすぐも(名)薄雲 七返40オ4
うすし(形ク)薄 九返50ウ6
うぜん(名)雨前 四往22オ5
うそく(名)雨足 八返44オ4
うた(名)哥 正往2オ1
哥 正返3ウ3
哥 二返10ウ3
歌 九返52ウ1
うたあはせ(名)哥合 八往42オ5

うたがひなし(連語)
無ﾚ疑　十二往69オ5
うたがふ(動ハ四)　疑　十二往68オ1
うたひもの(名)歌物　六返36オ4
うち(名)　中　十二往64ウ1
中　十二返70オ5
内　正返3ウ5
内　五往28オ2
内　十二返70ウ4
うぢ(名)　宇治　正返7オ5
宇治　四往22ウ5
宇治　七返39ウ3
うちこき(名)　打擯　四往24オ1
うちこし(名)　打越　正返6オ5
うちしき(名)　打敷　三往17ウ5
うちはやしもの(名)
打小白物　六往34ウ1
うつ(動タ四)　打　十二往67オ6
うつうつ(形動タリ)
鬱々　十二返70オ1

うづきここのか(名)
卯月九日　四往24ウ2
うづきじふいちにち(名)
卯月十一日　四返27オ6
うつけつ(名)　鬱結　十往54オ1
うつす(動サ四)寫　八返43オ2
寫　八返43ウ2
うつす(動サ四)移　十二往67ウ5
うつねん(名)　鬱念　五往27ウ3
鬱念　六返35オ6
うつばう(名)　鬱望　七返39オ4
うつはもの(名)器　二往8オ3
うつる(動ラ四)遷　十二返69ウ4
うてき(名)　雨滴　三返20ウ6
うと(名)　烏兎　十二返69ウ4
うどん(餛飩)→うんどん
うば(姥)→とうふのあげもの(豆腐上物)
うはもの(上物)→とうふのあげもの(豆腐上物)

うへ(名)　上　九返49ウ5
うへのはかま(連語)
表袴　十二往66オ4
うみ(名)　海　五往27ウ4
うめ(名)　梅　正返4ウ6
梅　三返20オ1
梅　五返32オ3
うやまふ(動ハ四)
敬　十返56ウ1
うらやまし(形シク)
浦山敷　四返25オ1
浦山敷　六返35ウ1
うる(動ラ四)　賣　十一返62オ6
うるほひ(名)　澤　十二返71オ2
うるほふ(動ハ四)
霑　十二返74オ1
うるほふ(澤)→うるほひ
うれへ(名)　憂　十返59ウ3
うゑ(名)　飢　十一往61オ5
うゑもの(名)　植物　正返6オ6
うゑもん(名)　右衞門　二返10オ6
うんうん(名)　云々　四返25オ4

云々 八往41ウ1
云々 九返49オ4
云々 九返49オ6
云々 九返51ウ5
云々 十返59ウ2
云々 十返59ウ3
云々 十一返62ウ1
云々 十二返73ウ6
うんえい(名) 雲映 四往22ウ3
うんかう(名) 雲行 八返43ウ3
うんげんべり(名) 繧繝縁 十二往65オ6
うんざう(名) 温糟 五返31オ1
うんしゆ(名) 雲朱 三返20ウ4
うんじゆつ(名) 雲出 八返44オ3
うんどん(名) 餛飩 五返31オ5
うんぬん(云々)→うんうん
うんらいおんわうぶつ(名) 雲雷音王佛 十往54オ5

え

えうもん(名) 要文 九返50ウ1
えきん(名) 衣袴〈襟〉 十二返70オ4
えぶく(名) 衣服 十二返72ウ1
えらぶ(動バ四) 撰 二返10ウ1
撰 二返14ウ2
撰 十一往61オ6
えらぶ(撰)→おんえらぶ(御撰)
えんぎごねん(名) 延喜五年 二返10オ2
えんぎやうしねん(名) 延慶四年 二返13ウ3
えんぶんしねん(名) 延文四年 二返14ウ1
えんりやくじ(名) 延暦寺 十二往69ウ3
えんれい(名) 延齢 四往21ウ6

お

おい(名) 老 正返6ウ2
おいて(連語) 於 二往8オ3
於 二返10ウ6
於 二返20オ1
於 三返20オ4
於 四往22オ5
於 四往22ウ1
於 四往22ウ2
於 四往22ウ3
於 八返44ウ3
於 十返59ウ1
於 十一往60ウ5
於 十二往65ウ1
於 十二返71オ5
おうとくさんねん(名) 應徳三年 二返11ウ1
おくやま(名) 奥山 七返39ウ4
おくる(動ラ四) 送 十一往60ウ6
おこたる(動ラ四)

おこなふ(動ハ四)　怠　六往34ウ3
行　十返58ウ6
おこる(動ラ四)起　四返25オ5
起　十往54オ4
おそる(動ラ下二)
恐　九返53オ2
おそれ(名)　恐　九往47ウ6
おそれいる(動ラ四)
恐入　七往38ウ2
おちや(名)　御茶　四往24オ6
おと(名)　音　正返6ウ5
音　十二返71ウ2
おとる(動ラ四)劣　十一往61オ6
おどろかす(動サ四)
驚　四返25ウ5
驚　十一往61オ4
驚　十二往68オ5
驚　十二返73オ1
おどろかす(驚)→じぼくをおどろかす(驚耳目)・めをおどろかす(驚目)

おなじ(形シク)同　正返6オ1
同　二返13オ2
同　七往38ウ5
同　九返50ウ5
おなじく(接続)同　三返19ウ5
同　三返20オ3
同　三返20ウ2
同　三返21オ3
同　十一往66オ1
おのおの(名)各　正返4オ2
各　正返4オ5
各　三返19ウ2
各　三返20オ6
各　三返20ウ3
各　三返21オ3
各　四返26オ5
各　十一往67ウ1
各　十二返73オ3
各　十二返73ウ1
おはします(動サ四)
御座　二返14ウ6
おびくちじろ(帯口白)→たいこうじろ

おほくら(名)　大蔵　五返32ウ3
おほくらきやう(名)
大蔵卿　七返40ウ6
おほくらのきやう(連語)
大蔵卿　七往39オ2
おほし(形ク)　多　正往2オ3
多　正往2ウ3
多　正返4オ3
多　二返14ウ3
多　八返43オ5
多　九往47オ2
多　九返52ウ2
多　九返53ウ2
多　十一往61ウ2
多　十一往61ウ6
おほしかふちのみつね(名)
凡河内躬恒　二返10オ5
おほせ(名)　仰　二返12オ1
仰　二返12オ4
仰　二返12オ6

仰　二返12ウ4
仰　二返13オ1
仰　二返13オ6
仰　二返13ウ2
仰　二返13ウ4
仰　二返14オ1
仰　二返14オ2
仰　六返35オ5
仰　七返39オ4
仰　九往48オ4
仰　十返56ウ1
仰　十一返62オ4
仰　十一返62ウ2
仰　十二返69ウ4
おほせがき(名)仰書　九往47オ5
仰書　九返53オ4
おほなかとみのよしのぶ(名)
大中臣能宣　二返11オ1
おほはら(名)　大原　十二返71オ5
おむろとじ(名)御室戸寺　正往2ウ6
おもかげ(名)　面影　正返6ウ3
おもひ(名)　思　正返6ウ2
おもひかく(動カ下二)
思懸　二往7ウ2
おもひたつ(動タ四)
思立　十一往61ウ1
おもひやる(動ラ四)
想像　十二往68オ2
おもふ(動ハ四)思　四返25オ2
思　五往27ウ4
思　六返35ウ2
思　九往46ウ5
おもむき(名)　趣　三返19オ2
趣　九返48ウ1
趣　十返56オ6
おもんみる(動マ上一)
以　六返35ウ5
おゆ(動ヤ上二)老　十一往60ウ6
老　十一返62オ5
およそ(副)　凡　十返59オ4
およぶ(動バ四)及　七往38ウ3
及　七返39オ4
及　十往54オ1
およぶ(及)→うけたまはりおよぶ
(承及)
おりはんうち(下半打)→しもはんう
ち
おりもの(名)　織物　十二往66オ2
おろか(形動ナリ)
愚　九返49オ4
おろか(愚)→ぐ
おん(恩)→ごおん(御恩)
おんえらぶ(動バ四)
御撰　二往7ウ5
おんがす(動サ変)
恩加　七往38ウ6
おんかた(名)　御方　正往1オ3
おんぎよく(名)音曲　六返36オ3
おんこと(名)　御事　二往7ウ1
御事　十一往60オ3
おんころも(名)御衣　十二返73ウ3
おんさつ(名)　恩札　五返30オ6
恩札　七返39オ5
おんじやう(名)音聲　十二返73オ3

おんじやくす(動サ変)　恩借　三往18ウ3
おんだいじ(名)御大事　四返26ウ6
おんとき(名)　御時　二返11ウ2
おんふせ(名)　御布施　十二返73ウ1
おんぶつじ(名)御佛事　五返30ウ1
おんめ(名)　御目　二往9オ3
おんもよほし(名)　御催　正往1ウ5
おんもん(名)　恩問　十返56オ6

か

かいがん(海岸)→かいしがん(海此岸)
かいがんのせきへい(連語)　海岸石平　八返45ウ2
かいしがん(名)海此岸　十二往67ウ6
かいつくろふ(動ハ四)　刷　二往8ウ3
かいてふ(名)　戒牒　八往42オ5
かいねん(名)　改年　正返3オ1
　改年　六往33オ1
かいびやく(名)開白　十二返71オ5
かいふく(介覆)→ふんぷく(芬馥)
かう(名)　行　八返43オ1
かう(名)　香　十一往60オ5
　香　十二返71ウ5
かう(香)→ごかう(御香)
かうきやう(名)孝經　十一返63オ1
かうけつ(名)　纐纈　十往55オ3
かうざ(名)　高座　十二往65オ5
かうじ(名)　柑子　五返32オ2
かうじう(剛柔)→かうにう
かうしたち(名)好士達　四往22オ2
かうじん(形動タリ)　幸甚　正往1オ6
　幸甚　正往1オ6
かうす(動サ変)號　正返3ウ6
　號　二返12ウ2
　號　二返13オ3
　號　二返13ウ2
　號　八返45ウ4
　號　十一返63オ3
かうず(講)→こうず
かうてんのぼせつ(連語)　江天暮雪　三往16ウ6
かうにう(名)　剛柔　二往8オ4
かうばこ(名)　香箱　三往18ウ1
かうばし(形シク)　芳　十二往67ウ6
かうぶる(動ラ四)　蒙　七往38オ3
かうぶる(蒙)→かうむる
かうほうのついせき(名)　高峯墜石　八返44オ5
かうむる(動ラ四)　蒙　十一返62ウ2
かうむる(蒙)→かうぶる・ほとぎを
　かうむる(蒙瓫)
かうらいべり(名)　高麗縁　十二往65オ6
かうろ(名)　行路　正返4オ4

かうろ(名)　香爐　三往18オ5
　香爐　十二往65ウ2
かうろ(名)　皐盧　四往22オ6
かうろばこ(名)　香爐箱　十二往65ウ3
かかる(動ラ四)　懸　二往9オ3
かきやう(名)　書様　九往47オ6
かぎりなし(形ク)　無ㇾ限　六返37オ2
かぎる(動ラ四)　限　八返43オ5
かく(名)　角　十返56ウ3
　角　十返57オ5
　角　十返58ウ2
かく(動カ四)　書　二返10ウ2
　書　九返50オ5
　書　九返50ウ2
　書　九返50ウ6
　書　九返51オ6
　書　九返51ウ2
　書　九返52オ6
　書　九返52ウ4
　書　九返53オ1
　書　九返53オ2
　書　九返53オ4
　書　九返53ウ1
かく(動カ下二)　懸　十一往61オ4
がく(名)　額　八往42オ1
がくき(名)　樂器　十往54ウ1
がくす(動サ変)　學　十一往60ウ5
かくのごとし(連語)　如ㇾ斯　十一往60ウ4
　如ㇾ斯　十二往69オ6
　如ㇾ此　二往8オ1
　如ㇾ此　四返26ウ2
　如ㇾ此　九往47ウ3
がくもん(名)　學文　十一往60ウ1
かくる(動ラ下二)　隱〔陰〕　十二返70オ5
かくれが(名)　隱家　正返4ウ4
かげ(名)　影　十二返70オ4
　陰　正返6ウ4
　陰　十二返69ウ4
かけはし(名)　梯　七返40オ2
かけもの(名)　賭　六往33ウ6
かげんねんぢゆう(名)　嘉元年中　二返13ウ1
かさ(名)　笠　九返52オ4
　笠　九返52オ5
　笠　九返53ウ2
かさぬ(動ナ下二)　重　五往27ウ4
かさねて(副)　重而　二往7ウ3
　重而　二返13オ2
　重而　二返13ウ6
　重而　二返14オ4
かざり(名)　莊　十二往68ウ5
かざりもの(名)　嚴物　三返19オ5
　莊物　三往15ウ6
かざる(動ラ四)　嚴　十二往65オ2
かしこまりいる(動ラ四)　畏入　二往9オ4
　畏入　七往38ウ6
かす(動サ四)　借　三返21オ4
　借　十一往61ウ3
　借　十一返62ウ3

かず(名)　数　六往33ウ4
かすみ(名)　霞　正返3オ2
かずをつくす(連語)　盡ㇾ数　十二往67オ2
かぜ(名)　風　正返5ウ3
風　正返5ウ4
風　二往8オ4
風　十二往67ウ5
風　十二往68オ5
かた(方)↓おんかた(御方)
かだ(名)　伽陀　十二往67オ6
伽陀　十二返73オ3
かたし(形ク)　固　十二返73ウ6
堅　六返36ウ6
堅　九返49ウ2
かたし(難)↓あひがたし(難ㇾ値)・ききがたし(難ㇾ聞)・つうじがたし(難ㇾ通)・つくしがたし(難ㇾ盡)・のせがたし(難ㇾ載)
かたち(名)　像　正返6ウ4
かたつき(名)　肩築　三往18オ2
かたな(名)　刀　十一往60ウ3
かたのごとし(連語)　如ㇾ形　八往42オ6
かたびら(名)　帷　十二往66オ2
かたみ(名)　形見　正返6ウ4
がつき(樂器)↓がくき
かつこ(名)　羯鼓　十往55ウ3
かつしき(名)　喝食　五往29オ1
がつしやう(名)合掌　十二返72ウ4
かとうじやう(名)
下藤上　八返44オ3
かとうのじやう(連語)
下登上　八返45ウ2
かどみず(名)　門不ㇾ見　四返26ウ5
かとり(名)　縑　十二往66オ3
かな(名)　假名　八返43オ4
假名　九返51ウ3
假名　九返52ウ2
かなしいかな(連語)
悲哉　十二返70オ6
かなじよ(名)　假名序　二返10ウ1
かなぢ(名)　金形〈地〉
十往54ウ4
かなもの(名)　金物　十二往65オ2
かならず(副)　必　六返36ウ5
必　九返51オ3
必　九返52ウ4
かぬ(動ナ下二)兼　八返43オ4
かね(名)　鐘　正返5オ6
かねてはまた(連語)
兼又　三返19オ4
兼又　五往29ウ5
兼又　五返30ウ6
かねのおと(連語)
金音　十返57オ3
かの(連語)　彼　二往8オ2
かは(名)　皮　九返49オ6
かは(皮)↓ひつじのかは(羊皮)
かはごえ(名)　河越　四往23オ2
かばしやうぞく(名)
樺装束　十往54ウ2
かはぶくろ(名)革袋　十往54ウ4
かはる(動ラ四)易　十二返69ウ5
かはゐ(名)　河井　四往23オ4

かひ(名)　甲斐　二返10オ5
かひ(名)　貝　十二往65オ5
かふ(動ハ四)　買　十一返62ウ1
かふおつ(名)　甲乙　七往37ウ5
がふかう(名)　合香　七返40オ5
がふふがふ(名)　合不合　四往24オ2
かへすかへす(副)　返々　六返35ウ1
かへりみる(動マ上一)　顧　二往8ウ5
顧　七往38ウ2
顧　九往47ウ4
かま(名)　釜　三返20オ3
かまふ(動ハ下二)　構　十返58ウ5
構　十二往64ウ6
かみ(名)　紙　九返49ウ3
紙　九返51オ1
かみ(名)　神　十返56ウ1
かみしも(名)　上下　正返3ウ3
かみをでら(名)　神尾寺　四往22ウ4
かめやまのゐん(名)　龜山院　二返13オ5

かやじやう(名)　伽耶城　十二返70オ4
かやのみ(名)　栢實　五返32オ4
からあや(名)　唐綾　十往55オ6
唐綾　十二往65オ3
唐綾　十二往66オ1
からいし(名)　唐石　三返19オ6
からかね(名)　唐金　十往55ウ4
からきあぢはひ(辛味)↓しんみ
からたけ(名)　唐竹　十往55オ2
からやう(名)　唐様　十二往65ウ2
からをしき(名)　唐折敷　三返21オ2
かり(名)　鴈　正返4ウ6
かりぎぬ(名)　狩衣　十二往66ウ2
かる(動ラ四)　假　十二往64オ4
かるがゆゑに(接続)　故　正返3ウ6
故　八往41オ4
故　十往54オ4
故　十返56ウ2
故　十返58オ2
故　十返58オ6

故　十返59オ6
故　十一往60ウ2
故　十二往64ウ6
故　十二往68ウ5
故　十二返73ウ6
かれら(代名)　彼等　二返13ウ2
彼等　八返45ウ4
かんか(名)　漢家　正往1ウ6
漢家　正返3ウ1
かんがふ(動ハ下二)　勘　十返59オ2
かんくわ(名)　感果　十二返71ウ5
かんけ(漢家)↓かんか
かんさう(名)　寒草　七返40オ1
かんざし(名)　鈿　二往8オ6
かんざんじつとく(名)　寒山十〈拾〉徳　三往16ウ2
かんじ(名)　漢字　八返43オ4
漢字　九返51ウ3
かんじよ(名)　漢書　十一返63オ6
がんしよ(名)　鴈書　八返42ウ6

かんす(名)　監寺　五往28ウ2
かんちく(名)　漢竹　十往54ウ2
かんてう(名)　漢朝　四往23ウ2
漢朝　八返43オ6
かんでんす(名)堪殿主　三往16ウ2
かんど(名)　漢土　八返45ウ6
かんな(假名)→かな
かんのざう(連語)
肝藏　十返57オ5
がんぴのてん(連語)
鴈飛點　八返44オ4
かんみ(名)　甘味　十返57オ1
かんみ(名)　鹹味　十返57ウ6
がんりつのてん(連語)
巖立點　八返45ウ3
かんろ(名)　甘露　十三返71オ2

き

き(名)　木　正返6オ3
き(名)　氣　四返25ウ4
ぎ(名)　義　十三返71ウ5
義　十三返71ウ6
義　十三返72オ1
義　十三返72オ3
義　十三返72ウ1
義　十三返72ウ5
ぎ(名)　義〔儀〕　十一往61ウ5
儀　十三返72オ4
きうぎ(名)　舊儀　十三返71ウ3
きうけい(名)　舊契　五往27ウ5
ぎうび(名)　牛尾　八返45オ6
ぎうへんかくせつのてん(連語)
牛片角折點　八返44ウ5
きうれんし(名)九練絲　三返20ウ1
きえつ(名)　喜悦　五往29ウ6
ぎがく(名)　妓樂　十往54オ5
妓樂　十三返72ウ3
ききう(名)　箕裘　六返36ウ1
ききがたし(形ク)　難レ聞　十三往64ウ1
きく(動カ四)　聞　七返40ウ3
聞　八往41オ2
聞　十返58オ2
聞　十三返71オ1
きくちのり(名)菊地苔　五返31ウ6
きこゆ(動ヤ下二)　聞　八返43ウ4
きさつ(名)　貴札　十三返70オ1
きしうつなみ(連語)　岸打波　十返59オ4
ぎしき(名)　儀式　十三往67オ3
きしめんとう(名)　納〈細〉短麪等　五返31オ6
きしよ(名)　貴所　八往42オ3
ぎせい(名)　儀勢　四往24オ2
きせん(名)　貴賤　正往2オ3
貴賤　十三往64ウ5
貴賤　十三往67ウ3
貴賤　十三往68オ6
貴賤　十三返73オ1
きせんじやうげ(名)　貴賤上下　四往22オ1

きたう(名)　祈禱　十返58オ5
　祈禱　十返58ウ2
ぎだり(名)　祇陀利　三返19ウ1
きちく(寄竹)↓よりたけ(寄竹)
きちにちりやうしん(名)
　吉日良辰　十一往61オ6
きつくわ(名)　橘花　七返39ウ6
きつさ(喫茶)↓きつちや
きつじ(吉事)↓ごきつじ(御吉事)
きつす(喫)↓のむ
きつたう(名)　喫湯　五返30ウ5
きつちや(名)　喫茶　三返19オ6
　喫茶　五返30ウ4
ぎつちやう(名)毬打　六往33オ2
きでん(代名)　貴殿　二往8オ2
　貴殿　六往32ウ5
　貴殿　九往47ウ3
きにん(名)　貴人　九往47オ4
　貴人　九返53オ1
きぬた(名)　碪　正返6ウ1
きのおと(連語)木音　十返57オ6

きのつらゆき(名)
　紀貫之　二返10オ4
きのときぶみ(紀時文)↓きのときぶん
きのときぶん(名)
　紀時文　二返11オ3
きのとものり(名)
　紀友則　二返10オ4
きのはな(連語)木花　正返6ウ6
きのふ(名)　昨日　正返4ウ2
きのよしもち(名)
　紀淑望　二返10ウ2
きは(名)　際　十三往64ウ3
きば(名)　騎馬　六返36ウ2
きはう(名)　貴方　正返3オ2
きはまりなし(形ク)
　無レ極　三返19オ4
　無レ極　四返24ウ6
　無レ極　五往27ウ3
　無レ極　六返35オ6
　無レ極　八往41オ2
　無レ極　十一往60オ4

きはむ(動マ下二)
　極　十三返73オ3
きはむ(極)↓めうをきはむ(極妙)
きび(名)　黍　十返57オ2
きふそく(形動ナリ)
　急速　十一往61ウ4
きへん(代名)　貴邊　二往7オ6
　貴邊　十往54オ2
きめい(名)　貴命　九返48ウ2
　貴命　十一返62ウ3
きもをすずしうす(連語)
　涼レ肝　十三往68オ6
きやう(名)　經　十返59ウ4
ぎやう(名)　行　九返49オ6
ぎやうぐわんじ(名)
　行願寺　十一往62オ2
きやうげん(名)狂言　六返36オ2
きやうじ(名)　香匙　三往18オ6
ぎやうず(動サ変)
　行　五往28オ1
ぎやうづ(名)　形圖　八返44オ1
　形圖　八返44ウ4

形圖　八返45オ4
形圖　九往47オ1
形圖　九返50オ6
ぎやうぶのきやう(名)
刑部卿　九往48オ6
きやうらい(名)敬禮　十二返72ウ5
きやらき(名)　伽羅木　七返39ウ2
きやらぼく(伽羅木)→きやらき
きゆう(名)　宮　十返56ウ3
宮　十返56ウ5
宮　十返58オ1
宮　十返58オ2
宮　十返58オ3
ぎよいう(名)　御遊　六返35ウ1
ぎよう(名)　御宇　二返9ウ5
御宇　八返43ウ6
御宇　八返45オ3
ぎよう(凝)→ぎようげん(凝玄)
きようえつ(名)恐悦　二往9オ1
恐悦　七往38オ6
恐悦　十往56オ2
きようきようきんげん(名)
恐々謹言　正返7オ3
恐々謹言　二往9オ5
恐々謹言　二往18ウ5
恐々謹言　四往24ウ1
恐々謹言　四返27オ5
恐々謹言　九往48オ4
恐々謹言　九返53ウ4
恐々謹言　十往56オ2
恐々謹言　十返59ウ6
恐々謹言　十一返63ウ4
恐々謹言　十二返74オ2
きようくわうきんげん(名)
恐惶謹言　二返15オ4
恐惶謹言　五往30オ2
恐惶謹言　五返32オ6
恐惶謹言　八往42ウ3
恐惶謹言　八返46オ3
恐惶謹言　十二往69ウ1
きようくわうつつしんでまうす(連語)
恐惶謹言　正往2ウ3
ぎようげん(形動ナリ)
凝〈凝玄〉　十二往64ウ2
きようず(供)→くうず
きよく(名)　曲　十二往67オ3
ぎよくえふしふ(名)

玉葉集　二返13ウ3
ぎよくこ(名)　玉壷　四返27オ2
きよくじ(名)　曲事　十返59オ3
ぎよくしやう(名)
玉章　五返30オ5
玉章　八返43オ1
ぎよくしゆ(名)玉珠　十二往65オ4
ぎよくせん(名)玉川　四返25ウ3
きよくろく(名)曲彔　三往17ウ2
ぎよけいが(名)御慶賀　正往1オ2
ぎよけん(名)　御劍　十二返73ウ3
ぎよさつ(名)　御札　二返9ウ2
きよしよ(名)　居所　正返5ウ5
居所　正返5ウ5
ぎよすい(名)　魚水　五往27ウ5
ぎよそんのせきせう(連語)
漁村夕照　三往16ウ5
きよはらのもとすけ(名)
清原元輔　二返11オ2
ぎよらん(名)　漁藍　三往16オ6
ぎよりよう(名)魚綾　三往17ウ4
ぎよりん(名)　魚鱗　八返43ウ1
ぎらい(名)　義〔儀〕禮
十二返62ウ6
きらふ(動ハ四)嫌　正返6オ5
きらら(名)　雲母　三往18ウ2
きり(名)　錐　十一往61オ3
きる(動ラ四)　切　十一往60ウ3
きをりのてん(木折點)↓ぼくせつの
てん
きんえふしふ(名)
金葉集　二返11ウ3
きんがくす(動サ変)
懃學　十一往61オ4
きんぎよく(名)金玉　十二往65オ4
きんぎん(名)　金銀　十二返73ウ4
きんけい(金形)↓かなぢ(金地)
きんげん(名)　謹言　六返37オ4
きんげん(名)　金言　十二返70ウ2
きんじう(名)　禽獸　十返59オ5
きんしくわ(名)金絲花　三返20ウ1
ぎんしくわ(名)銀絲花　三返20ウ1
きんじつ(名)　近日　二返15オ1
きんじやう(名)謹上　正往2ウ6
謹上　正返7オ5
謹上　二往9ウ1
謹上　二返15オ6
謹上　三往19オ1
謹上　三返21ウ2
謹上　四往24ウ3
謹上　四返27ウ1
謹上　五往30オ4
謹上　六往35オ2
謹上　六返37オ6
謹上　七往39オ3
謹上　七返40ウ6
謹上　八返46オ5
謹上　九往48オ6
謹上　九返53ウ6
謹上　十返60オ2
謹上　十一往62オ2
謹上　十二返74オ4
きんぜいす(動サ変)
禁制　六返36ウ6

ぎんぜん(吟然)→れいぜん(冷然)
きんだい(名)　近代　正往2オ2
　近代　正返3ウ5
　近代　七往37ウ5
きんねん(名)　近年　正返3ウ6
きんぼんとう(名)　金盆等　三往18ウ2
きんら(名)　金羅　十二往65ウ3
きんらん(名)　金襴　三往17ウ4

く

く(名)　句　正返3ウ4
ぐ(名)　具　十往54ウ2
ぐ(形動ナリ)　愚也　十一往61オ1
ぐ(愚)→おろか
くあん(公案)→こうあん
くうず(動サ変)供　十返56ウ1
ぐうつ(名)　愚鬱　十一往60オ4
くぐわつじふごにち(名)　九月十五日　九往48オ5
くぐわつはつか(名)　九月廿日　九返53ウ5
くげ(名)　供花　十二往67オ5
くさ(名)　草　正返6オ3
くさぎ(名)　欘　十往55オ3
くさじし(名)　草鹿　六往34オ2
くしがき(名)　串柿　五返32オ3
くじまと(名)　鬮的　六往33オ2
くす(供)→くうず
くせまひ(名)　曲舞　六返36オ3
ぐそう(代名)　愚僧　九往46ウ5
　愚僧　十二往64オ2
ぐそく(名)　具足　三往18オ4
　具足　三返19オ6
　具足　十二往65ウ5
くだり(名)　行　九返51オ2
くちびる(名)　唇　二往8ウ1
ぐちや(名)　愚茶　四返26ウ3
くつ(動タ上二)朽　九返52オ2
くでう(名)　九條　二返13オ3
くでん(名)　口傳　八返46オ1
　口傳　九往47オ1
　口傳　九返51ウ2
くどく(名)　功徳　十二往68ウ6
　功徳　十二返70オ3
　功徳　十二返72ウ4
くないきやう(名)　宮内卿　三往19オ1
くはし(形シク)委　三往18ウ4
　委　七返40ウ4
　委　八返46オ1
　委　十返56オ6
　委　十二返74オ1
くはだつ(動タ下二)　企　二返15オ2
　企　六返35ウ3
　企　七往37ウ1
くはふ(動ハ下二)　加　二返13ウ2
　加　四返26オ1
くび(名)　頸　十一往61オ4
ぐまい(名)　愚昧　十二返70ウ4
くみ(名)　苦味　十返57ウ3

くむ(動マ四)　挹　十二往64ウ4
くも(名)　雲　正返5ウ4
　雲　正返5ウ4
　雲　正返6ウ3
　雲　二往8オ4
　雲　十二往68オ6
くもり(名)　曇　正返6ウ3
くもをうがつ(連語)
　穿レ雲　十二返71オ6
くやう(名)　供養　十二返71ウ4
くやうす(動サ変)
　供養　五往29オ2
くやうでん(名)公羊傳　十一返62ウ6
くらうど(藏人)↓くらんど
くらし(形ク)　暗　十二返70ウ4
くらまでら(名)鞍馬寺　十一返63ウ6
くらんど(名)　藏人　二返11オ1
くり(名)　庫裏　五往29オ3
ぐりよ(名)　愚慮　九往48オ1
　愚慮　十返59オ3
くる(動ラ下二)暮　十二往64オ1
　暮　十二返69ウ6
くるみ(名)　胡桃　五返32オ4
くれ(名)　暮　正返4ウ2
くろぬり(名)　黑塗　三返19ウ2
ぐわ(名)　瓦　三往17ウ5
くわい(會)↓ごくわい(御會)
くわいきう(名)懷舊　正返4オ4
くわいしとう(名)
　懷紙等　八往42オ5
くわいらん(名)廻鸞　八返43ウ1
くわうぎ(名)　光儀　十往56オ1
くわうだい(形動ナリ)
　廣太〔大〕　十二往64ウ6
くわき(花机)↓はなづくえ
くわげんたう(名)
　過現當　十二返71オ3
くわさんのゐん(名)
　花山院　二返11オ6
くわし(名)　菓子　五返32オ1
くわじうじ(名)勸修寺　五返32ウ3
くわしや(名)　火舍　十二往68ウ3
くわたく(名)　火宅　十二返70ウ6
ぐわぢく(名)　畫軸　三往16オ2
ぐわちりん(名)月輪　八返44オ6
くわてう(名)　花鳥　三往16ウ1
くわひつ(名)　花筆　八返43オ1
くわひん(名)　花瓶　三往18オ5
　花瓶　十二往68ウ2
くわりぼく(名)花梨木　三往17ウ2
くわゐ(名)　果位　十二往69オ1
くわんおん(名)觀音　三往16オ6
くわんげん(名)管絃　六返36オ5
　管絃　十往54オ3
　管絃　十往54ウ1
　管絃　十返56ウ1
　管絃　十返59オ6
　管絃　十返59ウ3
　管絃　十一往60オ5
くわんじゆじ(勸修寺)↓くわじうじ
くわんす(名)　鑵子　三返20オ2
くわんにゆう(名)
　鑽乳　三返20ウ5
くわんにん(名)寛仁　八返45オ2
ぐわんもん(名)願文　八往42オ3

くんず(動サ変)薫　十二往67ウ6
くんぺん(名)　君邊　九往46ウ4
くんろくかう(名)　薫陸香　七返40オ6
くんゑん(名)　薫遠　七返40オ2

け

け(名)　毛　八往41ウ4
　毛　九返50オ2
　毛　九返52オ6
げい(名)　藝　正往2オ2
けいえい(名)　經營　五返30ウ1
けいが(慶賀)→ぎよけいが(御慶賀)
けいしつ(名)　桂漆　三返20ウ4
けいす(動サ変)啓　五往27ウ2
けいづちや(名)系圖茶　四往23ウ5
げいのう(名)　藝能　六返36ウ4
けいぶつ(名)　景物　正返4オ2
けいやう(名)　鷄楊　三返20ウ3
けいろう(名)　鷄鏤〈婁〉　十往55ウ3
けうしゆ(名)　教主　十二往68オ2
けうやうぶも(名)　孝養父母　四返26オ3
けさ(名)　袈裟　十二往66オ1
けさ(袈裟)→まだらげさ(斑袈裟)
けしき(名)　氣色　十二往67ウ1
けしきとう(名)氣色等　十二往66ウ5
げせつ(名)　解説　十二返71ウ2
けだい(名)　懈怠　四往21ウ4
　懈怠　七往37ウ2
けだいす(動サ変)　懈怠　六返37オ2
けだもの(名)　獣　正返6オ4
けちぐわん(名)結願　十二返71オ5
けつ(名)　橛　十二往68ウ3
けつぐわん(結願)→けちぐわん
げつけいうんかく(名)　月卿雲客　六返35ウ6
げつこ(名)　月湖　三往16オ6
けつじよ(名)　闕如　七往38ウ3
けづりもの(名)梳物　五返32オ1
げでん(名)　外典　十一往61ウ1
けねん(繋念・懸念)→ねんをつくす(盡念)
けふ(名)　今日　正返4ウ6
けぶり(名)　煙　十二返70オ5
　煙　十二返71オ1
けまん(名)　花縵　十二往65オ4
けん(名)　兼　八返44ウ2
けん(劍)→ぎよけん(御劍)
げんきうさんねん(名)　元久三年　二返12オ6
けんけい(名)　建溪　四往23ウ1
げんこん(名)　眼根　十返57オ6
けんざん(名)　建盞　三返20オ6
げんざん(名)　見參　二返15オ2
　見參　三往18ウ5
げんざん(見參)→ごげんざん(御見參)
けんしう(名)　建州　三返20ウ4
げんじちや(名)源氏茶　四往23ウ4

けんじつ(名)　兼日　正往2ウ1
けんしん(名)　懸針　八返43オ6
けんず(動サ変)　獻　七返40ウ2
けんすい(名)　硯水　九返53ウ1
けんぞく(名)　眷屬　十二往69オ3
けんぢねんぢゆう(名)　建治年中　二返13オ5
けんちやう(名)　建長　五往28オ2
けんちやうにねん(名)　建長二年　二返12ウ6
けんにん(名)　建仁　五往28オ3
けんびん(名)　卷餅　五返31オ4
げんらい(名)　見來　七返39ウ2

こ

こ(名)　壷　三往17ウ5
こ(名)　粉　九返49ウ6
ご(名)　期　三返21オ6
ごいん(名)　五音　十往55ウ5
五音　十返56ウ3
五音　十返58オ2
五音　十返59オ5
五音　十返59ウ2
ごいんしん(名)　御音信　四返24ウ6
御音信　九返48ウ3
こう(名)　功　二返14オ4
數〈功〉　十二往65オ1
こうあん(名)　公案　四返26オ6
こうか(名)　後架　五往29オ6
こうぎやう(名)　興行　正返3オ5
こうぎやうす(動サ変)　興行　正往1ウ2
こうくわい(名)　後悔　六返37オ2
後悔　十一往60ウ6
後悔　十一返62オ5
こうけん(名)　後見　九返52ウ4
ごうじやこふ(名)　恆沙劫　十二往64オ5
こうしん(名)　後信　十往56オ2
後信　十返59ウ5
こうず(名)　講　十二返71オ4
こうすい(名)　興衰　十返58オ3
こうせい(名)　後生　四返26ウ2
ごうだのゐん(名)　後宇多院　二返13ウ1
後宇多院　二返13ウ6
こうぶくじ(名)　興福寺　六往35オ2
ごおん(名)　御恩　七往38オ3
ごかう(名)　御香　七往38オ2
こがらし(名)　木枯　正返4ウ3
ごかんじよ(名)　後漢書　十一返63オ6
ごきつじ(名)　御吉事　正返3オ1
こきやう(名)　古郷　正返6ウ2
ごぎやう(名)　五行　十返56ウ4
こきんしふ(名)　古今集　二返10オ1
ごく(名)　五句　正返4オ2
五句　正返5ウ2
五句　正返6オ2
ごくさう(名)　極草　九返53オ2
こくしき(名)　黑色　十返57ウ5
こくしつ(名)　黑漆　三返21オ3

黒漆　十三往66オ4
こくりやうでん(名)
穀梁傳　十二返62ウ6
ごくわい(名)　御會　三返21オ5
御會　四返25オ1
ごぐわつなぬか(名)
五月七日
五返32ウ2
ごぐわつみつか(名)
五月三日
五往30オ3
ごぐわんじ(名)御願寺　八往42オ1
ごげん(名)　五絃　十往55ウ2
ごげんざん(名)御見參　五往27ウ2
ごご(名)　五鈷　十三往68ウ1
ごごくとう(名)五穀等　十返56ウ5
ここに(連語)　爰　十三返69ウ5
こころ(名)　心　正返3ウ5
心　五返30オ5
心　九往46ウ3
心　九返51ウ1
心　十三返72ウ2

こころばせ(名)心操　二往8オ3
こころをもつて(接続)
是以　十三返73ウ4
爰以　四返25ウ6
ごこん(名)　五根　十返56ウ5
ごさい(名)　巨細　十三往69オ6
ごさう(名)　虎爪　八返43ウ1
こさう(名)　枯草　八返45オ5
ござう(名)　五藏　十返56ウ4
ござうてうわ(名)
五藏調和
四返26オ1
ごさがのゐん(名)
後嵯峨院
二返12ウ6
こさん(胡盞)→うさん
こさん(墩山)→はせん(坡山)
こし(形ク)　濃　九返50ウ5
濃　九返51オ2
濃　九返51オ3
こじ(名)　火箸　三往18オ6
こしかき(名)　輿舁　十三往67オ5

ごしき(名)　五色　十返56ウ4
ごしきのいと(連語)
五色之絲
十三往68ウ4
ごじせん(名)　御自撰　二返11オ6
御自撰　二返14オ6
こしつ(名)　故實　七返40ウ3
故實　九往47オ4
故實　九返49ウ1
こしつづみ(名)腰鼓　十往55ウ4
ごじはつけう(名)
五時八教
十三往64ウ1
ごしふゐ(名)　後拾遺　二返11オ6
こしや(火舍)→くわしや
こしやう(名)　孤牀　三往17ウ2
ごしゆ(名)　五種　十三返71オ4
こしようりふ(名)
枯松立　八返44オ2
こしよく(名)　炬燭　十三返70ウ5
ごしよどころ(名)
御書所　二返10オ3

ごしらかはのゐん(名) 後白河院 二返12オ4
こしらへ(名) 拵 四往24オ4
こじん(名) 古人 十一往61オ6
ごす(動サ変) 期 正返7オ3
期 二往9オ4
期 二返15オ3
期 三往18ウ4
期 四返27オ4
期 五往30オ1
期 七往39オ1
期 八返46オ2
期 九返53ウ3
期 十往56オ2
期 十返59ウ5
期 十一往61ウ6
期 十一返63ウ4
期 十二返74オ2
こずゑ (名) 梢 正返6ウ4
ごせうそく(名) 御消息 六返35オ3
ごぜん(名) 御前 九返53オ5

ごせんしふ(名) 後撰集 二返10ウ3
こた(名) 巨多 六往33ウ6
ごだいごのゐん(名) 後醍醐院 二返14オ2
ごだう(名) 後堂 五往28オ5
ごち(名) 五智 十二往69オ1
こちく(名) 胡竹 十往54ウ5
ごでふとう(名) 五帖等 十二往66ウ1
こでん(名) 古傳 四返26ウ1
こと(名) 事 正往2ウ1
事 二往8オ1
事 三往16オ1
事 四往21ウ3
事 七往38オ4
事 七往38オ6
事 九往46ウ1
事 九返52ウ6
事 十返56ウ1
こと(名) 琴 十往55ウ1
箏 十往55オ3
こと(事)→おんこと(御事)

こと(形動ナリ) 異 九返50オ4
ことう(名) 胡銅 三往18オ5
ごとう(名) 梧桐 十往55オ6
ごとく(名) 護徳 四返26オ1
ことごとく(副) 悉 三往17オ5
悉 四返27オ2
悉 十返59オ5
悉 十二往69オ3
こととう(名) 事等 九往47ウ3
ことに(副) 殊 七往37ウ3
ことば(名) 詞 九返49オ3
詞 九返51ウ4
ことばじ(名) 詞字 正返5ウ6
ごとばのゐん(名) 後鳥羽院 二返12オ6
この(連語) 此 正往2オ4
此 二返14ウ3
此 二返14ウ5
此 三往16ウ3
此 四往22ウ5
此 五往28ウ4

此　五返31オ1
此　七往38オ4
此　七往38オ6
此　八往41ウ2
此　八返45ウ6
此　十往55ウ1
此　十返58オ2
此　十一返63オ3
此　十二往69オ2
このあひだ(名)此間　三往15ウ5
此間　六返35ウ3
此間　十一往60オ3
このかた(連語)以來　八返43オ3
このみ(名)好　九返51ウ5
このむ(動マ四)好　六返36ウ2
好　九返50ウ4
こば(名)小葉　四往22ウ4
小葉　四往23ウ1
ごはう(名)五方　十返56ウ5
ごばう(名)御坊　四返27ウ1
御坊　五往30オ4
御坊　六返37オ6
御坊　九往48オ6
御房　正往2ウ6
御房　正返7オ5
御房　二往9ウ1
御房　二返15オ6
御房　三往19オ1
御房　三返21ウ2
御房　四往24ウ3
御房　五返32ウ3
御房　六往35オ2
御房　七往39オ3
御房　七返40ウ6
御房　八往42ウ5
御房　八返46オ5
御房　十往56オ5
御房　十返60オ2
御房　十一往62オ2
御房　十一返63ウ6
御房　十二往69ウ3
御房　十二返74オ4
ごばう(名)牛房　五返32オ1
こばたけ(名)小畠　四返26ウ4
ごはんじやう(名)御繁昌　正往1オ5
こひ(名)戀　正返4オ2
戀　正返5ウ6
戀　正返6ウ2
ごび(寤寐)→ごみ
ごひはん(名)御批判　四返27オ3
ごひやくじ(名)五百字　九返49オ3
こふ(名)槽　十往55オ3
槽　十往55オ4
槽　十往55オ6
ごふうかん(名)御諷諫　十往56オ1
ごぶつ(名)五佛　十返56ウ4
ごぶつそう(名)御物恩　五返30ウ2
ごぶんほつしん(名)五分法身　十二返72オ4
ごへんぽう(名)御返報　十二返74オ5
こぼく(名)枯木　八返43ウ3
こほり(名)冰　正返5オ6
ごほりかはのゐん(名)後堀河院

		二返12ウ4
こま(名)	高麗	十三往67オ2
ごま(名)	胡麻	十返57ウ1
こまぶえ(名)	高麗笛	十往54ウ3
こまはし(名)	獨樂廻	六往34オ5
ごみ(名)	痞寐	九往46ウ5
ごみ(名)	五味	十返56ウ5
ごみじゆく(名)	五味粥	五返31オ5
こめ(名)	穀	十三往66オ2
こもん(名)	孤悶	四返25ウ2
こやまでら(名)	小山寺	四往22ウ2
こゆ(動ヤ下二)	越	十三往69オ1
こゆどの(名)	小湯殿	九往47ウ1
	小湯殿	九返48ウ5
ごよう(名)	御用	十二返63ウ3
これ(代名)	之	正往2オ3
	之	正返7オ1
	之	二返10ウ1
	之	二返10ウ2
	之	二返11ウ6
	之	二返12オ2
	之	二返12オ5
	之	二返12ウ2
	之	二返12ウ5
	之	二返13オ1
	之	二返13オ6
	之	二返13ウ2
	之	二返13ウ5
	之	二返14オ1
	之	二返14オ3
	之	二返14ウ3
	之	四返25オ4
	之	四返25ウ2
	之	四返25ウ2
	之	四返27オ3
	之	六返36ウ2
	之	七返40ウ2
	之	八往42ウ3
	之	九往46ウ5
	之	九返49ウ4
	之	九返50オ3
	之	九返50オ5
	之	九返50オ6
	之	九返50ウ6
	之	九返51オ2
	之	九返51ウ3
	之	九返52オ2
	之	九返52オ3
	之	九返52オ3
	之	九返52オ6
	之	九返52ウ2
	之	九返53オ4
	之	九返53ウ3
	之	十往54ウ4
	之	十往55オ2
	之	十返58ウ6
	之	十返59ウ4
	之	十返59ウ4
	之	十三往64ウ3
	之	十三往64ウ4
	之	十三往68ウ5
	之	十三返73ウ4
	惟	九往47オ2
	斯	六往34ウ3
	斯	八返45ウ3
	是	二返12ウ2

是　三往18ウ3
是　六往33ウ6
是　七返40ウ4
是　九返51オ4
是　九返53オ2
是　十一返62オ3
是　十一返63オ3
是　十二往67ウ4
これただ(名)　伊尹　二返11オ1
これによつて(連語)　因レ茲　十一往61ウ2
これら(代名)　是等　五往28ウ4
此等　四往23ウ2
ころ(名)　比　正往1オ6
ころも(名)　衣　正返5ウ2
衣　正返5ウ2
衣　二往8ウ2
ころも(衣)→おんころも(御衣)
こゑ(名)　聲　正返6ウ5
聲　十返59オ5
音　十返58オ4
音　十返58ウ1
音　十返58ウ2
音　十返58ウ4
音　十返59オ1
こんがうばん(名)　金剛盤　十二往68ウ2
こんじやう(名)今生　十二往69オ4
ごんじやうす(動サ変)　言上　二往8ウ6
言上　九往47ウ4
言上　九往48オ4
ごんのせうそうづ(連語)　權少僧都　四往24ウ2
ごんのそうじやう(名)　權僧正　八返46オ4
ごんのだいそうづ(名)　權大僧都　五返32ウ2
ごんのりつし(名)　權律師　三返21ウ1

さ

さい(名)　才　正往2オ1
才　正返3ウ1
さいがく(名)　才學　十一往60ウ1
さいきよく(西極)→さいごく
さいく(名)　細工　六返36ウ3
さいごく(名)　西極　十二返74オ1
さいさい(名)　細々　七往37ウ1
ざいせ(名)　在世　十二返70ウ1
さいぜん(名)　最前　正往1オ3
さいはう(名)　西方　十返57オ4
さいばん(名)　綵幡　十二往65オ1
さいひとう(名)犀皮等　三返20ウ2
さいをはらふははき(連語)　拂レ災箒　十二返70オ2
さう(名)　草　九返49オ6
さう(名)　相　十二返72オ1
相　十二返72オ2
相　十二返72ウ1
相　十二返72ウ3
相　十二返72ウ4

相 十二返72ウ6
さう(槽)→こふ(槽・甲)
さうあい(名) 草鞋 十二往66オ5
さうか(名) 早歌 六返36オ2
さうき(名) 鎗錤〈旗〉
四往22ウ4
ざうげ(名) 象牙 三往17オ5
象牙 三返19ウ4
さうけい(名) 草鶏 六往34ウ1
さうけいかん(名) 糟鶏羹 五返31オ2
さうけつ(名) 蒼頡 八返43オ2
さうざ(名) 草座 十二往65ウ4
さうし(名) 雙紙 九往47オ6
雙紙 九返50ウ4
雙紙 九返52ウ1
さうじ(名) 莊子 十二返63オ2
さうしやう(名) 草生 八返45オ6
ざうす(名) 藏主 五往28オ6
さうぢ(名) 掃除 五往29オ6
さうでう(名) 雙調 十返57オ5
さうめん(名) 索麪 五返31オ5

さうもく(名) 草木 正返6ウ1
草木 十返58ウ4
さうらふ(動ハ四) 候 二往7ウ1
候 二往7ウ2
候 三往15ウ2
候 三往15ウ4
候 三往16オ1
候 三返21オ5
候 四往24オ5
候 四往24オ6
候 五往29ウ4
候 十往54オ2
候 十一往60オ3
さうらふ(補動ハ四) 候 正往1オ3
候 正往1ウ3
候 正往1ウ4
候 正往2ウ2
候 正返3オ3
候 正返3オ6
候 二往7ウ4

候 二往7ウ6
候 二往8オ1
候 二往8オ2
候 二往8ウ6
候 二往9オ1
候 二往9オ1
候 二往9オ3
候 二往9オ4
候 二返9ウ2
候 二返15オ1
候 二返15オ3
候 二返15オ3
候 三往15ウ1
候 三往15ウ4
候 三往18ウ5
候 三返19オ2
候 三返19オ4
候 三返21オ5
候 四往21ウ4
候 四往21ウ5
候 四往22オ3
候 四往24ウ1

候　四返24ウ4
候　四返24ウ5
候　四返24ウ6
候　四返25オ2
候　四返27オ5
候　五往27ウ3
候　五往29オ2
候　五往29ウ2
候　五往29ウ6
候　五往29ウ6
候　五往30オ1
候　五返30ウ2
候　六往34ウ5
候　六返35オ4
候　六返35オ6
候　六返35ウ2
候　六返35ウ5
候　六返37オ3
候　七往37ウ2
候　七往38オ2
候　七往38オ3
候　七往38オ5

候　七往38オ6
候　七往38ウ2
候　七往38ウ3
候　七往38ウ4
候　七往38ウ6
候　七返39ウ2
候　七返40ウ2
候　七返40ウ4
候　八往41オ2
候　八往41ウ2
候　八往41ウ5
候　八往42オ6
候　八往42ウ2
候　八返46オ2
候　九往46オ6
候　九往46ウ1
候　九往46ウ1
候　九往46ウ2
候　九往47ウ2
候　九往47ウ2
候　九往47ウ5
候　九往47ウ6

候　九往48オ4
候　九返48ウ1
候　九返48ウ3
候　九返53ウ4
候　十往55ウ1
候　十往56オ1
候　十往56オ2
候　十往56オ6
候　十返59ウ6
候　十一往60オ4
候　十一往61ウ2
候　十一往61ウ2
候　十一往61ウ2
候　十一往61ウ3
候　十一往61ウ4
候　十一返62オ3
候　十一返62オ4
候　十一返62ウ3
候　十一返63ウ3
候　十一返63ウ4
さうりん(名)
雙林　十二返70オ6
さうゐ(名)
相違　七往38オ5

さかのうへのもちきら(名) 坂上望城等 二返11オ3
さかひ(名) 境 十二往64オ4
さかん(形動ナリ) 盛 八往41オ5
さき(名) 先 七往37ウ5
前 二返10オ5
前 十二往69ウ2
さきん(砂金)→しやきん
さくじつ(名) 朔日 正往1オ2
さくぶんとう(名) 作文等 六往33ウ5
さくら(名) 櫻 正返5オ4
ざくろ(名) 柘榴 五返32オ2
さくわん(名) 目 二返10オ5
ささぐ(動ガ下二) 捧 八往41オ1
捧 十二往68オ4
ささだて(名) 左々立 六往33ウ1
ささらすり(名) 編木摺 六往34オ5
さしおく(動カ四) 閣 正往1ウ5
閣 九往46ウ1
閣 九返48ウ2
さしぬき(名) 奴袴 十二往66オ3
さす(動サ四) 刺 十一往61オ4
さす(動サ四) 指 九返52オ4
指 九返53ウ2
指 十二往68ウ3
させる(連体) 差 四往21ウ3
差 九往46ウ1
さた(名) 沙汰 五往29ウ1
さだいじん(名) 左大臣 二返9ウ6
さだいへ(名) 定家 二返12ウ1
さだいへのきやう(定家卿)→ていかのきやう
さたう(名) 左道 十一返62ウ2
さだむ(動マ下二) 定 正返3ウ2
定 正返4オ1
定 九返50オ6
さだめおく(動カ四) 定置 二往7ウ6
さつ(札)→ぎよさつ(御札)
さつさだて(左々立)→ささだて
さつす(動サ変) 察 五返30ウ2
察 十返58ウ6
さでん(名) 左傳 十一返62ウ5
さひやうゑ(名) 左兵衞 八返44ウ2
さへぎつて(連語) 遮而 十一返62オ3
さます(動サ四) 覺 十二往68ウ1
覺 十二返72ウ6
さみだれ(名) 五月雨 正返5オ3
さらに(副) 更 四返25ウ2
更 十二返70ウ1
更 十二返70ウ3
さるべし(連語) 可去 正返5オ6
可去 正返5ウ3
さん(名) 讃 十二返72ウ6
さんえぶくろ(名) 三衣袋 十一往65ウ3
ざんかう(名) 殘更 四返25ウ5
さんぎ(名) 三祇 十二往68ウ6
ざんぎ(慙愧)→さんげ

さんく(名)　三句　正返4オ6
三句　正返5オ3
三句　正返6オ2
さんぐわつじふはちにち(名)
三月十八日　三往18ウ6
三月十八日　三返21ウ1
さんげ(名)　散花　七往37ウ5
散花　十二返73オ2
さんげ(名)　慙愧　十二返72ウ2
さんげかご(名)散花籠　十二往65ウ5
さんげんじふぢ(名)
三賢十地　十二往69オ2
さんこ(名)　三鈷　十二往68ウ1
さんこく(名)　山谷　四返25オ2
さんごく(名)　三國　八返43オ3
さんじ(名)　三字　九返51オ3
さんしづ(名)　三師圖　八返45ウ3
さんじつく(三十口)→さんじつこう
さんじつくわん(名)
卅巻　十一返62ウ5
さんじつこう(名)
三十口　十二往65ウ6
さんしのせいらん(連語)
山市青〈晴〉嵐　三往16ウ5
さんじふさんぺん(名)
卅三篇　十一返63オ2
さんじふにじふのままこだて(連語)
三十二十之繼子立　六往33ウ2
さんしゆ(名)　讃衆　十二往67オ4
さんじゆ(名)　三種　九返48ウ6
さんしゆしふく(名)
三種四服　四往23ウ4
さんず(動サ変)參　六往32ウ5
さんず(動サ変)散　七返39オ6
散　十二往69オ6
散　十二返70オ2
さんぜ(名)　三世　十二返71オ3
さんぞく(名)　三束　三返21オ4
さんたい(名)　三體　九往47オ3
三體　九返49オ5
さんだん(名)　讃嘆　十二往68オ5
讃談〈嘆〉　十二返72ウ3
讃嘆　十二返73オ4
さんてい(三體)→さんたい
さんにふ(名)　參入　七往37ウ1
參入　九返53ウ3
參入　十一返63ウ4
さんばい(名)　三盃　四返25ウ5
さんぱい(名)　參拜　七往39オ1
さんみ(名)　酸味　十返57オ6
さんみ(三位)→さんゐ
さんもん(名)　山門　五往29オ4
さんり(名)　山里　四往24オ2
さんれう(名)　山蓼　七返40オ3
さんゐ(名)　三位　二返12オ2
三位　二返12オ4

し

し(名)	詩	正往1ウ6
	詩	正返3ウ1
じ(名)	字	正返6オ1
じいう(名)	自由	七往38ウ1
	自由	九往47ウ5
しいか(名)	詩哥	六返35ウ5
	詩哥	九返51ウ3
	詩哥	十一往60オ4
しいかとう(名)	詩哥等	九返50ウ2
しうえき(名)	周易	十一返62ウ5
しうか(名)	秀哥	二返9ウ3
しうきく(名)	蹴鞠	六返36オ5
しうげん(名)	祝言	正返6オ1
	祝言	九返50ウ2
しうげんとう(名)	祝言等	正返4オ5
しうび(名)	鷲尾	十二往65ウ3
しうふう(名)	秋風	九返53オ3
しうらい(名)	周禮	十一返62ウ5
じうん(名)	慈雲	十二返73ウ6
しうんとう(名)	紫雲等	七返40ウ1
じおん(名)	慈恩	九往48オ1
しおんほうしや(名)	四恩報謝	五往27ウ6
しか(名)	四箇	四往23ウ2
しか(名)	知客	五往28オ6
しかう(名)	紫香	十二往66ウ1
しかしながら(副)	併	八返46オ2
	併	十一往61ウ6
	併	十二往69オ5
しかも(接続)	而	正往2オ2
	而	十二返70オ4
	而	十二返73ウ5
	而	十二返73ウ6
しかりといへども(連語)	雖レ然	五返32オ5
	雖レ然	十往55ウ5
	雖レ然	十二往64ウ4
しかるあひだ(接続)	然間	二往8ウ5
	然間	四往22オ1
	然間	四往23ウ3
	然間	五往28オ1
	然間	六往34ウ5
	然間	八往41ウ1
	然間	十往54ウ1
	然間	十返58オ1
しかるに(接続)	然	二往8オ2
	而	五返30オ6
	然而	十一往60ウ5
しかれば(接続)	然	十一往61オ6
	然者	正往1オ4
	然者	正返3オ3
	然者	四返25オ2
	然者	六往33オ1
	然者	八返43オ1
	然者	九往46ウ2
	然者	九往47ウ6
	然者	十返56ウ5
	然者	十返59ウ2
	然者	十一往61オ1
	然者	十二往64ウ2
	然者	十二返73オ6
	爾者	十二往69オ2

しき(名)　史記　十一返63オ4
しきがは(名)　敷皮　三往17ウ3
しきさつす(動サ変)　識察　十返58ウ2
しきさんしゆのつりちや(連語)　四季三種之釣茶　四往23ウ6
しきし(名)　色紙　九往47オ6
色紙　九往49ウ4
色紙　九返50オ1
しきしがた(名)　色紙形　八往42オ4
しきぶ(名)　式部　八返46オ5
しきよう(名)　思恭　三往16オ2
しく(名)　四句　正返5オ4
しく(動カ四)　如　六返37オ2
しくわしふ(名)　詞花集　二返11ウ6
しぐわつじふごにち(四月十五日)↓
しんぐわつじふごにち
しうげんとう(名)　祝言等　正返4オ5
しごくす(動サ変)　至極　十二往67オ3

しさい(名)　子細　十二返74オ2
じざいてん(名)　自在天　十二往67ウ5
ししび(名)　師子尾　八返44オ2
ししや(名)　使者　十二返72オ5
しじやう(形動ナリ)　熾盛　十二返71オ1
しじやく(名)　紫赤　十二往66オ6
じしやぶん(名)　侍者分　五往28ウ5
じしゆ(名)　寺主　正返7オ5
しじゆう(名)　始終　十一往60オ6
じじゆう(名)　侍従　十二往68オ3
ししゆじつぺん(名)　四種十返　四往23ウ4
じしん(名)　自身　十一往60オ6
しぜん(名)　自然　四往21ウ4
自然　七往37ウ2
しぜん(名)　四禪　十二往69オ1
じせん(自撰)↓ごじせん(御自撰)
しぜんろくよく(名)　四禪六欲　十二往69オ3

じた(名)　自他　正返3オ3
自他　三返19オ3
しだい(名)　次第　正往2ウ1
次第　二返9ウ4
次第　五往29オ6
次第　七往37ウ3
しだいとう(名)　次第等　九往47ウ1
したうづ(名)　襪　十二往66オ4
したがふ(動ハ四)　従　六往34ウ3
隨　二往8オ3
隨　七返39ウ2
隨　九往48オ3
隨　九返50ウ3
隨　九返51ウ5
隨　十返59ウ1
隨　十一往60ウ3
隨　十一返62ウ3
隨　十一返63ウ3
順　十返59オ1
したぐつ(襪)↓したうづ
したのはかま(連語)

下袴　十二往66オ3
したふ(動ハ四)慕　十二返70ウ1
したら(名)　拃遊　六往34オ6
したん(名)　紫檀　三往17ウ1
紫檀　十往54ウ5
紫檀　十往55オ4
紫檀　十二往65ウ3
しちかくさんみやう(七覺三明)↓しつかくさんみやう
しちく(名)　七句　正返5オ6
しちく(名)　紫竹　三返19ウ5
紫竹　十往55オ2
しちく(名)　絲竹　十往54オ3
絲竹　十二返73オ5
しちぐわつじふごにち(名)　七月十五日　七返40ウ5
しちぐわつじふさんにち(名)　七月十三日　七往39オ2
しちけつ(名)　七穴　十返59ウ1
しちさん(名)　七山　五往28オ1
しちすごろく(名)　七雙六　六往33オ5
しちせい(七聲)↓しつせい
しちひやくじ(名)　七百字　九返49オ2
しちへん(名)　七篇　十一返63オ2
しちわん(名)　七院〈垸〉　四返25ウ3
じちゐき(名)　日域　八返43ウ4
しちゐん(七院)↓しちわん(七垸)
しつ(名)　瑟　十往55ウ2
しつかい(名)　執蓋　十二往67オ5
しつかくさんみやう(名)　七覺三明　十二往64オ6
じつくわん(名)　十巻　二返11ウ3
十巻　二返11ウ6
十巻　十一返62ウ5
十巻　十一返63オ1
じつげつ(名)　日月　十一往60ウ6
じつしゆ(名)　十種　四返26オ5
十種　十二返71ウ3
しつすい(名)　直歳　五往28ウ3
しつせい(名)　七聲　十返59オ5
七聲　十返59ウ1
しつない(名)　室内　十二往65オ2
じつぱう(名)　十方　十二返72オ5
じつぷくちや(名)　十服茶　三往15ウ4
しつぽう(名)　七寶　十二往68オ3
しづむ(動マ下二)閑　九返51ウ1
しでう(名)　枝條　十二返70オ6
しとう(名)　紫藤　三往17ウ1
じどう(名)　兒童　正往1ウ3
しな(名)　品　九返49オ1
しははゆきあぢはひ(鹹味)↓かんみ
しばらく(副)　少　五往28オ1
しひ(名)　椎　五返32オ2
じひ(名)　慈悲　十二返72オ6
しぶ(名)　四部　十二往68オ5
じふいちぐわつにじふさんにち(名)　十一月廿三日　十一返63ウ5
じふいちぐわつはつか(名)

十一月廿日　十一往62オ1
じふぐわつ(名)十月　二返10ウ6
じふぐわつじふごにち(名)　十月十五日　十返60オ1
じふぐわつにじふさんにち(名)　十月廿三日　十往56オ4
じふさんぎやう(名)　十三經　十一返63オ3
じふさんぐわん(名)　十三巻　十一返62ウ4
　十三巻　十一返63オ1
じふさんだいしふ(名)　十三代集　二往7ウ4
　十三代集　二返13ウ3
じふしちくわん(名)　十七〈十七巻〉　十一返62ウ5
十七巻　十一返62ウ6
じふにぐわつじふいちにち(名)　十二月十一日　十二往69ウ2
じふにぐわつにじふごにち(名)　十二月廿五日　十二返74オ3
じふにくわん(名)　十二巻　十一返62ウ6
じふはち(名)　十八　八返44オ1
じふりやう(名)十兩　十二返73ウ4
じふろく(名)　十六　八返45オ4
じふろくむさし(名)　十六目石　六往33ウ1
しふゐしふ(名)拾遺集　二返11オ4
じぼくをおどろかす(連語)　驚二耳目一　十二往68ウ5
しほゆ(名)　鹽湯　九返52オ5
しまだて(名)　島立　六往33ウ1
じむ(名)　寺務　十一往62オ1
寺務　十一返63ウ6
しめす(動サ四)示　正往2ウ1
　示　正返3ウ1
　示　三返19オ5
　示　五往29ウ5
　示　八往42ウ1
　示　九往47ウ2
しめん(名)　紙面　正往2ウ3
　紙面　五返32オ6
　紙面　十二往69ウ1
じもくをおどろかす(驚二耳目一)↓
　じぼくをおどろかす
しもはんうち(名)　下牛打　六往33オ6
しやいん(名)　車胤　十一往61オ1
しやう(名)　象　八往41オ5
しやう(名)　商　十返56ウ3
　商　十返57オ2
　商　十返58ウ1
しやう(名)　生　十二返70オ6
しやう(名)　四様　八返43ウ3
じやう(名)　狀　九返53オ1

じやうえ(名)　淨衣　十三往66ウ2
しやうがい(名)生涯　七往38ウ4
しやうかん(名)相看　五往29ウ3
しやうき(名)　緗綺　十三往65オ4
しやうぎ(名)　將棊　六往33オ3
しやうぐわつとをか(名)
　正月十日　正往2ウ5
　正月十日　正返7オ4
しやうくわんす(動サ変)
　賞翫　四返26ウ2
じやうげ(名)　上下　九返51オ5
　上下　十三往68オ6
じやうげくわん(名)
　上下巻　十二返63オ2
しやうご(名)　鉦鼓　十往55ウ4
しやうごゐん(名)
　聖護院　七往39オ3
しやうごん(形動ナリ)
　莊嚴　十三往67オ4
　莊嚴　十三返72オ1

　莊嚴　十三返72ウ4
じやうこん(名)上根　九返49オ1
じやうさんゐ(名)
　正三位　八返44ウ2
しやうじ(名)　障子　八往42オ4
　障子　九返50オ4
しやうしき(名)青色　十返57オ6
じやうじよ(名)尚書　十二返62ウ4
しやうす(動サ変)
　賞　十返59ウ3
しやうず(動サ変)
　生　四返25オ2
　生　十三往64オ3
しやうぜん(名)生前　三往18ウ3
　生前　七往38オ4
しやうそう(名)請僧　十三往65ウ6
　請僧　十三返73ウ1
しやうそうじしや(名)
　聖僧侍者　五往29オ1
しやうぞく(名)装束　十往54ウ5
　装束　十三往66ウ1

じやうちじとう(名)
　淨智寺等　五往28オ3
じやうぢゆうゐん(名)
　常住院　八返46オ5
しやうぢよく(名)
　清濁　十三返73オ6
じやうづ(名)　淨頭　五往28ウ1
しやうのふえ(名)
　笙笛　十往54ウ6
じやうは(名)　上葉　四往22ウ6
しやうばん(名)相伴　五往29ウ3
しやうべん(名)楊編　三返21オ4
じやうぼん(名)上品　四返27オ1
しやうみやう(名)
　聲明　十三返71オ5
じやうめうじ(名)
　淨妙寺　二往9ウ1
しやうりう(名)青柳　十三往66オ6
じやうりよ(名)淨慮　十三往69オ1
しやうれんゐん(名)
　青蓮院　七返40ウ6

しやうろ(名)　正路　九返51ウ1
しやうわごねん(名)
　正和五年　二返13ウ6
しやか(名)　釋迦　十返57ウ5
しやかさんぞん(名)
　釋迦三尊　三往16オ2
じやぎやう(名)蛇形　八返44オ2
しやきん(名)　砂金　十三返73ウ2
しやくくわ(名)石鍋　九返52オ2
しやくけう(名)釋教　正返4オ3
　釋教　正返5ウ6
しやくし(名)　釋氏　十三往64オ4
しやくしき(名)赤色　十返57ウ3
しやくしつ(名)赤漆　三返21オ3
しやくしん(借進)↓かす(借)・しん
ず(進)
じやくぜつ(名)雀舌　四往22ウ3
しやくそん(名)釋尊　十三往66ウ5
しやくぢやう(名)
　錫杖　十三往65ウ1
　錫杖　十三返73オ2
しやくどう(名)赤銅　三往18ウ1
　赤銅　十往55ウ4
じやくはいとう(名)
　若輩等　正往1ウ3
しやくはち(名)尺八　十往55オ2
じやくろ（柘榴）↓ざくろ
じやけん(名)　邪見　十三往68ウ5
じやす(動サ変)謝　十二返62オ4
しやすい(名)　灑水　十三往68ウ2
しやたう(舎濤)↓しやゐ(舎衞)
しやみ(名)　沙彌　五往29オ1
しやゐ(名)　舎濤〈衞〉　十三返70ウ2
しゆ(手)↓にしゆ(二手)
しゆう(名)　衆　六往34オ1
じゆうぎし(名)従儀師　九往48オ5
　従儀師　九返53ウ6
じゆうそう(名)従僧　十三往66ウ5
しゆうひつ(名)終筆　九返50オ4
しゆえん(名)　酒宴　六返36オ4
しゆぎやう(名)執行　十往56オ5
　執行　十
じゆぎよ(名)　入御　二往
しゆくぐわん(名)
　宿願　十三往64ウ
しゆくわいす(動サ変)
　集會　十三往67ウ2
じゆくをなす(成熟)↓せいじゆくす
しゆくん(名)　主君　九往47オ4
しゆしつ(名)　朱漆　三返21オ1
じゆしや(名)　竪者　二往9オ6
　竪者　二返15オ6
しゆしやう(名)主上　十返58オ4
しゆじゆ(名)　種々　六返35ウ1
じゆす(動サ変)誦　十二往61オ3
じゆぢ(名)　受持　十三返71ウ1
しゆちや(名)　種茶　三返21オ5
しゆつくわい(名)
　述懐　正返4オ4
しゆつさんのしやか(連語)
　出山釋迦　三往17オ2
しゆつし(名)　出仕　十三往65ウ6

しゆつしよ(名)出所　四往22オ3
しゆつらい(名)出來　四往24オ6
しゆとくゐん(名)　崇德院　二返12オ1
しゆに(名)　衆耳　十二往68オ5
しゆばん(名)　珠幡　十二往68オ3
じゆふく(名)　壽福　五往28オ2
じゆぶせん(鷲峯山)→わしのみねのやま
じゆぼく(名)　入木　八往41ウ6
　入木　九往46ウ6
じゆみやうぢやうをん(名)　壽命長遠　四返26オ2
しゆらい(周禮)→しうらい
しゆゑ(名)　集會　十二往67オ1
しゆんかん(名)筍干　五返31ウ2
しゆんけい(名)俊敬　十一往61オ3
しゆんせつ(名)春雪　四往22ウ1
じゆんちす(動サ変)　準知　正返7オ1
　準知　九返51オ5

じよ(名)　序　二返10ウ1
じよ(名)　自餘　正返6ウ6
　自餘　六返37オ1
　自餘　九返51オ4
しようえん(名)松煙　九返52オ1
しようくわ(名)證果　正往2オ5
　證果　十二往69オ5
じようじ(名)　承仕　十二往66ウ2
しようす(動サ変)　稱　十返59ウ4
しようぶ(名)　勝負　三往15ウ5
　勝負　六往33ウ4
　勝負　七往38オ1
しよがく(名)　諸學　六往34ウ2
しよき(名)　書記　五往28オ6
しよく(名)　卓　三往17ウ1
しよくこきん(名)　續古今　二返13オ1
しよくごしふゐ(名)　續後拾遺　二返14オ1
しよくごせん(名)　續後撰　二返12ウ5

しよくしふゐ(名)　續拾遺　二返13オ4
しよくせん(燭鑽)→そくせん
しよくせんざいしふ(名)　續千載集　二返13ウ5
しよくわん(名)書卷　十一往61オ2
しよぐわん(名)所願　十二往69オ4
しよけ(名)　諸家　九往46ウ6
しよげつ(名)　初月　六往33オ1
しよじ(名)　諸事　正往1ウ5
　諸事　正往2ウ2
　諸事　五返32オ6
　諸事　十二往69ウ1
しよしや(名)　書寫　九往47オ4
　書寫　九返49ウ1
　書寫　十二返71ウ2
しよじやう(名)書狀　五往28ウ6
しよしやす(動サ変)　書寫　九返49ウ6
しよしよ(名)　所々　八往42オ1

しよじよう(名)所乗　十二返72オ6
しよしん(名)　初心　十往55ウ5
しよじん(名)　諸神　正往1ウ1
しよぢ(名)　所持　九往47オ3
所持　九返51ウ6
しよてんかご(名)　諸天加護　四返26オ4
しよにん(名)　諸人　二往8ウ3
諸人　八往42オ3
しよばん(名)　初番　四往22ウ6
初番　四往23オ6
しよぶつ(名)　諸佛　四返26オ1
諸佛　十二返72ウ5
しよぶつぼさつ(名)　諸佛菩薩　十二返72オ5
じよぼく(名)　如木　十二往66ウ3
しよまう(名)　所望　二往7ウ3
所望　七往38オ2
所望　七往38オ4
しよゐ(名)　所爲　十返58ウ3
所爲　十返59オ3
しよゐん(書院)↓しよゑん
しよゑん(名)　書院　五往29オ5
しらかはのゐん(名)　白河院　二返11ウ2
しらぎ(新羅)↓しんら
しらびやうし(名)　白拍子　六返36オ2
しりう(名)　紫柳　十二往66オ6
しる(動ラ四)　知　正往2オ6
知　九返50ウ1
知　十返58オ4
知　十返58ウ4
知　十返59オ2
知　十一返62オ4
知　十二往64ウ3
知　十二返70ウ2
識　十返58オ3
しるす(動サ四)注　二往9オ1
注　二返14ウ4
注　八返46オ2
しろきも(白裳)↓はくしやう
しゐん(名)　詩韻　六往33ウ5
じゑす(動サ変)侍従〈衞〉　十二往69オ4
しん(名)　眞　九返49オ5
じん(名)　仁　七返40ウ4
しんい(名)　瞋恚　十二返71オ1
しんか(名)　請客　五往28ウ6
しんか(名)　臣下　十返58ウ1
しんき(名)　臣軌　十一返63ウ1
じんぎ(名)　神祇　正返4オ3
神祇　正返5ウ6
しんぎやうさう(名)　眞行草　九往47オ2
眞行草　九返49オ4
眞行草　九返50ウ3
眞行草　九返51ウ4
しんくわい(名)心懐　六返37オ3
しんぐわつじふごにち(名)　四月十五日　二返10オ2
しんげう(名)　信樂　十二返72ウ2
しんこ(名)　新古　四往24オ1

しんこきん(名) 新古今 二返12オ5
しんごせん(名) 新後撰 二返13オ6
しんじ(名) 心事 四返27オ4
心事 十返59ウ5
心事 十一往61ウ5
しんしき(名) 新式 正往2オ6
新式 正返3ウ6
新式 正返7オ1
しんじつ(名) 眞實 正返3オ5
眞實 九往46ウ2
しんしやう(名) 心性 十二返72ウ5
しんじやう(名) 進上 五返32ウ3
進上 八往42ウ5
進上 十一返63ウ6
進上 十二往69ウ3
じんじやう(形動ナリ)
尋常 二往8ウ2
尋常 十二往65ウ5
しんしやくす(動サ変)
斟酌 九返52ウ5
しんしゆん(名) 新春 正往1オ2
じんじん(形動ナリ)
甚深 十二返72ウ1
甚深也 十往54オ2
しんず(動サ変) 進 三返21オ4
進 十一返62ウ3
しんせい(心性)↓しんしやう
しんせつ(名) 深雪 十二返70オ1
しんせんざいしふ(名)
新千載集 二返14オ6
しんそ(名) 親疎 九返51オ5
しんぞくにたい(名)
眞俗二諦 正往1オ4
しんだい(名) 進退 二往8オ4
しんちよくせん(名)
新敕撰 二返12ウ3
じんづ(名) 仁頭 八返44オ4
しんてう(名) 新調 十二往66ウ1
しんと(名) 新渡 三往15ウ6
新渡 三返19オ5
新渡 四往23オ5
新渡 七往38ウ4
新渡 七返40ウ2
しんによ(名) 眞如 十二返71ウ5
眞如 十二返72オ2
しんのざう(連語)
心藏 十返57ウ2
じんのざう(連語)
腎藏 十返57ウ5
しんみ(名) 辛味 十返57オ4
しんら(名) 新羅 十二往67オ3
しんらんす(動サ変)
進覧 十一返63オ5
じんりん(名) 人倫 四返25オ3
人倫 十返59オ4
人倫 十一往60ウ5

す

す(動サ変) 爲 正返3オ4
爲 正返3ウ1
爲 正返3ウ3
爲 正返3ウ4
爲 四往23ウ2

爲　四往24オ4
爲　五返32オ5
爲　六往33オ1
爲　六往34ウ2
爲　七往37ウ5
爲　八返45ウ3
爲　九返49オ5
爲　九返49オ6
爲　九返49オ6
爲　九返50ウ6
爲　九返51オ2
爲　十往54オ6
爲　十往54ウ1
爲　十返56ウ1
爲　十返58オ2
爲　十返59オ6
爲　十二往69オ5
爲　十二返71オ2
爲　十二返71ウ5
爲　十二返71ウ6
ずいいち(名)　隨一　六返36ウ4
すいえき(水厄)→すいやく
ずいえん(名)　隨縁　十二返72オ2
すいかん(名)　水干　十二往66ウ3
すいぎう(名)　水牛　十往55オ5
水牛　十二往65ウ1
すいさん(名)　推參　二返15オ2
推參　六返35ウ3
すいさんす(動サ変)　推參　三返21オ6
すいしやう(名)　水精　十二往65ウ4
ずいしんす(動サ変)　隨身　四往24ウ1
隨身　九返52オ1
すいせん(名)　水纖　五返31オ1
すいぢんだう(水塵道)→ぶつだう(佛道)
すいとん(名)　水團　五返31オ4
すいびん(名)　水瓶　三返20オ3
ずいぶん(副)　隨分　四返27オ1
すいへん(名)　水邊　正返4オ4
水邊　正返5ウ4
水邊　正返5ウ5
すいめんじざい(名)　睡眠自在　四返26オ3
すいやく(名)　水厄　四往22ウ2
すいりうじゆつ(名)　水流出　八返45ウ1
すいれう(名)　水蓼　七返40オ2
すいれん(名)　水練　六往34オ3
すいろ(名)　垂露　八返43ウ1
垂露　八返44オ3
すきあぢはひ(酸味)→さんみ
すぐ(動ガ上二)　過　八往41オ4
過　九返53ウ3
過　十返58オ5
すくなし(形ク)　少　正返6ウ6
少　三往15ウ3
少　六返37オ3
少　七返40ウ1
少　九往47ウ5
すぐろく(雙六)→すごろく
すけのあざり(名)　助阿闍梨　三返21ウ2

すけん(數建)↓こう(功)・たつ(建)
すごろく(名)　雙六　六往33オ4
　雙六　六返36ウ4
すずしうす(涼)↓きもをすずしうす
(涼ㇾ肝)
すすむ(動マ下二)
　勸　十三往64ウ5
すずめこゆみとう(名)
　雀小弓等　六返36オ5
すずり(名)　硯　八往41ウ5
　硯　九返49ウ1
　硯　九返49ウ2
　硯　九返53オ5
すする(動ラ四)　啜　四返25ウ2
すつ(動タ下二)　捨　十三往68ウ5
すでに(副)　已　四返25ウ3
　既　正返3オ2
　既　十往54オ6
　既　十一往61オ1
　既　十三返69ウ6
すとくゐん(崇徳院)↓しゆとくゐん

すなはち(副・接続)
　則　四返25ウ2
　則　十返59オ2
　則　十一往61オ6
　則　十返58オ2
　即　十返59ウ1
すべからく(副)　須　十返59オ3
　須　十三返71ウ2
すます(涼)↓すずしうす
すまふ(名)　相撲　六往34オ1
すみ(名)　墨　八往41ウ4
　墨　九返49ウ2
　墨　九返49ウ2
　墨　九返49ウ3
　墨　九返49ウ5
　墨　九返50ウ5
　墨　九返50ウ6
　墨　九返51オ2
　墨　九返51オ3
　墨　九返51オ4
　墨　九返51オ6
　墨　九返53オ6

すみか(名)　棲　十三返70ウ6
すみぐろ(名)　墨黑　九返53オ2
すみつき(名)　墨付　九返50ウ4
すみつぎ(名)　墨續　九返52ウ3
すみやか(形動ナリ)
　速　十三往68ウ6
　速也　十三返69ウ5
する(動ラ四)　摺　八往41ウ5
　摺　九返49ウ2
　摺　九返49ウ3
　摺　九返49ウ4
　摺　九返49ウ6
　摺　九返51オ6
　摺　九返53オ6
　磨　十三往65オ5
するが(名)　駿河　四往23オ2
すゑ(名)　末　正返6ウ4

せ

せい(名)　性　九返51ウ1
せい(名)　勢　十三往67オ6

せいかう(名)　青香　三往18オ1
　　　青香　四返27オ1
せいがう(名)　精好　十二往66オ2
せいくわ(名)　青火　四往24オ4
せいくわ(盛果)→かんくわ(感果)
せいくわうぎう(政黄牛)→せいわうぎう
せいさう(名)　青草　八返45ウ1
せいしつ(名)　青漆　三返20ウ1
せいじゆくす(動サ変)
　　　成熟　十返59オ1
せいじん(名)　聖人　十返59オ3
せいすいじ(名)清水寺　十往56オ5
せいたい(名)　青黛　二往8オ6
せいだく(清濁)→しやうぢよく
せいぢよく(清濁)→しやうぢよく
せいてん(名)　晴天　九返52ウ1
せいとがう(名)青兎毫　三返20オ5
せいふう(名)　清風　四返25ウ4
せいぼ(名)　歳暮　十二返69ウ6
　　　歳暮　十二返71オ2
せいめい(名)　清明　十二返70ウ5

せいやうびん(名)　西陽瓶　三往18オ1
せいわうぎう(名)　政黄牛　三往16オ5
せう(名)　簫　十往54ウ5
せうかう(名)　焼香　三往18オ4
　　　焼香　五往28ウ5
　　　焼香　七往37ウ4
　　　焼香　十二返72オ5
せうかう(名)　焼香〈焦坑〉　四往22オ5
せうしやう(名)少生　二往7ウ3
せうしやう(名)少將　二返11オ1
せうしやう(名)少性　六往34オ4
せうしやう(名)招祥　十二返70オ3
せうしやうのやう(瀟湘夜雨)→せうしやうのよるのあめ
せうしやうのよるのあめ(連語)
　　　瀟湘夜雨　三往16ウ4
せうせい(代名)小生　七往38オ2
せうせう(名)　少々　十一往61ウ3

せうそく(名)　消息　九往47オ5
　　　消息　九返51オ1
　　　消息　九返51ウ4
　　　消息　九返52ウ6
せうそく(消息)→ごせうそく(御消息)
せうだう(名)　照〈昭〉堂　五往29オ4
せうてうかん(名)
　　　小鳥羹　五返31オ6
せうどう(名)　少童　二往8オ2
　　　少童　二往9オ2
せうなごん(名)少納言　二往9ウ1
　　　少納言　五返30オ4
せうぶん(名)　小文　十一返63ウ2
せうめいたいし(名)
　　　照〈昭〉明太子　十一返63オ4
せうやうしや(名)
　　　照〈昭〉陽舎　二返10ウ6
せき(名)　關　正返5オ6

せきいう(名)　積憂　六往32ウ4
せきくわ(石鍋)→しやくくわ
せきさん(名)　石散　八返45ウ2
せきちや(名)　鬭茶　四往23オ3
せきへい(石平)→かいがんのせきへい(海岸石平)
せきれい(名)　鶺鴒　三往16オ5
せじやう(名)　世上　六返36オ6
　世上　十一往60オ6
せつ(名)　說　十三往64ウ2
ぜつこん(名)　舌根　十返57ウ3
せつじやう(名)　拙狀　八往41オ1
せつちゆうのらくがんのてん(連語)　雪中落巖〈鴈〉點　八返44ウ4
せん(名)　氈　三往17ウ4
　[illegible]　十三往66オ3
せんか(名)　仙家　四返25オ5
せんかん(名)　蟾羹　五返31オ3
ぜんき(前机)→まへづくえ
せんきん(名)　千金　四往22オ4
　千金　十一返62オ6

せんくじふくしゆ(名)　千九十九首　二返10オ1
せんけん(形動タリ)　爲㆓嬋娟㆒　二往8オ5
せんげん(名)　先言　十一返62ウ1
ぜんげん(名)　前言　五往27ウ4
せんこ(名)　川鵰　三往16オ5
せんざいしふ(名)　千載集　二返12オ2
せんさんびやくごじふいつしゆ(名)　千三百五十一首　二返11オ4
せんさんびやくごじふろくしゆ(名)　千三百五十六首　二返10ウ4
せんじ(名)　千字　九返49オ1
　千字　九返49オ4
せんしふ(名)　撰集　二返14ウ4
せんじや(名)　撰者　二返9ウ6
せんず(動サ変)　撰　二返11オ3
　撰　二返11ウ3
　撰　二返11ウ6
　撰　二返12オ2
　撰　二返12オ5
　撰　二返12ウ2
　撰　二返12ウ5
　撰　二返13オ1
　撰　二返13オ4
　撰　二返13オ6
　撰　二返13ウ2
　撰　二返13ウ5
　撰　二返14オ1
　撰　二返14オ3
ぜんだう(名)　前堂　五往28オ5
せんだん(名)　栴檀　十三返70オ5
せんてつ(名)　先哲　四返26ウ1
　先哲　十一往60ウ2
せんぼふ(名)　懺法　十三返71ウ1
せんまん(名)　千萬　九返53ウ3
せんやうかん(名)　蟾羊羹　五返31オ4
せんやく(名)　仙藥　四往21ウ6

そ

そ(名)　祖　四返25ウ1
そう(名)　宗　四返25ウ1
そう(名)　僧　五往29ウ3
　僧　五往29ウ4
そうげき(名)　悤劇　六往34ウ4
そうし(名)　總姿　二往8ウ2
そうす(動サ変)　奏　十往54オ5
そうぞく(名)　僧俗　七往37ウ6
そうだう(名)　僧堂　五往29オ3
そうづ(名)　僧都　四返27ウ1
　僧都　五往30オ4
　僧都　八往42ウ5
そうてう(名)　宋朝　四往23オ5
そうびん(名)　聰敏　四返25ウ3
そうめん(素麪)↓さうめん(索麪)
そうもん(名)　總門　五往29オ4
そうりよ(名)　僧侶　五返30ウ2
そうりん(名)　叢林　五往29ウ1
そくさいえんめい(名)　息災延命　四返26オ3
そくし(名)　卽之　八返43ウ2
そくせん(名)　燭鑽　三往18ウ2
ぞくぢん(名)　俗塵　十三往64オ5
ぞくでん(名)　俗典　十二返62ウ2
ぞくでんとう(名)　俗典等　十一往61ウ2
そしん(名)　蘇秦　十一往61オ3
そちく(名)　踈竹　七返40オ1
そつじ(形動ナリ)　卒爾　六往34ウ5
そで(名)　袖　十三返70オ3
その(連語)　其　正往1オ3
　其　正返3ウ2
　其　正返3ウ4
　其　正返3ウ5
　其　二往7オ6
　其　二返12ウ3
　其　二返13ウ3
　其　二返15ウ3
　其　三返21オ6
　其　四返25オ3
　其　四返25オ4
　其　七返40ウ1
　其　七返40ウ3
　其　八往42ウ1
　其　八返43ウ4
　其　九往46ウ2
　其　九往47ウ5
　其　十返58オ5
　其　十返58ウ1
　其　十返58ウ6
　其　十三往64ウ3
　其　十三往64ウ4
　其　十三返71オ4
そばたつ(峙)↓みみをそばたつ(峙耳)
そびきもの(名)　聳物　正返6オ4
　聳物　正返6オ5
そびく(動カ四)　聳　二往8オ4
　聳　九返52ウ1
そふ(動ハ下二)　添　四返25ウ3
そまくどうじきやう(蘇莫童子經)↓

そまこどうじきやう（蘇摩子童子經）
そまこどうじきやう（名） 蘇摩子童子經 四返25ウ6
そむ（動マ下二）染 六往34ウ5
染 九返51オ6
染 九返53オ6
そむく（動カ四）背 九返50オ6
そもそも（接続）抑 正往1オ6
抑 正返3オ6
抑 二往7ウ2
抑 二返9ウ2
抑 三往15ウ2
抑 四往21ウ5
抑 四返25オ1
抑 五往27ウ6
抑 五返30ウ1
抑 六往32ウ5
抑 六返35オ6
抑 七往37ウ4
抑 七返39ウ1
抑 八往41オ2
抑 九往46ウ5
抑 九返48ウ4
抑 十往54オ3
抑 十返56オ6
抑 十一往60オ4
抑 十一返62オ4
抑 十二往64オ2
抑 十二返70オ2
それ（接続）夫 正往1ウ6
夫 四返25オ5
夫 六返35ウ5
夫 十返59オ6
それ（代名）其 八往41ウ3
其 十一返62ウ2
それがし（代名）某 八往42ウ4
某 十一往62オ1
某 十二返74オ3
そん（名）尊 十二往64オ6
そんか（代名）尊下 十二往64オ2
そんかう（名）孫弘〈康〉 十一往61オ1
ぞんず（動サ変）存 六返35ウ4
存 九返50ウ5
ぞんぢす（動サ変）存知 正往2ウ2
存知 八往42ウ1

た

た（名）田 正返5ウ2
田 正返5ウ2
た（名）他 二往8ウ5
だい（名）臺 三返20ウ2
だいあじやり（名）大阿闍梨 十二往68オ1
たいい（名）大意 十二返73オ5
だいかい（名）大海 三往18オ2
たいがふかくろくしきちや（名）對合客六色茶 四往23ウ5
たいげつ（名）對月 三往16ウ3
たいこ（名）太鼓 十往55ウ2

だいご(名)　太鼓　十二往67オ6
　醍醐　四往22ウ6
たいこうじろ(名)
　帯口白　十往54ウ6
だいごじ(名)　醍醐寺　三返21ウ2
だいごてんわう(名)
　醍醐天皇
　二返10オ3
だいし(名)　大士　十二往69オ2
だいし(名)　大師　十二返71ウ3
だいじ(大事)→おんだいじ(御大事)
たいじきてう(名)
　大食調　十返58オ1
だいしちにち(名)
　第七日　十二返71ウ3
だいしやうぎ(名)
　大將棊　六往33ウ3
だいせう(名)　大小　四往24オ3
たいせつ(形動ナリ)
　大切　十一往61ウ2
だいそうじやう(名)
　大僧正　十二往69ウ2
　大僧正　十二返74オ4
だいだい(名)　代々　二返14ウ3
　代々　八返45ウ6
だいち(名)　大智　十二返72ウ1
だいどうじ(名)大童子　十二往66ウ3
だいどうねんぢゆう(名)
　大銅〈同〉年中
　二返9ウ5
だいないき(名)大内記　二返10オ4
だいなごん(名)大納言　二返14ウ1
　大納言　七往39オ3
　大納言　八返45オ3
だいにち(名)　大日　十返56ウ6
たいふ(名)　大夫　二返15オ6
たいふ(名)　大輔　四往24ウ3
だいぼんとう(名)
　臺盆等　三返20ウ4
だいまう(名)　大望　三往18ウ4
だいまんだらぐ(名)
　大曼陀羅供
　十二往66ウ6
たいやう(名)　對揚　十二返73オ2
だいゐ(名)　大會　十二返72ウ4
たうじ(名)　當寺　正往1ウ2
だうし(名)　導師　十二往66ウ4
　導師　十二返73オ4
　導師　十二返73ウ2
だうじやう(名)堂上　十二往67ウ3
だうす(名)　堂主〈司〉
　五往28ウ5
たうせい(名)　當世　正往2オ6
　當世　三往15ウ4
　當世　四往22オ1
だうぞく(名)　道俗　十二往67ウ2
だうぢやう(名)道場　十二返72オ1
だうない(名)　堂内　十二往67オ4
たうひつ(名)　唐筆　九返50オ2
たうびん(名)　湯瓶　三返20オ3
たうふのうば(豆腐姥)→とうふのあ
　げもの(豆腐上物)
たうふのうはもの(豆腐上物)→とう
　ふのあげもの
たうやく(名)　湯藥　五往28ウ6
たうらい(名)　當來　正往2オ5

たうらい(名) 到來 六返35オ3
たうり(名) 切利 七返39ウ5
たか(名) 鷹 三往17オ5
たかのつめ(鷹爪)→ようさう
たがひ(名) 互 五返30オ5
たかをでら(名)高雄寺 四往24ウ3
たぐひ(名) 類 正返6ウ1
たけ(名) 竹 正返5ウ1
竹 正返6オ6
竹 三返19ウ4
たじ(名) 他事 六往34ウ4
たしよ(名) 他處 九往46ウ3
たすく(動カ下二) 助 九往48オ1
ただ(副) 只 七往38オ4
ただいま(名) 只今 六返35オ3
只今 七返39オ5
只今 九返48ウ3
ただし(接続) 但 九返50オ3
但 九返51ウ3
但 九返53オ3
ただす(動サ四) 正 十三返73オ6

ただちに(副) 直 十三往68ウ5
たたみ(名) 疊 十三往65ウ1
たちばな(名) 橘 五返32オ2
たちばなのもろえのきやう(名) 橘諸兄卿 二返9ウ6
たちまち(副) 忽 七返39オ6
忽 十三往68ウ6
たつ(動タ下二)建 十三往65オ1
たつす(名) 塔主 五往28ウ4
たつちゆう(名)塔頭 五往29オ4
たづぬ(動ナ下二) 尋 八返43オ2
たつのとき(連語) 辰時 十三往67オ1
たてまつる(動ラ四) 奉 四返27オ2
奉 九返52ウ6
奉 十三返73ウ4
たてまつる(補動ラ四) 奉 二往8オ1
奉 四返25オ2

奉 五返30ウ2
奉 六返35ウ2
奉 九往46ウ4
たとひ(副) 縦 五往27ウ3
たな(名) 棚 十二返62ウ1
たなつもの(名)穀 十返57オ2
穀 十返57オ4
穀 十返57ウ1
穀 十返57ウ4
穀 十返57ウ6
たのむ(動マ四)憑 二往8オ2
憑 九往47ウ3
たびのじ(連語)旅之字 正返5オ3
たまたま(副) 適 十三往64オ4
たまはる(動ラ四) 賜 十三返70オ1
たまはる(補動ラ四) 給 正往2ウ1
給 二往9オ1
給 五往29ウ6
給 八往42ウ1
給 九往47ウ2

たまふ(補動ハ四)
　給　四往24ウ1
たまふ(賜)→たまはる
ため(名)　爲　正往1ウ1
　爲　三返21オ6
　爲　五往27ウ6
　爲　九返52オ6
　爲　十一往60オ6
ためいへ(名)　爲家　二返13オ3
ためいへのきやう(連語)
　爲家卿　二返13オ1
ためうぢのきやう(連語)
　爲氏卿　二返13オ6
ためかぬのきやう(連語)
　爲兼卿　二返13ウ5
ためさだ(名)　爲定　二返14オ3
ためさだのきやう(連語)
　爲定卿　二返14ウ2
ためふぢ(名)　爲藤　二返14オ3
ためよのきやう(連語)
　爲世卿　二返13ウ2
　爲世卿　二返14オ1

たゆ(動ヤ下二)絶　五返30オ5
　絶　八返42ウ6
たる(動ラ下二)垂　八往41オ5
だるま(名)　達磨　三往16オ4
だんぎ(名)　彈棊　六往33オ4
だんぎ(名)　談議〔義〕
　十一往61ウ1
だんぐ(名)　檀〔壇〕供　十二往68ウ4
たんくわ(名)　丹果　二往8ウ1
たんぐわ(名)　旦過　五往29ウ4
たんしふぐ(名)短志不具　六返37オ3
だんじやう(名)檀〔壇〕上　十二往68ウ4
たんじやく(形動ナリ)
　湛寂　十二往64ウ3
だんせん(名)　團扇　八往42オ4
たんば(名)　丹波　四往22ウ3
たんぴつ(名)　短筆　八往42ウ2
たんびん(名)　湛瓶　三返20オ3

ち

ち(名)　徴　十返56ウ3
　徴　十返57ウ1
　徴　十返58ウ3
ちうじやく(名)鍮石　三往18オ6
　鍮石　十二往65ウ2
ちかし(形ク)　近　十二返69ウ6
ちから(名)　力　九返49ウ2
ちからもち(名)力持　六往34オ3
ぢきろ(名)　直路　十往54オ6
　直路　十返59ウ5
ぢく(名)　軸　三往17オ5
ちぐす(動サ変)値遇　正往2オ4
ちくば(名)　竹馬　六往34ウ1
ぢこんがう(名)持金剛　十二往67オ4
　持金剛　十二往68オ2
ちじがた(名)　知事方　五往28ウ1
ちしようじやう(名)
　知處城〈智證城〉
　十二往68オ1
ちじよく(名)　恥辱　七往38ウ4

ぢじん(名) 地神 四返25オ3
ぢぢやう(名) 治定 四往24オ5
ちにふかう(名) 池入江 八返45オ6
ぢばん(名) 持幡 十二往67オ5
ぢぶ(名) 治部 正往2ウ6
ぢぶきやう(名) 治部卿 八往42ウ5
ちや(名) 茶 四往21ウ5
茶 四往22オ3
茶 四往22オ4
茶 四往23オ1
茶 四往23オ4
茶 四往23オ5
茶 四返25オ1
茶 四返25オ5
茶 四返27オ2
茶 五返30ウ4
茶 十一往60オ5
ちや(茶)→おちや(御茶)
ぢやうえいぐわんねん(貞永元年)→ていえいぐわんねん
ちやうきう(名) 長久 九返50ウ5
ぢやうぐわんせいえう(名) 貞観政要 十一返63ウ1
ちやうし(名) 長紙 八往42ウ2
ぢやうしう(名) 定州 三返20ウ5
ちやうじゆ(名) 聴衆 十二返72ウ6
ちやうとくねんぢゆう(名) 長徳年中 二返11オ5
ちやうもん(名) 聴聞 十二往67ウ2
ちやうらう(名) 長老 五往28オ4
ぢやうらう(名) 定老 六返37オ1
ちやうらくじ(名) 長樂寺 九返53ウ6
ちやうわ(名) 長和 八返44ウ1
ぢやうわごねん(貞和五年)→ていわごねん
ちやき(名) 茶器 三返20ウ6
ちやきん(名) 茶巾 三返19ウ6
ちやしやく(名) 茶杓 三返19ウ4
茶酌 三返19ウ4
ちやすり(名) 茶擂 四往24オ3
ちやせん(名) 茶筅 三返19ウ5
ちやたう(名) 茶湯 五返30ウ3
ちやつ(名) 楪 三返21オ2
ちやとう(名) 茶等 四返26ウ6
ちやのこ(名) 茶子 五返31ウ1
ちやぶるひ(名) 茶篩 三返19ウ3
ちやへう(名) 茶瓢 三返19ウ3
ちやぼん(名) 茶盆 三返21オ1
ちやわん(名) 茶椀 三返19ウ6
ちやわん(名) 茶碗 三往18オ5
ちやゑん(名) 茶苑 七返40オ5
ちやをけ(名) 茶桶 三往18オ4
ちゆうあう(名) 中央 十返57オ2
ちゆうき(名) 注記 二往9ウ1
注記 二返15オ5
ちゆうきん(名) 忠勲〔勤〕 十返58ウ2
ちゆうげん(名) 中間 十二往66ウ3
ちゆうこん(名) 中根 九返49オ2
ぢゆうこん(名) 重昏 十二返70ウ4
ぢゆうさん(名) 住山 二往9オ2
住山 六往32ウ6
ぢゆうしや(名) 重車 十一往60ウ3

ちゆうしやうぎ(名)　中將棊　六往33ウ4
ちゆうしゆんよう(名)　忠春容　七返39ウ3
ちゆうしん(名)注進　十二往69オ6
ぢゆうす(動サ変)　住　九往46ウ3
ちゆうどうじ(名)　中童子　十二往66ウ2
ちゆうなごん(名)　中納言　二返11ウ2
中納言　四返27ウ1
ちようあい(名)寵愛　二往8ウ5
ちよかん(名)　猪羹　五返31オ3
ちよく(名)　敕　二返10オ3
敕　二返11ウ5
敕　二返14オ4
敕　二返14ウ2
ちよくせん(名)敕撰　二返14ウ3
ちよとうけんす(名)　猪頭蜆子　三往16オ3

ちをうごかす(連語)　搖レ地　十二往67ウ2
ぢんかう(名)　沈香　十二往67ウ5
ぢんせつ(名)　塵刹　十二往64ウ1
ちんちよう(形動タリ)　珍重　正返3オ3
珍重　正返3オ3

つ

づ(圖)→ぎやうづ(形圖)
ついこう(名)　堆紅　三返20ウ3
ついしつ(名)　堆漆　三返20ウ3
ついしゆ(名)　堆朱　三返20ウ3
ついで(名)　次　七往39オ1
つうくわん(名)都官　五往28ウ2
つうじがたし(形ク)　難レ通　八返42ウ6
つうす(名)　都寺　五往28ウ2
つうず(動サ変)通　八返43オ3
通　八返45ウ6
通　十返58オ1

つうぶん(名)　都聞　五往28ウ2
づかう(名)　塗香　十二往68ウ2
塗香　十二返72オ3
つかさどる(動ラ四)　司　十返56ウ2
司　十返56ウ6
司　十返57オ2
司　十返57オ5
司　十返57ウ1
司　十返57ウ4
つき(名)　月　正返5ウ1
月　正返5ウ2
月　正返6オ3
月　十二返70オ4
つぎ(名)　次　十二往66ウ6
次　十二返71オ4
次　十二返73オ5
つぎに(接続)　次　五返30ウ4
つく(動カ四)　付　九返49ウ4
付　九返49ウ5
就　八往41ウ2
就　十一返62ウ2

つぐ(動ガ四) 續 正往1オ4
續 九返51オ4
つくえ(名) 机 三往17ウ1
つくしがたし(形ク) 難レ盡 正往2ウ3
つくす(動サ四) 盡 十二往65オ1
盡 十二返73オ3
つくす(盡)→びをつくす(盡美)
つくりもの(名) 作物 六往33オ3
つくゑ(机)→つくえ
つげ(名) 黄楊 三返19ウ3
黄楊 十往55オ4
づす(名) 廚子 三返21オ2
づす(動サ変) 圖 八返43ウ4
つたへ(名) 傳 八返45ウ4
つちのおと(連語) 土音 十返57オ1
つづく(動カ四) 續 正返4オ2
つつしむ(動マ四) 欽 十返58オ6
つつむ(動マ四) 裹 九返51ウ6
裹 九返52オ2
つづる(動ラ四) 綴 正返3ウ2
つとめ(名) 勤 十二返71オ3
つね(形動ナリ) 恆 十二返70ウ6
つねに(副) 常 九往46オ6
常 九返52オ1
常 九返52オ5
常 十往55オ1
每 九往46ウ6
つばさ(名) 翼 十二返73ウ5
つひに(副) 終 六往34ウ3
遂 十二返72オ2
つぶさ(形動ナリ) 具 四返24ウ4
具 八往42ウ2
つぶて(名) 礫〈飛礫〉 六往34オ5
つぼ(名) 壺 四往24オ3
つぼなげ(名) 投壺 六往33オ4
つぼはらひ(名) 壺拂 三返20オ1
つむ(動マ四) 摘 四返25オ4
つむ(動マ四) 積 十一往61オ2
積 十二往64オ2
積 十二返70オ1
つむぎ(名) 襦 三返19ウ6
つらぬ(動ナ下二) 連 八返43オ1
つらぬ(縟)→ととのふ
つらゆき(名) 貫之 二返10ウ2
つるくび(名) 鶴頸 三往18オ2
つるどの(名) 鶴殿 二返13オ3
つゐな(名) 都維那 正往2ウ6
都維那 正返7オ4
づんばい(名) 瞎 六往34オ5

て

てい(名) 體 九往47オ6
體 十二往65ウ6
體 十二往68オ2
體 十二返71ウ2
ていえいぐわんねん(名) 貞永元年 二返12ウ3
ていか(定家)→さだいへ

ていかのきやう(名)　定家卿　二返12ウ5
ていき(帝軌)→ていはん(帝範)
ていぜん(名)　庭前　十二往65オ1
ていてきくわ(名)　梯躑花　七返39ウ6
ていはん(名)　帝範　十一返63ウ1
ていわごねん(名)　貞和五年　二返14オ5
てう(名)　朝　八返45オ2
でう(名)　條　正往1オ5
　條　正返3オ5
　條　四往21ウ4
　條　六返35ウ1
　條　九往46ウ1
　條　九往47ウ5
　條　九返48ウ3
　條　十往55ウ6
　條　十一往60ウ6
　條　十一返62オ4
てうくわす(動サ変)　超過　二往8ウ3
てうさう(名)　鳥相　八返44オ2
てうし(名)　調子　十返59ウ1
でうしう(名)　趙州　四返26オ6
てうしやう(名)　招請　五返30ウ3
てうしゆがた(名)　頭首方　五往28オ4
てうせき(名)　鳥跡　八返43オ2
てうぼ(名)　朝暮　六返35ウ4
てうやう(名)　朝陽　三往16ウ3
てうわ(名)　調和　二往8オ3
てぎりとう(名)　錐等　三返20オ4
てつ(名)　鐵　三返20オ4
てつせつ(名)　鐵切　八返45オ5
てつぼく(名)　鐵木　十一往60ウ4
てならひ(名)　手習　八往41ウ2
　手習　九返48ウ6
　手習　十一往60ウ1
てほん(名)　手本　八往41ウ3
　手本　九返50ウ6
　手本　九返51オ6
てまさり(名)　手増　六往33オ2
てまし(手増)→てまさり
てまり(名)　拍毬　六往34オ6
てらす(動サ四)　照　十一往61オ2
てん(名)　天　八往41オ5
てん(名)　點　八返44ウ1
てんか(名)　天下　十返58オ3
　天下　十返59ウ3
てんがい(名)　天蓋　十二往65オ3
てんぐ(名)　傳供　十二返72ウ6
てんぐだに(名)　天狗谷　四返26ウ4
てんしゆ(名)　天衆　十二往69オ3
てんしん(名)　天心　十返58ウ6
てんじん(名)　點心　五往29ウ5
　點心　五返30ウ5
　點心　五返30ウ5
　點心　五返30ウ6
でんす(名)　殿主　五往28ウ1
てんぞ(名)　典座　五往28ウ3
てんだいちや(名)　天台茶　四往23オ6
てんぢぐわんねん(名)　天治元年

てんにひびく(響天)→てんをひびかす　二返11ウ5
てんまずいしん(名)　天魔隨心　四返26オ4
てんみやう(名)天明　三返20オ2
てんやうぐわんねん(名)　天養元年　二返12オ1
てんりやくごねん(名)　天暦五年　二返10ウ5
てんりやくねんぢゆう(名)　天暦年中　八返43ウ5
てんをひびかす(連語)　響レ天　十二往67ウ2

と

と(名)　砥　十一往60ウ3
どう(名)　銅　三返20オ3
どう(筒)→なしのどう(梨子筒)
とうかう(名)　冬瓜　三往18オ1
冬瓜　四返27オ1
とうがく(名)　東岳　十二返74オ1
とうくわ(名)　藤花　八返43ウ2
とうくわんかんき(名)　東觀漢記〔紀〕　十一返63オ6
とうこ(投壷)→つぼなげ
どうじ(名)　二童子〈童子〉　十二往68オ4
どうじゆく(名)同宿　二往7ウ3
どうじゆくら(名)　同宿等　八往41ウ1
とうす(名)　東司　五往29オ5
どうたい(名)　同體　九返50オ5
とうだいじ(名)東大寺　四返27ウ1
東大寺　六返37オ6
どうていのあきのつき(連語)　洞庭秋月　三往16ウ4
とうど(名)　東土　十二往64オ3
とうばう(名)　東方　十返57ウ1
とうふく(名)　東福　五往28オ3
とうふのあげもの(名)　豆腐上物　五返31ウ3
とうやうびん(名)　東陽瓶　三往17ウ6
とかう(塗香)→づかう
とがのを(名)　栂尾　四往22オ4
とからん(名)　姤茄藍　七返39ウ2
とき(名)　時　三往18ウ5
時　四返27オ5
時　五往30オ1
時　五返30ウ3
時　九返53ウ4
時　十返59オ1
時　十返59オ2
時　十一往60ウ5
時　十一往61ウ6
時　十一返62オ5
時　十二往69オ2

とき(時)→おんとき(御時)
ときどき(名) 時々 十往55ウ6
ときやら(妬茄藍)→とからん
ときんば(連語) 則 八往41オ5
則 八往41オ5
則 十返58オ4
則 十返58ウ1
則 十返58ウ3
則 十返58ウ4
則 十返58ウ6
則 十返59ウ2
とく(名) 徳 四返26オ6
徳 八往41オ3
徳 十返58オ5
徳 十二往60ウ2
とく(動カ四) 説 四返26オ5
説 十返59ウ4
とぐ(動ガ下二) 遂 七往38オ1
とくこ(名) 獨鈷 十三往68ウ1
とくごふ(名) 得業 六往35オ1
どくじゆ(名) 讀誦 十三返71ウ1
ところ(名) 所 二往8ウ3
所 二往8ウ6
所 二返9ウ3
所 三返19オ5
所 四往22オ2
所 四返26ウ3
所 四返27オ2
所 七往37ウ6
所 七往38ウ2
所 七返39ウ1
所 九返50オ5
所 九返50ウ3
所 十二返62オ4
所 十二返62ウ2
ところ(名・助詞的) 處 四返24ウ5
處 七往37ウ2
處 七返39オ5
處 九往46オ6
處 十二返62オ3
處 十三返70オ1
としなりのきやう(連語) 俊成卿 二返12オ4
としよりのあそん(連語) 俊頼朝臣 二返11ウ5
とそく(名) 兎足 三返19ウ5
とつこ(獨鈷)→とくこ
とゝのふ(動ハ下二) 縟 十三往68オ3
調 十三返73オ6
とにかん(名) 兎耳龔 五返31オ6
とば(名) 鳥羽 七返39ウ3
とばた(名) 外畑 四返26ウ5
とばのゐん(名) 鳥羽院 二返11ウ4
とひ(名) 都鄙 六返36オ1
とびこえ(名) 飛越 六往34オ4
とぶ(動バ四) 飛 十三返73ウ5
とほし(形ク) 遠 正返6ウ5
とほる(動ラ四) 徹 十三往68オ6
ともに(連語) 倶 十三往69オ4
與 十三往64オ2
どよう(名) 土用 十返57オ1
とら(名) 虎 三往17オ4
虎 九返50オ2

とらのいつてん(連語)
寅一點　十二往66ウ6
とり(名)　鳥　正返6オ3
とをにたらず(名)
十不足　六往33ウ2
どんじき(名)　鈍色　十二往66オ2
とんしゆきんげん(名)
頓首謹言
六往34ウ5
どんす(名)　鈍子　三往17オ6
とんびん(名)　團瓶　三返20オ2
とんよく(名)　貪欲　六返36ウ5
貪欲　十二返70ウ6

な

な(名)　名　七返40ウ3
名　八往41オ3
名　八返45ウ5
名　十一往60ウ1
名　十二往64オ4
名　十二返73ウ5

ないぐ(名)　内供　七往39オ3
内供　七返40ウ5
ないくん(名)　内薫　十二返71ウ5
ないげ(名)　内外　七往38ウ1
ないだいじん(名)
内大臣　二返13オ3
内大臣　十二往69ウ3
ながし(形ク)　長　四返25オ4
なかやまでら(名)
中山寺　十返60オ2
ながる(動ラ下二)
流　四返25オ6
なかんづく(副)就ㇾ中　二往9オ2
なし(名)　梨　五返32オ3
なし(形ク)　勿　九返50オ6
無　正返6ウ5
無　二往8ウ3
無　二往8ウ5
無　四往21ウ3
無　五往29ウ1
無　五往29ウ1
無　六往34ウ4

無　七往38オ5
無　七往38ウ1
無　八往41オ4
無　九往46オ6
無　九往46ウ4
無　十一返62ウ1
無　十二返70ウ2
無　十二返73ウ5
無　十二返73ウ5
莫　十二往64ウ3
莫　十二往64ウ4
なし(無)→うたがひなし(無疑)
なしのどう(名)梨筒〈梨子筒〉
十往55ウ3
なす(動サ四)　作　四返25ウ4
成　正返3ウ5
成　三往16オ1
成　八返44オ1
成　八返44ウ3
成　八返45オ4
成　九返52オ6
成　十二往68ウ6

成　十三返72オ3
成　十三返72オ3
なす(成)→いちをなす(成市)
なすびがた(名)茄子形　三往18オ3
なつ(名)　夏　正返4オ3
夏　五返30ウ6
夏　九返52オ4
なつげ(名)　夏毛　九返50オ1
なつのき(連語)夏季　十返57ウ2
なつふゆのつき(連語)　夏冬月　正返4ウ5
ななつ(名)　七　九返52オ6
ななついれ(名)七入　三返20ウ6
なにいし(名)　何石　八往41ウ5
なにか(連語)　何　十返59ウ4
なにごと(名)　何事　三往15ウ1
何事　十返58ウ5
なにてい(名)　何體　八往41ウ5
なには(名)　難波　十三往67オ1
なにびと(名)　何人　八往41ウ3
なは(名)　繩　十二往61オ4
なほ(副)　猶　四返26ウ1
猶　六往32ウ5
猶　十二往60ウ4
猶　十三返71オ1
なほうす(直)→なほくす
なほくす(動サ変)　直　十返59オ3
なほまた(連語)猶又　五往29ウ2
なまぐり(名)　生栗　五返31ウ3
なまり(名)　鉛　三返20オ3
なみだ(名)　涙　正返5ウ2
なら(名)　奈良　十三往67オ2
ならひ(名)　習　八往41ウ6
習　九返52ウ3
ならびに(接続)幷　二返9ウ3
幷　三往17ウ3
幷　三返19オ5
幷　三返19ウ4
幷　三返20オ2
幷　五往28オ4
幷　九往47オ6
幷　九返48ウ5
幷　十往55オ3
幷　十往55ウ2
ならふ(動ハ四)習　九返49オ1
習　九返49オ3
習　九返49オ4
ならぶろ(名)　奈良風爐　三返20オ4
なる(動ラ四)　成　六往34ウ3
なん(名)　難　九返50ウ1
難　九返50ウ6
難　九返51オ2
なんぜん(名)　南禪　五往28オ3
なんぞ(副)　何　四返26ウ2
何　五往27ウ5
何　十返59ウ3
なんでふ(連体)何條　二往7オ6
何條　十二往60オ3
なんばう(名)　南方　十返57ウ3
なんびと(何人)→なにびと

に

にうわ(名)　柔和　十三返72ウ2

にがきあぢはひ(苦味)→くみ
にかは(名)　膠　九返52オ3
にく(名)　二句　正返4ウ4
にく(名)　肉　九返49オ6
にぐわつじふさんにち(名)
　二月十三日　二返15オ5
にぐわつとをか(名)
　二月十日　二往9オ6
にこん(名)　耳根　十返57ウ6
にしき(名)　錦　十往54ウ4
　錦　十往55オ5
　錦　十二往65オ3
　錦　十二往66オ1
　錦　十二往66オ5
にじつくわん(名)
　廿巻　二返9ウ4
　廿巻　二返10オ1
　廿巻　二返10ウ4
　廿巻　二返12オ3
　廿巻　十一返62ウ4
　廿巻　十一返62ウ4
　二十巻　二返11オ4
　二十巻　二返11ウ1
　二十巻　二返12オ5
にじふごげん(名)
　二十五絃　十往55ウ1
にしゆ(名)　手〈二手〉
　十二往68オ4
にせんよねん(名)
　二千餘年　十二往64オ3
につい(名)　二對　三返20オ6
にどうじ(二童子)→どうじ(童子)
には(名)　庭　十二往67オ3
にびのころも(鈍衣)→にぶのころも
にぶし(形ク)　鈍　十一往60ウ3
にふだう(名)　入道　二返12オ4
　入道　二返14ウ1
にぶのころも(名)
　鈍衣　十二往66オ2
によい(名)　如意　十二往65ウ2
によぼく(如木)→じよぼく
によらい(名)　如來　十二返72オ5
にる(動ナ上一)似　二往8オ4
にんぐとう(名)人工等　五往29オ2
にんづとう(名)人頭等　八返44ウ1
にんなじ(仁和寺)→にんわじ
にんにく(名)　忍辱　十二返72ウ2
にんわじ(名)　仁和寺　三往19オ1
　仁和寺　四往22ウ6

ぬ

ぬかごのくしざし(連語)
　零餘子串指　五返31ウ2
ぬし(名)　主　九返50ウ3
　主　九返51ウ5
ぬすびと(名)　盗人　六返36ウ5
ぬすびとかくし(名)
　盗人隱　六往33オ6
ぬひもの(綺)→しやうき(細綺)
ぬる(動ラ四)　塗　九返52オ3

ね

ね(名)　根　十二返73ウ5
ねうじう(名)　饒州　三返20ウ5
ねうばち(名)　鐃鉢　十二往68オ6
　鐃鉢　十二返73オ1
ねがはくは(副)　願　正往2オ6
ねぶり(名)　眠　四返25ウ5
　眠　十一往61オ4
　眠　十二往68ウ1
　眠　十二返73オ1
　睡　十一往61オ5
ねむり(眠・睡)→ねぶり
ねりぬき(名)　練貫　十二往66オ4
ねんくわ(名)　年華　十二返69ウ5
ねんじゆ(名)　念珠　十二往65ウ4
ねんねんこ(名)　年々壷　三往17ウ6
ねんらい(名)　年來　十二往64ウ5
ねんをつくす(連語)　盡レ念　十二返70オ3

の

のうじよ(名)　能書　八往41オ4
　能書　八返43オ5
　能書　八返46オ1
　能書　九返48ウ6
のき(名)　軒　十二返70オ1
のぎく(名)　野菊　七返40オ3
のせがたし(形ク)　難レ載　八往42ウ3
のぞく(動カ四)　除　十一往61オ5
のぞむ(動マ四)　望　正返3オ2
のち(名)　後　二往7オ6
　後　二返12ウ3
　後　二返13ウ3
　後　四返27オ3
　後　五往27ウ2
　後　五返30ウ5
　後　九返51オ4
　後　九返53オ6
　後　九返53ウ1
　後　十一往61ウ3
のぼる(動ラ四)　登　十二往69オ1
のみもの(名)　呑物　三返20オ5
のむ(動マ四)　喫　四返25ウ1
のやま(名)　野山　正返6オ6

は

は(名)　葉　四往24オ3
ばい(名)　唄　十二返73オ2
ばいくわ(名)　梅花　三往17オ6
　梅花　七返40オ2
ばいし(名)　梅枝　八返45オ5
ばいちく(名)　梅竹　三往16オ4
はいのざう(連語)　肺藏　十返57オ3
ばう(坊・房)→ごばう(御坊・御房)
はうおん(名)　芳恩　九往48オ3
はうき(箒)→さいをはらふははき
　(拂レ災箒)
はうけいとう(名)　方磬等　十往55ウ4
はうさつ(名)　芳札　三返19オ2

芳札　四返24ウ4
芳札　十一返62オ4
ばうだい(名)　傍題　正返4オ1
はうちやう(名)庖丁　六返36ウ3
はうぢやう(名)方丈　五往29オ4
方丈　八返44オ6
はうばい(名)　傍輩　九返53オ3
はうばう(名)　方々　三往15ウ5
はうもん(名)　芳問　九返48ウ1
はかる(動ラ四)測　十二往64ウ4
ばくえき(名)　博奕　六返36ウ5
はくかう(名)　白瓜　三往18オ1
はくぎよかん(名)
白魚羹　五返31オ2
はくさび(名)　羽轄　三返19ウ2
はくしぶんじふ(白氏文集)↓はくしもんじふ
はくしもんじふ(名)
白氏文集
十一返63オ5
はくしやう(名)白裳　十二往66オ3
はくすい(名)　白水　九返49ウ4

はくせい(名)　百性〔姓〕
十返58ウ3
はくせつ(名)　白雪　二往8ウ1
白雪　四往22オ6
はこ(名)　箱　十往55オ1
はさみもの(名)插物　六往34オ3
はしばみ(名)　―〈榛〉五返32オ4
はじむ(動マ下二)
始　八往41ウ2
始　十一往61ウ1
はじめ(名)　始　九返51オ3
はじめて(副)　初　二返14オ3
ばじやうさん(名)
馬上盞　三返21オ2
はしりつみ(名)走摘　四往22ウ5
はしる(動ラ四)走　十一往60ウ4
はせん(名)　埱山〈坡仙〉
四返25ウ4
はた(名)　幡　十二往65オ4
はだへ(名)　膚　二往8ウ1
はたまた(連語)將又　二往8ウ4
將又　二返14ウ6

將又　三往17ウ1
將又　五往29オ2
將又　七返40ウ2
將又　九返53オ4
將又　十二往68ウ1
ばち(名)　撥　十往55オ5
はちぐわつじふさんにち(名)
八月十三日
八往42ウ4
はちぐわつじふしにち(名)
八月十四日
八返46オ4
はちだいしふ(名)
八代集　二往7ウ4
八代集　二返9ウ3
八代集　二返12ウ2
八代集　二返14ウ5
はちぢやう(名)八丈　十二返73ウ1
はつきよく(名)八曲　九往47ウ1
八曲　九返48ウ5
はつけん(名)　法眷　五往29ウ3
はつしぐれ(名)初時雨　七返39ウ4

はつせん(名)　八煎　七返40オ6
はつとり(名)　服部　四往23オ3
はつぷいっつい(名)　八鋪一對　三往16ウ3
はな(名)　花　正返5オ5
花　十二返71ウ4
はなぞののゐん(連語)　花園院　二返14オ6
はなづくえ(名)花机　十二往65オ2
はなのごとし(連語)　如レ花　十二往67ウ3
はなのもと(連語)　花下　正返3ウ6
はなばこ(名)　花箱　十二往65ウ5
はなはだ(副)　甚　九往47オ1
甚　九返52ウ5
甚　十二返69ウ5
はなる(動ラ下二)　離　十二往64オ5
はばかり(名)　憚　三往15ウ3
憚　六往34ウ4
憚　七返40ウ2
ははき(箒)→さいをはらふははき
(拂災箒)
はふ(名)　法　七往37ウ4
法　八往42オ1
法　八往42ウ1
法　九往46ウ6
法　九返52ウ6
法　九返53オ3
はべり(動ラ変)侍　九往46ウ4
はむろ(名)　葉室　四往22ウ5
はやし(形ク)　早　十二返69ウ4
はやばしり(名)早走　六往34オ4
はやま(名)　葉山　七返39ウ4
はやわざ(名)　早態　六往34オ3
はらふ(動ハ四)拂　正返3オ1
はらふ(拂)→さいをはらふははき
(拂災箒)
ばりやうふ(名)馬良婦　三往16オ6
はる(名)　春　正返4オ2
はるか(形動ナリ)　遙　正返6ウ5
遙　三返19オ3
遙　八往41オ1
遙　十二往64オ4
はるかぜ(名)　春風　正返5オ2
はるのき(連語)春季　十返57オ6
はるのつき(連語)　春月　正返4ウ5
ばんいん(名)　萬飲　四返25オ6
ばんうつ(名)　萬鬱　二往9オ4
萬鬱　五返30ウ1
萬鬱　八往41オ1
ばんがい(名)　幡蓋　十二往67ウ4
はんげつうんじゆつのてん(連語)　半月雲出之點　八返44ウ6
はんこ(名)　班固　十一返63オ3
ばんじ(名)　萬事　六返35オ6
萬事　八返46オ2
萬事　九往48オ3
ばんしきてう(名)　盤渉調　十返57ウ4
はんじやう(繁昌)→ごはんじやう

(御繁昌)
はんしゆつのだるま(連語)
半出達磨 三往17オ2
ばんたん(名) 萬端 正返7オ2
萬端 十一返63ウ3
ばんちやう(名)番帳 八往42オ5
はんでふ(名) 半疊 十三往65オ6
はんにやじ(名)般若寺 四往22ウ1
ばんぶつ(名) 萬物 十返58ウ4
萬物 十返59オ1
ばんり(名) 萬里 五返30オ6

ひ

ひ(名) 日 正往1ウ4
日 正返5ウ3
日 正返5ウ3
日 正返6オ3
日 十三往66ウ6
日 十三返69ウ6
ひえい(名) 比叡 四往23オ4
ひがよみ(名) 僻讀 九返52ウ5
ひかり(名) 光 十三返69ウ5
光 十三返70ウ5
ひかり(光)→ひのひかり(日光)
ひき(名) 非器 八往42オ6
ひきうす(名) 磨碓 三返19ウ1
ひきぎ(名) 拽木 三返19ウ2
ひきでもの(名)引出物 十三返73ウ2
ひく(動カ四) 引 十三返73ウ6
びくわう(名) 鼻廣 十三往66オ5
ひけいす(動サ変)
祕計 三往16オ1
祕計 四往22オ3
祕計 七往38オ1
ひごろ(名) 日來 七返39オ6
日來 十三往64オ1
日來 十三往69オ6
びこん(名) 鼻根 十返57オ4
ひさし(形シク)久 二往7オ6
久 四往21ウ3
久 四返24ウ4
久 五往27ウ2
久 五返30オ5
久 六往32ウ4
久 六返35オ5
久 七返39オ4
久 八往41オ1
久 八返42ウ6
久 九往46ウ1
久 九返48ウ2
久 十往54オ1
ひさし(久)→ややひさし(良久)
びしやもんすごろく(名)
毗沙門雙六 六往33オ4
ひすい(名) 翡翠 二往8オ5
ひたすら(副) 一向 二往8オ1
一向 四往24オ4
ひたたれ(名) 直垂 十三往66ウ4
ひちりき(篳)→せう
ひつじ(名) 羊 九返50オ2
ひつじのかは(連語)
羊革〈皮〉 十往55ウ3

ひつせい(名)　筆勢　九返51ウ2
ひつせき(名)　筆跡　八往41オ4
　筆跡　八往41ウ3
ひつせん(名)　筆仙　九返52ウ2
ひつぢやう(名)必定　正往1ウ4
ひつぱふ(名)　筆法　八返45ウ4
　筆法　九往47オ1
　筆法　九返48ウ4
ひつぼく(名)　筆墨　九往47オ3
　筆墨　九返51ウ5
ひてう(名)　飛鳥　八返45オ5
ひと(名)　人　二往7ウ5
　人　八往41オ5
　人　九返53オ2
　人　十三返71ウ1
　仁　八返43ウ4
ひとごと(連語)毎レ人　十返59オ2
ひとたき(名)　一焚　七往38ウ5
　一燒　七往38オ3
ひとつ(名)　一　正返6ウ3
　一　四往23オ2
　一　四往23ウ1
　一　九返48ウ6
　一　十返56ウ2
　一　十三返73ウ2
ひとつつみ(名)一裹　三往15ウ6
ひとびと(名)　人々　九往47ウ6
ひとへに(副)　偏　十三往68オ2
　偏　正返6ウ3
ひとり(名)　獨　五往30オ4
ひの(名)　日野　十返57ウ2
ひのおと(連語)火音　十返56ウ6
ひのざう(連語)脾藏
ひのひかり(連語)
　日光　十三返70オ5
ひのもん(連語)碑文　八往42オ2
びは(名)　枇杷　五返32オ2
びは(名)　琵琶　十往55オ4
ひはん(名)　批判　四往24オ5
ひはん(批判)↓ごひはん(御批判)
びはん(名)　美飯　五返32オ6
ひびかす(響)↓てんをひびかす(響天)
ひびき(名)　響　十三返73オ1
ひびく(動カ四)響　十三返71ウ1
ひびく(響)↓てんをひびかす(響天)
ひぶん(碑文)↓ひのもん
ひもん(碑文)↓ひのもん
ひやうぎす(動サ変)
　評議　正往1ウ3
ひやうた(名)　平他　正返3ウ2
ひやうでう(平調)↓へいてう
ひやうはふ(名)兵法　六往34オ3
　兵法　六返36ウ1
びやうぶ(名)　屏風　八往42オ3
　屏風　九返50オ4
ひやうぶきやう(名)
　兵部卿　六往35オ2
ひやくえい(名)百詠　十一返63ウ2
ひやくごげん(名)
　百五減　六往33ウ1
びやくしき(名)白色　十返57オ3
ひやくしやう(百姓)↓はくせい
びやくだん(名)白檀　七返40オ6
びやくてふ(名)白氎　三往17ウ4
ひやくやく(名)百藥　四返25ウ1
びやくらふ(名)白鑞　三往18ウ1

ひらく(動カ四)抜 五返30オ6
開 九往48オ1
開 九返48ウ4
ひらさめ(名) 平雨 正返4ウ2
ひらつぼ(名) 平壷 三往18オ3
ひるがへる(動ラ四)
飄 十二往67ウ5
びれい(形動ナリ)
美麗也 二往8ウ4
美麗也 十二往66ウ1
びをつくす(連語)
盡レ美 十二往67ウ1
びん(名) 瓶 三往17ウ5
ひんすぎやう(名)
瓶子形 三往18オ3

ふ

ぶ(名) 部 三往17ウ5
ふう(名) 風 正返3ウ3
ふうう(名) 風雨 十返58ウ6
ふうがしふ(名)風雅集 二返14オ5
ふうかん(風肝)↓ほうかん(鳳肝)
ふうかん(諷諫)↓ごふうかん(御諷諫)
ふうげつ(名) 風月 六返35ウ5
ふうてい(名) 風體 六返36オ6
風體 十一往60オ6
ふうぶん(名) 風聞 三往15ウ4
ふえ(名) 笛 十返59オ6
笛 十返59ウ1
ふかし(形ク) 深 九往47オ1
深 十二返70ウ5
ふかせ(名) 深瀬 四返26ウ4
ふく(吹)↓ほらをふく(吹螺)
ふぐきんげん(名)
不具謹言 七返40ウ4
ふくご(名) 覆護 十二返72オ6
ぶくす(動サ変)服 四返25オ4
ふくむ(動マ四)含 八往41ウ1
ふくろ(名) 袋 十往55オ4
袋 十往55オ6
袋 十往55ウ1
ぶさた(名) 無沙汰 十往55ウ6
無沙汰 十一往61ウ5
ふじのみね(名)富士峯 七返39ウ5
ふしみのゐん(名)
伏見院 二返13ウ4
ふしやう(名) 府生 二返10オ6
ふじゆく(名) 不熟 十返58ウ5
ふしん(名・形動ナリ)
不審 二往7ウ1
不審 二往7ウ1
不審 三往15ウ2
不審 三返19オ4
不審 四返24ウ5
不審 七返39オ6
不審 九往47オ2
不審 十二往64オ1
不審 十二往69オ6
不審 十二返70オ2
ふす(名) 副寺 五往28ウ3
ふせ(布施)↓おんふせ(御布施)
ふぜい(名) 風情 九返50オ4
ふせんきんげん(名)

不宣謹言　七往39オ1
ふせんりよう(名)　浮氈綾　十二往66オ3
ふたかさね(名)　二重　十二返73ウ3
ふたつ(名)　二　九返49ウ1
ふたふり(名)　二振　十二返73ウ4
ふぢはらのかうぜいきやう(連語)　藤原行成卿　八返45オ3
ふぢはらのさりのきやう(連語)　藤原佐理卿　八返44ウ3
ぶつかい(名)　佛界　十二返71ウ6
ぶつぐ(名)　佛具　十二往65ウ1
佛具　十二往68ウ4
ぶつざいせ(名)　佛在世　十往54オ4
ぶつじ(名)　佛事　五往28オ1
ぶつじ(佛事)→おんぶつじ(御佛事)
ぶつしん(名)　佛神　正往2オ4
佛神　七往37ウ4
ぶつそう(名)　佛僧　十二返70オ3

ぶつそう(物恩)→ごぶつそう(御物恩)
ぶつだう(名)　佛道　十往54オ6
佛道　十返59ウ5
水塵道〈佛道〉　十二往64ウ2
ぶつだん(名)　佛壇　十二往65オ2
ぶつでん(名)　佛殿　五往29オ3
ぶつぽふ(名)　佛法　正往1オ4
佛法　正返3オ4
佛法　十二返72ウ3
ぶつみやうきやう(名)　佛名經　十二返71オ3
ふで(名)　筆　六往34ウ5
筆　八往41ウ1
筆　九往46ウ1
筆　九返48ウ2
筆　九返50オ2
筆　九返52オ4
筆　九返53オ6
筆　九返53ウ1
ふで(筆・毫筆)→ふんで

ふね(名)　船　正返5ウ1
ふのさしもの(連語)　麸指物　五返31ウ1
ふぶん(風聞)→ふうぶん
ふゆ(名)　冬　正返4オ3
冬　五返31オ1
冬　九返52オ5
ふゆがれ(名)　冬枯　正返6オ6
ふゆのき(連語)　冬季　十返57ウ5
ふよう(名)　芙蓉　二往8オ6
ふらん(名)　不亂　十二返72ウ5
ふり(振)→ふるまひ(振舞)
ふりつづみ(名)　鞞鼓　六往34オ5
ふりもの(名)　降物　正返6オ4
降物　正返6オ4
ふりやう(名)　浮梁　四往23ウ1
ぶるい(名)　部類　三往16オ2
ふるさと(名)　古郷　正返5オ1
ふるし(形ク)　古　九返49オ3
古　九返49ウ3
ふるまひ(名)　振〈振舞〉　十二往68オ2

ぶゐ(名)　武夷　四返26ウ1
ぶん(名)　文　八返43オ2
　文　十一往61オ3
ぶんえいにねん(名)　文永二年　二返13オ2
ぶんずいとう(文粋等)→もんずいとう
ぶんせん(文選)→もんぜん
ぶんぢさんねん(名)　文治三年　二返12オ3
ふんで(名)　筆　九返51オ6
　毫筆　八往41ウ4
ふんで(筆)→ふで
ふんぷく(名)　介覆〈芬馥〉　十二返71ウ6

へ

へいさのらくがん(連語)　平砂[沙]落鴈　三往17オ1
へいじやうてんなう(平城天皇)→へいぜいてんわう
へいぜいてんわう(名)　平城天皇　二返9ウ5
へいてう(名)　平調　十返57オ2
へう(名)　瓢　三往17ウ5
へう(名)　標　十二往68ウ3
へう(表)→みへう(御表)
へうこ(名)　豹虎　三往17ウ3
へうす(動サ変)　表　十二往68オ4
へうほい(名)　表補衣　三往17オ6
へだつ(動タ下二)
　隔　正返6オ2
　隔　五往27ウ4
　隔　五返30オ5
　隔　十二往64オ2
べち(名)　別　九返52ウ3
べつ(別)→べち
べつかん(名)　鼈羹　五返31オ3
べつたう(名)　別當　二返10ウ6
　別當　十返56オ4
　別當　十返60オ2
へんし(名)　片時　九往46ウ4
へんてふ(名)　返牒　八往42オ2
へんてふす(動サ変)　返牒　十一往61ウ4
へんぽう(返報)→ごへんぽう(御返報)

ほ

ほいたう(名)　陪堂　五往29ウ3
ほうかん(名)　風〔鳳〕肝　四往22オ6
ほうさん(名)　寶纖　十二往65オ3
ほうしやうぶつ(名)　寶性〈生〉佛　十返57ウ2
ほうじゆ(名)　寶樹　十二往64ウ6
ほうどう(名)　寶幢　十二往65オ1
ほうら(名)　寶螺　十二往68オ4
ほか(名)　外　二返14ウ3

外　三往16ウ3
外　四往22ウ5
外　五往28ウ4
外　五返31オ1
外　八返43ウ4
外　八返45ウ6
外　十往55ウ1
外　十一返63オ3
ほがらか(形動ナリ)　朗　八往41オ5
ぼくせう(形動ナリ)　乏少　七返40ウ1
ぼくせつのてん(連語)　折點〈木折點〉　八返44オ5
ほくはう(名)　北方　十返57ウ6
ほし(名)　星　正返6オ3
ほしなつめとう(名)　干棗等　五返32オ5
ほしまつだけ(名)　干松茸　五返31ウ3
ほす(動サ四)　干　九返52オ3

ほたる(名)　螢　十一往61オ2
ほつかいぐう(法界宮)→ほふかいぐう
ほつけう(名)　法橋　五往30オ3
法橋　五返32ウ3
ほつしようじ(名)　法勝寺　九往48オ6
ほつす(動サ変)　欲　正往2オ5
欲　五往28オ1
欲　六往32ウ5
欲　八往42オ6
欲　九往46オ6
欲　十一返62オ3
欲　十二返71オ3
ほつぽう(北方)→ほくはう
ほてい(名)　布袋　三往16ウ2
ほど(名)　程　二返15オ1
ほとぎをかうむる(連語)　蒙ㇾ瓫　十二返70ウ3
ほとけ(名)　佛　十返56ウ1
佛　十返59ウ4
ほどこす(動サ四)

施　九往47ウ6
ほね(名)　骨　九返49オ5
骨　十一往60ウ3
ほふ(名)　法　正往2オ6
法　五返30ウ4
ほふいん(名)　法印　八返46オ5
法印　十返60オ1
ほふう(名)　法雨　十二返74オ1
ほふかいぐう(名)　法界宮　十二往68オ3
ほふぎ(名)　法儀　十二往68オ1
ほふげん(名)　法眼　四往24ウ3
法眼　四返27オ6
ほふじ(名)　法事　十二往64ウ6
ほふしき(名)　法式　十二返73オ4
ほふだう(名)　法堂　五往29オ3
ほふとう(名)　法燈　正返3オ4
ほふぶく(名)　法服　十二往66オ1
ほふむ(名)　法務　十二往69ウ3
法務　十二返74オ3
ほふよう(名)　法用　十二返73オ6
ほふらく(名)　法樂　正往1ウ1

ほふりう(名)　法流　十二往64ウ3
ほらをふく(連語)　吹㆑螺　十二往67ウ1
ほん(名)　本　五返32オ5
ほんい(名)　本意　四往21ウ4
　本意　九往46ウ2
ほんいなし(形ク)　無㆓本意㆒　七往37ウ3
ぼんおん(名)　梵音　十二返73オ2
ほんか(名)　本歌　二返14ウ5
ぼんじ(名)　梵字　八返43オ3
ほんじよ(名)　本所　四往23ウ3
ほんじよ(名)　本書　九往47オ5
　本書　九返50ウ4
　本書　十一往61ウ2
　本書　十一返62ウ3
ほんてう(名)　本兆　四往22オ2
　本兆　四往24オ2
ほんてう(名)　本朝　正往2オ1
　本朝　八返45ウ5
ぼんなうじざい(名)　煩悩自在　四返26オ2
ぼんばい(名)　梵唄　十二往67オ6
　梵唄　十二返71オ6
ほんみやう(名)　本名　四返27オ3

ま

まいじ(名)　毎事　五往30オ1
　毎事　七往38ウ6
　毎事　十往56オ2
まうじ(名)　孟子　十一返63オ2
まうしいる(動ラ下二)　申入　七往38ウ3
　申入　九往46オ6
まうしうけたまはる(動ラ四)　申承　二往7オ6
　申承　三往15ウ1
　申承　三返19オ3
　申承　四往21ウ3
　申承　六返35ウ3
　申承　七往37ウ1
　申承　九返48ウ2
　申承　十一往60オ3
まうしこむ(動マ下二)　申籠　正往1オ3
まうしじやう(名)　申状　二往7ウ2
　申状　三往15ウ3
　申状　七往38ウ1
まうす(動サ四)　申　正往1ウ4
　申　二往7ウ4
　申　七返40ウ4
　申　八往41ウ2
　申　九返53オ6
　申　十一返62オ3
まうす(補動サ四)　申　六往32ウ5
　申　九往47ウ4
まうもく(名)　盲目　十二返70ウ2
まきもの(名)　巻物　八往42オ3
まきゑ(名)　蒔畫　九返49ウ5
　蒔畫　十往55オ1
　蒔畫　十二往65オ6

まことに(副)　誠　正往1オ6
誠　十三返70ウ2
まさつね(名)　雅經　二返12ウ1
まさに(副)　將　十三往69オ1
應　十返58オ5
まさる(動ラ四)　勝　八往41ウ4
ます(動サ四)　増　十三返70ウ6
また(接続・副)　亦　十往55ウ2
又　正返4ウ4
又　正返5オ3
又　正返5オ6
又　正返6オ5
又　二往7ウ5
又　三往17オ2
又　三往17ウ5
又　四往23オ1
又　四往23オ4
又　四往23オ6
又　四返25ウ5
又　四返26ウ3
又　五往28ウ5
又　六往34オ1
又　八往41ウ6
又　八返43ウ2
又　九返49ウ4
又　九返51オ2
又　九返52オ4
又　十返59ウ4
又　十三往66ウ4
又　十三往67オ1
また(又)↓かねてはまた(兼又)・はたまた(將又)
まだらげさ(名)　斑袈裟　十三往66オ5
まつ(名)　松　正返5ウ1
まづ(副)　先　二返9ウ4
先　五返30ウ4
先　九返50ウ2
先　十往54ウ2
まつかう(名)　抹香　十三返72オ2
まつかぜ(名)　松風　正返5オ2
松風　七返39ウ5
まつせ(名)　末世　十三返70ウ1
まつたく(副)　全　十一往61オ5
まつふくかぜ(連語)　松吹風　十返59オ4
まつぼ(名)　眞壺　三往17ウ6
まつりごと(名)　政　十返58オ5
政　十返58オ6
政　十返58ウ5
政　十返58ウ6
まど(名)　窗　十三返70ウ4
まな(名)　眞名　二返10ウ2
まなじり(名)　眸　二往8オ6
まなぶ(動バ四)　學　九返49オ2
學　九返51ウ1
學　十一返62オ5
爲　九返49オ2
まひびと(名)　舞人　十三往67オ2
まへづくえ(名)　前机　十三往65オ5
まめ(名)　大豆　五返32オ1
大豆　十返57ウ6
まゆ(名)　眉　二往8ウ1
眉　九往48オ2
まり(名)　鞠　六往33ウ4
まるつぼ(名)　圓壺　三往18オ2
まるぼん(名)　圓盆　三返21オ1

まるもの(名) 圓物 六往34オ2
まんえふしふ(名) 萬葉集 二返9ウ4
萬葉集 二返10ウ3
まんぎやう(名)萬行 十二返71ウ4
まんざう(名) 萬草 九返53オ4
まんしん(名) 萬神 十返58オ6
まんず(動サ変)滿 十二往68ウ6
まんぢゆう(名)饅頭 五返31オ5

み

み(名) 身 八返45ウ5
身 九往46ウ3
みぎり(名) 砌 十二往67ウ6
砌 十二返71ウ1
みぐるし(形シク) 見苦 二往8ウ4
みしる(動ラ四)見知 正返7オ2
みだす(動サ四)亂 九返53オ3
みだる(動ラ下二) 亂 十返58オ4
亂 十返58ウ1
亂 十返58ウ3
亂 十返58ウ4
亂 十返59オ1
亂 十返59ウ2
みち(名) 路 十一往60ウ4
道 十二返73ウ5
みちとし(名) 通俊 二返11ウ3
みちとも(名) 通具 二返12ウ1
みつ(名) 三 九返49ウ6
みづ(名) 水 二往8オ3
水 九返53オ5
みづから(副) 自 十返58オ6
みつとしら(名)光俊等 二返13オ4
みづのおと(連語) 水音 十返57ウ5
みつのつづみ(連語) 三鼓 十往55ウ3
みづのみ(名) 水呑 三返20ウ6
みな(名) 皆 六往33ウ6
皆 六返37オ1
皆 十返59オ5
皆 十二往65ウ5
皆 十二往67ウ4
皆 十二往68ウ3
皆 十二往69オ4
みなもと(名) 源 四返25オ5
源 十往54オ4
源 十二往64ウ4
みなもとのしたがふ(名) 源順 二返11オ2
みぶのただみねら(名) 壬生忠岑等 二返10オ6
みへう(名) 御表 八往42オ2
みみ(名) 耳 十一返62ウ2
耳 十二返73オ2
みみじろ(名) 耳白 三返20オ2
みみをそばたつ(連語) 峙レ耳 十二往67ウ4
みやうしゅん(名) 明春 十二返69ウ6
みやうそん(名)明尊 正往2ウ5
みやうはう(名)明方 正返3オ1

みやうはん(名)　明範　三返21ウ1
みやま(名)　深山　七返39ウ5
みよ(名)　御代　二往7ウ6
　御代　二返10ウ5
　御代　二返13オ2
　御代　八返44ウ2
みる(動マ上一)　見　八往41オ2
　見　九往46ウ6
　見　十二往68ウ5
　見　十二返70ウ5
みんぶ(名)　民部　正返7オ5
みんぶきやう(名)　民部卿　九返53ウ6
みんぶのきやう(連語)　民部卿　二返14オ3

む

むかし(名)　昔　正返4ウ2
　昔　正返6ウ2
　昔　八往41オ2
　昔　十一往61オ1
　昔　十二返70ウ1
むかふ(動ハ四)　向　正往1オ3
　向　九返53オ5
むかふ(動ハ下二)　迎　正往1オ6
むぎ(名)　麦　十返57ウ3
むきさい(名)　無木簺　六往34オ6
むく(動カ下二)　向　九返51ウ1
むくのかみ(木工頭)↓もくのかみ
むこ(名)　無據　四往24オ1
むさし(名)　武藏　四往23オ2
むさしの(名)　武藏野　七返40オ4
むし(名)　蟲　正返4ウ2
むじやう(名)　無常　正返4オ5
　無常　正返6オ1
むしやうにん(名)　無生忍　十二往68ウ6
むしん(名)　無心　二往8ウ6
　無心　三往15ウ2
　無心　七往38ウ2
　無心　九往47ウ4
　無心　十一往60ウ4
むじん(名)　無盡　十二返72オ1
むたい(名)　無體　十二返72オ4
むつ(名)　六　九返51ウ5
むついれ(名)　六入　三返21オ1
むつわ(六輪)↓ろくりん
むね(名)　旨　正返3ウ3
　旨　二返9ウ2
　旨　三往18ウ4
　旨　四返24ウ4
　旨　六返35オ4
むね(名)　宗　四往24オ5
　宗　六往33オ1
　宗　十往54ウ1
　宗　十返56ウ2
むのう(名)　無能　六往34ウ3
むめ(梅)↓うめ
むもつしよう(名)　無物證　十二返72オ4
むよう(名)　無用　六返37オ1
むらかみてんわう(名)　村上天皇　二返10ウ5

村上天皇　八返43ウ5
むらくも(名)　村雲　九返52ウ2
むらさきのり(名)　紫苔　五返31ウ5
むらさめ(名)　村雨　正返4ウ3
むろふじ(名)　室尾〈生〉寺　四往22オ5

め

め(目)→おんめ(御目)
めいあん(名)　迷闇　九往48オ2
めいかう(名)　名香　七往37ウ6
　名香　七往38ウ5
　名香　七返39ウ1
　名香　七返40ウ2
めいさう(名)　名草　正返4ウ1
めいじう(名)　名獣　正返4ウ1
めいてう(名)　名鳥　正返4ウ1
めいどう(名)　名童　二返14ウ6
めいぼく(名)　名木　正返4ウ1

めうおんだいし(名)　妙音大士　十往54オ4
めうおんゐん(名)　妙音院　十二返71オ6
めうぎやう(名)妙經　十二返73オ5
めうぎよく(名)妙曲　十二返73オ3
めうじゆつ(名)妙術　四往21ウ6
めうほふ(名)　妙法　十二返71オ2
めうもん(名)　妙文　十二返71オ4
めうをきはむ(連語)　極レ妙　十二往67ウ1
めぐる(動ラ四)遵　十二往64ウ2
めつき(名)　滅金　十二往68ウ3
めつきん(滅金)→めつき
めつご(名)　滅後　十二往64オ3
　滅後　十二往69オ5
めづらし(形シク)　珍敷　四往24オ6
めでたし(形ク)目出度　正返3オ6
めをおどろかす(連語)　驚レ目　十二往67ウ4

めん(糓)→こめ
めんえつ(名)　面謁　二往9オ4
　面謁　二返15オ3
　面謁　八返46オ2
めんざう(名)　眠藏　五往29オ5
めんぱい(名)　面拝　正返7オ3
　面拝　四返24ウ5
　面拝　四返27オ4
　面拝　五往30オ1
　面拝　六往32ウ4
　面拝　六返35オ5
　面拝　七返39オ4
　面拝　十往54オ1
　面拝　十一往61ウ6
　面拝　十二返74オ2

も

もうぎう(名)　蒙求　十一返63ウ1
もうし(名)　毛詩　十一返62ウ4
もうむ(名)　蒙霧　九返48ウ4
もくのかみ(名)木工頭　八返43ウ6

もくろく(名)	目録	正往2オ6
	目録	正返7オ2
もくわん(名)	木椀	三返21オ1
もし(副)	若	九返49ウ3
	若	九返50オ1
	若	九返52オ2
	若	十返58オ3
	若	十返58オ6
もじ(名)	文字	九返52ウ3
	文字	九返53オ1
もじ(文字)→もんじ		
もしまた(連語)	若又	四往24オ5
	若又	七往38ウ3
	若又	十一返63オ6
もちごめ(名)	糯	九返49ウ5
	糯	十返57オ4
もちやう(名)	持様	九返52オ4
もちゆ(動ヤ上二)	用	八往41ウ3
	用	九返50オ1
	用	九返50オ3
	用	九返52オ3
	用	九返52ウ2
	用	十往55オ1
もちゐる(用)→もちゆ		
もづく(名)	海雲	五返31ウ6
もつけいをしやう(名)	牧溪和尚	三往16オ4
もつて(連語)	以	正往1ウ4
	以	正往2オ3
	以	正返3ウ3
	以	二返14ウ5
	以	三返21オ6
	以	四返24ウ4
	以	七返39オ6
	以	八往42ウ3
	以	八返45ウ3
	以	九返49オ5
	以	九返49オ6
	以	九返49オ6
	以	九返50ウ6
	以	九返51オ4
	以	九返52オ1
	以	九返52オ5
	以	九返52ウ2
	以	九返53ウ1
	以	十返56オ6
	以	十返56ウ1
	以	十返56ウ3
	以	十返58オ1
	以	十返59オ6
	以	十一往61オ1
	以	十一往61オ3
	以	十二返71ウ5
	以	十二返71ウ6
もつとも(副)	最	十往56オ1
もてあそび(名)	翫	六返36オ1
もてあそぶ(動バ四)	翫	正往2オ3
	翫	四往22オ2
	翫	七往37ウ6
もと(名)	本	六往34ウ2
もといへ(名)	基家	二返13オ3
もとゐ(名)	基	六返36ウ6
	基	十一往60ウ2

もの(名) 者 正往1ウ6
者 三往18ウ4
者 四返25オ3
者 四返25オ4
者 四返27オ4
者 六往34ウ4
者 六返36ウ2
者 六返36ウ5
者 六返36ウ6
者 九往48オ3
者 九返50ウ1
者 九返53オ3
者 十一往61オ6
者 十一往61ウ5
者 十一返62オ6
者 十二往69オ5
もの(名) 物 正返4オ6
物 正返4ウ5
物 正返5オ4
物 正返5オ4
物 正返5ウ1
物 正返5ウ3
物 正返6オ2
物 正返6オ6
もめん(名) 木緜 三往17ウ3
もも(名) 桃 五返32オ3
もも(名) 股 十一往61オ4
もよほし(催)→おんもよほし(御催)
もよほす(動サ四) 催 六返36オ4
もんじ(名) 文字 八往42オ1
文字 八返43オ2
文字 九返50オ1
もんずいとう(名) 文粋等 十一返63ウ2
もんぜん(名) 文選 十一返63オ4
もんぜん(名) 門前 十二往67ウ3

や

やう(名) 様 五往29ウ5
様 九返50ウ5
様 十二返71ウ2
やうかく(羊革)→ひつじのかは(羊皮)
やうかん(名) 羊羹 五返31オ3
やうきゆぅ(名) 楊弓 六返36オ5
やうじやぅ(名) 養性 四往21ウ5
やうぢやぅ(陽笛)→やうでう
やうでう(名) 陽笛 十往55オ3
やうてき(陽笛)→やうでう
やうども(名) 様共 九返51ウ6
やうはん(楊斑)→やなぎ(楊)・まだらげさ(斑袈裟)
やうやく(副) 漸 四返25オ6
やうらく(名) 瓔珞 十二返71ウ6
やうりう(名) 楊柳 八返43ウ3
やくきぎやぅ(名) 薬器形 三往18オ6
やくし(名) 薬師 十返57オ5
やくせき(名) 薬石 五往27ウ4
やこうちやうりふのてん(連語) 野口長立之點 八返44ウ6
やつ(名) 八 九返52ウ6
やつきぎやぅ(薬器形)→やくきぎや

う		
やどり(名)	宿	正返5オ1
やなぎ(名)	柳	正返5オ4
	楊	十二往66オ5
やば(名)	野馬	三往17オ4
やはらか(形動ナリ)	和	九返49ウ1
	和	九返52オ6
やぶさめ(名)	流鏑馬	六往34オ1
やぶる(動ラ四)	破	四返25ウ2
やぶん(名)	夜分	正返5ウ6
やま(名)	山	正返5ウ4
	山	正返5ウ4
	山	五往27ウ4
やまおち(名)	山墮	四往23ウ6
やまかげ(名)	山陰	七返39ウ4
やまぎく(名)	山菊	七返40オ4
やまと(名)	大和	四往22オ5
やまとだけ(名)	大和竹	十往54ウ6
やまもも(名)	楊梅	五返32オ3
やや(副)	良	十二往64オ1
ややひさし(連語)	良久	三往15ウ1

ゆ

ゆ(名)	湯	五返30ウ4
	湯	九返52オ3
ゆかう(名)	柚柑	五返32オ4
	櫠椵	五返32オ4
ゆき(名)	雪	正返5オ5
	雪	十一往61オ2
	雪	十二往64オ1
ゆきいへ(名)	行家	二返13オ4
ゆきばな(名)	雪花	正返6ウ6
ゆぎやうのらかん(連語)	遊行之羅漢	三往17オ3
ゆげ(名)	遊戯	六往34ウ2
ゆさんのせんにん(遊山之仙人)↓いうさんのせんにん		
ゆふだち(名)	夕立	正返4ウ3
ゆふづき(名)	夕月	正返4ウ4
ゆふべ(名)	夕	正返4ウ2
ゆめ(名)	夢	正返5ウ1
ゆめゆめ(副)	努々	九返50オ6
	努々	九返52ウ4
	努々	十一往61ウ4
ゆわかし(名)	湯涌	三返20オ1
ゆゑ(名)	故	正返4オ3
ゆゑに(接続)	故	正往2オ3
	故	十二返71オ2
	故	十二返72ウ6

よ

よ(名)	代	正返5オ1
よ(名)	夜	十二返70ウ5
よ(代名)	余	六往32ウ6
よ(代)↓みよ(御代)		
よう(用)↓ごよう(御用)		
ようがん(名)	容顔	二往8ウ4
ようさう(名)	鷹爪	四往22ウ3
よく(副)	能	九返49オ3
	能	九返49ウ2
	能	十二返73ウ5

能　十二返73ウ6
よくす(名)　浴主　五往28オ6
よくよく(副)　能々　九返51ウ1
能々　九返51ウ6
能々　十返58ウ6
よこぶえ(名)　横笛　十往54ウ3
よし(名)　由　正往1ウ2
由　二返14ウ6
由　四往24オ5
由　六返35ウ4
由　七往37ウ1
由　七往38オ2
由　八往41ウ2
由　十一往61ウ1
よし(形ク)　吉　八往41ウ5
能　十二返71ウ6
よしあし(名)　善惡　四往24オ4
よそほひ(名)　粧　二往8オ5
粧　十二往67ウ5
よつ(名)　四　九返50ウ4
よつて(接続)　仍　七往38オ2
よも(名)　四方　八往41オ4

よりたけ(名)　奇〔寄〕竹　十往54ウ3
よる(動ラ四)　依　二往7ウ3
依　二往8ウ5
依　二返12オ1
依　二返12オ3
依　二返12オ6
依　二返12ウ4
依　二返12ウ6
依　二返13オ5
依　二返13ウ1
依　二返13ウ4
依　二返13ウ6
依　二返14オ2
依　三往15ウ4
依　四往21ウ3
依　四返26ウ6
依　七往38ウ1
依　九往46オ6
依　九往47ウ3
依　九返50オ3
依　九返51オ1

依　十一往60ウ3
依　十二往64ウ4
よろこびいる(動ラ四)　喜入　八往42ウ2
悦入　九往47ウ2
よわし(形ク)　弱　九返49ウ2

ら

らいき(名)　禮記　十一返62ウ4
らいしふ(來集)→らいしゆ
らいしゆ(名)　來集　五往29ウ4
らいす(動サ変)　禮　十二返71オ3
らいはいす(動サ変)　禮拜　正返3オ2
禮拜　七往37ウ4
らいばん(名)　禮盤　十二往65オ5
らいめい(名)　來命　三返19オ3
らう(名)　勞　十二返70ウ1
らうあつてえきなし(連語)　有レ勞無レ益　十二返70ウ3

らうえい(名)　朗詠　十二返63ウ2
らうか(名)　廊下　五往29オ5
らうしきやう(名)　老子經　十二返63オ2
らうどううち(名)　郎等打　六往33ウ2
らうばい(名)　老梅　七返40オ1
らかんてい(名)羅漢體　十三往66ウ5
らかんどう(名)羅漢洞　四往23オ5
らかんぼく(名)羅漢木　七返39ウ6
らくぎよくのてん(名)　落玉點　八返44オ6
らくせき(名)　落石　八返45オ6
らくやう(名)　洛陽　正往2オ2
らし(名)　羅絲　十三往65ウ4
らつそくのだい(連語)　蠟燭之臺　三往18ウ1
らでん(名)　螺鈿　十三往65オ2
らふげつ(名)　臘月　十三往64オ1
　臘月　十三返69ウ4
らふそくのだい(蠟燭之臺)↓らつそくのだい
らまう(名)　羅網　十三往65オ4
らんご(名)　亂圍碁　六往33オ3
らんさう(名)　亂草　八返44オ5
らんし(名)　亂絲　八返45ウ1
らんじや(名)　蘭麝　二往8ウ2
らんじやう(名)亂聲　十三往67オ1
らんせい(亂聲)↓らんじやう
らんぴ(名)　亂否　十返58オ2
らんびやうし(名)　亂拍子　六返36オ3
らんようのじつしゆちや(名)　亂容十種茶　四往23ウ3

り

り(名)　理　正返3ウ4
りうりう(名)　流々　九返51ウ1
りくぎ(名)　六義　八返43オ6
りくてうし(六調子)↓ろくてうし
りくわ(名)　梨花　三返20オ6
りげう(名)　李堯　三往16ウ1
りす(栗鼠)↓りつす
りつ(名)　律　十返57オ2
　律　十返57ウ2
　律　十返57ウ4
りつし(名)　律師　正往2ウ5
　律師　三往19オ1
りつしや(竪者)↓じゆしや
りつしゆん(名)立春　正往1オ5
りつす(名)　栗鼠　三往16ウ1
りどう(梨筒)↓なしのどう(梨子筒)
りもつ(名)　利物　十三返72オ3
りやう(名)　梁　十二返63オ4
りやうじゆせん(靈鷲山)↓わしのみねのやま(鷲峯山)
りやうしゆそ(名)　兩首座　五往28オ5
りやうばん(名)兩班　五往28ウ4
りやうりう(名)兩流　十三返71オ6
りゆうこ(龍虎)↓りようこ
りゆうぜん(龍涎)↓りようぜん
りゆうてい(龍蹄)↓りようてい

りゅうてき(龍笛)↓りようてき
りゅうばん(名)隆鏝 三往18ウ6
りよ(名) 呂 十返56ウ6
呂 十返57オ5
呂 十返58オ1
りようこ(名) 龍虎 三往16オ3
りようぜん(名)龍涎 七返40オ6
りようそう(名)龍足〈走〉 八返44オ4
りようてい(名)龍蹄 十二返73ウ3
りようてき(名)龍笛 十往55オ2
りようどうげきしゅ(名)
龍頭鷁首 十往55ウ2
りよくさん(名)錄〈綠〉山 四往22ウ1
りよりつ(名) 呂律 十往55ウ5
呂律 十返56ウ2
呂律 十二返73オ6
りんじゅうふらんとう(名)
臨終不亂等 四返26オ5
りんてんす(動サ変)
輪轉 十返59ウ2
りんぼう(名) 輪寶 十二往68ウ3
りんゑ(名) 輪廻 正返4オ1

る

るいざ(名) 檑茶 三返19ウ6
るいす(動サ変)類 十二往67ウ6

れ

れい(名) 靈 四返25オ3
れいこ(鈴杵)↓れいしよ
れいしよ(名) 鈴杵 十二往68ウ1
れいじん(名) 伶人 十二往67オ2
れいぜん(形動タリ)
吟〈泠〉然 六往32ウ6
れいぜんゐん(名)
冷泉院 八返44ウ1
れうくわ(名) 蓼花 七返40オ3
れうし(名) 料紙 九返50オ3
れうり(名) 料理 六返36ウ3
れんが(名) 連哥 正往1ウ2
れんが(名) 連歌 正往2オ1
連歌 正返3ウ4
連歌 十一往60オ5
連謌 六返36オ1
れんぐ(名) 聯句 六往33ウ5
聯句 六返35ウ6

ろ

ろうさうのころも(連語)
綠衫衣 十二往66オ6
ろがん(名) 蘆鴈 三往17オ4
ろくぐわついつか(名)
六月五日 六往35オ1
ろくぐわつじふはちにち(名)
六月十八日 六返37オ5
ろくこん(名) 六根 十二返73オ4

ろくずい(名)　六瑞　十三往68オ4
ろくてうし(名)六調子　十往55ウ6
六調子　十返56ウ3
ろくひやくしじふししゆ(名)
六百四十四首　二返11ウ4
ろくやう(名)　六様　八返43ウ2
ろくよくしぜん(六欲四禪)→しぜん
ろくよく(四禪六欲)
ろくりん(名)　六輪　十三往65ウ1
ろさい(名)　囉齋　三返21オ6
囉齋　五往29ウ2
ろちやうかん(名)
驢腸羹　五返31オ2
ろつこん(六根)→ろくこん
ろつぴやくしじふししゆ(六百四十四首)→ろくひやくしじふししゆ
ろんご(名)　論語　十二返63オ1

わ

わう(名)　王　十返58オ2
王　十返59オ6
わうくわん(名)往還　八返45オ5
わうごん(名)　黄金　四往22オ4
わうしき(名)　黄色　十返57オ1
わうしきてう(名)
黄鐘調　十返57ウ1
わうしん(名)　王臣　十返58ウ5
わうとがう(名)黄兎毫　三返20オ5
わうび(名)　横皮　十三往66オ1
わかし(形ク)　若　六往34オ1
わがてう(連語)我朝　四返25オ6
我朝　八返43オ5
わかめ(名)　和布　五返31ウ4
わかん(名)　和漢　八返43オ4
わきばえ(名)　脇萌　四往23オ1
わこく(名)　和國　正返3ウ3
わごん(名)　和琴　十往55オ6
わざ(名)　態　正往1ウ6
態　正往2オ4
態　正返3ウ5
態　六往34オ1
態　六返35ウ6
わし(名)　鷲　三往17オ5
わしのみねのやま(連語)
鷲峯山　十三返70オ5
わじゆ(名)　和頌　九返50ウ1
わしよう(和頌)→わじゆ
わす(動サ変)　和　十三往68オ5
わする(動ラ下二)　忘　五往27ウ5
忘　九往46ウ4
忘　十一往61オ5
わた(名)　緜　九返51ウ6
われら(代名)　我等　十三返70オ6
わん(名)　垸　三返20ウ5
垸　三返20ウ5

ゐ

ゐ(名)　藺　九返52オ2
ゐえつ(名)　爲悦　四返24ウ6
ゐぎ(名)　威儀　十三往66ウ4
ゐぎし(名)　威儀師　九往48オ6
威儀師　九返53ウ5

ゐきよく(名)　委曲　二返15オ3
　委曲　九返53ウ2
ゐご(名)　圍碁　六往33オ3
ゐさい(名)　委細　正返7オ1
　委細　二往8ウ6
　委細　二返9ウ2
　委細　二返14ウ4
　委細　三返19オ2
　委細　五往29ウ5
　委細　九往47ウ1
　委細　九返48ウ1
ゐてつ(名)　委哲　六返35オ4
ゐな(名)　維那　五往28ウ3
ゐの(維那)↓ゐな
ゐふう(名)　遺風　十一往60ウ2
ゐんじ(名)　韻字　正返4オ1
ゐんじやう(韻聲)↓ゐんせい
ゐんじゆ(名)　院主　十一往62オ2
　院主　十一返63ウ5
ゐんせい(名)　韻聲　正返3ウ2

ゑ

ゑみやう(名)　惠命　正往1オ4
ゑんがく(名)　圓覺　五往28オ2
ゑんきん(名)　遠近　四往24オ3
ゑんざん(名)　遠山　四返27オ2
ゑんざんうんせいのてんとう(連語)　遠山雲行〈井〉之點等　八返45オ1
ゑんじのばんしよう(連語)　遠寺晩鐘　三往16ウ6
ゑんぽのきはん(連語)　遠浦歸帆　三往17オ1
ゑんまんゐん(名)　圓滿院　八往42ウ5

を

をぐるまとう(名)　小車等　六往34ウ2
をしき(名)　折敷　三返21オ3
をとこ(名)　男　六返36ウ4
をのこ(名)　男　十二往66ウ3
をののあそんたうふう(連語)　小野朝臣道風　八返43ウ6
をはる(動ラ四)　畢　正往1オ4
　畢　正往1ウ4
　畢　正返3オ3
　畢　二返9ウ2
　畢　三返19オ2
　畢　六返35オ4
　畢　七返39ウ1
　畢　十往55ウ1
　畢　十返56オ6
　畢　十二返70オ2
　終　二返14オ4
　終　九返53ウ1
　訖　二返14オ4
　訖　九返48ウ1
をりふし(名)　折節　七返39ウ1
をんじやうじ(名)　園城寺　十二返74オ4

参考文献

・石川謙（一九四九）『古往来についての研究』講談社
・石川謙・石川松太郎（一九七〇）『日本教科書大系　往来編』講談社
・石川松太郎（一九八六）『往来物分類目録並に解題』謙堂文庫
・石川松太郎（一九八八）『往来物の成立と展開』雄松堂
・石川松太郎（一九九二）『往来物大系十一　古往来』大空社
・石川松太郎（二〇〇一）『往来物解題辞典　解題編』大空社
・小泉吉永（一九九八）『女筆手本解題』青裳堂書店
・小泉吉永・石川松太郎（二〇〇〇）『往来物解題辞典』大空社
・高橋忠彦・高橋久子・古辞書研究会（二〇一二）『尊経閣文庫本桂川地蔵記：影印・訳注・索引』八木書店
・高橋久子・古辞書研究会（一九九五）『御成敗式目：影印・索引・研究』笠間書院
・丹和浩（二〇〇五）『近世庶民教育と出版文化：「往来物」制作の背景』岩田書院
・日本古典文学大辞典編集委員会（一九八三）『日本古典文学大辞典』岩波書店
・根岸茂夫（二〇〇〇）『江戸版本解読大字典』柏書房
・三保サト子（二〇〇一）「『新撰遊覚往来』の伝本について：附載「東京大学国語研究室蔵本」翻刻」『島根女子短期大学紀要』３９３９号
・三保サト子（二〇〇三）『寺院文化圏と古往来の研究』笠間書院
・三保サト子（二〇一二）「古往来から見た武家の教養」『島根県立大学短期大学部松江キャンパス研究紀要』５０５０号

后记

本书由笔者的硕士学位论文修改而成，笔者在申请惠州学院博士科研课题时也对其进行了修改和补充。书中的主要内容来自笔者在日本留学期间所发表的一系列论文，是笔者近几年科研工作的代表成果。

笔者在日本留学期间师从东京学艺大学高桥久子教授，高桥教授在日文古文研究领域建树丰硕，素有“日本古辞书研究界泰斗”之称。他既是笔者的硕士研究生导师，也是笔者研究日文古文的启蒙老师，对笔者的硕士学位论文以及后来的一系列论文给予了极大的帮助和指导。高桥老师在学术上的严谨、睿智、宽容、豁达，不时地在激励和引导笔者向前发展。

另，笔者的博士研究生导师——二松学舍大学的江藤茂博教授和森野崇教授，也对笔者的博士学位论文以及后来的一系列论文给予了极大的帮助和指导。

惠州学院外国语学院曾方本教授、刘志亮教授、唐慧丽副教授对本书的出版给予重要指示以及帮助，使笔者能快速联系各出版社以及相关人员，并了解有关出版程序，如果没有他们的细心指导和帮助，笔者恐怕要走很多弯路。

东京学艺大学高桥久子教授（即，笔者的硕士研究生导师）为本书撰写日文序言，广东外语外贸大学陈多友教授为本书撰写中文序言，在此对两位教授表示由衷的感谢！

在编排本书时，有幸获得大空社（日本的一家出版社）的准许，同意把“往来物大系”十一卷中的部分影印载入本书，为本书增添不少亮点，在此表示感谢！

由于本人研究能力的局限性，本书还有不少需要改进和完善的地方，希望各位同行、读者能不吝赐教，谢谢！

具香

2017 年 12 月于广东惠州学院